KB235183

조선인 일본어소설 연구

- 일제강점기 한국문학의 거세된 정체성 재건을 위하여-

A Study for reviving Japanese Literature by Koreans

-Retrieving the Lost Identity of Korean Literature
during the Japanese Occupation of Korea-

김순전

박제홍 서기재 장미경

박경수 사희영 정주미

공저

제이앤씨
Publishing Company

Contents

서 문 · 005

제1장 식민지의 문학적 아포리아

01 식민지기 만주정책과 국책문학에서의 明暗 ················ 019

02 일제말 전시총동원체제하의 <後方小說> ······················ 043

03 일본문단의 조선작가 작품에 나타난 '조선' ··············· 065

04 정인택의 「淸凉里界隈」와 「覺書」 연구 ······················ 091

제2장 조선인의 정체성

01 일제말 '국민'의 의미와 표상 ································· 119

02 한일 작가가 바라본 '족보'와 '창씨개명' ·················· 147

03 김사량의 現實認識과 作品 受容 樣相 ······················ 173

04 1920년대 최서해 소설을 통해 본 계급적 · 민족적 갈등 ·· 199

05 최정희 소설에서 본 '여성 지식인' 변용 ····················· 229

일제강점기 한국문학의 거세된 정체성 재건을 위하여

조선인 일본어소설 연구

제3장   식민지 생존과 문학

01   박화성의 「홍수전후」와 「한귀」에 나타난 '물'의 이미지 · 255

02   격동기 작가 정인택의 사상변화와 방향전환 ················· 283

03   「土龍」과 「圓覺村」에 표상된 間島 조선인 ·················· 307

04   『名付親』로 본 임순득의 '여성해방'론 ························· 333

제4장   한국인의 민족적 트라우마 극복

01   金達壽의 「族譜」를 통해 본 민족의식의 경계 ·············· 363

02   일제말 문학작품에 서사된 金玉均像 ······················· 387

03   한설야의 「血」과 「影」에 나타난 이중적 장치 ············· 411

04   장혁주의 초기 프로문학 속에 숨겨진 아나키즘 ············ 443

참고문헌 · 473

찾아보기 · 483

서 문

1. 일제강점기 한국문학의 거세된 정체성 재건

본 연구의 목적은 일제강점기 『近代朝鮮文學日本語作品集』과 식민지 말기에 발행된 잡지 「國民文學」을 대상으로 <朝鮮人 日本語文學>의 시대적 정체성과 서지학적 연구를 통하여 한국 근대의 문학적 아포리아를 새롭게 규명하는데 있다.

본 집필진은 일제에 의한 얼룩이라는 선행연구의 주변에서 문학적 가치를 인정받지 못한 수없이 많은 <朝鮮人 日本語作品>과, 그에 대한 서지조사나 연구 분석이 미치지 못하는 현실의 안타까움을 직시하였다.

지금까지 한국의 근대문학은 일본 제국주의에 얼룩져 있다는 인식에 근거하여 반일문학 혹은 당시 체제와 무관하게 여겨지는 문학이 중심적으로 연구되었다고 할 수 있을 것이다. 당시 한국인에 의해 일본어로 쓰인 작품은 '존재 자체가 부정'되었거나, 거론되더라도 '친일문학'이라는 비판의 시선을 벗어날 수가 없었다. 때문에 한국근대문학사의 중심도 주변도 아닌 어정쩡한 위치에서 제자리를 찾지 못하였으며, 게다가 일본

연구자들도 조선인의 이중적 사고와 생활의 핵심을 파악하지 못한 채, '식민지문학' 혹은 '외지문학'이라는 형태로 취급하여, 일본 근대문학의 자국중심적인 논리를 벗어나지 못했던 것도 사실이다. 이처럼 연구의 대부분이 '친일'과 '반일'이라는 이분법적인 기준에 근거하여 작품이 재단되는 결과를 초래하였으며, 연구가 되었다 하더라도 이광수, 장혁주 등을 중심으로 한 연구가 지배적이었다. 그 밖의 군소작가와 작품에 대해서는 연구대상에서조차 외면당했던 것이 우리의 현실이었다.

따라서 지금까지 한국 근대문학 연구에서 다루지 못했던 일제강점기 <朝鮮人 日本語作品>에 대한 가능성과 한계를 극복하고자 한다.

이를 위하여 본 집필진은 『近代朝鮮文學日本語作品集』과 「國民文學」 등을 통한 일제강점기 <朝鮮人 日本語小說>을 대상으로 다각적인 연구를 시도하였다. 일제강점기 한국문학의 거세된 정체성 재건을 위하여, 지금까지 보지 못했거나 애써 보려고 하지 않았기 때문에 조명되지 못했던 근대한국문학 일본어 자료들을 정리분석하고, 연구방향을 제시함으로써 한국 문학이 지녔던 특수성을 제고하는 데에 그 목적을 두었다.

최근 근대의 전체상을 문화적으로 이해하려는 움직임도 있으나, 제한적인 시각을 극복하지 못하여 실질적인 작품의 내면을 들여다보는 경지까지는 미치지 못하고 있는 실정이다. 또한 텍스트 분석에 있어서도 문학적 가치에 중점을 두고 동시대 독자와의 관계성을 논하기보다는, 식민지에 처한 입장에서 지배자의 지배논리 파악을 위한 전개가 대부분이었다 할 수 있다. 게다가 한국 근대문학의 상당부분이 일본어로 기술된 문학이라는 점에서 고도의 일본어 해독 가능자만이 다룰 수 있다고 여겨져, 읽고 가치판단을 할 수 있는 연구자나 독자의 범위가 지극히 제한되어 있다는 한계가 있었다.

본 연구서에 실린 논문들은 이러한 점들을 보완하고 학문적 확대를 지향하는 한편, 과거의 아픔을 딛고 새로운 지평을 기대하는 의미에서 일본어로 쓰인 조선인 문학이라는 특수성 때문에 한국과 일본 양 문학사에서 다루지 못했던 시대적 특수성과 문학적 가능성을 살피는데 중점을 두었으며, 아울러 일제강점기 지배국의 언어인 일본어로 표출할 수밖에 없었던 한국인에 의한, 한국문학의 의의를 도출해 내고자 하였다.

이를 위해서 무엇보다도 절실했던 것은 민족과 국가라는 틀을 뛰어넘은 시각으로 살펴보는 작업이었다. 본 집필진의 이러한 시각은 식민지시기 한국인의 문학적 트라우마(심리적 외상)의 극복을 위한 것이기도 하다. 이로써 한국사회가 지녀왔던 문화적 한계의 극복과 일제강점기 한국문학의 거세된 정체성을 재건하는데 충분히 기여할 수 있으리라고 본다.

2. 〈조선인 일본어작품〉의 한국문학에서의 위치는?

『近代朝鮮文學日本語作品集』과 「國民文學」 등 일제강점기 〈조선인 일본어작품〉에 대한 선행 연구로는, 임종국(1966)의 『친일문학론』에서 그동안 은폐되어 왔던 문학자들의 친일행적을 실증적으로 밝힘으로써 친일문학 문제를 공론화하는 데에 크게 기여했다. 또한 송민호(1989)의 『일제말 암흑기 문학연구』 등은 친일문학이 가져다준 민족문화 말살의 양상을 드러내는 데에 큰 역할을 담당했다. 그러나 이들의 지론은 일제 식민지 지배의 피해자적인 입장에서만 기술되었기에, 이런 연구를 통해 제시된 문학은, 문학을 기술한 작가나 그 문학을 향유한 독자도 타도의 대상이 되어, 마침내 한국문학사에 수치스러운 과오로 기억되는 결과를 초래하게 되었다. 거기에는 문학적 기대나 가능성은 전혀 배제된 채, 문학적 아포리아로서 박물관처럼 정형화된 문학형태로 남게 된 것이다.

1990년대로 접어들면서 비로소 '근대문학 = 민족문학'이라는 등식에서 벗어나 다양한 시각에서 한국근대문학사를 바라보려는 노력이 나타났다. 신희교(1996)의 『일제말기 소설연구』는 친일문학은 물론, 신변과 세태를 다룬 순수지향성 문학 등에도 관심을 기울여 일제말기 소설을 두 가지 양상으로 다루어 진전된 면을 보이기도 하였다. 그런 가운데서도 일제말기 친일문학과 관련된 텍스트 발굴에 대한 노력은 지속되어 김병걸 김규동 공편(1986)의 『친일문학작품선집』이나, 이경훈이 엮은 『이광수 친일문학선집』, 김재용(2003) 등이 편역한 조선인 작가 일본어 작품집 『식민주의와 협력』・『식민주의와 비협력의 저항』 등에 실린 한국어로 번역된 <조선인 일본어작품>은 한국 연구자들의 접근을 용이하게 하였다. 그리고 일본의 한국문학 연구자 오무라 마스오(大村益夫)와 호테이 도시히로(布袋敏博)(2001, 2004)가 『近代朝鮮文學日本語作品集』 등의 실증적 자료를 제공함으로써 연구의 폭을 넓히고 깊이를 더하는 데 중요한 계기를 마련했다. 또한 허석, 홍선영 등에 의해 일제강점기 일본인이 발행했던 잡지나 신문 등을 통한 당시 한국문학, 그리고 그와 관련된 문학적 결사나 연극을 둘러싼 제반 사항을 살펴보는 연구도 이루어졌다. 그간의 선행연구 상황을 표로 정리하였다.

<조선인 일본어작품>에 관한 선행연구

저자 (연도)	제 목	연구대상 범위	내 용	비 고
정백수 (2003)	한국근대의 식민지 체험과 이중언어 문학	김사량의 「草沈し」「天馬」, 「빛 속으로」	조선문단의 일본어화의 실정을 이야기하며 이런 상황이나 문학자들 상호간의 권력관계를 총체적으로 부각시키는 작품으로서 해석하며 김사량의 작품을 통하여 문학의 세부적 문학적 상황을 제시	아세아문화사555
정선태 (2006)	근대의 어둠을 응시하는 고양이의 시선	해방 후 친일문학론의 흐름	친일문학연구, 역사의 상처와 대결하는 하나의 방법론 제시	소명출판
임종국 (1966)	친일문학론	친일문학 저변의 전반적 시대상황과 김동인을 비롯한 김사량, 백철, 이광수 등의 친일 문학적 행적	친일문학 저변의 전반적 시대상황을 정치적 문화적 사회적, 국책적인 면에서 검토하고 이와 관련한 문학자들로 김동인을 비롯한 김사량, 백철, 이광수 등의 친일 문학적 행적과 그와 관련한 작품의 내용을 간략하게 소개함	민족문제연구소
송민호 (1989)	일제말 암흑기 문학연구	중일전쟁 이후 한국내의 친일적 문학이 대두되는 시기부터 해방 전까지의 문학 전반	친일문학의 친일성을 객관적으로 정리하여 그 농도에 따라 광적인 전쟁찬미, 鍍金된 어용, 親日文學등 3단계로 분류 정리하고, 여러 가지 특질에 의한 문학의 양상을 정리함	새문사
신희교 (1996)	일제말기 소설 연구	「문장」이 폐간된 1941년 4월부터 해방 전까지의 소설	일제말 친일문학은 물론 신변과 세태를 다룬 순수지향성 문학 등 일제말 소설의 두가지 양상을 다룸	국학자료원
사에구사 도시가쓰 (2003)	한국근대문학과 일본	한국의 근대문학, 한일 근대 문학자의 문학연구, 국민문학 연구	제국주의적 관점에서 본 「國民文學」과 조선 거주 일본인 문학자들의 에고이즘	소명출판
박광현 (2005)	'국민문학'의 기획과 전망 - 잡지 「國民文學」의 창간 1년을 중심으로	국민문학의 전형 모색 - 창간호 소재의 소설	내선 문학인들의 당시 논의를 한 자리에 놓고 주제의 혼종성, 「國民文學」 기획의 성격, 조선이라는 장소의 동일화를 문제삼아 논의함	「배달말」 vol 37 배달말학회 편
김병걸 김규동 (1986)	친일문학작품선집 - 실천신서5	이광수, 김사량 등의 친일작가로 명명되는 작가들의 작품소개	선행연구를 통하여 친일문학이라고 일컬어지는 작품들 소개함	실천문화사

한국문학 연구학회편 (2001)	한국근대문학과 일본문학	이양지, 「혈의 누」, 한국근대소설과 사소설 등	한일 양국 간의 새로운 문화관계를 정립하는 데에 목표를 두고, 식민지 문화의 왜곡된 국면을 문학적 담론을 통해 구체적으로 살피는 작업	국학자료원
김윤식 (2003)	『한일 근대문학의 관련양상 신론』	이중어 글쓰기의 역사성 조선작가의 일본어 창작	한일 근대문학의 관련양상을 구체적으로 검토하는 작업	서울대학교출판부
시라카와 유타카 (1995)	식민지기 조선의 작가와 일본	김사량, 장혁주, 김소운, 정인택 등	1부: 일본잡지에 발표된 식민지 작가와 문학 그리고 일본어 작품에 대한 소개와 간략한 분석 2부: 장혁주 연구	오카야마 (岡山)대학 교육출판
노상래 (2004)	「國民文學」 소재 한국작가의 일본어 소설연구	내선일체와 대동아 공영권을 옹호하는 친일작품	「國民文學」 소재 이중어 소설의 전모를 밝히는데 주안을 두고 친일문학과 관련된 부분을 언급함	한민족 어문학회
홍선영 (2003)	일본어신문 <조선시보>와 <부산일보>의 문예란 연구	<조선시보>와 <부산일보>에 나타난 일본인, 극단 활동	일본어 <조선시보>와 <부산일보>를 통하여 일본에 의한 한국 극단의 근대적 변화 양상파악	일본학보 57집
李元熙 (2003)	다나카 히데미쓰(田中英光)의 소설에 나타난 조선(朝鮮)	「時時刻刻」, 「醉どれ舟」, 「愛と青春と生活」 등	소설에 묘사되어 있는 조선의 이미지와 국책문학에 앞장 선 작품의 분석	일본어문학 21집
허석 (2002)	한국에서의 일본문학연구의 제문제에 대하여	도한(渡韓)문학의 존재 연구	한국에 이주한 일본인 작가가 쓴 여러 작품 연구, 당시 발행의 일본어 신문 조사 연구	일본어문학 13집
한수영 (2005)	친일문학의 재인식	이태준, 안수길, 한설야의 작품 연구, 재만 조선인 문학과 친일문학에 대한 논의	1937－1945년 간의 한국소설과 식민주의에 관한 연구	소명출판
김윤식 (2003)	일제말기 한국작가의 글쓰기론	이효석의 「엉겅퀴의 장」 및 근대 일본어문학론	친일문학이라는 시선에서 벗어나 또 하나의 방법론 제시	서울대학교 출판부
신형기 (2004)	식민지근대의 시좌－조선과 일본	이효석의 식민지 근대 문학론의 흐름	이효석의 근대문학연구와 자연주의의 시점 및 식민지기의 재일 조선인론에 관해서	岩波書店
정순진 (2001)	여성의 현실과 문학	근대 여성작가 연구 방법론 제시	여성의 자아 및 성과 문학을 젠더 이론으로 재조명	푸른사상

南富鎭 (2001)	近代文學の<朝鮮>体驗	창씨개명, 1940년대 조선인 일본어 문학 등	1940년대 조선인 일본어 문학 소개와 작품 분석(田中英光 등)	勉誠出版
中根隆行 (2004)	"朝鮮"表象の文化誌―近代日本と他者をめぐる知の植民地化	근대 일본의 조선 표상, 재일 한국인 문학(장혁주, 김달수 등)	포스트 콜로니얼 시점에서 보는 조선인 문학 그리고 일본인의 조선에 대한 표상 연구	新曜社
2001 - 2002	日本植民地文學精選集	만주 조선 타이완 남양군도 등의 대표적인 일본어 작품	태평양전쟁기의 대표적인 일본어 작품을 소개 전 47권	ゆまに書房
1996	<外地>の日本語文學選	만주 조선 타이완 남양군도, 내몽고 사할린 등의 일본어 작품	태평양전쟁기의 일본어 작품 소개 3권	新宿書房

　　이러한 선행연구는 일제강점기 <조선인 일본어작품>에 대한 재조명의 가능성을 이끌어 내는데 큰 역할을 하였다. 이에 따른 최근의 연구동향은 일본 연구자들의 제국주의에 대한 반성과, 가해 / 피해의식에서 벗어난 포스트콜로니얼 시점에서의 연구, 그리고 일제강점기 한일 양국의 여성문제를 부각한 젠더적 시점에서의 연구도 진행되고 있다. 그러나 아직도 일제에 의한 얼룩이라고 낙인찍혀, 문학적 가치를 인정받지 못하고 연구대상에서조차 제외되어 거의 사장되다시피 한 다수의 작품이 있는 것도 부인할 수 없는 사실이다. 이와 같은 상황에서 본 집필진은 문학사의 주변에서 맴도는 수많은 조선인 문학자들의 일본어작품에 대한 연구 분석이 시급함을 깨닫고, 식민지 말기 한국문학의 리더였음에도 친일잡지로 간주되어 연구적 기반을 마련하지 못했던 「國民文學」의 중심과 주변을 살펴보기에 이른 것이다. 「國民文學」에는 최재서의 한국 근대문학의 가능성을 증폭하기 위한 모색이 담겨 있으며, 여기에 실린 문학작품들은 그러한 모색의 토대를 마련하고 있음은 물론, 동시대를 살아간 조

선인의 '감성'이나 '삶의 무게'가 실려 있는 작품도 상당수 포함되어 있
다. 때문에 체제에 순응한 문학이라 치부하여 배제하기에는 다소 안타까
운 민족적 애정과 이데올로기적 억지스러움이 있었던 것도 사실이다.

본 연구서에 수록된 논문은 지금까지 소수의 특정 작가와 작품 연구에
치우쳐왔던 그간의 연구에서, 그동안 도외시 되었던 작가와 작품으로까
지 연구의 영역을 확장하였다. 이는 암흑기에 가려져 있던 그 시대의 문
학은 물론, 지배국의 언어와 이념으로 살아야 했던 당시 조선작가들의
중층적 삶의 형태까지 새롭게 재조명하고자 하였던 노고와 '민족과 국
가'라는 식민지적 한계성에서 벗어난 다각적인 관점에서 얻어낸 연구 성
과라 할 수 있다.

3. 한국의 문학적 트라우마 극복

3.1 연구의 특징과 그 성과

본 연구서는 일제강점기 <조선인 일본어작품>을 통해 한국 근대의 지
식인과 일반 민중의 삶의 표출 형태와 향유 양상을 확인할 수 있는 점에
있다. 그리고 한국인이면서 일본인으로 살아야 했던 시대적 모순을 안고
살아야했던 당시 한국인이 지향했던 '문화'는 어떤 형태로 존재 했으며
어떻게 굴절되어 갔는지를 살펴보았다. 이를 한국 근대가 끌어안고 있던
근대의 수용에 관한 문제를 포스트콜로니얼의 관점에서 제고하였기 때
문에, 현재의 다양한 문화적 경험에 노출되어 있는 21세기 한국인의 정
체성 파악에도 기여할 것으로 여겨진다.

또한 본 연구서는 해방 이후 현재까지 끊임없이 논란의 대상이 되고 있는 독도를 둘러싼 영토분쟁, 역사교과서, 종군위안부 문제 등의 거센 파도에 대해 대처할 수 있는 방법론의 제시로 볼 수도 있다. 일제강점기 문화적 주도권을 일본이 가졌다는 이유로, 한국에서는 도외시되고, 오히려 일본의 근대사나 문학사에서 거론되었던 한국의 근대사는, 다시 한번 학문적 제국주의를 낳을 수 있는 우려가 있다고 여겨진다. 따라서 아픔을 딛고 현실을 직시하고 비판의 대상은 비판하되, 평가의 대상이 될 만한 텍스트의 한국 주도적 연구는 쌍방의 동등한 문화교류를 활발히 진행하고 있는 현 시점에서 볼 때 양국의 문화 발전에도 기여할 수 있을 것으로 본다. 아울러 한국 근대문학의 주체는 한국인이었다는 시각을 제시함으로써 과거 피식민자로서의 피해의식, 즉 일제강점기 한국문학의 거세된 정체성을 재건할 수 있는 계기를 마련하였다.

또한 <조선인 일본어작품> 연구에서 아직까지 미개척 분야로 남아 있는 근대 조선 여성들에 주목하여 연구하는 시점을 마련하였다. 문학에 대한 자기결정권이 담보되지 않은 피식민자적 입장에 있었던 근대 조선 여성의 자기표상의 실태를 파악함으로써, 여성이라는 이유로 이중차별을 경험하게 되는 조선 여성들의 삶을 젠더적인 관점에서 읽어내려고 하였다.

3.2 한국문학의 아포리아 해결을 위하여

본 집필진은 본 연구서에서 그 동안 한국 문학사에서 배제되어 온 <조선인 일본어문학>을 다면적, 다층적, 종합적으로 분석하는 과정을 통해 근대적 상황과 그 상황에 따른 문학 생성이라는 새로운 가치발견을 시도

하려 하였다.

첫째, <조선인 일본어작품>의 연구는 일본어로 기술되어 있는 관계로 접근성에 있어서 한국인보다는 일본인에게 더 용이했던 것이 사실이다. 따라서 텍스트나 작가가 일본 연구자들에 의해 그들의 역사적 민족적 시각으로 연구 분석됨으로써 다시 한 번 주체의 전도가 일어날 우려가 있다. 따라서 한국인으로서의 역사적 민족적 자각 하의 연구 검토는 한국인에 의한 한국 근대문화사를 재정립할 수 있음과 동시에, 일본 국수주의자들의 식민지발전론과 같은 논리를 불식시키는 이론적 토대를 확립할 수 있을 뿐만 아니라 이의 허구성을 바로잡을 수도 있을 것이다.

둘째, 본 연구서는 개화기·일제강점기·해방 초기 한국문학의 흐름 속에서 생겨난 일본어 작품의 변용 과정을 파악함으로써, 근대한국 초기 교육의 실태와 논리에 대한 체계적 자료로 제시할 수 있다.

셋째, 본 연구서는 단절과 왜곡을 거듭하였던 한국 근대사의 일부를 복원, 재정립할 수 있는 계기를 마련할 수 있을 뿐만 아니라, 한국 근대 초기의 실상에 학제적으로 접근함으로써 근대에 대한 연구방법론을 구축할 수 있을 것이다.

넷째, 본 연구로 외국학 분야의 연구자가 자신의 연구영역을 한국학 연구에도 일조할 수 있는 典範을 제시한 것으로 본다.

이러한 요소는 최근 밀려들어오는 일본의 대중문화에 대해 대처능력을 잃을 가능성이 있는 한국의 청소년들과 일반 대중에게 일제강점기의 시대적 상황과 주권상실의 상태에서 문학적 진보를 향한 노력 등을 전달하여 역사에 대한 새로운 인식과 비평기준을 세울 수 있도록 유도함으로써 학문적 가치를 배가할 수 있을 것이다.

3.3 작품 목록표

본 연구서에서 텍스트로 사용한 작품과 그에 대한 서지사항은 아래 표와
같다.

근대조선문학일본어작품(1901~1938)은 <근조일A>로, 근대조선문학일본어작품(1939~1945)은 <근조일B>로, 「國民文學」은 <國民文學>으로 표기						
NO	작가명	작 품 명	게재지	게재년도	필명창씨명	출 처	언어
1	金達壽	族譜	新藝術	1941.11	大澤達雄	근조일B4	日本語
2	金時昌	土城廊	堤防 文藝首都	1936.10 1940. 2	具珉 金史良	근조일A4 근조일B1	日本語
3	金時昌	尹參奉	帝國大學新聞	1937. 3	具珉	근조일A5	日本語
4	金時昌	光の中に	文藝首都	1939.10	金史良	근조일B1	日本語
5	金時昌	土城廊	文藝首都	1940. 2	金史良	근조일B1	日本語
6	金時昌	天馬	文藝首都	1940. 6	金史良	근조일B2	日本語
7	金時昌	草深し	文藝	1940. 7	金史良	근조일B2	日本語
8	金時昌	ムルオリ島	國民文學	1942.新年	金史良	國民文學1권	日本語
9	金時昌	尹主事	故鄕	1942. 4	金史良	근조일B4	日本語
10	金時昌	乞食の墓	文化朝鮮	1942. 7	金史良	근조일B4	日本語
11	金時昌	太白山脈(第一回～第七回)	國民文學	1943. 2	金史良	國民文學5권	日本語
12	朴花城	旱鬼	改造	1936.10	崔載瑞譯	근조일A4	日本語
13	朴花城	洪水前後(第一回～第六回)	「大阪每日新聞」朝鮮版	1936. 5		근조일A4	日本語
14	安壽吉	圓覺村	國民文學	1942. 2		國民文學2권	韓國語
15	李無影	土龍	國民文學	1943. 4		國民文學6권	日本語
16	李北鳴	裸の部落	文學案內	1937. 2		근조일A5	日本語
17	任淳得	名付親	文化朝鮮	1942.10		근조일B4	日本語
18	任淳得	秋の贈り物	每日寫眞旬報	1942.12		每日寫眞旬報	日本語
19	任淳得	月夜の語り	春秋	1943. 2		근조일B5	日本語
20	張赫宙	白揚木	大地に立つ	1930.10		근조일A2	日本語
21	張赫宙	追はれる人々	改造	1932.10		근조일A3	日本語
22	張赫宙	餓鬼道	改造	1932. 4		근조일A2	日本語

23	張赫宙	迫田農場	文学クオタリイ	1932. 6		文学クオタリイ	日本語
24	張赫宙	山靈	『権といふ男』 단행본	1933.12		『権といふ男』	日本語
25	鄭人澤	見果てぬ夢	朝鮮畫報	1941. 1		근조일B3	日本語
26	鄭人澤	清凉里界隈	國民文學 創刊號	1941.11		國民文學1권	日本語
27	鄭人澤	濃霧	國民文學	1942.11		國民文學4권	日本語
28	鄭人澤	殼	綠旗	1942. 3		근조일B4	日本語
29	鄭人澤	かへりみはせじ	國民文學	1943.10		國民文學8권	日本語
30	鄭人澤	不肖の子ら	朝光	1943. 9		朝光	日本語
31	鄭人澤	覚書	國民文學	1944. 7		國民文學10권	日本語
32	趙容萬	船の中	國民文學	1942. 2		國民文學4권	日本語
33	趙容萬	佛國寺の宿	國民總力	1943.10		근조일B5	日本語
34	崔曙海	飢餓と殺戮	朝鮮詩論	1926. 9	林南山譯	근조일A1	日本語
35	崔曙海	二重	調査資料朝鮮人の言論と世相	1927.10		근조일A1	日本語
36	崔曙海	紅焰(一)~(十)	「大阪毎日新聞」朝鮮版	1935. 1~2	崔鶴松	근조일A3	日本語
37	崔貞熙	地脈	朝鮮文學選集 第2卷	1940. 9	李蒙雄譯	근조일B3	日本語
38	崔貞熙	靜寂記	文化朝鮮	1941. 5		근조일B3	日本語
39	崔貞熙	二月十五日の夜	新時代	1942. 4		근조일B4	日本語
40	崔貞熙	野菊抄	國民文學	1942.11		國民文學4권	日本語
41	韓雪野	血	國民文學	1942. 1		國民文學1권	日本語
42	韓雪野	影	國民文學	1942.12		國民文學4권	日本語
43	미 상	金玉均の死	國民文學	1944. 3	南川 博	國民文學9권	日本語

제1장

식민지의 문학적 아포리아

A Study for reviving Japanese Literature by Koreans

식민지의 문학적 아포리아

01 식민지기 만주정책과 국책문학에서의 明暗

02 일제말 전시총동원체제하의 〈後方小說〉

03 일본문단의 조선작가 작품에 나타난 '조선'

04 정인택의 「淸凉里界隈」와 「覺書」 연구

01.

식민지기 만주정책과 국책문학에서의 明暗*

박경수·김순전

1. 서론

일제는 1932년 만주국 건국을 선포한 이래 대륙침략을 위한 발판으로 여러 가지 치밀한 정책을 추진해 왔으며 이를 문학적으로 뒷받침하도록 종용해 왔다. 때문에 만주 개척문학은 일제의 국책과 동일연장선상에 있었으므로, 일제의 만주지배정책을 비판 없이 수용하였다고 할 수 있을 것이다. 중일전쟁과 태평양전쟁을 거치는 동안 모든 문학작품에 가해진 제재를 염두에 둔다면 일제말기 문학을 평가한다는 것은 보다 신중을 요하게 한다. 그것은 식민지 시대를 거치면서 우리 민족이 얼마만큼의 정체성을 확보하고 있었는가 하는 질문과 연관되기 때문이다. 따라서 일제말기의 문학은 문학으로서만이 아니라 일제의 지배정책에 대하여 피지배인의 내면 표출로서 문학적 대응은 어떠했는가 하는 것도 중요한 관심

---

* 이 글은 2007년 12월 30일 한국일본어문학회 「日本語文學」(ISSN : 1226‑0576) 제35집, pp.455~476에 실렸던 논문 「식민지기 만주정책과 국책문학에서의 明暗의 表象」을 수정 보완한 것임.

사가 될 수 있을 것이다.

정인택은 일제 말 쇼와정부 시책에 보다 앞장서서 활동해 온, 친일작가 대열에서 빼놓을 수 없는 인물로 평가되고 있다. 그러나 아쉽게도 정인택의 작품에 대한 그동안의 연구는 대부분 1930년대 중반 이후 1940년대 초반까지의 심리주의 작품에 초점을 맞추고 있은 뿐, 친일의 흔적이 역력한 시국 및 군국물에 대한 연구는 거의 이루어지지 않고 있다. 때문에 일제 말 정인택의 행적과 이에 따른 작품연구는 필수불가결한 사항이라 여겨진다.

본고에서는 1942년 6월 정인택이 당국의 의뢰로 만주개척민 시찰을 다녀온 후, 그 결과물이라 할 수 있는 작품 중, 동년 11월 발표한 한글소설 「검은흙과 흰 얼굴」과 일본어소설 「濃霧」를 텍스트[1]로 하여 국책문학적인 면과, 정인택 내면의 문학적 대응을 이미지 중심으로 고찰해 보고자 한다.

2. 일제의 만주정책과 국책문학의 성격

2.1 일제의 만주정책

일제의 만주정책은 다양하게, 그리고 기술적으로 실시되었다. 일제는 1932년 ①順天安民 ②王都樂土의 실현 ③國際信義의 존중 ④문호개방

---

1) 정인택(1942), 「검은흙과 흰 얼굴」, 「조광」, 1942.11, 정인택(1942), 「濃霧」, 「國民文學」, 1942.11 을 텍스트로 함에 있어, 이후 인용문의 출처는 이로써 대체하며, 작품명과 항수만 기재한다.

⑤인재의 등용 ⑥五族協和를 건국이념[2]으로 내세우고 만주국 건국을 선포하였다. 이어서 '일본과 만주는 일심동체'라 규정하고 만소(滿蘇)국경을 지킨다는 명분으로 신경에 관동사령부를 설치함으로써 만주를 실질적인 지배권에 포함시키고 이를 발판으로 대륙침략을 위한 갖가지 정책을 치밀하게 추진한다.

우선 대대적인 이민정책을 실시하게 되는데 이른바 국책이민[3]이었다. 만주에 최초로 이주한 것은 만주국을 건국한 다음해인 1932년 10월 아오모리(靑森)현을 비롯한 동북지방의 재향군인 500명이었다. 당시 동만주에는 비적이라 일컫는 30만 명의 저항세력이 있었다. 때문에 그들은 오른손에 총을, 왼손에 낫을 들고 이주하는 소위 제 1차 무장이민이었으며, 이어서 제 8차까지 약 만 여명이 이주하게 된다.[4] 한편 청년의용군도 2개월의 훈련을 통하여 농업개척자로서 요구되는 심신단련과 철저한 건국정신 그리고 농업기술을 습득케 하여 만주개척의 지도자로 만들었다.[5]

일제는 일본인의 이주와 함께 대대적으로 조선인의 이주를 장려했다. 1937년 '在滿朝鮮人지도요강'을 제정하여 東滿지방 5개 현(縣)과 동변도 지방의 18개 현을 만주지역 조선인의 주거지로 정했다. 일제는 조선인의 이주

---

2) 香川幹一(1938), 『滿洲國』, 東京古今書店, p.114
3) 만주에의 이민정책에 대하여 矢內原忠雄는 '일본 농촌인구의 과잉문제를 해결하기 위한 것으로 경제이민이라기보다는 국책이민이라 할 수 있다. 즉 만주에 일본인을 이식시켜 민족적 발전지로서 일본의 권익을 영구적으로 확보하려는 정치, 군사적 사상이 배후에 존재한다.'고 지적한 바 있다.(川村 湊(1998), 『異郷の昭和文學』 - 滿洲と近代文學, 岩波書店, p.36) 따라서 만주이민은 경제문제보다도 '국책'의 문제로서 실행되었다.
4) 제2차: 492명(1933년 7월), 제3차: 605명(300호)(1934년 10월), 4차: 800명(1934), 5차: 1,000명(1935), 1937년 이후 계속하여 6차 7차 8차로 이루어져 약 1만여 명이 이주하게 된다. (조진기(2002), 「만주이민의 현실왜곡과 체제순응」, 『현대소설연구』 제17호, 한국현대소설학회, p.215)
5) 만주에 7개소의 훈련소를 개설하여 매년 3만~5만 명을 이민시킬 계획을 세우고 있었으며, 1936년부터는 향후 20년 간 백만 호(500만명)의 이주계획을 수립하였다.

를 통하여 여러 가지 효과를 노리고 있었는데, ①식민지 조선의 과잉인구와 경지부족을 완화시키려 하였으며, ②일본으로의 무정견한 진출로 인해 일본에서의 노동문제를 야기하는 것을 방지하려 하였고, ③在滿 韓人의 성공은 식민지 조선에서 '사상상의 지극히 명랑한 시사(示唆)'를 줄 뿐만 아니라 내선융화의 기초를 배양할 수 있을 것으로 여겼고, ④韓人을 '잘 소화하고 포용'하면 '전 아세아 민족의 갈앙(渴仰)과 신뢰'를 심화시킬 수 있을 것6)으로 보는 등, 조선인을 만주로 이주시킴으로 다양한 정치적, 경제적 효과를 거둘 것으로 보았던 것이다. 그리하여 중소(中蘇), 중몽(中蒙)의 국경일대, 그리고 기타지역에 산재한 조선인을 강제로 특정지역에 집결시키고자 하여, 1939년에는 13,451개의 집단부락이 결성7)되기에 이른다.

한편 일제는 만주국을 건설하는 데 드는 엄청난 자금을 충당하기 위하여 거액의 공채를 발행하는 한편, 아편을 공식적으로 제조, 확산시키는 정책을 펼치기도 했다. 1932년 <아편법> 8)과 <아편법실시령>을 반포하면서 아편전매제도를 확립하였다. 이 아편전매를 통하여 거대한 이윤을 얻는 동시에 다른 한편으로는 만주의 거주민을 아편중독자로 만들어 그들의 지배정책에 대한 저항력을 약화시키려 했다.9) 1938년 국내외적인 반대로 인하여 금연운동을 실시하기도 하였으나 태평양전쟁으로 그 수요가 증가하자, 만주와 몽골지역에서 아편생산을 다시 늘리게 되었다. 1945년 일본이 패전할 때까지 만주에서의 아편중독자는 적어도 254만명이나 되었다고 한다. 일제는 이들의 치료명목으로 '갱생원'을 설치하

---

6) 신주백(1999), 『만주지역 한인의 민족운동사』, 아세아문화사, p.315
7) 신주백(1999), 위의 책, p.305
8) 아편법에 따르면 만 25세의 아편중독자에 대하여 정부가 치료할 필요가 있다고
   판단할 때 정부에서 판매하는 아편을 피울 수 있게 허락하고, 양귀비 재배는 정부
   의 허가를 받아야 하며, 수매와 제조, 가공, 판매는 정부에서 관장했다.
9) 조진기(2002), 「만주이민의 현실왜곡과 체제순응」, 앞의 논문, p.215

여 아편중독자를 수용하였는데, 이는 아편치료보다는 이를 미끼로 입소자들의 노동력을 착취하기 위한 수단이 되기도 하였다.[10] 실제로 그들은 갱생원에 입소시키는 과정에서 입소자들의 직업을 중요시하여 기술자, 특히 군수물자를 만들 수 있는 목수나 피혁공, 제화공과 같이 전쟁에 필요한 인력을 가장 우선하여 입소시켰던 것이다.

이렇듯 만주국의 아편정책은 일본의 군수보충의 목적과 중국과 만주의 전체적인 국력을 약화시키는 수단이 될 만큼 양면성을 지니고 있었다. 이러한 정책은 만주를 일본인에 의한 완전한 일본국으로 만들려는 의도적인 것으로 볼 수 있을 것이다.

2.2 국책문학의 성격

일제는 만주국 건국과 함께 그들의 식민정책을 강화하는 한편, 이를 문학적으로 뒷받침하도록 종용했으니 그것이 이른바 국책문학[11]이며 만주의 경우 대륙개척문학으로 전개된다.

대륙개척문학은 1938년 국책을 뒷받침하기 위하여 발족된 <농민문학간화회>를 중심으로 하여 대륙개척에 관심을 갖고 있는 문학자가 회합하여 <대륙개척문예간화회>[12]를 결성하고 만주정책을 문학적으로 뒷

---

10) 李珉(2002), 「일제강점기 간도소설연구」, 경남대학교 박사논문, pp.84~85

11) 국책문학이란 전시 하 국책을 수행하기 위하여 농민문학, 대륙문학, 생산문학, 해양 문학이라 불린 문학이 성행하게 되는데 이것들을 일괄하여 국책문학이라 부른다. 그 선구적 역할은 농민문학으로 시마키 겐사쿠(島木健作)의 「생활의 탐구」(1937)가 계기가 되었다. (조진기(2000), 「일제의 만주정책과 간도문학」, 「배달말」 제27집, p.226)

12) 1939년 1월에 결성된 일본의 국책문학단체의 하나이며, 그 목적은 '대륙개척에 관심을 가지고 있는 문학자들이 회동하여 관계당국과 긴밀한 연락 제휴 아래 국가적 사업달성의 일조에 참여하여 문장 보국(報國)의 실적을 올리는 데' 있다. (『文藝年鑑』(1940. 12), 第一書房, p.114)

받침하는 활동을 전개 하였는데, 말하자면 대륙개척을 다룬 우수한 작품을 추진·장려하기 위한 종합적인 후원사업이었다. 이러한 모든 활동을 일원화하기 위하여 <만주홍보협화>가 창립되었고 재만 전 언론사가 이 협회에 강제적으로 가맹하기에 이른다.13)

또한 국가이념에 따라 1936년 3월 탄생한 <만선일보>14)는 "협화정신을 고무하고 재만 조선계의 국민적 자각을 강화하며, 조선계의 황민화 촉진에 적극적 참획"을 선언하고 일본 정부로부터 연간 6만4천원의 보조를 받으며 만주국 정부의 대변인으로 어용의 길을 걷게 된다. 1941년에는 예문을 통제하는 '예문지도요강'15)을 발표하고, 예문은 물론 언론까지 통제하기에 이르니 만주국의 문예는 철저하게 국책수행을 위한 국책문학의 성격을 지니게 된다.

같은 해(1941) 11월 국내에서는 시국에 맞추어 조선문단의 혁신을 도모하고자 새로운 의도와 구상 아래 「文章」과 「人文評論」을 합병하여 「國民文學」이라는 잡지가 창간되기에 이른다.

「國民文學」 창간을 전후로 약 5년간을 우리 문학사상 '암흑기'라고 하지만, 문화사적 측면에서 보면 이 시기는 과거 어느 때 보다도 '새로운 국민문화의 창조' 라는 시대적과제에 매진했던 시기16)라 할 수도 있을 것이다.

이처럼 실질적인 언론통제에 의해 조선문단을 혁신할 의도와 새로운

---

13) 조진기(2002), 「만주이민의 현실왜곡과 체제순응」, 앞의 논문 p.216
14) 만주국 홍보처의 한글신문에 대한 통합 방침으로 <간도일보>(1923~1937까지 용정에서 발행)와 <만몽일보>(1933.8~1937까지 장춘에서 발행)를 합병하여 <만선일보> 가 탄생함.
15) '예문지도요강'은 취지, 아국문예의 특질, 예문단체조직의 확립, 예문활동의 촉진, 예문교육 및 연구기관의 5개 항목으로 나누어져 있으며, 건국정신을 기조로 하는 예문의 창조와 그 육성 및 보급에 대하여 지시하고 있다.
16) 박광현(2005), 「'국민문학'의 기획과 전망」, 「배달말」 제37집, pp.321~322

구상아래 창간된 「國民文學」을 비롯한 여러 친일성향의 문학지에 정인택은 "부동의 신념 위에 서서 문학자의 입장을 고수하면서 국책의 線까지 따르는 방향을 찾아내야 한다." 17)는 마음가짐으로 다양한 장르의 작품을 활발하게 창작 발표 하게 된다.

2.3 정인택의 만주개척문학

1942년 6월 정인택은 척무과(拓務課)로부터 南北滿州의 조선인 개척지를 시찰하고 거기서 얻은 견문으로 작품을 써달라는 의뢰를 받고 장혁주, 유치진과 함께 개척민 시찰차 만주로 떠난다.18) "그 곳 개척지 사정을 전혀 모르는 상태지만 눈에 보이는 것은 하나도 빼놓지 않고 올 決心" 19) 으로 다녀온 간도성(間島城) 여행에 이어, 12월 하순 간도성의 초빙으로 채만식, 이석훈, 이무영, 정비석과 함께 간도를 방문하여 정치, 경제, 문화, 개척부락의 생활상 등을 견학하고 이를 토대로 하여 <표>와 같은 작품을 발표한다.

<표> 만주정책과 관련된 정인택의 작품

일 자	장 르	언어	작 품 명	게재지
1942. 6.23.	수필	일본어	壬辰にて	경성일보
1942. 6.25	수필	일본어	牧丹江にて	경성일보
1942. 6.30	수필	일본어	延吉にて	경성일보
1942. 7.	수필	일본어	旅・信・抄	國民文學

---

17) "不動の信念の上に立ち、文學者の立場を守りながら、それがひとりで自然に國策の線にも沿う方向を發見しなければなりますまい。"(「今後如何に書くべきか?」,「國民文學」, 1942.1, p.160)
18) 「문인근황」,「삼천리」, 1942.7, p.68
19) 위의 책, 같은 면

1942. 7.27~29	수필	한글	大地의 歷史	매일신보
1942. 7.	수필	한글	滿洲行前記	三千里
1942. 8~10	수필	일본어	開拓民의 感情	춘추
1942. 9.	수필	한글	沃土의 表情	新時代
1942.10.	座談會前記	한글	開拓民部落現地座會	조광
1942.11.	**소설**	**일본어**	**濃霧**	**국민문학**
1942.11.	**소설**	**한글**	**검은흙과 흰얼굴**	**조광**
1942.12.	소설	일본어	一粒の種	신여성
1943. 1.	수필	일본어	駱駝山にて	경성일보
1943. 3.	수필	일본어	滿洲開拓地紀行	國民文學
1943.12.	방송소설	한글	淸香區	방송소설명작선

위와 같이 만주를 배경으로 하여 기행수필 10편, 소설 4편을 발표하게 되며, 소설 4편 중 1942년 11월 「검은흙과 흰 얼굴」은 한글로 「조광」에, 「濃霧」는 일본어로 「國民文學」에 동시에 발표함으로 만주 이민 정책에 적극 협력하게 된다. 특히 「검은흙과 흰 얼굴」은 개척지 시찰 동기부터 그 곳의 현황까지 작품 안에서 작가의 분신으로 투영된 듯한 철수를 통하여 사실적인 느낌을 더하고 있다.

3. 국책문학 속에서 본
　　명암의 표상

3.1 광활하고 기름진 땅 만주 – 유토피아로

일제가 정책적으로 조성한 지역에 대한 감회와 유토피아적인 모습을 묘사함으로서 선전효과를 노린 작품 「검은흙과 흰 얼굴」은 제목이 상징하는바와 같이 만주 개척민 부락의 유토피아적 모습을 선전한다. 철수는 개척민 부락에 도착하여 비옥한 농토와 그것을 일구어내느라 갖은 고초를 감내하는 순박한 농민들의 노고에 감격한다. 무엇보다 철수의 눈길을 끄는 것은 광활하고 기름진 땅이었다. 게다가 콸콸 소리 내며 흐르는 물소리에 철수는 흥분하기까지 한다. '기름진 땅과 풍부한 물!' 이것은 농본주의인 우리 민족에게는 무엇과도 비길 데 없는 유토피아였던 것이다.

> 저쪽 하늘 끝에서 이쪽 하늘 끝까지 철수의 시야를 가리는 것이라곤 아무것도 없었다. (중략) 항용 쓴 넓다는 형용만 가지고는 도저히 이 북만주 6월의 평야를 표현할 수는 없으리만치 참말로 그것은 넓고 클 따름이다. (중략) 바닥에 깔린 것은 시커먼 흙이다. 3, 4년은 보통이요, 10년까지도 거름없이 농사한다는 이 기름진 검은흙, 반길을 파도, 한길을 파도, 풀뿌리 나무뿌리 썩은 것이 섞여 희커멓게 변색한 진흙만이 나온다는 이 옥토. (「검은흙과 흰 얼굴」, pp.190~191)

> 물소리는 이 N하의 물을 끄려 디리는 용수로(用水路)에서 들리는 것이었다. 폭이 五메터, 길이가 十四킬로…(중략) 철수는 얼빠진 사람같이 그 물줄기만을 뚫어져라고 디려다 보고 있다. (중략) 언저리가 넘게 물은 철철 콸콸, 벌판을 꿰뚫고 일직선으로 힘차게 흘러내려간다. (「검은흙과 흰 얼굴」, p.193)

끝없이 넓은 평야, 기름진 검은흙 그리고 엄청난 수리관계시설에 놀라움을 감추지 못하는 철수는 드넓은 만주벌판과 농촌의 모습을 보면서 만주개척이라는 성업(聖業)에 정진하는 조선농민들의 생활에 또다시 감격한다.

한편 비참한 생활을 하고 있으리라 예상했던 철수는 전혀 다르게 깨끗이 정돈되어 있는 농가와, 조선 농민에 비해 훨씬 도회적이고 세련된 여성들의 차림새에 내심 서운함을 느끼기도 하지만, 일제가 정책적으로 조성한 지역에 대한 선전용 작품을 써야 하는 본연의 임무를 의식한 때문인지 이내 즐거운 마음으로 받아들인다.

> 조선에서 보는 농가보다 훨씬 정돈됐고 훨씬 깨끗하고 훨씬 침착한 품조차 엿보였다. 다음엔 역시 가조 지은 듯한 예배당이 나타났다. 마침 예배가 끝났는지 한쪽 문으로 10여명의 색씨들이 성경책을 옆에 끼고 우루루 쏟아져 나왔다. 그것을 보고 철수는 놀램을 금하지 못한다. 그것은 도저히 농촌풍경이 아니었다. 흰 저고리 검고 짧은 치마에 굽 높은 구두신은 색씨가 한둘이 아니었던 것이다. 순간 철수는 일종의 서운함을 금치 못하였다. 비참한 생활, 음산한 생활, 이 북만주벌판에서 조선 농민들은 오직이나 고생들을 하고 있을까 하던, 그리고 꼭 그런 생활만을 예기하고 있던 자기의 예상이 산산히 깨어져나가기 때문이었다. 그러나 철수는 그 서운함을 눈물이 나도록 즐거운 마음으로 달게 받아드리는 것이다. (「검은흙과 흰 얼굴」, pp.193~194)

이어서 개척부락의 정경을 보여주고 있는데, 조선의 현실에 비해 만주 개척지의 우수한 조건들을 보다 강렬하게 부각시키는 한편, 주민을 통제하고 감시하기위하여 세워놓은 높다란 망루나 마을에서 가장 잘 보이는 곳에 神社가 세워져 있는 것으로 보아 이미 만주란 일본의 또 다른 식민지임을 확인할 수 있다 하겠다.

3.2 지식인도 함께 하는 왕도낙토

만주는 이제 왕도낙토가 되었다 여기며, 이 곳 조선개척민들의 안정된
생활에 뿌듯해 하던 철수는 그 날 저녁 숙소에서, 그 곳에서 교원생활을
한다는 옥같이 흰 얼굴의 젊은 여성을 발견하고 소스라치게 놀란다.

> 철수는 잠간 의아스러운 눈초리로 그 뒷모양을 쫓다가, 그 뿐, 다시
> 문턱을 벼개삼고 누으려 하였다. 그러나 다음 순간 철수는 벌떡 상반신
> 을 일으키고 있었다. 그리고 마악 방안에 들어서려는 여자의 흰 옆얼굴
> 을 유심히 바라보았다. 많이 본 여자의 얼굴이다. 익히 아는 여자의 모
> 습이다. ─그러나, 설마…… 철수는 도저히 있을 수 없는 기적을 눈앞
> 에 본 사람 모양으로 눈이 휘둥그래졌다. (「검은흙과 흰 얼굴」, p.196)

익히 아는 여자의 모습이란 철수의 옛 애인 혜옥을 말하는데, 혜옥은
장래가 촉망되는 성악을 공부하는 지식인이었다. 그러나 물욕에 눈이 어
두워진 어머니 때문에 행방을 감추었던 혜옥이 '마쓰바라'라는 이름으로
이 곳 학교에서 열성적으로 아동을 지도하는 한편, 밤에는 야학을 열어
개척민들과 고통을 나누며 함께 생활하고 있다는 것이다.

다음날 철수는 그녀의 수업을 참관하기 위해 그녀가 담당하고 있는 교
실 앞에 이르렀는데, 이를 눈치 챈 그녀는 칠판을 향하고 있을 뿐 끝내 얼
굴을 보여주지 않는다. 혜옥을 닮은 신여성이 개척민 부락을 위해 궂은
일을 자처하며 헌신하고 있는 모습만으로 깊은 감동을 받은 철수는 구태
여 그녀가 혜옥임을 확인하려 하지 않고 '근대 젊은 여성의 훌륭한 모습'
을 발견한 것으로 만족하며 발길을 돌린다.

―그가 혜옥이래면…… 역시 혜옥이가 나버덤 총명했군…… 철수는 논두렁을 걸어가며 혼자 생각하는 것이다. (중략) ―혜옥이 아니더라두…… 문득 그것에 생각이 미치자 철수는 무슨 천계(天啓)나 받은 듯이 일시에 맘속이 탁 티이는 것 같은 광명을 발견할 수 있었다. (「검은흙과 흰 얼굴」, p.201)

그러나 혜옥임을 확신하는 철수는 장래가 촉망되던 소프라노 혜옥이 자신의 성공을 뒤로 하고 자신이 가진 모든 재능으로 만주개척에 동참하고 있는 것을 매우 긍정적으로 받아들인다. 따라서 만주개척이란 농민만의 몫이 아니라 모든 지식인들도 함께 할 것을 암시하고 있다. 이처럼 정인택은 일제의 만주지배정책을 개척민의 문제로만 보지 않고 모든 지식인이 적극 동참하여 왕도낙토를 실현하는 것이야말로 동아 신질서를 확립하는 길임을 강조함으로써 일제의 국책을 선전하는 목적문학으로서의 기능을 하고 있는 것이다.

███ 3.3 비적과 토벌대

일제는 만주사변(1931)을 일으킨 후 차차 침략정책을 수행해 갔다. 당시 북지에는 약 4만에 달하는 만주개척민들이 거주하고 있었는데, 임학수는 만주에 살고 있는 조선인을 네 부류로 나누었다.

着實한 職業을 가진 이와 <u>軍이나 官憲의 指導下에서 勇敢無比한 活動을 하는 이와</u> 위에 말한 禁制品 密賣者와 여자를 더불고 가서 하는 料理店 等屬. <u>前者의 둘은 각계에서도 稱讚하고 있으나 極少數 입니다.</u>[20] (밑줄 필자, 이하 동)

---

20) 임학수(1939), 「북지견문록」, 「문장」, p.167

당시 "북지의 조선인은 모피, 코카인 등 금제품(禁制品) 밀매나 선량한 중국인에게 착취, 공갈 등 불량한 행위를 하는 등 평판이 대단히 나빴다."21)는 것을 보면 당시 만주에 거주하던 조선인의 삶이 그렇게 평탄한 것은 아니었을 것으로 추측된다.

위의 분류대로 하면 「濃霧」의 '지타(千田)'는 '군이나 관헌의 지도하에서 용감무쌍한 활동을 하여 칭찬받는 극소수 사람 중의 하나이다. 「濃霧」는 전선 배후에서 일어난 비적토벌의 실제담인듯 전장(戰場)의 양상을 기록한 작품이다. 비적과의 싸움을 주제로 한 작품은 그다지 많지는 않지만 일제의 만주 침략과정에서 이들의 상당한 저항을 받았던 증거라 할 수 있다.22) 「濃霧」의 배경인 대사하툰(屯 : 부락)은 특히 비적의 소굴이라고 일컬을 만큼 비적의 습격을 많이 당했던 지역이었다.23) 만주사변이 일어나자 지타운전수는 바로 북지로 파견되어 선두에 서서 용맹운전수로 이름을 날린다.

> 지나사변이 일어나자 드디어 그는 북지의 전쟁터를 돌아다니고 있었다. 승전중인 황군. 손이 되고 발이 되어서 그는 부대 안에서 용맹운전수로 이름을 날렸다. 그는 항상 트럭 행렬의 선두에 서서 탄환을 두려워하지 않았다. 그는 멧돼지처럼 용감했다.24) (「濃霧」, p.117, 번역 필자 이하 동)

중국을 침공하는 과정에서 비적들의 산발적 공격으로 인해 일본군이

---

21) 임학수(1939), 위의 책, p.166
22) 송민호(1991), 『일제말 암흑기 문학연구』, 새문사, p.181
23) 정인택(1942), 「개척민부락장 현지 좌담회 - 좌담회전기」, 「조광」, 1942.10, p.65
24) 　支那事變が起きると間もなく、彼の姿は北支の戰野を馳驅してゐた。勝ち進む皇軍。手となり足となつて、彼は部隊中で勇猛運轉手の名を走せた。彼は常にトラックの行列の最先頭に立つて彈丸を物ともしなかつた。彼は猪のやうに勇敢だつた。

상당한 지장을 받았으며, 戰線이 전진할수록 비적들이 공안을 교란 시키는 일이 적잖이 일어났다. 그리하여 이들 토벌작전은 전선의 전투 못지 않게 치열했으며, 많은 희생을 야기하였던 것이다.

> 불과 두 달 사이에 작은 전투 60여 차례, 토벌대도 적지 않은 희생자를 내고 말았다. 뿐만 아니라 사방에서 몰려든 비적단은 늘어난 반면, 사정은 날로 악화될 뿐이었다.25) (「濃霧」, p.120)

만주국 건국 전후 개척실화를 그린 소설 「한등」26)에서 보면 '비적'이란 일제의 만주침략에 저항하는 '항일구국군'의 다른 이름으로도 사용되고 있었다. 그 연장선에서 보면 조선의 항일독립군이 '비적'이라는 이름으로 불리며 일제의 토벌 대상이 되었다고도 볼 수 있을 것이다. 실제로 이때는 토벌대에도 비적단에도 수많은 조선인이 포함되어 있었으며, 일제의 국책 수행을 위하여 동족끼리 싸우면서 많은 희생자를 내는 아이러니를 보이기도 하였다. 때문에 조선인으로서 지타는 부끄러움을 느끼며 초조해 한다.

> 지타운전수는 벽 쪽을 향해, 억지로 눈을 감고 보면서 일종의 초조함과 부끄러움을 느꼈다. 아침부터 무슨 얼간이 짓이야. 나 하나 개인의 문제는 나중에라도 천천히 해결할 수 있다. <u>지금 나에게는 아주 중대한 책무가 있다. 조금만 자고 나서 기운을 차려야지</u>…… 어느샌가 희미한

---

25) 僅かふた月の間に小競合六十余回、討伐隊も少なからぬ犠牲者を出してしまつた。のみならず四方からなだれ込む匪賊は殖える一方で、匪情は日に惡化するばかりであつた。
26) 松山實(1943), 「한등」, 「춘추」, 1943.4, p.139

불빛이 방 구석구석까지 비춰오고 있다.27) (「濃霧」, p.122)

토벌대와 비적단의 밀고 당기는 전투 속에서 지타는 심리적으로 갈등하지만, 그 갈등은 이내 개인의 문제로 치부해 버리고, 중대한 책무, 즉 국책을 수행하는 쪽으로 마음을 정리한다. 이러한 점은 정인택의 나약함과 시류를 따라가려는 심리를 엿볼 수 있는 부분이라 하겠다.

▨ 3.1 단신이향(單身離鄕)에서 가족으로의 회기

일제강점기 30여년은 거의가 떠남의 사회였고 밀려남의 형세였다고 할 수 있다.28) 1932년 일제가 '오족협화'29)라는 건국이념을 앞세워 만주국을 건설한 뒤, 만주로의 개척이민은 본격화된다.

개척문학이라는 장르는 원래 일본 국내의 인구문제, 식량문제를 해결하기 위한 이민단의 모습을 그린 것이었다. 그런데 한국문학의 입장에서 본다면 이것은 만주로 이주한 조선인 농민의 성공담이나 생활풍속을 그린 것, 만주에서의 산업개발이나 생산의 증산·장려책, 개척민들의 이주정책과 연관이 되는 것으로 나타난다.30) 당시 조선의 이농민은 일본의 이주정책으로 만주로 가야 했거나, 아니면 국내에서는 생존이 위태로워

---

27) 千田運轉手はそつと壁の方に向きを變へ、強ひて目をつぶつて見ながら、一種の焦立たしさと慙愧の念を覚えるのであつた。今朝からの俺は何といふうつけ者だつたらう、俺一個人の問題は後からでもゆつくり解決出來る、今の俺に重い大事な責務があるのだ、すこし寝て元氣をつけよう…いつの間にかほのかな明かりが部屋の隅々へまで差して來てゐた。

28) 오양호(1988), 「한국 소설에 나타난 떠남의 모티브와 間島」, 『한국문학과 間島』, 문예출판사, p.23

29) 오족(五族)이란 일본, 조선, 만주, 몽골, 중국을 말한다.

30) 布帶敏博(1996), 「일제말기 일본어 소설연구」, 서울대학교 석사논문, p.100

고향에서 더는 살 방법이 없어 새로운 삶의 터전을 찾아 만주 벌판으로
이주했다. 그러나 지타의 경우는 약간 다르다. 지타는 농사꾼이 되는 것
이 정말 싫었고 계속 공부하고 싶다는 생각 끝에 결국 고향을 등지고 만
주로 향한다.

> 그때는 정말 농사일이 싫었다. 그 이유만으로 고향을 떠난 지타운전
> 수였다. (중략) 학교를 졸업하고 나서 2, 3년간 그는 줄곧 '농사꾼은 싫
> 다. 공부를 계속하고 싶다'는 생각만 들어 매사가 즐겁지 않았다. 빈둥
> 거리는 아들은 역시나 아버지 눈에 거슬렸다. 아버지는 역정을 내며 밭
> 에 나가라며 채근했다. 설득도 했다. 그것이 화근이 되어 부자지간에 싸
> 움이 났고, 어느 화창한 봄날, 그는 마침내 마을에서 모습을 감추고 말
> 았다.31) (「濃霧」, p.117)

그러나 때가 때인지라 고학할 수 있는 처지도 못되었던 지타는 교복
대신 기름투성이 작업복을 입은 지 3년 만에 운전면허를 손에 쥐게 된다.
열심히 일해서 돈을 모아 아버지를 농사꾼 신세에서 벗어나게 할 결심은
5년이 지난 지금까지 변함이 없는데 해 놓은 것 없이 세월만 훌쩍 지나
가 버렸던 것이다. 전투 중 부상을 입었던 지타는 회복하자마자 군의 도
움으로 만척(滿拓)에서 운전수로 일하게 된다. 마침 개척반장의 서류에서
아버지 천용희의 이름을 발견하고 착잡한 심정에 안절부절 못한다.

---

31) あの時は一途に百姓仕事が嫌だつた。それだけで故郷を飛び出した千田運轉手だ
　　つた。(略)學校を出てから二三年間、彼は百姓は嫌だ、もつと勉强が續けたい、
　　とそればかりを思ひ續け、快々として樂しまなかつた。のらくらしてゐる息子は
　　流石に父の目に餘つた。父は口を醜くして野良に出ることを勸めた。口說きもし
　　た。それが口火となちて父子の間を諍ひが起こり、よく晴れたある春の日、彼は
　　たうとう村から姿を消してしまつたのだつた。

천용희. 59세. Z도 Z군 출신. 소작. 호주 란에 그렇게 쓰여 있었다. 이제 아버지라는 것이 한 점 의심할 여지는 없었다. 가족 란에는 어머니와 여동생까지 분명하게 기재되어 있다. 아버지다. 아버지가 가족을 데리고 개척민이 되었고, 게다가 이 간도성내에 이주해 있다. 5년이나 잊고 지냈던 고향, 집, 아버지, 여동생— 이 모든 것이 한꺼번에 혼란스럽게 지타운전수의 상념 속을 헤집고 다녔다. 자책과 회한의 정이 교차하고, 복잡한 격정이 마음을 계속 뒤흔들었다.32) (「濃霧」, p.116)

그 아버지가 지금 두 시간밖에 걸리지 않는 가까운 곳에 개척민이 되어 거친땅을 일구고 있다. 낯선 기후 풍토와 싸우면서, 비적들의 포위망 안에서, 노구에 째찍에……33) (「濃霧」, p.118)

'어쩐 일로 아버지까지 대대로 농사짓던 땅을 버리고 고향을 떠나 이곳까지 왔을까'에 생각이 미치자 지타는 밀려드는 그리움에 어찌할 바를 모르다가, 나 하나 때문에 이 험한 곳까지 왔다는 데 생각이 미치자 지타는 사무치는 혈육의 정에 불타오른다.

---

32) 千用熙、五十九歳、Z道Z郡出身、小作、戸主の欄にさう書かれてあつた。もう父であることに一點の疑ひもさし挾む餘地はなかつた。家族の欄には母と妹のことまでが、はつきりと書き込んである。父だ、父が一家を至ゐて開拓民となり、しかも、この間島省内に入植してゐるのだ。五年もの間忘れてゐた故郷のこと、家のこと、父のこと、妹のこと――それらが一ぺんに目ぐるしく千田運轉手の想念の中を驅けめぐつた。自責と懷奮の情が入り交じつて、複雑な激情が心をゆさぶり續けた。

33) その父がいま二時間とはかゝらない身近な所へ、雄々しく開拓民となつて來て、荒地を掘り起こしてゐる。馴れない氣候風土と戦ひながら、匪賊の包圍陣の中で、老骨に鞭打つて…

아버지는 나를 찾으러 온 것이다. 그렇다. 그게 틀림없어. 내가 만주에
와 있다는 것을 아버지는 바람결에라도 들었음에 틀림없다. 사실 날이 얼
마 남지 않은 아버지로서 외아들인 나는 생의 전부였을 것이다. (중략) 아
버지가 개척민 모집에 응한 것은 죽기 전에 한번 아들을 만나고 싶다는
유일한 소원이었을 것이다. 이제 의심할 여지는 없었다. 떨어져 지냈어도
아버지 마음정도는 손바닥 보듯 훤히 알 수 있다.34) (「濃霧」, p.118)

　　지타가 비적들과 더욱 용감하게 싸울 수 있었던 것은 아버지를 비롯한
가족을 만날 수 있다는 희망이 있기 때문이다. 아무리 비극적인 상황에
서도 꺼지지 않는 희망이 있어서 이겨낼 수 있었으며 그것은 향수와 그
리움과 아픔을 서정화 또는 형상화시킨다. 실향의식이 단순히 자기상실
감에서 오는 갈등이나 향수의 서정화로 그치지 않고, 귀향의 변용이라
할 수 있는 '가족으로의(마음의 고향) 회귀욕망'으로 승화되고 있는 것이다.
지타는 농사일이 싫어서 집을 뛰쳐나갔지만 다시 농사꾼이 되겠다고 결
심한다.

　　계속 흐느끼면서 그는 마음속에서ー아버지 살아만 계세요. 살아만
계신다면 이제 평생 곁에 있을게요. 저도 농사꾼이 되어 아버지를 도와
드릴게요. 기쁘게 해드릴게요…… 끊어질 듯 간신히 외치고 있었다.
(중략) 이 모습 이대로 아버지한테 돌아가자. 언제까지나 빈농일수는 없

---

34)　ー父は自分を尋ねて來たのだ。さうだ、それに違ひない……自分が滿洲に來てゐる
　　ということを、父は風の便りにでも聞いたに相違ない。老先の短い父にとつて、
　　一人息子の自分は生の凡てである筈だつた。(略)父が開拓民の募集に應じたのは、
　　死の前に今ひと目息子に合ひたいといふそれだけの切な願ひからであつたに違ひ
　　ない。もうそれを疑う餘地はなかつた。離して暮らしてゐても、親爺の気持ぐら
　　ゐは手に取るやうに判る。

지 않은가. 만주에는 얼마든지 넓은 비옥한 토지가 있다. 그걸 개척하고

경작해서……35) (「濃霧」, p.129)

만주에는 얼마든지 넓고 비옥한 토지가 있어, 지타는 가족을 만나면 드넓은 만주 땅을 개척하여 함께 살아갈 것을 꿈꾼다. 그러나 만주는 그리 만만한 곳이 아니었다. 주인 없는 땅이 아니었으며 이곳 만주 또한 지주의 땅을 빌려서 농사를 지어야 하는 일종의 소작인 셈이다. 게다가 원주민과 농사방식이 달라 어려움이 많았다.

그럼에도 정인택은 소작인으로 쓰라린 기억이 많은 고향(조선)보다는 가족들과 함께 이 곳 만주에서 개척하여 살아가기를 독려하고 있는 것을 볼 수 있다. '비옥한 토지' 그리고 우리민족의 '혈육의 정'은 어떠한 난관도 극복할 수 있으리라 여긴 정인택은 이를 '만주이주정책'을 위한 국책 수행의 장치로 활용한 것이다.

3.5 어둠에서 빛으로

이 두 작품은 태평양전쟁이 발발한지 1년 후인 1942년 11월에 동시에 발표한 작품이다. 제목에서 보듯 '검은흙'과 '흰 얼굴'은 대비된다. 검은 흙, 즉 검은 땅은 "3, 4년은 보통이요 10년까지도 거름 없이 농사지을 수 있는 기름진 옥토"이며, 무엇보다 땅을 소중히 여기는 우리 농민들의 개 척이민을 유도하는 장치이다. 그러나 그 이면에는 식민지기 암흑처럼 캄

---

35) 咽び続けながら彼は心の中で－お父さん、生きてゐてくれつ。生きてさえゐて くれたら、もう一生そばを離れないぞつ。俺も百姓になつてお父さんを手伝つて 上げるつ。楽をさせるぞつ……絶え絶えに叫んでゐた。(略) 素裸で父親のどころ へ歸らう。いつまでも水呑百姓で置くものか。滿洲にはいくらでも廣い、肥沃な 土地があるのだ。それを拓き、それを耕……

캄하기만 한 조선의 현실로 볼 수도 있을 것이다. '검은흙'으로 대비되는 '흰 얼굴'은 '마쓰바라(혜옥)'로 이곳 개척지에서는 한줄기 빛이요 희망이며 미래이다.

> "오신 이튿날 버텀 아이들 위해서 발 벗구 나스시는데… 참 장하십디다. 장해. 그게 하루 이틀이 아니거든요. 요새는 애들하구 가치 논에를 다 들어가십니다. 밤에나 웬 쉬시나요. 틈 있는대루 학교에 못댕기는 애들 불러다 뫄 놓구 글 가르치시구, 또 그런가하면 급할땐 산파노릇두 하시구… 인젠 아마 가신대두 이 부락사람이 붙잡구 안놀겝니다." (「검은흙과 흰 얼굴」, pp.197~198)

이 곳 개척지와는 어울리지 않는 지식인 처녀가 마을사람들의 칭찬이 자자할 정도로 마을을 위해 적극적으로 헌신 봉사한다. 철수는 '마쓰바라'가 옛 애인 혜옥과 너무 흡사하고 앞뒤 정황으로 보아 혜옥임에 틀림없다고 확신하지만 굳이 확인하려 하지 않고 뿌듯한 마음으로 만족하는 것으로 결말짓는다.

> 혜옥이라면 더욱 반갑다. 그러나 혜옥이 아니더라도 이 얼마나 훌륭한 여자의 생활인가. (중략) 근대의 젊은 여성들이 이런데서 이렇게 꾸준히 살 길을 찾아 나섰다는 것은 이것은 첫째로 누구를 위하야 만세 부를 일이냐. 그들 여자들 자신을 위하야서이다. 그렇다 — 철수는 비로소 그 여자가 혜옥이 아니라도 맘이 뿌듯하게 만족할 수 있었다. (「검은흙과 흰 얼굴」, p.201)

작가의 사고는 작품 속에 어느 정도 투영된다고 할 수도 있을 것이다.

인물 설정에 있어서도 조선적 정서를 환기시킬 수 있는 대상으로 연인의 재창조라 할 수 있는 헤어진 혜옥 대신에 마쓰바라를 설정했음이 주목된다. 식민지기 암울한 현실에도 작품활동은 해야겠기에 개척지에서 한줄기의 빛과도 같은 혜옥의 존재를 '마쓰바라'라는 이름으로 감추고 시국에 따를 수밖에 없었지만 그 내면에는 검은색과 대비되는 흰 색에서, 흰 얼굴을 가진 혜옥에게서 우리민족 고유의 색인 흰 색을 상징하고 있지는 않았을까? 또 딸을 이용하여 돈벌이에 급급한 어머니(식민지기 조선의 현실을 상징하는 것으로 볼 수 있다.)와 더는 함께 살 수 없어서 이 곳 만주 땅까지 와서 후학을 기르는 일에 전념하는 흰 얼굴 혜옥에게서 조국 광복 이후의 미래를 이끌어갈 인재까지 염두에 두지는 않았을까 추측해 본다.

또한 「濃霧」에서도 제목에서부터 상징하듯 짙은 안개는 어두움, 즉 그 시기 우리 조선의 현실이었다. 미래가 불투명한 식민지기 현실을 말해주는 듯 서두부터 자욱한 안개로 시작한다.

9월도 중순이 지나자 백두산 기슭의 고원지대에는 매일같이 안개가 자욱했다. 월출과 경쟁이라도 하듯이 황혼이 깔리면 안개는 현성(현공사 소재지)을 좌악 드리워……36) (「濃霧」, p.113)

현성을 나오니 생각보다 짙은 안개가 모든 것을 감싸고 있었다. 앞차가 어렴풋이 안개 속으로 사라져 버렸다. 물론 주위 전망 따위는 짙은 안개 때문에 전혀 볼 수가 없었다.37) (「濃霧」, pp.123~124)

---

36) 九月も半ばを過ぎると、白頭山麓のこの高原地帯には毎日のやうに霧ががゝった。月の出と出足を競ふやうに、黄昏れ始めるともう霧はひたひたと縣城(縣公署所在地)を押し包み、
37) 縣城を出外れると、思つたよりも搖かに濃い霧が、凡てのものを包み隠してゐ

비적들과의 전투 장면에서도 어김없이 안개 속 전투로 이어져 오리무중이다. 그러나 주인공 치타가 무심코 올려다 본 하늘은 별이 반짝이는 것으로 보아 좌 - 악 깔린 안개층의 위층은 아주 맑고 높은 밤하늘이었다. 식민지기 우리의 현실은 자욱한 안개처럼 암울하지만 별이 빛나는 맑은 하늘에서 미래를 보았고 희망을 보았을 것이다. 치열한 전투 속에서도 역시 희망은 보였다. 바람이 분 것이다.

> "바람이 분다." 누군가 트럭 위에서 환성을 질렀다. 그러고 보니, 볼에 닿는 안개의 흐름이 상쾌했다. 기분이 좋아졌다. 차체가 휘감아 올린 바람이 아니라 확실하게 바람이 분다는 증거였다. "바람이 분다." 뒤 트럭에서도 누군가가 말했다. "천우신조다." "안개가 걷히겠지." 3대의 트럭에서 만세소리가 터져 나왔다. 이제까지의 어둠은 완전히 사라지고 용사 하나하나의 얼굴에는 희망 섞인 새로운 용기가 넘쳐흘렀다.38) (「濃霧」, p.124)

짙게 드리워져 걷힐 줄 모르고 시야를 가렸던 안개는 천우신조와도 같은 바람으로 인하여 드디어 물러간 것이다. 토벌대에도 많은 조선인이 포함되어 있다. 그들도 지타처럼 일본을 위하여 싸우고는 있지만 조국의

　　た。もう前の車の姿がぼやつと霧の中に溶け込んでしまふのであつた。無論、周圍の展望などは、稀に見るこの濃霧のために丸つきり利かなかつた。

38) 「風が出たぞつ」誰かゞトラツクの上で歡聲を上げた。さう言へば、ひんやりと頬に当たる霧の流が、心地速度を増し、渦を巻いてゐるとも思へた。それは車體が捲き起す風のあふりからばかりではなかつた。確かに風が出た證據だつた。「風が出たぞつ」後のトラツクでも誰かゞ話した。「天佑だあ！」「霧が晴れるぞつ」期せずして三台のトラツクから萬歳の聲が湧き上つた。今までの暗さがすらりと消え、勇士の面々の面上には、希望を混へた新しい勇氣が漂々と充ち溢れた。

해방을 갈망하였을 것이다.

백두산 기슭에서부터 산서성, 안도현…… 가는 곳곳마다 앞을 분간할 수 없는 안개속이다. 그렇지만 주인공 지타를 찾아 개척민으로 이주해 있는 아버지가 계실 것 같은 대사하로 가는 길은 그렇게 지독했던 농무도 아침바람에 하늘 멀리 날아가고 그 사이로 부드러운 햇살이 비추인 것이다.

빛은 밝음이요 희망인 것이다. 내성적이고 나약한 성격 탓에 맞서기보다는 그 때 그 때 시류에 따라 적절하게 순응해 버린 정인택이었지만, 이 때(1942년)만 해도 한국인으로서 그의 내면 깊숙한 곳에서는 가까운 미래에 있을 조국 해방을 고대하고 있었던 것은 아니었을까 여겨진다.

4. 결론

이상으로 일제의 만주정책과 국책문학의 명암 측면에서 두 작품을 살펴보았다. 만주 개척문학은 일제의 국책과 맞닿아 있었으며, 일제의 만주 지배정책에 일익을 담당하고 있었다.

태평양전쟁 이후 정인택은 "부동의 신념에 서서 문학자의 입장을 고수하면서 자연히 국책의 선에까지 따르는 방향을 찾아내야 한다는 것."을 강조하며 작품활동을 이어갔다. 그리하여 「검은흙과 흰 얼굴」은 한글로 「조광」에, 「濃霧」는 일본어로 「국민문학」에 동시에 발표하는데, 같은 시기 두 문학지에, 두 언어로, 동시에 발표 했다는 것은 당시 지식인은 물론, 그 밖에 모든 계층의 사람들에게 만주의 유토피아적인 모습을 선전할 수 있게 되었고, 일제의 만주 이주정책에 큰 영향을 주었다고 볼 수 있다. 특히 지식인들도 적극 동참하여 왕도낙토를 실현하는 것이야말로 동아 신질서를 확립하는 길임을 강조함으로써 일제의 국책을 선전하는 목적문학으로서의 기능을 해 왔다.

또한 연인의 재창조라 할 수 있는 헤어진 '혜옥' 대신에 '마쓰바라'를 설정한 것과, 농사일이 싫어서 집을 뛰쳐나간 지타를 귀향의 변용이라 할 수 있는 '가족으로의(마음의 고향) 회귀욕망'으로 승화시키고 있음도 주목된다. 검은 땅에 대비되는 혜옥의 분신이랄 수 있는 마쓰바라의 흰 얼굴에서 그리고 앞을 분간할 수 없는 짙은 안개(濃霧)로 인한 어둠에 대비되는 밝은 빛으로, 明暗을 대비하여 조선인을 일본 제국주의의 국책으로 유도해가는 정인택의 문학성향은 자신을 중심으로 인생관, 세계관, 우주관을 영위해 간 것으로 보이며, 이를 고려할 때 정인택은 그다지 세태 및 풍조와 갈등을 겪지 않은 드문 케이스의 작품활동으로 점철되었다는 것을 확인할 수 있었다.

태어난 이듬해 주권을 잃고 일제의 통치하에서 성장하였으며 한국전쟁을 끝으로 생을 마감한 정인택은 역사의 소용돌이 속에서 격변의 삶을 산 작가였다 할 수 있겠다. 나약한 성격 탓에 외적인 대응보다는 시대변화에 순응하며 작품활동을 이어갔지만, 작품 안에서 흰 얼굴에 감추어진 이미지와, 어두움이 밝음으로 반전되는 것처럼 절망에서 희망으로의 염원을 고려한다면, 그의 내면은 한국인의 피가 흐르는 한국인으로서 신체의 역사도 재확인 할 필요가 있을 것이다.

02.

일제말 전시총동원체제하의
〈後方小說〉*

박경수·김순전

1. 신체제 문학예술의
방향제시

사회는 남성과 여성간의 관계에 의한 집합을 토대로 형성되며, 그 토대위에 사회적으로 규정된 기준에 따라 제각기 합당한 역할과 행위를 제시한다. 지금까지 총력전을 통해 국민국가가 남성과 여성 이미지를 재편성할 때에도 그 양태는 두 가지로 나타났다. 이는 성별역할분담을 유지한 채 사적영역의 국가화를 목표로 삼는 것과 성별역할분담 자체를 해체하는 것[1]으로, 일본을 비롯한 파시스트 국가들은 전자의 전략을 취했다. 이 같은 분리형 젠더 전략 아래에서 국가가 직접 전쟁에 참여하지 않았던 후방여성에게 기대한 것은 병사를 출산하는 역할과 경제전의 전사로

---

* 이 글은 2008년 9월 30일 한국외국어대학교 일본연구소 「日本研究」(ISSN : 1225 - 6277) 제37호 pp.291~308에 실렸던 논문 「日帝末 전시총동원체제하의 〈後方小說〉 연구」를 수정 보완한 것임.
1) 이승원 외 공저(2004), 『국민국가의 정치적 상상력』, 소명출판, p.229

서의 역할이었다.[2]

일제 말 전시체제하에서 일본은 여성을 총동원체제에 동원하기 위해서 모성의 생물학적 기능인 출산 및 양육을 통해 전시체제에 협력할 것을 강요하고, 가정에서 자녀양육과 교육의 담당자로서 戰時政策에 협력할 것, 그리고 일제의 군국주의와 징병제에 협력하는 '애국적인 어머니' 즉, 국가를 위해 희생하는 어머니 역할을 강조했다. 조선총독부에서는 이러한 일본의 여성정책을 식민지 조선의 여성정책에 그대로 반영하여 "一家의 생활을 전시체제에 적응시킬 것, 의례 남자만 밖에 나가서 할 줄 알았던 근로부분에 婦人들의 근로를 能率化할 것, 미래 國民의 어머니로서 子女양육과 家庭敎育을 담당할 것"[3]을 전시하 여성의 임무로 들었다. 따라서 직접 전쟁터에 나가서 싸우는 남성 대신 후방에서의 적극적인 애국반 활동, 산업전사로서의 활동, 또 가정에서 병사를 낳고 양육하는 군국의 어머니로서 충분한 뒷받침을 해야 하는 것을 후방여성의 바람직한 역할로 인식시켰던 것이다.

전시 총동원체제하의 문학은 황민화의 당위성 강조에 있었다. 이 시기 문단의 주도자였던 이광수는 「三千里」에 「新體制下의藝術의方向」을 실어 앞으로의 문학예술의 방향을 제시하였다.

> ……惶悚하옵게도 皇室을 비롯하여 臣民에 이르기 까지 內地人과 朝鮮人의 피는 하나으로 되어 있으며, 이로써 우리는 天皇陛下의 臣民으로써 忠義를 다하는者가 되어야 할 것이며 및 우리의 예술도 그러해야

---

2) 우에노 치즈코저 · 이선이 역(1998), 『내셔널리즘과 젠더』, 박종철출판사, p.65
3) 重光兌鉉(1942), 「戰時下의 女性啓蒙問題」, 「春秋」 1942.4, p.45 필자가 바람직한 한글로 수정했음.

할 것이다.[4]

이처럼 이광수는 일본 황실로부터 신민(臣民)에 이르기 까지 동일한 혈통임을 강조하며 여러 장르의 작품을 통하여 계몽과 선도에 앞장서 왔으며, 아울러 이 시기 활동한 문학자들도 각종 매체를 통하여 자신의 '문학활동방침'을 밝히며 자의 반 타의 반 황민화의 당위성을 강조하였다. 그리고 內鮮一體의 정책을 공고히 하기 위한 '내선일체 문학', 國體明徵의 일본적 국가관을 체득시키는 문학, 국민사기의 진흥을 고무 찬양하는 문학, 그리고 국가의 시책에 협력하는 문학을 지향[5]하는 글을 발표하였다. 이에 필자는 국가(천황)에 헌신하는 식민지 여성들의 희생과 '국가주의 윤리'의 역학적 관계를 태평양전쟁시기 총력전체제하에 발표된 <후방소설>[6]에서 찾아보고자 한다.

2. 국가(천황)에 헌신하는 여성像

전쟁을 수행중인 국가에 있어서 가장 본질적인 부분은 역시 병력이라

---

4) 이광수(1941),「新體制下의藝術의方向」,「三千里」1941.1, p.479
5) 송민호(1991),『일제말 암흑기문학연구』, 새문사, p.203
6) 원래 후방문학의 개념은 1904년 러일전쟁 이후에 확립되었는데, 직접 전쟁하지 않는 후방을 의미하는 銃後라는 일본어에서, 전쟁총동원시기에 '銃後人力管理'로, 후방 인력의 바람직한 역할을 계몽하기 위한 국책 전쟁문학이다. 호테이 도시히로(布袋敏博)는 "국가 통제 아래 전쟁을 승리로 이끌기 위해 '나'를 희생하고 국가에 봉공하는 멸사봉공의 시대, 즉 총력전 시국에 전쟁을 승리로 이끌기 위해 후방에서 현모양처 혹은 그에 준하는 여성상이나, 근로봉사로 국가에 헌신하는 여성상을 요구함에 있어서, 바로 그런 활동상을 그린 것, 혹은 그러한 생활을 추진하기 위해 쓰여 진 소설"을 <후방소설>이라 정의하였다. (布袋敏博(1996),「일제 말기 일본어소설연구」, 서울대학교 석사논문, p.8)

할 수 있을 것이다. 근대국민국가에 있어서 병력은 국민화가 관건이었다. 이 경우 국민은 두 가지 부류로 분류되는데, 하나는 국가를 위해 죽을 수 있는 명예를 가진 사람과 다른 하나는 그렇지 못한 사람으로, 전쟁기에는 당연히 전자는 국민의 자격이 후자는 비국민의 비난이 주어진다. 바꾸어 말하면, 여성이라도 전쟁에 참가할 수 있는 참가형 여성이어야 국민의 자격을 가질 수 있었다.

그러나 일본은 분리형 젠더 정책을 수행함으로써 여성에게 후방에서의 역할만 강조하였다. 그럼에도 여성의 역할이 증대되면 그만큼 여성의 지위도 상승할 수 있을 거라는 가능성에서 여성작가 모윤숙은 「女性도 戰士다」라는 글에서 남녀 구분 없이 국민전체가 전쟁수행을 위하여 일치단결해 줄 것을 부르짖었다.

> 戰爭은 새로운 生命의 계단에 오르랴는 한 國民들은 껍질을 버서던지고 새 世界를 창조하려는 과정에 있어서 피치못할 진통입니다. 굿세게 살여는 人類의 意志의 發露입니다. 우리 大日本帝國은 지금이 意志에 불타고 있읍니다. 옳은 世界에 人類를 引導하려는 正義心에서 창검을 빼들었읍니다. 이런 意味의 戰爭일사록 國民全體가 손을 맛잡지 안으면 안될것입니다……남자만의 힘으로는 안됩니다. 시어머님노름 그만하시고, 아씨새댁 노름 그만하시고 거름통이라도 달게메고 나갑시다……그래서 저 大英帝國의 女子여 네 이름은 약한者다 하는 표어에서 버서나 强한 女性은 亞細亞로부터라는 새 不滅의 文句를 인류사회에 남겨놓고 갑시다.7)

---

7) 모윤숙(1942), 「女性도 戰士다」, 「三千里」 1942.7, pp.648~651

이렇듯 남성의 전유물이었던 전쟁에 '女性도 戰士' 라는 마음가짐으로 참여하고자 하는 등 여성도 전쟁에 공헌할 수 있다는 구호는 난무하였지만, 여성도 국가를 위해 전쟁터에서 목숨을 바칠 수 있다는, 국민으로서의 최후의 영예는 불허함으로써 여성을 국가의 이름으로 호명된 희생의 제물[8])로 삼을 수밖에 없었다.

그리하여 여성은 후방을 지키며 전쟁터에 나간 남자들이 비워놓은 산업현장에서 남성을 대신하여 일하는 것은 물론, 전쟁에 필요한 군수품과 식량생산 등에 전념해야 했다. 그리고 이러한 것들과 함께 전쟁의 가장 필요조건인 인력, 즉 병사의 생산은 여성이 담당해야 할 가장 큰 부분이었다. 이에 따라 총력전 하에서 국가에 헌신하는 여성상을 그린 <후방소설>을 통하여 국민 아닌 국민인 전시여성의 후방에서의 역할을 살펴보고자 한다.

2.1 戰線도우미로서의 주부像

전쟁기 극심한 인력부족을 절감한 일제는 여성의 노동을 더욱 강화하고 사회활동을 강조하면서 여성을 공적활동영역에 끌어들였다. 농어촌 여성지도원을 배출하고, 그 여성지도원을 각 군에 배치하여 '여성의 정식작흥과 생활개선에 대한 지도'를 담당[9])하게 하는 한편, 부인회를 조직하게 하여 여성의 활동력을 높였다. 일제의 이러한 시책에 의해 조직되고 편제된 부녀회나 사회적 활동은 일제의 의도에 따라 전쟁수행을 보조하게 되었으며, 이러한 여성들의 활동은 가정생활을 통제하여 식량이나

---

8) 노상래(2005), 「『조선국민문학집』 소재 이중어 소설연구」, 「어문학」 제90호, 한국어문학회, p.479
9) 한국여성연구회 편(1992), 『한국여성사』, 도서출판 풀빛, p.224

그밖에 전쟁수행에 필요한 물품들을 공출해 내는데 일익을 담당하기도 하였다.

또한 조선총독부는 여성이 가사노동에 많은 시간을 낭비한다고 보고 여성의 노동력을 가사노동으로부터 생산노동으로 바꾸는 한편, 총력전 수행을 위하여 근검절약과 근로봉사, 저축장려 등등의 가정생활 개편과, 애국반을 통하여 일사불란한 마음가짐으로 총력전에 대비할 것을 요구하였다. 1940년 10월 개편된 <국민총력조선연맹>의 말단조직인 애국반은 월 1회 정기회(常會)를 열어 각 가정의 주인(혹은 주부)이 출석하도록 되어 있었는데, 1942년 이후부터는 여성인력의 활용방안으로 주부가 반장을 맡는 것이 더 효과적이라는 판단에서 실제 애국반 활동은 여성 중심으로 되어갔다.

전시 후방국민이 가져야 할 마음가짐은 최정희의 소설 「2월 15일 밤」에 잘 나타나 있다. 태평양전쟁 발발 후 시국이 긴박해짐을 깨달은 선주는, 집에서 부리던 가정부를 내보내고, 그동안 참여하지 않았던 애국반 모임에 직접 나가 흐트러져 있는 애국반 조직을 재정비하는 한편, 후방국민들의 마음가짐을 하나하나 강조하여 설명하는 것으로 총력전체제하의 바람직한 후방여성像을 제시한다.

> 구장과 반장은 당국에서 내려오는 지시를 기계적으로 전달할 뿐이었다. (중략) ……선주는 도저히 가만히 있을 수 없어 구장과 반장, 반원들에게 "후방국민은 전쟁하는 병사와 함께 전쟁터에 임하는 긴장된 나날을 보내야 하며, 개인을 생각하기 보다는 국가를 먼저 생각하고, 설령 어떠한 고난이 닥치더라도 국가를 위하여 참고 견뎌나가야 한다."고 자신의 의견을 분명히 말했다.10) (번역 필자, 이하 동)

여성 애국반장으로서의 적극적인 활동상은 정인택의 「淸凉里界隈」에
서 더욱 두드러진다. 지식인의 아내로서 애국반장을 맡으면서 지역주민
들과 가까워지게 되고 이들을 대상으로 교화시켜나가는 여인상에 초점
을 맞춘 이 작품에서는 아내가 열심히 집회에 참석하는 것은 물론, '국민
총력'과 '정보' 등의 잡지를 읽고 시국의 동향을 파악하여 문맹과 미신
속에서 살아가는 가난한 지역주민들을 황국신민으로 교화시켜 나간다.

> 시국을 설명하거나 국민 방공의 필요성을 가르치기도 하고 실제로
> 지도를 하기도 하며…… 한 집 한 집 이를 되풀이하며 십 몇 호를 돌아
> 다니면, 아내의 표현대로 '녹초'가 되는 것이었다. 저녁에 아무리 녹초
> 가 되어 돌아와도 다음날 아침이 되면 아내는 놀랄 정도로 기운이 펄펄
> 났다. 그리고 서둘러 귀찮은 동네의 잡일을 처리하는 것이었다.[11]

총력전하에서의 여성은 더 이상 가정에 안주할 수 없었다. 가정일은
물론 '국민총력'이라는 목표 아래 너나 할 것 없이 공적인 장소로 활동영

---

10) 區長や班長は機械的に當局よりの云ひ渡しを傳へるだけのことであつた。(略)……
　　仙柱はどうしてもじつとしてゐられなく、區長や班長に自分の意見を云ひ聞かせ
　　たり、または班員たちにも銃後の國民は戰爭する兵士と共に戰場にあるこころで
　　緊張したひと日ひと日を送らなければならないこと、一個人のことを考へる時で
　　なく何もかも國家のために仕事をするにも、休んでゐるにも常に國のためを思つ
　　て例へどんな苦難があらうとも國のためにがまんをしてやり拔かねばならないと
　　云ふことも話すのであつた。(최정희(1942),「二月十五日の夜」,「新時代」, pp.12
　　2~123)
11) 時局を説いて聞かしたり、國民防空の必要を教へたり、實地の指導に當つたり……
　　一軒一軒それを繰り返して十何軒も廻ると、妻の表現に依れば′しんが疲れる′
　　さうなのであつた。夕方になつてどんなにぐつたり疲れて歸ても、翌る朝になる
　　と、しかし妻は見遠えるばかりに生氣を取り戻すのであつた。そしていそいそ
　　と、七面倒な班內の雜事を片付けて行つた。(정인택(1941),「淸凉里界隈」,「國民
　　文學」 창간호, p.187)

역을 넓혀야만 했다. 두 작품이 태평양전쟁기 총력전 수행을 위하여 지식인의 아내로 안락했던 생활을 박차고 나와, 반원들을 전시체제하의 적극적인 전선도우미로 통솔해 가는 바람직한 후방여성상을 묘사함으로써 작가는 전시하 - 황국신민으로서 여성의 나아갈 방향을 시사해 주기도 한다.

2.2　산업전사로서 전력보강

전시 일본의 여성정책은 이중의 기대 즉, '가족체계의 보존'과 '노동력 감소의 보전'이라는 두 축으로 진행된다. 전시체제하 일제의 농업농민정책의 최대목표는 농산물 증산과 군수산업 및 전쟁에 필요한 인력의 동원에 두었다. 전쟁이 확대되고 장기화됨에 따라 군인, 군속, 광공업 및 산업노동자 등에 대한 수요가 증가하여 노동력 부족현상이 나타나게 되자 인력부족을 절감한 일제는 조선 전 인구의 70%를 차지하고 있는 농민층을 겨냥했다. 특히 그 가운데서 조선총독부가 주목하여 동원 대상으로 삼았던 것은 농촌의 여성노동력이었다. 당시 여성노동력 동원방침에 의하여 일제는 여성노동력을 ①보다 많은 식량생산을 위하여 농업노동력으로 적극 활용하려 하였고, ②非군수산업등에서 남성을 여성으로 대체하여 유휴 여성노동력을 군수산업으로 이동시키고자 하였으며, ③종래 방직공장 위주로 취업했던 여성노동력을 중공업부문(특히 광산에서 광부로 동원)으로 활용 12)하고자 하였다. 부녀자들의 산업전선에의 진출은 시대의 요구임을 알리며 각 광산에서 또한 여성노동을 적극 장려하기에 이르렀다.

---

12) 곽건홍(2001), 『일제의 노동정책과 조선노동자』, 도서출판 신서원, p.285

1941년이 되면 여성에게 금지되었던 갱내노동이 해제되어 여성 광산 노동자의 비율도 상당히 높아졌다. 당시 총독부기관지 <매일신보>는 열악한 환경에서도 남자 못지않게 일하는 적극적인 여성광부들의 기사를 연재하여 총력전시대에 적극 참여할 것을 독려한다.

> 부녀자들이… 광산으로 달려가서 남자들이 무색할 만치 일을 하고 있는데… 갱도는 斜坑으로서 평균 18도의 경사이다… 깊이 약 1천 미터 아래서 연약한 부녀자들의 손이 힘차게 곡괭이를 휘두르고 있는 것이다…13)

또한 전쟁이 장기화되면서 군수공업을 비롯하여 대규모 공업정책이 시행되면서 모든 공장이 종래의 수공업에서 점차 기계화 되어갔다. 게다가 전쟁터로 나가는 남성의 빈자리를 여성으로 대체하게 되어 공장 여성 노동자의 수요는 지속적으로 증가하였다.

조용만의 소설 「불국사 여관」은 책임감도 강하고 듬직한 청년 가네무라가 결혼을 앞두고 입대하게 되자, 약혼자에게 여자는 당연히 후방의 군수물자 공장에서 산업전사로 일해야 한다는 강한 메시지를 담고 있다.

> 그런데 가네무라 녀석! 모두가 있는 앞에 약혼자를 불러, "이제부터 여자는 일선 장병과 마찬가지로 후방의 전쟁터에 임하지 않으면 안 돼! 내가 입영한 후, 그대는 바로 공장에 가서 일하세요."고 엄숙한 어조로 명령한 거예요. 그러자 복순도 "옛."하고 또렷이 대답했지요. 정말 눈물 어린 감격의 장면이었지요.14)

---

13) <매일신보>(1944), 「여자근로현지시찰기 휴일없는 地底전장」, 1944.12.16 (곽건홍(2001), 앞의 책, p.289에서 재인용)

이렇듯 산업현장에서 일할 약혼자에게도 전쟁에 임하는 자세로 일해 줄 것을 당당히 요구하는 것과, 약혼자 또한 기꺼이 이를 승낙하는 부분에서, 후방 역시 전쟁터와 다름없으니 여성도 후방에서 총력을 다 해야 한다는 것을 암시하고 있음을 엿볼 수 있다.

당시 광산의 여성노동자는 대개 30세 전후로 광산노동자의 부인이 대부분이었다. 남성노동자도 견디기 힘든 갱내노동까지 거뜬히 감당해 나가는 모습과, 결혼을 앞두고 입대하는 남자 대신 후방의 군수물자 공장에서 일할 것을 약속한 대목은 남성노동력의 유출에 따른 인력부족을 보전하려는 일제의 여성노동력 정책에, 남편의 힘을 조금이라도 덜어주고자 하는 아내의 희생을 요구한 후방소설 양상으로, 이는 총력전 수행을 위한 홍보물로도 볼 수 있을 것이다.

2.3 어머니의 '희생'과 국가주의 윤리

2.3.1 병사로 탄생되기까지

중일전쟁(1937)부터 일제가 패망(1945)하기까지는 강압통제정책과 전시동원정책이 본격화되고, 천황제 이데올로기가 파시즘으로 작동하던 때였다. 중국대륙에 대한 침략전쟁이 점점 확대되고 장기화되어감에 따라 모든 일상을 '準전시체제화'하면서 다양한 전략을 구사하던 일제는 특히 인적자원에 한계를 느끼고 조선청년들을 그들의 침략전쟁에 이용하려

---

14)「それで金村の野郎、皆の居る前に許婚を呼んでこれからの女は一線將兵と同じく銃後の戰場に立たなければならない。俺の入營後、君はすぐ工場へ行つて働きなさいと嚴肅な語で言渡したんですよ。すると福順もハイツとはつきり答へましたね。涙ぐましい感激すべき場面でしたよ」(조용만(1943),「佛國寺の宿」,「國民總力」, 1943.10, p.34)

하였다. 이는 <육군특별지원병령>으로 나타났으며, 태평양전쟁 발발 후 모든 일상은 그야말로 전시 총동원체제화 되어 갔다.

한국의 어머니는 예나 지금이나 아들과의 관계는 절대적이다. 따라서 조선청년을 전쟁에 소집하려면 징집대상이 되는 아들을 가진 어머니가 큰 관건이었던 것은 말할 필요도 없었다. 때문에 당시 황민화정책은 아들이나 남편을 전쟁터에 보내지 않으려는 어머니와 아내의 저항 앞에 '황국의 어머니 없이 황국의 건전한 병사 없다.'라는 구호를 내걸고 '조선의 부녀자에 대한 교육'을 재편·강화 하여 '모성애의 나아갈 방향'으로까지 확대[15]하게 된다. 모윤숙은 황국신민교육을 받고 자란 아들이 응당 전쟁터에 나가 천황을 위해 싸우려는 것을 말리는 한국 어머니들의 모정에 일침을 가한다.

> 할야고 하면 못할게 어듸 있겠습니까? 自己生命을 義를 爲해 버린다는 데야 누가이거를 막겠습니까? 信念만 있으면 무엔들 못하겠습니까? 모두가 일합시다. 비행기 공부도 하고 잠항정 부리는 공부도 합시다. 비행기나 잠항정을 못하게 말리는 분은 아버지가 아니라 어머니들입니다.[16]

이렇게 모윤숙은 어머니들의 신념 없음을 탄식하며 어머니들의 적극적인 참여를 독려하였으며, 정인택 또한 그의 작품에 보다 강한 어머니를 등장시킴으로써 갈등하는 아들보다 더 적극적으로 아들을 지원병에 참여시키는 인물로 설정한다.

---

15) 宮田節子 著·이영랑 역(1997), 『朝鮮民衆과 皇民化政策』, 일조각, p.76
16) 모윤숙(1942), 「女性도 戰士다」, 「三千里」 1942.7, p.650

「覺書」에서는 아버지께 버림받고도 온갖 고생 마다하지 않은 어머니 덕에 어렵사리 대학을 마치게 된 '나(淳一)'는 빨리 성공해서 어머니의 애정에 보답하려고 결심하지만, 친한 친구들이 출진하는 것을 보고 심경에 급격한 변화를 일으킨다. 어머니로부터 수없이 들어온 "훌륭해져라."는 말의 의미를 깊이 음미하며, 어머니와 국가 사이에서 수없이 갈등하며 방황하던 순일은 가까스로 마감일 전날 돌아와 친구 작은아버지로부터 어머니의 각오를 전해 듣는다.

> 오키(沖)의 작은아버지가 어머니를 찾아와서 "순일군을 어떻게 하실 생각이십니까?" 라고 물었을 때, 어머니는 일언지하에 "지원하게 하고 말구요." 라고 웃으면서 단호하게 말했다고 한다. 그리고 "나는 순일을 나 한사람을 위해서 교육시킨 것은 아닙니다. 세상을 위해 나라를 위해 유익한 사람이 되게 하려고 나는 어떠한 고생도 참아왔던 것입니다. (중략) …순일이 마감일까지 돌아오지 않는다면 내가 대신 수속 할 겁니다……"17)

어머니의 "훌륭해지라"는 가르침의 의미를 확실하게 깨달은 순일은 마침내 국가(천황)를 위해 싸우다 반드시 전사할 것을 다짐한다. 여기서 작가 정인택은 지원병 순일의 각오와, 외아들 순일을 국가에 바치는 어머니의 희생으로 국가(천황)의 건재를 희구하는 어머니상을 묘사하여,

---

17) 沖の小父さんが母を訪ねて、"淳一君をどうなさるお積りですか"と訴いたとき、母は言下に、"志願させますとも"そう言ひ切つて微笑んだ、といふのである。わたしは淳一を、わたし一人のために教育したのではありませんでした。世のため、國のため役に立つ人に育でようと、わたしはどんな苦勞でも我慢して來たのです。(中略)…淳一が締切の日までに歸つて來なかつたら、わたしが代つて手續します…(정인택(1944), 「覺書」, 「國民文學」 1944.7, pp.97~98)

국가와 조선총독부의 전시총동원 정책에 순응하는 작품으로 완성시켜 간다.

정인택은 또 「不肖의 자식들」에서 입대하기 전에는 방탕했던 장남이 불과 6개월의 지원병 훈련으로 의젓하고 단정한 젊은이가 되어 돌아오자, 어머니는 남은 두 아들도 지원병으로 입대시키려 한다. 그런데 때마침 조선에 징병제가 실시되자 아들 셋 모두를 나라에 바칠 결심을 한다.

> 남은 두 아들은 지원병이 되지 않는다 해도 좋다. 조선에도 영예로운 징병제가 실시되었기 때문이다. 불구가 아닌 한, 半島의 젊은이들도 국가의 간성이 될 때가 온 것이다.[18]

이렇게 징병제가 실시된 것을 당사자인 아들보다 더 기뻐하며, 훌륭한 병사의 탄생을 기대하는 어머니像을 극명하게 보여준다. 이는 조선인을 일본제국주의의 국책으로 유도해가는 정인택의 문학성향을 엿볼 수 있다 하겠다.

한편 최정희는 「군국의 어머니」라는 글에서 장차 군인이 되고자 하는 아들을 어머니들이 꺾지 말고 더욱 북돋아줄 것을 주장한다.

> 過去, 우리는 오래동안 이런 높은 기개와 정신을 잊어버리고 사러왔읍니다. 남을위해서 산다는, 나라를 위해서 몸을 받인다는 높고 貴한 사상을 오랬동안 파묻고 살어왔읍니다. 그러나 이제 우리의 적은 생명들

---

18) 後の二人は志願兵にならずともよかつた。半島にも譽れの徴兵制かしかれたからだ。もう不具でない限り、半島の若者たちも國家の干城になれる時が來たのだ。(정인택(1943), 「不肖の子ら」, 「조광」 1943.9, p.66)

이 제 二세들이 새싹을 키우려고 하고 있습니다. 우리는 이것을 꺾거버려서야 옳습니까 문질러버려야 옳습니까. 날마다 밤마다 북도아주고 길러줘야 합니다. 바른길을 찾는 그들을 위해서, 光明을 찾는 그들을 위해서, 하늘에 라도 닿을만한 높고 貴한 정신을 가진 그들을 爲해서 오직 제한몸을 나라에 받이겠다는 일념에서 사는 그들을 붓도아주고 길러줘야한다는 말씀입니다.19)

최정희의 이러한 주장은 그의 소설 「野菊抄」에서 하라다(原田) 교관의 입을 빌어 그대로 독자에게 전달된다. 미혼모인 어머니가 장차 훌륭한 군인이 되고 싶어 하는 아들과 함께 군인정신을 배우기 위하여 지원병훈련소를 견학하는데, 그 곳 훈련소에서 지원병들의 절도 있는 생활과 열정에 감격한 어머니에게 하라다 교관은 이렇게 말한다.

"저희들이 오년간 이 지원병훈련에 힘쓰고 있는 동안 가장 강하게 느꼈던 것은 반도의 어머니들이 빨리 각성하지 않으면 안 된다는 사실입니다. 매년 지원병이 입소하면, 바로 가정사정이라든지 부모형제의 입소찬반 등을 조사하는데, 언제나 어머니의 반대가 많습니다…… 무지한 어머니는 눈앞의 맹목적인 애정만 앞세워 크고 빛나는 미래 등은 전혀 간파하지 못하기 때문에 결국, 이런 어머니는 아이를 자기 손으로 죽이는 것입니다. 이와 반대로 어머니의 의식이 확고한 자는 성적도 상당히 좋고, 입영하고 나서도 상관으로부터 칭찬 받습니다……반도의 청년이 훌륭한 군인이 되려면 우선 무엇보다도 어머니들의 힘이라 생각

---

19) 최정희(1942), 「군국의 어머니」, 「三千里」 1942.7, pp.653~654

합니다. 역사상 위대한 위인들을 보더라도 그 뒤에는 반드시 어머니의 위대한 힘이 숨어 있는 거니까요……20)

하라다 교관의 이야기를 들은 어머니는 외아들 승일을 보다 강한 군인으로 길러내는 어머니로 거듭날 결심을 한다. 그리고 구습에 얽매인 조선을 과감히 버리고 일본제국을 선택하는 것으로 자신을 버린 아이 아버지에게 멋지게 복수했다 여기며, 배신에 대한 울분과 미움으로부터 이별을 고하는 것으로 작품은 결말지어진다.

여기서 흥미를 끄는 점은 세 작품 모두 결손가정이라는 점이다. 그 중 「覺書」와 「野菊抄」는 생존해 있는 아이의 아버지로부터 버림받은 처지로, 어머니 입장에서는 자신의 모든 희망을 걸고 최선을 다해 양육한 아들이었을 것이다. 그런 아들을 한국인으로서 하등의 명분 없는 전쟁터에 앞장서서 보내려는 것은 결손가정에서 성장한 작가 자신의 조선 가부장제에 대한 일종의 반발이었을지도 모른다. 어쨌든 위 세 작품에서의 어머니는, 일제의 침략전쟁터에 자신보다 더 소중한 아들을 기꺼이 바치려 함으로써 엄청난 희생을 감수하는 어머니像을 묘사하고 있다.

---

20) 「吾々が五年間この志願兵訓練にたづさはつてゐるそのうち一番強く感じたのは半島の母親が早く覺醒しなければならないと云ふことです。毎年志願兵が入所すると、すぐ、その家庭の事情なり、父母兄弟の贊否などを調査するんですが、何時も、母親の方の反對者が、多いです。……無知な母親と云ふのは、眼の前の盲目的愛情だけて、大きい、輝かしい未來などは少しも見拔けんので、結局、かう云ふ風な母達は、自分の子供を自分の手で殺すのです。これと反對に母がとてもしつかりしてゐる者は成績も大變よく、入營してからも上官よりほめられます。……半島の靑年が、立派な軍人になれるのには、先づ何よりも母の力だと思つてゐます。歷史上の偉人を見ましても、その背後には必ず母親の偉大な力がひそんでゐるんですから…… (최정희(1942), 「野菊抄」, 「國民文學」 1942.11, p.140)

2.3.2 야스쿠니의 어머니[21]

일제는 메이지유신을 계기로 국민통합을 위해 막번체제(幕藩體制) 이후 권력주체에서 밀려나 있던 천황을 끌어들였다. 그리고 국민과의 친화감 조성을 위해 서양문물과 함께 들어온 기독교의 교리를 답습하여 천황을 헌법상 '살아있는 신(現人神)'으로 규정하였으며, 천황을 기독교의 神(하나님)과 동일한 개념으로 하여 국가를 확장된 가정으로 여기는 가족주의 천황제를 정립시켰다. 이러한 가족주의 국가관은 식민지 통치에도 이입되었으며, 이 시기 다수의 문학자들은 각종매체를 통하여 앞장서서 이를 이념화 시켜나갔다.

식민지 조선의 청년들을 황국신민으로 만들어 장차 훌륭한 천황의 군대가 되게 하기위해서는 무엇보다도 어머니의 역할이 중요했다. 일제는 어머니가 '여성의 중심축'이라는 것과, '가족(家)의 중심축'이라는 것을 일찍이 인지하였기 때문에 가족을 국가라는 공동체의 척도로 삼았던 것이고, 천황의 군대를 낳아 기르는 식민지 조선의 어머니에게 크나큰 역할을 부여하려 했을 것이다. 그러나 한국의 어머니들로서는 그들의 '가족국가관'이나 '일본정신'을 받아들이는 것이 쉬운 문제는 아니었다. 그리하여 이광수는 조선의 어머니들에게 '천황에 대한 忠의 감정을 성서적으로 이해할 것'을 요구하였다.

日本人의 忠의 感情은 漢字의 忠자만으로는 說明할 수 업는 것이니 도리어 猶太人의 여호와에 對한 忠에 接할 것이다. 日本人은 내가 享有한 모든 幸福을 天皇께서 바짭는 것으로 생각한다, 내 土地도 天皇의 것

이오, 내 家屋도 天皇의 것이오, 내 子女도 天皇의 것이요, 내 몸도 生命도 天皇의 것이라고 생각한다. 天皇께로부터 바짜온 몸이길래 天皇이 부르시면 언제나 浮湯渡火라도 한다는 것이오, 子女도 財産도 天皇께서 바짜온 것이매 天皇께서 부르시면 고맙게 바친다는 것이다. <u>천황은 살아계신 하느님이신 때문이다</u>. 이것이 支那나 歐洲의 군주 대 신민의 관계와 판이한 점이다. 朝鮮人은 이 점을 바로 把握하여야 한다.22) (밑줄 필자, 이하 동)

천황은 살아계신 하나님이며, 따라서 토지나 가옥 그리고 자녀까지도 다 천황이 주신 것이니 국가(천황)가 원할 때 언제든지 내가 가진 모든 것은 당연히 천황(국가)에게로 귀속시켜야 할 것을 주지하게 하였다. 천황에 대한 신앙심은 최재서의 글에서도 확연히 드러나 있다.

요컨대 천황은 가치의 근원체로서 신민(臣民) 한 사람 한 사람에게 가치를 分與해 주시어 그의 생명을 가치 있는 것으로 하여 주시는 것이다……<u>일본인은 건국 이래 이와 같이 천황에 歸依를 그 인생관·세계관의 중추로 삼아왔던 것이다</u>.23)

이렇게 최재서 또한 천황에게서 받은 가치 있는 생명을 다시 천황에 귀의한다는 일본 중심의 세계관을 자신의 신념으로 하여, 그 특유의 화려한 필치로 징병제를 찬양하는 수많은 글을 발표하기도 한다.

지원병제도나 징병제는 전쟁을 위한 방편이기도 하면서 국민이라는

---

22) 이광수(1940), 「心的新體制와 朝鮮文化의進路」, <매일신보> 1940.9.4
23) 최재서(1942), 「文學者と世界觀の問題」, 「國民文學」 1942.10, p.11

자격도 부여하는 방법24)이다. 따라서 식민지 조선의 청년들도 일본인과 동등한 국민적 의무를 실천함으로써 그 자격을 황국신민으로 격상시켜 주는 대신 개인의 모든 희생을 담보하는 것이었다. 이에 따라 국가에서는 군대의 사망자를 '조국을 위한 숭고한 희생'으로 추모하는 장치가 불가결한 요소로 존재하게 된다. 그 엄청난 희생의 대가가 바로 '야스쿠니신사'였다.

편지형식의 서간체소설 「뒤돌아보지 않으리(かへりみはせじ)」에서는 자신이 나라를 위해 싸우다 전사하면 유골이 야스쿠니신사에 안장되어 신(神)으로 모셔질 것을 꿈꾸며 반드시 전사하여, 어머니께 야스쿠니신사가 있는 도쿄로 꽃구경 오라는 편지를 보낸다.

> ……죽으면 저는 황송하옵게도 야스쿠니 신사에 신으로 모셔집니다. 어머니는 유족의 한사람으로 저를 만나러 동경에 오실 수가 있습니다. 그런 뜻에서 한 말입니다. 어머니는 하루빨리 동경이 보고 싶지 않으십니까? 25)

또한 「覺書」에서도 순일이 나라를 위해 싸우다 반드시 전사할 것을 다짐하며 야스쿠니신사에 모셔질 것을 꿈꾼다. 그런 아들에게 어머니는 진정 위대한 사람이 되었다며 격려한다.

---

24) 이승원 외 공저, 앞의 책, p.211
25) 死んだら僕は勿體(モツタイ)なくも靖國神社(ヤスクニジンジヤ)に神とまつられる。お母さんは遺族(ヰゾク)の一人として僕に會ひに東京へ行くことができる。そのいみだったのです。お母さんは一日も早く東京が見たいとは思いませんか。
    (정인택(1943), 「かへりみはせじ」, 「國民文學」 1943. 10, pp.33~34)

"무슨 말이야! 너는 나라의 간성이야! 머잖아 너는 야스쿠니 신사에 모셔져 신이 될 사람. 이런 훌륭한 사람이 어디에 있을까. 너는 진정 위대한 사람이 되어 준거야."[26]

이렇듯 전사자는, 국가에서 관리 운영하는 야스쿠니신사의 신으로 모셔지는, 제사는 구조적으로 '희생'의 논리를 포함하고 있다. 그리고 그 희생의 논리를 전사자의 죽음을 '조국을 위한 위대한 업적'이라고 칭송하고, 사후에 있을 영예로움을 암시하면서 장래의 국민들에게 이들의 희생을 모범삼아 국가를 위하여 자기희생의 의무를 다할 것[27]을 강하게 요구한다. 그러나 기독교의 교리를 답습하여 천황을 기독교의 '살아계신 하나님'과 동일하게 여기라는 것이나, 모든 것이 다 천황의 소유이니 천황(국가)이 원할 때 언제든지 내가 가진 모든 것을 천황에게로 귀속시켜야 한다는 암시와 교화적 묘사의 후방문학이었던 것이다.

가족주의 국가에서 일본의 천황제는 식민지 조선인에게 무한책임을 요구하였다. 한국인에게 있어서 '천황의 臣民의식'이나 '일본정신'을 체득한다고 해서 일본인이 된다는 것은 논리적으로 불가능한 일일 것이다. 그 명분 없는 무한책임의 강요는 불교에 귀의한 이광수나 최재서의 당시 천황에 대한 맹목적 귀의를 합리화하려는 일종의 궤변이었을지도 모른다.

위 작품에서 본 바 어머니가 하나뿐인 자식을 死地로 내보내는 행위는 인간적인 면에서 보면 부도덕의 극치다. 그러나 이러한 행위는 '야스쿠니신사'라는 더 큰 '국가주의 윤리'로 보호받을 수 있기 때문에 흔들리는

---

26) "何をお言ひだえ。あなたはお國の干城ですよ。今にあなたは靖國のお社に祀られ、神様になる人。こんな偉い人がどこに有るものですか。あなたは本當に立派な、偉い人になつておくれだつた。" (정인택「覺書」앞의 책 p.98)
27) 다카하시 데쓰야 저·이목 옮김(2008), 『국가와 희생』, 책과 함께, p.255

아들에 앞서 어머니는 단호한 결정을 내릴 수 있었던 것이다. 사랑하는 자식을 死地로 내보내야 하는 조선의 어머니에게 '야스쿠니신사'는 그나마 위안이 되었고, 또 자기존재의 표상이 되었던 것이다. 결국 일제의 분리형 젠더 전략이 식민지 여성에게 부여한 사명은 '야스쿠니의 어머니'가 되는 것이었다.

3. 맺음말

앞의 작품들은 일제의 괴뢰 조선총독부의 총력전 수행을 위한 정책에 호응하여, '전쟁을 승리로 이끌기 위해 자신을 멸사봉공해야한다.'는 후방(銃後)에서 바람직한 자세와 역할의 여성상을 잘 그려낸 <후방소설>이라 할 수 있겠다. 총력전 수행을 위하여 안락한 가정을 박차고 나와 애국반을 이끌어가는 아내, 그리고 입대하는 남자 대신 후방의 군수물자 공장에서 기꺼이 산업전사로 일하겠다고 나서는 여성에게서도 이러한 희생정신을 엿볼 수 있었다.

그러나 여성의 완성은 어머니였다. 가족국가 일본이 가족을 국가라는 공동체의 척도로 삼았던 것은 무엇보다도 어머니가 '여성의 중심축'이라는 것과, '가족(家)의 중심축'이라는 것을 인지했기 때문일 것이다. 이렇게 사적영역에서 공적영역으로 흡수된 가족개념이 천황제 국가주의 이념의 근본 축으로 확장되어 간 것이다. 일본은 메이지유신 이후 국민과의 친화감 조성을 위해 정립시켜왔던 '가족주의 천황제'를 조선 통치에 적극 활용하였는데, 그 가족주의 천황제는 아들(병사)을 낳아 그들의 침략을 위한 전쟁터에 보내야 하는 식민지 조선의 어머니들에게 '국가주의 윤리'로서 정당화되었다.

그러나 천황을 기독교의 '살아계신 하나님'과 동일하게 받아들이라는 것이나, 모든 것이 다 천황의 소유이니 천황이 원할 때 언제든지 자신이 가진 모든 것을 천황에게로 귀속시켜야 한다는 것은 어불성설일수밖에 없다. 한국인에게 있어서 '천황의 臣民의식'이나 '일본정신'을 체득한다고 해서 일본인이 된다는 것은 논리적으로 불가능한 일일 것이다. 이러한 가족주의 천황제는 식민지 조선인에게 무한책임을 요구하였다. 기독교의 교리를 답습한 그 명분 없는 무한책임의 강요는 당시 천황에게 맹목적으로 귀의하였던 친일작가들에게나 가능했을 것이다.

어쨌든 식민지 조선의 청년들을 황국신민으로 만들어 장차 훌륭한 천황의 군대가 되게 하기 위해서는 일본정신을 그들의 가슴에 새겨야 했다. 때문에 일제는 국가(천황)를 위해 몸 바쳐 싸워야 하는 군인을 낳아 기르는 식민지 조선의 어머니들에게 먼저 '야스쿠니의 어머니'가 되어줄 것을 요구하였고, 이 시기 작가는 작품에 식민지 지배이념의 결정체라 할 수 있는 이러한 '일본정신'을 심어주기에 이른다.

이러한 의미로 보면 이러한 <후방소설>들은 일본의 전시총동원체제하의 바람직한 후방여성상을 암시하는 역할을 충분히 해낸 친일소설이었다고 볼 수 있겠다.

03.

일본문단의 조선작가 작품에 나타난 '조선'*

사희영 · 김순전

1. 일본문단에서 활동한 장혁주와 김사량

식민지하에 이루어진 일본어 글쓰기에 대하여는 그동안 다양한 논의가 이루어져 왔다. 특히 일본문단에서 활동한 조선작가들에 대해서는 작품의 귀속여부를 한국문학에 둘 것인지, 일본문학에 둘 것인지에 대해서 많은 연구자들이 논쟁을 벌여왔다. 이중어 공간(二重語空間)에서 쓰인 조선인들의 일본어작품은, 한국문학에서 지금까지 많은 정체성 논의가 이루어져 오다 포스트콜로니얼 연구에 힘입어 점차 한국문학에서도 수용되는 경향이 늘고 있다. 본 연구에서는 일본어 글쓰기의 대표작가라 할 수 있는 장혁주와 김사량에 포커스를 맞추고자 한다. 이 두 작가들은 일본문단에서 등단해 활동하였으며, 다수의 일본어 작품을 창작했기 때문

---

* 이 글은 2009년 5월 30일 한국일본문화학회 「일본문화학보」 (ISSN : 1226‐3605) 제41집 pp.119~138에 실렸던 논문 「일본문단에서 그려진 로컬칼라 조선」을 수정 보완한 것임.

에 창작의 다양한 관점을 파악할 수 있을 것으로 사료되기 때문이다.

선행 연구의 대부분은 같은 배경의 두 작가를 동일 선상에 놓고 장혁주는 '변절자', '친일작가'로, 김사량은 '투사', '민족작가'로 평가하여 두 작가의 이미지를 확고하게 자리매김해 버린 듯하다.[1] 일본에서 이루어진 임전혜도 그 한 예로 "1945년 이전의 장혁주와 김사량의 자세는 식민지 문학자에게 있어서의 두 가지 길, '굴욕과 저항'을 뚜렷하게 보여주었다."[2]고 평하면서, 장혁주의 친일 문학적 경향에 포커스를 맞추고 있다. 그러나 시라카와 유타카(白川豊)의「張赫宙研究」에서는 장혁주의 일본어소설을 보다 구체적으로 세분하여 경상도 농촌을 배경으로 땅과 수확물을 수탈당한 조선농민들의 참상을 고발한 '同伴者文學的 作品'으로「쫓기는 사람들(追はれる人々)」을 분류하고 있기도 하다.[3]

본 연구자는 선행 연구들과 작품들을 검토하면서 식민지하에서 '굴욕과 저항'이라고 대칭적으로 평가되는 장혁주의 초기작품에서 김사량과 흡사한 세계인식 및 일본어 글쓰기 인식 그리고 작품에 그려진 소재 등 상당부분 공통적 경향을 가지고 있음을 보게 되었다.[4] 그래서 일제강점기 일본문단에서 활동한 대표적인 조선작가 장혁주와 김사량의 공통적

---

1) 임종국(1966),『친일문학론』, 민족문제연구소, 노상래(2002)「장혁주의 창작어관연구」한국어문학회 76호, 양왕용 외 3인(1998),『일제강점기 재일 한국인의 문학 활동과 문학의식 연구』, 부산대학교출판부 등에서 장혁주를 일본제국주의 체제에 협력한 친일작가로 평가, 장혁주의 해방 이전 문학을 '초기 민족적 집필기(1930~33)', '과도기적 집필기(1934~38)', '국책영합적 집필기(1939~45)'로 나누고 있다.
2) 任展慧((1965),『文學』- 張赫宙論, 岩波書店 p.92
3) 白川豊(1989),「張赫宙研究」, 東國大學校大学院 博士論文 p.20
4) 김사량의 문학활동을 살펴보면 제I기는 1932년『東光』에 詩「市井初秋」를 발표하면서부터「光の中に」를 집필한 1939년 4월. 제II기는 1939년 4월「光の中に」가 집필한 이후부터 1942년 2월 사상범 예방구금으로 2차 구류 시기, 제III기는 2차 구류에서 석방된 1942년 2월부터 중국연안으로 망명하기 전인 1945년 5월, 제IV기는 1945년 5월 태항산 항일 근거지로 탈출한 이후부터 사망으로 추정되는 시기로 구분된다.

경향의 접점을 중심으로 조선작가의 상징적 표상을 보고자 한다.

먼저 일본어 글쓰기에 의한 두 작가의 세계인식을 기반으로, 각자의 고향을 배경으로 한「쫓기는 사람들(追はれる人々)」과「토성랑(土城廊)」을 대조 검토하여 지방5) 혹은 지방색(로컬칼라)이라 일컬어졌던 조선, 조선인, 조선인 의식, 조선생활, 조선 문화, 그리고 당시 조선의 시대상황 등이 작품에 어떻게 투영되어 있는지 분석하여, 굳어져 개념화되어버린 장혁주와 김사량의 정체성을 재조명 하고자 한다.

텍스트로는『近代朝鮮文學日本語作品集』(1901~1938) 3권에 수록되어 있는 장혁주의「쫓기는 사람들(追はれる人々)」(1932년 10월「改造」)과『近代朝鮮文學日本語作品集』(1901~1938) 4권(1936년 9월「堤防」2호)에 수록된 김사량의「토성랑(土城廊)」6)으로 한다.

2. 로컬작가 데뷔
   그리고 식민지 언어

일본에서 조선인의 문학 활동은 일본유학생을 중심으로 조선어로 창작되었다. 그러던 것이 조선인 일본유학생 중심의 활동에서 점차 일본에 거주하는 조선인으로 확대되면서 점점 활발해졌다. 사용언어도 처음에는 조선어였던 것이 점차 일본어로 바뀌어갔다. 1920년 후반부터는 일본

---

5) 일제 식민지하에 일본과 한국에서 이루어진 교육을 비롯한 사회적 분위기는 일본 본토를 內地라 칭하면서 조선(朝鮮)과 대만(臺灣) 그리고 사할린(樺太) 등을 일본에 소속된 영토로서 일본의 지방 중 하나로 하고 있었다.
6)『近代朝鮮文學日本語作品集』(1939~1945) 1권,「土城廊」(1940년 2월「文藝首都」에 수록) 참조

어 작품수가 조선어 작품수를 상회하여 1945년까지는 일본어 작품이 대부분을 차지하였다.7)

조선인이 일본어로 많은 작품을 발표하던 1930년대의 일본의 사회와 문학계는, 자본주의 경제체제하에서 도시와 농촌이 극심한 어려움을 겪고 있었고, 1929년 세계대공황이 심각해짐에 따라, 논단에서는 마르크시즘이 주류를 이루게 되어 프롤레타리아 문학이 청소년층에 깊게 침투했다. 그러나 당국은 반체제 단속을 위해 치안유지 정책을 의도적으로 좌익탄압에 맞추어 출판물 및 사회주의 운동을 금하였다. 이에 따라 문학계도 동요되고 작가로서의 양심 모색, 일본 전통에로의 회귀 등 여러 가지 현상이 교착했고 전향문학도 나타나게 되었다. 파시즘 체제하에서 돌파구를 찾지 못하던 일본문단은, 이 시기에 발표된 조선작가의 일본어 작품에 관심을 갖게 된 것이다. 특히 장혁주의 「아귀도(餓鬼道)」(1932년)는 식민지 조선의 이국적 정취로 참신하게 받아들여져, 잡지 「改造」의 현상소설에 2등이라는 좋은 평가를 받게 되었다. 그리고 1939년 김사량의 「빛 속으로(光の中に)」는 아쿠타가와賞 후보작으로 뽑히게 되었다. 이후 장혁주와 김사량은 일본문단에서 활동하게 되는데, 식민지라는 시대상황과 맞물려 조선을 일본의 지방으로 인식함에 따라 일본문단에서도 조선문학을 로컬문학이라 칭하며 지방문학의 하나로 취급하였다. 그리고

---

7)　　　　　　　　　　< 조선어와 일본어 문학 작품 수 대조표>

년 도	1833-1895		1896-1905		1906-1915		1916-1925		1926-1935		1936-1945		합 계	
언 어	조선어	일본어	조선어	일본어	조선어	일본어	조선어	일본어	조선어	일본어	조선어	일본어	조선어	일본어
시	0	0	21	0	116	0	116	30	79	90	10	84	342	204
소설,희곡	0	0	0	0	19	1	47	4	21	43	3	98	90	146
평론,수필	1	0	19	1	188	1	102	9	36	129	1	140	347	280
합계	1	0	40	1	323	2	265	43	136	262	14	322	779	630

任展慧(1994), 『日本における朝鮮人の文學の歷史』, 法政大學出版局, p.236 재인용.

일본문단에서 활동하는 장혁주와 김사량을 포함한 조선작가들에게 조선을 배경으로 조선인과 조선 문화를 소재로 조선이라는 지방의 특색을 나타낼 수 있는 로컬칼라 문학을 원하였다. 현재 의미하고 있는 '로컬칼라'가 아닌 변용된 '로컬칼라'로서 '조선 색'을 의미하는 것이었다.(본고에서는 당시 시대상황을 잘 나타내고 있는 '로컬칼라'라는 용어를 그대로 사용하고자 한다.) 장혁주와 김사량은 '로컬'을 외치는 당시 일본사회와 일본문단을 이용하기 위해 창작어로서 일본어를 선택하였고, 조선과 조선인을 소재로 한 작품창작을 해나간 것이다. 더 나아가 작가 자신들의 고향을 배경으로 작가의 실제 체험을 바탕으로 한 작품을 창작하여 더욱 리얼한 조선의 사회상황을 고발하였던 것이다.

2.1 장혁주와 일본어 글쓰기 인식

장혁주는 1930년 <朝鮮日報>에 두 편, 「東洋之光」에 한편의 조선어 작품을 투고 하였으나 모두 몰수를 당하게 된다. 그때 같은 시기에 일본어로 창작하여 투고했던 작품 「포프라(白楊木)」만이 잡지 「大地に立つ」에 실렸기 때문에 일어창작을 결심했다는 내용은 장혁주의 수필 「나의 수업시대」를 통하여 알 수 있다.

처음부터 나는 일본문단에 들어가기로 하였다. 그 주된 이유는 나의 언어능력이 내가 받은 교육 때문에 조선어보다 일본어가 더 우수하였으며, 조선 문단보다는 검열이 덜 심했던 일본문단에 발표함으로써 더 자유로운 저작활동을 할 수 있다고 생각했기 때문이며, 그 밖에 일본문단이 조선 문단 보다 훨씬 앞선 역사를 가졌으며 이미 국제적 수준에 도

달하였다는 사실은 나에게 커다란 유혹이었다.8)

즉, 심한 검열로 인해 조선어 작품은 게재불가나 삭제되는 반면, 통제가 덜한 일본어 작품은 게재가 용이한 점에 착안하여, 이후 일본어 창작을 하게 된 상황을 서술하고 있다.

또한 수필 「나의 문학(僕の文学)」에서 다음과 같이 문학의 존재 이유를 밝히고 있기도 하다.

> 나는 민중들의 비참한 생활을 널리 세계에 알리고 싶다. 호소하고 싶다. 나의 문학은 그로 인해 존재하고 가치가 매겨지기를 바라고 있다.9)
>
> 그는 한국의 현 상황을 온 세계에 호소하고 싶은데 그러기 위해서는 외국어로 번역될 기회가 많은 일본어로 써야겠다고 열정적으로 말했다.10)

그는 문학을 통해 조선인의 비참한 삶을 고발하고 그로 인해 그의 문학세계가 존재한다고 하였다. 또한 독자층을 일본에 국한 시키지 않고 세계를 시야에 두고 작품을 창작하였다. 그리고 이러한 그의 의도에 걸맞게 약소국의 문학으로서 「쫓기는 사람들」은 4개국의 언어로 번역되어 출판되었으며, 단편집 「소년」은 체코에서 에스페란토어로, 「권이라는 남자」와 「산령」은 중국에서 중국어로 출판되었다.11)

---

8) 張赫宙著・高木弘譯(1933), 「La Forpelataj, Homoj」 金三守(1978), 「1930년대 초기문학작품 「쫓기는 사람들」에 반영된 농촌경제의 궁핍화와 그의 에스페란토 번역문학 「'La Forpelataj, Homoj'에 의한 세계에의 고발」, 숙명여자대학 논문집 18집 재인용.
9) 張赫宙(1933), 「僕の文学」, 文芸首都, 白川豊・南富鎭 編(2003), 「張赫宙日本語作品選」, 勉誠出版, p.290
10) 保高德蔵(1946), 「日本で活躍した二人の作家」, 民主朝鮮, p.69
11) 任展慧(1965), 전게서, p.125.

특히 작품에서는 조선의 문화와 색채를 나타내기 위해 조선적인 것을 묘사하면서 일본어로 독음을 달았는데 살펴보면 다음과 같다.

> 저고리(チョコリ - 上衣), 바지(バチ - 下衣), 망할년(マンハンニョン - 亡 · 女奴), 치마(チマ -), 바가지(バカチ - 瓢), 아배(アベ - お父), 오라배(オラベ - 兄イ), 머슴(モソム - 下男), 오매(オメ - おつ母ア), 어른(オルン - 親父), 호미(ホミ - 草搔), 두루마기(ツルマキ - 周衣), 버선(ボソン - 着襪), 팔자(パルチャ - 運), 댕기(デンギ), 아이고(アイゴーツ)

이 같이 일본어로 창작하면서도 일본어 단어를 사용하기보다 경상도 지방의 사투리를 소리 나는 대로 표기해 놓거나 '두루마기(ツルマキ)', '댕기(デンギ)', '저고리(チョコリ)' 등의 조선어나 혹은 조선에서 사용되는 일상적 용어 등에 가타카나로 독음을 달아 조선 문화를 여과 없이 나타내고 있다.

2.2 김사량과 일본어 글쓰기 인식

당시 '조선 문단에서는 조선어로 글을 써야 한다.'는 주장과 함께 일본어 글쓰기에 대한 많은 비평이 있었다. 그럼에도 불구하고 김사량은 짧은 기간 동안 상당수에 달하는 일본어 작품을 발표한다. 김사량의 일본어 글쓰기 동기는 작가가 일본에 유학해서 생활하고 있었던 상황과도 관련이 있겠으나, 조선 현실을 작품 소재로 한 창작활동을 통해 일본문단에 널리 알려진 장혁주의 영향도 있었으리라 생각된다. 김사량은 문단 선배였던 장혁주를 가끔 찾아갔고, 장혁주의 희곡 「춘향전」의 상연을 도왔으며, 장혁주 역시 야스타카 도쿠조(保高德蔵)에게 김사량의 소개장을

써주기도 하였던 것이다.12)

　김사량은 소설 「천마(天馬)」를 통해, 조선 문인들의 모임 사건을 배경으로, 자신을 주인공 이명식에 투영하여, 창작의도를 암시하기도 했다. 김사량의 일본어 창작의도라고도 볼 수 있는 부분을 인용해 보면 다음과 같다.

> "과거 30년 간 우리가 피투성이로 노력한 끝에 이만한 조선 문학이라도 일으켜 세운게 아닌가. 이 문학의 빛, 문화의 싹을 왜 우리들의 손으로 다시 묻어버려야 한다는 건가 (중략) 중대한 문제는 조선인의 8할이 문맹이라는 것. 글자를 읽을 수 있는 2할의 90퍼센트에 달하는 이들이 조선 문자밖에 모른다는 사실이란 말일세!"
>
> "지금도 엄연히 조선 문자로 된 3대 신문은 문화의 역할을 훌륭하게 수행하고 있고, 조선 문자로 된 잡지나 간행물도 민중의 마음을 풍요롭게 만들고 있습니다".13)

　김사량은 조선어를 단순한 문학의 표기수단이 아닌 조선민족의 귀중한 문화유산으로서 조선어 창작의 중요성을 인식하고 있었고, 소설을 읽는 독자를 의식하여 창작활동에 임했음을 알 수 있다. 조선어 글쓰기와 병행하여 조선의 생활, 조선인의 마음, 조선인의 예술을 널리 알리기 위해 독자가 많은 일본어로 창작 혹은 번역을 통해 조선 문화와 예술을 소개하는 일에 노력해야 한다고 주장하고 있다.

　김사량은 표기수단이 조선어든, 일본어든 작가는 창작활동을 해야 한다며, 문인으로서 창작의 의무를 강조하고 일본어 창작에 임했다. 그러나

---

12) 안우식著・최하림譯(1987), 『아리랑의 비가』, 열음사, pp.54～55
13) 大村益夫・布袋敏博(2001), 『近代朝鮮文学日本語作品集』2, 「天馬」 綠蔭書房, pp.193～194

김사량도 아무런 갈등 없이 일본어 글쓰기가 이루어진 것은 아니다. 일본어로 작품을 쓰면서 김사량 자신도 표현문제로 많은 고민을 한 흔적은 그의 글이나 사와비라키 스스무(沢開進)의 글을 통해서도 감지할 수 있다.

> 우리는 조선어의 감각으로 기쁨을 알고 슬픔을 느끼고 노여움을 느껴왔다. 물론 조선의 일부 사람들은 내지어(일본어)로 자기 의사를 발표할 수 있을 것이다. 그러나 감각이나 감정의 표현은 미치지 못한다.[14]
> 조선 사회와 환경에 대한 동기와 정열이 무르익어 그런 내용을 형상화하는 경우, 이를 조선어가 아닌 일본어로 적고자 할 때, 아무래도 작품이 일본적인 감정과 감각으로 와전될 우려가 있다. 감각과 감정과 내용은 말과 연결 지어질 때 비로소 가슴속에서 느껴진다. 극단적으로 말하면 우리들은 조선인의 감각과 감정으로 기쁨을 알고 슬픔을 느끼는 것뿐만 아니라, 그러한 표현은 그 자체와 불가결하게 연관된 조선말에 근거하지 않고서는 멋 떨어지게 나올 수 없는 것이다…(중략)…필자는 조선어로의 창작과 일본어로의 창작을 병행하여 시도하면서 이러한 사실을 피부로 동감하는 한 사람이다.[15]
> 김군이 쭈뼛쭈뼛 내게 원고를 내밀며 "제대로 된 일본어가 아닐지도 모르니까 교정 받고 싶다"고 말한 것이 「堤防」의 제1호에 실렸다.[16]

김사량이 많은 갈등을 하면서도 일본어로 창작활동을 한 것은 무엇보

---

14) 김사량(1939), 「조선문학풍월록」, 문예수도
15) 「조선문화통신」, 같은 내용이 평론 「조선 문학 풍월록」(「문예수도」,1939. 6)에 언급되어 있다고 함. (홍기삼편(2001), 『재일 한국인 문학』, 솔출판사, pp.107~108 재인용.)
16) 沢開進, 「잡지「제방」을 만든 무렵 - 추억의 김사량 군」 (홍기삼편(2001), 『재일 한국인 문학』, 솔출판사, p.110 재인용.)

다도 조선의 문화와 예술 그리고 현실을 알리고자 하는 애국적 동기가 그의 작품창작의 중심에 있었기 때문이다. 이러한 그의 애국의식은 「토성랑(土城廊)」에서도 조선적인 색채를 나타내기 위해,

ソンダリ : 先達(선달), チゲ : 支械(지게), アズモニ : 姐さん(아주머니),
バチ : づぼん(바지), ジュマク : 酒幕(주막), ボソン : 足袋(버선)

과 같이 조선어 발음을 일본어 가타가나로 표기하는 방법을 통해 조선 문화를 나타내고 조선어를 살리고자 하는 작가의 의도를 엿볼 수 있다.

이와 같이 장혁주와 김사량은 문학창작의 시발점에서 독자층이 얕고 협소한 조선어작품보다는 검열의 문제점을 쉽게 넘길 수 있으며 독자층이 두텁고 번역의 기회가 많은 일본어를 선택하여 창작에 임하였음을 알 수 있다. 이것은 일본, 동양, 세계에 비참한 식민지 조선 현실을 알릴뿐만 아니라 더 나아가 조선의 문화와 예술을 소개 한다는 애국적 작가의식을 견지한 채 출발했다고도 볼 수 있을 것이다.

3. 「쫓기는 사람들(追はれる人々)」과 「토성랑(土城廊)」의 작품 분석

장혁주의 「쫓겨가는 사람들」은 1932년 10월 「改造」에 투고한 소설로 「아귀도」에 이어 프롤레타리아 문학적 색채를 더한 작품으로 평가받았다. 당시 프로문학 작가였던 고바야시 다키지(小林多喜二)로부터 "佳作으로 작가적 소질과 튼튼한 구성력이 작용한 구체성을 가진 작품이다"[17)

는 호평을 받기도 하였다. 경상도를 배경으로 자작농이었던 재동의 집이 소작농으로 몰락하는 과정과 소작인의 궁핍한 생활 그리고 소작쟁의 유발 등의 사건으로 소작지를 뺏기고 만주 북간도로 이향해가는 과정을 그린 작품이다. 이러한 내용으로 복자(伏字)부분이 많았으며, 작품이 게재된 「改造」 10월호는 조선에서 발매가 금지되었다고 추정된다.[18]

「토성랑」은 김사량이 고등학교 2학년 때 일본어로 창작한 작품으로, 작가 자신도 처녀작으로 꼽으며 남다른 애착을 가진 작품이다. 1935년 11월 「토성랑(土城廊)」을 각색하여 쓰키치(築地) 소극장에서 상연하기도 하고, 1936년 9월 동경제국대학의 동인지 「堤防」 2호에 실어 호평을 받게 되며, 1940년 2월 「文藝首都」에 발표 후, 제1소설집 『빛 속으로』에 실은 작품이다. 이 작품은 원삼영감, 선달, 선달 아내, 임생원, 절름발이, 덕일 노인 등 하층민들이 토성랑에 모여 살아가는 내용으로, 죽는 게 낫다고 생각하면서도 쇠사슬에 생명이 매인 듯 버리지 못하고 끌려가는 인간의 나약한 모습들을 선명하게 그리고 있다.

위에서 볼 수 있듯이 이 두 작품은 작가의 고향을 배경으로 하여 두 작가의 체험을 바탕으로 조선 사회 상황을 그림으로써 조선 사회현실을 고발하고 있는 작품이다. 따라서 두 작가가 '굴욕과 저항'이라는 평가가 타당한지 비교 검토 할 수 있는 중요한 근거가 되는 작품이라 할 수 있을 것이다. 이 두 작품의 배경 공간 설정을 살펴보고 그 배경에 묘사된 내용은 무엇인지 그리고 어떠한 주제를 담고 있는지를 확인해 봄으로써 일본

---

17) <朝日新聞> 1932년 10월 1일자. 白川豊(1991), 「張赫宙作品에 대한 韓日兩國에서의 同時代의 反應」, 日本學 10호, p.116 재인용.

18) 南富鎭, 白川豊編(2003), 「私に待望する人々へ」『張赫宙日本語作品選』, 勉誠出版, pp.298~299. 같은 책에서(pp.330~337) 시라카와 유타카는 장혁주의 「쫓기는 사람들」의 복자부분을 원본을 번역한 에스페란토역을 찾아 복자부분이 폭력적인 장면임을 해석 한 내용을 기술하고 있다.

문단에서 활약한 두 작가의 정체성을 파악할 수 있을 것이기 때문이다.

2.2 로컬스페이스의 '貧富'의 대칭적 二重空間

장혁주의 「쫓겨가는 사람들」과 김사량의 「토성랑」은 그 공간적 배경이 대칭적 이중공간으로 구성되어 있다. 한 곳은 '富'의 공간이며, 또 한 곳은 '貧'의 공간이다. 富의 공간은 일본인과 지주가 거주하는 영역을 의미하며, 貧의 공간은 조선하층민과 소작인의 몰락한 삶의 영역을 의미한다.

「쫓기는 사람들」에서 富의 공간이라 할 수 있는 지주의 공간은 다음과 같이 묘사되어 있다.

> 마을 뒷산 북쪽으로 고개를 세 개 넘어가면 유화동(柳花洞)이 보였다. 지주 일족의 기와장이 마을 대부분을 점하고 있어, 원형 골짜기의 넓은 땅에 녹색 밭을 앞에 두고 왕궁처럼 떠있다. (「쫓기는 사람들」, p.116)
>
> 마을 가운데로 들어가 높은 담 아래를 잠시 걸었다. 박대선의 저택 대문에 도착했지만 마음이 내키질 않아서 들어갈 수가 없었다. 대문 안에는 높은 토대 위에 세워진 사랑채가 위엄 있게 내려다보고 있었다. (중략) 여종은 중문을 빠져나가 안채 정원으로 사라졌다. 안채 정원에는 웅장한 안채 건물이 몇 개나 세워져 있었다. (「쫓기는 사람들」, p.118)

위의 인용문에서 알 수 있듯이 '유화동'은 지주 일족이 사는 공간으로 마을 대부분을 차지한 넓은 땅위에 왕궁처럼 세워져 있는 '富'의 공간인 것이다. 또한 그 공간의 경계로 높은 담을 사이에 둠으로써 조선 서민들의 삶과는 무관한 풍요로운 삶의 공간을 형성한다. 사랑채와 다른 건물들 사이사이 중문이 설치되어 있고, 웅장한 건물들이 늘어져 세워 있는 것이다. 그런가 하면 일본인 지주가 있는 공간은 다음과 같이 그리고 있다.

> 점심이 지나서야 읍내에 도착했다. 대구나 그 외의 도읍을 지나고 있는 지방도로에는 자동차가 흙먼지를 내면서 달리고 있었다. 가게가 양쪽에 늘어서있고 사람 인파가 많았다. 마을 사람들은 읍내 중앙의 ××출장소 정원으로 들어갔다. (「쫓기는 사람들」, p.124)

일본인 지주의 출장소라는 곳은 읍내 중앙에 자리하고 있으며, 도로가 있고 자동차라는 문명의 공간으로 묘사하고 있다. 일본인 지주의 공간은 경제적, 정치적 중심부로서 주변부(농촌)로 이동 확산해 가는 중심에 위치하고 있다. 조선의 중심부에 조선인이 아닌 일본인이 중심이 되어 사회질서의 축이 이동 변화해가는 도시 상황을 서술한 부분이라 하겠다.

「토성랑」에서도 도살장을 경계로, 일본인 거주 공간인 성 안을 근대를 표상하는 상징코드들로 묘사하고 있다.

> "무슨 이야길 하는 거요?"
> "나는 오늘 굉장한 것을 탔지. 그 거리에 있는 큰 상점 말이야. 1층에서 탔더니, 으흐흐—쑥 튀어 오르지 않겠나!⋯⋯." (「토성랑」, p.180)
> 마침 방금 지나간 검은 열차는 선로 옆에까지 닥쳐온 홍수에 조심스럽게 삐—삑 기적을 울리면서 천천히 커브를 돌았다. 그 너머로 붉고 웅장한 감옥의 높은 건물과 굴뚝 숲을 이룬 희뿌연 도회 하늘이 가만히 이 풍경을 지켜보고 있었다.
> 멀리 북쪽 돌다리를 화물 자동차가 경적 소리 요란하게 달리고 있었

다. (「토성랑」, p.194)

이처럼 일본인이 거주하는 공간은 전차나 커다란 상점의 엘리베이터 등 근대적 문물이 넘치는 곳으로, 굴뚝 숲을 이룬 도회지, 그리고 화물 자동차가 달리는 도시를 그리고 있다. 그러나 그와는 대조적으로 조선인이 거주하는 곳은 비탈에 나무토막과 볏짚으로 덮은 움막으로 표현하고 있다.

옛 전쟁터인 토성랑은 그렇게 멀지 않은 곳에 기다랗게 이어져 있었다. 경사면에는 나무토막과 지푸라기 등으로 뒤덮인 움집이 엎드리듯 빼곡히 들어차 있다. 거기에 두 사람이 당도했을 때 마침 움집들은 하나같이 빗속에 조용히 가라앉아 있었다. (중략) 훅 끼쳐오는 눅눅한 악취가 코를 찌르고, 움직일 때마다 무릎에서 짚이 버석버석 소리를 낸다. 바닥에 깔아 놓은 짚도 젖어있다. (「토성랑」, p.174)

조선인이 생활하는 공간은 짚으로 만든 거적문, 낮은 움막은 짚으로 깔아놓아 비가 오는 내내 젖어 있고 미지근한 악취가 진동하는 곳이다. 또한 마실 물조차 없어 지저분한 도랑물을 사용해야 하는 비참한 공간으로 섬세하게 묘사하고 있다.

빗줄기가 점점 더 거세져서 눈앞이 보이지 않는다. 영감은 물동이를 안고 더 큰 소리로 흐흐, 으흐흐 익살맞은 소리를 지르면서 진흙탕 속으로 한쪽 발을 내딛으며 조금씩 들어갔다. 지저분한 도랑물이라 가능한 한 깊은 곳까지 들어가야만 했다. 한 자 정도의 깊이까지 잠기자 그는 두세 번 좁쌀을 씻고 물을 찰랑찰랑 담고는 또 으흐흐, 으흐흐 괴성을

지르면서 뛰어나왔다. (「토성랑」, pp.175~176)

위에서 살펴보았듯이 두 작가는 '근대적 문명의 공간 / 전근대적 미개의 공간', '富의 공간 / 貧의 공간'과 같은 이중 공간을 설정하고 각각의 공간을 대조적으로 묘사하고 있는데, 이것은 두 작가의 '현실 고발'이라는 것에 의해 형상화된 공간 설정이라 할 수 있을 것이다. '일본과 조선', '일본인과 조선인' 그리고 '지주와 소작인'이라는 대칭적인 공간대비를 통해, 이중적 구조의 조선 사회현실을 비판하였으며, 지주나 일본에 의해 착취당해 최소한의 생활의 영역마저 잃어가는 조선민중의 삶을 고발했다고 볼 수 있을 것이다.

3.2 로컬인의 궁핍한 삶

전술하였듯이 장혁주와 김사량은 조선인의 삶을 소재로 한 작품들을 다수 발표하였다. 장혁주는 경상도 지방의 농산촌을 무대로 하여, 「포프라(白楊木)」, 「아귀도」, 「쫓기는 사람들」, 「사코다농장(迫田農場)」 등, 땅과 수확물을 수탈당한 농민들의 빈궁한 삶을 일본어로 발표했다. 김사량도 「토성랑」, 「풀은 깊다(草深し)」, 「기자림(箕子林)」 등 조선민중들의 비참한 삶을 그린 작품들을 발표하였다. 이러한 작품들에서 장혁주와 김사량은 식민지인의 궁핍한 삶을 소재로 하여 조선현실을 형상화하고 있다.

농지세(農地稅)마저 소작인이 지불하게 되고, 지주의 착취에 더욱 가난에 허덕이며 불평과 탄식으로 생활해가는 당시의 현실을, 머슴아들 재동이가 지주의 아들 박대선으로부터 농지세를 재촉 받는 장면을 통해 상세하게 기술하고 있다.

재동의 작은 괴로움은 대선의 이야기에 압도되어 날아가 버리고 말았다. 재동은 생각했다.

(어쩔 수 없구나. 소를 팔아야지…) 재동은 근근이 이어온 집안 살림이 이렇게 다 바닥나고 나면 뭘 하고 살 수 있을까하고 젊은 가슴에 불안이 가득 차올랐다. (중략) 황소를 팔아 지세를 납부하고, 좁쌀을 사고 남은 돈으로 송아지를 산 것이다. (「쫓기는 사람들」, p.120)

박대선은 조금도 괴롭지 않은 듯 아무렇지 않게 말했다. (중략) 재동은 불안해 졌다. "그래서, 이 인암동이랑 건너편 암동의 소작인들은 다음해부터는 △△쪽의 소작인이 될거래이. 머지않아 통지가 올거래이. 그럼 다녀올꼬마." 대선은 걸어 나갔다. 대구에 가서 기생과 놀 작정으로 매우 유쾌한 듯 걸어 나갔다. (중략) 박대선 쪽의 지주도 그렇게 좋은 조건은 아니었지만, 역시…………그렇다. 조금은 의지했던 것이다. 무섭게 큰 힘이 짓누르는 것 같았다. (「쫓기는 사람들」, p.123)

조선인 지주에게서 일본인 지주로 소작권이 옮겨감에 따라 더욱 악화되어 갈 생활의 궁핍함에 초조해 하는 주인공 재동과는 달리, 지주의 아들 대선은 소작인들의 삶은 아랑곳없이 기생과 놀아날 것을 생각하고 유쾌한 모습을 보이는 대조적 묘사로 상대적 궁핍과 불안감을 증폭시키고 있다.

또한 장혁주는 재동의 아버지가 자작농에서 소작농으로 전락한 부분을 자세하게 기술하고 있다. 일본에 의해 조선인 자작농이 소작농으로 전락하고 소작권마저 일본인 손에 뺏기는 조선에서 이루어진 자본주의 이동 경로를 구체적으로 묘사하고,[19] 일본 자본주의의 침투로 인해 빚어진 사회병폐를 묘사하고 있다.

재동의 아버지는 인암동(仁岩洞)의 큰 농부였다. 논을 12두락, 밭을 20두락이나 소유한 자작농이었다. 그러나 세상이 개화되고 새로운 제도가 발포되면서 점점 가세가 기울어갔다. 콩기름 같은 걸로 등불을 밝히던 것이 언제부터인가 석유를 샀고, 짚신이 고무신으로 바뀌고, 물레로 자가 제작 하였던 포목도 읍내에서 돈을 내고 샀다. 처음에는 그쪽이 싸고 사기 쉬웠지만 날이 갈수록 집의 돈이 없어져갔다. (중략) 매년 늘어가는 세금도 납부하기가 어려워졌다. 금리가 싸서 편리하다 하여 어느 새인가 금융조합에 전답을 저당 잡히고 차입금에 의존하였다. 매년 이자가 늘어났다. 그때마다 조금씩 전답이 줄어갔다. 결국 전답을 몽땅 박대선의 아버지에게 넘기고 금융조합의 차입금을 돌려주지 않으면 안 되었다. 그때부터 10년간 재동은 소작농의 아들로서 자라왔던 것이다. (『쫓기는 사람들』, p.117)

자작농에서 소작농으로 전락해, 가계가 어려워짐에 따라 배움의 길도 포기하고 소작농의 아들로 자랄 수밖에 없는 재동을 통해, 식민지하에 경제적인 것뿐만이 아닌 모든 것을 포기해야만 하는 조선인의 현실을 형상화하고 있다.

게다가 아무것도 모르는 농민들은 현실에 대한 판단도 내리지 못하는 무력함속에 선택의 결정권도 없이 인감을 찍어줌으로써 자신의 삶을 타인의 손에 양도하고 마는 것이다.

---

19) 당시 조선농촌은 일본 자본주의를 위한 식량과 원료 생산기지였으며, 상품시장으로서 자리하고 있었고, 자본주의 경제 질서 침투로 인해 농촌의 생활공간의 독립성이나 자급적인 경제 질서가 깨졌으며 성냥, 석유, 옷감, 고무신 등을 사서 신어야 했으며 현금으로 내야하는 세금이 신설되었다. (연세대학교 국학연구원편(2004), 『일제의 식민지배와 일상생활』, 도서출판 혜안, pp.392~394)

사무실에는 네다섯 명의 사무원이 탁자에 앉아 있었다. 그 옆에는 소장이 혼자 앉아 있었다. 창가에 있던 사무원은 서류를 꺼내어 한사람씩 부르고 도장을 받아 찍었다.……… 이름이 불리면 일어나 가서 도장을 건네주고, 직원이 도장을 찍고 주면 돌아서 갈 뿐이었다. (중략) 날인이 끝나고, 잠시 있다가 사무원이 소리를 쳤다.

"자, 모두 이 앞으로 모여라. 소장님이 말씀하실 테니깐."

농민들은 창문 쪽으로 다가갔다. (중략) 사무원이 한 구절씩 들려줬다. (「쫓기는 사람들」, pp.125~126)

농민들은, 소작권 계약이 어떠한 내용인지도 잘 모른 채 날인을 강요당하고, 그후 출장소의 소장과 사무원이 나란히 서서 계약에 관해 간단한 내용만을 공지하고 끝나버린 것이다. 「쫓기는 사람들」에는 상세히 서술되지 않았지만, 소장이 말하고 '사무원이 일절일절 들려주었다'는 부분으로, 소장이 일본인이고 사무원이 조선인으로 통역했다는 것을 추측할 수 있다. 일본인 소장이 소작조건에 관한 계약사항을 설명하면 조선인 사무원이 조선어로 통역하는 장면의 서사로 볼 수 있다. 결국 장혁주는 한국인 지주보다 더욱 악랄하게 아무것도 모르는 농민을 착취하는 대상으로 일본인 지주를 설정하고 있는 것이다.[20] 이러한 불합리한 계약은 결국 조선농민들에게 망자(亡者)처럼 지친 육체만을 끌고 고향을 떠나도록 만드는 것이다.

궁핍한 조선인의 삶은 김사량의 작품에도 리얼하게 묘사되어있다. 작

---

20) 白川豊·南富鎭 編(2003), 「張赫宙日本語作品選」, 勉誠出版 pp.334~337 시라카와 유타카는 에스페란토역을 조사하여 「쫓기는 사람들」에서 농민을 착취한 대상이 동척(東拓 - 동양척식회사)이며, 복자 부분이 순사들에게 끌려가는 부분임을 밝혀내었다.

품「토성랑」은 쉰세 살의 원삼영감과 선달 등 토성랑에 모여사는 등장인물을 통해 봉건제도와 일제하 식민지기의 모순된 사회속에서 파멸되어 가는 조선인의 모습들을 묘사하고 있다.

식민지하 자작농에서 소작농으로 전락하게 된 선달네가 수확을 얼마 앞둔 '여름이 다 지나갈 무렵'에 소작권마저 박탈 당하게 되자, 아내는 마름에게 애원하러 가서 정조를 빼앗긴 대가로 소작권을 되찾아온다.

그렇지, 화냥년의 여편네가 몸을 판 덕에 소작권이 다시 돌아왔을 때 차라리 아내를 죽여 버리고 자신도 함께 죽어 버렸다면 좋았을 걸. 그러나 미칠 것 같던 그 밤 "조선 사람으로는 부족한 거야?"라고 외치며 처를 반죽음으로 만들어 놓았던 것이다. (「토성랑」, pp.356~357)

직접적으로 '일본인'임을 명시하지는 않았으나 "조선 사람으로는 부족한 거야?"라는 선달의 힐책성 질문으로, 아내의 정조를 뺏은 마름은 일본인임을 암시적으로 묘사하고 있다. 식민지인 지주 일본인으로부터 정조를 빼앗기고도 피식민지 조선인 남편 선달에게 폭력까지 당하며 삶에 찌들어 살아야 하는 선달 아내를 통해서 당시의 고달픈 여성의 삶도 그리고 있다.

그리고 토성랑에 모여 있는 조선민중의 모습을 하나하나 열거하여 구체적으로 쓰고 있는데 인용해 보면 다음과 같다.

저물어 가는 토성위에는 움막 주민들의 검은 행렬이 기다랗게 늘어서 있었다. 폭우가 계속 내려 동쪽 낮은 습지가 큰 강처럼 되자 그들은 철도 선로까지 나가는 길을 찾기 위해 아우성을 쳐댔다. 그들은 고픈 배를 끌어안고 성 안쪽으로 저녁밥을 얻으러 나간다. 노인은 지팡이에 의지하

여 허리를 구부리며 멈춰 서있고, 아이들은 쉴 새 없이 투덜거리고, 여자
들은 열심히 모여앉아 뭔가를 걱정하는 얼굴로 서로 수군거리고 있다.
잿빛 사냥 모자, 코까지 깊이 눌러쓴 중절모자, 푸석한 젖은 머리칼,
여자들의 머릿수건……. 그리고 하나같이 맨발이었다. (「토성랑」, p.353)

굶주림에 허덕여 "아우성을 치며" 저녁밥을 얻으러가는 장면에서, 빈
궁한 조선인의 삶을 표현하고 있으며, "기다란 검은 행렬"로 많은 조선
인들의 어두운 삶의 모습을 형상화하고 있는 것이다.

3.2 로컬인의 저항의식

두 작가는 조선인의 비참한 현실을 묘사하는 한편 현실에 대한 비판과
저항을 묘사한 공통점을 가지고 있기도 하다. 장혁주의 「쫓기는 사람들」
에서는 일제의 무리한 자본주의 침입을 비판하여 '소작쟁의'라는 단체로
움직이는 저항을, 김사량의 「토성랑(土城廊)」에서는 최소한의 삶을 유지
하기 위한 임생원의 투쟁과, 물질적 정신적으로 받은 피해에 대한 선달
의 개인적 저항을 서사하고 있다.

「쫓기는 사람들」에서는, 농지세를 지주 편에서 부담해 준다는 일본인
소장 이야기에, 출장소에 올 때까지의 불안했던 가슴을 쓸어내리고 안심
하지만, 수확하여 소작미를 납부하러가자 소작미가 좋지 않다는 핑계로
수납을 받아주지 않았다. 소작료를 내지 못한 농민은 소작권을 뺏긴 채
고향을 등졌다. 이러한 일본인 지주의 일방적인 소작권 박탈에 마을 주
민들은 출장소에 몰려가 소작쟁의를 일으키게 된다.

옥련이 아버지가 온 동네를 돌아다니며 말했다. 옥련이 아버지는 말

수가 적은 성격이었지만 통지서를 받고 크게 불평을 터뜨렸다. (중략)

"출장소에 가서 한번 담판을 해보능기라."

　"그래야 할까봐. 마을사람들을 많이 모아서 가보입시데이."

　"안계신다면 안계신거야. 돌아가 - 돌아가."

　"돌아갈 수 업심더. 야그 해 줄때 꺼정 안 돌아 갈낍니더."

　옥련의 아버지가 큰소리로 외쳤다. "뭐라곳?" 사무원은 화가 나서 …………………………………………, …………………………………………다.

　"어째서……." 옥련의 아버지는 머리의 관이 뒤로 젖혀진 채, 두루마기의 소매를 털어내며 다가갔다.

　" …………, 더 …………."

　사무원은 더욱 강하게 ………… …………. 마을 사람들은 그 사무원과 옥련아버지의 사이에 들어가 밀어 떨쳐 놓으려고 하였다. ………… ………… …………. (「쫓기는 사람들」, pp.130~131)

　일본인 소장은 응대해 주지 않고 사무원과 실랑이를 벌이는 이 장면은, 문장의 흐름이나 복자 처리된 부분으로 반일적 내용과 폭력을 동반한 격렬한 장면임을 추측 할 수 있다. 이렇듯 기본적인 생계권을 지키기 위한 투쟁은 옥련아버지를 비롯한 조선농민들을 누더기와 바가지 같은 쓰레기에 불과한 세간만을 짊어지고 이별의 아픔을 가슴에 안은 채, 정든 고향을 눈물로 이별해야만 하는 결과를 가져온다.

　다음날 날이 채 밝기 전이었다. 옥련이 일가와 다른 세 가정이 누더기와 바가지 같은 것을 등에 질 수 있는 만큼 지고 산을 넘어 북으로 북으로 나아갔다. 뒷산 고갯마루에서 재동이네와 마을에 남은 사람들은

서로 헤어졌다. (「쫓기는 사람들」 p.133)

한편 「토성랑」에서는 대칭적 이중구조에서의 지주에 대한 소작인의 갈등을 선달의 저항을 통해 그려내고 있다. 일본제국주의와 지주에 대한 저항으로, 소작인 선달은 논에 뛰어들어 벼를 몽땅 베어 눕히고 물꼬를 터뜨려 엉망으로 만들어 놓고 마을을 떠난 것이다.

한밤중에 그는 소작논에 뛰어들어 여물지도 않은 벼를 몽땅 베어 눕히고 물꼬를 터뜨려 놓고는 이 도시로 슬쩍 자취를 감춘 것이었다. (「토성랑」 p.353)

무기력한 식민지 삶에 좌절하여 농민으로서는 자식과 같은 벼를 몽땅 베어버림으로 표현 가능한 최대의 저항을 하고 있다. 또, 임생원을 통해 일제에 항거하는 장면을 인용하여 보면 다음과 같다.

바로 그 무렵 토성랑 움막 주민의 철거문제가 다시 거론 되고 있었다. 조선을 관통하는 철도가 토성랑 앞을 지나게 되어 국제적인 체면상 또는 도시 미관상 그것은 도저히 버려둘 수 없는 일이라는 것이었다. 움막 주민들은 토성 한군데에 모여 소란을 피웠다. 바로 그날 밤의 일이었다. 봉천(奉天)행 급행열차가 토성랑 앞에 다다랐을 때 날카로운 기적 소리를 내며 갑작스럽게 정차했다. 자칫하면 전복될 뻔 했다. 선로 위에는 돌이 산처럼 쌓여있었고, 랜턴을 비췄을 때 그 돌무더기는 새빨간 피로 물들어 있었다. 그 이후 임생원의 모습은 보이지 않았다.

그러나 이렇게 그 아버지와 딸은 토성랑의 수호신처럼 여겨지고 있

다. (「토성랑」, p.182)

토굴에 철거령이 내려지자 임생원은 선로 위에 돌을 쌓아 놓고 열차를 저지한다. 삶의 터전마저 빼앗길 위험을 인지한 임생원은 목숨을 걸고 저항하고, 그런 임생원을 토성랑 사람들은 수호신처럼 여기게 되는 것이다. 여기에서 '강물에 빠져죽은' 임생원 딸도 수호신으로 모셔진다고 묘사될 뿐, 세밀한 묘사가 생략되어 있으나 임생원의 딸 또한 일제에 저항하다 목숨을 잃은 것임을 암시하고자 한 작가의 숨은 의도를 엿볼 수 있다.

3.4 로컬칼라의 고향

「쫓기는 사람들」은 장혁주의 고향인 경상도를, 「토성랑」은 김사량의 고향인 평양을 배경으로 그린 작품이다. 두 작가는 작품 안에서 고향을 통해 일제 식민지 하의 조선의 사회적 현실을 그려내고 있으며 이로 인한 사회적 병폐를 고발하고 있다.

장혁주가 기억하는 고향 경상도는 식민지하에서 정든 사람과 어쩔 수 없이 이별로 고통스러워해야 하는 곳, 일본인이 주거하고 있는 '富의 空間'과 궁핍한 조선인 소작인의 '貧의 空間'으로 대칭적 이중구조가 있는 곳으로 조선의 본토박이들의 불만과 두려움만이 가득한 현실의 고향이다. 암울한 식민지인의 고달픈 삶은, '토지정리'와 '세제' 및 소작료 등의 제도적 모순으로 인해 자작농에서 소작농으로 전락하게 되고, 결국은 그 자리를 박탈당하고 일본인에게 내어주는 것이다. 조선인이 살고 있던 주거지는 헐리고 무너져 일본인의 거주지이자 경작지로 새로 탈바꿈하게 되는 융화되지 못하고 낯설기만 한 '출향의 고향', '귀향 불가의 고향'이었다.

그 다음해, 창동이는 가재도구를 팔고 북간도에 간다고 마을을 떠난 것이다. (중략) 암동마을 앞쪽 언덕기슭에 낯설은 농가가 두세 채 세워지기 시작했다. 그것은 이 근처의 농가 볏짚지붕과 달리 보릿짚으로 지붕을 인 모난 집이었다. "왜인이 왔다." "창동이네 논을 경작하고 있어!" (중략) 마을을 떠난 사람들의 소작지는 이들 검은 옷을 입은 낯설은 농민들에 의해 경작되었다. 수건으로 얼굴을 가리고, 파란 작업복을 입고 뒤쪽을 걷어붙이고 부지런히 일하였다. (「쫓기는 사람들」, p.128)

조선인이 자리하고 있어야 할 곳에 일본인이 차지하여 문화혜택을 누리고 살게 되었지만, 식민지 조선인은 주체가 아닌 객체가 되어 중심부에서 점점 멀어져 주변부로 밀려나게 된 것이다. 그리고 그 주변부에서도 밀려나 자신들의 삶의 터전에서 살지 못하고 이향(離鄕)함으로서 자취를 감추게 되는 것이다.

한편 김사량이 추억하는 고향은 송아지를 타고 노래하는 평화롭고 여유로우며 즐거움이 가득한 과거 추억속의 고향이다.

이 무렵엔 특히 어찌된 일인지 고향생각이 자주 났다. 조용히 고개를 내저으며 기분 나쁜 추억에서 도망치려고 해도 어느새 그의 눈앞에는 광활한 고향의 논이 어른거리며 다가온다. 언덕 기슭으로 아카시아나무가 서있는 마을이 있다. 어릴 때 꼴을 베고 돌아오는 길에 송아지를 타고 맑은 소리로 곧잘 노래하던 그 논두렁길.

봄에는 모심기, 여름엔 풀베기, 가을엔 벼 베기. 농부들은 논 가운데 몇 사람씩 허리를 구부리고 줄을 지어 농부가에 맞추어 흥얼거리며 나아갔다. 커다란 바구니를 머리에 인 여자들은 논두렁으로 와서는 손을 휘휘 저으며 튕길 듯한 목소리로 외친다.

"어드메 있소. 점심이요!"

이윽고 겨울이 되면 남자들은 벼를 팔러 우마차의 방울 소리를 찌르릉 찌르릉 요란하게 울리며 도회로 간다. 그러나 이런 조용하고 즐거운 생활도 오래 계속되지는 않았다. (「토성랑」, p.192)

그러나 이와 같이 평온한 고향은 '時代潮流와 日帝'라는 거대한 힘에 의해 모든 것이 파괴되어져, 모든 것이 과거가 된 채, 정든 고향을 등져 도시 밖 빈민촌으로 이동되고, 다시금 설 땅을 잃어가는 슬픈 드라마가 공존하는 공간으로 변화되는 과정을 그림으로써, 식민지 조선인의 삶 자체가 송두리째 흔들리게 되는 과정을 날카롭게 묘사하고 있다.

4. 장혁주와 김사량의 접점

본 연구에서는 '굴종'과 '저항'으로 대비되는 두 작가의 변별성을 찾기보다 그 접점을 찾고자 하였다. 두 작가의 일본어 창작의 시발점은, 검열로 인한 작품게재의 협소성 타개에서 비롯되었으며, 조선 문화와 예술을 세계에 알린다는 사명의식과 식민지 하의 열악한 조선의 당시 상황을 전 세계에 알리고자하는 의도로 진행되었다고 할 수 있을 것이다. 이러한 의식들은 당시 일본에서 대동아공영권을 부르짖으며 로컬, 로컬칼라로 지칭하였던 조선, 조선인, 조선인 의식, 조선 생활, 조선의 식민지 상황 등을 작품의 소재 모티브로 삼아 조선의 문화는 물론 일제 식민지하의 조선과 조선의 상황을 자세하게 묘사하였다.

　　조선을 나타내는 조선색은 특히 장혁주의 「쫓기는 사람들」과 김사량의 「토성랑」에 잘 나타나 있었다. 각자의 고향인 경상도와 평양을 배경으로 '富와 貧', '지주와 소작인', '일본과 조선'이라는 '대칭적 이중적 공간구조'를 설정하여, 당시대의 식민지 상황을 고발하고 있다. 또한 일제의 자본주의 침투와 착취에 의해 자작농에서 소작농으로 전락하고 마침내 삶의 터전까지 뺏겨 고향을 등지고, 일본, 만주, 간도 등으로 이향해가는 조선 하층민의 고달픈 삶을 형상화했다. 아울러 그 과정에서 최저의 생계를 유지하기 위해 저항하고 몸부림치는 조선인을 묘사하였다.

　　자기체험의 테두리 안에서 일어창작을 통해 '조선'과 '조선인' 그리고 '조선 문화'를 형상화한 두 작가는 식민지하 모순적인 사회현실을 고발하여 문제 제기하는 활동을 펼쳐나감으로서 일본문단에서의 입지를 확고히 다지고 한국문학의 외연을 확장하였다는데 그 의의가 있다고 할 수 있을 것이다.

04.

정인택의 「清凉里界隈」와
「覺書」 연구 *

박경수

1. 정인택 연구를 위한 제언

정인택은 수많은 문학작품들을 남기고 있음에도 불구하고 지금까지 그와 그 문학에 대한 구체적이고 총체적인 연구는 지극히 미진한 실정이다. 그의 생애에 대한 연구는 동시대에 활동하고 교우했던 문인들[1]의 연구물이나 작품들에 의해서 약간 언급되었던 내용을 근거로 이루어졌을 정도이며, 기존의 연구도 초기의 심리소설에 집중되어 있다.

정인택의 작품에 대한 연구는 1930년대 한국의 심리소설을 논하면서 정인택의 작품을 포함시킨 3편의 논문[2]을 시작으로 강현구(1999)의 「정인택 소설연구」[3], 김강진(1993)의 「정인택 소설연구」[4], 이종화(1993)의

---

* 이 글은 2007년 6월 30일 한국일본어문학회 「日本語文學」(ISSN : 1226‐0576) 제33집, pp.216~235에 실렸던 논문 「鄭人澤の日本語小說研究」를 번역, 수정·보완한 것임.
1) 이상, 박태원, 조용만, 윤태영, 김소운 등
2) 이강언(1992), 「1930년대 한국 모더니즘소설 연구」, 『한국현대소설의 전개』, 형설출판사. 김진석(1990), 「1930년대 한국 심리소설 연구」, 고려대학교 박사논문. 오병기(1993), 「1930년대 심리소설과 자의식의 변모양상」, 「대구어문논총」 제11집

「정인택 심리소설 연구」5) 에 불과하다. 이들 연구는 대체적으로 1930년대 중반 이후 40년대 초반까지의 무기력한 지식인의 심리를 다룬 작품에 초점을 맞추고 있을 뿐, 일본어 작품이나 시국 및 군국물에는 미치지 못하고 있다. 또한 작가론으로는 이경훈(2000)의 「이상과 정인택」6), 그리고 김신영(2000)의 「정인택 연구」7)를 들 수 있는데, 이경훈은 정인택의 「업고」와 「우울증」이 이상의 「봉별기」와 흡사할 뿐만 아니라 이상의 개인사를 작품의 소재로 흡수한 점을 들어 이상의 遺稿를 자신의 이름으로 발표했을 것이라는 특이한 문제를 제기하고 있으며, 김신영은 정인택의 생애를 재구성하고 전 작품 활동기를 고찰하여 시기별로 특징적인 경향들을 짚어내고 있으나 작품에 대한 깊이 있는 연구 또는 일본어 작품에 대한 자료 정리 및 연구부분은 취약하다.

한편 시라카와 유타카(白川豊, 1995)의 『植民地期朝鮮の作家と日本』8)과 호테이 도시히로(布袋敏博, 1996)의 「일제말기 일본어 소설연구」9)에서는 그 시기 일본어로 작품 활동을 한 작가들과 함께 정인택의 일본어 소설을 언급하고 있으나, 정인택의 본류와 작품에 대한 깊이 있는 연구에는 미치지 못하고 있다.

본고에서는 그 동안의 선행연구에서 미비한 점, 자료의 오류 등을 보충·수정하여 정리하고, 작품 속에 투영된 정인택의 시세에 따라 변모해가는 양상과 더불어, 우리문학이 극심한 시련을 겪어야만 했던 태평양전

---

3) 강현구(1989), 「정인택 소설연구」, 「어문논집」, 안암어문학회
4) 김강진(1993), 「鄭人澤 小說研究」, 대구대학교 석사논문
5) 이종화(1993), 「정인택 심리소설 연구」, 「現代文學理論研究」 제3집
6) 이경훈(2000), 『이상, 철천의 수사학』, 소명출판사
7) 김신영(2000), 「정인택 연구」, 상명대학교 석사논문
8) 白川豊(1995), 『植民地期 朝鮮の作家と日本』, 株式會社大學教育出版
9) 布帶敏博(1996), 「일제말기 일본어 소설 연구」, 서울대학교 석사논문

쟁 절정기에 집중적으로 발표된 그의 일본어 소설 중 특히 「淸凉里界隈」
와 「覺書」를 심도있게 분석함으로써, 그 시대상과 함께 정인택이 추구하
였던 문학성향을 파악해보고자 한다.

2. 정인택의 생애와
   문학경향

정인택은 1909년 9월 12일 서울 안국정(현재 안국동)에서 태어났다. 황해
도 평산 출신으로 일본에서 유학한 개화기의 애국 계몽 운동가이자 언론가
[10]인 정운복(鄭雲復)[11]과 조성녀(趙姓女)의 3남 2녀 중 차남으로 되어 있으
나, 생모는 일본인여성[12]이었다고 한다. 『영일정씨세보(迎日鄭氏世譜)』[13]
에 의하면 정인택은 포은 정몽주와 송강 정철을 배출해낸 명문가 迎日鄭氏
文貞公派의 25대 손이며, 증조부 정후겸(鄭厚謙)은 영조의 아홉째 딸 화완옹
주의 양자로 들어가, 문과에 급제하여 개성유수와 예조참판을 지냈으며, 조
부 정기원(鄭璣源)은 정5품의 통덕랑(通德郎)을 지낸 것으로 기록되어 있다.
이러한 가문을 배경으로 하고 있는 정인택의 가계도(家系圖)는 다음과 같다.

---

10) 조용만(1987), 앞의 책, 같은 쪽
11) 1906년 1월 통감부 통신관리국장 역임. <대한자강회>와 <서우학회> 창립회원의
    일원으로 참여하여 애국계몽 활동을 하였다. 1907년에는 통감부 기관지인 <경성
    일보>언문난의 주필 역임. <제국신문>의 초대 주필과 제2대 사장에 취임. 1908년
    에는 안창호 등과 <서북학회>를 결성하여 민중 계몽운동을 전개하였으나, 통감
    부의 탄압으로 간부들이 해외로 망명하자 <서북학회>를 이끌기도 하였다. 1913
    년에는 총독부 기관지인 <매일신보>의 주필을 맡게 된다.
12) 이경훈(2000), 「이상과 정인택 2」, 앞의 책, p.350
13) 영일정씨세보편찬위원회(1981), 앞의 책, p.9

<図> 정인택의 가계도

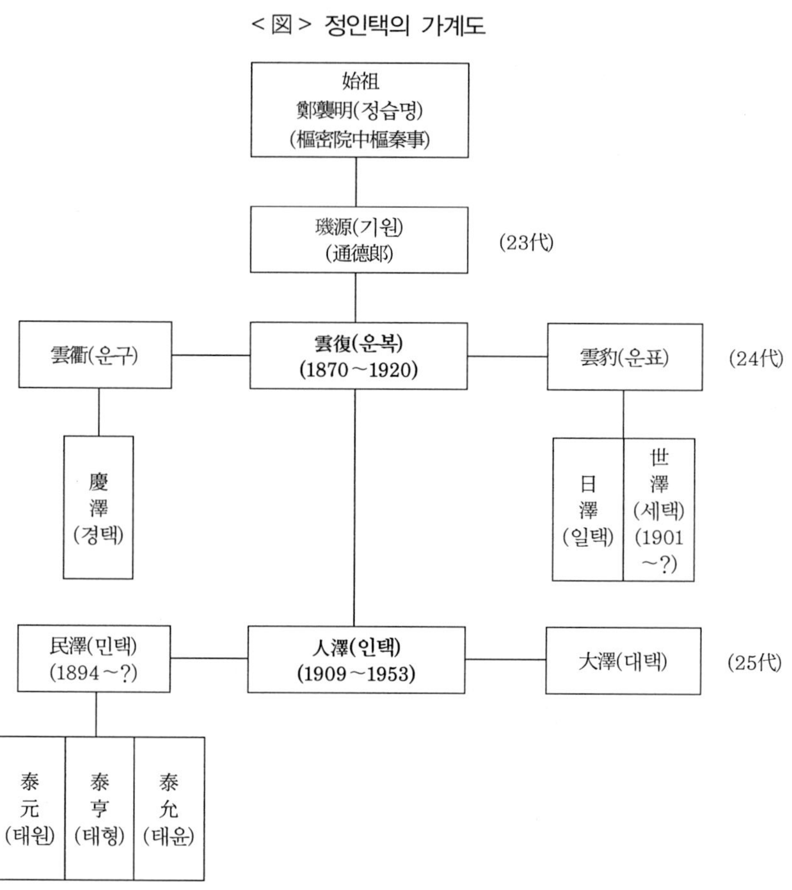

* 이 家系圖는 『迎日鄭氏世譜』를 참고로 필자가 작성한 것임 14)

정인택은 어머니가 정인택을 잉태하면서 태양이 입으로 들어오는 태
몽을 꾼 까닭에 대학에 입학하기 전까지는 아명 태양(太陽)으로 불렸다.15)
아버지 정운복은 정인택이 열네 살 때 사망하였으며,16) 형제로는 15세

14) 영일정씨세보편찬위원회(1981), 『迎日鄭氏世譜』, 卷中, 回想社, pp.1～10
15) 정인택(1940), 「그리운 꿈」, 「여성」, p.40

위인 형 정민택(鄭民澤), 누나 정수옥(鄭壽玉), 남동생 정대택(鄭大澤)[17], 여동생 정은택(鄭恩澤)이 있었는데, 두 동생 역시 정인택 보다 앞서 사망하였다.[18] 정인택은 수하동 공립보통학교, 경성제일고등보통학교를 거쳐 1927년 3월 경성제국대학 예과에 입학[19]하였으나, 1931년 경성제대를 중퇴하고 평론가를 꿈꾸며 동경으로 떠난다. 동경에서 정인택은 특정 학교에 적을 두지 않고 방랑하였으며, 이 때 뼈저린 고독과 궁핍을 겪는다. 1934년 중반 동경 생활을 정리하고 귀국하여 한동안 직업 없이 떠돌아다니다가 부친 친구의 소개로 매일신보사에 입사하여 그 곳에서 정치부장 염상섭의 도움으로 작가로 출발하게 된다. 이후 중학 때부터 절친했던 친구 박태원을 통해서 이상과도 교분을 맺게 된다. 이상과 더욱 절친하게 되면서 이상의 기괴한 행동에도 오히려 공감하려 했던 정인택은 이상의 동거녀로 알려진 권영희를 사이에 두고 삼각관계에 놓이게 되어 자살소동 끝에 결국 권영희와 결혼한다. 1936년 봄, 아들 태혁이 태어났으나 1939년 3월 태어난 지 3년도 채 안되어 수암[20]으로 사망한 이후 세 명의 딸(태선, 태연, 태은)이 연달아 출생한다.[21]

---

16) 정인택(1940), 「아버지의 눈」, 「조광」 제6권 7호, 조선일보사 출판부, p.244
17) 『영일정씨세보』에 의한 정인택의 가계도(필자 작성)를 보면 정인택의 동생은 정대택(鄭大澤)으로 되어 있다. 김신영(2000)의 논문에서 3살 연하의 동생이라 되어 있는 정세택(鄭世澤)은 작은아버지의 아들로 정인택의 사촌형(1901년생)임이 확인되었다.
18) 여동생 정은택은 1923년 어린나이로 사망하였고, 남동생 역시 정인택 보다 앞선 1947년 8월에 사망하였다. (김신영(2000), 앞의 논문, p.8 참조)
19) 조용만(1987), 앞의 책, p.108
20) 중증질환으로 영양상태가 불량한 3~7세의 유아에게서 흔히 볼 수 있는 구내염(口內炎)의 일종임. 병원균이 구강내 협점막으로 침입하여 처음에는 작은 침윤(浸潤)이 발생하며, 바로 바깥 표면을 향하여 괴저성 변화가 진행된다. 괴사부는 흑록색으로 악취가 나며, 볼의 바깥표피까지 이르고, 아래턱(下顎)이 노출되는 경우도 있다. (宋永奉(1994), 『원색세계대백과사전』17권, 한국교육문화사, p.543)
21) 1939.12.27. 큰딸 태선, 1942.10.18. 둘째 태연, 1948.9.1. 셋째 태은이 출생함.

1939년 5월 정인택은 매일신보사에서 문장사로 옮겨 편집장이던 상허 이태준과 함께 잡지 「文章」의 편집에 참여하고, 동년 6월부터는 본격적인 창작기로 접어들어 지식인의 심리를 다룬 「준동」, 「미로」, 「동요」 등 왕성한 작품 활동을 한다.

일제말기로 접어들자 일본의 식민정책에 부응하는 기획들에 동참하며 內鮮一體를 추진하는데 적극적으로 참여하는 한편 그것을 글로 써 내어 '제3회 국어문학총독상(國語文學總督賞) 22)'을 수상하게 된다. 그 수상소감문을 보면 당시 정인택의 친일성향은 극으로 치달아 가고 있음을 알 수 있다.

변변치 못한 작품이 총독상을 받게 될 줄은 몰랐다. 『武山大尉』는 대위가 그 빛나는 의무에 보여준 무인혼에 진심으로 격복하면서 오직 정성을 다하여 붓을 든 것이다. 오늘의 감격을 길이 살려 금후 기대에 어그러지지 않도록 힘써 나가겠다. 23)

또한 정인택은 1945년 3월 <동경흥생화>의 초빙으로 약 20일 간의 일

---

22) '국어문학총독상'에 대하여 선행연구자 중 이종화(1993)와 白川豊(1995)은 '국어문예총독상'으로, 김강진(1993)과 김신영(2000)은 '국어문학총독상'으로 표기하고 있어서 용어 사용에 혼선이 있었으나, 필자는 1945년 3월 24일자 <매일신보> 1면 기사를 근거로 하여 '국어문학총독상'으로 표기하기로 하였다.
'국어문학총독상'은 일제가 '반도문단의 국어학(일본어학 - 인용자)의 촉진을 적극적으로 지도 장려하여 이 방면의 문학지도상 커다란 효과를 거두기 위해' 제정한 것으로, 지난 한 해 동안 조선에 거주하는 자로서 일본어로 집필하여, 조선에서 발표한 소설·희곡·수필 등 문예작품 전반에 걸쳐 신중히 심사 전형하여 그 중에서 일본 정신에 입각하여 '민중계발 선전 효과에 있어서 또는 예술적 내용에 있어서 가장 우수한 작품' 1편을 선택한 후 총독상과 부상 1천원을 수여하기로 하였고 그 심사는 <국민총력조선연맹>에서 담당하기로 한 것이다. (제1회: 김용제의 『亞世亞詩集』, 제2회: 최재서의 『轉換期의 朝鮮文學』이 수상함.)
23) 매일신보사(1945), 「국어문학총독상」, <매일신보>, 1945.3.24, 1면

본 시찰 후 전쟁을 정당화하는 글을 신문에 발표[24]하고, <조선문인보국회> 간사장을 맡으며 해방 직전까지 적극적인 친일활동을 하였다.

광복 후 한동안 잠잠하던 정인택은 1947년 1월 중도좌파에 속하는 <대한독립신문>의 편집국장을 역임하였고, <문화일보> 편집에도 참여한다.[25] 이 시기 좌익성향을 보이다가 1949년 12월에는 북한의 문인들에게 대한민국의 품으로 돌아오기를 촉구한 바 있었고,[26] 1950년에는 광복 후 좌익활동을 하다 전향한 사람들로 구성되었던 <보도연맹>에서 근무하기도 한다.[27] 6·25 동란 당시에는 서대문 형무소에 갇혀 있었으며,[28] 인민군이 후퇴할 때 부인과 세 딸을 데리고 자진 월북하였다가 1953년 북에서 사망한다.

정인택의 생애를 추적하는 과정에서 지금까지 선행연구에서는 정인택의 동생이 정세택(鄭世澤)으로 되어 있었으나 족보 자료를 통해 정세택은 사촌 형으로, 친동생은 정대택(鄭大澤)으로 바로 잡았으며, 일제 말 수상한 '국어문학총독상'에 있어서도 '국어문예총독상' 또는 '국어문학총독상' 으로 기록되어 상(賞)의 명칭에 혼선이 있었던 것을 당시의 신문기사를 근거로 하여 '국어문학총독상'으로 바로 정리하였다.

한편 정인택의 문학경향을 보면 시대상황이 변해감에 따라 그 문학세계도 거듭 변모해 가는 양상을 띤다. 1930년 1월 사회주의성향의 소설 「준비」[29]가 <중외일보> 현상공모에 2등으로 당선되면서 문단에 첫발을

---

24) 정인택(1945), 「생사초월 인정의 곳」, <매일신보>, 1945.4.22, 2면
25) 김신영(2000), 앞의 논문, p.73
26) 정인택(1949), 「북조선문학예술총동맹에게 경고」, <서울신문>, 1949.12.5. 3면
27) 문예사(1950), 「문인주소록」, 「문예」, 제2권 제2호, p.188
28) 김팔봉(1989), 「백조동인과 종군작가단」, 『김팔봉문학전집Ⅴ』, 문학과지성사, p.44
29) 정인택(1930), 「준비」, <중외일보>, 1930.1.16, 3면

디딘 정인택은, 사회주의에 대한 일제의 탄압이 심해지자 교훈성이 짙은 소년소설을 몇 편[30]발표하고 나서 동경으로 떠난다. 동경에서 귀국한 후 1930년 후반부터는 이상과 박태원의 영향을 받아 실직한 지식인 유형을 모델로 한 심리소설 또는 세태소설로, 그러다가 일제의 압력이 가중되면서 자유로운 작품활동에 제재가 가해지자 시국에 발 빠르게 적응하여 적극적인 친일문학으로 방향전환 한다. 그리고 해방 후에는 좌익성향의 소설 「황조가」로 작품활동을 재개하지만, 1948년 남한 단독정부가 수립되자 다시 우익으로 전향한다. 이때에도 역시 등단 때처럼 사상시비에서 벗어날 수 있는 소년소설[31]로 작품 활동을 이어갔다. 그리고 <자유신문>에 장편소설 『청포도』[32]를 연재하던 중 한국전쟁으로 중단되었으며 마침내 월북하여 사망한다.

　김강진(1993)이 그의 논문[33]에서 '모험을 싫어하는 기질'과 '시대적 요인'을 들어 지적하였듯이, 정인택은 태어나면서부터 사망할 때 까지 숨 가빴던 사회변화에 보다 민첩하게 적응하였으며 그 변화하는 심리를 그대로 작품에 담아내었다. 그 중 정인택의 친일을 대표하는 소설 「淸凉里界隈」와 「覺書」를 집중 탐구해 보고자 한다.

---

30) 정인택(1930), 「나그네 두사람」, <매일신보>, 1930.6.25,～6.28, 4면
　　정인택(1930), 「시계」, <매일신보>, 1930.7.9, 4면
　　정인택(1930), 「불효자식」, <매일신보>, 1930. 7 .13, 4면
　　정인택(1930), 「눈보라」, <매일신보>, 1930.7.10～7.11, 4면
31) 정인택(1948), 「봄의노래」, 「소학생」, vol.57(1948.5)～vol.63(1948.11)
　　정인택(1948), 「하얀쪽배」, 「소학생」, vol.64(1948.11)～vol.69(1949.7)
　　정인택(1949), 「이름없는 별들」, 「소학생」, vol.70(1949.9)～vol.78(1950.5)
32) 정인택(1950), 『청포도』, <자유신문>, 1950.5.5～6.26, 1면
33) 김강진(1993), 「정인택 소설연구」, 대구대학교 석사논문

3. 「淸凉里界隈」, 「覺書」에서 본
　　정인택의 문학세계

3.1　일본어소설과 창작집 『淸凉里界隈』

　　태평양전쟁을 전후하여 일제는 더욱 더 극심한 무력적 압력을 가해 왔고, 이 시기 여느 때보다 활발한 작품 활동을 전개해 왔던 정인택은 친일문학의 선봉에 서서 본격적으로 일본어 소설을 발표하게 된다. 정인택이 발표한 문학작품(소설에 한함)은 기존의 밝혀진 작품에 필자가 새로 찾아낸 작품을 추가하여 모두 64편[34)]에 이르는 것으로 조사되었으며, 여기에는 일본어로 창작된 16편의 작품이 포함되어 있다. 이를 <표 1>로 정리하였다.

<표 1> 정인택의 일본어 소설[35)]

발표시기	발표작품	소　　재	발표지	발행사
1941. 11	淸凉里界隈	신변잡기 및 애국반활동	國民文學	人文社
1942. 01	殼	조선남자와 일본여자의 결혼문제	綠旗	綠旗聯盟
1942. 04	傘	가난한 모녀가정의 일상	新時代	博文書館
1942. 04	色箱子	조선여인의 半生記	國民文學	人文社
1942 .05	晚年記	반항하는 자식들에 대한 노인의 심정	東洋之光	東洋之光
1942. 11	濃霧	간도개척민과 비적토벌대	國民文學	人文社
1942. 12	一粒の種	개척소설	新女性	興亞文化出版
1943. 01	雀を燒く	귀향한 청년의 체념과 지원병	文化朝鮮	
1943. 09	不肖の子ら	입영아들에 대한 노모의 심정	朝光	朝光社
1943. 10	かへりみはせじ	조선인 지원병의 결의	國民文學	人文社
1944. 01	愛情	여사무원의 애정문제	半島作家短篇集	朝鮮圖書出版

---

34) 소년소설(8편), 방송소설(1편), 단편(52편), 중편(1편), 장편(2편)
35) <표1>은 白川豊(1995), 『植民地期朝鮮の作家と日本』, 大學敎育出版, pp.28~29를

1944. ?	美しい話	여소대의 군국미담	淸凉里界隈	朝鮮圖書出版
1944. ?	濱	시골 여급의 애정문제	淸凉里界隈	朝鮮圖書出版
1944. 05	連翹	병약한 직장인의 시국에의 결의	文化朝鮮	文化朝鮮
1944. 06	武山大尉	조선인 공군의 무공	武山大尉	每日新報社
1944. 07	覺書	입영을 앞둔 청년의 각오	國民文學	人文社

이 중 11편을 선별 수록한 창작집 『淸凉里界隈』는 1944년 12월 조선
도서출판사 발간으로, 대표적인 소설로 거론되는 「淸凉里界隈」를 그 표
제(表題)로 하고 있다. 이의 편성은 아래 <표 2>와 같다.

<표 2> 「淸凉里界隈」에 수록된 일본어 소설

발표시기	작품명	수록 쪽	발표지
1941. 11	淸凉里界隈	1~ 44	國民文學
1942. 04	色箱子	45~ 78	國民文學
1942. 01	殼	78~103	綠旗
1942. 04	傘	104~111	新時代
1942. 05	晩年記	112~135	東洋之光
1944. ?	美しい話	136~146	淸凉里界隈
1944. 05	連翹	147~163	文化朝鮮
1944. ?	濱	164~177	淸凉里界隈
1943. 01	雀を焼く	178~199	文化朝鮮
1943. 10	かへりみはせじ	198~244	國民文學
1944. 07	覺書	245~283	國民文學

이러한 정인택의 일본어 소설은 그의 역사의식과 주제의식 결여의 문
제점에도 불구하고 다양한 기교와 시점의 선택에서도 매우 개방적인 양
상을 보이고 있다는 점에서 동시대의 같은 계열의 여타 작가들과는 다른
독특한 특징을 지니고 있다. 여기서는 정인택의 황도문학의 시발점이라

참고로 하였으며, 여기에 필자가 추가하여 정리하였음.

할 수 있는 「清凉里界隈」와 그 정점에서 발표한 「覺書」를 분석함으로
작품에 담겨 있는 그의 심리를 추적해보고자 한다.

3.2 궁핍과 불안의식의 내재

김강진은 현실의 극한 상황에 적응하지 못하여 나타나는 불안의식과
소외의식이 고질적인 지식인의 내면세계로 묘사되고 있는 이유로 궁핍
의 문제를 지적하고 있다.[36] 궁핍의 문제야말로 인간의 삶을 결정짓는
가장 주요한 요소로 작용하고 있는데, 정인택의 궁핍상은 작품 「覺書」의
주인공 '나'를 통하여 그대로 드러나고 있다. '나'는 생활비를 얻으려고
딴 집 살림을 하고 있는 아버지를 찾아가지만 생활비는커녕 상처만 받고
돌아온다.

> 그즈음 내가 가장 싫어한 일은 '그 여자'의 집에 심부름 가는 일이었
> 다. '그 여자'도 내가 좋지는 않았던 것 같았다. 내가 말없이 아버지 계시
> 는 곳으로 들어가려 하면 "손님 있어. 나중에……" 라며 눈을 부라렸다.
> 나는 개의치 않고 마당을 가로질러 아버지 방 앞으로 뛰어들었다. "아버
> 지." "……" "아버지." 두세 번 불러야 겨우 아버지는 얼굴을 내민다. 뵌
> 지 얼마 되지 않은 아버지였는데 까닭 없이 무서웠다. "엄마가 좀 오시
> 라고 해서……" 아버지는 언짢아 혀를 차며 "나중에 갈게" 내뱉듯이 그
> 말씀만 하신다. "그러니까…… 죄송하지만 돈 좀 주셨으면……" 고작해
> 야 이런 말만 할 뿐이다.[37] (「覺書」, pp.249~250)

---

36) 김강진(1993), 앞의 논문, p.16
37) その頃、私の一番嫌いひだつたのは、「あの女」のところへ使ひにやらされること
    だつた。「あの女」も、私が好きではなかつたらしい。私が黙つて父の部屋へ行き

이러한 환경에서도 어머니는 온갖 고생 마다않고 '나' 하나만을 교육 시키는데, 어머니의 유일한 희망은 내가 법대에 가서 입신양명 출세하는 것뿐이다. 그러나 '나'는 그런 어머니에게 심적으로 부담을 느끼는 한편, 등이 휘도록 고생하는 어머니가 너무 안타까워 언쟁을 하기까지 한다.

> 나는 어머니와 단 한번 싸운 적이 있다. 어머니는 나에게 예과를 지
> 원하라 하였고, 나는 중학교만 나와서 일 하겠다고 서로 언쟁을 하였다.
> 나는 모른 척 했지만 정해진 수입에 비해서 가세는 훨씬 기운 것 같았
> 고, 저금한 돈을 찾아서 생활하는 것을 어머니는 우울해 하는 것 같았
> 다. (중략) "중학교만 졸업하면 어른입니다. 취직해서 돈을 벌겠습니다."
> 라며 계속 우겼다.38) (「覺書」, pp.200~201)

미래가 불투명한 궁핍으로 인한 불안의식과 소외의식은 주제의식을 약 화시키기도 하지만 자신에 대한 새로운 신념을 갖게 하기도 한다. 그리고 그 불안의식과 결여에서 보호받는 또 다른 방식으로 순종적이면서 생활 력이 강한 여성을 들어 남자를 보완하는 역할로 작품에 등장시킨다. 궁핍 한 지식인의 삶은 작자에게 끊임없는 관심거리이다. 때문에 정인택은 등

かけると、「お客様よ、あとでいらつしやい」と、目を角を立てた。でも、私は構わずに庭を突切つて、父のところへ駆け込む。「お父さん」「……」「お父さん」二度、三度目に、やつと父は顔を出す。暫く見なかつた父だが、不機嫌な顔が無性に怖い。「お母さんが、ちよつとおいでつて……」父はちつと舌を鳴らし、「後で行く。」吐き捨てるやうに、それだけ言ふ。「それから……済みませんが、お金を少し下さいつて……」これを言ふのが、私の精一ぱいである。

38) 私はたつた一度母と争つたことがある。母は私に豫科を受けるやうに言ひ、私は中學だけで澤山だから働く、といふので言ひ合つたのである。私には絶對に知らせならつたが、きまつた收入のある時に比べて、家計は大分苦しいらしく、時に貯金を下しては、母は憂鬱さうだつた。(略)「中學さへ出れば一人前です。僕は就職して働きますよ。」私はどこまでも言ひ張つた。

단 초기부터 궁핍의 문제를 그의 작품 속에 부각시키고 있는 것이다.

3.3 지식인의 심리 갈등의 투영

심리소설이란 '현대 지식인의 자아의식 문학으로 현실과 이상과의 부조화, 내지는 불균형에서 온 내부편향의 문학'[39]을 말한다.

「淸凉里界隈」에서는 이러한 현실과 이상과의 부조화, 내지는 불균형에 대한 지식인의 내면세계를 '나'를 통하여 형상화하고 있는데, 그 갈등을 아내를 매개로 하여 극복하려는 심리가 드러난다.

> 아내는 그 자리를 자랑스럽게 생각하고 설레면서 받아들인 것 같으나 책임이 커 아무렇게나 할 자리가 아니었다. 아내는 당황하여 부지런히 집회에 나가기도 하고, 호별 방문을 하기도 하고, '국민총력'과 '주보'등의 잡지를 열심히 읽기 시작했다. 다른 사람 눈에도 기특하게 보일 정도여서 나는 아내에게 이런 면도 있었나 하며 흐뭇한 마음으로 그 성장을 지켜보고 있었다.[40] (「淸凉里界隈」, p.22)

> 바빠서 아니 그 보다는 여름방학으로 아이들의 장난이 없어지자 갑돌이나 인문학원의 문제는 아내의 뇌리에서 사라진 것이다. 그러나 아내의 노력은 언젠가 반드시 그 문제로 옮겨갈 거라 생각하면서 나는 끈

---

39) 백철(1949), 『조선문학사조사』, 백양당, p.316
40) 妻はその榮職を、若干の自惚も手傳ひ、上ついた気持で引き受けたらしかつたが、いざとなって見ると、仲々貴任も重く投げやりで済ませられる役目ではなかつた。妻はすつかり慌て、小まめに集會へ出たり、戸別訪問に歩いたり、「國民總力」だの「愛國班」だの「週報」だのを熱心に漁り読み始めたりした。他所目にも甲斐甲斐しく、妻にはかうした一面もあつたのかと私は微笑ましい気持でその成長を見守つてゐた。

기 있게 때가 되기를 기다렸다. 나대로 각오도 있고 자신도 있었지만 아
내를 성장시키기 위해서 아내의 손으로 그 문제를 해결하게 하고 싶었
다.41) (「清凉里界隈」, pp.30~31)

　이처럼 철저하게 내면화된 '나'는 아내를 통하여 외부와 단절된 일상
에서의 탈출을 꿈꾼다. 그리고 애국반장 활동을 통한 아내의 성장과 문
제해결 능력을 관심있게 지켜보는 것으로 자신의 실체를 확인한다. 이러
한 내면의식의 표출로써 작가 자신이 처한 현실과 주인공의 심리적 갈등
을 아내를 매개로 하여 극복하려 하는 것이다.
　정인택의 심리소설에는 대부분 자의식이 지나치게 내면화된 인물이 주
인물로 등장한다. 그 주인공은 현실의 극한상황에 적응하지 못하고 불안
과 소외의식에 사로잡혀 자학하는 한편 외부와 철저히 단절된 생활을 하
기 때문에, 순종적이고 헌신적인 여성을 내세워, 그 여성에 의하여 차단
된 바깥세상과의 통로를 삼기도 하며, 심지어는 생활고까지 책임 지운다.

　어머니한테 이런 강인한 의지가 숨어 있었다는 게 뜻밖이었다. (중
략) 어머니는 생활고에 지쳐버린 것일까. 그 와중에 나는 어머니 혼자서
생활고를 짊어지게 했던 것이 마음에 걸렸다.42) (「覺書」, p.258)

---

41) その忙しさにまぎれて、と言ふよりは子供たちの悪戯が夏休で中絶したために、
　　甲乭のことや人文學院の問題は、妻の脳裏から置き忘れられた形であつた。しか
　　し、妻の懸命な努力は、いつかは必ずその問題に打つかるに違ひないと思ひ、私
　　は溫和しく機の熟するのを待つてゐた。私には私としての覺悟もあつたのである
　　が、妻をもつと健やかに成長させるためには、その問題は是非共凄の手で解決さ
　　せたかつた。
42) 母の性格の中に、このやうな強靭な意志が秘められてゐるやうとは思い掛けなか
　　つた。(略)母はもう生活の戦ひに疲れてしまつたのだらうか。さうしてゐる中
　　に、私は母一人をいつまでも働かせる自分の不甲斐なさに氣付いた。

그러나 숱한 생활고에 시달리다 못해 늘 지쳐있는 어머니를 바라보는 '나'는 마음만 졸일 뿐, 가난의 극복을 위해서는 어떠한 행위도 하지 않는다. 정인택에게 있어서 생활고를 담당해야 할 사람은 당연히 여성인 어머니의 몫인 것이다. 또 궁핍과 폐쇄된 세계관에 따른 무기력상태는 안으로 내재화되어 자의식과잉을 불러일으키며, 때로는 양심과 도덕에까지 건강하지 못한 치명상을 입히기도 한다. 이처럼 정인택은 전도된 도덕의식과 나약한 의지에 따른 자신의 불안정성과 결여를 순종적이면서 생활력이 강한 여성을 통하여 채워나간다. 그러면서도 그 위치는 남자의 주변인 위치에만 머물러있게 하는 이중적 심리를 드러내 보이고 있는 것이다.

3.4　계몽과 아지·프로의 접목

계몽을 다룬 목적성 소설을 보면 대체적으로 그 배경은 농촌이며, 농촌 주민들의 문맹퇴치와 마을의 부흥을 주제로 하고 있는데, 「淸凉里界隈」는 도시빈민을 교육의 대상으로 하고 있다는 점에서 눈길을 끈다.

「淸凉里界隈」는 당시 도시 외곽 빈민촌에서 문명의 혜택을 누리지 못하는 문맹자들에게 지식인 부부가 들어와 교육을 통하여 시국에 대한 현실 감각을 일깨워 주는 것으로, 조선인의 황국신민화 교육에 적극적으로 협력하고 있다는 점에서 목적소설의 성격이 강하게 나타난다.

"조선인이 조선인으로 남은 것 자체가, 혹은 민중의 일상생활 영위 그 자체가 황민화정책을 저해하는 가장 큰 요소"[43]인 상황에서 무식한 사람은 정책 수행상의 장애가 될 수밖에 없었다. 이러한 현실에서 궁핍으

---

43) 宮田節子 著·이영랑 역(1997), 『朝鮮民衆과 皇民化政策』, 일조각, p.96

로 인한 문맹과 미신 속에서 살아가는 이웃은 이들 부부에게는 연민의
대상인 동시에 교화의 대상인 것이다. 이들의 황국신민으로의 교화는 갑
돌이의 단지(斷指)사건에서 극적인 전환점을 맞는다.

> 하마터면 앗─ 하고 소리 지르며 그 손을 밀쳤을 것이다. 부들부들
> 손발이 떨리고 소름이 끼쳤다. 온 몸의 피가 빠져나가는 것만 같았다.
> 갑돌이의 왼손 약지의 첫 번째 관절이 잘려져 있었다. (중략) 손가락을
> 잘라 피를 먹이면 죽은 사람도 소생한다는…… 자식 된 도리를 가르치
> 다보니 언제부터인지 하나의 속설로 이어져 내려온 미신일 것이다.44)
> (「淸凉里界隈」, pp.38~39)

> 갑돌이는 손가락에서 떨어지는 피를 어머니에게 먹이지는 못했으나
> 손가락을 자를 정도로 어머니의 회복을 기원했다…… 갑돌의 마음은
> 통했다. ―마을 사람들은 진보된 현대 의학보다 이를 더 믿었고, 그것을
> 믿고 싶어 했다.45) (「淸凉里界隈」, pp.39~40)

이렇듯 마을 사람들은 민간신앙을 통하여 우리민족의 정체성을 지켜
가려 하지만, 전통신앙에 의한 민족의 화합과 단결은 조선인의 황민화에

---

44) 危なくはわつと叫んで、その手を離すところであつた。がくがくと手足が振え、
　　身の毛がよだつた。頭から血が引いた。甲乭の左手の藥指が、第一關節のあたり
　　で物の見事に斷ち切られてゐたのである。(略)　指を斷つて血を啜らせると死者す
　　らも蘇るといふ……子たるものの道を說くため、いつの頃からか承け繼がれて來
　　たそれは一つの俗傳であり迷信であらう。
45) 甲乭の指の先から落ちる血は啜らずとも、指を斷つてまで母の本复を祈つた。甲
　　乭の誠心だけは通じずには置かなかつた─進步した現代の醫學よりも班中の人た
　　ちはみんなそれを思つたし、それを信じたがつた。

큰 장애물이라 여기고 오히려 효행을 칭찬하는 어른들의 태도를 경계하기까지 한다. 불치병에 걸린 어머니를 위해 갑돌이가 손가락을 자른 것은 예로부터 전해 내려오는 일종의 미신이라 할 수도 있지만, 어머니를 살리겠다는 일념 하나로 갑돌이가 취할 수 있는 최선의 효행이었을 것이다. 비록 그 피를 어머니께 먹이지는 못하고 단지사건으로만 그쳤지만 다음날부터 어머니의 병은 기적적으로 좋아진다. 그러나 갑돌이의 그러한 효행은 간데없고 무식한 사람들이 신봉하는 미신으로만 치부된다. 도시빈민가에 만연한 미신과 문맹퇴치에 뜻을 두고 있는 이들 부부의 갈등은 갑돌이로 대표되는 조선아이들을 전통사회의 무지로부터 해방시킬 '희망'을 품는 것으로 해소된다. 그 희망은 새로운 국민으로서 개조(=진보)의 가능성을 의미한다.[46]

중일전쟁이 발발 후 일제는 '국민정신총동원운동'의 일환으로 열 가구를 한 조로 하는 애국반을 조성하는데 그 애국반 활동을 통하여 새로운 국민은 창출되어 간다. 「淸凉里界隈」는 일면 도시빈민가의 계몽을 주제로 한 것 같지만, 실상 그 내용은 조선인의 황국신민화가 주가 되며, 청량리 애국반 반장을 맡은 아내의 움직임에 초점이 맞춰져 있다.

청량리에서는 회람판이 전혀 도움이 되지 않았다. 글을 읽을 수 없는 집이 많기 때문이다. 동네 회의의 지시 사항은 물론 모든 것을 아내가 입으로 설명하여 전달하였다. 가정의 소방훈련을 주로 하는 방공훈련이 다가와 지시사항도 많아졌으며, 방공 자재의 준비 하나만도 일일이 지도하지 않으면 안 되었으므로 아내 혼자 힘으로는 벅찬 일이었다. 상대가

---

46) 박광현(2005), 「국민문학의 기획과 전망」, 배달말학회 vol.37, p.333

가난한 사람들이어서 물질적으로도 문제가 있었다. 국민방공에 대한 이
해가 부족한 것도 일의 진행을 어렵게 했다.47) (「淸凉里界隈」, pp.28~29)

그렇지만 아내는 아무리 힘든 일도 열정적으로 대처해 나간다. 원래 소
극적인 성격이었던 아내가 '애국반장'이라는 완장을 착용함과 동시에 적
극적인 성격으로 돌변하여 자발적으로 시국의 동향을 파악하고, 동네 주
민을 상대로 계몽과 교육을 통하여 주민교화와 문맹퇴치에 헌신한다. 이
것을 시국과 자연스럽게 접목시켜 태평양전쟁시기 황국신민으로서 여성
의 나아갈 방향을 제시함은 물론, 갑돌이의 단지사건을 단순히 미신으로
취급하는 것으로 마을 사람들의 단결력과 민족의 정체성을 와해시킴으로
써 조선인의 황국신민화에 목적을 두고 있는 작가의 의도를 엿볼 수 있다.

3.5 忠과 孝의 접목장치로서 어머니像

「覺書」는 부모에 대한 효도와 국가에 대한 충성의 접목장치로서 어머
니像을 그린 작품이다. '나' 하나 훌륭해질 것을 바라며 숱한 고생 마다
하지 않은 어머니의 희생 덕분에 대학까지 다닐 수 있게 된 '나'는 어서
빨리 성공하여 어머니를 편히 모시고자 하였으며, 그것만이 어머니에 대
한 효도라 생각하였기 때문에 당시 '국민적 감정'은 그다지 중요하지 않
았다. 그러나 함께 공부하던 오키(沖)군을 비롯한 친한 친구들이 국가의

---

47) 此の界隈では回覽板が役に立たなかつた。読めない家が多いからであつた。町會
   の指示事項や何かは、凡て妻が口頭で傳達した。家庭の放火訓練を主とする防空
   演習が迫つてゐたので指示事項も頻々だつたし、放火器材の準備一つだけでも
   一々手を取つて妻は指導しなければなかつたので、妻は一人で轉手古舞をしてゐ
   た。相手が貧民なので、物質上の問題もあつた。國民防空に對する理解の乏しさ
   も、随分と事務の進行を妨げた。

부름을 받고 출전하는 것을 보고 심경에 급격한 변화를 일으킨다. 그리고 성공한다는 말의 의미를 다시 한 번 음미하게 된다.

> 내 짧은 생에 있어서 이때만큼 커다란 충격을 받은 적은 없었다. 나는 망연자실, 오랫동안 눈앞에 단좌하고 있는 오키군의 흰 얼굴을 응시할 뿐이었다. 나는 말없이 고개를 떨구었다. 그대로 얼굴을 들 수가 없었다. 오키군의 당당함에 비해 이 몸의 초라함은 무엇인가. 남자로 태어나서 조국융성의 기로에 서서, 창을 들고 일어설 수 없는 참혹함을 나는 처음으로 골수에 사무치리만치 느꼈던 것이다. "뒤를 부탁하네." 오키군이 웃으며 그렇게 말했을 때, 나는 세차게 머리를 흔들며 ―'나도 데려가주게. 뒷일 따위 부탁받고 싶지 않네.' 마음속으로 계속 외치고 있었다. 그 순간, 나는 어머니조차 염두에 두지 않았다.48) (「覺書」, pp.269~270)

'나'는 조국이 흥망의 기로에 서 있는데도 분연히 일어설 수 없는 자신에게 비참함을 느낀다. 어머니(孝)와 국가(忠) 사이에서 갈피를 잡지 못하고 여행을 핑계 삼아 방황하다 가까스로 돌아온 '나'는 뜻밖에 친구 작은아버지로부터 어머니의 결심을 전해 듣는다.

---

48) 私の短い生涯に於て、この時ほど大きな衝撃を受けた時はない。私は呆然自失、永いこと目の前に端坐してゐる沖君の白晳な顔を、見凝めたきりだつた。私は物も言へずに首　垂れた。そのまゝ面を上げることが出来なかつた。沖君のこと晴れがましさにひき比べて、この身の見すぼらしさはどうだ。男と生まれて、祖國隆替の岐路にたちながら、戈を取つて立つことを許されぬ惨めさを、私は始めて骨身に徹するほど覚えたのである。「後は頼むぞ。」沖君が笑つてさう言つた時、私は激しく頭を振つて、―俺も連れて行つてくれ、後なんか頼まれたくないぞ。心の中で叫び続けてゐた。その瞬間、私は母のことすら念頭に置いて なかつたのである。

오키군의 작은아버님이 어머니를 찾아가서 "순일군을 어떻게 하실 생각이십니까?" 라고 물었을 때, 어머니는 일언지하에 "지원하게 하고 말구요." 라며 잘라 말하고 미소 지었다고 한다. (중략) 순일은 나 때문에 망설이고 있어요. 순일이 마감일까지 돌아오지 않는다면 내가 대신 수속할 겁니다." 어머니는 이런 결심이었다고 하였다.[49] (「覺書」, pp.272~273)

징병제 실시가 발표되면서 아들이나 남편을 전쟁터에 보내지 않으려는 어머니와 아내의 저항 앞에 황민화정책은 "황국의 어머니 없이 황국의 건전한 병사 없다."는 구호를 내걸고 '조선의 부녀자에 대한 교육'을 재편·강화 하고 '모성애의 나아갈 방향'으로까지 확대[50]하게 된다. 때문에 정인택은 그 모성애의 나아갈 방향을 작품 속에서 아들보다 앞서 '영광스러운 국가의 간성이 되는 길'을 결정해두고 기다리고 있는 어머니로 설정하여 제시하는 것으로 보다 적극적인 친일성향을 드러낸다.

수많은 갈등 끝에 지원병 원서를 접수하고 돌아온 내가 어머니가 바라는 훌륭한 사람이 되지 못할 것 같은 죄송함을 토로하는 '나'에게 어머니는 오히려 이렇게 대답한다.

"무슨 말이야! 너는 나라를 지키는 방패야. 머잖아 너는 야스쿠니 신사에 모셔져 신이 될 사람. 이런 훌륭한 사람이 어디에 있을까. 너는 진

---

49) 沖の小父さんが母を訪ねて、「淳一君をどうなさるお積りですか」と訴いたとき、母は言下に、「志願させますとも」そう言ひ切つて微笑んた、といふのである。(略) 淳一は屹度わたしのために迷つてゐるのでせう。淳一が締切の日までに歸つて來なかつたら、わたしが代つて手續します……母はこんな決心でゐた、といふのである。

50) 宮田節子 著·이영랑 역(1997), (앞의 책), p.76

정 위대한 사람이 되어서 올거야.” 어머니는 말을 마치고 세차게 볼을 비볐다. 아아 역시 내 어머니는 세계 제일의 어머니였다.51) (「覺書」, p.274)

하나뿐인 아들이 성공하기를 바라며 온갖 고생을 감내한 어머니를 떠올리며 시국의 부름에 갈등하고 있는 ‘나’에게 ‘야스쿠니신사’를 거론하는 어머니의 명쾌한 대답은 ‘군국의 어머니’의 모델로 작용한다.

실제 조선의 현실에서 징집의 대상이 되는 청년이 있는 가정에서 어머니는 큰 관건이다. 아들이 전쟁 중에 군인으로 출전한다는 것은 생명을 담보하는 것으로, 어머니에게는 크나큰 아픔으로 다가온다.

때문에 정인택은 작품에서 보다 강한 어머니를 등장시켜 아들보다 징병에 더 적극적으로 참여하는 인물로 설정하여 규범적인 예화로 제시하고 있는 것이다. 이는 당시 지원병 아들을 둔 어머니들이 어떠한 마음가짐으로 시국에 대처해야 하는지, 그리고 忠과 孝의 접목장치로서의 ‘자랑스러운 황국의 어머니 상(像)’은 어떠한 것인지를 극명하게 보여주고 있다 하겠다.

3.6 ‘忠孝의 등치’에 의한 충군애국

「覺書」의 서두는 영웅설화에서나 있을 법한 구조로 시작된다. 영웅설화는 대부분 탄생의 신비 → 외부의 영향으로 집을 떠남 → 외부의 수난

---

51) 「何をお言ひだえ。あなたはお國の干城ですよ。今にあなたは靖國のお社に祀られ、神様になる人。こんな偉い人がどこに有るものですか。あなたは本當に立派な、偉い人になつておくれだつた。」母は言葉を切つて、激しく私に頬擦りした。あゝ、私の母は、矢張り‘世界一のお母さん’だつた。

→ 제 삼자의 도움→ 극복 → 영웅이 되어(반전) 집으로 돌아오는 과정으로 전개되는데, 이러한 액자형 일인칭 소설구조를 취하여 주인공인 '나'에게 벌어질 일련의 행동을 위해 미리 그 정당성의 입지를 마련하여 주고 있다.

> 세상의 종말인가 할 정도로 세찬 비바람에 천둥까지 동반한 밤이었다고 한다. 내가 태어난 날은, 그 광풍이 휘몰아치는 새벽이었다고 어머니는 말씀하셨다. 그러나 날이 새자, 언제 그랬냐는 듯이 쾌청하고, 폭우에 씻긴 정원이 '눈부시리 만치 깨끗했다'며 어머니는 넘치는 행복감을 부둥켜안고 있었다고 한다.52) (「覺書」, p.246)

이처럼 황민화를 위한 발판으로 신화적 요소를 활용하여 배경설정을 함으로써 이 작품의 주인공에게 완전성의 확보를 위한 초석을 마련한다. 이는 여러 과정을 거친 주인공이 극적 대립으로 전환을 일으키는 부분인 조선에 명령된 징집에 응할 것인가, 응하지 않을 것인가 고민하는 과정에서 결국 국가(천황)을 위해 전사할 것을 결심하는 것으로 그 완결성을 찾는다.

> 나는 갑종(甲種)으로 합격한 순간부터 전사하리라고 마음속으로 다짐하고 있었다. 조선학병의 이름을 걸고 기필코 전과를 올려 사람들을 분

---

52) 凄ましい吹き降りの夜で、雷鳴さへ伴ひ、この世の終りを思はせるやうな荒天であつたと言う。私が生まれたのは、その嵐の夜の明け方だつた。と私は度々母から聞かされた。しかし、夜が明けると、けろつと忘れたやうな快晴で、暴雨に洗はれた庭の眺めが、'目の覚ますやうに清々しく'母はたゞうつとりと溢れる幸福感を抱き締めてゐた、さうである。

발하게 하는 화려한 전사를 해야겠다고 마음속으로 다짐했다. 이 엄숙
한 시대에 태어나서 조국의 융성을 양 어깨에 짊어지고 흔연히 천황을
위해 죽는 것이야말로 남아의 본분이 아니고 무엇이겠는가? [53] (「覺書」,
pp.278~279)

징집 대상보다 나이가 2살이 더 많은 결격사유가 있음에도 지원병에
신청한 '나'는 외적인 불안정성과 결여를 갑종으로 합격하여 전쟁에 참
여하는 것으로 해소한다. 그리고 어머니로부터 "야스쿠니 신사에 모셔져
신이 될 사람"으로 인정받으면서 그 능력은 인간의 생사를 초월하는 데
까지 논리적 극대화를 꾀한다. '나' 하나만을 위해 죽도록 고생한 어머니
를 편히 모시는 것을 '孝'의 목표로 삼았던 나에게 '忠', 다시 말하면 '개
인의 희생'을 요구하는 국가에 대한 무수한 갈등을 명쾌하게 해소시키기
위해서 忠과 孝의 등치를 위한 '그 무엇'이 필요했는데, 정인택 소설에서
그 장치는 바로 '강인한 어머니'였던 것이다.

때문에 「覺書」에서는 애써 키운 아들이 지원병으로 전쟁터에 나가기
를 독려하다 못해 전사하는 것을 오히려 정당하게 받아들이는가 하면,
서간체 소설 「かへりみはせじ」에서는 '천황(국가)를 위하여 목숨을 바치
는 것' 자체가 가장 큰 효도라 여기며 그것을 소원하기까지 한다.

忠과 孝는 결코 별개의 것은 아닙니다. 불효 같지만, 기실 이거야말로
가장 커다란 효도인 것입니다. 한 번도 어머니를 기쁘게 해 드린 기억이

---

53) 私は甲種で合格した瞬間から、俺はきつと戰死するだらう、と心に決めてゐた。
　　半島學兵の名のかけて、かならず立派な働きをし、香薰を奮起させるやうな華々しい
　　戰死をしてやらう、と心に決めてゐた。この嚴肅な時代に生れ合せて、祖國の融體を
　　雙肩に擔ひ、欣然大君の御馬前に死ぬことこそ男兒の本懷でなくで何であらう。

없는 저는 지금 폐하의 방패로서 목숨을 바치고, 어머님께 단 한 번의 효도를 하고 싶은 것입니다.54) (「かへりみはせじ」, 『淸凉里界隈』, pp.211~212)

오로지 천황을 위해 목숨을 바치는 것, 즉 천황의 충군으로서 죽는 것 외에는 더한 효도가 없다는 것으로, 孝를 忠으로 치환하여 황국신민으로 교화하는데 일조하려는 정인택의 의지를 엿볼 수 있다. 이는 천황제 가족국가관에 기인한 정인택의 거의 집착에 가까운 친일적 심리가 보다 확연히 드러나있다 할 수 있겠다.

4. 맺음말

식민지기와 좌우익 대립기에 걸친 정인택의 생애 전반과 행적을 살펴보는 것은 주권을 상실한 당시 문인들의 아픔과 개개인의 문학적 추구에 대한 현실적인 어려움을 절감하게 한다. 그 어려운 역사의 격동기를 거치는 동안 변모하는 시대의 지향점을 그 때 그 때 작품으로 형상화 해낸 정인택의 작품과 그의 생애 전반을 통하여 우리나라 근대문학의 여정을 대략 살펴볼 수 있었다.

정인택의 생애 부분에서는 지금까지 선행연구에서는 정인택의 동생이 정세택(鄭世澤)으로 되어 있었으나 족보 자료를 통해 정세택은 사촌 형으로, 친동생은 정대택(鄭大澤)으로 바로잡을 수 있었으며, 일제 말 수상한

---

54) 忠と孝とは決して別なものではないのです。不孝のやうに見えて、そのじつはこれこそがもつとも大きな孝行なのです。一度もお母さんを喜ばせたおぼえのない僕は、いま大君のみたてとなつて死に、お母さんにたつた一との孝行がしたいのです。

'국어문학총독상'에 있어서도 '국어문예총독상' 또는 '국어문학총독상'으로, 상(賞)의 명칭에 혼선이 있었던 것을 당시의 신문기사를 근거로 하여 '국어문학총독상'으로 바로 정리하였다.

일본어 작품 「淸凉里界隈」와 「覺書」에서 빈곤은 불투명한 미래에 대한 불안의식과 소외의식으로 표출된 내면심리에 초점이 맞추어 진 정인택 특유의 심리주의 문학세계와, 또 전쟁기 조선 작가들에게 문학을 통한 효과적인 황민화의 요구와 그 실현의 필요성 등이 다양한 방식으로 제시되던 시기에 일제에 순응하여 황국신민화 정책에 적극적으로 협력하는 목적문학의 성격이 두드러진다. 특히 생사를 초월한 국가관과 자기 희생을 통한 국가에 대한 봉사 등을 내용으로 하는 전시문학으로서의 특징과, 태평양전쟁시기 황국신민으로서의 모범적인 후방여성상과 그 활동상을 설득력 있게 제시하고 있다는 점에서 일제의 군국주의 전시문학을 무분별하게 추수하는 정인택의 친일문학성향이 두드러진다.

정인택은 시세에 따라 현실에 대한 적응력이 대단히 뛰어난 작가였다고 볼 수 있겠다. 등단 초기에는 사회주의 지향에서 사상시비에서 벗어날 수 있는 계몽성 짙은 소년소설로, 모더니즘 심리주의와 세태를 다룬 소설로, 그리고 이러한 문학활동이 어려워지는 상황이 되자 태평양전쟁에 대한 선전·선동에 역점을 둔 전시문학으로, 해방 후 혼란기에 좌익 경도로 나아가다 이때에도 역시 사상시비에서 벗어나고자 소년소설로 이어나갔다. 그리고 또 다시 우익으로 전향하였지만 한국전쟁 중 마침내 가족과 함께 자진 월북하였다. 이처럼 그는 단 한 번도 시대의 흐름에 역행하지 못하고 상황의 변화에 재빠르게 순응하며 방향전환 하였으며 그에 따른 작품활동으로 이어갔던 것이다.

정인택의 행적과 문학을 어떠한 방법으로 설명해 낼 수 있을까? 오늘

날 한국사회를 보면 나라를 빼앗긴 경험이 있는 만큼 안타깝게도 피해의 식에 사로잡혀 무언가 단죄할 대상을 좇고 있는 듯하다. 하지만 나약했던 성격과 지향점을 찾을 수 없는 현실에서 그의 문학적 추구가 어떠한 작용과 반작용을 불러일으켰는지 논하기에 앞서 국가가 보호해 주지 못한 개인의 생활을 한마디로 단죄하기 보다는 시대의 아픔을 공감할 수 있는 폭넓은 문학적 자세가 필요하지 않을까 여겨진다.

제2장
조선인의 정체성
A Study for reviving Japanese Literature by Koreans

조선인의 정체성

01 일제말 '국민'의 의미와 표상

02 한일 작가가 바라본 '족보'와 '창씨개명'

03 김사량의 現實認識과 作品 受容 樣相

04 1920년대 최서해 소설을 통해 본 계급적·민족적 갈등

05 최정희 소설에서 본 '여성 지식인' 변용

01.

일제말 '국민'의
의미와 표상*

서기재·김순전

1. 「國民文學」과
일본어 작품에 대한 시도

　오무라 마스오(大村益夫)에 의해 서지적 기초가 다져진 「國民文學」[1]은, 한국과 일본의 문학연구에 있어서 연구의 범위에서 소외되어 있는 것이 사실이다. 그 이유는 「國民文學」이 지향하는 성격 때문일 것이다. 일본 쪽에서는 잡지 자체가 지니는 명확한 국가적 이데올로기가 연구적 가치를 상실하고 있다고 파악한 점에서 이고, 한국에서는 일제의 황국신민화의 앞잡이였다는 명목으로 떠올리고 싶지 않은 요소들을 잡지가 내포하

---

* 이 글은 2009년 6월 30일 한국일본어문학회 「일본어문학」(ISSN : 1226 - 0576) 41 집 pp.351~375 에 실렸던 논문 「「국민문학」을 통하여 본 한일 작가의 표상」을 수정 보완한 것임.

1) 잡지 「國民文學」은 1941년 11월에 창간되어 1945년 5월까지 인문사(人文社)에서 발행되던 월간 문학잡지이다. 이 잡지는 편집과 발행을 최재서가 담당하였고, 1942년 인문사가 합자회사에서 주식회사로 전환함에 따라 그는 회사의 총책임을 맡게 되었다.

였다는 것이 그 이유가 될 것이다. 때문에 1941년부터 1945년을 '한국문학의 암흑기'라 부르며 한국 문단에서는 이 시기의 한국문학은 존재하지 않는 것처럼 취급했다.

그러나 문학은 독자가 읽는다는 확신아래에서 형성되고, 작가들은 시대적인 상황을 반영하면서 독자가 즐거워할 글을 써내는 것이 아닐까? 누군가의 지배를 받거나 받지 않거나(국가의 개념을 조금 벗어나면 어느 상황이든 권력관계는 존재한다) 문학은 자연스럽게 탄생한다. 따라서 1941년에서 해방 직전까지도 한국에는 문학을 향유하는 한국인이 존재했다는 이유만으로도 '한국문학의 암흑기'라 불리는 이 시기가 문학사에서 차별받지 않아도 된다고 여겨진다.

본 장에서는 일제 말 한국의 문학계에서 중심적인 역할을 했던 「國民文學」을 통하여 이 잡지의 문학지로서 지향점을 살펴보고자 한다. 그리고 「國民文學」에 실린 유아사 가쓰에(湯浅克衛)의 「간난이」(カンナニ)와 「가나우미 기요코」(金海きよ子), 그리고 김사량의 「물오리섬」(ムルオリ島)을 예로 들어 비교 분석해보고자 한다.

2. '국민문학'의 이상(理想)

2.1 주간 최재서에게 있어서의 국민, 「國民文學」

최재서는 「國民文學」 창간호를 통하여 국민문학에 대한 정의와 그 내용을 문답형식으로 알기 쉽게 설명하고 있다.

국민문학은 앞으로 국민 전체가 일찍이 구축하지 않으면 안 되는 거대한 문학이다. 지금부터 담을 쌓아서 좁게 틀어박힐 필요가 없다. 특히 어떤 한정된 사항을 한정된 방법으로 쓰지 않으면 국민문학이 되지 않는다고 여기는 것은 실로 국민문학의 앞길을 망치는 일이다. 국민문학은 모름지기 높은 목표와 넓은 범위를 가져야 한다. 중심에 국민적 척추만 확실하면 무리하게 작게 굳힐 필요가 없는 것은 아닐까? (생략) 단적으로 말하면 구라파의 전통에 근거한 소위 근대문학의 하나의 연장으로서가 아니라 일본정신에 의해 통일된 동서의 문화의 종합을 지반으로 하여 새롭게 비약하려는 일본국민의 이상을 노래한 대표적 문학으로서 앞으로의 동양을 지도해야할 사명을 띠고 있는 것이다. 2)

최재서는 일본국민으로서 국민성을 형성하는 것을 기본 축으로 삼아야 하지만 그 때문에 시야를 좁힐 필요는 없다고 주장한다. 국민에 근거를 두면서도 국민에 한정되지 말고 높고 넓은 범위에서의 문학 활동을 요구하는 것을 엿볼 수 있다. 그는 국민문학의 결정적 요소를 “창작정신으로서의 국민의식”이라고 하고, 창작정신은 “주위 사물에 대해 작자를 끊임없이 자극하고 긴장하게 하는 것, 작자 전체의 존재”라고 이야기하고 있다.

문학에 있어서 국민의식이란 무엇일까? —자신은 하나의 개인이 아니라 하나의 국민이라는 의식. 따라서 자기 한 사람으로는 의미도 가치도 없는 존재고 국가에 의해서 비로소 자신은 의미와 가치를 부여받는다는 자각에서 문학상의 국민의식은 출발한다. 3)

---

2) 1941년 11월 「國民文學」 창간호, p34, 필자역, 이하 동.

최재서가 얼마만큼 '새로운 국가'를 의식하고 있으며 그 국가의 '국민'이 되려고 했던지 알 수 있는 내용이다. 상기 예문에 부연하여 그가 말하는 '국민'의 조건이란 ①조선인일 것, ②전시대의 여러 모순이나 병폐를 버리고 해결할 것, ③일본 국민의 이상을 노래할 것 등으로 요약된다. 즉 최재서가 말하는 '국민'은 <조선인으로서 구시대적 습성(조선인의 민족성)을 버리고 일본국가가 요구하는 이상을 좇는 자>라고 정의 할 수 있다. 이는 결코 '일본인이 되라'는 말과는 다르다.

또한 지금까지 작가가 지녔던 개인의식은 모두 '국민'으로서 다시 태어나야 한다는 내용을 통하여도 조선인 작가의 철저한 '국민화'를 요구했다는 것을 알 수 있다. 이러한 요구는 다음세대의 '국민'을 형성하는 근간이 된다는 담론을 통하여 이러한 '국민'의 재생산이 국민문학의 기틀을 마련한다고 주장한다.

2.2 일본 지식인에 있어서의 국민, 국민문학

그렇다면 같은 호에서 일본인은 한국의 문학과 국민을 어떻게 말하고 있을까? 먼저 오다카 아사오(尾高朝雄)는 다음과 같은 언급을 한다.

일본문화가 역으로 동에서 서로 흘러 새로운 동양의 빛이 되어 감에 있어서 반도가 거듭하여 문화의 서쪽으로의 이동의 통로가 되는 것은 참으로 영광의 역사의 재현이지 않을 수 없다. 아니, 새로운 일본문화가 조선을 동맥으로서 대륙에 흘러가는 것은 단순한 역사의 재현에 그치지 않고 나아가 그 이상의 적극적인 의의를 가진다. 일본문화 특히 일본 고

---

3) 주 3)과 같음.

유의 문화 속에는 그대로 대륙에 유입하기에는 다소 너무 섬세한 면이 없지 않다. 따라서 이것이 대륙에 진출하는 도상, 조선반도를 통과하여 조선문화가 지니는 대륙적 풍격을 도입하는 것은 이것에 소위 대륙수출 지향의 강인성을 부여하게 될 것이다. 거기에 일본문화를 기조로 하는 내선문화의 종합을 생각하지 않으면 안 된다. (중략) 조선의 앞으로의 문화정책은 3개의 요강으로 귀착될 수 있다. 제 1은 일본문화를 기조로 하는 것이다. 제 2는 조선문화의 특색을 살리는 것이다. 제 3은 그 모두가 세계문화로서의 신동양문화의 창조라는 대목표를 지향하면서 획책해야한다는 것이다. (중략) 조선문화는 일본문화권의 전진의 전위로서 새로운 적극적 역할을 띠고 동양문화의 무대로 ―나아가서는 세계문화의 무대로― 등장해야할 것이다. 이것이 반도 문화운동이 향해야 할 유일한 길이다. 4)

이상과 같은 일본인의 논설에는 세계 속의 일본을 강조하고 있는 것을 알 수 있다. 특히 그 내용을 보면 서양문화를 끊임없이 의식하며, 일본의 역사성을 강조하고 동양문화의 원류를 일본에 둔다. 그리고 나서 문화이동의 중간에 조선이 배치되어 있음을 강조 하면서 섬세한 일본문화를 대범한 대륙문화와 연결하는 연결로로서 반도의 중요성을 설파한다. 오다카의 담론에서는 조선인의 개념은 없다.(설사 최재서가 말한 개인이 아닌 '국민'으로서도) 그에게 있어서 조선은 지리적 의미로서의 반도가 주목되고 있고, 반도가 가져다 줄 동양지배에 대한 희망으로서 조선이 위치한다. 같은 창간호에 쓰다 다케시(津田剛)는,

---

4) 尾高朝雄(1941), 「世界文化と日本文化」, 「國民文學」 창간호(11월, 이하 동), p.4

반도에 있어서 혁신의 원리는 앞서 말한 것과 같이 세계적인 의미와 일본적인 성격과 그 외에 반도 스스로가 재래의 좁은 문화권을 탈피하여 고도의 일본문화권 속에 용해 재연성(再練成)을 시도해야한다는 3중의 의미를 지니고 있다. (중략) 반도는 자기의 구습을 탈피하고 자유주의적 분위기를 탈피하고 고도 일본문화권의 일원으로서 재편성되지 않으면 안 된다. 여기에 그 하나하나의 문제에 대하여 논하고 언급할 시간은 없으나 반도의 문단이 재작년 이래 문인협회를 결성하고 지금 다시 「國民文學」을 간행하고 관민일체가 되어 내선 상호간에 문인이 손을 붙잡고 문단의 총력체제완성을 향하여 노력하는 것은 참으로 좋은 실례일 것이다. 5)

그들은 세계사를 늘 의식하고 있다. 쓰다는 조선의 좁은 문화권에서 탈피하고 일본적인 것에 용해되어 재연성되어야 한다고 주장한다. 이는 조선인이 지금까지 가져온 정통적 관습에서 벗어나야 한다는 것을 의미하며, 그는 또 조선의 구습과 자유주의적인 분위기 탈피 요구한다. 그리고 그는 실질적인 실천으로서 「國民文學」이 적절하다고 강조하고 있다. 그야말로 조선의 전통문화를 배제하는 성격이 강하다. 쓰다는 국민이 되기 위해서는 조선인의 뇌리 속에서 자신의 경험했던 과거를 완전히 지우고 일본인으로 새롭게 태어나야 한다고 주장한다. 그리고 같은 호에 실린 요시무라 고도(芳村香道)의 글을 통해 국민문학의 의미를 살펴보면,

문학의 임전체제라는 것은 국가적 목적을 작가의 목적으로 삼고, 국

---

5) 津田剛(1941), 「革新の論理と方向―世界, 日本, 半島について」, 「國民文學」창간호, p.10

가의 사상을 작가의 의식내용에 도입하여, 전시국민의식을 고양하고 국민의 정서를 국가적 정신으로 조직하는 임무를 달성하는 것에 있다. 즉 국민을 개별적으로 분리하고 작가의 취미에 의해 개인의 심리를 추구하는 시대가 아니다. 개인을 국민적으로 집합시키고 국가적 행진에 종합시키는 감정을 조직하는 것이 우리들의 임무이다. 6)

라고 한다. 요시무라는 임박한 전시체제에 좀 더 실질적으로 대응할 수 있는 '조선국민'을 요구한다. 여기에는 문학적 발전에 착목하기 보다는, 임시체제의 반영과 국민의 정신력 무장에 직접적으로 연결되는 작품, 개별적 국민으로서가 아니라 국가라는 큰 틀의 구성원으로서의 국민인식을 가능하게 하고 국민의 감정을 주무를 수 있는 문학이 국민문학이라고 주장한다.

 이처럼 한국 측이 주장하는 '국민문학'과 일본 측의 그것에는 문학적 입장에서 상당한 거리가 있는 것을 알 수 있다. 문학이 국가를 위한 것이어야 한다는 결론에는 별다른 차이가 없어 동일한 것으로 생각되기 쉬우나, 한국 측의 국민문학은 조선인에 의한 문학에 대한 가능성을 저버리지 않는다는 면이 있다. 조선문학의 발전을 위해 어떤 노력이 필요한지를 끊임없이 모색하며, 이미 근대문학의 기틀이 마련되어 있는 일본문단에 동일한 선상에서 활동하고자 하는 바램, 이것이 조선인에게 일본화되어야 한다는 목표를 가지게 하는 것이라면, 일본 측의 국민문학은 이런 과정은 전혀 생략되어 있으며 조선의 문학계의 진보는 중요한 사안이 아니며, 목표달성을 위해 조선인 개인은 '무화(無化)' 혹은 '공동화(空洞化)'

---

6) 芳村香道(1941), 「臨時体制下の文学と文学の臨時体制」, 「國民文學」창간호, p.26

되어야 한다는 것을 주장한다. 즉 국민문학을 구성하기 위한 조건으로 조선인측은 인간과 그 인간의 인격이 존재하고 있다면 일본의 그것은 인간은 있으나 인격은 없는 형태로 발신되어짐을 알 수 있다.

▨ 2.3 조선과 일본의 '국민문학'의 접점

여기에서는 최재서 외 조선인들과 일본인들이 실시간에서 직접 만나서 대담[7]을 하는 장에서 국민문학이 어떻게 제시되는지 알 수 있는 좌담회를 살펴본다. 개인 공간에서 기록한 글보다는 실시간 대담이기 때문에 생각해서 변명을 만들 시간적 여유가 적다는 점에서 좀 더 리얼한 그들의 국민문학론을 엿 볼 수 있을 것이라 여겨진다.

이 대담은 최재서가 일본인들에게 「國民文學」이 나아가야할 길을 묻는 형태로 구성되어 있다. 최재서는 새로운 조선 문단 구축의 현실을 절감하고 대한 답을 요구하고 있다.

① 최 : 조선 문단의 전환이라고 해야 할까요, 혁신이라고 해야 할까요, 이 긴박한 정세 속에서 조선 문단은 빨리 체제를 갖추고 직역봉공(職域奉公)하지 않으면 안 되다는 목소리가 여러 곳에서 들려오기 때문에 그런 기운을 조장하는 의미로 「國民文學」이 탄생했는데, 실제로 행해가는 과정에서 여러 가지 문제가 있다고 생각합니다. (중략) 조선 문단의 목표에 대해서 가라시마씨부터 한 말씀 부탁드리겠습니다.

② 요시무라 : 형식의 문제는 접어두고 실제 우리들이 우리의 붓을 가지고 나라를 위해서 얼마만큼 헌신할 수 있을지 그 기능을 충분히

---

7) 座談会 「朝鮮文壇の再出発を語る」(1941), 「國民文學」, 창간호

이용하여 일한다는 기분으로 문학을 창작하던가 혹은 그 외의 예술 방면에 있어서 활동해야한다고 생각합니다.

③ 백(白鐵) : 일본이나 조선이나 개인주의적이고 신변소설적인 경향, 세태묘사의 문학 등을 비판한 데에서 새로운 목표를 정해야한다. (중략) 국민문학의 새로운 목표는 전체적인 입장에서 국책에 부합한 문학을 수립하는 것이다

④ 가라시마(辛島) : 문학의 진정한 길은 (중략) 작가가 우선 진정한 비상시의 일본 신민으로서 철저한 의식을 가지고, 그 철저한 정신을 가지고 현실에 부딪혀가는… 새로운 감동의 장을 발견하고 새로운 혼을 가지고 그것을 그린 것이 진정한 오늘날의 국민문학 이어야한다고 생각하고 있습니다.

⑤ 최 : 즉 지금까지 조선의 문학은 조선만의 문학으로서 만들어져 왔습니다. 이제부터는 좀 더 큰 일본문화의 일익(一翼)으로서 재출발하는 것에 실은 매우 중요한 문제가 있는 것은 아닌가 하는데, 그 점에 관해서 한 말씀 듣고 싶습니다만…

⑥ 데라다(寺田) : 지금까지 유지해왔던 조선문학이 갑자기 국책적인 모습으로 돌변하는 것은 무리일지도 몰라요.

⑦ 최 : 즉 조선만을 고립시킨 조선적이라는 것은 없고 넓은 일본문화 속의 일익으로서 이 조선적이라는 것을 생각하는 경우에 새로운 각도에서 조선적이라는 것을 검토할 수 있지 않나 생각하는데 어떨까요.

⑧ 최 : 일본문화의 일익으로서 조선문학이 재출발한다. 그렇게 하면 지금까지의 일본문화 그 자체가 역시 일종의 전환을 하고 있는 것입니다. 좀 더 넓은 것이 되는 것이죠. 그렇게 하면 내지(일본)적 문화에 없었던 하나의 새로운 가치로 조선 문화가 전환한 것에 의해 부가됩니다.

위(⑦⑧)의 최재서에 대한 일본인들의 대답은 '오늘날에 조선적인 것을 일본문학에 부가하려는 의식을 강조할 필요는 없다'는 것이다. 완전히 일본인이 될 수 없다는 '불가능성'과 그러나 일본을 위해 헌신해야 한다는 모순 된 '가능성'을 제시하는 것이다.

또 앞의 인용을 통하여 알 수 있는 것처럼 최재서는 일익(一翼)이라는 용어를 빈번하게 사용하고 있다. 이 일익이라는 용어에는, <없으면 안 되는 것>, 또는 <꼭 같이 움직여야 되는 것>의 이미지가 있다. 그만큼 최재서는 조선문학이 일본문학에 있어서 없어서는 안 될 위치로 부상하고자 하는 욕망이 있으며, 오히려 조선이 문학적으로 고립되지 않을까하는 염려마저 내포되어있다. 일본의 문학적 선진 시스템을 하루라도 빨리 도입하여 지금까지 조선문학이 가져왔던 편협성에서 탈피하여 내지(일본)의 범위를 넘어선 확장까지도 기대하고 있다. 그러기 위해 일본 국민화 되는 것이 필요하다는 주장이다.

여기에 반해 일본인 측은 자연스럽게 진정한 국민적 작가가 되고자 하는, 작가로서의 수업과 각오를 쌓아 가면 된다는 추상적 설명을 하며, 우선시되어야 할 것은 임전체제에 대응하는 문학을 어떻게 만들 것인지와 국가를 위한 문학이 완성되어야 한다는 주장을 일관하고 있다. 실시간에서의 대담이나 양자의 의견은 엇갈리고 있다고 볼 수 있는 것이다.

이처럼 국민문학의 실현이라는 목표는 있으나 그 과정에 대해 깊이 생각하려 하지도 않고 목표만을 중심으로 이야기하는 일본인 측과, 같은 목표를 지향해야 하는 현실 속에서 조선의 전통문화 말살을 통해 이루어야하는지 아니면 전통 문화적 배경을 살려 이루어야 하는지 알지 못한 채(아마도 말살해서 문학적 진보가 이루어진다면 그렇게라도 할 절박한 심정으로) 고민하고 질문을 던지는 조선 측(특히 「國民文學」 주간인 최재서 측)의 심정이 엿보인다. 여기에서 조선인은 끊임없이 질문을 던지는 측에 서있다. 스스로가 답을 낼 수 없는 입장. 조선문학의 주체이면서도 주권을 행사하지 못하며 조선문학의 진보를 열망하나 스스로 답을 내지 못한다. 일본인 측도 자신들이 조선문학의 주체가 되는 것은 불가능하기 때문에 조선 측의 요구에 답을 할 수 없는 것이 현실이 되며 결국은 국가가 제시한 목표만을 서로가 강조하는 것이 그들의 역할일 수밖에 없게 되는 것이다.

2.4   일본 문학자들과의 '국민문학' 논의

「國民文學」제 6권(1943년 3월)은 「신반도 문학에 대한 요망」이라는 주제로 최재서와 일본 문학자들의 좌담회의 내용이 실려있다.[8] 여기에서는 좀 더 문학에 대한 문제가 구체적으로 다루어지며, 특히 '국어(일본어)'의 문제가 대두되고 있다.

> 최 : 국민문학에 대해 여러 가지 의견이 있으나 요컨대 반도의 문학자도 내지의 문학자들도 공동의 이상과 목표아래에 같은 국어(일본어, 필자 주)를 사용하고 그 시대를 살아가려는 문학이 국민문학이라는 식으로 우리들은 단적으로 생각하는데요. 그렇다면 과거보다 더 긴밀하게 동경의 문단과 연락을 취하고 다양한 지도도 기대하지 않으면 안 된다고 생각하는데 일본문단의 선배분들 부터 희망이라든가 주문이라든가 혹은 의견이 있으시면 허심탄회하게 이야기해 주셨으면 합니다.

---

8) 출석자 ; 菊池寬, 橫光利一, 河上徹太郎, 保高德藏, 福田淸人, 湯浅克衛 本社側 崔載瑞

라고 하면서 반도와 내지를 같은 선상에 두고 문학을 이야기하고자하는 최의 바램과, 그러나 실상 동경의 문단과는 긴밀한 관계형성이 되지 못하는 안타까움까지 반영하고 있다. 그리고 그는 실질적인 장애요소를 설정하고 싶었고 그것을 일본어라고 제시했다(실제로는 일본어가 아니고 주체가 될 수 없다는 현실 일텐데 ―그 사실은 투명하기 때문에― 뭔가를 단죄해야 하는 데 그 대상을 일본어로 삼은 것 뿐 이라고 할 수 있다). 그러면서 최는 좋은 작가들이 있으나 용어문제 때문에 작품이 소개되지 못한다는 점을 말하며, 조선 작가에게 있어서는 일본어로는 섬세한 표현이 어렵다고 한다. 이에 대해 기쿠치 간(菊池寬)은,

> 기쿠치 : 조선의 글이 조선만의 특질을 살리는 데에는 도움이 될거라고 생각하지만 독자를 붙잡기 위해서는 역시 시장이 넓은 국어로 쓰는 것이 좋지 않나 생각한다.

기쿠치는 최의 물음에 위와 같이 대답하며(반말을 사용하고 있음) 조선어가 문학적 언어냐? 형용사는 많은가? 혹시 조선어로 대단히 훌륭한 작품을 쓸 수 있는 사람이 있다면 그것을 조선어로 쓰게 하여 번역을 하게하면 어떨지? 라는 말을 잇고 있다. 여기에서 유아사 가쓰에(湯浅克衛)는 조선의 근대문학 전통이 그리 길지는 않기 때문에 꼭 일본어가 세밀한 묘사에 장애가 되는 것은 아니라는 뉘앙스의 말을 한다.

> ① 유아사 : 조선어로 문학을 한다는 것은 그렇게 긴 전통을 가지고 있지는 않지요?
>
> ② 최 : 40년(근대문학의 경우)

③ 최 : <u>현재 가장 민감한 부분은 향토색의 문제, 김사량의 「물오리섬」</u>
　　<u>이 민족주의의 잔상이 아니냐는 지탄과 결코 아니라는 시점을 관철</u>
　　<u>하고 있으나 그것은 작가의 문제입니다.</u>

④ 기쿠치 : 그러나 향토색이 나타나지 않으면 조선문학의 특징이 되지
　　　못하니까. 내지 작가들과 같은 것을 써서는 좋은 소설이 안나오지.

⑤ 최 : 그러니까 저희들은 조선문학이 일본문학과 대립하는 것이 아니
　　라 일본문학의 일환으로서 그 안에 충분하게 조선문학으로서의 독
　　자성을 가져야한다고 생각합니다.

⑥ 유아사 : <u>너무 옛 풍속에 들러붙어 문학을 하는 것은 지금의 시국과</u>
　　　<u>어울리지 않아요.</u>

(중략)

⑦ 기쿠치 : 나는 반도문학의 진흥이라는 것은 내지의 사람들이 될 수
　　　있는 한 편의를 부여하는 것이 우선이라 생각한다.

⑧ 유아사 : 내지의 문단에 나오기 위해서는 향토색이 중요하다는 의식
　　　이 너무 강한 것은 아닌지…(중략) <u>향토색에 사로잡히지 말고 전일</u>
　　　<u>본적인 것이라면 뭐라도 괜찮지 않을까.</u>

이상처럼 조선문학이 중앙(동경)에 인정받지 못하는 이유가 일본어의
문제라는 식으로 출발한 논의는 토론 과정에서 민족성이라는 것이 개입
이 되어 일본어에 대한 문제는 어디론가 사라지고 조선문학의 독자성이
라든가 민족정신에 얽매이지 말아야 한다는 문학의 주체의 문제로 넘어
가는 현상을 살펴 볼 수 있다. 그들이 의식하지 않는 사이에 문제는 일본
어가 아니라는 것이 밝혀지는 것이다.

조선문학이 일본으로 진출하기위해서 어떤 형태로 쓰여야 되는지에

대한 논의를 하고 있는데, 중요한 것은 중앙문단으로의 진출에 대한 요구이고 중앙문단의 진출에 도움이 될 수 있는 일본 유명작가들이 최재서 앞에 있기 때문에 그 욕망의 표출을 더욱 절실한 것이다. 이에 대한 일본인의 반응은 일본에 유학 온 조선인 작가의 실태보고, 조선의 특이한 점을 살려야 한다는 지적, 너무 향토색에 사로잡히지 말고 전 일본적인 것을 쓸 것 등의 대답을 한다. 그 내용에 있어서는 앞서와 마찬가지로 추상적인 공론을 반복하는 것에 불과하며 일본인 입장에서도 기쿠치와 유아사의 의견은 상반되어 있음을 알 수 있다. 결국 조선 문단의 중앙 진출에 대한 해답도 앞서와 마찬가지로 조선인이 일본인이 될 수 없고 일본적 주체로 문학 활동을 할 수 없는 불가능성을 은폐하는 작업으로 민족성 향토색이 거론됨에는 틀림없다.

그렇다면 실제의 작품에 있어서는 어떤 양상을 띠며 이런 문제들이 어떻게 불거지는 것일까? 본 장에서는 유아사 가쓰에(湯浅克衛)의 「간난이」(カンナニ)와 「가나우미 기요코」(金海きよこ)를, 조선인 작품으로 좌담회에서 거론되었던 김사량의 「물오리섬」(ムルオリ島)을 텍스트로 삼아 앞서의 「國民文學」에 보이는 문제의식과 관련하여 살펴보고자 한다.

3. 유아사 가쓰에의 생애와 조선

유아사의 조선과 관련된 생애9)는 그의 문학 인생과도 불가분의 관계

---

9) 1910년 태어남, 1912년 아버지를 따라 경상남도 고성군 당동, 평안북도 겸이포, 어머니의 고향인 에히메현 야하타하마 오이타현 벳부 등을 전전함. 1916년 아버지가 수비대를 그만두고 조선에서 순사 시험에 합격. 아버지를 따라 조선 경기도 수원에 이주. 1922년 수원 공립 심상소학교를 졸업. 조선총독부립 경성중학교 입

에 있다. 그의 유년기와 청소년기에 걸친 조선에서의 생활은, 일본인으로서의 조선에서의 우월감과 내지(일본)에서의 열등감의 선상에서 자아형성을 시도했을 것이다. 조선에 사는 조선인이나 일본에 사는 일본인처럼 국적과 민족적 정체감을 동일화하는데 장애를 겪었던 유아사는 글을 써야하는 문학적 자존감을 어떻게 극복하려 했을까? 앞서 좌담회에서도 알수 있듯이(①, ⑥, ⑧)다른 작가들에 비해 유독 조선인의 민족성의 근간이 되는 전통을 배제하고 전일본적인 문학을 지향해야한다는 주장을 일관하고 있다. 유아사가 작가로서 일본문단에 등단 한 작품은 「간난이」였다. 유아사는 일본의 유력한 종합잡지인 「改造」의 현상소설에 응모함으로서 그의 본격적인 문학 활동을 시작한다. 그는,

> 나는 1910년 한일병합의 해에 가가와현 센츠지에서 태어났다. 그리고 2, 3년 후에 아버지를 따라 조선에 가 조선 남북을 전전한 후 (중략)

학. 1925년 수학여행으로 만주에 감. 1926년 봄, 오사카 동경여행, 가을 수학여행으로 금강산에 감. 1927년 경성중학교 졸업, 동경으로 이주. 1928년 와세다 제1고등학교 입학. 1934년 「カンナニ(간난이)」를 「改造」의 현상소설에 응모했는데, 제재의 관계로 선외가작이 된다. 1935년 「간난이」를 「文學評論」에 발표. 1939년 50일 정도 대륙개척 펜 부대로서 이토 세이(伊藤整), 후쿠다 기요토(福田清人), 다무라 다이지로(田村泰次郎) 등과 만주 북중국에 간다. 도중 경성에서 2박하고 돌아오는 길도 조선에 들름. 1942년 1월 「金海きよ子」를 「國民文學」, 10월 「鴨綠江」을 「開拓」에 연재. 11월 반도문화연구회의 설립준비위원으로서 조선에 감. 1943년 황도조선연구위원회 성립 상임위원이 됨. 3월 조선에서 열린 <반도문학에 대한 요망>의 좌담회에 기쿠치 간(菊池寬), 요코미쓰 리이치(橫光利一), 가와카미 데쓰타로(河上徹太郎), 후쿠다 기요토(福田清人), 호다카 도쿠조(保高德藏) 등과 함께 참가. 1944년 조선총독칙임문화고문으로 취임. 1950년 「사랑의 제주도」(3월)와 「비련의 삼팔선」(10월)을 「ロマンス」에 발표, 9월 「기생이야기」를 「富士」에 발표, 「아리랑 고개」를 「婦人俱樂部」에 발표, 가을 증간호 「婦人俱樂部」에 「슬프다 간난이」를 발표. 1952년 한일친화회가 창립되고 그 멤버가 됨. 1962년 서울 아시아 작가 문학 강연회에 히라바야시 다이코와 둘이서 초대되어 전후 처음으로 한국에 감. 1982년 심부전으로 사망. (『湯浅克衛植民地小説集』, 「カンナニ」, 年譜, 1995年 3月을 참고하여 필자가 조선 관련 대목을 중심으로 재구성한 것임)

6세 때 경기도 수원에 정착했다. 종전까지 같은 곳에 집이 있었다.

소위 나는 조선의 제2세다. 어릴 적 비친 조선의 모습은 상당히 자극적이었다. 소년의 마음에는 처음부터 일본과 조선의 구별이 있을 리 없었는데, 역시 그때까지 형상 지어진 일본과 조선의 양 민족의 대립의 틀 속에서 지내야만 했다. 그것이 제일 먼저 소년의 눈에 크나큰 모순으로 비친 것이다.

소년시대 중학시대, 나는 그 틀 속에서 친절한 조선인 친구를 몇 명 사귀었다. 또 와세다에 와서도 그 후 작가가 되어서는 조선을 그리는 것으로 한 층 더 많은 친구를 사귀었다. 그리고 조선과 일본 양방의 교류하고 반발하는 마음속으로 기뻐하고 또 번뇌했다.

나는 내가 자란 조선을 사랑했다. 그리고 또 나라를 떠난 자가 누구라도 그렇듯이 애절하게 일본을 사랑했다. 10)

고 한다. 유아사가 일본 문단에 처음으로 선보인 「간난이」는 '사이조 류지(最上竜二)'라는 일본소년과 '이간란'이라는 조선소녀를 주인공으로 당시의 3・1운동을 배경으로 하면서 서정 풍부하게 소년소녀의 세계를 그린 작품이다. 일본 문단에서의 「간난이」에 대한 평가는, 「간난이」가 발표된 1935년은 일본문학사에서 특별한 위치를 차지하며 무수한 일본인이 식민자로서 조선에서 생활했음에도 불구하고 조선인과의 관계를 그린 작품이 일본문학에 전무하던 속에서 특이 11)한 작품으로 여겨졌다.

유아사의 작가적 위치를 견고하게 만든 작품은 조선과 일본인 아동의 어렴풋한 사랑을 그려낸 이 「간난이」였다. 그가 창작여담에서 말했던 것

---

10) 湯浅克衛(1946), 『カンナニ』のあとがき, 大日本雄弁会講談社, pp.228〜240
11) 栗原幸夫(1993), 「湯浅克衛の『カンナニ』について」, 『季刊aala』, (8月 92号)

처럼 그는 일본인으로서 조선에 살고 있다는 평범하지 않은 성장 배경으로 자기 정체감을 완성해 가야 했다. 그는 조선을 사랑했다고 하며 또한 일본을 애절하게 사랑했다고 고백한다.

유아사의 성장 배경에는 백의, 빨래하는 조선 여인, 벌거벗은 조선아동, 매일 같이 들려오는 조선어, 초가집, 소가 지나가는 풍경 등이 각인되어 있을 것이다. 그러나 자신이 일본인이라는 의식은 이런 모든 측면을 자신의 것으로 받아들이기 보다는 상대화하여 그것을 소설로서 형상화하게 된다. 그리고 일본인이 여태까지 시도하지 않은 '특이'한 점에 착목하여 그의 작가 인생에서 조선과 조선인은 중추적인 역할을 하게 된다. 그리하여 그의 조선 경험은 일본문단에 있어 '지금까지 시도되지 않은 참신한 문학'으로서의 가치를 지닐 수 있게 된 것이다. 작가적 인생을 시작할 즈음의 유아사는 자신을 조선 문학의 일본측 대변인으로 자리매김을 하게 되는 것이다.

그는 조선을 사랑하고 고향을 떠난 사람들이 그러하듯이 일본을 절실히 사랑했다고 고백한다. 그러나 그는 그의 작품 활동에 있어 조선의 지방색이나 전통을 이용하며 작가적 위치를 확고히 하면서도 앞서 죄담회의 발언에서는 조선의 전통, 조선어로서의 문학, 지방색 등을 부정하는 모순을 드러낸다.

이러한 상황에서 1942년 1월 「國民文學」에 「가나우미 기요코」라는 단편을 싣고 있다. 1939년 이미 '황국의 펜 부대'에 가담하여 만주 북중국 그리고 조선을 여행한 유아사의 작가적 위치는 이미 황국신민화의 일본적 주체가 되어있었고, 단편 「가나우미 기요코」는 그런 유아사의 작가적 위치 부여에 한 몫하고 있다.

주인공인 '나'는 조선 여기저기를 돌아다니며 각 지방의 일본국민으로

서의 정신교육의 실태가 어떤지를 알아보는 역할을 하는 인물이다. '나'
는 어느 마을에서 조선에서 처음으로 '아름답다'고 느끼는 외모를 가진
조선여성을 만나게 된다. 텍스트의 시작에서 끝나는 장면까지 '나'는 아
름다운 외모의 소유자인 '부인'을 주목하고 그 부인에 대한 다른 이들의
평가를 들으며 그 부인에 대한 환상을 품게 된다. 12)

  그리고 일본의 조선에 있어서의 '식량 대증산'이라는 국가적인 목표와
그러한 목표를 수행하고자, 조선의 지식인 부인들이 앞장서서 지방의 농
민들을 모아 정신적 교육을 시키는 역할로 '기요코'의 존재가 배치되어
있다.13)

    "흠 확실한 사람인데. 저런 사람은 부락과 딱 맞고 거기에다 높은 쪽
  으로 나갈 사람이군."

    "네 저 사람은 괜찮은 사람 이예요. 처음에는 놀고 있는 지식 부인이
  라고 하기에 나오라고 했는데 매우 열심이어 신뢰받고 있습니다."

    눈이 내리치는 속을 헤치며 걸어가는 가나우미 기요코씨의 모습이

---

12) 나는 조선에 와서 벌써 1개월 가까이 여기저기 돌아 다녔으나 지금까지 이렇게
   아름다운 사람은 본 적이 없었던 것 같다. (중략)
   "저 여자는 누굽니까?" 나는 살짝 마을 사람에게 물었다.
   "에 저 여자는 마을의 부인 촉탁입니다."
   "아 일종의 부인지도자이군요. 각 마을에 배치한"(1942年「國民文學」第二卷 一
   号 人文社 日本植民地文化運動資料11(1997), 人文社編 綠陰書房, p.192)
13) "특히 부인이 경지에 전면적으로 나가지 않으면 안 되는 지금은 가정부인의 지도
   만큼 중요한 것도 없다. 더구나 사상적으로 급격하게 내선일체의 방향으로 나아
   가기 위해서는 낡은 것이 엄청나게 쌓여있는 부락의 가정부인의 진심어린 찬동을
   얻지 않으면 아무것도 되지 않는다. 만약 그것 없이 해 가면 형식상 표면상으로는
   아무리 훌륭하게 균형을 맞추려고 해도 미묘한 감정으로 반대의 결과가 나올 수
   있게 되는 것입니다."
   그렇게 말하면서 머리카락을 쓸어 올리며 다시 한 번 쑥스러워 했다. 코트 아래
   의 털 스웨터의 가슴 언저리가 흔들리는 듯했다.(주 12)와 같은 책 p.195)

나의 눈 속에 가련하게 그리고 영웅적으로 비쳤다. [14]

처음에 '나'에게 기요코는 단순히 여자로 비쳤다. 그녀의 외모에 매혹되는 것으로부터 그녀를 발견하게 되는 것이다. 그러한 발견은 그녀를 계속 주목하게 한다. 그리고 그녀에 대한 해석은 '면장님의 부인' '면장님의 첩'이라는 식의 '누군가의 여자'라는 의미부여를 하며 주시한다. 그녀의 젊음과 교양 있는 눈빛은 '나'로 하여금 '에로스'의 가능성을 불러일으키고, 그 때문에 그녀의 신체에 주목을 하게 된다. '한얀 속옷'을 보게 된다든가 대화 중, '흔들리는 가슴'을 엿보게 된다는 기술 등을 통해서도 알 수 있다. 그리고 그녀에게 접근하여 대화를 적극적으로 시도하는데, 그녀가 부인회의 정신적 리더로서 당시의 국가 정책에 가장 적합한 일을 수행하고 있다는 사실을 알게 된다. 그리고 그녀는 조선 내의 실정을 '나'에게 자세하게 전달하는 형태로 앞서의 <보는 - 나> <보여지는 - 기요코> 관계에서 <설명을 당하는 - 나> <설명하는 - 기요코>의 입장으로 관계가 전복된다.

'나'는 그녀가 여자의전을 졸업할 정도의 인텔리이지만 가정주부였다는 이야기를 듣게 되고, '에로스'의 상대로서의 가능성을 품으며, 그녀의 가슴언저리로 시선을 옮긴다. 또한 자식은 없고, 남편도 3년 전에 죽었다는 이야기를 듣게 되는 것으로 그 가능성을 극대화된다. 그리고 그녀에게 두 개의 가능성을 발견하는데, 그것은 <가련한 여성>(그래서 내가 보호해주고 싶은 여성)과 <영웅적 모습>(조선의 계몽에 앞장서서 황국신민화를 몸소 실천하는 존재)이다. 기요코는 '나'에게 있어 평가의 대상이었고 보여지는 위치

---

14) 주 12)와 같은 책, p.197

에서, 가련하고 영웅적인 모습으로 <비치는> 존재로 역전되고 있는 것을 알 수 있다.

이 단편에서 보이는 주인공 '나'의 의식은 유아사의 조선의 향토색의 배제, 전통의 배제, 전일본화를 실천하는 명확한 증거가 된다. 그러나 여기서 간과해서는 안 되는 내용은 주체의 전복이다. 유아사는 자신이 대표하는 일본인이 주체라는 의식 하에 조선의 개조를 바랬지만, 이미 이 텍스트는 조선의 주체는 조선인이라는 사실을 은연중에 기술하고 있다. 시작은 식민자로서의 모습으로 조선여인을 바라보는 내용으로 기술해 가고 있다 그러나 '나'가 그녀를 바라보고 평가할 수 있는 부분은 그녀의 신체와 결혼 상대로서의 가능성 정도이고, 그녀 자신은 자신을 여자로서가 아니라 국가적 정책의 실현자로서 여러 사람에게 신뢰받고 있는 존재라는 사실에 이미 '나'와 기요코의 관계는 남과 - 여가 아닌, '존경하는 자와 영웅'으로 재배치되는 것을 살펴 볼 수 있다. 유아사는 펜 부대 활동을 통하여 식민지 개척의 주체가 되려고 했지만 결코 식민지 조선을 변화시키는 주체는 그들이 될 수 없다는 사실이 유아사가 의도하지 않는 사이에 「가나우미 기요코」를 통해 드러났다고 볼 수 있다.

4. 김사량 「물오리 섬」,
그리고 다시 「國民文學」

김사량의 작가적 인생 15)은 1932년 「東光」16)에 「市井初秋」를 발표하

---

15) 사희영(2006), 「김사량 문학 연구－작가의 현실인식과 작품 수용양상을 중심으로」, 전남대학교 석사학위논문.

면서 시작된다. 1929년 광주학생운동 때 만세를 부르기도 하고, 1931년 평양고등학교 5학년 때 반일 운동의 주모자로 퇴학을 당한 경력을 가지는 김사량이 형의 도움으로 가게 되는 곳은 일본이었다. 젊은이의 정렬로 민족적 의식을 서슴없이 주장할 수 있었던 김사량이 결국 현실을 극복하는 수단으로서 선택한 것은 문학이었고 그 첫 작품이 민족주의 고양을 위한 잡지인 「東光」이었다. 그러나 그의 문학자로서의 모델은 민족적 성향과는 거리가 있는 도스토예프스키와 시가 나오야(志賀直哉)로 삼고 있다. 시대적 제상을 기술하기 보다는 자신의 심리적인 갈등과 의지, 그리고 사물과 인간의 내면을 형상화하여 청년적 심리(성욕, 붕우관계, 청년적 희망)를 이입하며 기술했던 시가 나오야의 작품은 김사량의 문학세계가 지니는 특징과도 연계되는 부분이 많다. 1939년 「빛 속으로」(光の中に)를 「문예수도」(文芸首都)에 발표하면서 그는 작가로서의 지위를 굳혀가게 된다. 거기에 아쿠다가와상(芥川賞) 후보 작품으로 「빛 속으로」가 선택되었다는 사실은 그가 작가로서의 자존감을 세우는 계기가 되었다. 그를 유망한 작가로 인정한 것은 일본의 사소설의 대가인 사토 하루오(佐藤春夫)였다. "민족의 비통한 운명"을 그린 작품이라는 평가 아래, 그는 무거운 책임감을 갖게 된다. 그리고 그 후 그는 1942년 1월 「國民文學」에 「물오리 섬」을 발표한다.

앞서 최재서가 언급했듯이 「國民文學」은 "구라파의 전통에 근거한 소위 근대문학의 하나의 연장으로서가 아니라 일본정신에 의해 통일된 동서의 문화의 종합을 지반으로 하여 새롭게 비약하려는 일본국민의 이상

---

16) 1926년 창간. 1933년 1월 13일 폐간. 편집 겸 발행 주요한 집필자 이광수 김억, 주요섭 김동인 양주동 등. 사회역사 문학 등의 논설과 문학작품을 실음 민족주의 입장을 대변하여 주체성과 민족사상 확립을 내세움.

을 노래한 대표적 문학으로서 앞으로의 동양을 지도해야할 사명을 띠고 있는” 잡지인데, 김사량은 그 잡지에 「물오리 섬」17)을 발표한다. 그러면서 「물오리 섬」이 민족주의의 잔상이 아니냐는 지탄을 받게 되고 그것이 아니라는 주장을 고수한다는 내용이 앞서 제시한 「國民文學」 좌담회에서 거론된다.

「물오리 섬」은 의사에게 요양을 권유 받아 어릴 적 추억이 있는 대동강 주변으로 여행을 가는 '랑'이라는 인물을 중심으로, 그의 어릴 적 친구인 미륵, 순희, 봉구네의 생애가 당시 지주와 소작인의 비정한 관계가 얽히며 서로간의 사랑과 미움이 그려진다.

「물오리 섬」에서의 랑은 소학교에 다니면서 양복을 입고, 서양풍의 머리의 도시에서 온 도련님으로 시골 여자어린이들의 시선을 한 몸에 받으며 지냈다. 특히 순희와는 서로 어렴풋이 정을 느끼는 관계였다.

미륵은 신체가 건강하고 과묵한 남자로 논 밭일도 보통사람보다 두 배는 해내는 인물로 소개된다. 랑은 그런 미륵을 어딘가 모르게 존경하는 맘을 가진다. 20년 만에 고향에 돌아온 랑은 순희와 미륵이 결혼했다는 사실을 알게 되면서 미륵의 지난 일을 듣게 된다. 아버지의 가출과 함께 가난하게 지내는 미륵모자, 미륵은 씨름에 이긴 상으로 얻은 소를 통해 희망을 가지며 소를 매개로 순희와 연애를 한다. 그러나 극심한 자연재해는 소작료를 내지 못하게 하는 원인을 만들고 소는 뺏겨 버린다. 돈을 벌어오자 어머니는 그를 기다리지 못하고 어떤 남자와 도망을 가고, 미륵은 여자에 대한 불신이 커지고, 그것은 순희에 대해서도 마찬가지였다. 그래서 미륵은 순희와 단 둘이 외부와의 교섭이 없는 무인도로 이사를

---

17) 주 12)와 같은 책, pp.231~262

하여 둘이만 살 결심을 하게 된다. 그러나 매년 홍수가 나서 그들 부부는 섬 외에 돈 한 푼 없는 신세가 된다. 그래서 결국 봉구네가 첩으로 들어간 지주의 집에 섬을 담보로 돈을 빌린다. 봉구네는 과거부터 지금까지 여전히 미륵을 사랑하는 존재로 제시된다. 그러나 또다시 홍수가 나서 돈을 갚을 길이 없어지자 섬을 뺏기지 않겠다는 심정으로 미륵은 순희만 섬에 남겨두고 지주의 집으로 향한다. 지주는 기한을 연장해주지 않았고 봉구네가 돈을 가지고 함께 도망가자는 말로 유혹하여 잠시 그것에 응하나, 순희 생각에 기차에서 뛰어내려 물오리섬으로 향한다.

랑이 회상하는 과거는 단순히 아름답고 정겨운 어릴 적 추억이었다. 랑의 시선은 자연경관의 변이에 주목하고 있고 간간히 삽입되는 어릴 적 친구들과의 추억은 대동강 부근의 경치와 어우러져 서정적으로 기술된다. 랑은 20년이 지나 만나게 된 친구 미륵의 격정적인 삶에 대한 이야기 후 아무런 감정도 삽입하지 않는다. 단지,

> 이렇게 슬픈 이야기가 끝났을 때는 달도 중천에 떠올라 빛나고 있었고 범선은 봉래도 옆을 지나고 있었다. 섬의 아름다운 숲이나 덤불 잎들이 불꽃처럼 달빛에 반짝이며 춤을 추고 있었다.[18]

라는 기술로 여전히 서두의 서정적 묘사의 태도로 돌아오고 있다. 미륵의 20년간의 삶은 듣는 청자로서의 랑은 지극히 객관적이다. 미륵의 인생에 대한 동정도 자기 인생에의 투영도 보이지 않는다. '슬픈 이야기'라는 평이 전부이다.

---

18) 주 12)와 같은 책, p.261

미륵은 어떨까? 아버지에게 버림받게 되어 바다를 싫어하게 된 미륵. 그런데 그렇게 싫어하던 바다에 돈을 벌기위해 어쩔 수 없이 나갔던 미륵은 어머니에게 마저도 버림을 받아 여자도 싫어하게 된다.

그의 증오의 대상은 '아버지' '여자(어머니를 포함)' '지주'였다. 이들을 저주하게 만든 요인은 '가난'이다. 그리고 그를 가난하게 만든 주요 원인은 '자연(재해)'였다. 그러나 그 자연재해에 대해 미륵은 한 번도 저주하는 마음을 갖지 않는다. 그는 신의 작용으로 그저 받아들이고 있는 것이다. 그리고 자신의 순희를 잃게 된 격심한 자연재해 앞에서도 미륵은 다음과 같은 고백을 한다.

> 아침 무렵 그가 섬을 나올 때부터 비가 지독히 계속되었고 또한 상류 쪽에서도 연일 폭우가 계속되고 물이 높아져 있었다. 그는 그것이 자신에 대한 불찰이나 순이에 대한 무서운 죄, 거기에다 용왕님이 화가 난 것이라고 생각했다. 그는 자신이야 말로 그 노여움에 대해 몸을 던져서라도 죄를 빌어야 한다고 생각했다.[19]

자연재해의 원인을 자신의 '죄'가 낳을 결과로 여기는 것이다. 어떤 독자에게는 이 텍스트가 자신의 불행을 스스로 숙연히 받아들이며 사는 소신민적 미륵의 모습을 통해 역경에 순응하는 황국신민의 바람직한 모습으로 받아들여졌을 것이고, 혹자에게는 식민지 조선민족의 가난과 관련한 리얼한 실상을 알게 되는 계기가 되었을지 모른다. 그러나 텍스트의 세부적 내용을 통해 알 수 있는 것은 당시 일본인에게는 기대할 수 없는

---

19) 주 12)와 같은 책, p.260

'순정'과 '자연에 대한 순응'이 그려져 있다는 점이다. 여자가 아버지를 뺏어가고 어머니도 도망가 여자를 절대 믿지 않겠다던 미륵은 결국 '순희'라는 여자에 의해 자기 인생의 구제를 얻는다. 또한 자연재해가 순희를 앗아갔음에도 불구하고 대동강 용궁에서 자기만 바라고보 웃고 있을 것이라는 '안도감'의 표시는 다시 한 번 자연을 신뢰하는 미륵의 모습을 볼 수 있다.

철저한 인텔리 지향 잡지 성격을 지닌 「國民文學」에서 김사량의 작품은 독자의 어렸을 적의 추억을 자아내기에 충분한 역할을 했을 것이며, 일본인 독자에게 조선적 정서가 물씬 풍겨나는 에스닉한 분위기도 연출했을 것이다. 최재서가 말한 구시대적 사고에서 벗어나 더 큰 범주 안에서 조선인이 문학하기를 원했던 바람과 김사량의 「물오리 섬」은 접점이 있다. 미륵과 그 주변에서 벌어지는 상황은 지방색이나 구시대적 잔상이 남겨 있는 내용일지 몰라도 이 모든 상황을 포괄하는 존재로서의 '랑'의 배치는 거기에서 머무르지 않고 사상(事狀)을 객관화하는 텍스트로의 위치를 차지 할 수 있었던 것이다.

「물오리 섬」은 앞서 소개한 가나우미 기요코에 비해 제국의 지향점과는 거리가 있는 내용을 담고 있다. 김사량이 이런 작품을 소개할 수 있었던 것은 자신의 문학에 대한 '자신감'이라고 여겨진다. 조선인으로서 일본의 대가에게 인정받았다는 데서 나오는 자신감, 또 조선인으로서 일본 문학계에서 독보적인 존재로 살아남기 위해서는 자신의 민족에 대한 기술과 조선적 정서 표출이 최대의 무기라고 생각했던 자신감이 제국적 이데올로기로 가득한 「國民文學」에 자신의 소설을 내놓을 수 있게 한 것이다. 조선인에게 있어 일본문단(중앙) 진출은 꿈과 같은 것이었고 거기에 접근할 수 있었던 김사량은 자신의 작품으로 조선문학의 돌파구를 마련하려 했다.

그는 꼭 일본어만이 조선문학의 진보를 꾀할 수 있는 것이 아니라 일본어로 쓸 수 없는 사람도 일본인의 도움을 받아 번역기관을 통해 좋을 문학작품을 소개해야 한다고 주장한다.[20] 한국 작가에게 있어서 일본어냐 조선어냐는 작가적 인생을 결정하는 중요한 요소가 되는데, 김사량은 그런 것보다도 좋은 작품이라면 어떤 언어든 상관없다는 주장으로 조선의 문학적 발전에 더 비중을 두었다. 소위 '문학의 암흑기'(1941~1945년)라고 일컬어지는 시기에 붓을 꺾은 많은 조선문학자가 속출하는 가운데에도 그는 여전히 글쓰기를 지속했다. 그의 문학적 자신감은 이런 시기에도 '쓸 수 있다'는 자신감으로 연결된 것으로 본다. 최재서가 조선 문단의 중앙 진출로 조선 근대문학의 완성을 갈망했듯이, 김사량이 조선인으로서 일본인과 동등한 입장으로 '글쓰기'를 시도한 것은 어쩔 수 없이 친일작가라는 명패를 달지 않을 수 없게 된 계기가 되어버린 것이다. 그러나 이것이 조국의 현실을 뼈저리게 느끼며 그 현실의 대변인으로서 독자를 향해 조선인으로서 적극적인 민족의식을 의도적으로 발현한 작품이라고는 여겨지지 않는다. 잡지 「國民文學」의 취지를 당연히 알면서 거기에 글쓰기를 시도했다는 것은 조선의 독립이나 민족적 승리와는 거리를 두었다는 것에 변명의 여지는 없는 것이다. <조선의 부유한 집안에서 태어나 집안의 도움으로 도일할 수 있게 된 자>, <일본어 글쓰기가 가능한 자>, <일본 문단에 진출할 수 있는 기회를 얻은 자>, <일본 문학의 대가에게 칭찬을 받을 수 있는 문학을 썼던 경험이 있는 자>였던 김사량이 그려낸 문학은 조선의 민족적 현실이라는 문학적 소재로 소위 당시의 중앙에 진출하여 동등한 레벨에서 문학자로 활약해야 한다는 「國民文學」에서 최재

---

20) 大村益夫・布袋敏博 編著(1997), 『近代朝鮮文学日本語作品集』 創作篇 2 , 緑陰書房, pp.193~194

서가 주장한 조선작가의 지향점과 그리 다르지 않은 것이다.

5. 「國民文學」과 일본어작품,
그리고 친일

　「國民文學」의 주간이었던 최재서는 과연 조선인에게 있어 국민문학이
지향하는 바가 조선인의 민족성과 그와 관련한 문화를 삭제하는 것에서
오는지 아닌지를 문제 삼았다. 이런 조선문학의 진보를 위한 그의 몸부림
과 전시체제에 적합한 국가선전을 하는 것이 바람직한 국민문학이라는
추상적인 일본 측의 응답은 시종일관한다. 여기에는 문학적 주체가 되어
야 하나 될 수 없는 한국인의 안타까움이 표출되어 있다. 양자(조선과 일본)
가 펼치는 질의응답은 각 국의 주체가 되지 못하는 한(1945년 8월 15일 이전
에는) 영원히 겉도는 문제로 남았을 것이다. 이런 상황을 1942년 신년호에
실린 조선과 일본의 작가, 김사량과 유아사 가쓰에의 텍스트가 리얼하게
제시해주고 있다. 유아사가 3세 때 조선으로 건너와 청소년기까지를 보냈
던 경험은 그의 작가인생을 전체에 걸쳐 작용한다. 그는 작품이나 기사를
통해 일본 작가들에게 있어서 조선을 대표하는 역할을 함으로써 작가적
위치를 확고히 한다. 여기서 거론한 「가나우미 기요코」는 그런 류의 소설
로 '나'라는 인물이 황국신민화 되는 조선의 실태를 그려낸다. 그러나 여
기에서 벌어지는 관계의 전복은 결코 조선인의 심금을 울리고 리드할 수
있는 존재는 조선인 일 수밖에 없다는 주체의 문제를 상기시킨다.
　그리고 김사량이 친일작가라는 귀속에 의한 선행연구의 담론 제기는

친일로 취급하여 떠올리고 싶지 않은 시대의 공공의 적을 만들어 뭔가 위안을 삼고자하는 태도일 것이다. 또한 그가 친일작가가 아니라고 하면 황국신민화의 국가적 목표가 뚜렷한 잡지에 그가 접근을 했을까 라는 의구심을 일으킨다. 때문에 여기서 친일 반일의 단죄의식에서 벗어나, 김사량의 문학적 추구가 시대적 상황과 어떤 작용 반작용을 불러일으키는지가 중요한 것이다. 김사량은 민족작가라는 타이틀에 부담을 가지면서도 그런 스타일로 일본문단에서 일본작가들과 어깨를 나란히 하고자 하는 욕망과 자신감으로 그의 문학 세계를 구축했다고 할 수 있다. 「물오리 섬」은 조선민족의 자연에 수긍하며 살아가는 순종적인 조선인과 그의 한 여인에 대한 애착 등을 처절하게 그리고 있지만, 이런 상황을 지극히 객관적으로 바라보는 '랑'의 배치는 <처절한 삶→ 아름다운 서정>으로 변모될 가능성을 다분히 품게 한다. 랑에게 있어 미륵과 순희의 삶은 처절한 생존의 싸움도 애절한 사랑도 아니다. 단지 '추억'일 뿐이었다.

이 시기(특히 1941~45년)의 한국인은 마치 '없는 것처럼' 여겨진다. 그 시기에도 한국인으로서 주체적인 사고가 있었음에도 불구하고 그 주체는 부정되어야할 주체가 되어버린다. 그러나 앞서 살펴본 대로 어느 시기에도 한국인이 일본인이 된다는 것은 불가능했고 그렇게 조선인은 사고하고 문학하며 근대를 지냈던 것이다.

02.

한일 작가가 바라본
'족보'와 '창씨개명' *

박제홍 · 김순전

1. 서론

최근 정부의 금성출판사 교과서에 대한 수정요구[1]는 시대의 상황에 따라 역사인식이 달라 질 수 있다는 문제점을 잘 표출한 예라 할 수 있다. 이에 미국의 유명한 한국 근현대 역사가인 부르스 커밍스(Bruce Cumings)는 정부의 역사교과서 수정 압력에 대해서 "정부가 역사교과서에 개입하는 것 자체가 상식적이지 않다. 정부가 나서서 역사를 호도하면 할수록 학생들은 국가에 대한 신뢰와 자긍심을 잃어갈 것"이라고 비판했다. 또한 그는 "한국정부는 '모래에 머리를 파묻은 타조'처럼 불편한 과거사에 대해 무작정 귀를 막으려 하고 있고, 이는 '국가적 자긍심'을 명분으로 역사왜곡을 일삼는 일본 우익들의 행태와 다를 것이 없다"[2]고 꼬집고

---

* 이 글은 2009년 8월 31일 한국일본문화학회 「일본문화학보」(ISSN : 1226‐3605) 42집, pp.141~163에 실렸던 논문 「'족보'와 '창씨개명'」을 수정 보완한 것임.
1) 2002년 고등학교 역사교과서의 검인정 제도에 의해 발간된 금성출판교과서의 일부 내용에 대해 2008년 10월 30일 교육과학기술부는 수정권고를 명령하였다.
2) 2008. 11. 25일 <한겨레신문> 인터뷰

있다. 즉 과거 일제가 조선의 말과 글에 이어서 성을 일본식으로 바꾸게 하는 정책을 조선인과의 차별을 없애기 위함이 이었다고 주장하는 것과 조금도 다르지 않다는 것이다. 문제는 이와 같은 인식이 아직도 일본인 속에서 많이 존재하고 있다는 사실이다. 대표적으로 전 총리인 아소 다로(麻生太郎)는 自民党의 政調会長 신분이었던 2003년 5월 31일 도쿄대학 강연에서 "창씨개명은 조선인이 성을 달라고 한 것이 시작이다."3)고 강변한바 있다.

문제는 이와 같은 상반된 인식이 현재에도 한·일간에 존재하고 있다는 것이다. 분명한 것은 창씨개명이란 정책은 일제가 조선에서 조선인에게 실시했다는 사실이다. 그러나 일본의 일부 우익들은 강제가 아니고 조선인이 원해서, 조선인의 권익을 보호하고자, 조선인의 차별을 없애기 위함이었다. 그리고 조선총독부의 강제가 아니라 하급기관들의 자발적인 독려가 마치 강제성을 띤 것처럼 오해를 불러일으키고 있을 뿐이라고 변명하고 있다.

한·일간의 서로 다른 '창씨개명'에 대한 역사인식은 앞으로도 당분간 평행선을 그을 수밖에 없는 것이 현실이다. 이와 같은 상황아래 '족보'라는 동일 제목과 테마를 가지고 창씨개명에 대해 소설로 형상한 두 작품 일제 말 쓰여 진 김달수의 「족보」와 경성에서 태어나 16살까지 조선에서 생활한 경험이 있는 가지야마 도시유키(梶山季之)(이하: 가지야마라 함)의 「족보」를 비교하여 살펴보는 것은 비록 픽션이지만 소설 속에서 '창씨개명'에 대한 당시의 상황을 파악하는데 매우 중요한 자료가 될 수

---

3) 自民党の麻生太郎政調会長は31日、東京都内で講演し、日韓併合時代に日本政府が朝鮮の人々を日本名に変えさせた「創氏改名」について、「朝鮮の人たちが「名字をくれ」と言ったのがそもそもの始まりだ」などと語った。(2003. 6. 1 <朝日新聞>)

있을 것이다. 4)

김달수 「족보」의 선행연구로 정대성(2000)은 「8.15 전후 재일조선인의 생활상과 민족의식」을 통해 해방 전후의 단편집의 여러 유형들을 분류하여 고찰하였고, 박정이(2004)는 「김달수의 3개 '족보'와 관련해서 - 그 이동을 중심으로 - 」에서 1941년 「족보」, 1948년 「족보」, 1978년 「낙조」의 3개의 작품의 변화과정을 통해 김달수에 있어서 족보와 조선인, 민족이라는 의미의 변화를 고찰하고 있다. 김환기(2008)는 「김달수의 초창기 문학연구」에서 김달수의 초창기문학은 일본어를 통한 식민지 조선의 비참한 현실을 외부로 알리는 역할을 했다고 평가하고 있다.

가지야마 「족보」의 선행연구로는 남부진의 「문학의 식민주의」5)가 있다. 여기에서 남부진은 「족보」에 등장하는 창씨개명과 실제와는 상당히 차이가 있다. 이것은 단지 픽션에 불과하다고 의미를 축소시키며 매우 부정적으로 평가하고 있다. 반면 이원희는 「가지야마 도시유키(梶山季之)와 조선」6)에서 「족보」나 「이조잔형」을 통하여 창씨개명과 3.1독립운동을 일본의 전후 세대에게 알리고, 나아가 조선의 문화와 풍물을 소개했다는 점에서 높이 평가해야 한다고 상반된 견해를 나타냈다.

양 작품의 발표연대가 시공간적으로 약간의 차이가 존재하고 있으나 '창씨개명'이라는 공통된 테마와 1940년대 조선의 상황을 그리고 있다는

---

4) 김달수의 「족보」는 1941년 日本대학 문예잡지 '예술과'에 발표한 것을 2001년 '綠蔭書房' 『近代朝鮮文學日本語作品集』에 수록된 것을 저본으로 하였다. 가지야마의 「족보」는 1952년 「広島文学」에 初出 된 후, 1961년 「文學界」에 가필해서 発表된 것을 1963년 <文藝春秋新社>에서 발행한 「이조잔형」의 단행본 안에 수록된 것을 저본으로 하였다.

5) 남부진(2006), 「文學の植民地主義」, 世界思想社, p.194

6) 이원희(2007), 「가지야마 도시유키(梶山季之)와 조선」, 일본어문학회 제38집, pp.405~422

점이 공통점이라 할 수 있다. 따라서 본고에서는 재일 조선작가의 시선
으로 바라본 '창씨개명'과 '족보'가 조선에서 태어나 유년 시절을 보낸
일본인 작가의 시선과 어떠한 차이가 있는지, 또 일제말 일제의 '창씨개
명'이 어떻게 묘사되고 있는지 그리고 조선인에 있어서 족보의 상징적의
미가 무엇인지 고찰 해보고자 한다.

2. 「족보」의 상징성과 개작

　김달수가 소설을 쓰기 시작한 이유에 대해 그는 식민지조선의 궁핍한
현실과 집안의 몰락으로 인해 건너간 일본에서 피식민지인의 차별과 체
험을 표현하고 싶었다. 그러한 과정에서 그는 조선인의 불합리한 입장과
일본인의 조선인에 대한 잘못된 인식에 눈을 돌리게 된다. 즉 "피식민지
인 조선인의 입장에서 조선인의 생활을 묘사함으로서 일본인들의 그릇
된 조선인 인식에 호소하여 그들에게 강한 자극을 주기 위함 이었다"[7]
라고 그는 밝히고 있다.
　또한 이소가이 지로(磯貝治良)는 재일조선 작가의 작품 속에서 조선적
인 모습이 자주 나타나는 이유에 대해 다음과 같이 파악하고 있다.

　　　조선인 작가가 조선적인 것을 그리는 것은 자명한 이치이다. 그렇다
　　면 일본인작가가 재일조선인 작가가 조선적인 것을 그린 것만큼 일본적
　　인 것을 농후하게 그리고 있는가! 그렇지 않다. 거기에는 자명한 이치

---

7) 유숙자(2000),「創作方法をめぐって」金達壽,『在日한국인 문화연구』, 月印, p.31 재
　　인용.

를 넘어 재일조선작가의 근원에 관계된 이유가 있다. 간단하게 결론을 말하면 재일조선인의 일본어작가가 조선적인 것의 형상화를 문학적인 리얼리티의 골격으로 자리 잡았다는 것은 소위 민족적인 것의 유지와 다시 탈취해야하는 것과 관계가 있다. 결국 조선인으로서의 아이덴티티의 복권에 깊은 관련이 있다는 것이다.[8]

이처럼 김달수와 같은 재일조선작가들의 의식에는 일제의 식민지 통치에 대한 우리 민족의 고유한 생활과 문화를 다시 찾고 복원해야 한다는 책임감과 동질성이 함께 내포되어있음을 의미한다.

가와무라 미나토(川村湊)는 김달수 문학의 모티브를 다음의 4가지로 분류하고 있다. 첫째, 조선의 해방과 독립에 불타는 군상을 그린 것. 둘째, 조선인 민중의 모습을 생생하게 그린 것. 셋째, 억압되고 차별된 재일조선인의 저항을 사상적으로 정치적인 입장에서 그린 것. 넷째, 혼란된 오늘의 사회주의를 다시 생각해 보려고 하는 것으로 분류하였다.[9]

특히 김달수가 주로 습작으로 썼던 단편집은 작품의 구성과 내용면에서는 세련되지 못했고, 민족의 아픔으로까지 승화시키지 못했지만 그 나름대로 고민한 흔적을 엿볼 수 있다.

자신의 아킬레스건이라 할 수 있는 일제강점기의 작품에 대해 김달수는 해방이라는 새로운 환경에 부적절하다고 판단하고 작품을 개고하기에 이른다. 즉 그는 「족보(族譜)」(41,11), 「쓰레기(塵)」(42,3), 「잡초(雜草)」(42,7) 등의 3작품을 해방 이후 「민주조선」[10)에 다시 개고 후 재발표하였다.

---

8) 磯貝治良(1979), 「在日朝鮮人文學の世界ー負性を越える文学ー」, 三千里 1979년 겨울호, p.27 (번역 필자 이하 동)
9) 정대성(2000), 「8·15 前後 在日朝鮮人의 生活相과 民族意識 - 김달수 초기단편들의 유형화와 梗槪 -」 p.115 재인용

「족보(族譜)」는 동일한 제목으로 1948년부터 1949년 7월까지 9회로, 「쓰레기(塵)」는 47년 2월부터 「쓰레기선박후기(塵芥船後記)」로, 「잡초(雜草)」는 47년 6월 「잡초처럼(雜草のごとく)」11)로 개명하여 개고하였다.

　그 중에서 「족보(族譜)」는 그가 30년에 걸쳐 3번이나 개작한 작품에서 알 수 있듯이 김달수에 있어서 '족보'와 '창씨개명'은 일생의 테마라 할 수 있다. 초판 「족보(族譜)」(41,11)는 1940년 처음으로 약 12년 만에 돌아온 고향 방문과 짧은 조선사회의 체험을 기술한 자전적인 작품이다. 김달수가 '족보'를 처음 봤을 때 느낀 신기함과 이질감은 아래 표현에서 알 수 있듯이 일본화된 조선인의 모습이었다.

　　나는 한번 지금은 조선의 친척에 맡겨져 있는 자신의 족보를 본 적이 있지만, 우리 집의 것은 소위 대동보이고 두꺼운 28권의 목판으로 되어 있어 정말로 놀랬다. (중략) 이것을 한 번 보기 위해서 목욕재계하고 향을 피우고 공손히 절을 하였다. 1940년 고향에 돌아간 우리 형제는 그대로 뒤적여 보자 '저런, 뭐하는 짓이냐!' 라고 족보를 보관하고 있던 나이 드신 숙부님을 통곡하게 했다. 12)

---

10) 1946년 4월에 창간하여 1950년 7월 폐간되었다. 「민주조선」은 당시에 작품을 발표할 기회가 없었던 교포작가들에게 발표의 기회를 제공해 주었고 진보적인 일본 문인과 문학적인 연대를 이루게 하였다. 또한 김사량, 이태준, 김남천 등의 작품을 소개하여 본국과 교포사회의 교류에 가교역할을 했다. 특히 「민주조선」 창간사에서 "과거 36년간의 오랜 시간 동안 왜곡된 조선의 역사, 문화 전통 등에 대한 일본의 인식을 바르게 하고 조선인을 이해하려고 하는 세상의 여러 현인들에게 그 자료를 제공하려고 한다."고 그 취지를 밝히고 있다.

11) 1947년 6월 「민주조선」에 발표함, 주인공 현팔길과 고철상 나카무라(中村)가 조선 보험인 서민희를 사주하여 그 권익을 빼앗으려하자 신문기자인 나(경태)의 도움으로 어려움을 모면한다는 내용으로 전편과는 달리 고철상 나카무라와의 갈등과 대립을 강조하고 있다. 정대성,(2000), 앞의 책, p.116참조.

12) 김달수(1963), 『조선 - 민족·역사·문화 - 』, 岩波書店, p.10

이와 같은 사실에서 「족보」는 1940년 여름방학을 이용하여 형과 함께 고향에 돌아와 평생 처음으로 족보의 존재를 보고 알게 된 주인공인 김경태를 통해서 조선인의 피가 흐르고 있다는 자부심이 존재하지만 자신도 모르게 일본인화 되어버린 자기 자신의 발견, 즉 타자화 된 자신을 사실적으로 표현하고 있다. 「족보」의 발표연도가 1941년 11월임으로 보아 그가 일본으로 돌아온 직 후 쓴 것이기에 조선에서의 창씨개명 상황을 알 수 있는 중요한 단서가 되고 있다.

반면 가지야마의 「족보」는 창씨개명 상황이 비교적 자세히 쓰여 져 있음에도 불구하고 해방 이후 쓴 작품이라 당시의 생생한 시대상황과는 거리가 있다. 김달수는 이 소설을 쓸 당시 조선이 곧 해방 될 것이라는 것은 전혀 생각하지 못했기에 가능한 있는 그대로 사실적으로 기술했다. 그런 이유에는 「족보」의 마지막 부기에서 "작자는 이 원고를 끝내고, 제2부의 원고를 시작하고 있다."라고 쓰고 있다. 그러나 제 2부는 끝내 나오지 않았고 초판의 「족보」를 3번이나 아래와 같이 개작하는데 머물렀다.

<표 1> 김달수 「族譜」의 개작상황

순번	년도	題名	발행지	주인공명
1	1941	族譜	新藝術	金敬泰
2	1948	族譜	民主朝鮮	西敬泰
3	1979	落照[13]	筑摩書房	西貴嚴

이처럼 김달수의 「족보」가 시대의 변화에 따라 세 번 개작이 이루어

---

13) 「落照」는 1978년 「文芸展望」 夏季 号에서는 「참봉의 최후(参奉の最後)」로 제목이 바뀌었다.

진 이유에 대해 朴正伊는 해방이 되자 '창씨개명'에 대한 작자에 대한 비난을 없애기 위해 일본에도 존재한 姓인 西(니시)를 사용하고자 金敬泰에서 西敬泰로, 내용에서도 '창씨개명'에 대해 주인공이 거부하는 장면으로 바꿨다. 「낙조」(1978)에서는 西貴嚴의 역할이 약화되자 주인공과 대립관계의 고리대금업자이며 창씨개명을 독려한 皇民化 지도원인 李在守를 등장시켜 작품의 내용을 보완하고자 했다. 또 주인공을 백부 西貴嚴으로 바꾸고, 이미지 또한 최익현의 문하생(1905)으로 의병항쟁(1910)에 참가하고 3.1운동에 투옥된 신간회 간부를 거쳐 광주학생운동(1929)에 투옥되고, 상해와 만주에서 독립운동을 한 유생이며 독립운동가로 형상화했다.14) 김달수가 「족보」에 대해 집착한 이유는 조선인이면서 조선 문제에 대한 자기의 아이덴티티 문제가 조선의 상황 즉 해방, 한국동란 이후 남북한의 분단, 남북한의 정치상황 등 정치적인 사건과 연동하여 작자 자신이 이와 같은 시대적인 변화를 작품에 적극 반영한 결과로 볼 수 있다.

반면 가지야마 「족보」의 초판은 그가 1952년 히로시마 고등사범학교 재학중 「広島文学」에 처음 발표한 후 1961년 「文学界」에 가필되었다. 그가 소설 「족보」를 쓰게 된 동기는 주일대한민국대표부 공사였던 김용주가 「文藝春秋」(1950. 12월호)에 실린 '김용주공사, 크게 말하다' 에서 가마타 사와이치로(鎌田澤一郎 : 조선총독이었던 우가키 가즈시게(宇垣一成)의 브레인)의 질문에 답한 인터뷰를 접하면서 부터이다. 가마타는 창씨개명과 관련된 비극으로, 전라북도의 설진영(薛鎭永)15)이 물에 빠져 자살한 사건에 관

---

14) 朴正伊(2004), 「金達壽三つの『族譜』をめぐって―その異同を中心に」, 日語教育27
輯, p.230
15) 실화의 본명은 설진영(薛鎭永)이나 가지야마는 소설의 스토리상 '마사키'라는 일본의 성과 같은 音讀인 벽(薛)으로 바꿨다. 이름도 진영(鎭永)에서 진영(鎭英)으로 바꾼 데에는 창씨개명이 영일(英一)이 등장하여 같은 영(英)을 사용한 것으로 볼 수 있다.

하여 손영목 지사에게 들은 이야기라며 다음과 같이 말했다.

> 설진영은 어느 지방의 뼈대 있는 집안 출신이어서 족보를 대단히 귀하게 여겼다더군요. 그래서 성만은 아무래도 바꾸고 싶지 않았지요. 그런데 설가(薛家)가 창씨를 하지 않으면 그 부근의 사람들이 한 사람도 개명을 하지 않는다는 게 문제였습니다. 설가가 종가이기 때문에 무리가 아니지요. 관리들은 어떻게든 하지 않을 수 없었지만, 이것만은 안 된다면서 누가 말해도 허락하지 않았습니다. 그러나 그는 민족주의자도 아니었고 반일을 내세우는 사람도 아니었기 때문에 구속할 수가 없었습니다. 그렇기는커녕 그는 굉장한 친일파였습니다.[16]

가마타의 이와 같은 말을 유추해볼 때 가지야마는 이와 같은 인터뷰 내용에 크게 자극받아 「족보」를 쓰게 된 것이다. 「족보」에 등장하는 인물의 이름이나 직업 등 구성내용이 실제로 있었던 것과 유사한 것을 볼 때, 이것을 힌트로 소설을 창작한 것으로 판단된다. 이와 같은 사실은 그의 부인인 가지야마 미나에(梶山美奈江)의 증언에 의하면 「문예춘추」에 실린 기사를 읽고 큰 충격을 받아, 히로시마에서 도쿄로 떠날 때에도 오려낸 기사를 품속에 넣고 있었다고 한다. 사후, 그가 남긴 산더미 같은 자료 속에서 누렇게 변색된 이 기사가 발견되었다.[17]

가지야마 「족보」의 초출본과 최종본의 차이에 대해 구스이 기요부미(楠井淸文)는 주인공의 시점변화, 계절의 변경, 에피소드 증보 등을 지적하고, 이것들이 주인공의 죄책감이나 작품의 비극성이라는 테마를 좀 더

---

16) 水野直樹・정선태 옮김(2008), 『창씨개명』, 산처럼, pp.244∼245
17) 梶山美奈江 編(1998), 『積亂雲』, 季節社, p.385

강조하고 있다고 평가하고 있다.

　가지야마의 「족보」는 서울과 수원을 무대로 창씨개명에 의한 조선민중의 수난을 제재로 한 것이다. 화가 지망생인 주인공 다니 로쿠로(谷六郞)는 징용을 피하고자 경기도청의 말단 관리로 들어가 경기도 일부 지역의 창씨개명을 독려하는 담당을 맞게 된다. 그러나 자기 담당구역 안에 700年의 역사를 이어온 족보를 간직한 지방 유지인 벽진영은 매우 완고해서 창씨개명을 거절한다. 창씨개명은 조상에 대한 불효라고 믿고 있어서 다니(谷)는 그를 설득하려고 했지만 되지 않아서 단념하고 만다. 그러나 상사인 과장은 국가의 위신과 관련한 문제이니 모든 수단을 강구해서라도 그를 창씨개명하게 만들라고 지시한다. 딸의 약혼자이며 창씨개명 한 가네다 호쿠만(金田北萬)을 헌병대에 구속시키고, 고문시켜도 벽진영은 끝내 창씨개명을 하지 않는다. 이처럼 창씨개명을 반대했던 그도 초등학교에 다니는 손자들이 창씨개명을 하지 않으면 학교에 가지 않겠다는 말을 전해 듣고 자신의 한계를 깨닫고 할 수없이 밤에 자살하게 된다. 벽진영의 죽음에 죄책감을 느낀 다니는 과장에 대한 반항심으로 벽진영의 장례식에 참석한다. 그리고 3개월 후 영장을 받고 태평양전쟁에 참전하게 된다는 줄거리이다.

3. 양 작품의 차이와 한계

3.1 조선작가와 일본작가의 인식 차이

　김달수 「족보」에 등장하는 주인공 김경태의 민족정체성 변이는 조선을 떠나 일본에서 생활하면서 자연적으로 이미 일본화 되었다. 따라서 12

년 만에 고향에 돌아온 경태는 식민지 조선의 모든 것이 낯설고 비문명적이었으며 일본인의 삶에 비해 조선인의 삶은 비참하기 짝이 없음을 깨닫게 된다. 하지만 고향의 풍습과 자연 그리고 정든 사람들을 통해 자기 자신이 조선인이라는 자각과 자부심 그리고 민족의 동질성을 찾아 가고 있다. 캐러멜의 상징성은 경태가 과거의 배고픔에 아파했던 추억을 상기시켜 주고 있다. 가난 때문에 전 식구를 데려가지 못하고 할머니와 경태 그리고 아픈 동생이 남아서 일본에서 부쳐준 작은 생활비로 생활하기에 동네 아줌마가 동생의 몫으로 하나 더 준 캐러멜을 자신이 먹어버린 것에 대한 죄책감에서 식민지 조선의 암담한 생활상을 잘 묘사하고 있다.

내지(일본)선물이라고 한집에 한 개씩 캐러멜을 나누어주었다. 복태의 병을 불쌍히 여긴 그 아내는 1개의 여분을 더 주었다. 형제는 그 캐러멜을 먹어 버리고 걱정스럽게 서로 얼굴을 쳐다봤다. 할머니에게 맛을 보여줄 수 없었다. 토하려고 목구멍에서 소리도 내보았다. 내지로부터 보내준 생활비가 부족한 할머니의 고생과 함께 캐러멜의 불효가 기억에 남아서 경태는 잊을 수가 없었다. (김달수 「족보」, p.148 번역 필자 이하 동)

이와 같이 경태의 아픈 추억을 간직하고 있던 고향의 겉모습은 옛날 그대로이나 자기자신은 타자화된 자기모습을 발견하게 된다.

경태는 귀엄과 마주앉은 형을 봤다, 종태는 놋쇠 그릇 가득 쌓인 밥을 무거운 수저로 작게 떠서 먹고 있었다. 아무것도 알 수 없는 맛이었다. 경태는 변한 슬픈 자신에게 향수를 느꼈다. 겉치레라도 조금이라도 먹지 않으면 안 된다고, 쩔쩔매는 자신을 꾸짖으면서 젓가락을 움직였다. 무

늬가 없는 놋쇠의 무거운 수저도 손에 집어 보았다. (김달수 「족보」, p.158)

이처럼 조선의 모든 것들이 부정적으로 비쳐졌던 그에게도 점차 동질
성을 찾아간다. 거리감이 있었던 숙부 귀엄이를 이해하게 되고 점차 조
선의 풍습과 습관에 익숙해지는 자신을 발견하고 내 몸에도 조선인의 피
가 흐르고 있다는 것을 깨닫게 된다.

경태는 무의식적으로 무릎을 가지런히 했다. 몸속의 피가 갑자기 오
싹오싹 끓어오르는 것을 느꼈다. 새로운 옛 애정이 숙부를 향해 올라왔
다. (김달수 「족보」, p.169)

아침밥을 먹고 한 개비도 피지 않았던 담배를 꺼냈다. 하지만 입에 물
자, 어딘가에서 조상이 보고 있을 것 같은 느낌이 들어서 거리낌 했다.
경태는 입에서 담배를 집어 담배 갑에 다시 넣었다. (김달수 「족보」 p.173)

경태는 상도를 흉내 내어 한쪽 무릎을 꿇고 풀베기를 시작했다. 예상
외로 손놀림은 잊지 않았다. 조상의 묘를 자신이 깨끗하게 하고 있는 깊
은 감동이 점점 다가 왔다. (김달수 「족보」, p.174)

의외로 경태는 조선노래를 부르기 시작했다. 그것은 그가 內地에서
열심히 외운 '고향을 떠나서'라는 조선의 15 · 6년 전의 유행가였다.
'고향을 떠나서'는 감상적이고 오래된 유행가였지만, 경태에게는 이 노
래를 조선어로 부를 경우 예술품이었다. 가타카나로 번역한 러시아인의
이름처럼 쪽지에 써서 외웠던 것이었다. (김달수 「족보」, p.182)

다시 돌아온 고향은 경태에게 어렸을 때의 향수를 느끼기에 충분한 터전이었다. 숙부에 대한 옛정, 조선의 담배예절, 조상 묘의 벌초, 조선노래 부르기 등 한국적인 동질성의 회복이었다. 이와 같은 경태의 모습을 통해 작자 자신을 투영시키고 있다.

한편 가지야마 「족보」의 주인공 다니(谷)는 상관의 부당한 창씨개명의 강요는 잘못된 정책이다. 일본국민으로 편입시킨다는 의도아래 조선인과 평등이라는 것을 내세워 지금의 지원병제도를 징병제도로 바꾸어 태평양전쟁의 병사를 동원하기 위한 일제의 전략이 아래와 같이 들어있다고 비판하고 있다.

> 그것은 일본국민이기 때문에 해야 될 의무 즉 징병과 징용이었다. 또 세금이며 공출이었다. 종래의 지원병제도를 한꺼번에 징병제도로 바꿔치기 위한 준비공작이었다……(그 증거로 곧 막대한 병사가 필요한 대동아전쟁이 일어났다) 나는 그 사실을 알고 기가 막혔다. 과연 정치란 이런 것이구나 하였다. (가지야마 도시유키 「족보」, p.173)

그러나 다니의 이와 같은 생각도 행동에서는 자기 자신을 위해 창씨개명 정책을 찬성하는 이중적인 형태를 취하고 있다. 즉 자신의 징집을 면제받기 위해서는 잘못된 정책임에도 옳은 것으로 선전할 수밖에 없는 개인의 한계에 직면한다.

> <이 남자가 정책의 암적인 존재다.> 나는 벽진영을 미워하지 않으면 안 된다고 마음먹었다. 아무런 관계가 없는 타인에게 동정은 금물. 살아야 되겠다는 내 목적을 위해서도 수단을 쓰지 않으면 안 되겠다고 마음

속으로 다짐한다. 직무에 충실한 매정한 관리가 되자고 마음속으로 외
친다. 나는 맹점을 숨기려는 자세로 가슴을 펴고 벽진영의 약간 숙인 것
같은 옆얼굴을 노려보면서 <창씨개명은 너희들 조선 사람을 위해 만들
어진 은전이다>라고 주문같이 외워 본다. (가지야마 도시유키 「족보」, p.185)

　　"권력 있는 자에게는 거역하지 말고 순종하는 것이 득이 된다는 일본격
언을 아십니까?" 나는 창씨개명을 하지 않은 이유가 벽씨가 家名을 위해
서라지만 지금에는 불리하다고 설명했다. 조선총독부는 일본인을 만들려
고 하고 있다. 창씨개명을 하는 것으로 몸도 마음도 일본화 될 것으로 생
각하고 있다. 어떤 의미로는 그런 족보나 조선인의 민족의식을 없애버리
기 위해 이 정책이 세워졌다고 할 수 있다. (가지야마 도시유키 「족보」, p.201)

　일제가 조선인에게 창씨개명을 강요하는 것은 몸도 마음도 모두 일본
화 시키려는 목적이었다는 것을 다니는 알고 있다. 그러함에도 조선인에
게 창씨개명을 강요하는 다니의 태도는 철저하게 개인적인 감정을 배제
하고 자기 직분에 충실하게 실행하는 전형적인 일본인의 모습이었다. 더
나아가 자신도 이와 같은 것을 하고 싶지는 않지만 시대와 국가가 나를
이렇게 만들기 때문에 할 수밖에 없음을 강변하는 대목에서 그 절정을
이룬다.

　　"당신은 내가 귀신같은 인간으로 보이겠지요. 나도 뭐 좋아서 이런
일을 하고 있겠어요. 그러나 그림마저 자유롭게 그릴 수 없는 시대입니
다.…지금의 나는 좋은 그림이나 한 장 그리고 싶은데 이것도 안 됩니
다." (가지야마 도시유키 「족보」, p.201)

개인이 하고 싶은 것도 포기할 수밖에 없는 현재의 시대 상황을 이해해 주길 바란다는 주인공 다니의 발상은 거대한 국가 권력 앞에 초라한 한 개인의 연약함과 한계성을 드러낸 표현으로 볼 수 있다. 특히 가지야마 「족보」에 나오는 '족보'의 상징성을 이해하지 못한 채 일제의 창씨개명 정책이 지나치게 과장되게 묘사되었다고 주장하거나 실제로 족보에 일본인 성과 이름으로 창씨개명 되어 있지 않다고 주장하는 일부 일본우익들의 사고가 아직도 현존하고 있는 것이 작금의 실정이다. 특히 주인공 다니의 소극적이며 우유부단한 성격은 식민자의 한계를 잘 표현한 캐릭터이기도 하다.

3.2 양 작가의 공통성(개인의 한계)

김달수 「족보」에서 김경태의 눈에 비친 조선의 현실은 매우 암담하였다. 자기 자신이 일본으로 건너가서 일본인으로 동화된 것처럼 이미 조선의 아동들도 자신과 똑 같이 동화되었을 때 개인으로서 느끼는 한계를 깨닫게 된다.

> 멀리 조그마하게 주저 한 듯 발음이 갖추어지지 않은 애마행진곡 합창이 들려왔다. 경태 뒤에서 어린이들이 마주 보는 쪽에 서로 조를 짜서 어깨동무를 하고 노래 부르고 있었다. 그것은 분명히 경태를 의식해서 그들이 보여주었다. 아직 모두가 소학교에 다니고 있는 것은 아니지만, 이것은 학교에 다니고 있는 사람이 많은 것을 나타내고 있다. (김달수 「족보」, p.160)

> "4학년 이상은 한글을 사용할 수 없게 되었다. 만약 한글을 사용하면

선생님에게 서로 일러바치게 되어있다." 생콩을 먹고 있는 남자는 애마 행진곡을 듣고 설명했다. 경태는 고개를 끄떡하고 앞의 중리산을 살짝 봤다. 묵묵히 소리 없이 치솟아 있었다. 이어서 어린이들의 합창은 점점 고성이 되어 애국행진곡으로 옮겨갔다. (김달수 「족보」, p.160)

이미 조선의 시골 아동들까지 합창하며 부른 '애마행진곡'은 육군성이 군마애호 정신을 드높이고자 공모하여 선정된 군가로 1939년 1월 <국민 가요> 제 40집으로 출판되었다.

> 고향을 떠나 며칠 지났느냐
> 함께 죽을 각오로 이 말을
> 공격하며 나아갔던 산과 강
> 잡은 말고삐에 피가 흐른다.[18]

이처럼 일제는 사병이 군마에 대한 애정과 친근함을 통해 전쟁의 공포 를 서정적으로 치환하고 있다. 일본에서도 노래 보급이 약 1년 밖에 되 지 않았지만 1940년 이미 시골의 조선아동들이 이 노래를 합창하고 있 다는 것은 조선아동들을 대상으로 황민화가 매우 빠른 속도로 진행되고 있음을 의미한다.

또한 '애국행진곡'은 1937년 12월 12일 일본정부 공모선정 작곡 부분 에 일등으로 당선된 작품으로 전쟁에 참여하는 전우의 사기를 북돋기 위 한 노래이다.

---

18) 金田一春彦・安西愛子(1982),『日本の唱歌 下』, 講談社文庫, p.231 作詞：久保井信 夫, 作曲：新城正一

보라 동해의 하늘 밝게

일장기 휘날리면

천지의 정기 발랄함과

희망이 넘치는 일본

오오 청량한 아침 안개에

우뚝 선 후지산의 모습이야 말로

금구무결 흔들림 없이

우리 일본의 자랑이다.[19]

이와 같은 노래뿐만 아니라 창씨개명 정책을 장려하는 단체로 유명한 '애국반'이 이미 조선의 방방곡곡에 조직되어 있는 것을 보고, 경태는 창씨개명이라는 대세 앞에 개인으로서 대적할 수 없는 한계를 깨닫게 된다.

이갑득은 종태와 마을에서 소학교에 다니는 두 사람 중에 한사람이었다. 그가 마을에서 유일한 소학교를 졸업한 지식인으로서, 마을을 감독한 것은 경태가 있을 때부터이었다. 현재는 애국반의 반장이다. 편지나 관공서 일은 모두 그가 있는 곳으로 가지고 와서 부탁했다. (김달수 「족보」, p.162)

특히 1938년에 결성된 <国民精神総動員朝鮮連盟>은 황민화정책을 펼치는데 큰 역할을 하였다. 하부조직으로 '각도지방연맹'은 조선총독부 행정기구의 하나로 조직되었고, 기초조직은 10호를 표준으로 '애국반'이

---

19) 金田一春彦・安西愛子(1979), 『日本の唱歌 中』, 講談社文庫, p.230 作詞：森川幸雄, 作曲：瀬戸口藤吉

만들어져 1939년에는 전인구가 참여하게 되었다. 전쟁에 필요한 물자의 보급 등이 '애국반'을 통해 행해졌기 때문에 대부분의 조선 민중은 '애국반'에 협력하지 않을 수 없었다. '창씨개명'의 장려도 '애국반'이 중심이 되어 진행되었다. 종태의 친구 이갑득이 애국반장으로 마을의 모든 일을 감독하고 창씨개명에 적극적 관여하는 장면이 등장하는 것은 일제의 창씨개명이 조직적으로 이루어졌다는 증거이다.

한편 가지야마의 「족보」에서 주인공 다니는 <황국신민서사>를 '해괴망측한 주문'으로 비유하며 비판한다. 일제는 창씨개명의 설정기간이 가까워지자 아동들에게 한글을 사용하면 전쟁의 비협력자이고 반일주의자라고 하면서 일본어 사용을 강요한다.

> 조선말을 사용하는 자는 전쟁비협력자이고 반일주의자이다. 황국신민은 모름지기 일본어를 상용해야 된다. ……그런 일방적인 생각에서 '황국신민서사'라는 해괴망측한 주문이 만들어진 것이다. "하나, 우리들은 대일본제국의 신민이다." "하나, 우리들은 마음을 합하여 천황폐하에게 충성을 다하겠습니다." "하나, 우리들은 나라를 위해 훌륭한 일본인이 되겠습니다."라는 문구는 아동용의 '황국신민서사'이다. (가지야마 도시유키 「족보」, p.218)

이처럼 일제는 '창씨개명'을 완성하기 위해 아동들을 압박하는 학교교육으로까지 진행하게 된다. 다섯 손자들이 "창씨개명하지 않는 자는 일본인이 아니다. 내일부터 학교에 오지 않아도 좋다."고 학교선생님이 말했다는 사실에 할아버지(벽진영)는 절망적인 처지에 빠진다. "철없는 애들이구나. 조부의 고집도 족보의 귀중함도 모른다."고 한탄해보지만 이미 손자들의 등교거부라는 행동에는 그렇게 완고하던 벽진영도 어쩔 수가 없게 된다. 결국 그는 '창씨개명'함으로써 조상에 대한 죄의식으로 죽음을 택하게 된다. 일제는 아동을 통하여 호주(아버지나 할아버지)에게 창씨를 결단하도록 압박하기까지 하였다. 이미 서술한바와 같이 법무국과 지방법원의 '주지철저' 활동계획에는 "생도를 통하여 가정에 철저" 라는 내용이 포함 되어 있다.[20]

이처럼 이당시의 조선에서는 개인으로서 대항할 수 없는 사회의 분위기로 이미 진행되고 있음을 잘 나타내주고 있다. 또한 자기 자신의 행동이 기계의 일부분으로 정당화 되어가고 있다.

> <나는 기계가 될 수 없다> 나는 그렇게 부르짖는다. 이질적인 자기를 느낀다. 그러나 나도 수레바퀴의 하나가 되었다. 이것은 도대체 어떻게 된 일인가? 역시 나도 훌륭한 기계란 말인가? (가지야마 도시유키 「족보」, p.217)

잘못된 행동에 대한 비판의식이 점점 사라지고 스스로의 무력감에 빠져드는 다니의 자세에서 잘못된 정책이지만 개인으로서는 어찌할 수 없는 인간의 무력함을 엿볼 수 있다.

4. 창씨개명의 양상

김달수 「족보」의 주인공 경태가 창씨개명에 대해 취한 태도와 당시의

---

20) 水野直樹・정선태 옮김(2008), 앞의 책, pp.127~128

상황을 살펴보도록 하자. 특히 김달수가 1940년 고국을 방문했을 당시는 창씨개명이 각 마을에 중요한 화두였다. 당시 조선총독부는 일본의 <민법>에 해당하는 <朝鮮民事令>을 제정하였다. <朝鮮民事令>이 제정될 때에는 창씨에 관해 전혀 언급이 없다가 1937년 중일전쟁 이후, <朝鮮民事令>을 개정할 목적으로 1939년 <조선인 성과이름에 관한 건(朝鮮人ノ氏名二関スル件)>이 制令으로 공포되면서 조선인의 종래 성을 대신하여 새로운 성을 만들 것을 강요하면서 나타났다. 조선에는 氏라는 제도가 원래 없기 때문에 각 가족의 호주에게 '씨명'을 새로이 창설하여 1940년 8월 10일까지 관청에 강제로 신고하게 했다. 이것은 조선에서 전통으로 내려오는 가문을 중심으로 하는 성씨를 버리고 호주를 중심으로 하는 氏제도로 바뀐다는 뜻이다. 경태의 숙부인 귀엄이 가문의 자랑이라고 떠들었던 족보가 하루아침에 무용지물이 될 처지에 놓였다. 하지만 종태와 경태는 이 상황에서 어떻게 행동해야 할지를 알았다. 즉 두 형제는 자신의 성을 창씨하고 족보를 불태움으로서 이 작품을 끝마치고 있다. 이는 당시 시대 상황에서 개인으로서 저항할 수 없는 현실적인 고뇌가 내포되었지만 이 장면이 조선인 작가인 김달수에게는 앞에서 기술한바 같이 가장 치욕적인 것이었다. 그래서 김달수는 「족보」를 37년이 지난 후 그의 나이 60세 가까이 되어 다시 개고하는 당위성을 한국인이라면 누구나 공감할 수 있다. 그러면 작품 속에서 구체적으로 창씨개명에 관한 묘사가 어떻게 기술되어 있는지 살펴보도록 하자.

"자네들은 어떻게 했느냐? 창씨를 했느냐? 요번 民事令의 개정으로 8월 10일 까지는 창씨를 하게끔 되었다." 李는 종태에게 자랑스럽게 설명했다. 종태는 내지에서는 몰랐지만 부산에서 경태가 신기해서 사온 조선 신문에 창씨 성적이 나와 있었다. 무슨 군 90 퍼센트, 무슨 군 100 퍼센트라고 주요기사의 하나였다. 게다가 역이나 가두에는 밀항방지 포스터와 함께 한글로 창씨기한이 점점 다가오고 있다는 등의 포스터를 볼 수 있었다. (김달수 「족보」, p.166)

"어떻습니까? 金光宗泰(가네미쓰 소타이)란 것은" 경태는 말하고 한순간, 어디선가의 소리에 귀를 기울였다. 종태는 미동도 하지 않았다. 어둑어둑한 방 천장에 호롱불이 크게 요동하고 있었다. (김달수 「족보」, p.170)

당시 조선 신문에 구체적인 각 군의 창씨개명의 진행률이 기사화 되었다는 것은 일제가 얼마나 창씨개명에 관여하고 있었는가를 잘 나타낸 증거라 할 수 있다. 또한 일제가 자발적으로 창씨개명을 했다는 것이 허구라는 것은 종태의 초등학교 친구이며 애국반장인 이갑득이 종태와 경태에게 창씨개명을 권하는 말에서 확인 할 수 있다. "창씨를 했느냐? 요번 <民事令>의 개정으로 8월 10일까지는 창씨를 하게끔 되었다."고 일본에서 방학을 맞이하여 12년 만에 고향을 돌아온 종태 형제에게도 창씨개명을 요구하는 것을 볼 때, 실제로 조선에서 살고 있는 이들은 어떠했을까 가히 짐작이 간다. 이와 같은 장면에서 김달수는 있는 그대로 사실적으로 그리고 있다는 점이 본 작품을 높이 평가 하는 이유이다. 경태가 형의 창씨개명을 가네미쓰 소타이(金光宗泰)라고 외칠 때 천장의 호롱불이 흔들린 것 같은 요동이 있었다는 표현은 조상에 대한 미안함을 우회적으로 묘사한 것으로 볼 수 있다.

반면 가지야마의 「족보」에서는 해방 이후 써진 작품이기에 당시 유명한 조선인의 이름과 직함이 아래와 같이 구체적으로 기술하고 있다.

> 전북지사 손영목, 경북지사 김대우[21] 등도 최후까지 창씨개명을 하지
> 않은 사람들이다. 그러나 그 사람들은 벽진영 같이 민간인은 아니고 행정
> 관청에 다니고 있기 때문에 교묘하게 특례를 인정받은 것에 지나지 않는
> 다. 불행하게도 그는 권력이 없는 민간이었다. (가지야마 도시유키의 「족보」
> p.216)

위의 예는 현재 일본에서 '창씨개명'에 대한 우익단체의 논리로 두 사
람의 예를 들면서 '창씨개명'이 총독부의 강압이 아니라 자발적으로 행
해졌다는 증거로 내세우며 조선총독부의 말단 하부조직에서 경쟁적으로
실적을 올리기 위해 강압이 행해졌을 뿐이라고 강변하고 있다. 그러나
전북지사 손영목, 경북지사 김대우는 창씨개명은 하지 않았으나 특례를
인정받은 인물이기에 이들의 특별한 예를 들어 조선에서 일제가 창씨개
명을 강요하지 않았다는 논리는 설득력이 없다. '창씨개명'은 전술한바
와 같이 '애국반'과 학교교육을 통해서 장려하고 있다는 것은 이미 알려
진 사실이다. 일제의 창씨개명에 관여한 객관적인 자료로 1940년 7월 조
선총독부에서 발행한 「교과서편찬휘보 제6집」의 '교과서의 가작(假作)인
물의 氏名에 대해서 - 창씨개명으로 인한 수정 -'에서 확인 할 수 있다.

---

21) 김대우(金大羽)는 1900년 평안남도 강동에서 출생하여 1925년 규슈(九州) 제국대
학 공학과 졸업 후 바로 총독부 관리로 임명되었다. 1936년 총독부 학무국 교학
과장으로 임명되어 1937년 '황국신민서사'를 기획하여 제정한 인물이다. 이 공로
를 인정받아 그는 1943년 전라북도 도지사로 승진하였고 1945년에는 경북도지사
에 임명되어 일제에 충성하였다. 친일인명사전에 등록된 인물이다.

앞으로 새롭게 교과서를 편찬할 때에는 기존의 책에도 등장하는 假作인물의 氏名은 모두 새로운 제도에 따라 고치기로 했다. 그러나 이미 발행 발매 분 및 금년도 후반기의 것이라도, 이미 인쇄가 끝난 것까지 정정할 수가 없어서 이번 휘보를 이용하여 알린다. 이에 따라 즉시 정정하여 앞으로 취급해주기를 희망합니다.[22]

라고 하면서 교과서 등장인물의 가작명을 아래와 같이 개명했다.

<표 2> 교과서 假作인물의 씨명 개명표[23]

초등수신		초등산술	
舊名	改名	舊名	改名
尹龍吉(いんりうきち)	谷龍吉(たにりうきち)	金昌大	金子新吉
李誠一	森誠一(もりせいいち)	朴大植	水原(ミズハラ)
		安	安川
		金	金川
		朴	木下
		李	中村
		張	吉田ヨシダ
		李成基	中村
		安貞子	安川貞子
		安英子サン	林英子(ヒデコ)サン
		朴君	森君
		安君	原君
		閔君ビン	岡君

22) 조선총독부(1940), 「교과서편찬휘보 제6집」의 '교과서의 가작인물의 씨명에 대해서 - 창씨개명으로 인한 수정 - ' pp.67~68
23) 조선총독부(1940), 앞의 책, pp.68~71

위의 <표 2>에서 알 수 있듯이 1940년도 2학기에 발행할 교과서부터
는 조선의 성과 이름이 모두 일본식으로 바뀌졌다.『초등국어독본』에서
는 씨명이 함께 나온 경우가 없었다. 그러나 이름은 에이시(エイシ)에서
하나코(ハナコ)로 음독에서 훈독으로 바뀌졌다. 이처럼 일제는 창씨개명의
적극적인 실천을 학교교육과 교과서를 통해 정착시키고자 했음을 알 수
있다.

5. 결론

1940년대 창씨개명이 한창일 때 김달수는 22살의 청년으로 가지야마
는 13살의 초등학교 5학년으로 직접 목격하게 된다. 이와 같은 경험을
김달수는 경남창원, 가지야마는 경성과 수원을 배경으로 하는 소설「족
보」를 발표한다. 두 작품의 공통적인 소재인 '족보'와 '창씨개명'이라는
대립적인 주제를 통하여 식민지 조선의 암담한 현실을 표현하였다는 사
실만으로도 두 사람의 평가는 높이 사야 한다. 그러나 두 작품의 가장
큰 차이는 김달수의「족보」가 정치적인 배경을 삭제한 체, 가능한 솔직
하고 사실적으로 그려내고 있다는 점이다. 이것은 주인공 김경태의 눈에
비친 조국의 암담한 현실 앞에 '창씨개명'이라는 소용돌이 속에 조선의
상징인 '족보'가 사라지게 되는 아쉬움이 작품 속에 내재되어 있다고 할
수 있다. 반면에 가지야마의「족보」는 비록 해방 이후 일제의 과거사문
제로 인해 일본이 비교적 수세적인 입장에 있을 때고, 직접체험이 아닌
신문이나 전언을 참고하여 쓴 작품이어서 정치적인 경향이 강하게 나타
나 있다. 주인공 다니의 소극적인 행동에 대한 책임을 국가를 대신하여

개인이 속죄하는 장면에서 일본적인 느낌이 든다. 특히 이 작품은 결과를 이미 정해놓고 쓴 작품이어서 김달수의 「족보」와는 달리 마지막에 족보를 경성제국대학에 기증하는 것으로 마무리하는 것은 가장 정치적인 표현의 절정을 보여주는 장면이다.

이에 반해 김달수의 「족보」는 12년 만에 찾아온 고향의 모습을 통해 조선에서도 일제의 황국신민화가 철저히 진행해가는 현장을 사실적으로 나타내고 있다. 작가자신의 체험을 바탕으로 개인으로서 거대한 물결에 저항하지 못하는 아쉬움을 '족보'로 형상화 했다고 할 수 있다. 이후 그는 2번이나 개작을 했다는 사실에서 이 작품에 대한 작자의 관심과 在日 작가로서의 고뇌를 함께 읽을 수 있다.

03.

김사량의 現實認識과
作品 受容 樣相 *

사희영

1. 작가로서 김사량의 위치

일제 식민지 치하에서 한국의 작가들은 식민지 기간 동안 일본어와 조선어가 존재하는 이중 언어 공간[1]에서 일본어로 혹은 조선어로 작품 활동을 해야만 했다. 그 시기를 구분해보면 제1기(1882~1922년), 제2기(1923~1938년), 제3기(1939~1945년)로 나눌 수 있다[2]. 그 중 제3기에 해당하는 작가 가운데 김사량은 일본 문단에 아쿠타가와상(芥川賞) 후보작에 오른 역량 있는 작가로써 일본 문학사전[3]에 연보와 작품이 소개되어 있다. 그럼에도 불구하고 한국 문학사에서는 그의 이름을 찾기가 어렵다. 일본에서 등단하여 일본어로 창작활동을 했다는 이유로 해방 후에는 친일문

---

* 이 글은 2006년 6월 30일 한국일본어문학회 「일본어문학」(ISSN : 1226 - 0576) 제29집 pp.263~285에 실렸던 논문 「김사량 문학 硏究」를 수정 보완한 것임.

1) 정백수(2000), 『한국근대의 植民地 體驗과 二重言語 文學』, 아세아문화사, pp.16~17 김윤식은 『한일 근대문학의 관련양상 신론』, 『일제 말기 한국 작가의 일본어 글쓰기론』에서 이중어 글쓰기의 유형으로서 유진오, 이효석, 김사량을 들고 있다.
2) 大村益夫・布袋敏博編著(1997), 『朝鮮文学関係日本語文献目録』, 緑陰書房, pp.3~7
3) 長谷川泉編(1993), 『現代文学研究情報と資料』, 至文堂, pp.245~246

학이라 분류되었고, 분단 이후에는 작가의 월북으로 인해 월북문학으로 취급되어 그 이름을 거론하는 것조차 금기시 되어 왔기 때문이다. 해금 조치 이후 김사량의 작품집이 출판되고, 그에 대한 연구가 이뤄지기 시작하면서 최근에야 친일작가 명단에서 빠지게 되었지만, 아직도 그의 작품세계에 대한 정확한 규명이 이루어지고 있지 않으며, 일본어로 쓰인 작품의 정체성 또한 애매모호한 실정이다.4)

논자는 친일문학으로 분류된 김사량의 작품들을 살펴보았을 때 그 발신하는 메시지가 단지 친일문학이라고 규정하기에는 무리가 있음을 인식하였으며, 월북문학의 경우도 해방 후 고향인 평양으로 귀국하여 북한에 남은 경우를 '월북'이라는 용어로 정리해도 될 것인가, 이데올로기와는 동떨어진 그의 월북 이후 작품을 과연 월북문학으로서 규정지을 수 있을 것인가? 하는 의문을 가지게 되었다.

한국문학사의 외부에 배치되어 버린 작가 김사량의 연구는 식민지기 문학자들의 일본어 창작 활동의 의미와 분단기의 월북문학의 흐름을 정리할 수 있는 매우 중요한 단서가 될 것이라 여겨진다.

따라서 본 연구에서는 작가의 현실인식이 작품에 어떻게 수용되고 묘사되었는지를 파악하고자 하였다. 그리하여 당시 식민지 조선작가의 일본어 작품에 대한 이해도를 높이고, 친일작가로 불리는 작가들에 대해 재조명 할 수 있는 근거를 찾고자 한다.

---

4) 한국인의 일본어 작품 연구는 '재일한국인 문학'이라는 용어와 함께 연구되면서, 홍기삼은 장혁주와 김사량을 '재일조선인 작가'로 약간 언급하고 있기도 하다.

2. 작품에 受容된 '現實'

김사량은 1932년 「東光」에 詩 「市井初秋」를 실음으로서 작가의 길을 걷기 시작하여 약 18년 동안 많은 작품들을 일본어로 혹은 조선어로 썼다.5) 김사량이 활동하던 시기는 조선민중들이 가난과 차별로 비참한 삶을 살았던 식민지 말기와 좌우익의 정치적 대립시기인 해방 후 그리고 한국 전쟁의 시기에 해당한다. 이런 격동기의 현실 속에서 작가는 도항과 두 차례 구류, 망명과 좌우 이념대립 등 쓰라린 체험을 하게 되는데, 작가는 이러한 현실을 작품에 어떻게 수용, 표현하였는지 작가의 활동시기를 중심으로 살펴보았다.

작가의 활동시기의 선행 연구로는 추석민의 연구를 들 수 있다.6) 그러나 작품 창작 시기나 경향을 살펴보았을 때 기수 분류에 약간의 문제가 있으며, 같은 시기에 발표된 다른 작품이나 해방 후의 작품이 누락되어 작가의 총체적인 활동시기 파악에 어려움이 있음을 인식하였다.

그래서 작품의 경향을 중심으로 더욱 세분하여 식민지 하의 문학으로 I기에서 III기까지, 그리고 해방 후의 문학으로 IV기를 구분하여 도표화해7) 보았다.

---

5) 조선어(시 1, 소설 9, 기행문 3, 희곡 5, 평론 7, 수필 3) 약 28 편, 일본어(시 3, 소설 25, 기행문 1, 평론3, 수필 6) 약 38편. 총 66편. 미 발견된 작품이 더 있을 걸로 여겨짐.

6) 초기 작품으로 「荷」, 「尹主事」, 「雜音」, 「土城廊」, 「奪われの詩」, 「朝鮮文學風月錄」, 「エナメル靴の捕虜」, 「密航」, 「玄海攤密航」. 중기 작품 재일 조선사회 배경 - 「光の中に」, 「無窮一家」, 「光冥」, 「蛇」, 「泥棒」, 「Q伯爵」, 「蟲」, 「親方コブセ」, 조선 사회 배경 - 「箕子林」, 「天馬」, 「草深し」. 후기 작품 「ムルオリ島」, 「太白山脈」, 「天使」와 「月女」, 「落照」, 「海軍行」, 「海への歌」. 추석민(2001), 『金史良文學の研究』, 제이앤씨, pp.7~9

7) 본고에서는 일본과 한국 그리고 북한에 알려져 있는 작품들을 총망라하여 장르, 게재지, 발표 시기 등을 참고하여 작가의 생의 전환기를 중심으로 그 활동시기를

제Ⅰ기는 1932년 「東光」에 詩 「市井初秋」를 발표하면서부터 「빛 속으로」를 집필한 1939년 4월까지로 보았다. 이 시기는 동맹휴교 참여, 밀항, 사가고등학교 졸업, 제국대학 문학부 독일문학과 입학 및 1차 구류를 경험한 시기로 작가로서 이름이 알려지기 이전의 작품들이다. 작가 자신의 체험을 통해 식민지 비참한 현실을 인식하고, 그 현실을 작품화하기 시작하며 작가로서 길을 마련해 간 이 시기를 Ⅰ기로 보았다.(<표 1> 참조)

제Ⅱ기는 1939년 4월 「빛 속으로」를 집필한 이후부터 1942년 2월 사상범 예방구금으로 2차 구류에 이르기까지 왕성한 작품 활동을 한 시기이다. 작가로서 인정받아 입지를 굳혀가며 자신감을 갖고 창작에 임한 이 시기를 Ⅱ기로 보았다. 이 시기는 조선사회와 재일조선인 사회를 배경으로 작품을 써나갔으며, 평론을 쓰며 문학에 대한 이론을 펴나갔고, 「落照」와 같이 조선어 글쓰기를 시도하기도 한 시기이다.(<표 2> 참조)

추석민은 「落照」(조선어 작품이라는 것), 「물오리섬(ムルオリ島)」(「국민문학」에 발표했다는 것), 「天使」, 「月女」(제2소설집 『고향』의 출판 시기와 관련하여)를 후기로 구분하고 있으나 필자는 이를 Ⅱ기에 포함시키고자 한다. 「물오리섬」은 집필시기가 구류전인 1941년이라 추정되고, 친일적 성향이라고 단정짓기 어렵기 때문에 시기를 중심으로 Ⅱ기에 포함시켰다.[8] 또한 「天使」와 「月女」는 1942년 4월에 제2소설집 『고향』에 실린 작품이지만

식민지 하의 문학과 해방 후의 문학으로 분류하였다. 뒤의 Ⅰ～Ⅳ까지의 표는 작품 발표 시기를 기준으로 정리하였으며, 개제되거나 일본어로 또는 조선어로 나중에 발표된 것은 크게 내용이 상이하지 않으므로 중복을 피하기 위해 포함시키지 않았다.

8) 조선총독부 경무국 보안과 촉탁이자 시인이었던 則武三雄는 서정성이 뛰어나고, 낭만적이고 아름다운 작품으로 국책문학과는 관계없는 순수한 예술작품이라고 평함. (1942년 2월 「조광」 「側面的文芸時評」 추석민(2001), 『金史良文學の研究』, 제이앤씨, p.273 재인용.)

1941년에 이미 집필을 하였고9), 「月女」는 1941년 5월에 <週刊朝日>에, 「天使」는 1941년 8월 <婦人朝日>에 발표된 작품이기 때문에 시기와 작품경향을 살펴보았을 때 Ⅱ기가 타당하리라 여겨진다.

제Ⅲ기는 2차 구류에서 석방된 1942년 2월부터 중국연안으로 망명하기 전인 1945년 5월까지 나온 작품들이다. 2차 구류로 인한 좌절과 절망으로 직접적인 묘사가 불가능해진 이시기에 우회적 글쓰기로 표출되는 시기이기 때문에 Ⅲ기에 분류하였다.10) (<표3> 참조)

해방 후의 문학은 제Ⅳ기로 1945년 5월 태항산 항일 근거지로 탈출한 이후부터 사망으로 추정되는 시기까지이다. 1945년 연안으로 망명하고 해방되기까지 3개월의 짧은 기간이었지만 자유로운 글쓰기가 가능했던 시기로 항일 근거지에서의 조국독립을 염원하며 기록한 작품이다. 그리고 해방이 되어 귀국한 이후 좌우익이 대립하는 혼란한 시기에 창작한 작품은 분단된 조국 독립이 아닌 통일조국 건설 희망이 묘사되어 있는 작품들이다.(<표4> 참조)

2.1　제Ⅰ기 -현실 습작가-

제Ⅰ기는 1932년 「東光」에 詩 「市井初秋」를 발표하면서부터 1939년 4월까지이며 작품들은 다음의 표와 같다.

---

9) 안우식·심원섭譯(1997), 『김사량 평전』, 문학과 지성사 pp.143~152 참조.
10) 직접적인 현실묘사가 불가능해 지자 과거를 빌려 현실을 묘사해 보지만, 현실 도피적이며 좌절과 저항이 공존하는 혼란한 시기이다.

<표 1> 김사량 제I기 작품 분류표(1932~1939. 4)

발표시기	쟝르	제 목	게재지 및 기타	표기언어
1932년	시	市井初秋	東光	한국어
35년 4월	기행문	山谷의 手帖	동아일보	한국어
9월	시	苦悶	佐賀高等学校校友会文芸部 創作 9	일본어
10월	시	凍原	佐賀高等学校校友会文芸部 創作 9	일본어
36년 2월	掌篇	荷	佐賀高校文乙卒業記念誌	일본어
6월	수필	雜音	堤防	일본어
10월	소설	土城廊	堤防2호	일본어
37년 3월	시	奪われの詩	堤防4호	일본어

이 시기에 해당하는 작품 중 「짐(荷)」은 처음 발표된 掌篇소설이며,
「토성랑(土城廊)」은 작가 자신이 처녀작으로 꼽는 작품이기 때문에 작가
의 현실인식이 작품에 어떻게 수용, 묘사되었는지 파악할 수 있는 좋은
작품들이라 여겨지므로 이 두 편을 살펴보았다.

2.1.1 「짐」- 상대적 빈곤

「짐」은 1936년 2월 「佐賀高等學校文科乙類卒業記念誌」에 김시창이
란 본명으로 실렸다.[11] 「짐」은 유학생인 내가 고향의 지게꾼 윤서방을
추억한 작품으로, 아무것도 가진 게 없는 윤서방의 대사를 통해 상대적
으로 풍요로운 일본을 나타내고 있다.

그는 덤벼들듯이 엉뚱하게 외쳤다.

"일본이라는 데는 풍작이라더군!"

---

11) 1937년 3월 제국대학신문에 「尹參奉」으로 개제되어 실리고, 1942년 4월 제 2소설
　　집인 『故鄕』에 다시 「尹主事」로 개제되어 수록된 작품

그리고 나더니 어엿한 소작농이나 되는 양 투덜거리며 불평을 털어 놓았다.

"제기랄, 못 살겠어. 벼 한 가마니가 5전이라니." 12) (「빛 속으로」, p.308)

가난해서 살기 힘든 조선에 비해 풍작인 일본을 대조적으로 묘사하고 있다. 그리고 싸구려 비단을 일본 공장에서 들여와 수지맞는 장사를 하는 자를 언급하며 가난에서 벗어나 보려고 조바심 내는 조선하층민의 몸부림도 자세하게 그려내고 있다.13)

「짐」은 식민지하에 놓인 조선인의 감당하기 어려운 현실과 지배자인 일본의 풍요로움을 대비하여, 해학적으로 습작하듯 빈곤과 풍요로 비교되는 상대적 현실을 그리고 있다. 또한 조선인 촌장과 일본인 주재소장을 비교해 계급보다는 인종이 우선하는 즉, 조선인보다 일본인이 우위에 있던 당시의 조선현실을 날카롭게 묘사하고 있다.14)

2.1.2 「토성랑」- 무너진 삶의 터전

「토성랑」은 김사량이 고교 2학년 때 일본어로 창작한 작품이다.15) 주인공 쉰세 살의 원삼영감은 오십 넘게 머슴으로 살다가 주인집이 망하여

---

12) 김사량 · 오근영역(2001), 『빛 속으로』, 소담출판사, p.308
13) 「荷」가 개작된 「尹主事」에서는 자신의 토지 영역이라 여긴 언덕 밑의 토지 위에 일본의 방적공장이 세워지는 내용을 첨가시키고 있으며, 윤주사의 자살 장면을 삭제하였고, 초기작과는 달리 면장과 주재소 순사를 비교하고 있다.
14) 일본인이 실세인 현실은 작품 「草深し」에서 조선인 '군수'보다 실권도 있고 수입도 많은 일본인 '내무주임'을 비교시켜 나타내고 있기도 하다.
15) 1935년 11월 각색하여 쓰키지(築地) 소극장에서 상연, 1936년 9월 제국대학의 동인지 「堤防」 2호, 1940년 2월 「文藝首都」에 발표되고, 제1소설집 『光の中に』에 실린 작품이다.

자유의 몸이 되어 평양 장터에 나오게 되고, 선달도움으로 토성랑에 움막을 짓고 지게꾼으로 살아가는 하층민이다. 이는 봉건제도의 사슬에서 탈피하게 되지만 생계를 위해 하층민으로서 힘겹게 살아갈 수밖에 없는 현실을 반영한 것이다.

선달은 일제식민지라는 "거대한 힘"에 의해 가정이 파탄되고 정신적, 육체적으로 병들게 되고 급기야 생계를 위해 무리하게 일하다 죽음에 이르는 인물이다. 식민지 하 자작농에서 소작농으로 전락하지만 열심히 농사지어 수확을 앞둔 때 소작권과 수확마저 강탈당하게 되자, 아내가 마름에게 애원하러 가서 정조를 빼앗기고 그 대가로 소작권을 얻어오게 된다. 작가는 마름을 직접적으로 '일본인'이라고 밝히고 있지는 않지만, "조선 사람으로는 모자라는가?"라는 선달의 지문을 통해 아내의 정조를 뺏은 마름은 일본인임을 반어적으로 나타내고 있다. 또한 소작논에 뛰어들어 벼를 몽땅 베어 눕히고 물꼬를 터뜨려 엉망으로 만들어 놓은 부분을 삽입하므로 써 일본인에 대한 선달의 저항을 그리고 있다.

그리고 일본인이 거주하는 곳은 전차나 커다란 상점의 엘리베이터 등 근대적 문물이 넘치는 풍요로운 곳이지만, 조선인이 거주하는 곳은 비탈에 볏짚으로 덮은 움막으로 묘사하고 있다. 더욱이 조선인을 비에 젖어 헝클어진 머리와 맨발로 성 안쪽에 저녁밥을 얻으러가는 모습으로 묘사함으로써 굶주림에 허덕이는 식민지인의 삶을 표현하고 있다. 또한 미관상의 이유로 거주지를 뺏는 인물로 '다까기'를 설정하여 일제에 의한 수탈임을 더욱 각인시키며[16], 일본인에 의해 삶의 터전까지 뺏겨야 하는 조선 민중의 현실을 고발하고 있다.[17]

---

16) 김사량·리명호 편(1992), 『김사량 작품집』, 太學社, p.175
17) 개작된 「土城廊」에서는 일본인 마름에게 정조를 빼앗긴 것, 삶의 터전을 뺏는 일

「토성랑」에서 작가는 '江'의 이미지를 빌려와 단순한 자연이 아닌 時代潮流의 의미를 담고 있다. 원삼영감이 강인한 생명력을 지녔지만 時代潮流인 '日帝'라는 강물 앞에서 무기력하게 휩쓸려가는 모습, 그리고 임생원이 딸을 "강물에 잃었다"고 간략하게 서술된 부분, 그런 임생원이 생명을 내걸고 '일제, 일본인'에 적극적으로 저항하는 모습은 읽는 이로 하여금 오버랩 시키는 작용을 하기 때문이다. 또한 마지막 부분을 '얼마 후 열엿새 밤, 달은 떠오르고 물살은 황금달빛을 받아 악마의 몸짓을 펼쳐 보이고 있었다.'(「토성랑」, p.202) 라고 매듭지음으로서 더해가는 '일제, 일본인'의 압박과 착취의 현실을 암시하는 것은 아닐까? 작가는 江의 이미지를 차용 변용하여, 일제 식민지하에 삶의 터전까지 무너져 가는 조선인의 현실을 고발했다고 여겨진다.

<h2>　2.2　제Ⅱ기 -형상화된 현실-</h2>

제Ⅱ기는 1939년 4월 「빛 속으로」가 집필한 이후부터 1942년 2월까지 작가로서 입지를 굳히며 왕성한 작품 활동을 한 시기로 작품들은 아래와 같다.18)

본인 다까기, 조선민중의 삶의 터전에 <T회사 관리농장>이 설립된 부분을 삭제하였다. 조선예술좌와 연루되어 구류된 것을 생각하여 볼 때 상연대본으로 사용되었던 「土城廊」도 문제가 되었을 것이라고 추측되어진다. 이로 인해 개작에서는 직접적인 묘사 부분을 삭제하여 『光の中に』에 수록한 것으로 여겨진다.

18) 아쿠타가와賞의 후보작에 올라 일본 작가로부터 호평을 받으며 일본문단에 데뷔하게 된다. (안우식・심원섭譯(1997), 『김사량 평전』, 문학과 지성사, pp.132~134 참조.)

<표 2> 김사량 제II기 작품 분류표 (1939. 4~1942. 2)

발표시기	장르	제 목	게재지 및 기타	표기언어
39년 6월	평론	겔마니의 세기적 승리	조선일보	한국어
6월	평론	朝鮮文學風月錄	文藝首都	일본어
6월	평론	극연좌의 춘향전을 보고	批判	한국어
6월	수필	밀항	문장	한국어
8월	수필	북경왕래	박문	한국어
10월	소설	光の中に	文藝首都	일본어
10월	평론	朝鮮文學 側面觀	조선일보	한국어
10월	평론	獨逸의 愛國文學	조광	한국어
11월	평론	朝鮮作家を語る	モダン日本	일본어
40년 2월 ~41년 1월	長篇	落照	조광	한국어
40년 6월	소설	天馬	文藝春秋	한국어
6월	소설	箕子林	文藝首都	한국어
7월	소설	草深し	文藝	일본어
8월	수필	玄海灘密航	文芸首都	일본어
8월	掌篇	蛇	朝鮮画報	일본어
9월	소설	無窮一家	改造	일본어
9월	평론	朝鮮文化通信	現地報告36	일본어
10월	기행	山家三時間	삼천리	한국어
12월	소설	コブタンネ	『光の中に』에 수록	일본어
41년 2월	소설	光冥	文學界	일본어
2월	소설	유치장에서 만난사나이	문장, 「Q伯爵」개제 『故鄉』	한국어
4월	평론	조선문화문제에 대하야	조광	한국어
4월	소설	지기미	삼천리	한국어
5월	소설	泥棒	文芸	일본어
5월	수필	故鄉を思う	知性	일본어
5월	소설	月女	週刊朝日	일본어
7월	소설	鄕愁	文藝春秋	일본어
7월	소설	山の神々	文芸首都, ,41. 9 文化朝鮮 「神々の宴」	일본어
8월	소설	天使	婦人朝日	일본어
10월	소설	鼻	知性	일본어
11월	소설	嫁	新潮	일본어
42년 1월	소설	親方コブセ	新潮	일본어
1월	소설	ムルオリ島	國民文學	일본어

이 시기에 해당하는 작품 중 배경을 달리한 현실이 작품 속에 어떻게 묘사되어 있는지 재일조선인 사회를 배경으로 한 「빛 속으로」, 조선사회 배경의 「天馬」 그리고 1910년대 후반부터 서울을 배경으로 한 「落照」 등 대표적인 세 작품을 분석해 보았다.

2.2.1 「빛 속으로」- 재일조선인 정체성

김사량의 대표작인 「빛 속으로」는 짧은 기자생활을 하면서 서울에서 쓴 작품이다.19) 조선현실을 작품에 묘사하다 구류를 체험한 김사량은 구류 후 2년간의 공백기가 현실에 안주하려고 한 시기였음을 깨닫고 자신에 대한 비판과 반성으로 집필한 작품이다.

포악한 일본인 아버지와 무능한 조선인 어머니 사이에서 태어난 혼혈아 하루오는 일본인임을 자칭하면서 조선인임을 강력히 거부한다. 작가는 하루오의 설정을 통해 일본을 수용하고 조선을 배타하며 거부하는 당시 시대상을 투영하고 있다. 또 조선인 유학생 南선생은 '남'과 '미나미'로 다르게 불리는 것으로 인해 자신의 정체성에 혼란을 일으킨 인물로 그리고 있다. 한편 南선생에 대비되는 인물로 생계를 위해 자동차 조수를 하고 있는 민족성이 강한 청년 李를 설정해 조선인임으로 인해 피해를 당할지언정 그 이름을 고수하며, 동포의 편에 서서 민족성을 지켜나가며 희

---

19) 1939년 10월 「文藝首都」에 발표, 이후 아쿠타가와賞의 후보로서 40년 3월에 「文藝春秋」에 다시 발표한 작품으로, 조선현실을 작품에 묘사하다 구류를 체험한 김사량은 구류 후 2년간의 공백기가 현실에 안주하려고 한 시기였음을 깨닫고 자신에 대한 비판과 반성으로 집필한 작품이다. 또한, 「光の中に」는 재일조선인 사회를 배경으로 제국대(帝國大)에 다니는 조선인 유학생 南이 S대학 협회 시민교육부 야간 아동부의 朝·日 혼혈아인 야마다 하루오를 만나게 되면서 전개되어지는 이야기이다.

망을 잃지 않는 인물로 기술하고 있다. 또, 하루오의 어머니 정순은 야마다 한베가 조선요릿집에서 협박하여 데리고 온 조선여자이기 때문에 생명이 위협당하는 폭력에도 무조건적 복종으로 헌신하는 인물로 제시하고 있다.

> "제발…아무것도 묻지 말아 주세요. (중략) 제 남편인걸요 (중략) 하지만 그 사람은 나를 자유로운 몸이 되게 해 주었어요…그리고 난 조선여잡니다…." (중략) "아주머니…나, 역시 돌아갈 수 없어요…게다가 내 얼굴에 끔찍한 상처가 생긴다는 군요 …"20) (「빛 속으로」, pp.72~73)

여기에서 정순의 상처는 단순히 얼굴의 상처만을 의미하는 것이 아닌, 식민지 현실이 남기게 될 역사의 상처를 의미한다고도 볼 수 있을 것이다. 일제의 권력아래 무조건 복종할 수밖에 없는 조선의 현실을 형상화하고 있다.

작가는 저습지에서 살아가는 조선인의 주거 환경묘사와 더불어 하루오의 대사를 통해 차별과 멸시 속에 아웃사이더로 살아가는 재일조선인의 슬픔과 아픔을 생생하게 나타내고 있다. 또한, 창씨개명을 하게하고 내선일체를 외치던 식민지 정책으로 인해 조선인이 정체성을 잃어가고, 식민지인이기 때문에 받아야 하는 불이익을 무조건적으로 감수하고 살아갈 수밖에 없는 조선인의 모습을 작품에 투영시키고 있다.

---

20) 金史良, 「光の中に」, 大村益夫・布袋敏博編著(2001), 『近代朝鮮文学日本語作品集』 創作篇1, 緑陰書房, pp.72~73 이후 일본어 작품은 필자가 졸역 한 것임.

2.2.2 「천마」- 조선지식인 정체성

　「천마」[21]는 국어 사용금지와 창씨개명 그리고 주요일간지 폐간과 조선사상범 보호관찰령 등의 제정에 의해 문학의 존립자체가 위협받던 시기를 배경으로 한, 조선사회와 조선 문단의 현실을 형상화하여 쓴 작품으로 1940년 6월 「文藝春秋」에 발표되었다.

　「천마」에서 비평가인 이명식은 현룡과 대립하는 인물로, 김사량은 이명식을 통해 당시 조선 문단의 문제들과 자신의 창작의도를 언급하고 있는데 그 내용을 인용해 보면 다음과 같다.　　　　.

　　"조선어가 없으면 문학이 불가능하다고 하는 게 아니네. (중략) 과거 30년 간 우리가 피투성이로 노력한 끝에 이만한 조선 문학이라도 일으켜 세운 게 아닌가. 이 문학의 빛, 문화의 싹을 왜 우리들의 손으로 다시 묻어버려야 한다는 건가. (중략) 쓸 수 있는 사람은 우리들의 생활이나 마음, 예술을 널리 전하기 위해 열심히 활약해 줘야 합니다. 그리고 내지어로 쓰는 걸 성에 차지 않아 하는 사람, 또는 실제로 쓰지 못하는 사람의 예술을 위해서는 이해하는 내지 문화인의 지지와 후원 아래, 계속하여 좋은 번역 기관을 마련하여 소개하도록 노력해야 합니다. 내지어 라야 한다든가 그렇지 않으면 붓을 꺾어야 한다든가 하는 일파의 언설 같은 건 그야말로 언어도단입니다."[22] (「천마」 pp.193~194)

---

21) 「天馬」는 본성은 약한 겁쟁이로 문학적 재능도 타고난 주인공 현룡은, 일본에서 당한 조선인 차별과 생활의 어려움으로 거짓을 정당화하는 인물로 변해서, 내선일체 등 애국주의를 내세우며 일본 권력에 협조하여 같은 동족을 고발하고 다니는 식민지 하의 조선지식인을 그린 내용이다.

22) 앞의 책 p.193~194

여기에서 김사량은 조선어 글쓰기를 단순한 문학의 표기수단이 아닌 조선민족의 귀중한 문화유산으로 인식하고, 조선을 널리 알리기 위해 작가는 표기수단이 조선어든, 일본어든 창작활동을 하지 않으면 안 된다며 독자를 의식한 글쓰기를 주장하고 있다. 또한 좋은 번역기관을 마련해야 한다고 외치며 조선의 문학을 역으로 일본에 이식시켜야 함을 주장하고 있기도 하다. 이러한 글쓰기에 대한 그의 인식은 그의 「조선 문학 측면관」이란 평론에도 잘 나타나 있다.23)

시국잡지의 책임자이며 전직관리인 오무라, 무능한 일본 문인 다나카, 천박한 우월감에 차있는 교수 가도이 등의 일본인을 작품에 등장시켜, 당시 자기반성의 의미로 쓰인 이광수의 「민족개조론」과 장혁주의 「조선의 지식인에게 호소함」 등의 글들이 무능하고 오만하며 열등감을 가진 일본 지식인들에 의해 다른 방향으로 해석되던 일본사회를 작품 속에 투영시켜 비판하고 있다.24) 부정적이긴 하지만 식민지 통치하에 가증스럽게 변모한 주인공과 그런 주인공이 설치고 다니는 그릇된 현실을 비판하고 있다. 그리고 그의 작품에 항상 하층민의 삶이 묘사되어 있는 것처럼, 이 작품에서도 거리에 복숭아 가지를 팔러 나온 농부나 늙은 거지, 또는 거지 아이들을 등장시킴으로써 식민지하 조선 서민의 비참한 삶도 표출하고 있다.

---

23) 각양각색으로 쓰고 있던 글쓰기에 대해서도 언어의 통일을 주장하며, 순수한 한글쓰기 주장에 대해서도 이미 정착화 되어 우리말이 되어버린 한자와는 섞어서 쓰는 것을 주장하였다. 조선 문학 작품을 일본에 번역하여 문학이식을 시도할 때의 주의 점에 대해서도 언급하고 있음. (김사량(1989), 『越北作家代表文學－5』, 瑞音出版社, pp.258～259)

24) 金史良(1973), 「朝鮮文化通信」, 『金史良全集Ⅳ』, 河出書房新社, p.22에서 창작의도를 밝히고 있음.

2.2.3 「낙조」 - 가치관을 상실한 인간像

「낙조」는 조선어로 쓴 최초의 장편소설로 1940년 2월부터 1941년 1월까지 「조광」에 연재한 작품이다.25)

윤성효는 권력 지향적 성격으로 자신의 영달을 위해 수단과 방법을 가리지 않는 자이다. 남문은행에서 방적회사, 해산업에까지 손을 뻗쳐 지위, 명예, 부귀를 갖게 되고, 자신이 가진 것을 유지하기 위해 도쿄의 정치인과 친분을 맺기도 한다. 윤성효라는 인물을 통해 '大冠禮服'이 '가스미야 예복'으로 변하듯, 시대의 흐름에 맞추어 일제 세력에 편승하여 민중을 착취하고 부를 쌓아가는 토착자본가이자 금융자본가로 자신의 부귀영화를 꾀하는 조선 관리를 고발하고 있다.

연약한 성격의 소유자인 산월은 자신의 운명에 좌절하여 집안에 불을 지르고 죽음이라는 결단을 내리게 되는 인물이다. 남성에게서 상처받고 좌절하여 어떠한 저항도 하지 못하고 숙명으로 받아들이지만, 결국 견디지 못하고 죽음에 이르게 되는 연약한 근대 여성의 단면을 그리고 있다.

윤성효와 첩 산월 사이의 아들이자 주인공인 수일은, 의지박약하여 주위 환경에 휘둘리는 식민지하 자기정체성을 잃고 방황하는 인물로 묘사하고 있다. 수일이 사랑하는 금천집 딸 귀애는 적극적인 성격으로 무매한 민중을 계몽시키기 위해 소설가가 되려 하고, 나라를 위해 중국으로 유학가려고하는 인물로 작가자신이 품었던 꿈을 대변하고 있다.

20장 중 제 9장에서는 수일의 학교생활을 자세하게 서술하면서 선생에

---

25) 「落照」는 한일합병이 이루어진 1910년 초가을 어느 날 밤으로 시작하여 3·1운동을 거쳐 1924년에 이르는 15년간의 시대를 배경으로 하고 있다. 한일합병에 큰 공을 세운 윤대감의 아들 윤성효, 그리고 그의 아들 윤수일을 중심으로 하여 시간의 흐름과 함께 내부의 가족 갈등과 외부의 민중간의 갈등을 묘사하고 있다.

대해 묘사하고 있는데, 이는 김사량의 평양고등 보통학교시절 학교생활의 체험을 그린 것으로 선생에 대한 부정적 시선이 잘 나타난 부분이다.

> 그 당시는 선생이라면 어린 생도를 어떻게 때려야만 시원하게 때릴 수가 있을 가고 연구하든 시절이라 별별 수법을 가진 선생이 많았었다. (중략) "무슨 더러운 일이야 응 교육을 암만 받어두 도시 文明할줄을 그렇게 몰라 (중략) 一體　誰がやつた？" 그러나 이 모두 무서워서 대답을 못하였으니 이리하야 그들 한반 70명이 또 전부 채로 두들겨 맞은 터이다.26) (『낙조』, p.110)

부자 아들, 권력자 아들에 대해 가난한집 아이들의 상대적인 차별, 조선인을 무시하는 듯한 교사들의 발언, 무분별한 일본어 사용 등 당시 교육을 담당한 지식인들의 일그러진 교사상을 묘사하고 있다.

작품을 통해 혼란스런 상황 속에서 가치관을 상실한 인간의 비열함과 탐욕을 그리면서 끝없이 욕망을 추구하는 인간의 모습을 자세히 형상화하고 있다. 이 작품은 1919년의 3·1운동을 천재지변처럼 "천지가 깨여지고 우뢰 소리가 나며 마른번개가 치던 날"로 묘사하는27)등, 일제 검열의 눈을 피한 우회적인 글쓰기도 나타나고 있는 작품이다.

▓ 2.3　제Ⅲ기 -과거에 함몰된 현실-

제Ⅲ기는 1942년 2월부터 1945년 5월까지의 작품들로 다음의 표와 같다.

---

26) 김사량(1988), 『落照』, 『韓國近代長篇小說大系』, 太學社,
27) 김사량(1988), 『落照』, 『韓國近代長篇小說大系』, 太學社, pp.147~148

<표 3> 김사량 제Ⅲ기 작품 분류표(1942. 3~1945. 5)

발표시기	장르	제 목	게재지 및 기타	표기언어
42년 7월	소설	欠食の墓	文化朝鮮	일본어
43년 2월~10월	장편소설	太白山脈	國民文學	일본어
43년10월10일~23일	수필	海軍行	每日新報	일본어
43년12월14일~44년10월	장편소설	海への歌	每日新報	일본어

Ⅲ기 작품 중 가장 먼저 쓰인 「걸인의 묘」는 구류후의 작가의 심경이 작품에 가장 잘 투영되었다고 여겨지고, 『태백산맥』은 친일문학의 양산지라 불리는 「國民文學」에 게재된 작품이므로 친일적 성향파악이 가능한 작품이라 여겨지므로 이 두 작품을 분석해 보았다.

2.3.1 「걸인의 묘」- 복고적 향수

「걸인의 묘」는 두 번째 구류에서 석방되어 고향에 돌아와 42년 7월에 「文化朝鮮」에 발표한 작품이다.28)

이 작품에서 작가는 복고적 향수의 유물로 고구려의 성지의 전설 및 고구려 무사의 모습과 유물인 화문병을, 민족문화로서 족보 및 고서를, 조선시대 유물로서 이조백자 및 진사유 등을 거론하고 있다. 아버지의 갑오난 피난 이야기를 추억하는 부분에서는 족보와 고서의 중요성을 다

---

28) 이 작품은 스토리텔러를 중심으로 별개의 이야기를 연쇄플롯형태를 취해 연결해 가고 있다. 그 공간적 이동을 살펴보면 대성산의 공간에서는 민족사의 뿌리로서 고구려를 제시하고 있으며, 임원교에 이르러서는 갑오난을 배경으로 민족문화의 소중함을 그리고 있다. 국수집 앞에서는 17, 8년 전의 봉삼이와 현재의 봉삼이를 묘사하여 꿋꿋이 살아가는 서민의 모습을, 백모집에서의 백모와 재회장면은 지주로서의 백모의 삶을 나타내고 있다. 사랑방에서는 봉삼이 아버지의 일로인한 봉삼이와 백모의 갈등을 그려 최소한의 저항과 당시의 농촌 생활상을묘사하고 있고, 봉삼 아버지묘의 공간에서는 현실은 암울하지만 미래는 희망적이길 기원하는 모습을 나타내고 있다.

음과 같이 이야기 하고 있다.

> 갑오난(청일전쟁)때 청군 패잔병에게 집이 불태워져버린 아버지가 족
> 보나 고서를 등에 지고 강 건너의 시골에 난을 피하려고 할 때 노상강
> 도에게 소유품을 털렸는데, 돈을 한푼도 몸에 지니고 있지 않은 것을 보
> 고 놀랐다고 하는 이야기도 생각났다.29) (「걸인의 묘」, p.348)

난리를 맞아 피난을 가야하는 다급한 상황 아래에서 생활에 필요한 돈
보다 집안 대대로 이어져 내려온 '족보'나 '고서'가 더욱 소중한 것으로
관심을 가져야 할 민족문화임을 예시하고 있다.

고대사에서 가장 진취적이고 독립적이었던 고구려를 작품에 도입시켜
묘사하면서, 용맹스러웠던 고구려 무사의 모습을 봉삼과 일체화시키며
저항과 독립을 꿈꾸는 작자의 내면을 투영시키고 있다. 당시 고대사 연
구가 일제에의 동화를 거부하고 독립을 쟁취하기위한 역사 민족주의에
중심을 두고 진행되었던 것과 맥락을 같이 한 고구려 중심의 역사관을
보여주고 있는 부분이다.30)

그리고 백모와 봉삼이를 등장시켜 지주와 소작농의 관계 그리고 일제
강점기하의 농업정책과 산미증식계획으로 인해 부채가 더해가는 농가상
태의 어려운 현실을 언급하고 있다.

제목의 「걸인의 묘」는 고구려를 계승한 조선 서민 봉삼이 아버지의

---

29) 金史良, 「乞食の墓」, 大村益夫・布袋敏博編著(2001), 『近代朝鮮文学日本語作品集』
    創作篇4, 緑陰書房
30) 과거 식민지시대의 역사 인식을 살펴보면, 박은식은 한국 역사에서 가장 자주독
    립의 자격이 완전하여 신성한 가치가 있다고 고구려와 발해에 민족사의 정통을
    부여하고 있다. (박걸순(2004), 『植民地 시기의 歷史學과 歷史認識』, 경인문화사,
    pp.175~197)

묘이며, 죽음과 파편들만이 존재하는 암울한 공간이지만 그 공간을 '명당'으로 묘사함으로서 변모되는 공간에 미래의 희망을 담아놓고 있다. 「걸인의 묘」는 현실적인 제약으로 인해 적극적인 저항은 하지 못하고 소극적으로 마음의 기원만을 할 수밖에 없는 작자의 내면을 반영시키고 있다. 종결부분에 늠름한 봉삼이의 모습을 회상하며 봉삼이 일가의 앞날을 축복하는 장면을 서술하여, 고구려 무사의 정신으로 현실에 굴복하지 말고 저항하기를 바라는 작가의 이상을 투영시키고 있다.

2.3.2 『태백산맥』- 도피와 저항

『태백산맥』은 1943년 2월부터 10월까지 「國民文學」에 연재한 총 11章으로 구성된 장편소설로 구한말의 조선 사회를 배경으로 하고 있다.[31]

작자가 임의로 이름 지은 배나무골은 강원도 홍천군의 화전민 실태조사의 체험에서 비롯된 Ⅱ기의 작품들과 크게 그 차이를 발견할 수 없는 화전민 부락이다. 그리고 이 부락을 배경으로 화전민들의 고달픈 삶, 동학을 표방하는 무리에게 갓난애를 잃고 발광한 여자 등 그 소재를 볼 때 Ⅱ기에서 다루었던 현실이 그대로 재현된다. 직접적인 현실묘사가 제한되어짐에 따라 시대적 배경을 역사적 사실에 기초한 과거를 설정하여 현재의 식민지 삶을 그리고 있다.

또한 발광한 여자가 죽어버린 아이에게 '花紋月紗의 저고리', '꽃무늬 버선'에 자수를 놓아주겠다고 말하는 장면에서는 '저고리' 또는 '버선' 등에 독음을 달아 놓음으로서 조선인의 문화를 나타내고 있고, 각지에서

---

31) 조선말 임오군란과 갑신정변에 가담해 싸우다 쫓기는 몸이 된 윤천일이 일가족을 데리고 화전민이 사는 배나무골에 들어와서 윤선생으로 불리며 민족을 이끄는 내용이다.

모인 화전민들이 '고구려 후예'임을 강조함으로서 단결된 민족성을 상징하고 있기도 하다.

김사량은 29살의 일동을 정치와 사회현상에서 좌절과 절망을 인식하여 새로운 福地에서 민중을 깨우치고 교육시킴으로서 새로운 조국을 건설하려는 인물로, 월동은 현실에서 적극적인 투쟁을 벌일 것을 주장하는 인물로 묘사하였다.32) 이것은 『태백산맥』을 집필할 당시의 작가의 혼란스러운 심리를 투영시킨 부분이라 하겠다. 좌절과 절망 속에서도 쓰러질 수 없다는 작자 의식은 저항하다가 현실의 벽에 부딪혀 좌절하고 또 다른 새로운 길을 모색하는 일동의 도피로, 희망을 버리지 않고 저항하는 월동으로 잘 나타나고 있다. 비록 「國民文學」에 실었다고는 하지만 시국에 협력하는 부분은 찾기 어려워 친일 문학이라고 평가하기에는 어려운 작품이다.

2.4 제Ⅳ기 -희망에 부푼 현실-

제Ⅳ기는 1945년 5월부터 사망으로 추정되는 시기까지로 다음과 같은 작품들이 있다.

---

32) "보다 나은 정치, 보다 나은 민초의 생활을 목표로 오랜 세월 동지와 열심히 논란도 했다. 결사도 만들었다. 목숨도 걸어보았다. (중략) 그러나 역사도, 시대도, 현실도 요약하자면 힘도 없는 우리들의 머리 위를 훨씬 넘어서 자신의 길을 전진하는 것이다. 우리들의 힘으로는 어떻게도 되지 않는다." "누가 이 기울어져 있는 사직운명을, 멸망하기 시작한 세상의 모든 백성의 삶을 구해줄 것입니까? (중략) 인간의 힘은 역사의 모양을 바꾸는 것도, 또는 시대의 운행을 빠르게 하는 것도, 궤도를 빗나가게 하는 것도 할 수 있습니다."(大村益夫監修(1998), 「國民文學」 제3권 제10호 10월 창작 특집호, pp.70~71)

<표4> 김사량 제IV기 작품 분류표(1945. 5~1950. 9)

발표시기	장르	제　　　목	게재지 및 기타	표기언어
45년	수필	소년고수	미상	한국어
46년 1월	기행문	연안망명기	민성-5월호「노마만리」게재	한국어
45년~46년	희곡	호접	46년 2월 경 평양극장 공연	한국어
46년 3월	희곡	붓똘이의 군복	民主朝鮮	한국어
3월	희곡	더벙이와 배뱅이	문화전선1집~3집	한국어
6월	소설	차돌이의 기차	발표지명 미상	한국어
12월	소설	마식령	上同	한국어
47년 4월	르포	동원작가의 수첩	문화전선 4집	한국어
8월	장편르포	駑馬萬里	良書閣	한국어
48년 9월	소설	남에서 온 편지	8·15 해방 3주년 기념 창작집	한국어
12월	희곡	雷聲	미상	한국어
12월	소설	E기자	미상	한국어
49년	소설	칠현금	미상	한국어
49년	희곡	地熱	미상	한국어
49년	합창시	무쇠와 군악	미상	한국어
50년 3월	소설	대오는 태양을 향하여	미상	한국어
7월	르포	서울서 수원으로	미상	한국어
7월	르포	우리는 이렇게 이겼다	<로동신문>, <민주조선>에 연재	한국어
8월15일	르포	낙동강반의 전호 속에서	미상	한국어
9월17일	르포	바다가 보인다	전선문고	한국어
50년	르포	지리산 유격지대를 가다	<로동신문>, <민주조선>에 연재	한국어

IV기는 김사량이 연안으로 망명하며 쓴 수필「노마만리」는 자유로운 글쓰기가 가능한 때의 작품이고,「칠현금」은 IV의 대표적 소설작품이라 칭해지므로 해방 전, 후에 현실인식을 잘 살펴볼 수 있으리라 여겨지므로 분석해 보았다.

2.4.1 「노마만리」- 항일 투쟁

「노마만리」는 연안으로 탈출하면서부터 기록한 수필이다.33) 서문에서 말하고 있듯이 「노마만리」는 조선의용군의 근거지인 화북 태행산 산중으로 들어온 날까지의 노상기와 또 거기에서의 생활록, 견문, 소감 등을 적어놓은 기행문이다. "언제 끝날 일인지, 혹은 어느 때에 중단될 일인지" 예기하지 못한 위험한 상황에서 조국독립에 참여하지 못하더라도 자신이 적은 글이 독자들에게 널리 익혀지기를 바라며 적은 것이다. 그 부분을 인용하여 보면 아래와 같다.

> 하나 만약에 불행히도 조국독립의 향연에 참례치 못하는 한이 있더라도, 필자 대신 이 기록과 그 외 몇 편의 창작물이나마 우리 용사들이 채찍질하며 내달리는 兵馬의 등에 실려 서울로 입성하여 주기를 바라마지 않는다. 이는 우리 조국의 자유와 민족의 해방을 위하여 별보다 한껏 먼 이역에서 오랜 풍상을 갖은 고초와 박해와 기한으로 더불어 싸워가면서 거치른 광야를 검붉게 물들이는 이 조국 열사들의 일을 사랑하는 국내 동포들에게 전하고저 원하기 때문이다. (중략) 대수롭지 않은 이 기록이 조금이라도 이와 같은 점에 이바지함이 있다면 필자로서 이에 더한 행복이 없을 줄 안다. 너무도 절절한 사실 앞에 너무도 조그마한 붓끝이 무색함을 다만 슬퍼하는 바이다.
>
> 조국의 영광이여, 민족의 해방이여, 영원하라! 34)

---

33) 1946년 1월 「민성」의 「연안망명기」에 실림. 5월호부터 「駑馬萬里」로 게재, 1947년 8월 良書閣에 『驢馬千里』로 발간된 작품으로, 「駑馬萬里」는 조선의용군의 근거지인 화북 태행산중으로 들어온 날까지의 노상기와 또 거기에서의 생활록, 견문, 소감 등 을 적어놓은 기행문이다.

34) 안우식著・최정림譯(1987), 『아리랑의 비가』, 열음사, pp.173~175

윗글에서 보듯이 김사량은 조국의 해방을 무엇보다 바랬으며, 민중에 의한 나라 건설을 꿈꾸어 왔음을 알 수 있다. 이는 그동안 살펴보았던 작품들이 민중의 삶을 그리고 있는 것과 무관하지 않을 것이다. 또한, 작가로서 독자를 의식한 글쓰기를 김사량이 어떠한 심정으로 창작을 하여 왔는지 살펴볼 수 있는 좋은 예라 하겠다.

예측할 수 없는 위험한 상황에서 자신이 적은 글이 독자들에게 널리 익혀지기를 바라며, 물자사정이 궁핍한 가운데에 회중시계와 바꾼 편지지에 체험내용을 정성스럽게 써넣고 있는 모습은 작가로서의 열정이 잘 나타나 있는 부분이다.

2.4.2 「칠현금」- 식민지 상처와 再生

해방 초기 북한에서는 사회주의 문학 활동이 보장되어 있었다. 그러나 1946년 이기영의 글[35])에서도 알 수 있는 것처럼 유물변증법에 입각한 문학, 예술의 창작이 강요되기 시작한다. 식민지하에서 벗어나 조국 독립과 함께 자유를 찾았다고 생각했던 김사량은 작품에 대한 비평[36])과 「호접」공연[37])으로 인해 사상을 조사당하는 등 또 다른 벽에 부딪힐 수

---

35) 이기영의 「창작방법상에 대한 기본적 제 문제」『현대문학비평자료집 - 1』인민예술로 ①올바른 세계관이 수립될 것 ②예술의 특수성과 사상성에 대한 인식 ③내용, 형식의 통일 ④비평의 변증법적 통일 ⑤창작기술의 문제 등이 인식될 필요가 있다고 함. (金容稷(1997),『韓國現代文學의 史的 探索』, 서울대학교 출판부, p.140 재인용.)
36) 「호접」은 관념적이며 비현실적인 작품이며, 「차돌이의 기차」는 안이하고 느슨한 작품으로 혹평을 받음. 또한, 한효로부터도 북한의 전형적인 인물을 그리지 않고 항상 병적인 인물을 취급하고 있다고 비난을 받았다. (정영진(1989),『통한의 실종문인』, 문이당 p.192 재인용.)
37) 1931년 루이진(瑞金)의 중화인민공화국 임정 수립에 참여한 연안파 무정(武亭)을 영웅화했다고 하여 공연스케줄이 중단됨.

밖에 없었다. 이데올로기라는 현실의 굴레 속에서 강요되어 창작된 작품이 1949년 발표된 「칠현금」이다.38)

윤남주는 절망 속에서도 밤낮없이 학습하여 자신을 닦아나가며, 병원 내 교양사업도 맡아서 하고, 공장복구를 위해서 자신의 지식을 동원하는 등 국가와 민중에 대해 열정적으로 헌신하는 인물이다. 이는 식민지 현실 아래서도 살아남아 새로운 조국건설의 초석이 되고자 한 작가 자신의 모습을 투영시키고 있다고 보인다.39)

작가 S는 김사량의 평안남도 문학가총연맹 위원장이었던 당시의 체험을 반영하여 쓴 것이라고 생각되어진다. 작가 S의 생각을 빌려 다음과 같이 자신의 감상을 이입하고 있다.

> 역시 작자 자신의 영상일 것이다. 혹은 지나친 억측일까? 어쨌든 자기의 최후의 것까지라도 조국과 인민에게 바치려는 이 갸륵한 작가로 하여금 자기 자신의 세계에 관하여 언제나 솔직한 붓을 들기를 주저하게 하는 남모를 곡절과 비밀이 이제 와선 어렴풋이나마 이해되었다.40)

자기 자신의 세계에 관하여 솔직한 붓 들기를 주저하게 하는 남모를 곡절과 비밀이란 북한의 프롤레타리아 이데올로기 굴레 속에서 예술가

---

38) 「칠현금」은 어느 제철소에 파견된 작가 S가 일제에 의해 반신불수가 된 문학적 재능을 가진 청년 윤남주를 만나 육체적, 정신적으로 불구인 그를 작가로서 재활의 길을 걷게 해준다는 내용이다.

39) "왜놈들을 저주하기 위하여서 살아남은 몸이었습니다. 그랬던 제가 왜놈들이 망하는 것을 본 해방의 감격 속에 죽는다는 것은 얼마나 행복한 일입니까? (중략) "이대로 죽어서는 안 된다. 적을 쳐 엎으며 민주조국을 건설하는 사업에 어떻게든 마지막 피 한 방울이라도 바쳐야 겠다. 이런 결심이 더욱 굳어지게 되었습니다." (김사량·리명호편(1992), 『김사량 작품집』, 태학사, pp.75~77)

40) 위의 책, p.74

로서가 아닌 임무로서, 투쟁자로서의 제한된 글쓰기를 해야 하는 작가의 현실 상황을 말하는 것이라 할 수 있을 것이다. 이는 당시 고향에 남은 在北 文人41)들의 상황이라고 할 수 있다.

이 작품에서는 유일사상 이데올로기는 보이지 않고, 식민지 지배를 받았던 과거 아픈 상처를 서로 보듬어 안아 치유해 나가면서, 민중에 의한 새로운 통일 조국 건설에의 희망을 묘사하고 있다. 또한 식민지의 아픔을 체험한 체험자로서 또다시 미 제국주의 식민지가 되어서는 안 된다는 강한 현실 인식이 미국과 단일정부수립을 꾀하려는 남한을 적대시하는 묘사로 나타내고 있기도 하였다.

3. 맺음말

식민지 시대의 이중 언어 공간에서 김사량은 1939년 잡지 「文芸首都」에 소설 「빛 속으로」를 발표함으로서 일본문단에 데뷔하였고, 약 66편의 작품을 썼다. 작품을 작가 생애의 전환기, 발표 시기, 작품경향 등을 참고하여 작가 활동 시기를 Ⅰ～Ⅳ기로 나누고 대표되는 몇 작품들을 작가의 현실 인식이 작품에는 어떻게 수용되어 있는지 살펴보았다.

제I기는 학생운동 참여로 인한 퇴학, 일본으로 밀항, 구류 등의 체험을 통해 인식한 현실을 작품에 수용하는 습작기로 일제에 의해 파탄해 가는 식민지 현실을 작품에 이입하였다. 조선의 빈곤과 일본의 풍요를 상대적

---

41) 정영진은 사상적으로 좌익 활동을 펼친 월북 작가와 달리 공산주의 사상을 전폭적으로 지지하지는 않으나 어느 정도 동조하면서 쉽사리 고향을 버릴 수 없어 주저앉은 문인을 '재북 문인'으로 규정하고 있다. (정영진(1989), 『통한의 실종 문인』, 문이당, p.43)

으로, 삶의 터전까지 뺏기는 비참한 조선 민중의 삶을 직접적으로 묘사하였다.

제Ⅱ기는 현실을 작품에 이입하는데 성공한 김사량은 재일조선사회를 배경으로 정체성 혼란을 가져온 내선일체와 창씨개명 비판을, 조선 사회를 배경으로 식민지 현실로 인해 변형되어가는 조선 지식인의 모습등 식민지하의 조선인의 삶을 구체적으로 묘사하고 있다.

제Ⅲ기는 2차 구류 후 직접적인 식민지 현실묘사가 어려워짐에 따라 과거의 역사적 사실을 배경으로 가공의 인물을 설정하여 과거 속에서 현실을 재현하는 또 다른 글쓰기를 시도하였다. 좌절 속에서 '도피냐 저항이냐'로 고민하는 지식인의 모습과 힘겨운 민중의 삶을 그리고 있다.

제Ⅳ기는 중국 연안으로 망명하면서 기록한 조국 독립의 염원과 북한으로 간 후 민중에 의한 조국통일을 꿈꾸는 작품들로 나눌 수 있다. 이데올로기는 보이지 않고 민중에 의한 조국 통일의 희망을 그리고 있다.

김사량에게 있어서 일본어 글쓰기의 의미는 조선 문화와 예술 그리고 참담한 현실을 알리기 위한 표기의 수단이었다. 일제의 탄압에도 굴하지 않고 끈기 있게 생명력을 이어나가는 조선인을 그려서 조선인에게 희망을 주고자 했으며, 일본의 많은 독자에게는 식민지 조선의 현실을 알리고자 한 김사량의 일본어 글쓰기는 암흑기라고 불리는 이 시기에 친일문학이 아닌 희망을 향해 나아가는 한줄기 빛과 같은 역할을 했다고 할 수 있을 것이다.

04. 1920년대 최서해 소설을 통해 본 계급적·민족적 갈등*

박경수·김순전

1. 서론

문학은 작가의 '창조적 행위'이다. 문학에 있어서 그 창조적 행위란 '無'에서 '有'의 창조라기보다 작가 자신이 직접 또는 간접적으로 겪었던 체험에 약간의 허구성을 동반한 것으로, 대체적으로 作家가 본 세계가 작품의 공간적 배경으로 설정되며, 작가의 말은 작품 속 등장인물을 통해서 독자들에게 전달되기도 한다. 때문에 어느 특정한 작가나 작품을 온전히 이해하기 위해서는 작가의 직, 간접적 체험을 배제할 수 없으며, 그 활동시기와 작가가 몸담고 있는 공간적 사회적 배경은 참으로 중요하다 할 수 있다.

일제강점 이후 정치적으로 폭압적인 무단정치가 표면적으로나마 다소 완화되었던 1920년대는 식민지인의 입장에서 보면 3·1운동의 여세를

---

* 이 글은 2009년 8월 30일 고려대학교 일본연구센터 「日本研究」(ISSN : 1598－4990) 제12집, pp.175~199에 실렸던 논문 「1920년대 계급적·민족적 갈등의 표출양상」을 수정 보완한 것임.

몰아 민족적 저항이 요구되었던 때였다. 때마침 러시아혁명(1917)의 여파로 일어나게 된 사회주의 문학운동이 일본문단을 거쳐 조선문단에 파급되면서 당시 만연되었던 퇴폐주의, 향락주의, 예술지상주의에 대응하여 노동자 농민 등 하층계층의 문학을 주장하며 신경향파의 새로운 맥을 형성하게 되었다. 이 때 등장한 崔曙海 1)는 불과 10년도 되지 않는 짧은 창작기간 동안 60여 편의 단편소설을 발표하여 신경향파 문학을 대표하는 작가로 급부상하게 된다.

최서해의 창작태도는 이미 자신의 일기에서 "…나는 經驗 업는 것은 쓰지 안으려고 한다." 2)고 밝힌 바 있어, 대부분의 작품이 자신의 이력과 밀접한 자전적 소설임을 말해준다. 특히 그의 소설세계의 본령이라 할 수 있는 間島를 배경으로 한 소설 3)에서는 1920년대의 모순된 사회구조 안에서 間島이주민들이 겪어야만 하는 물질적 정신적 고통이 사실적으로 묘사되고 있으며, 상경하여 저널리즘에 종사한 이후 다소나마 생활의 안정을 찾은 후 발표한 작품에는 서해의 중산층 지식인을 향한 의식의 흐름이 잘 드러나 있다. 이들 작품 속에서 공통된 심리는 일제의 식민정책에 의한 모순된 사회구조에 대한 인식이며, 여기에서 파생되는 내적갈등의 표출이 소설의 배경에 따라 다양하게 나타나기도 한다. 필자는 이러한 심리를 최서해 원작의 일본어소설에서 찾고자 한다.

최서해 소설이 일본어로 번역되어 일본 잡지에 발표된 것은, 작가의

---

1) 崔曙海(1901~1932) 아명은 정곡, 본명은 학송(鶴松)이며, 호는 설봉(雪峰), 설봉산인(雪峰山人), 풍년년(豊年年)이다. 1923년 <北鮮일일신문>에 詩「자신」을 투고하면서 필명으로 서해(曙海)를 사용한 이후, 본명 보다는 '최서해'라는 이름으로 더 알려져 있어, 본고에서는 최서해로 통일하여 표기한다.
2) 崔鶴松(1925)「?! ?! ?!」,「朝鮮文壇」, 1925. 4, p.19
3) 「토혈」, 「고국」, 「탈출기」, 「박돌의 죽음」, 「기아와 살륙」, 「그 찰나」, 「해돋이」, 「만두」, 「이역원혼」, 「미치광이」, 「돌아가는 날」, 「홍염」, 「폭풍우 시대」 등

직접적인 체험에 의한 그 리얼리티의 극적인 장면들이 소설이라는 형식으로 남아 일본어 해독자를 대상으로 오랜 기간 읽히게 됨으로써 일제의 식민지정책에 의한 식민지 조선인의 실상이 일본어권 독자들에게도 적나라하게 알려지는 계기가 되었다는 점에서 상당한 의미가 있을 것이다. 그러나 지금까지의 연구는 최서해의 間島를 배경으로 한 소설에서 리얼리즘 형상화의 독특함에 치우쳐 있는 경향이 주를 이루었을 뿐, 일본어로 번역된 소설에 대한 의미를 찾는 연구는 전무하다.

따라서 본고는 최서해의 단편소설 중 일본어로 번역되어 일본문단에 소개된 소설 3편4)에서 일본어소설로서의 의미를 찾아볼 것이며, 지금까지 신경향파의 대표주자로 인식되었던 원작자 최서해의 내면세계를 파악함은 물론, 그 의식의 흐름에 따른 계급적, 민족적 갈등이 이들 작품 안에서 어떻게 작용하여 표출되는지에 중점을 두고 고찰해보고자 한다.

2. 최서해 일본어소설의 의미

최서해 소설이 일본어로 발표된 시기는 1926년부터 1935년 이전으로, 정책적으로 일본어가 강요되었던 일제말기에 비하면 글쓰기에 대한 언어문제에서 비교적 자유로웠던 시기이다. 이 시기는 일본에 체재한 경험이 있거나 일본 유학 경험이 있는 작가들의 신지식 또는 신문화에 대한

---

4) 일본어로 소개된 최서해의 소설 3편 「기아와 살륙(飢餓と殺戮)」, 「홍염(紅焰)」, 「이중(二重)」을 주 텍스트로 함에 있어, 출처는 2004년 오무라 마스오(大村益夫) · 호테이 도시히로(布袋敏博)가 펴낸 『近代朝鮮文學日本語作品集』(1901~1938) 創作篇1(「飢餓と殺戮」, 「二重」), 그리고 創作篇3(「紅焰」)으로 하며, 주 텍스트 인용문의 페이지는 「紅焰」의 경우 신문연재소설인 관계로 『近代朝鮮文學日本語作品集』의 페이지로 하며, 「飢餓と殺戮」, 「二重」은 <표 1>의 번역소설이 게재된 잡지의 페이지로 한다.

작가의 내적 욕구에 의하여 일본어 글쓰기를 하는 한편, 이미 한국문단에 발표했던 자신의 작품 혹은 타인의 작품을 일본어로 번역하여 일본문단에 소개하는 경우도 있었다.

최서해의 소설 중에서도 타인에 의하여 일본어로 번역되어 발표된 소설이 있는데, 「기아와 살륙(飢餓と殺戮)」, 「홍염(紅焰)」, 그리고 「이중(二重)」이 이에 해당한다. 이 세편의 번역소설은 작품명이 모두 원작과 동일하며, 譯者가 분명한 작품이 있는가 하면, 분명치 않은 작품도 있다. 이러한 사항을 <표 1>로 정리해 보았다.

<표 1> 일본어로 번역된 최서해 소설의 서지사항

작 품 명	원 작		번 역				비 고
	발표시기	게재지	제 목	역 자	발표시기	게재지	
기아와살륙 (飢餓와 殺戮)	1925.06	朝鮮文壇	飢餓と殺戮	林南山	1926. 9	朝鮮詩論	
홍염(紅焰)	1927.01	朝鮮文壇	紅 焰	미상	1935.1~2	大阪每日新 聞朝鮮版	
이중(二重)	1927.05	現代評論	二 重	미상	1927. 5	朝鮮人の言 論と世相	*발표 후 게재금지

「기아와 살륙」, 「홍염」은 살길을 찾아 間島로 이주한 식민지 하층민들의 일본과 중국의 이중지배공간에서의 간고한 삶을 다루었으며, 「이중(二重)」은 間島와는 사뭇 다른 일본 땅에서 중산층 식민지 지식인의 일상을 다룬 작품이다. 소설의 배경(장소) 이동에 따라 경제력과 생활수준의 향상으로, 그에 따른 주인공의 의식의 변화가 두드러지며, 내면 갈등의 표출에 있어서도 무식한 하층민과 중산층 지식인의 그것은 현격한 차이를 나타낸다. 주목할 점은 이 세편의 소설은 모두 일제의 식민정책으로 인한 당시 사회구조의 모순을 고발하는 성격을 지닌다는 점이다.

1925년 6월 「朝鮮文壇」을 통하여 처음 발표한 「기아와 살륙」은 1926년 9월 임남산(林南山) 5)에 의해 번역되어 일본 잡지 「朝鮮詩論」에 소개된 작품이다. 「기아와 살륙」은 원작자가 생존해 있던 시기에 번역 발표된 작품이며, 내용은 원문과 동일하며, 표현 기법도 거의 원문에 가깝다. 다만 서두부분에서 원작의 경우 "그의 가슴은 한껏 두근거렸다."가 번역문에 삭제되어 있는 대신 "그보다도 산 임자가 중국인이란 것이 생각나자, 새삼스럽게 그의 가슴은 덜컥 내려앉았다. 조선인은 선량하지만 억압당하고 있다. 중국인 땅이기 때문에, 그놈들의 것을 훔쳐가기 때문에……" 6) 라는 내용으로 교체되어 있어, 남의 땅에 빌붙어 사는 주인공의 불안한 심리를 원작에 비해 훨씬 자세하게 설명해 주고 있다. 또 원작소설 말미에서 주인공 내면심리의 극단적인 표출 부분인 "모두 죽여라! 이놈의 세상을 부시자! 복마전 같은 이놈의 세상을 부시자! 모두 죽여라!" 와 "이 악마같은 놈들 다 죽인다!" 는 "—이하 3행 삭제(以下三行削除)—" 또는 "—이하 1행 삭제(以下一行削除)—" 로 처리되어 있다. 당시 사회구조에 대한 극단적인 불만의 표출과 파괴적인 언행묘사는 당연히 검열의 대상이 된 듯하다.

1927년 1월 「朝鮮文壇」에 첫 발표된 「홍염」은, 1935년 <大阪每日新聞> 朝鮮版(1~2월)에 총 10회에 걸쳐 일본어로 번역 연재되어 일본에 소

---

5) 林南山(생몰년 미상)은 당시 동경에서 활동하는 조선인 문인(신행연, 윤복진, 김동진, 주태도, 이파촌, 함효영, 김훤, 신호균, 유치진, 마해송, 변성열, 홍선 등)들로 구성된 조선문인사 소속 문인 중의 한 사람인 듯하다. (<동아일보>1934.5.16일자 참고) 본 텍스트의 출처에서 살펴본바 최서해의 「기아와 살륙」, 현진건의 「피아노」 등 소설의 일본어 번역자로 기록되어 있을 뿐이다.

6) それよりもつと山の地主が、支那人であることを思ひ出すと、彼の胸は、今更のやうにギクツとした。朝鮮人は、善くてもおさえ付けられてゐる。この支那人の土地から、彼奴等のものを盗むのであるから……(번역 필자 이하 동)

개되었는데, 역자는 미상이다. 「홍염」의 번역 소개된 시점이 1935년으로, 원작 발표시기와 8년이라는 시간차를 두고 있는 것과 그 시기가 원작자 최서해의 사후인 점은 고려할만 하다. 서술상 약간의 변화는 있으나 내용은 원문과 거의 비슷하다. 함경도 사투리를 그대로 사용하여(チャングチエ(丹那) = 주인), ニデイ(お前) = 너, 너희 등) 원작의 묘미를 살리려 했던 점이 특이하다.

「二重」은 1927년 5월 「現代評論」에 발표한 이후, 바로 게재금지 된 작품이다. 내용상 일본인과 직접적인 대립양상을 띠고 있기 때문인 듯하다. 때문에 동년 10월 일본잡지 「朝鮮人の言論と世相」에 번역되어 소개된 「二重」 역시 번역자 미상이다. 소설의 내용 대부분이 검열에 의해 삭제된 듯, 全文이 약 3페이지 정도에 불과하다. 이나마 토막글로 연결되어 있어 소설의 흐름이 도중에 끊기는 점, 그리고 원작을 찾을 수 없는 관계로 내용면에서 원작과의 비교는 불가능하지만 최서해의 중기 작품의 또 다른 특질을 살필 수 있는 중요한 자료로써 상당한 가치가 있다.

최서해 소설의 특징은 대부분이 몸소 체험한 자신의 이력과의 관계성 때문에 당시 사회구조에 대한 고발의 성격을 지닌다. 특히 間島를 배경으로 한 「기아와 살륙」, 「홍염」은 일제의 식민정책에 의하여 쫓기다시피 호구지책으로 찾아든 만주에서의 삶 가운데 일본과 중국의 이중지배를 받는 식민자 입장에서, 그리고 「이중」에서는 조선인 중산층 지식인이 일본 땅에서 직접 겪을 수밖에 없는 일본인과의 관계에서 견디기 힘든 울분을 고발한 성격을 지닌다.

최서해는 근대 초창기 여타 작가의 출신성분에 비해 최저생활을 영위했던 삶의 내력과 변변치 못한 배움(초등학교 졸업 또는 중학 중퇴설이 있음)으로 당시 작가로서는 매우 이례적인 존재였다. 때문에 작품 속 주인공들이 겪는 가난, 설움, 불행, 고통이 그대로 독자들의 가슴에 와 닿을 뿐만 아니라 그들의 이상과 항거 또는 투쟁이 설득력을 지니며, 격렬한 행동으로 나아가는 그들에 대한 동정과 지지를 불러일으킨다. 이러한 최서해 소설이 일본어로 번역되어 일본문단에 발표된 것은 당시 일제의 식민지 정책에 의한 조선 민중들의 실상이 일본인들에게 인식되어지는 계기가 됨은 물론, 비록 고립된 개인차원에서나마 일제의 식민정책에 대한 민족적 저항이 표출된 셈이라 할 수 있다.

3. '이상'과 '현실'의 괴리

합병 전후와 최서해의 작품 활동기인 1920년대는 일제의 식민정책에 따른 조선인의 만주이민자 수효가 급증한 시기였다. 한국인의 이민사 연구자 이구홍(1979)은 당시 조선인의 만주 이주동기를 ①일본인들의 한국 농토 매수로 한국 농민들 대다수가 농토를 잃었다는 점 ②지리적 여건으로 間島는 토질이 양호하고 땅값이 비교적 저렴했다는 점 ③한일합방으로 이에 불만을 품은 동포들의 정치적 피난처 또는 일본 관헌들의 극심한 횡포에 저항을 느낀 사람들의 도피성 이주 ④저렴한 한국인 노동력을 필요로 한 일본기업인들의 유인 ⑤화전민의 금지로 생계를 잃은 사람들이 농토를 찾아 이주했던 것[7]으로 분류하여 예로 들었다. 이는 다시 두 부류로 나눌 수 있는데, 그 하나는 지식인층의 정치적인 망명, 다른 하나는 농토를 잃은 농민들의 호구지책에 의한 이주이다.

---

7) 李求弘(1979), 『韓國移民史』, 中央日報·東洋放送, pp.21~22

여기서 후자는 일제의 토지수탈정책과 산미증식정책에 기인하는데, 먼저 일제의 토지수탈은 일본인 자본가들과 동양척식회사에 의하여 이미 합병이전부터 행해지고 있었다. 일본인 자본가들의 고리대금을 통한 농토매수와 1908년 <동양척식회사>를 앞세운 일제의 본격적인 토지약탈에 의하여 조선농민들은 대다수가 농토를 잃을 수밖에 없었고, 어쩔 수없이 일본인 소유의 농토에서 소작하는 신세로 전락 할 수밖에 없었다. 이러한 <동척>의 토지수탈과 고율의 소작료와 이자, 게다가 지주나 마름의 착취는 농민들을 더 이상 견딜 수 없게 하여 거의 쫓겨나다시피 고향을 버릴 수밖에 없는 형국이 되어버린 것이다.

또한 3·1운동 이후 일제는 자국의 공업화를 위해 조선을 식량기지화할 계획으로 산미증식정책을 강행하여 생산된 쌀을 약탈하다시피 일본시장으로 반출하였다. 그 결과 조선 농민은 '쌀을 팔아 조를 사들이는 꼴'이 되었는데, 그나마 高利의 소작료 때문에 잡곡까지 수탈의 대상이 되어, 조선농민들은 살길을 찾아 정든 땅을 등지지 않을 수 없게 되었다. 실로 1924~1925년 1년간의 이농인구가 15만여 명에 달하였다는 것이 이를 설명해 주며, 이들은 도시의 잠재실업群, 일본밀항, 화전민, 또는 만주이주로 나타난다.8)

이러한 배경에서 쫓기다시피 고향을 등진 이주민들은 그 와중에서도 間島 땅에서 펼쳐질 새 생활에 대한 '희망'과 나름대로의 '이상'을 지니고 있었다. 그것을 서해의 작품에서 찾아보겠다.

> 피끓는 청춘인 운심이는 그저 있지 않았다. 그는 독립군에 뛰어들었다.

---

8) 이원재(1966), 「韓國에 있어서의 勞動運動」, 「창작과 비평」 가을호, 交友出版社, p.462

배낭을 지고 총을 메었다. 그리고 그는 늘 리상을 품고 울었다.9) (「고국」)

내가 고향을 떠나 간도로 간 것은 너무도 절박한 생활에서 시들은 몸이 새 힘을 얻을가 하여 새 희망을 품고 새 세계를 동경하여 떠난 것도 군이 아는 사실이다. - 간도는 천부금탕이다. 기름진 땅이 흔하여 어디를 가든지 농사를 지을수 있고 농사를 잘 지으면 쌀도 흔할 것이다. 삼림이 많으니 나무걱정도 될것이 없다. 농사를 지어서 배불리 먹고 뜻뜻이 지내자 그리고 깨끗한 초가나 지어놓고 글도 읽고 무지한 농민들을 가르쳐서 리상촌을 건설하리라. 이렇게 하면 간도의 황무지를 개척할수도 있다. - 이것이 간도 갈 때의 내 머릿속에 그리였던 리상이였다.10) (「탈출기」)

아아 내가 어째서 주저하고 있는가? (중략) 이것저것 따질 것 없이 모든 인류가 다같이 살아갈 운동에 몸을 바치자!11) (「飢餓と殺戮」, p.11)

언제나 이놈의 소작인 노릇을 면하여볼까? 경기도서도 소작인 십년에 겨죽만 먹다가 그것마저 자유롭지 못하여 딸 하나 앞세우고 男負女戴로 머나먼 이 西間島까지 흘러와보니, 여기서도 그네를 맞아주는 것은 여전히 소작살이다.12) (「紅焰」, p.257)

---

9) 최서해(1987), 「故國(1924.10)」, 『최서해단편소설집』, 문예출판사(평양), pp.29~30

10) 최서해(1987), 「탈출기(1925.01)」, 위의 책, p.50

11) あゝ, どうして俺は躊躇して居るのだらう? (略) 彼れ此れ迷ふことなく、凡ての人類が、皆一緒に、生きて行く運動に、身をさゝげようではないか。

12) いつになつたら小作人の境涯から抜け出せるやらー。京畿道でも小作人十年に、やつと糠粥でロスギをしてゐたのが、それさへまゝならず、娘一人を先の立て、夫婦してはるばる西間島まで琉れて見れば、それでも待ち受けてゐるのは同じ小作暮らし、

　이처럼 「고국」의 '운심'은 '나라의 독립'이라는 이상을 품고 독립군에 뛰어들었으며, 「탈출기」의 '나'는 '천부금탕 기름진 땅을 개척하여' 의식주를 해결한 후, 이상촌을 건설하고자 하였다. 그리고 「기아와 살륙」의 '경수'는 '모든 인류가 다 같이 살아갈 운동'에 몸을 바치려고 하였고, 「홍염」의 '문서방'은 지긋지긋한 소작인 생활을 면해보고자 하는 나름대로의 이상을 품고 間島로 이주하였다.

　이들에게 이상실현에 앞서 선행되어야 할 가장 큰 과제는 무엇보다도 생존을 위한 가장 기본적인 것, 즉 의식주의 해결이었다. 평생을 몸 부친 고향땅을 떠날 때 그래도 한 가닥 희망은, 비록 남의 땅 이지만 '기름진 땅'과 '울창한 삼림'이 많은 間島 땅에서 만큼은 적어도 배고픔과 추위는 면할 수 있으리라는 것이 그들의 공통된 생각이었다. 그러나 間島 이주 후 주인공들이 가장 먼저 부딪친 현실은 착취의 현장이었다. 돈이 없어 단 한 평의 땅도 취할 수 없는 이주민들이 농사를 짓기 위해서는 도조나 타조로 중국인의 밭을 얻을 수밖에 없었다. 그러한 방식으로 농사를 지어봤자 1년 동안 꾸어먹은 양식 빚을 갚으면 남는 것이 없었다. 또 중국인의 소작을 한다 하여도 소작의 결과는 소작료를 주고 나면 '일 년 양식 빚'도 갚을 수 없게 되는 참담한 현실 앞에서 그들은 감당할 수 없는 이상세계의 높은 벽을 실감하게 된다.

　그들이 꿈꾸었던 이상세계와 참담한 현실과의 괴리는 결국 환멸을 초래하게 되어 무기력한 패배자의 모습으로 나타난다. 결국 「고국」의 '운심'은 도배장이의 삶으로 전락하였고, 「탈출기」의 '나'는 이상실현을 접고 현실에서 도피하게 된다.

　서해소설의 결말 부분의 특징은 박영희에 의해 "허무적이며 절망적이며 개인적"이라 지적된 바 있는데, 이처럼 극도의 궁핍선상에 놓인 고립된 등장인물의 파편적인 삶은 현실이 지니는 모순의 핵심과 만날 수 없을 뿐만 아니라, 그 출구조차 찾을 수 없다. 미래에 대한 희망의 부재는 사회와의 만남을 불가능하게 할 뿐만 아니라 결국 이상세계와의 통로마저 차단시키는 결과를 초래한다. 때문에 주인공은 폐쇄적인 공간 속에서 환상의 노예가 되어버리고 만다.

> 어둑한 방구석에서 몸서리치도록 무서운 악마들이 튀어나와서 세상을 깡그리 태워버리려는 듯이 벌건 불길을 활활 내뿜는다. 그 불은 집을 불사르고 어머니를, 아내를, 학실을, 그리고 자기까지 태워버리려고 확확 달려든다. (중략) 이런 환상이 그의 눈앞에서 활동사진처럼 비춰질 때 "아아 부숴라! 모두 부숴버려라!" 소리를 지르면서 그는 벌떡 일어섰다.13) (「飢餓と殺戮」, p.22)

주인공의 다음 행동은 이미 理性을 벗어난 행동일 수밖에 없다. 결국 「기아와 살륙」의 '경수'는 생활고에 지쳐 가족들을 모두 죽이고 닥치는 대로 테러를 감행하는 것으로 종결된다. 이렇듯 사회로부터 소외된 고립적인 인물의 성격은 「홍염」에서도 찾을 수 있다. 농사 빚 때문에 間島로 이주해 온지 3년 만에 중국인 지주에게 하나뿐인 딸을 빼앗기고, 그 홧병으로 인하여 아내마저 잃었을 때 문서방에게서 더 이상 삶의 의미는 소멸되어 버리고 만다. 문서방의 세계 또한 폐쇄적인 공간 속에 갇혀 고

---

13) 暗い部屋の隅々からは、戰慄をおぼえるやうな恐ろしい惡魔か飛び出して来て、世界を、悉く焼き盡さねば置かんと云うやうに、真赤な燃え盛る焔を、パーパツと吹き出すのであつた。その火は家を燃やし、母親を、妻を、鶴實を、そして自分まで焼き盡くさうと、ドンドン攻めて来るのだつた。(略)こんな幻想が、彼の眼前に、フイルムのやうに現はれると「やつつけろ、皆やつつけて了へ！」と叫びながら、パーツと跳ね起きるのであつた。

립되게 되고, 자아와 이상세계의 현격한 부조화에 따른 억눌린 감정은 마침내 폭발하게 되며 이는 극단적인 방화와 살인으로 표출된다.

> 동풍이 불 때면 불기둥은 서편으로 뻗어가고, 서풍으로 돌면 불기둥은 동으로 쓸려서, 어마어마한 소리를 내면서 검은 연기를 뿜다가도 동서풍이 맞부닥치면 '불의 신'의 붉은 혓발은 하늘하늘 공중으로 타올라서, 얼어붙은 별 − 억만 년 변함이 없을 것 같던 별까지 녹아내릴 듯이 검은 연기는 하늘을 덮고 무시무시한 붉은 불빛은 깜깜하던 골짜기를 환히 비추어 어둠을 기회로 모여들었던 온갖 요귀를 몰아내는 것처럼 보인다. 불을 질러놓고 뒷산 숲속에 숨어서 내려다보던 그 그림자 − 딸과 아내를 모두 잃은 문서방은 "하하하하." 시원스럽게 웃고 나서 한 손으로 허리춤에 찼던 도끼를 만져보았다.14) (「紅焰」, p.267)

문서방이 타오르는 불속에서 보는 환상은 그동안 억눌려왔던 감정에 대한 카타르시스 효과와 함께 이어질 행동을 예고한다. 허리춤에 차고 간 도끼가 그것을 말해주고 있다. 이처럼 사회로부터 소외된 고립적인 인물과 폐쇄적인 배경을 설정하여 사회와의 갈등을 풀어 나가려고 하지만, 이와 같은 고립성이나 이를 더욱 강화시키는 극도의 궁핍상황은 그들의 삶을 파편적이며 폐쇄적으로 이끌고 갈 뿐, 사회가 지니는 구조적

---

14) 風が東から吹くときは火の宇は西にひろがり、西から吹きつけると東へ延びて、凄じい音をさせながら、黒い煙を噴いていたのが、西東からの挟み打ちに風を受けると火の神の紅い舌は、ゆらゆらと空へ延びて、凍りついた星ーー億萬年のさきまで変わらぬとおもわれたその星までも溶かさんばかりに、黒煙は空を蔽ひ、物凄い焰は、暗く閉さらた谷々に照り映えて、闇の中にうごめく諸々の妖鬼を追ひちらすかに見える。火防けをして裏山の林に隠れたその人影ーー娘と妻を、もろともに失つた文書房は「ハ、、、」と、さも心地よげにうち笑うと、片手で腰にたばさんだ手斧を撫でさすつた。

모순의 핵심과 만날 수 없게 된다. 빈궁 저변에 깔려있는 인간은 언제나 그 원인에 대하여 저항하기 마련이며, 그러한 인간이 그 상층구조를 향해 저항한다는 것은 사상적인 설명이 붙기 전부터 이미 본능적인 형태로 나타나는 필연적인 현상15)으로, 주인공들의 성격이 이와 같이 설정되었기에, 소설의 공간 또한 폐쇄적일 수밖에 없으며, 그 공간의 폐쇄성은 주인공의 사고와 행위를 극단적으로 몰고 갈 수밖에 없었던 것이다.

間島는 당시 조선 하층민이 힘든 삶의 무게에 짓눌릴 때마다 막연히 떠올렸던 추상적인 땅이었으며, 도저히 살 수 없어 쫓겨나다시피 고향을 떠날 수밖에 없을 때 택하게 되는 현실적이고 구체적인 최후의 땅이었다. 그 최후의 땅에서 펼치고자 하는 식민지 하층민의 이상은 지극히 단순하고 초보적인 것, 즉 배고픔과 추위걱정 안하는 것 그리고 병들었을 때 약 한 첩이나마 지을 수 있는 경제력 정도였다. 그러나 그 초보적인 이상 세계에 대한 높은 벽은 당시 출구를 찾을 수 없는 식민지인의 현실을 대변하기도 한다. 인간의 삶에서 가장 최소한의 것인 의식주마저 해결되지 못한 비참한 현실에서 이들은 유토피아로의 접근은커녕 현격한 괴리감만 느끼고 만 것이다.

4. 계급적·민족적 저항의 표출

4.1 계급과 민족의 인식

일제의 조선에 대한 치밀하고 조직적인 식민정책은 점진적으로 조선

---

15) 김순전(1998), 『한일근대소설의 비교문학적 연구』, 태학사, p.256

인들을 間島 땅으로 내모는 결과로 나타난다. 실제로 일제는 일본인을 조선에 이주시키는 대신, 조선인을 만주에 이주시킨 후에 만주의 토지를 조선인으로 하여금 매수하게 하는 것을 일제가 만주 점령의 한 방법으로 이용16)하고 있었으며, 조선이주민이 만주의 일정한 지역에 정착하여 마을을 형성하게 되면 일제는 조선인을 보호한다는 구실로 영사관 또는 영사관 경찰을 상주시키고, 이주 조선농민과 중국농민을 의도적으로 충돌하게끔 하여 양 민족 사이에 분쟁을 일으키게 하여 그것을 통하여 일본의 만주침략의 구실17)로 삼아 정책에 이용하기도 했다. 당시 "봉천행 열차에는 살길을 찾아 男負女戴하여 국경을 넘는 조선인들로 입추의 여지가 없었다."18)는 신문기사가 이를 잘 설명해 주고 있듯이, 농토를 잃은 농민들과 도시빈민들을 비롯한 일제의 횡포에 저항을 느낀 사람들의 행렬로 만주 이민자는 증가일로에 있었다. 그러나 만주로 이주했다고 해서 조선인들이 일제의 감시망에서 벗어난 것은 아니다. 일제는 만주를 둘러싸고 중국과 헤게모니(hegemony) 다툼을 벌이면서 재만(在滿) 조선인들을 감시하고 억압했으며,19) 중국 또한 조선인을 일본의 앞잡이로 여겨 압박을 가하게 되어, 조선이주민들은 이중의 폭압과 횡포에 시달렸다. 기름진 땅을 찾아 만주로 이주한 조선농민의 대다수는 중국인 지주들의 農奴와 다름없었다. 이러한 현실은 「해돋이」에 잘 묘사되어 있다.

---

16) 松村高夫(1972), 「在滿朝鮮人移民政策の形成」, 「日本帝國主義下の滿洲」, 滿洲史硏究會 編, pp.226~228

17) 李勳求(1932), 『滿洲와 朝鮮人』, 平壤, pp.241~243 (박영석(1972), 「日帝下의 在滿韓人 迫害問題」, 「아세아연구」, 고려대학교 아세아문제연구소, p.220 에서 재인용)

18) <중외일보>, 「放逐되는 민중의 비참상」, 1926.3.24일자.

19) 하정일(2005), 「민족과 계급의 변증법」, 「한국근대문학연구」 제11호, 한국근대문학회 편, p.222

조선 사람들은 어느 골짜기나 없는 데가 없었다. (중략) 거개 쓰러져 가는 초가집에서 중국 사람의 소작인으로 일평생을 지낸다. 간혹 전지를 가진 사람이 있으나 그것은 쌀에 뉘만 못하였다. 그네들 가운데는 자기의 딸과 중국 사람의 전지와 바꾸는 이도 있다. 그네들은 일본과 중국의 이중법률의 지배를 받는다. 아무런 힘없는 그네들은 두 나라 틈에서 참혹한 유린을 받고 있다. 그래도 어디 가서 호소할 곳이 없다.[20]

1915년 中·日 간에 맺어진 '남만주 및 동부내몽고에 관한 조약 및 교환공문'에 의하면 재만(在滿) 조선인에 관한 사건은 중국법률에 따르지 아니하고 일본영사관에서 재판하도록 되어 있었다. 그러나 실상은 인용문에서 말해주듯이 재만 조선인들의 실상은 '일본과 중국의 이중 법률의 지배'를 받으며 참혹한 유린을 당하고 있었던 것이다. 중국 땅에서 살고 있으니 중국법률의 지배를 받아야 하고, 일본사람이기 때문에 일본 법률을 따라야 했다. 그러나 이 두 법률 가운데 어느 것도 조선인을 보호해줄 만한 법은 없었다. 형식적으로 보자면 재만 조선인들은 일본의 보호를 받을 권리가 있지만 실질적으로는 불가능했던 것이다.[21] 조선인은 법적으로는 '일본국민'이었지만 자국민 보호측면에서 보면 전혀 일본인이 아니었기 때문이다.

이러한 이중 지배공간을 배경으로 한 서해의 작품을 보면 이른바 '인간에 의한 인간의 착취' 라는 문제가 전제되어 있다. 말하자면 '약탈자 대 희생자', 즉 '유산자 대 무산자' 라는 계급대립의 구도로 소설이 진행된다. 「기아와 살륙」에서는 의원과 약국주인이 뚜렷한 반동인물로 등장

---

20) 최서해(1996), 「해돋이」『한국현대대표소설선2』, 창작과 비평사, p.38
21) 하정일(2005), 「민족과 계급의 변증법」, 앞의 책, p.223

하여 유산자와 무산자의 이항대립구도가 된다. 아내가 병들어 다 죽게 되자 주인공은 의원을 찾아가 통사정하지만 번번이 진찰마저 거절당한다. 마침내 일 년 동안 머슴살이 하겠다는 계약서를 받고서야 마지못해 침을 놓아주고 처방전 한 장 써주는 의원이나, 약은 지어줄 생각도 하지 않고 돈 계산부터 하는 약국주인의 횡포는 주인공을 더욱 궁지로 몰아넣는 구조적인 장치가 된다.

> 약국주인은 아무 말 없이 처방전을 손에 들고 수판을 달그락 달그락 퉁기더니 "돈 가지고 왔소?" 하면서 경수를 쳐다보았다. 경수의 낯은 화끈 달아올랐다. "돈은 낼 드릴테니 먼저 약 좀 지어 주시오" 경수는 간수 앞에서 면회를 청하는 죄수처럼 기어들어가는 소리로 말했다. 약국주인은 얼굴을 찡그리면서 안쪽으로 사라졌다. 경수는 모든 설움이 일시에 복받쳐서 눈물로 앞이 캄캄했다. 일종의 분노도 없지 않았다. 세상이 너무도 자기를 학대하는 것 같았다. 그것이 새삼스럽게 슬프고 쓰리고 원통했다.22) (「飢餓と殺戮」, p.16)

처음에는 삶에 대한 소박한 염원을 안고 그것을 실현해 보려고 갖은 고생과 모욕과 굶주림을 참아 왔지만, 갈수록 그 고통과 불행이 중첩되

---

22) 藥局の主人は、黙々として、處方箋を手に取つて、算盤をパチパチはじいて見てから。「お金は持つて來たらうね?」と云いながら、慶秀の顔を窺いて見た。慶秀の顔は、急にほてつた。「お金な明日持つて參りますから相濟みませんが、藥を先きにお願ひ致したいのですが」慶秀は看守の前で、面會を求むる囚人の聲のやうに細い聲で云うのであつた。藥局の主人は、唯黙つて、顔をしかめて、奥の方へ姿を消した。慶秀は凡ての悲しみが一時に込み上げて來て、涙を一ぱい堪えた眼には何も見えなかつた。一種の憤怒も含まつてないことはなかつた。世間はどうしてこんなに自分と云うものを虐待するのだらうかとさえ思はれてならなかつた。それが、今更のやうに、苦しい、悲しい、怨めしいものとなつて來るのだつた。

어 가면서 비로소 자본주의 사회에 대한 모순을 깨닫기 시작한다. 그것은 사회구조 특히 경제적인 면에서 자각한 결과로 '있는 자와 없는 자' 간의 모순, '착취자와 피착취자' 간의 모순, 즉 돈에 의하여 빚어지는 온갖 사회악에 대한 작가의 냉철한 인식이다. 최서해의 이러한 사회구조에 대한 자각은 間島를 배경으로 한 대부분의 작품 속에서 개인적인 원한과 피해의식에 대한 보복의 형식으로 나타난다. 이는 당시 검열 문제도 있었겠지만 체험적인 면에 치중해 있는 작가의 창작관에서 그 원인을 찾을 수 있을 것이다.

이러한 창작관이 보다 명확하게 드러난 작품이 바로 「홍염」이다. 「홍염」은 경제적인 사회구조의 축소판인 지주(중국인 殷家)와 소작인(조선인 문서방)의 관계를 기본적 계급관계로 규정하면서 서사를 풀어나간다. 계급적 갈등이 축을 이루는 까닭은 지주/소작 관계가 착취의 토대가 되기 때문이다. 여기에 빚 대신 딸을 빼앗아 가는 '인가(殷家)'[23)]의 행태를 '되놈'의 반인륜적 관습과 연계시키면서 민족적 갈등이 본격화 되고, 민족적 갈등이 중첩되면서 문제는 증폭된다.

한 평의 땅도 없는 문서방은 중국인 지주 '인가'에게 '도조'나 '타조'로 양식을 꾸어먹고 농사를 짓지만, 죽어라 일해 봤자 가을 추수는 빚 갚는데 다 들어가 버리니 빚은 줄어들기는커녕 해마다 누적되어 간다. 게다가 음흉한 '인가'는 문서방의 딸 용례를 염두에 두고 유독 심하게 빚 독촉을 한다.

---

23) 중국인 지주 '殷家'는 '은가'가 아닌 '인가'로 번역하였다. '殷'의 중국식 발음이 'yin'으로, 우리말의 '인'에 가까울뿐더러, 최서해가 作한 원문에서도 중국인지주 이름이 '인가'로 되어 있어 이를 따르기로 하였다.

“문서방! 올해두 도저히 안되겠소?” 인가는 문서방의 인사는 듣는둥 마는둥 딴전을 치면서 담뱃대를 꺼내어 쌈지에 넣는다. “허허 어제두 말했지만 글쎄 곡식이 안되서 도저히 방법이 없구려.” “도리 없소 어떻게 할까? 흉작, 흉작이고 뭐고 내 알바 아니오. 오늘은 모두 내놔. 알아서 해!” 인가는 그 자리에 털썩 주저앉았다. “내년엔 꼭 갚아드릴게 올 만 참아주오! 장구재(주인)도 알겠지만 죄 흉년이라 얼마 되지두 않은 이것(수확물)을 모두 드리면 우린 올겨울 모두 굶어죽소.” 문서방의 눈에는 애원하는 빛이 흘렀다. “안되우! 안돼! 모두 내놔! 그래도 많이많이 부족이오!” “부족이 해두 하는 수 없지. 없는 걸, 내고 싶어도… 도저히… 휴.” “우째 없소! 응. 늬듸(당신) 어째 없냔 말이오! 말해! 내 쌀. 내 소금이디. 내 강냉이…… 누구 입에(입을 가리키면서) 다 먹었소? 어째 없소 응?” 인가는 핏대를 세우고 고래고래 소리 질렀다. 문서방은 아무 대답할 기력조차 없었다.24) (「紅焰」, pp.256~257)

첫해의 수확은 변변찮았고, 이듬해는 흉작이었던 터라 소작료는커녕 꾸어다먹은 식량마저 갚지 못했던 문서방은 지주에게 호되게 매까지 맞

---

24) 「文書房！ドシテモ、今年、ダメアルカ？」文書房のあいさつは聞かぬ態で殷は煙管を取出すとカマスの口に突込んだ。「このふもいうた通りで、この不作ぢや、とうにも、しようがありめへんね」「シヨウガナイ、ドウスルカ？不作、不作ナイ、ワタシ關係ナイ。今日はミナ返ス、ヨロシイ」殷はその場にどかりと腰を据ゑた。「來年は間違ひないさかいに今年だけ、一ツ、こらへてくんなされ。チヤングヂエ(丹那)も知つてなさろが、全くこの不作ぢや、どにもなりめへんね。わづかこればつかしのもの(取穫物)あげてしもたら、冬は饑死せんならんさかい―たのんます來年までこらへてくんなされ」さういふ文書房の目には哀願の色があつた。「ダメ、ダメ、ミナ出ス、ソレマダ足リナイ」「そやかで、あんた、どないにしたら、えゝかいな。無いもん出せいうたかで、無理だすがな」“ナゼ、ナイアルカ！ニデイ(お前)ナゼナイアルカ！ハナスヨロシイ。ワタシ米、ワタシ塩、ワタシドウモロコシ、ニデイ口(口を指しながら)ミナ、ミナ食ベタ。ナゼ、ナイアルカ！」殷は、青筋立てゝ、わめきつゞけた、文書房は、もう何も答へる氣力がなかつた。

고서 겨우 금년으로 미루었던 처지였는데 금년마저 흉년이 들자 빚은 누적될 수밖에 없었다.

滿洲는 극동의 무법지대나 다름없어서 중국인 지주가 소작인에게 私刑을 가해도 별반 처벌은 되지 않았다.[25] 게다가 생명에 대한 위협까지 감수해야 하는 악조건 속에서도 소작을 얻기 위해서는 아내나 딸을 볼모로 하는 중국식 계약도 만연하고 있었다. 중국과 일본 양국의 지배는 받으나 보호는 받지 못하는 이주민의 비참상은 조선에 남아있는 농민이나 다를 바 없었다. 빚 대신 문서방의 아내를 데려가려는데, 딸 용례가 뛰쳐나와 어머니를 붙잡고 울부짖자 '인가'는 기다렸다는 듯이 용례를 덥석 끌고 가버린다.

> "아이구 어머니! 어머니를…… 어머니… 왜 잡아가오?" 용례는 어머니의 손목을 잡은 중국인의 손목을 물어뜯었다. 용례를 보자, 인가는 아내를 놓고 용례의 손목을 잡았다. "이 도둑놈아! 놔라! 이것 놔! 아이구 아버지! 엄마!" 우악스런 인가의 손에 붙잡혀 질질 끌려가는 힘없고 가냘픈 처녀는 몸부림을 치면서 발악을 하였다. "용례, 용례야! 용례야! 어디간단 말이냐 용례야!" "너를… 너를… 머나먼 이곳까지 데리고 와서 짐승같은 놈에게…" 문서방의 내외는 미친 듯이 뒤를 쫓아갔다.[26] (「紅焰」, p.259)

---

25) 임종국(1974), 『韓國文學의 社會史』, 정음사, pp.128～129

26) 「あれ! おかやん! おかやんを… おかやんを… 何で連れてゆくのや…」龍禮は、母の手を捉へた支那人の手首に噛みついた。龍禮を見ると殷は、妻を離して龍禮の手首を握つた。「このドンチクシヨウ! 離セ! 離セ!」「あれい… おとう! おかん!」荒れくれた殷の手に捉へられて塵のやうに曳きずられてゆくかよはい乙女は死物狂ひに身悶えながら声をふり絞つて叫ぶ。「おお…龍よ! 龍よ!.龍よ! どこ行く龍よ!」「お前を… お前を… はるばるこゝまで連れて來てからに、畜生のゐじきに

문서방은 마침내 용례를 '인가'에게 빼앗기게 된다. 이 일로 아내가 몸져눕게 되자 문서방은 죽기 전에 아내에게 용례의 얼굴한번이나마 보게 해 주려고 번번이 문전박대 당하면서도 '인가'를 찾아가기를 반복하지만 단 한 번도 만나게 해주지 않는다.

> "…길지는 않을걸세. 마지막 죽어가는데 철천지한이나 풀어야 하잖겠소 (중략) 얼굴이라도 한 번 보게 해주게나! 제발 부탁이네…" "무어라 통사정해도 안되우! 우리집이(용례) 잠시라도 밖에 나가는거 재미없소" 배짱을 부리는 인가의 모습은 마치 전당포 주인과 같은 태도였다. 문서방의 가슴은 초조함, 안타까움, 서글픔에 확 쥐어뜯어놓고 싶었다. 화가 목까지 치밀었다. 차라리 부뚜막에 있는 낫을 쳐들고 인가의 그 불뚝 튀어나온 배를 단숨에 콱 찔러버릴까 하는 생각도 했지만 그래도 행여나 하는 바램을 버리지 못하고 억지로 치밀어 오르는 분함을 참아냈다. "그러지 말고 제발 보여주오! 한번만… 한번만… 그럼 마누라를 데리구 올까? 아니 바람을 쏘여서는 안되는데… 어차피 죽을텐데… 죽어두 원이나 없게… 내가 데리고 올게 얼굴 한번만이라도 보여주오…" (중략) 인가는 문서방을 어서 가라고 재촉하는 듯 먼저 자리를 떴다.27) (「紅焰」, pp.261~262)

しようとは…」文書房夫婦は、気も狂はんばかりに後を追うた。

27) 「…もう、長いこつちやな… 死際にせめての慈悲や心残りを晴らしてやつておくれいな。(略) 顔でも見せてくれんかいな、たのんまつさアな…」「ソレ何ベン言ツテモダメアルナワタシ妻、ウチ少シデモ出ル、ソレオモシロイナイ.」圖太く構へる殷のその様子は、まるで質屋の因業親父とつた拾好だ。文書房の胸のうちは、もどかしさ、切なさ、さてはうらかなしさで、騷きむしられる思ひだ、憤りがムクムクと首を擡げる。いつそにと、そこにある利鎌を振り上げて、殷の、そのふくれ上つた脾腹を、一と思ひにブスリと突き裂いてやらうかと、そんな気さへするのだが、それでも、もしやの空頼みが棄て切れず、無理にも腹の虫を押へた。「そないにいはんとな…、一目でえゝのや…一目でそんなら連れてこうか、婢を…、風に當ると悪いし…もうえゝ、どうせ死ぬのや死ぬなら、いつし願いで

결국 용례를 부르다가 눈도 감지 못한 채 문서방댁은 피를 토하고 죽는다. 빚 대신 딸을 빼앗기고 그로인해 아내마저 죽게 된 극한상황은 문서방을 고립된 세계로 이끌며, 결국 극단적인 행동을 재촉하게 되는 것이다.

이런 점에서 「기아와 살륙」, 「홍염」은 작가의 사회적, 정치적 견해를 피력하는 경향문학인 셈이며, 이는 프롤레타리아 문학의 前단계적인 특성을 지닌다. 때문에 주인공 문서방에게서 민족의식을 찾을 수 있었다고 진단하였던 프로 문학가들에 의하여 그것을 확대해석하여 집단의식화 시키고 행동화 시키는 선전효과를 삼으려 하였다. 그러나 서해가 지닌 계급의식은 반드시 유산, 무산을 구분하는 계급의식이라기보다는 오직 자기 자신에게 직접적으로 고통을 주는 자에게 느끼는 본능적 저항의식, 즉 피압박자로서 압박자에 대한 계급의식이었을 것이다.

間島에서의 체험은 계급문제와 민족문제를 동시에 담아내는 소설적 경지를 이루어내었던 원동력이 되었다. 때문에 박영희와 김기진 등이 "당시 평론가들이 방향전환기 이후의 첫 수확이라고 호평을 한 작품" 28) 또는 "自然發生期에 있어서 가장 우리의 取할만한 作品" 29)이라 격찬하며 서해를 프로문학의 전형으로 내세우고자 하였다. 그러나 서해는 KARF 가입으로 프로문학 작가의 대열에 합류하였으면서도, 이데올로기의 비판적 사고 부족으로 이념의 시대에 적응하지 못하고 결국 KARF를 탈퇴한다. 이 같은 계급에 대한 인식은 서해가 朝鮮文壇社에 입사하고 서울에 정착하게 되면서 반전되는 양상을 보인다. 저널리즘에 종사한 이후 서해는 소시민적인 삶으로 일관했으며, 이러한 소시민적 체험은 자전

も叶い一目ちよつくら顔だけても見せんかいな…」(略)殷は、早くかへれと促すように、自分から座を立つた。

28) 朴英熙(1960), 「初創期의 文壇側面史(五)」, 「現代文學」, 1960.1, p.276
29) 金基鎭(1927), 「文藝時評」, 「朝鮮之光」, 1927.2, p.97

적 작품 「갈등(葛藤)」30)에서 '상전 대 어멈'이라는 주종관계의 구도로써, 이전과는 다른 계급에 대한 갈등으로 나타난다. 여기서 가정부 '어멈'에 대한 '나'의 연민과 동정심, 즉 시혜적 민중관은 바로 서해의 의식의 흐름에 따른 반전으로 볼 수 있다. 이러한 의식의 흐름이 식민지 현실과 맞물려 「이중(二重)」31)에서는 배경을 일본으로 이동하여 일본인과의 직접적인 대결구도로 나타난다.

> 나는 일주일쯤 전에 사정이 있어서, 일본인 마을인 와카구사(若草)로 이사 왔다. 주위는 일본인들만 사는 호화주택가 인지라 이층에 올라가서 사방을 둘러보면 왠지 왕이 된 것 같은 기분이 든다. * * * 이웃에 일본인 노파가 살고 있는데, 우리 집으로 수돗물을 얻으러 온다.32) (「二重」, pp.388~389)

일본인들만 사는 와카구사의 호화주택 촌에서, 왕이 된 듯한 기분을 느꼈다는 것은, 「갈등」에서 "나는 하루에도 몇 번씩 내 자신의 행동과 언어에서 귀족냄새를 맡는다."는 심리와 상통하며, 여기서 더 나아가 「이중」을 통하여 일본인들이 사는 호화주택가에서 자신의 계급을 확인해 보고 싶은 심리를 드러내고 있음을 알 수 있다.

그런데 식민지 시기, 그것도 일본 땅에서 수도시설이 되어있는 집에서 문화생활을 누리는 주인공의 삶이나, '나'를 통하여 일본인 노파에게 '식

---

30) 최서해(1928), 「葛藤」, 「신민」
31) 「二重」은 1927년 5월 「現代評論」에 발표하였으며, 이후 게재금지 되었으며, 동년 10월 일본어로 번역되어 잡지 「朝鮮人の言論と世相」에 실렸으나 검열에 의하여 상당부분 삭제된 듯함.
32) 僕は一週日程前に事情があつて、日本人村の若草町に移轉てた來た。周圍は日本人の大廈高樓、自分も夕飯を食つて二階へ上つて四方を眺めると、何だか王樣になつた樣な氣がする。* * * 隣に日本人の老婆が居つて、僕の家へ水道の水を貰ひに來る。

수공급을 허락하는 것' 으로 확인된 계급은 경제적인 계급일 뿐이다. 주인공 내외의 공중목욕탕 입욕불가 사건은 민족적인 계급과 함께 본격적으로 민족적 갈등을 야기한다. 그들이 하층계급이라 여겼던 일본인 노파는 입욕이 허락되었는데 함께 간 아내는 입구에서부터 입욕을 거절당한 것이다. 분함을 참지 못해 울부짖는 아내를 보던 '나'는 홧김에 재차 목욕탕 입욕을 시도하지만, 그 이유는 일본인 친구의 입을 통하여 명확히 제시된다.

> "어어 자네! 안되네 안되! 자네는 목욕탕에 들어갈 수 없어. 일본 옷 (하오리)에 게타를 신고가면 모를까, 흰옷 입은 사람은 들여보내주질 않는다네."33) (「二重」, pp.389)

주인공 내외는 부르주아일지라도 식민지 조선인이기 때문에 공중목욕탕 입욕 그 자체를 거부당한 것이다. 여기에서 서해는 일본에서 조선인의 현실은 경제적인 계급에 앞서 민족적 차별을 인식하게 됨은 물론, 주인공 '나'를 통하여 스스로 상향조정하였던 계급이 민족문제에서만큼은 벗어날 수 없음을 재차 확인하게 된다.

1920년대 이러한 현실 속에서 갖은 고초를 겪으며 間島로 유랑생활을 체험한 서해는 중국인들에 의한 착취와 차별의 근본적인 원인과, 일본 땅에서의 경제적 계급에 앞선 민족적 차별에 대한 인식을 일제의 침략에 의하여 식민지가 된 이후, 민족적 주체성과 삶의 터전마저 잃은 데서 비롯되었다는 것에서 찾았던 것 같다. 비로소 식민치하에 놓여 있는 조선의 현실이 무엇보다도 심각한 문제였음을 깨달은 서해는 중국인이나 일

---

33) 「あゝ君、駄目だ駄目だヨボは風呂へ入れないよ、日本羽織に下駄を穿いて行けば入れるが、白衣の人は入れないよ。」

본인과의 관계에서 '지배 / 피지배' 의 이항대립구도를 벗어나려면 먼저 일제의 식민지배에서 벗어나야 하는, 즉 일제로부터의 해방이 우선적인 과제가 되어야 한다는 현실을 인식하기에 이른 것이다.

4.2 민족적 저항의 표출양상

최서해의 여러 작품이 불특정 다수를 향한 테러나 살인 또는 방화와 같은 극단적 행동으로 결말지어짐으로 세계를 보는 작중인물의 시각이 개인적 감정의 차원을 벗어나지 못함 점은 선행연구자들에 의하여 지적된 바 있다. 물론 주인공들의 그러한 행동은 극한적인 위기의식에서 기인하며, 이러한 극한적 위기의식은 최서해 문학의 주인공들이 행동으로 나서게 만드는 심리적 動因이 되기도 한다.

「기아와 살륙」, 「홍염」, 「이중」은 모두 구조적으로는 인과관계로 연결되어 있으면서 심층구조에서는 동일한 내적 경험의 연속선상에서 갈등이 표출되는 양상을 보여주고 있다. 서해의 이러한 소설작법은 선행연구자 곽근(1987)의 글에서 찾을 수 있다.

> 서해는 당시의 시대상이나 현실상만을 표출하기 위해서 작품을 썼다고는 생각되지 않는다. 그 자신이 고백하였듯이 내면 깊숙이 응어리진 그 무엇을 발산시키고 자신의 고통을 대변하는 수단으로서의 작품을 썼기 때문이다.[34]

이러한 상황에서 표출된, 최서해 소설의 주인공들은 모두 고립된 개인

---

34) 곽근(1987), 「서해문학의 이해를 위하여」, 『최서해전집(下)』, 문학과 지성사, p.439

으로서 민족적 착취와 차별로 인하여 이중으로 고통 받고 있지만 식민지 현실에서 '도움을 청할 만한 곳'이나 '호소할 곳이 없다'는 절박감에서 연유하고 있음을 쉽게 짐작할 수 있다.

작가 자신이 고립된 극한 상황에서 민족문제를 인식하게 되자 그 갈등은 작품 속에서 민족적 저항으로 나타나게 된다. 그 양상을 <표 2>로 간략하게 정리해 보았다.

<표 2> 고립된 개인의 민족적 저항 표출 양상

작품명	주 인 공			민족적 저항의 표출양상	
	이름	계급	직업	대 상	방 법
飢餓と殺戮	경수	무산자	막노동	가족, 불특정다수의 중국인, 중국경찰서	살인, 중국경찰서 습격
紅焰	문서방	무산자	소작인	중국인 지주	방화, 살인
二重	나	유산자	지식인	불특정 일본인	대화단절, 수돗물공급 중단

이들 작품을 세심히 살펴보면 자신의 삶을 나락으로 떨어뜨린 근본원인을 식민체제의 사회구조에 의한 민족적 착취와 차별에서 찾고자 하였음이 주인공들의 행동을 통하여 표면으로 드러난다.

「기아와 살륙」의 주인공이 처한 현실은 병든 아내에게 약 한 첩은커녕 죽 한 그릇도 먹이지 못하는 극한 궁핍상황이다. 게다가 일 년간의 머슴 계약서를 받고서야 침을 놔 주는 탐욕스런 의원과, 약은 지어주지 않고 돈 계산부터 하는 약국주인에게 적개심을 품고 있는 상황에서 어머니마저 중국인 지주의 개에 물려 처참하게 죽게 되자 분노는 극에 달한다. 도저히 타개할 수 없는 궁핍한 현실의 원인이 '되놈' 탓이 되면서 이야기는 민족적 차별문제로 불거지게 된다. 그 동안 빠져나갈 틈이 없이 압박해 오는 중국인 및 중국경찰서에 대한 주인공의 복수심은 다음에 있을 파괴적인 행동을 예고하는 것이기도 하다. 때문에 가족들을 모두 처치한 후 중국경찰서를 습격한 것은 우발적인 충동의 결과가 아니라 분명한 목적의식에서 기인하는 것이다. 요컨대 고립된 개인의 복수심에 의한 중국경찰서 습격은 소설 속 주인공의 현실적 여건에서 할 수 있는 최대치의 민족적 저항이었던 셈인 것이다.

「홍염」은 갈등의 대상이 명확히 드러나 있고 그 갈등의 원인 또한 당시 농본주의적 계급인 지주와 소작인 관계로 설정되어 있어 「기아와 살륙」이나 「이중」에서처럼 불특정 다수를 대상으로 테러를 감행한 것에 비해 파괴적 행동의 대상 또한 명확하다.

이러한 서사의 축에 민족적 갈등을 접합시킨 「홍염」은 계급의 발견을 성취한, 즉 계급문제의 보편성과 특수성을 잘 포착한 작품으로, 최서해 문학의 정점에 놓였다고 할 만하다. 「홍염」은 이러한 계급문제의 내적 연관성과 차별성을 적절하게 반영하고 있으며, 거기에 민족적 갈등을 잘 접합시킨 점에서 문서방의 살인행위에는 계급적 저항과 민족적 저항이 중첩되어 있다 할 수 있다. 민족의 삶을 끝없이 압박해 오던 중국인 지주를 죽이고 딸을 되찾은 것에서 문서방의 반전은 '하늘을 향해 세차게 타오르는 불'과 함께 잠시나마 승리감을 안겨주기도 한다.

> 그 기쁨! 오오 그것은 딸을 안은 아버지의 기쁨만이 아니었다. 약하고 작기만 하다고 믿었던 자신의 힘이 철통같은 성벽을 무너뜨렸다는 걸 알았을 때, 그 때만큼 크나큰 기쁨이 이 세상 또 어디에 있을까. 불길은─그 붉은 불길은 의연히 모든 것을 태워버릴 것처럼 더욱 더 세차게 하늘을 향해 타오르고 있다.35) (「紅焰」, p.268)

그러나 여기서 '크나큰 기쁨'으로 표현되는 승리감이란 말하자면 고립된 개인의 '한풀이'에 불과한 것 같다. 때문에 이러한 갈등의 해소방식은 자아와 외부세계와의 화해 차원에서 본다면 오히려 화해의 불가능성만을 확인시켜 줄 뿐이라 여겨진다.

「이중」에서는 아내가 자기 집으로 수돗물을 얻으러 다니는 일본인 노파와 함께 공중목욕탕에 갔는데 조선인이라는 이유로 아내가 입욕을 거절당하면서 그 갈등은 시작된다. 억울해 하는 아내의 복수라도 하려는 듯이 기세 좋게 공중목욕탕에 들어가려 했으나 그 자신 역시 보기 좋게 입욕을 거절당한다. 이를 계기로 그 갈등은 민족문제로 확대된다. "중(僧)이 미우면 걸치고 있는 가사(袈裟)까지 미워지는" 격으로 물을 얻으러 오는 이웃 노파가 일본인이기 때문에 인사를 거절함은 물론, 결국 수돗물 공급마저 끊어 버리는 것으로 표출된다.

> 우리들은 이중의 비애를 갖고 있다. 조선인이기 때문에 종업원 까지도 그들은 나에게 입욕을 거부한다. (중략) 이 비애는 참을 수 없다. 중(僧)이 미우면 걸치고 있는 가사(袈裟)까지 미워지는 것인지, 그날 이후 이웃 노파까지도 미워서, 노파가 물을 얻으러 와서 인사하면, 나도 "안녕하세요?" 라 화답했던 나는 아무 대꾸도 하지 않고 물주는 것을 거절했다.36) (「二重」, p.390)

---

35) その喜び！おゝ、それは娘を抱いた父の喜びだけではない。弱く、小さいとのみ思ひ込んだ自分の力が鐵壁を打ち崩したと知つたとき、そのときの喜びほど大きな喜びがこの世のどこにあらう。焰はーーその紅い焰は、すべてを焼き尽くさずにおかぬばかり、物凄くなほも空に燃え上つてゐる。

36) 我等は二重の悲哀を持つて居る。朝鮮人だから、ヨボだからと言つて彼等は吾人に入浴を拒む。(略) 此の悲哀は忍ぶ事が出来ぬ。それから以来隣の老婆が憎くなつた、坊主が憎くければ袈裟まで憎して、老婆が今晩はと云つて、水を貰ひに来た

내면의 갈등 표출에 있어서도 「이중」에서 보여주는 상류층 지식인의 경우는 이전의 작품과는 확연히 구분된다.

> ……이 가슴속에 쌓이고 쌓여서 혈관과 세포에 깊이깊이 침투해가는 이중의 비애! 아아 '나'는 그 커져만 갈 미래를 조용히 바라보고 있다.37) (「二重」, p.391)

이처럼 일본인과의 직접적인 대결에 있어서는 그 울분을 노골적으로 드러내기 보다는 가슴속에 겹겹이 쌓아두는 것에서, 식민지 하층민의 내면갈등이 테러나 방화, 살인으로 결말이 났던 「기아와 살륙」, 「홍염」에 비해, 일본을 배경으로 한 지식인 유산자의 내면갈등을 묘사한 「이중」에서는 그 갈등을 미래의 숙제로 남겨두고 있는 것이다.

서해는 작품 속에서나마 끊임없이 이러한 모순된 사회구조와 함께 민족의 문제를 이야기 하고 싶었고, 또 여기에 민족적인 저항을 담으려 하였다. 그러나 서해의 소설은 대부분 개인의 갈등이 개인이나 불특정 다수를 통하여 해소시키려 하는데서 문제점이 있다 할 것이다. 작품 속에서 알 수 있듯이 사회구조의 근본적인 문제의 인식에 도달하였음에도 그 갈등의 대상을 사회적인 측면으로 나타내지 못한 점은 작가의 협소한 세계관에 기인한다 할 것이다. 서해의 이러한 세계관은 작품 안에서 의식과 그에 따른 행동의 제약을 초래하게 되어, 결국 주인공 자신과 주변인물을 파국으로 끌고 가는 반동인물로서의 개인에만 머물게 할 뿐, 대 사회적인 진보를 어렵게 한다.

ら、今晩はと答へて居つた吾人は、無答の儘水を給與することを拒むでやつた。
37) ……此の胸の中に積り積つた血管や細胞に深く深く且重く潜み浸み込んで行く二重の悲哀！おゝ吾人はその大きくなる將來を靜かに眺めて居る。

이는 작가의 의식이 민족의 발견에 도달하기는 하였으나 체험적인 면에 치우친 나머지 세계를 보는 작중인물의 시각이 개인적 감정의 차원에서 벗어나지 못하고, 마침내 시대와 민족의 비극을 그의 소설 속에서 절대적인 것으로 받아들이는 작가의 한계성을 보여주는 부분이라 할 것이다.

5. 결론

1901년 함경북도 성진에서 태어나 春園 이광수의 추천으로 문단에 등단한 서해는 동 시대 다른 작가들에 비해 작품 속 등장인물들이 겪는 아픔을 직접 체험함으로써 소재의 한계성과 표현기교의 미숙함에도 불구하고, 그 리얼리즘의 형상화에 있어서의 독특함으로 문단에 파란을 일으키며, 신경향파 문학의 독보적인 존재로서 자리매김 된다.

본 텍스트인 일본어소설 「기아와 살륙」, 「홍염」, 그리고 「이중」 은 타인에 의하여 일본어로 번역되어 일본문단에 소개된 것으로, 일제의 식민지 정책으로 인한 조선민중의 실상과 원작자 최서해의 사실성 있는 항거 또는 투쟁이 일본어권 독자들에게 알려지는 계기가 되었다는 점에서 나름대로 의미를 찾을 수 있다 하겠으나 검열에 의하여 중요한 부분이 복자처리 되거나 삭제된 점은 아쉬움으로 남는다.

당시 호구지책을 위한 이국땅에서의 하층민의 전형적인 상황을 묘사한 「기아와 살륙」, 「홍염」과 그간의 작품과는 달리 획기적인 내적변화를 보여준 「이중」을 세심히 살펴보면, 경제적인 면에 비례하여 작가의 의식이 변화되어 계급의 반전으로 나타나고, 또 배경이나 의식의 변화에 따라 계급적, 민족적 저항의 표출도 다양하게 나타난다. 이러한 점은 서해가 끊임없이 '착취자 대 피착취자', '유산자 대 무산자'의 구도인 계급의 문제와 '피식민국 대 식민국', '피식민자 대 식민자'의 이항대립 구조인 민족의 문제를 이야기 하고 싶었으며, 여기에 민족적인 저항을 담아내려 했음을 짐작하게 한다.

그러나 최서해의 소설은 대부분 극한 상황에 처한 폐쇄적인 개인이 그 갈등을 자신에게 압박을 가한 다른 개인이나, 또는 불특정 다수를 통하여 해소시키려 하는데서 문제성이 드러난다. 이는 서해가 체험적인 면에 치우친 나머지 사회구조에 대한 근본적인 문제의 인식에 도달하였음에도 그 갈등의 대상을 사회적인 측면으로 나타내지 못하는 협소한 세계관에서 그 원인을 찾을 수 있을 것이다.

이러한 세계관은 작품 안에서 의식과 그에 따른 행동의 제약을 초래하는 결과로 나타날 뿐만 아니라, 결국 주인공 자신과 주변인물을 파국으로 끌고 가는 반동인물로서의 개인에만 머물게 하는 결과를 초래한다. 이는 조선사회의 변화를 더욱 어렵게 할 뿐만 아니라, 어렵사리 찾아낸 민족에 대한 의식을 '민족 대 민족'의 문제로까지 승화시키지 못하고, 시대와 민족의 비극을 그의 소설 속에서 절대적인 것으로 받아들이고 있는 작가의 한계성이 드러나고 있음을 보여준다 하겠다.

05.

최정희 소설에서 본
'여성 지식인' 변용*

장미경 · 김순전

1. 들어가는 말

1930년대 여성작가가 대거 등장을 하였는데 그 중에서 최정희만큼 많은 관심과 지속적인 평가를 받아온 작가도 드물 것이다. 최정희 소설에 등장하는 인물들 대부분은 당시 엘리트 여성이라고 내세울 수 있는 기자 및 작가로 설정되었다. 김문수(1997)가 최정희의 사소설이 사적인 것으로 닫혀진 형태의 소설이 아니며, 특수한 자기 문제를 한정시키지 않고 보편적으로 문제를 확대시킨 격조 높은 소설이라 평가하였기에 1) 그의 작품에서 지식인의 사회적 자아를 밀접하게 연결하여 살펴볼 수도 있을 것이다.

작가의 가치관은 여러 계층에 걸쳐 반영되겠지만, 학교에서 공부를 많이 한 인물 묘사에 대단히 깊은 관심을 보였다고 생각된다. 지식인이 한

---

* 이 글은 2009년 9월 30일 한국일본어문학회 「일본어문학」(ISSN : 1226 ‑ 0576) 제42집, pp.173~193에 실렸던 논문 「최정희의 일본어소설에 나타난 지식인 고찰」을 수정 보완한 것임.

1) 김문수(1997), 「최정희의 문학과 인간」, 『한국예술총집』, 대한민국예술원.

시대의 사회 문제들에 대해 본질적인 관심을 보이며 당대 현실 인식, 역사에 대한 시각, 봉건적, 도덕적 문제에 더욱 민감한 반응을 나타내기 때문이다. 따라서 지식인의 사유와 존재 방식, 삶을 형상화함으로서 작가 자신의 또 다른 분신, 작중 인물로 사회와 도덕적 문제에 많은 관련을 맺고 있다고 볼 수 있다.

본고는 최정희(1912 - 1990)의 일본어로 쓰인 「정적기」(1937), 「지맥」(1940), 「야국초」(1942)에 등장하는 인물을 중심으로, 지식인이 어떻게 형상화 되었는지 살펴보고자 한다.2) 따라서 최정희의 작가적 이력과 덧붙여서 그의 작품 세계에 포함되어 있는 '여성 지식인'을 좀 더 섬세하게 주목하여 당시 지식인의 사회상을 알고자 한다.3) 이리하여 1930년대 말에서 40년대 최정희가 그리려고 한 여성 지식인이 어떤 양상으로 당시의 사회상을 표출하였는지 조명할 수 있으리라 여겨진다.

---

2) 텍스트로 「정적기」와 「지맥」은 大村益夫, 布袋剛博 編(2001), 『近代朝鮮文學日本語作品集』 3券 綠蔭書房으로 하였으며, 「野菊抄」는 人文社 發行 「國民文學」 4券으로 하였다.

3) 여기에서 지식인을 어떻게 정의를 내릴까 하는 문제에서 발표자는 당시 1930년대의 현실을 반영하여 중등학교 졸업생 이상으로 규정하였다. 지식인이 어떤 사람을 지칭하는가 하는 문제는 이를 규정하는 시대적, 역사적 환경의 제약에 따라 크게 달라질 수도 있지만 교육받은 사회집단의 범위에서 설정하였다. 참고로 당시 여성의 중등교육을 살펴보면 (1921년) 7학교 1,062명 →(1933년) 18학교 5,217명 →(1939년) 24교 8.650명 →(1942년) 33학교 11.217명이었다. 남학생의 경우는 (1921년) 17학교 4.928명 →(1933년) 26학교 13,527명 →(1939년) 34교 18,484명 →(1942년) 47학교 24,1107명이었다.(김순전 외(2008), 『제국의 식민지 수신』, 제이엔씨, p.418)

2. 여성 지식인의 문제

2.1 여성 지식인 유형

최정희는, 여성 세계에 문학의 뜻을 두면서도 언제나 사회에 대한 관심의 줄을 놓지 않았다.

「정적기」「지맥」「야국초」에 나오는 지식인들을 표로 정리하였다.

<표 1> 세 작품에 나오는 지식인 여성

작품	주인공	직업·학벌	가족	혼인관계
정적기	나	신문기자	아들 1	별거
지맥	은영 부용	M대학 2년 중퇴 부잣집 영감의 첩	아들 2 아이 1	무적자
야국초	나	간호원	아들 1	무적자

<표 2> 세 작품에 나오는 지식인 남성

작품	주인공	지식인 인물	직업	이미지
정적기	그	예술형 지식인	연극연출자	폭력과 무능함
지맥	홍규 상훈	좌익계 지식인 낭만적 지식인	사회운동가 다방 경영	사회사업 룸펜 인텔리
야국초	그 하라다	관리형 지식인 제도권 지식인	은행 지점장 교관	현실 안주형 시국 동조형

<표 1>과 <표 2>에서 본 것처럼 최정희는 지식인에 초점을 맞추어 작가의 자아를 연결시켜 투영시켰다고 할 수 있을 것이다.

「정적기」(1937)는 1인칭 고백 형태의 심리적, 서정적 묘사를 사용해 실감과 감동을 극대화하고 있는 자전적 소설이다. "「정적기」는 소설로 쓴 것이 아니다. 그때의 괴롭고 아픈 나의 생활을 일기로 쓴 것이다." 4)고

밝혀 작가 자신의 분신이 등장하고 있음을 밝히고 있다.

최정희는 1931년 파인 김동환이 운영하던 <삼천리사> 기자로 입사하였는데, 「정적기」의 '나'도 신문사에 다니는 기자로 등장한다.

> 오래간만에 머리를 묶고 산에 올라가 보들레르를 읽었다. 그를 만날 때마다 마음의 평화가 왔다. 그는 모순을 사랑하고, 모든 풍습과 습관을 미워하고, 어두운 세계에 살아가면서 자기의 빛을 만들어가는 것이 즐거웠다. 5) (「정적기」, p.357)

여기서 '나'는 보들레르를 만날 때마다 마음의 평화를 찾았고, 그가 모든 풍습과 습관을 미워하는 것까지 자신에게 위로가 되고 마음의 평화를 얻은 지식인이었다. 최정희는 김유영과의 결합을 바라지 않았지만 32년에 아들 益祚가 태어났다. '나'는 남편과의 갈등으로 아이를 시댁으로 보내려고 스스로 결심을 한다. 아이를 데리러 온 시어머니가 유교적인 여성관으로 설득을 하지만 여자에게 불리한 기성도덕의 세상에서 "바닥없는 항아리에 물을 채우는 것" 같은 생활을 하지 않겠다며 자신의 의견을 주장한다.

> 나는 이제 남편과 아이만을 위해 살아가는 여자가 아니에요. (중략) 나는 나쁜 여자입니다. 나쁜 여자라고 이해해 주세요. 언제나 여자에게 불리한 세상이니까요. 6) (「정적기」, p.353)

---

4) 일본에서 '학생극예술좌'에 참가했다가 귀국한 뒤에 김유영과 결혼을 한다. 김유영의 아내란 점, 좌경계열 작품을 읽은 것으로 신건설사(전주 사건) 연류로 감옥에 갇히게 된다.

5) 久しぶりに髪を結き、山に登つてボードレールを読み、彼と向いあふたびに重い心が和んで来る。彼が矛盾を愛し、凡ての習慣や風習を憎んだ。暗い世界に生きながら自由の光を創り出さうとしたことが私には楽しい。

1939년 김유영이 죽은 뒤 최정희는 유부남인 김동환과 같이 살며 장녀를 낳게 된다.

「지맥」(1939)의 은영은 20대에 동경 M 대학에 학적을 두었던 문학 지망생 소녀였다. 예과 2학년 때 친구의 소개로 독서회에서 만난 유부남인 홍민규를 통해 사회과학을 비롯한 사회주의와 노동조합 이론을 알게 된다.

> 그리하여 셰익스피어, 톨스토이, 체홉, 모파상을 꽂아두고 그가 읽었
> 다는 책은 아무리 어렵더라도 몇 번이고 반복하여 읽으려 했다. 되풀이
> 해서 읽었다. 7) (「지맥」, p.12)

은영은 이렇게 셰익스피어, 톨스토이, 체홉, 모파상을 읽었으며, 또 의미가 통하지 않았지만 그 어려운 사회주의 이론도 숙독하여 채득했다. 홍민규도 은영에게 정치학과 사회과학을 가르치며 열심히 문학책과 사회서적을 읽게 한다.

유학 경험이 있는 은영이가 남편의 죽음으로 현실적인 문제에 부딪쳐 기생집에 침모로 취직을 하지만 그나마 냉대를 받는다.

> "온순한 사람을 부탁했는데 이렇게 하이칼라를? (중략) 아니, 그래
> 남의 집에 고용되어 온 사람이 히사시 머리를 하다니. 어떻게 당신을 부
> 릴 수가 있겠는가. (중략) 남의 집에 고용살이하는 주제에 책만 읽고 있

---

6) 私はもう夫や子供のために生きられる女じゃないんですもの。(中略) 私は悪い女
   ですわ。悪い女になると分つてゐましたわ。いつだって女に分の悪いのが世の中
   ですわ。

7) そしてシェクスピア、トルストイ、イブセン、モウパッサンをさし置いて、洪閔
   圭が読んだといふ本は何でも、たとえそれがどんなにむずかしくとも、幾度も繰
   り返へしして読まうとし、又読んだ。

을 신세가 아니잖아요?" 8) (「지맥」, p.26)

기생인 김연화는 이렇게 틈만 나면 책을 읽으려 하는 인텔리 침모를 부담스러워한다. 나름대로 지식 있는 기생이라 생각했던 김연화는 은영이가 책 보는 것을 못마땅해 했다. 그것은 어찌 보면 당시 사회의 지식인 여성에 대한 콤플렉스이기도 했고, 이런 인텔리 여성을 침모를 부리고 있는 김연화의 자만심을 그리려 했음을 알 수 있다.

은영에게 책은 삶의 괴로움을 잊기 위한 도피처로, 그 순간에는 자기 자신의 현주소마저 잊어버렸지만 날마다 다리미질을 하기 때문에 책 한 권을 제대로 읽지 못한 것에 힘들어 했다. 그렇다고 드러내놓고 은영은 지식우월주의를 내세우지는 않았다.9) 자신의 학력으로 취업을 할 수도 있지만 '처녀'라고 속이고 해야 하는 현실과 타협을 할 수 없어서 침모살이로 나선 은영이다.

또한 「지맥」에는 '부용'이라는 여성이 있는데, 남편에 의해 부잣집 영감의 첩으로 팔려와 본처 아이를 기른다. "중등교육을 받고, 자기를 반성하는 능력을 가지고 있는, 그리고 괴로움에 많은 책을 읽은 그녀"의 친구 겸 가정교사로 들어가면서 은영은 모처럼 지식의 갈증을 풀어낼 수 있었다.

「야국초」는 유부남과의 사랑에서 미혼모가 된 간호사가 자신을 버린 옛 애인에게 보내는 서간체 형식의 독특한 작품이다. 그녀는 아들과 지원병 훈련소를 견학한 후 병사처럼 강한 어머니로 거듭 나겠다는 결심을 하게 되고, 이제 자신이 과거의 상처로부터 벗어났음을 옛 애인에게 당

---

8) "もつと溫順しいひとをと賴でおいたのに、こんなはいからひとだつたの? (中略) ひとの家に雇れてくるのにそんな、ひさしかみなんかして、とてもあんたなんかつかえないわ。他所の家に使はれの身で本ばかり讀んでいるぼうつてないんだわ。
9) 동국대학교 한국문학연구소(2000), 『한국문학과 여성』, 아세아문화사, p.144

당하게 선언하는 내용이다.

2.2 결혼시스템의 도전

최정희 인생에서 전기적인 사건은 파인 김동환과의 사랑이었다. 이미 가정이 있는 파인과의 사랑이 세상의 윤리로서는 그다지 떳떳하지 못했다. 이후 파인의 납북으로 최정희는 누구보다도 힘겨운 인생을 살아서인지 그녀의 작품에 운명적인 여인들이 많이 등장을 한다. 1930년대 당시 자유연애가 많이 이루어졌다고 하나 지식인 여성들의 배우자가 될 만한 남성들은 대개 조혼을 한 상태였다. 때문에 결혼 대상이 유부남인 경우가 많았고, 결혼관과 정조관이 변화되면서 이혼이 늘었으며, 본처들이 소박 당한 사례가 사회문제가 될 정도였다. 이런 자유연애 사상은 제도적으로는 여성들이 자기 정체성을 인식하는 한 방편이기도 했지만 다른 가정을 붕괴하는 한 원인이 되기도 하였다.

「지맥」에서도 자유연애를 숭상한 나머지 기성도덕을 무시하고 새로운 삶을 살아야 했던 은영이 부딪치는 문제에 대해서 분석하고 있다.

> 그는 나의 동경행을 적극적으로 말리며, 돈의동 자기 하숙방에서 함께 살자고 제의하였다. 나는 물론 그의 의견에 따랐다. 어머니의 반대나 사람들의 비웃음도 문제가 아니었다. 세상이 뭐라 해도 그의 존재만이 즐겁고, 그를 돕는 것을 유일한 즐거움으로 알았다.[10] (「지맥」, p.12)

---

10) 彼は私の東京行きを極力止めて、すぐに私と敦義町の彼の下宿で同棲したいと言ひ出した。私も勿論彼の意に從つた。母の反對も、人の嘲笑も問題ではなかつた。世間がどうならうと、彼の存在だけが嬉しく、彼を助けることに唯一の樂しみを見出すのであつた。

은영이 다니던 학교도 그만두고 그와 살림을 시작했을 때에, 사랑 앞에서는 주위의 반대나 비웃음도 문제가 되지 않았다. 남편이 감옥에 들어가고 그의 아내가 찾아오고 친정어머니의 죽음 등 꼬리를 문 재난 앞에서도 은영은 세상이 모두 마음대로 될 것 같아 낙심하지 않았다.

나는 그가 살아 있는 한, 그의 아내로 당당히 살아왔다. 그러나 남편의 숨이 끊어진 때부터 나는 자신이 이 세상에서 가장 불행한 운명의 소유자인 것을 알았다. 남편이 죽었던 그 날부터 나는 헌신짝같이 버려진 여자가 되었다. 세상의 도덕이 나를 버리고, 인습이 나를 버리고 법규가 나를 버렸던 것이다. 남편이 살아서 그처럼 무섭고 싫어하던 본처는 당당히 남편 시체 앞에서 머리를 풀어 헤치고 모여든 일가친척들에게 거만한 자세로 남편이 살아서 자기를 싫어한 것은 모두 내 탓이라며 나를 조소하고 힐난을 했으나 나는 거기에 응할 아무런 용기도 없었다.11) (「지맥」, p.13)

남편이 살아 있을 때는 그의 보호 아래 아무것도 두렵지 않았지만 남편의 죽음으로 은영의 자유연애 사상은 사생아의 문제로 확대되고, 모든 제도적 안전으로부터 버림받아 사회로부터 보호받지 못하게 된다. 주인공인 은영이가 기성 결혼시스템에 준하지 않고 다른 삶의 방식을 택했던

---

11) 私は彼が生きてゐる限り、彼の妻として、堂々と生きて来た。しかし、夫の息が絶えた時から私は自分が、此の世の中でもつとも不幸な運命の所有者であることが分つた。夫が死んだ某の日から, 私は履き古した草履のやうに捨ていられた女になつた。世の道徳が私を捨て、因習が私を捨て、法律が私を捨てたのである。夫があれ程嫌ひ恐れてゐた本妻は、堂々と夫の死体の傍で髪の毛をほごして、大勢集まつた親類の人々にも、とてもかう誇らしげに、夫の死を彼女一人悲しむかのような、そして夫が彼女を忌嫌つたのすつかり私のせいにして、私を罵り責めるのだが、私はそれに向つてゐ應へる勇気もなかった。

것은 그녀의 성격이라기보다 새로운 사회풍조 탓일 수도 있음을 인정받으려 한다. 사회는 호적에 등재되어 있는 본부인만 인정하기에, 본부인은 모든 제도로부터 당당히 자기 권리를 주장하고 나섰다.

인텔리 여성이 선택한 제2부인(첩)은 조혼의 산물인 '제1부인'과 달리 '자유연애'라는 통과의례를 거쳤다. 연애를 통한 결혼만이 그들이 내세우는 '사랑의 완성'이었고, '생활의 평화를 얻을 수 있는 유일한 혼의 安住地'라는 시대적 당위는 제2부인 스스로를 내세우는 논리가 되어 주었다.[12]

「야국초」(1942)에서도 '나'는 처음부터 가정 있는 남자라는 것을 알고 만났다.

> 저는, 결혼해서 자식까지 둔 당신과의 결혼 같은 건 당치도 않다고 당신에게도 완강히 거절했고, 또한 스스로 체념하고 있었던 것입니다. [13]
>
> (「야국초」, p.132)

결혼 한 남자이기에 언제나 마음속으로 헤어져야겠다는 생각이 깔려 있지만 그의 전화가 걸려오면 퇴근하자마자 만나러 다녔다. 이 세상 모든 사람들로부터 버림받는다 해도, 남자만 곁에 있다면, 나를 지켜만 준다면 행복했기 때문이다. 그리고 부인이 싫어서, 처자식을 다 친정으로 돌려보냈다는 그의 말만을 믿고 있었기에 나중에 남자의 변심에 더 처참해짐을 느꼈던 것이다.

---

12) 연구공간 수유+너머 근대매체연구소(2005), 『신여성』, 한겨레신문사, p.221
13) 私、最初は結婚してお子さんまで持つて居られるあなたと、結婚など出來るものでないと、あなたにもかたくことはつたし、また自分自身からも諦めてゐたものです。

> 소위 제2부인에 이르러서는 최초부터 남의 첩이 되고 정당한 부부가
> 아님을 각오한 나머지임으로 (중략) 제2부인은 위자료나 사죄 광고 청
> 구를 하지 못함은 물론이고 하소연할 길조차 막연한 것입니다. 이것이
> 제2부인 된 사람의 최대의 비애라고 할까? 14)

최정희는 자신의 문제였던 법률에도 인정되지 않은 '제2부인'의 위치
에 있는 여성의 어려움, 사생아 문제, 결혼 제도에 대한 다양한 반기를
여주인공을 통하여 변명하고자 하였다.

> 호적은 오빠 앞으로 올리기로 했습니다. 괴로운 줄은 알고 있으면서
> 도 아이의 장래를 위해 그렇게 해두었습니다.15) (「야국초」, p.135)

호적에도 없는 아내는 사회로부터 보호를 받지 못하고, 호적에 없는
아이도 역시 불이익을 받는 현실이기 때문에 오빠의 호적에 올려놓은 것
이다. 기성도덕에 익숙한 사회는 호적에 없는 모자를 모든 제도권에서
소외시키지만, 아직 그들에게는 사랑이 더 큰 비중을 차지했던 것이다.
여기서도 최정희는 자신의 문제였던 '등록 없는 아내'의 위치에 있는 여
성의 어려움, 결혼 제도에 대한 다양한 도전을 여주인공의 역할로 투영
하였던 것이다.

---

14) 이인(1933), 「법률상으로 본 제2부인의 사회적 지위」, 「신여성」 7권 2호, p.8
15) 籍は兄の方へ入れることにしました。つらいことと判つてゐながら子供の將來の
　　ためにさうして置いたのです。

2.3 無適者로 살아남기

세 작품에 등장한 지식인 여성들은 남편의 무책임이나 부재로, 정상적인 가정생활을 하지 못하기에, 현실생활은 고스란히 자신들의 몫으로, 가난의 고통, 힘에 벅찬 생활과 고독 속에서 묵묵히 자녀양육의 길을 개척해 가는 것으로 나온다.

「정적기」에서 나는 보들레르를 읽을 때마다 마음의 평화를 얻는 지식인 여성이지만 궁핍 앞에서는 어쩔 도리가 없었다.

> 엄마의 한탄을 들으며 메밀마저 목에 넘어가지 않아 잠시 후 때가 끼어 더러운 미닫이문을 바라보고 옆에 놓여 있던 신문을 집어 들었다.
> 생명보험외판원, 시계점 모집인, 약국점 점원 (중략) 어느 악기점에 <여점원 구함>이라 붙어 있는 것을 보고 주저 없이 들어갔다. 나는 조금도 주저하지 않고 주인이라 생각되는 사람을 붙잡고 매일 레코드를 백 장씩 팔 수 있으니 채용해 달라고 부탁했다.[16)](「정적기」, p.358)

나는 신문사를 그만두고 드디어 레코드 가게에 취직을 하고 스스로 "아무도 무섭지가 않다. 그냥 누구에게나 사정하고 싶다."고만 생각하고 있었던 것이다. 생활난 앞에서는 체면도 부끄러움도 없어진 것이다.

당시 신여성들의 현실적인 문제들이 부각되면서 직업여성에 대한 담

---

16) 母の嘆きを耳にするとをそばさへ咽喉を通らず、私はを膣を押しのけ暫く汚染みた障子を見つめてゐたが、側に置いた新聞の廣告欄を賑り上げた。生命保險外交員。時計店募集人。賣藥店店員(中略)ある樂器店の立看板に＜女店員入用＞と張り出してあるのを見府けて、私はのこのこと入つて行つた。私は少しも躇らはずに主人と思へる人をつかまへて、日にレコードを百枚づゝ賣るから使つて下さいと頼んだ。

론들이 많이 나왔으며 직업으로는 교사, 보모, 의사, 기자 등이 있었다.17)

　　　직업여성이란 말은 부인네들이 사무소나 백화점 같은데 진출하면서
생긴 말이며, 이것은 대규모의 상업이나 기업의 형태가 우리 사회에 나
타나는 것과 동시기에 여자의 중등실업학교가 생겨났다는 사실과 관련
하여 흥미 있는 일이다.18)

「지맥」에서 은영은 남의집살이를 하기 위해 아이들과 헤어져야 할 때 세
상이 두렵고 자신이 용기가 없음을 발견한다. 대학 2학년까지 마친 은영이
지만 무적자이기에 적당한 일자리 구하기가 힘들었던 게 당시 현실이었다.

　　　조수처럼 밀려오는 생활고를 면해보려고 남편이 죽은 후 2년 간 직
업을 구하려 했으나 그마저 등록 없는 아내, 어머니이기 때문에 나는 보
통학교 임시교사에서 학원선생, 회사, 은행사무원 모두 거부당했다.19)
　　　(「지맥」, p.14)

지식인 여성이 침모로 간다는 것은 당시 기혼여성의 취업이 얼마나 심
각했는지 보여주고 있다. 이전부터 직업을 찾으려고 여러 방법을 동원했
지만 결국에는 한 달에 50원의 급료로 마음이 쇳덩어리를 가라앉힌 것

---

17) 당시 사립 중등학교 졸업한 여학생의 진로상황을 보면 관공서 8명(1.5%), 교원 38
　　명(6.9%), 회사상점 9명(1.6%), 가사 341명(62.2%), 진학 149명(27.7%) 기타 3명
　　(0.6%)이었다.(한국교육개발원(1997), 『한국근대학교교육 100년사 연구』, p.116)
18) 김양선(2002), 『1930년대 소설과 근대성의 지형학』, 소명출판, p.231 재인용.
19) 潮の如く押寄せる生活難を勉かれやうと夫が、亡くなつて二年間、職を求めよう
　　と務めたけれども、それ又、登錄の無い妻、母である爲に、言ひかへると、私の
　　身分を保證する役所の公證が無い爲に、私は小學校の代用敎員も、學院の先生
　　も、會社、銀行の事務員、凡てから拒否されためだ。

같은 생활을 한다. 그러면서 "쓰레기통 같은 내 지저분한 생활", "썩은 개처럼 굴러가는 자신"이라 자책한다.

최정희는 아이를 봐주는 사람이 없어 장난감 대신에 부엌도구를 아이의 손에 들려주고 신문사에 다녀올 때는 피가 마르는 것 같다고 했다. 당시 최정희의 궁핍한 생활은 다음의 글로도 알 수가 있다.

> 김유정씨는 내 방을 돌아보며, "이게 방이야"하고 말했다. 이상 씨도 똑같은 말을 한 일이 있다. 쓰러지는 초가집 작은 건넌방에 놓인 것이라고는 낡은 책상 하나, 그리고 벽에는 남양에서 가져온 탈바가지 한 개가 걸려있을 뿐이었다. [20]

「야국초」에서 '나'의 상대 남자는 은행 지점장으로 엘리트에 속해 있었다. 아버지 없는 자식을 낳는 괴로움, 자라나는 자식의 초라함 같은 것도 모두 그 남자를 위해 참기로 했던 것이다. 임신했다는 말에 그 남자는 조금도 기뻐하지 않고 간호사이기에 간단하게 처리할 수 있는 일이라며 결국은 낙태를 강요한다. 사람들에게 버려져도 곁에 있어 준다면, 나만 보호해 준다면 행복할 것이라고 생각하게 한 남자는 "없애는 방법"이 가장 현명하다는 말과 함께 모습을 감추어 버렸다. 나는 아이를 혼자 낳고 생활비를 벌기 위해 다시 일자리를 찾아 나선다.

> 저는 병원 일을 찾아서 다시 일하기로 했습니다. 이번에는 변두리의 작은 병원이었습니다. [21] (「야국초」, p.135)

---

20) 장석주(2002), 『20세기 한국 문학의 탐험』, 시공사, p.29. 재인용
21) 私は再び病院の仕事を見つけて働くことにしました。今度は町はづれの小さい病

아이를 기르기 위해서는 저번보다 더 작은 병원으로 일자리를 얻은 '나'는 역시 하향 직업을 갖게 된다. 이들이 하향 직업을 얻을 수밖에 없었던 것은 당시 사회상으로 지식인 여성을 수용할 만한 걸맞는 직업이 많이 부족하기도 하였지만, 무적 여성이기에 더욱더 취직이 어려울 수밖에 없었던 것이라 여겨진다. 최정희는 지식인의 궁핍한 상황을 제시함으로 현실에서 소외된 무적 여성 지식인의 사회적 소외 현실을 사실적으로 서사했다.

3. 어머니와 아들

3.1 개인 소유에서 국가의 대리물로

<표 1>에서도 볼 수 있듯이 이 세 소설에는 모두 어머니와 아들이 등장한다. 아들은 어머니에게 생명이었으며 살아가는 기쁨이기도 하였다. 여성만이 가질 수 있는 새로운 생명의 탄생과 관련된 육체가 바로 자궁으로, 생명력과 재생성의 상징이기도 하다. 최정희는 「정적기」에서 여성의 근원적인 육체로서의 자궁을 다음과 같이 말했다.

여자의 운명이란 태초부터 이렇게 고달프기만 했을까? 아니 이 뒤로 몇 십만 년을 두고도 여자는 늘 이렇게 슬프기만 한 걸까. 그렇다면 그것은 여자에게 子宮이란 달갑지 않은 주머니 한 개가 더 달린 까닭이 아닐까. 수없이 많은 여자의 비극이 자궁으로 해서 생기는 것이라면 그

院でした。

놈의 것을 도려내는 것도 좋으련만 그렇지만 자궁 없는 여자는 더 불행할 것도 같다.[22] (「정적기」, p.354)

여성의 자궁은 아이를 낳으므로 여성의 삶을 거슬러 올라가고 이어지는 순환적 구조를 가진다. 한편으로는 자궁이 여성들로 하여 슬픈 운명을 영위하기에 달갑지 않은 주머니라고 생각되면서도, 자궁이 없어 어머니가 되지 못하는 여성보다는, 불행하지만 출산 속에서 선이나 진리를 깨달을 수 있기에 어머니의 가치를 재평가하는 것이다. 실제적인 경험이든 상상력이든 분만체험은 자기 안에 있는 모성의 창조력을 생산한다.[23]

겉으로는 남녀평등을 외치는 여성 작가들도 은연중에 아직도 남아선호사상에서 못 벗어나고 있음을 시인하기도 했다. 당시 「삼천리」의 <여성작가 간담회>에서 모윤숙은 이렇게 말하기도 하였다

"여자가 오랜 산고 끝에 아해를 낳고 그 나은 아해가 다행이 사내였다는 소리를 듣고 빙그레 우스면서 누어 자는 그것이 곧 평화의 여성상이 될걸요."[24]

그들이 핏줄로서 아들에 집착하는 이유는 남편으로 좌절된 욕망으로의 대체이며, 남자의 호적에 처로서 등록하지 못한 여성의 콤플렉스가 법으로도 끊을 수 없는 핏줄의 모성애에 더욱 집착하게 하였던 것이다.

---

22) 女の運命なんていつもこんなにうら悲しいものだつたのか知ら。いやこれからも女にはこんなうら悲しさだけが續くのか知ら。するとそれは子宮などゝいふ有難くもない袋を持つてゐる所爲なのかも知れない。多くの女の悲劇が子宮の所爲なら切り取つてしまつてもいい。しかし子宮のない女はもつと不幸なのかも知れない。

23) 이월영(2001), 『여성문학의 어제와 오늘』, 태학사, p.199

24) 「여자의 일생을 말하는 가인회의」, 「삼천리」, 1939, 1월호, pp.140~141

「정적기」에서 '나'는 남편과의 관계를 끊으려고 아들을 떠나보낸다.
그러면서 아들의 빈자리가 너무나 커 방황하기도 한다.

> 아이가 가있는 시골에도 이렇게 비가 내리고 있는 것일까? 오늘도
> 신문사를 쉬었다. 나가도 일이 손에 잡히지 않았으나 눈이 부어 있는 것
> 이 더욱더 창피하여서, 나는 누워 빗소리를 들으면서 그 아이만을 생각
> 했다.25) (「정적기」, p.354)

아들을 떠나보내고 스스로 괜찮다고 여기지만 그것은 순간, 더욱더 마
음을 다잡을 수 없게 된다. 신문사를 그만 두고 시간적 여유가 많아서인
지 아들의 환청까지 들려온다.

「지맥」에서도 두 아들이 등장을 한다. 남편이 죽은 후 생활고에 시달
리다 은영은 결국 아이들을 동생 집에 맡긴 후, 며칠 안에 데리러 온다
하고는 서울로 향한다.

> 나는 그것보다도 훨씬 소중한 한시도 헤어질 수 없는 아이들까지 버
> 리고 가는 것을 깨닫고, 26) (「지맥」, p.10)

한시도 헤어질 수 없는 아들들에서 죽은 남편의 모습을 느낀다. "법률
이 인정하지 않는다 하더라도 나는 남의 아내였고 또 현재 당당한 어머

---

25) あの子の行つてゐる田舎でもこんなに雨が降つてゐるのだろうか。今日も新聞社
を休んだ。出ても仕事が手につかなかつたが、それよりも眼の腫れてゐるのがも
つと恥ずかしく、私は寝て雨の音を聞きながらあの子の思いひに沈んだ。
26) 私はそれよりもつと大事な、片時も離れることの出來ない子供達まで捨てゝ行く
ことを考へて

니"라는 은영의 말은 부재한 가장을 아들과의 관계를 통해 보상받으려는 심리이다. 여성이면서도 모성을 포기할 수 없는 인간적인 고뇌의 중심에 선 여성이 바로 최정희 자신이 아니었을까 한다. 최정희는 가장의 부재가 개인의 문제가 아니라 사회의 문제임을 서사했다.

30년대 이후 해방 전까지 여성 작가들의 작품 경향은 바로 식민지 현실과 전환기적 여성 현실의 두 축을 문제로 하여 외적 정세라는 변수와 관련을 맺으면서 점차 그들의 관심을 여성의 현실로 옮겨갔다.[27]

「國民文學」[28]에 실린 「야국초」에서도 아버지 없는 자식을 낳아서 괴로움을 주느니 남자의 말대로 없앨까라고 생각도 하지만 결국에는 낳기로 결심을 한다.

> "이제 저는 아무것도 생각하지 않고, 승일을 위해 들국화를 아름다운 꽃, 강인한 꽃으로 가꾸기로 했습니다. 그게 제게 하셨던 당신의 행위에 대한 복수가 될 테니까요. 그럼 안녕히." [29] (「야국초」, p.146)

그녀가 안녕을 고하는 대상, 복수를 꿈꾸는 대상이 명예와 지위를 위해 자신의 가정으로 돌아간 조선의 남성이라면, 그녀를 미혼모로 만든 무책임한 남성을 버리고 대신에 그들 모자는 당당히 살아갈 것을 다짐한

---

27) 서정자(2001), 『한국 여성소설과 비평』, 푸른사상, p.350

28) 「국민문학」은 1941년에 11월에 창간되었는데 최재서가 편집과 발행을 맡았다. 1945년 폐간될 때까지 한국인 작가의 소설은 약 70여 편이 실려 있다. 「국민문학」은 '일본제국주의의 한글 말살정책에 적극적으로 동조한 잡지'라는 인식으로 친일문학행위의 주역으로서 파악되었으며, 처음에는 일본어판 연 4회, 조선어판 연 8회의 계획으로 시작되었다. 이후 42년 5·6 합병 호에는 전면 일본어로 실렸다.

29) もうわたしは何も考へず勝一を育てると同じく勝一のために野菊を美しい花、強い花に育てることに致しませう。それがわたしに對してのあなたに對しての復讐になりませうから。さようなら。

다. 가부장제의 희생물인 여성에게도 평등한 권리와 보호를 제공한다면 구습에 얽매인 조선을 버리고 과감히 일본을 택하겠다는 논리를 읽어낼 수 있다.[30] 모성과 아동의 보호문제가 작가에게 절실했던 것은 무엇보다도 자신의 체험이었겠지만 특히 엘렌 케이의 사상과 사회주의 여성해방론이 크게 작용을 하였다.

> 아이는 나의 손을 굳게 쥐고 다리를 건넜습니다. 어린이에게 손을 잡히고서 당신 생각은 하지 않으려고 마음먹은 것입니다.[31] (「야국초」, p.138)

내 손을 쥔 아이는 손에 힘을 주었고, 아이에게 잡힌 손이 흔들렸을 때는, 남성에게 잡힌 채 나무다리를 건넜을 때와는 또 다른 힘을 느끼게 된다. 오히려 그 이상의 힘을 가져다주는 손임을 느끼며, 이젠 자신을 버린 남성의 생각에서 벗어날 것을 다짐하게 된다. 남성의 구속에서 벗어나 들국화처럼 강하게, 당당하게 여성의 홀로서기를 하겠다는 의지로도 생각할 수가 있다. 따라서 「야국초」는 친일문학 중 드물게 여성의 정체성이 형상화가 잘된 작품이라 할 수 있는데, 당시 징병제 실시 발표와 맞물려 '군국의 어머니'의 역할을 강조하는 글들과도 관련된 취향을 하고 있다.[32]

---

30) <동아일보>, 2006년 2월 14일
31) 子供は私の手をぎゆつとにぎまって、橋を渡るのです。子供に手を取らせてからわたしはあなたのことは思出すまいと思ってゐたのです。
32) 1938년 2월 26일 조선육군 특별자원병령이 공포된 이후 조선에서는 지원병제도 실시로 1942년 5월9일 조선에서의 징병령 실시(1944)가 선포되었다. 내지와 식민지 국민의 의무와 권리가 모두 동일하다는 내지연장주의를 강조하면서 발표되었다.(保坂祐二(2002), 『일본제국주의의 민족동화정책 분석』, 제이앤씨, p.288)

"엄마! 내가 전쟁에 나가서 싸우다 죽어도 엄마 이제 울지 않겠지"
(중략) 저는 승일이의 손을 힘차게 꽉 움켜지지 않을 수가 없습니다.
"엄만 이제 울지 않는단다."33) (「야국초」, p.143)

"승일이는 아주 훌륭한 군인이 되어서 나라를 위해 온 힘을 다 바치는
것"이라며 「야국초」에 나온 '나'는 강당에서 전사한 조선인 군인의 검은
리본이 달린 사진에 묵념을 한다. 사회적 인습에 순응하기보다는 자신의
욕망에 충실하고자 노력했던 여성 작가들과는 달리 여기서 최정희는 아
들을 개인적 성취 욕망 보다는 가정과 국가를 책임질 양육의 의무로 전
가시켰다. 장차 자신의 아들도 당할 수 있는 경우이겠지만, 승일이가 전
쟁에 나가서 자기가 죽어도 울지 않을 거냐고 묻는데도 그렇다고 대답한
다. 오히려 "정의를 위해 싸우다 죽으면 자랑스럽게 여기겠다."는 말까지
한다. 작가가 제시한 군국주의적 모성은 자식을 죽음으로 몰아넣는다는
점에서 모성의 말살이라는 비판을 가져오기도 한다.

세 작품 모두가 어머니와 아들만 나오는데, 「정적기」에서는 남편과
의 관계를 정리하려고, 「지맥」에서는 생활난으로, 「야국초」에서는 아
들을 국가에 귀속시키려고 앞으로는 떨어져 살아야 한다고 다짐한다.
가족의 일원인 아들이 시대사조에 따라 '국가(천황)의 대속물'로 변용되
기도 한다.

---

33) "おかあさん！僕、戰爭へ行つて死んでもおかあさんもう泣かないね。"(中略) 私
　は勝一の手を強くにぎつてやらずにはいられませんです。"おかあさん、もう泣
　かないよ"

3.2 강인한 생명력의 근원

지식인 여성들은 나름대로 사회에 대한 비판능력도 갖추고 있지만, 사회의 기성도덕과 충돌하면서도 자식의 생존을 위해 더욱 몸부림쳐야 했다. 「정적기」에서도 아이를 떠나보내고도 나는 다시 마음을 다잡는다.

> 나는 살아야 한다. 어떠한 행복한 사람보다도 즐겁게 살아갈 것이다. 나는 그것이 가능하리라 믿는다. 결국 나는 이 세상에서 가장 행복한 사람인 것이다. 행복해지면 즐거워진다. 즐거우면 용기가 나고 희망도 가질 것이다.[34] (「정적기」, p.358)

아이를 양육하면서 쓸쓸함도 슬픔도 알게 되었다 한다. 그러다 아이가 병이 나고 엄마만 기다린다는 아이 아빠의 편지를 받고 자신이 가겠다는 답을 보낸다. 고동치는 심장을 느끼며, 심장 안에 피가 돌고 자신은 어떤 사람보다도 행복할 수 있다는 가능성을 깨닫는다. 당시에는 희생적이면서 가장의 역할과 주부의 역할을 함께 도맡을 강인한 모성을 필요로 하였다.

「지맥」의 은영이 자본론, 노동조합론 등의 어려운 책도 읽어가며, 좋은 세상이 올 것 같은 희망에 아들과 떨어져 사는 것도 다 지식인 여성이기에 겪어야만 했을 것이다.

> 나는 세상의 궤도를 벗어나지 않으면 안 될 인내와 극기와 성실과 용

---

[34] 私は生きやう。どんなに幸福な人たちよりももつと樂しく生きやう。私はそれが出來ると信じる。つまり私が此の世の中で一番幸福な人なのだ。幸福になれば樂しくもなれる。樂しければ勇氣が出て來て希望が持てやう。

기를 준비하지 않으면 안 된다고 생각했다. (중략) 그들을 양육시키는 것만이 내게 던져진 운명이고, 벗어 날 수 없는 나의 궤도라고 마음속으로 부르짖었다.[35) (「지맥」, p.74)

은영은 생활의 위협에 전향을 하였고, 마음이 공허해져서 삶의 의욕을 잃고 신에게도 안식을 구하지 못한 채 자신에 대한 환멸만이 느끼게 된다. 그러나 거울 앞에서 자신의 모습을 보다가, 아이를 기르는 것만이 자신에게 부여된 운명으로 벗어날 수 없는 괘도라 생각한다.

「야국초」에서는 "패배하지 않고 이 세상의 모든 것에 이기기를" 비는 마음에서 아들의 이름까지 '勝一'로 지은 그녀는 지원병들의 절도 있는 생활과 건강한 열정에 감격하고, 강인한 군인을 길러내는 어머니가 될 각오를 다진다. 그리하여 마침내 아이의 아버지에 대한 미련을 버리고 새 출발하는 편지를 쓰게 된 것이다.

아이의 변해가는 모습을 볼 때마다, 아이를 아이의 아버지에게 보이고 싶었습니다. 펜을 들어 아이의 아버지에게 알리고 싶었지만 참았습니다. 그때마다 내 일생의 실수를 반성하고, 여자로서 어머니로서 강하게 살아갈 것을 다짐했습니다. 그것이 자신에 대한 변명입니다.[36) (「야국초」, p.135)

---

35) 私は地上の軌道を脱けなければならない忍耐と克己と誠實と勇氣を準備しなければならないやうに考へた。(中略)彼等を育てることのみが私に與へられた運命であり、拔けられない私の軌道だと心の中で叫ぶのだつた。

36) 子供が變って來るたびにわたしは子供を子供の夫に見せたかったのです。子供の夫にペンを取ってお知らせしたかったのですが諦めました。その時こどに自分の一生の失敗を反省して、女として母として强く生きることに決心したのです。それが自分自身への復辯であったからです。

자신의 일생일대의 실수를 반성하며 더욱 강하게 나설 것을 다짐하며, 여자로서, 어머니로서 강하게 살아갈 것을 스스로 다짐한다. 여자는 모성애를 지닐 때 강인한 삶의 의지를 갖추게 된다. 최정희는 남성 중심의 가족 구조 사회에서 정신적 물질적 속박을 당하는 여성의 곤혹스러운 처지를 이해하며, 어떤 어려움이 있어도 같이 헤쳐 나가겠다던 남자는 꿈에서 깬 것처럼 가버린 것이다. 학문이 있는 남자, 지위가 있는 남자, 인격이 있는 남자는 영리해서 자기의 지위와 명예만 보호하기에 급급했던 것이다.

> 그리고서 당신은 내가 말한 대로 모든 일을 꿈처럼 잊어버리고 경성을 떠났습니다. 당신 고향 부근의 지점장으로 더한층 높은 명예와 높은 지위를 얻어 돌아가셨다더군요. 당신이 너무 싫어서 견딜 수 없다던 당신의 부인과 아이와 당신은 새롭게 가정을 꾸려 즐겁고 단란하게 사신다고 들었습니다. 그 소문을 들었지만 나는 당신이 중요시하는 당신의 지위와 명예 때문에 입술을 깨물고 잠자코 있었던 것입니다.37) (「야국초」, p.135)

남자는 승진하여 '나'의 곁을 떠나, 그토록 싫다던 부인과 아이들과 함께 즐겁게 지내는데, '나'는 아이를 그의 호적에도 올리지 못한 채 편지 한 장 쓰지 않고 당당히 아이를 키운 것이다. 최정희는 사랑했던 남자를, 자신의 의무는 회피한 채 명예와 지위에 혈안이 된 사람으로 묘사하고

---

37) それからの後あなたは私の云ったその通り、萬事を夢と忘れて京城をお去りになりましたね。あなたの郷里の方へ支店長と云ふいままでよりも一層高い地位と名譽のある名前で歸られたさうですね。あなたがいやでいやで仕様がないのだとおっしゃってゐた奧さんとお子さまとあなたは新に家庭を作って樂しくむつましくお暮しになってゐられるさですね。そのうはさを聞いてはゐましたけれど私はあなたが大事にするあなたの地位や名譽のために唇をかみしめて黙ってゐたのです。

있다. 이러한 남성을 떠나 살 수 있는 상황에 온 것도 강인한 생명력의 근원인 아이가 있기에, 또한 직업이 있는 지식인이니까 가능하리라 생각된다. 모성은 개인의 문제만이 아닌 사회의 문제임을, 최정희는 완곡하게 서사하고 있다.

4. 지식인 여성의 내적 고통과 현실

1930년 이후 여성작가들은 여성의 현실이라는 문제를 중점적으로 다루었는데 특히 최정희는 학문한 지식인 여성의 내적 고통과 현실을 「정적기」, 「지맥」, 「야국초」에서 투영시켰다.

위 작품에 등장한 주인공들은 신문기자, 대학 중퇴자, 간호원 등으로, 외국 작가의 작품들을 읽거나, 신문을 보면서 마음을 다스리는 지식인 여성들이었다. 최정희 소설에는 확실히 남자보다는 여자가 많이 등장하고 있고, 남성의 심리나 의식의 묘사보다도 여자에 대한 작가의 세밀한 관찰이 잘 나타나 있다. 세 여성은 당시의 사회 풍조인 기존 결혼시스템에 도전하였지만, 가정 공간에서 벌어지는 기존 사회윤리나 규범의 제약 속에서 경제적, 법률적 문제로 피해 받고 있다. 또한 본처 우위의 구습으로 인해, 사랑하는 남자의 호적에 올리지 못한 등록 없는 여성(첩)의 설움과 인습에 의한 비난, 사생아의 문제, 기혼여성의 직업난 등 지식인 여성이 겪는 고난을 가지고 있다. 남편 없는 여자 지식인 주인공의 공통된 설정은 작자 자신의 상황이 투영된 것이라 알 수 있다.

또한 세 작품에 아들만이 등장했다는 것은 당시에도 무시할 수 없는 남아선호사상의 흔적과 남편의 대체로 아들을 설정한 것 같은 이미지가 제시되기도 하였다. 그런 아들이 시대사조의 변화에 따라 국가의 대속물로 변용되어가는 것을 알 수 있었다. 지식인 여성은 남성에 대한 배신에서 이제는 국가를 위해 아이를 바치는 여성으로 변모한다. 즉 개인적인 시선에서 사회적인 시선으로 범위를 확대한 것이다.

최정희는 등록 없는 무적자 지식 여성들의 궁핍한 생활상을 묘사함으로 소외되어가는 그들의 현실을 사회적인 문제로 그려내는데 주력하고 있다. 지식인 여성이 어떻게 자신과 사회현실을 극복하고 사는가를 보여주며, 살아남기 위한 강인한 생활력 등을 내비치기도 하였다. 기존의 가치관에 얽매이기보다는 자유분방한 삶을 추구하는 도전적인 모습도 있지만 아직 사회에서 융합되지 못한 지식인 여성상을 부각시키고 있다. 최정희는 당면한 시대가 요구하는 여성 지식인의 사회적 역할에 조금 못 미치는 여정을 묘사하였지만, 당시의 현실과 사상적인 측면에 주력하는 등 그 사회를 서사하고 있다.

제3장
식민지 생존과 문학
A Study for reviving Japanese Literature by Koreans

식민지 생존과 문학

01 박화성의 「홍수전후」와 「한귀」에 나타난 '물'의 이미지

02 격동기 작가 정인택의 사상변화와 방향전환

03 「土龍」과 「圓覺村」에 표상된 間島 조선인

04 「名付親」로 본 임순득의 '여성해방'론

01.

박화성의 「홍수전후」와 「한귀」에 나타난 '물'의 이미지*

장미경·김순전

1. 빈궁의 형상화

일제강점기에 발표된 소설에서 궁핍의 문제는 당시의 생존현실을 가장 핵심적으로 묘사한 절실하고도 보편적인 제제의 하나였다. 1920~30년대의 우리 문학은 조선의 빈궁한 현실을 구체적 형상화로 묘사한 리얼리즘 소설이 주류를 이루었다.

「홍수전후」와 「한귀」는 박화성이 빈궁의 현실에 접근하여 '물'을 소재로, 피착취자의 궁핍한 삶과 착취자의 기생적인 사회현실을 폭로한 일본어 단편소설이다. 여성작가들은 이념을 안으로 숨기고 절박한 식민지 현실을 묘사함으로써 작가의 사회적 사명에 충실하려 하는 한편, 빈궁을 형상화하는데 있어 여성의 체험을 근거로 한 다양한 소재를 제시하기도 하였다. 박화성도 당시의 공통적인 문제점으로 대두되었던 궁핍을 문학

* 이 글은 2009년 9월 30일 동아시아일본학회 「일본문화연구」(ISSN : 1229‐4918) 제41집 pp.315~336에 실렸던 논문 「박화성 일본어소설에 나타난 '물'의 이미지」를 수정 보완한 것임.

으로 잘 형상화하여 사회를 바라보는 방식을 새롭게 제공하여 주었다. 여성이 지닌 체험의 한계를 극복하기 위하여 궁핍의 현장을 취재하면서 특히 자연재해로 인해 극도로 고통받는 농촌 서사의 「홍수전후」와 「한귀」를 발표하였다. 박화성 작품은 그동안 상당히 많이 다루어져 왔으나 대부분 당시의 프로문학으로서 경향성에 대한 연구와 페미니즘 관점에서 보려는 경향이 많았다.

본 연구는, 일제 식민지하에 있는 우리 민족의 현실과 사회적 모순을 「홍수전후」와 「한귀」 두 편을 중심으로 고찰해 나가려 한다. 이 두 작품으로 일제 식민지하에 있는 우리 민족의 처절한 생활상과 애환, 사회의 구조적 모순, 빈곤의 문제가 얼마나 절실하고 심각했던가를 함께 살펴보고자 한다.

2. 작품 배경 및 상황

박화성(1904~1988)은 자신의 소설에서 그의 개인적 체험을 사회적인 면으로 확산시켜 당시의 궁핍한 사회상과 민족적 수난을 드러내고 있다. 「홍수전후」는 1934년 영산강변 홍수의 기록이라고도 할 수 있으며, 「한귀」는 1935년 전남 금성산 일대 가뭄에 맞닥뜨린 사람들의 갈등이 섬세하게 묘사된 작품이다.

다음은 두 작품의 배경과 시기, 제재, 주인공의 의식 변화 등을 정리해 본 것이다.

<표 1> 두 작품의 분류

	홍수전후	한귀
배경	전라남도 영산포 농촌마을	전라남도 금성산 농촌마을
시기	1934년 8월	1935년 9월
발표	1935년 「신가정」	1935년 11월호 「造光」
'물'의 파장	홍수	가뭄
시간적 이동	홍수 전 → 홍수 → 홍수 후	초복 → 중복 → 입추
주인공의 의식변화	송서방 : 순종적 소작인에서 의식 있는 인물로 변화	성섭 : 봉건적 비현실적에서 빠른 현실 파악

　　이 시기 박화성의 작품들 배경 대부분이 지방이라는 특징을 이루고 있다. 이처럼 향토색 짙은 방언과, 고향을 소설의 배경으로 택함으로 그의 문학의 한 특징을 이루고 있다.[1] 또한 현실 그대로를 충실하게 그려내어 등장인물로 하여금 구체적 생활 속에서 사회 전반적으로 안고 있었던 궁핍의 문제를 제시해 보였다. 특히 '물'이라는 공통성을 갖고 있으며 일종의 연작으로 볼 수 있는 「홍수전후」와 「한귀」는 형상화의 탁월성이 주목되어 그해 최고의 수작으로 꼽히는 영예를 누리기도 하였다.[2]

　　다음은 김팔봉과 이청의 「홍수전후」와 「한귀」에 대한 평이다.

　　「홍수전후」는 작년 중의 최역작이었다. 이 작가에게 있어서 상상력은 크다. 화성의 사상을 보건대 그는 사회적으로 내지 정치적으로 막스주의에 가담한다. 그래서 이 의미에 있어서 머릿속이 확실하고 틀이 잡

---

1) 고향 목포를 배경으로 하는 소설은 「추석전야」, 「하수도 공사」, 「떠나가려는 유소」, 「비탈」, 「두 승객과 가방」, 「헐어진 청년회관」, 「춘소」 등이고, 고향 근처의 농촌 배경으로 등장하는 소설은 「논갈 때」, 「신혼여행」, 「홍수전후」, 「한귀」, 「중굿날」, 「고향 없는 사람들」, 「호박」 등으로 지역명까지 거의 같다.
2) 이청(1935), 「여류작품총관」, 「신가정」, p.15

히고 좀처럼 변하지 아니할 것 같은 미덤성은 여성 작가 중 제일인이다. 뿐만 아니라 남성작가의 누구에게도 비교해도 손색이 없다.[3]

「한귀」는 어떤 의미로 보아서는 일구삼오년도 창작의 최고봉이라고도 말하고 싶다. 더구나 전라도 지방의 방언인 그 대화는 살아 있었다.[4]

이런 점에서 「홍수전후」와 「한귀」는 빈궁의 추상화를 극복하고 있으면서도 낙관적 역사의식이 아직은 가능하였던 시절에 쓰인 작품으로 이념과 현실이 소설 내에서 조화를 이루고 있는 작품[5]이라 할 수 있다.

3. 저항할 수 없는 존재로서의 '물'

3.1 절대적 빈곤의 현실

「홍수전후」는 대홍수라는 재난으로 사랑하는 딸과 소중한 집, 그리고 애써 기른 가축과 곡식을 송두리째 잃어버리는 가난하지만 순박한 농민 송서방 일가의 비극을 그리고 있는 작품이다.

「한귀」는 독실한 기독교신자였던 성섭이 영산강 일대에 몰아닥친 가뭄으로 인해 산지옥과 같은 참상을 경험하면서 오랫동안 길들여 왔던 기독교적 세계관의 비현실성을 깨닫게 된다는 내용이다.

「홍수전후」의 주인공 송서방은 자연의 순리만을 믿고 살아가는 인물

---

3) 김팔봉(1935), 「구각에서의 탈출」, 「신가정」, p.102
4) 이청(1935), 같은 책.
5) 변신원(2006), 『박화성 소설연구』, 국학자료원, p.17

로, 하늘만 보고도 날씨의 변화를 짐작할 만큼 노련하여 홍수를 겪어내는 일쯤은 대수롭지도 않게 여겼다. 대를 이어 소작하는 아들을 둔 송서방은 지주를 절대적 존재로 여기고 있는 숙명론자이다.

> 뺨이 움푹 들어가 있고 그것만으로도 더욱 광대뼈가 나와 보이기에 얼핏 환갑이 지난 노인을 연상케 했다. (중략) 송서방의 얼굴은 그의 고생을 보는 것 같은 고단한 큰 주름, 작은 주름이 뺨과 양쪽 관자놀이에 심하게 파고들어 약간 검고 누런 안색은 영양부족 때문인가? 폭염이 내비치는 데도 붉은 기운은 띄지 않고 검게 비칠 뿐이었다.6)(「홍수전후」, p.102)

'광대뼈가 솟아 있고, 뺨이 아랫볼까지 움푹 들어가 버려 언뜻 보면 환갑을 지난 노인처럼 보이는' 불혹의 나이에 있는 송서방을 표현한 인물 묘사에서도 그 당시 농민의 궁핍상을 짐작해 볼 수 있다. '고단한 큰 주름', '검고 누런 영양부족의 안색'이라는 묘사는 가난을 대물림으로 받은 서민들의 모습이었다. 아들 윤성도 '대대로 물려오는 영양부족의 얼굴빛'을 하고 있었다.

> 식기 몇 개와 옷 보따리 한 개씩을 짊어지고 어린이를 업고 안으면서 손을 잡아당기기도 하며 높은 곳으로 물에 삼켜져 흔적도 없는 자기 집의 소재를 내려다보면서 단지 "아이고! 아이고!" 라고만 울고 있는 그

---

6) ほの肉がげつそり落ちてゐて、それだけになほさらほの骨が飛出して見えるので、一見還暦の過ぎた老人を思はせた。(中略) 明七の顔は彼の手の甲を見ような苦労のしわがほのや兩のほに容赦なく刻み込んでゐるし、淺黒く黃ばんだ顔色は營養不足のためか、炎熱の日照りにあつても赤味はおびずくろこげて行くだけだつた。(텍스트는 大村益夫・布袋敏博가 편찬하고 祿蔭書房에서 출판한 『近代朝鮮文學日本語作品集 4』(1901~1938)에 수록된 것으로 하였다. 인용 번역은 필자)

들, 일가 칠팔 명이 비에 젖은 병아리처럼 한곳에 모여서 내일 살아갈 방도도 없이 단지 부르르 떨고 있는 그들.7) (「홍수전후」, p.107)

계속되는 물난리에 영산강 둑이 터져서 당장 입을 옷가지만을 싸들고 피난하고 있는 모습은, 가난한 사람의 참상을 여실히 보여주고 있다. 비가 와도 휩쓸려가지 않는 듬직한 땅은 지주들이 다 차지하고 있었기에, 소작인들은 언제나 저지대에서 살며 언제 닥칠지 모르는 물의 재난에 항상 불안해하였다. 한곳에 모여서 살아갈 방도도 없이 부르르 떨고 있는 것만이 그들이 하는 소극적인 행동이었다.

영산강물이 범람하여 이 집은 떠내려가고, 사람들은 물에 빠져 죽고, 마을 전부가 완전히 잠겨버리면 어떨 거예요? 그 때도 하늘의 도리라고 앉은 채 모두 죽음을 기다릴 작정인가요?8) (「홍수전후」, p.105)

윤성은 다급함에 빨리 집에서 떠나자고 아버지를 재촉한다. 하지만 며칠 동안 계속되는 홍수로 영산강 물이 넘칠 위기에 놓였으며, 집이 무너지고 떠내려가도, 사람들이 물에 빠져 죽어도 송서방은 야속한 하늘만 원망하며 집에서 꼼짝도 하지 않는다.

---

7) 食器いくつと着衣包一個づゝを下げて、幼兒を負つたい抱たり、手を引いたりして、高いとこから水に含まれて跡もないわが家の所在を見下しながらただ"アイコーアイコー"と泣き叫んでゐる彼等、一家七、八名があめに漏れたひなのように一と所に寄り集まつて、明日の日の生きん術もなく、夜通し降り續いた無心の雨を恨む氣力もなく、ただぶるぶる震へてゐる彼等。

8) 英山江水が氾濫してこの家は流れるし、人は溺れて死ぬし、村中全部がすつぽりとつかつてしまつたらどうします?その時も天の理だといつて坐つたまま從容死を待つ積りですか?

35년 만에 있었다는 영산강변의 홍수상황을 '천지를 뒤흔들 기세', '땅도 꺼질 듯한 두려운 빗소리' 등으로 박화성은 간결, 명료하면서도 템포 빠른 문장으로 상황의 촉급함을 서사하였다. 작가는 독자를 가난한 이웃과 억압받는 근로 대중에 대해 지속적인 관심을 절박한 사항으로 끌어들이려 하였으며, 그러한 상황을 초래한 착취와 피착취의 사회구조적 모순을 소설로 승화하였다.

이러한 궁핍상은 「한귀」에서도 선명히 나타나고 있다. 계속되는 가뭄으로 인해 점점 타들어가는 농촌의 비참한 현실은 작가의 치밀한 묘사를 통해 더욱 심화된다.

겨울에는 무죽이나 시래기죽으로 연명하였고 봄부터 풋나물 죽으로 끼니를 잇다가 풋나물까지 없어지자 쌀겨를 구해다가 거친 것은 돼지밥으로 고운 것은 양식으로 죽을 쑤었다.9) (「한귀」, p.384)

홍수를 겪은 가을부터 무죽이나 시래기죽으로, 봄부터는 풋나물 죽으로 끼니를 해결했으나 그것마저 없어지게 되자 이제는 쌀겨로 죽을 쒀서 먹고 있다. 당연히 가족들의 영양 상태는 점점 나빠져 가고 있었다.

궁핍의 생활상은 어른들보다도 아이들에게 더 잘 나타나 있다.

처마에 달아놓은 희미한 등불 빛에 멍석 위에서 가로세로 누워 자는 아이들의 똥똥한 검은 배와 앙상한 갈비뼈가 돋보였다. '뭣을 먹었다고

---

9) 冬は大根や菜つぱの粥で命をつなぎ、春からは山や野原の草で間に合はせ、それさへ得られなくなると、米糖を買つて來て荒い所は豚にやり、細い所だけをえつて食糧に充てつだのだ。

배는 저리 뚱뚱한지' 성섭이는 겉보리섬 위에 꾸깃꾸깃하게 얹혀있는 검정 홑이불을 집어 들고 와서 아이들 위에 덮어 주었다. 모기떼가 윙하고 나타났다. "못된 놈의 모기 새끼들, 보릿가루 죽조차도 배부르게 못 먹고 자는 새끼들에게 피를 빨아먹으면 얼마나 먹겠다고."10) (「한귀」, p.381)

갈기갈기 찢어진 홑이불은 아이들이 몸을 뒤칠 때마다 지지직하고 찢어지는 소리를 낸다.11) (「한귀」, p.382)

웃통을 벗은 아이들의 몸이며 팔다리는 때와 땀에 절어서 얼룩져 보였다. 그들의 앙상한 갈비뼈가 여름 동안에 더욱 앙상하게 튀어 나왔다.12) (「한귀」 p.389)

가뭄이어서 제대로 씻지도 못하고 일에 허덕이는 엄마 때문에 아이들은 부모의 보살핌을 받기도 어려워졌다. '때와 땀에 젖은 얼룩진 팔다리', '부어오른 검은 배' '앙상한 갈비뼈' '갈기갈기 찢어진 홑이불' 등은 가난으로 인한 아이들의 비참한 상황을 더욱 극렬하게 묘사하고 있다. 이런 모습들은 그 당시의 일반적인 상황이었는데, 박화성은 농민생활에 초점을 맞추어, 빈궁의 구체성을 사실적으로 서사하였다.

---

10) 軒先に吊るしてある燈火の火影に、筵の上でばらばらに寝てゐる子供達のぴいんと張つたお腹や痩せこけたあばら骨がくつきりと見えた。"何を食べてあんなにお腹ばかり張つてゐるんだか"　成燮は麥俵の上にくちやくちやにおいてあつて黑い單衣の布團を下ろして來て子供達にかぶせてやつた。蚊の群がワアツと飛び散つた。"この憎い蟲けら共!大麥の粥せえ腹一杯食へない子供達の、血を吸へばどれだけ吸へると云ふんだ、

11) ぼらぼらになつて衣布團は、子供達が寝返りを打つたんびにパリパリと裂の音をした。

12) 眞裸で暮す子供達の體や手足は汗と垢に塗れ、まだらになつて見えた。彼等の痩せこけだあばら骨は夏の間に尙ほ一層銳く飛び出た。

3.2   하층 여성의 삶

송서방과 성섭 아내 등 여성의 극에 달한 궁핍의 구체적인 삶의 장면 묘사에서, 서사 의도를 추측해볼 수 있다.

> 이틀 밤을 마시지도 먹지도 못하고 물에 젖어버린 엄마의 가슴에 붙어 있는 어린애는 어린애대로 공포로 울고, 젖이 나오지 않아 칭얼거리고 있다. 바짝 마른 유방의 젖꼭지가 찢겨질 정도로 아팠다.13) (「홍수전후」, p.110)

> 아이는 두세 번 빨더니 젖이 나지 않는다고 떼를 쓰며 발버둥질을 쳤다. "아이고 이 철없는 놈아, 어미에게서 웬 젖이 얼마나 날 것 같으냐?" 14) (「한귀」, p.383)

송서방과 성섭의 아내는 육체적 고갈과 자연재해가 합쳐지면서 젖이 나오지 않아 어린아이에게 젖을 주지 못한다. 모유가 고갈됨으로 생명의 원동력 상징인 어머니의 몸은 결핍과 궁핍의 상징으로 보여준다.15) 빈궁한 조선의 여성이 겪고 있는 생활고가 객관적인 묘사에 의해 사실성이 확보된 것이다. 특히 하층민 여성들의 훼손된 모성체험은 조선 빈궁화의 처참한 현실을 더욱 실감나게 한다. 박화성이 빈궁을 형상화하는데 있어

---

13) 二晝夜も飲まず食はずで、水にもまれて來た母の乳房に吸い附いてゐる赤兒は赤兒で、物怖しては泣き出し、乳が出ないといつてはむづてゐた。ひからびた乳房のその乳頭が、ちぎれるように痛むのだつた。

14) 赤んは二三度乳を呑み込んでからは、もう乳が出ないと云つてむづかり出した。
    "こら、この分らずめ! かあちゃんからそんなにお乳が出ると思つてゐるのか"

15) 김혜원(2001), 「1930년대에 나타난 몸의 형상화 방식 연구」, 서강대학교 석사논문, p.33

남성작가를 능가하는 것은 살림살이와 육아를 담당하는 어머니로서의 체험으로, 그 생활상이 구체화되기 때문이다. 그러나 이러한 여성의 삶이 단지 빈궁의 문제로만 형상화되고 있음으로 해서 박화성의 여성해방 의식이 일정한 한계가 있음이 드러나기도 한다.

송서방의 아내는 남편의 어리석은 사고 때문에 결국은 딸아이를 잃게 된다.

> 송서방 처가 나무 위에서 울부짖었다. 엄마의 목소리를 들은 순임은 나무 위를 올려다보면서 작은 손으로 허우적거리고 있다. 물은 이미 포프라 나무 대부분을 덮쳤다. 윤성은 순임을 어렵사리 엄마에게 올려주자, 엄마는 겨우 아이를 안아 다리와 나무 사이에 놓고 다시 포프라 나무에 바싹 달라붙었다.[16] (「홍수전후」, p.109)

결국은 피난도 못 가고 아이를 안은 채 나무에 바짝 붙어 있는 송서방 처는 온힘을 다해 애써 보지만, 며칠동안 먹지 못한 상태여서 아이나 엄마는 힘이 점점 빠지기 시작한다. 결국은 딸아이 미례가 물에 떠내려갔다.

> "미례야. 너만 없구나. 어디로 갔니? 아이고 미례야. 어린 것이 무슨 죄가 있다고 물에 빠져 죽었니? 응? 어디에 있느냐?" 그녀의 목소리는 더욱더 거세져 온돌 바닥을 두드리면서 울고불고 멈추지 않았다. "아이고, 세상에 이런 일이 어디 있냐? 누구 죄를 네가, 네가. 가혹하게 죽다

---

16) 宋書房の妻が木の上で叫んだ。母の聲を聞いた順任も木の上を仰ぎながら、小さな手を突出してせがんでゐた。水はすでにの木の大分上まで上つて來た。允成は辛うじて順任を母に上げてやり、母もやつと子供を抱き上げて自分と木の間に入れ、再びそのポプラの木にしがみついた。

니. 불쌍한 것. 참외랑 수박이랑 그렇게 먹고 싶어 했는데. 아이고 미례야!" 그녀는 몸을 쥐어뜯으면서 미례를 부르고 또 부르며 계속 방바닥을 두들겼다.17) (「홍수전후」, p.113)

딸아이를 잃은 송서방 처는 몸을 쥐어뜯으면서 미친 듯 울부짖으며 남편을 원망하고야 만다. 남들이 권하는 대로 집을 빠져 나왔으면 겪지 않을 일인데, 결국은 자연재해를 숙명으로 받아들이는 남편의 어리석음 때문에 엄마로서 자식을 잃는 가장 큰 고통을 겪고 있는 것이다.

여성의 생활고는 「한귀」에 더 세밀하게 묘사되고 있다. 성섭의 아내를 비롯한 다른 여성들은 겨우 보릿가루죽 반 사발을 저녁으로 먹고 밤이 새도록 방아를 찧고 콩밭도 매야 하며 빨래를 해야 하는 생활고를 겪고 있는 처지이다.

가난으로 인하여 여성의 노동력이 현장으로 내몰리고 있음에도 육아와 가사노동은 여전히 여성의 일로만 남아 있었다. 성섭은 새벽까지 방아를 찧고 온 아내가 계속해서 아프다 푸념하니, 미안한 마음에 고집 좀 그만 부리고 쉬라고 하자,

"내가 고집 부리는 것이 아니요. 나도 편하게 쉬면 좋다는 정도는 알고 있어요. 그래도 낮에 찐 것을 다 저녁밥 해버리고 나니까 내일 아침 보리가 부족하잖아요! 일꾼을 셋이나 부리니까 보리쌀이 오직 많이 들

---

17) "米禮! お前だけゐないな! どこ行つゞよ!アイコ米禮! 幼いのが何ん罪で溺れ死なんでうん? どうしたこつだ!" 彼女は聲を張り上げては溫突の面を叩き、泣き聲交りで語呂さへはつきりしなかつた。"アイコ、世の中にこんなことがどこにある! 誰の罪であんなに、あんなに酷く死んだだよ? アイコ、可哀相に! 甜瓜や茜瓜をあんなに食べたがつてゐたに…アイコ - 米禮! 米禮!" 彼女は身悶えながら 米禮!を呼び、呼び、溫突面のをかいてゐた。

어요? 내일은 또 모를 심는다니까 준비해 놓아야지요. 나는 고사하고
우리 품앗이 방아 찧느라고 다른 사람들도 밤을 새웠는데. 모레는 또 품
앗이 방아도 찧어야 쓰고 우리 방아도 찧고 콩밭도 매고 해야지! 아이
고, 빨래는 또 언제 할까? 새끼들이 거지꼴이 다 되었는데 옷 할 풀도
없는데 쌀은 어떻게 또 구할 것인가 몰라."18) (「한귀」, p.382)

이처럼 현장 노동에서 돌아와, 육아와 가사노동까지 더해야 하는 여성
들의 고달픈 삶은 작가의 묘사로도 형상화되어, 극도로 빈궁한 현실을
나타냈다.

뜨물이나 구정물까지 다 모아 두었다가 윗물을 따라서 걸레도 빨고
하기 때문에 돼지까지도 목마르다고 꽥꽥 소리를 질렀다. 그의 아내는
밥 먹을 때마다 아이들에게 "짜게 먹지 마라! 짜게 먹으면 물 찾는다!"
는 당부를 하였다.19) (「한귀」, p.389)

성섭의 아내는 밥 먹을 때마다 아이들에게 짜게 먹지 못하게 하면서
물을 아꼈으며, 동네에 하나밖에 없는 우물은 줄대로 줄어서 한집에 세

---

18) 我を張つてゐるんぢやありません。樂に休めばゝこと位わたしだつて知つてゐま
   す。でも晝攫いた麥は晩にはもう食べてしまふから、翌朝の分が又足りなくなる
   です。人が三人も手傳ひに來てゐんですもの、麥が餘計要りますよ。それに又明
   日は田植ゐださうですから、その用意もしておかなくちやいけないでせうが。自
   分とこのは又いゝとして、外所に手傳つて貰つた分は返さにやならんでせう。よ
   そでも皆夜通しやつてゐるまよ。あさつて外所の麥をきに行かにやならんし、うち
   の麥もやつとかにやならんし、大豆畑の草取りもせにやならんし―あゝさう云へ
   ば洗濯はどうしよう?子供達は階乞食みたいになつてゐるのに。着物につける糊な
   いんだけど、そのお米は又どうしていゝかしら。

19) 米の研汁や汚れた水までもめておき、その上澄みを掬つて洗濯水に充てるので、お
   しまには豚までのどが渇いてギヤーギヤと啼いた。妻は食事のたんびに子供達に向
   つて"あんまり戲いもんばかり食べると又水が欲しくなるよ"と戒めるのだつた。

동씩 길어가던 것이 두 동씩으로 줄어든 것을 보고 '산지옥'이라고 울부짖는다. 날마다 울지 않는 날이 없는 성섭의 아내는 동네 부인들 틈에 끼어서 비가 내리게 하기 위한 간절한 마음에 분묘도 파러 갔고 부인들이 하는 미신적 행동이란 행동은 다 따라가며 하였다. 비만 온다면 무슨 짓이든 다 할 수 있을 것 같았다. 성섭이가 변한 아내의 모습을 보고 미신이라 탓하자, 아내는,

> 할 수 있는 대로 다 해보겠소. 그까짓 것 나 하나 죽어버리면 그만 아니오? 자살하면 지옥밖에 더 가겠소? 아이고 나는 지옥도 시들하오. 지옥도 이보다 더 어렵지는 않을 것이오.[20] (「한귀」, p.390)

하는 극단적 표현까지 하고 만다. 그리고는 남편에게 "거짓 착한 체하지 말라"며 지옥보다 더 어려운 현실을 비판한다. 또 금년에도 흉년이 들면 배곯아 죽기 전에 자살하겠다고 하자, 성섭은 그것이야말로 큰 죄라며 나무란다.

> 죄…… 대체 뭐가 죄요? 죄 많은 사람들은 더 잘 사는 것 같소. 글쎄 어미라도 잡아먹으려고 덤벼드는 굶주린 새끼들하고 어떻게 살아간단 말이오? 일 년을 어떻게 살았는가! 생각만 해도 아이고 징그러워라. 한 해 지난 것도 끔찍한데 또 흉년을 겪어? 아이고 나는 정말 싫소이다. 어리석게 살다가 또 저놈의 흉년 질려 버렸오. 해마다 풍년이 들어도

---

20) 一應は人樣のやる通りやつて見るもんですよ。どれもこれも駄目な時は、なあ、このわたし一人でんでしまへばそれきりぢゃないの? 自殺したつて地獄へ落ちればそれきりでせうが? アイゴー、もうこの生地獄にも飽きゝしましたよ。地獄だつてこれより惡くはないでせうよ。

산다 못산다고 하는데, 이태째 흉년이 들다니…… 아이고 징그러워.21)

(「한귀」, p.384)

남편의 착한 척 행동과 신앙만을 내세움에 서서히 지쳐가, "당신 덕으로, 다리 앓아서 드러누워 있는 기막힌 큰 복도 받았네요!"라고 비아냥거리기 시작한다. 성섭의 아내에게는 신앙도 결국 가난을 구원해주지 못했던 것이다. 오히려 죄 많은 사람이 더 잘사는 것처럼 의심하게 된다. 빈궁의 삶에 어머니인 여성이 감당하는 정신적, 육체적 고통의 현실을 박화성은 성섭 아내를 통하여 식민지 조선의 여성에게 가해지는 이중고22)를 여실히 보여준다.

4. 착취 / 피착취의 대칭적 구조

「홍수전후」의 송서방은 자신에게 주어진 지금의 가난한 현실에 그대로 순응하고 팔자라고만 여기는, 봉건적이고 복종적인 인물이다. 이런 완고했던 사고는 결국 비극적 현실을 더욱 심화시키는 무모함으로 이어진다.

"흥 또 불한당 같은 소리가 나오는군! 사람의 운수복력이 다 팔자에 타고난 것인데 새파란 어린놈들이 손발 닳도록 빌 생각은 않고, 그저 잘

---

21) 罪ですつて?　一體罪と云ふのは何のことですかい?　罪の多い人間はもつと仕合はせでゐれるのをどうしてくれます?　母でも食ひ殺さんばかり騷ぎ立てるこの餓鬼共を抱へて、又凶年にでもなつたらどうして暮してゆけと云ふんですか?　一年をどうしてやつて來たのか、考へただけでもぞつとしますよ。おまけに又凶年と來た日にや‐アイゴーわたしはお先に御免を蒙るよ。のめのめと生きてゐて、又あの辛い目に遭ふのは眞平御免です。豊年になつたつて暮せないと云ふこの時節に、二年越し凶年にでもなれば、もうこりこりだ。

22) 안숙원(2002), 『페미니즘 정전읽기』, 푸른사상, p.122

사는 사람 시기할 줄만 안단 말이여! 자 그 사람들이 땅을 안 주더냐? 집을 안 주더냐? 그 사람들이 없으면 우리 같은 소작인들은 굶어 죽어야 옳게? 아니 그런데 저번 한창 가물 때 논이 갈라지니 너희들이 허부자네 집에 가서 소작료를 감해 달라고 떠들어 댔다며? (중략) 에잇, 못된 놈들 같으니, 경찰서에나 잡혀가고 지주 집에나 몰려가서 심술이나 부리고 하는 놈들! 이놈들! 다시 또 붙어 다녀만 봐라! 다리뼈를 분질러 놀 테니까……" 23) (「홍수전후」, p.104)

제각기 사주팔자에 복이라는 것을 받고 태어나기 때문에 부지런히 일해도, 살아서 빈곤의 신이 벗어날 수 없는 게 한탄할 뿐이여! 남의 행복한 삶을 질투해 봐도 소용없어! 그놈의 가난이 웬수지! 가난이! 한숨을 토해내도 이런 집에 울면서 자지 않으면 안 되는 것도 결국 가난 때문이여!" 24) (「홍수전후」, p.105)

부지런히 일하고 열심히 살아도 빈곤의 신을 벗어날 수 없는 팔자가 원망스럽다고 한숨을 토해내는 송서방 말에는 순종적이고 운명론적인

---

23) ふん、また無賴漢の眞似か？ 人間さまの運不運ちうものは、その人めいめいが持つて生れた天からの授かりものなんだが、まだ年の行かねえ若造の癖しあがつて、子分の手足であくかくかせがうとはせず、矢たろに裕福な人を妬むとしか知らねえだよ。さあ、その方達が土地をくれなかつたか、家をくれなかつた。その方達がゐなかつたら、俺達小作人餓死はせにやなるめえ?それに、こないだの旱鬼で田が干割れたとき、お前達は許富者のお宅へ行つて小作料を減らしてくれと暴れたといふぢやねえか?(中略)その礫でなしめが。警察さい引つ張られたり、地主のところへ押しかけたりするような奴達と、野朗も、一ぺにかつて歩いて見い。向脛を叩き折つてやるから…

24) ただ四柱八字に福ちうものを授かつてゐねえために、稼いでも稼いでも生涯貧乏の神をのがれつこねえのが恨よ。人さまの樂な暮しを妬んで見たつてはじまらねえさ。ただ貧乏が怨望だよ、貧乏が。恨みを含んで、かうしてこの家に泣き寢入つてゐなけりやならねえのも結局貧乏のためでよ。

인생관이 내재되어 있다. 이러한 송서방의 봉건적 인식은 결국 착취자와 피착취자만의 갈등만 고조시키고 지주와 마름의 착취만을 강화시킬 뿐이다.

송서방은 또다시 윤성이 지주의 집에 찾아가 난동을 부려 소작을 할 수 없을까봐 그것만 두려워하고 있는 것이다. 그런 까닭에 윤성이는 아버지뿐만 아니라 농민 전부가 봉건적인 세계관에 사로잡혀 있지나 않을까 근심한다.

> "사람의 생사는 하늘의 이치에 정해져 있어. 내가 여기서 피한다고 해서 죽을 놈이 살겠어? 목숨조차도 길다면 불 속에서라도 살아갈 것이어!" 25) (「홍수전후」, p.108)

천리에 따르고 운수에 모든 것을 맡기다가도, 가난이 원수라며 사주팔자에 복을 못 타고 나서 죽게 일하고도 평생을 가난하게 사는 것을 한탄하는 모순된 말 속에서 그의 교조적이고 무기력한 성격을 엿볼 수가 있다.

일제하 조선의 농촌은 일본의 이익을 위해 재편되어, 식민지 수탈을 위해 토지 집중화를 추구하였는데, 이는 주로 일본인이나 친일파 거대 지주에 의해 이루어졌다. 토지 집중화는 필연적으로 수많은 소작농을 양산하였고, 이러한 소작농의 증가는 결국 소작 조건을 더욱 열악하게 하는 원인으로, 빈궁의 악순환은 계속되었다. 이처럼 박화성은 당시 대부분의 작가들이 그랬던 것처럼 식민지기 하층민의 궁핍에 초점을 맞추어, 사회비판 의식으로 착취자와 피착취자간의 구조적 갈등관계를 서사하고 있다.

---

25) 人の生死はちやんあんと天の理で定つてゐ。わしがこゝを逃げたからつて、死ぬる奴が生きるんでもあるめえ。命さえ長かつたら火の中でも生きられるだよ。

거센 홍수에 주변 사람들은 송서방을 찾아가 모든 것을 포기하고 사람만 빠져 나오라고 권고하지만, 그는 끝내 이들의 권유를 뿌리치고 만다. 해마다 계속되는 홍수로 인해 얻은 경험이 밑바탕이 되어, 죽음이란 것은 쉽사리 사람의 목숨을 빼앗지 못하는 것이라는 고질적 신념을 갖고 있기 때문이다. 그가 가진 유일한 작은 거룻배 일망정 일곱 식구의 생명쯤이야 언제든지 구원해 줄 것이라는 굳은 믿음을 가지고 있었다.

> 송서방의 크나큰 보물이고 유일한 구명선인 배가 떠내려갔었기 때문에, 송서방의 신념과 희망은 한순간에 날아가 버렸다. 뼈가 부러지고 맥이 끊어질 것 같은 절망이었다. 멍하니 '하늘의 이치'를 따라 흘러가는 그 배만 바라보고 있었다.[26] (「홍수전후」, p.109)

하늘의 이치에 따라 살았던 송서방은 역시 하늘의 이치에 따라 유일한 희망인 배를 잃고야 만다. 송서방 일가가 홍수로 모든 것을 빼앗기듯이 우리 민족도 식민지라는 부조리한 현실을 어쩔 수 없이 받아들이며 모든 것을 빼앗기며 살아가야 하는 어둡기 만한 현실을 암시하는 대목이기도 하다. 그러나 여기에서는 창작과 생활의 조화라는 구체적 선회에도 불구하고 낙관적 전망에 도달할 수 있는 현실적 토대를 상실함으로써 빈곤화된 조선의 현실묘사가 낙관적 전망과 연결될 수는 없었다.[27]

「한귀」의 주인공 성섭은 아내와 여섯 명의 아이를 가진 가난한 소작농이다.

---

26) 宋書房の大きな寶であり唯一の救命舟である、その大きい方の舟が流れて行つたので、彼の信念と希望は一ぺんにけし飛んでしまつた。骨が挫け脈が絶えたようにがつかりした。天の理を積んで流れて行くその舟の後をながめてゐた。
27) 정영자(2002), 『한국여성소설연구』, 세종출판사, p.118

아들이 다섯, 딸이 하나 여덟 식구가 무엇을 먹고 어떻게 살아간단 말이냐? 작년에는 홍수로 쌀알 하나 못 거두고, 금년에는 이렇게 가물어서 초복이 내일 모렌데도 모를 못 내는 형편이니…28) (「한귀」, p.382)

작년에는 홍수로 쌀 하나도 못 거두고, 금년에는 가물어서 초복이 다 가오지만 모낼 엄두조차 못 내는 형편이다. 성섭이는 동네 사람들과 밤새도록 물을 품어 논에 대어도 벼이삭을 살릴 도리가 없게 되자 한숨만 내쉬게 된다. 웅덩이마다 물이 말라버린 지 오래고, 혀로 핥아버린 듯이 물 한 방울도 없는 시내에는 모래알이 볕에 달구어지고 있다. 동네 농민들이 지주에게 갖다 바칠 소작료를 내지 않기로 결의하였음에도 성섭만이 자신조차 먹지 못하는 귀한 쌀을 지주에게 갖다 바친다.

"그럼 남의 논 빌어먹는 주제에 잘될 때나 소작료 주고 안 될 때는 전혀 안 줘버려도 될까? 어떤 논에서든 쌀이 생겼으면 갖다 줘야지. 꼭 그 논에서 나온 것만 줘야 하는가?" 29) (「한귀」, p.385)

위의 인용에서 알 수 있듯이 성섭은 선량하고 충직한 농부의 전형을 보여준다. 성섭도 송서방처럼 하늘의 이치에 정해진 대로 착하게 살아가고만 있었지만 계속되는 가뭄으로 하늘을 원망하고는 동네사람들과 기우제를 지내게 되었다. 작년 이래로 점점 착하게만 살아온 사람이 힘들

---

28) 男の子が五人に女の子が一人, 八人家族が一體何を食つて生きてゆくと云ふんた? 昨年は洪水で一粒の米も上らねえ。今年は又旱續きで、明後日が初伏だと云ふのに、まだ植付けも濟まねえやうな有樣で…

29) 人の地所で暮してゆく小作人として、豊年には小作料を納め、凶年には納めない―それで理くつが通るかね?どこの田からでもいゝから上がつたものは納めるのが當前で、その田の籾でなけりやならぬと云ふ道理はねえ。

게 사는 것이 이상한 일이라고 생각하여 오는 판이라, 성섭 자신도 하루에 몇 번씩,

> "이것은 지옥이다, 생지옥이여!" 하고 부르짖지 않았던가? 어젯밤에도 총총한 별 하늘을 바라보며 돗자리 위에 누워서 이것저것 살아갈 길을 곰곰이 생각해 보노라니, 귀신의 눈같이 빛나는 하늘이 너무도 얄밉게 보여서, "엣! 빌어먹을 것, 천지가 발딱 뒤집혀서 저놈의 하늘이 땅이 돼버린다면 저 요물 같은 별들을 산산이 발로 밟아서 뭉그러뜨리겠구면." 하는 죄 되는 말을 하지 않았던가?[30] (「한귀」, p.390)

'죄 되는 말'을 했다는 것조차 부끄러워하면서 막연하게 하늘만 원망하고 있다.

> 작년에 보니 홍수로 못살게 되는 사람은 나주 영산포에 사는 우리 농군들이었다. 그렇다면 우리는 악한 사람이란 말인가? 성섭이는 늘 생각해 왔다. 그의 눈에는 제일 착하고 순한 사람은 농부들인 것같이 보였다. 한 가지라도 하느님의 말씀을 어기는 노릇은 하지 않은 사람은 농부들밖에 없는 것 같았다. 성경은, '원수를 사랑하라.' 하였다. 농부들은 서로 원수를 지고 살 줄을 모른다.[31] (「한귀」, p.384)

---

30) これはまるで地獄"生きながらの地獄だと、日に何遍も叫んだではないか? 昨晩もきらきら光る星空を眺めながら蓙の上に寝轉んあれやこれやと暮らしの道を考へあけんでゐると、空一杯に鏤めた星の一つ々々丁度鬼の目玉のやうに光つてゐるのが憎らしくつて仕方が無がつた。そこで彼は、"畜生!天地がひつくり返つて、あの空が地べたになるんなら、おれはあの妖魔みてえな星を一つ踏みつぶしてやるんだがと呪つたではないか?

31) 昨年見ると、あの洪水でぺちやんこになつたのは羅州、榮山浦あたりの吾農民だ

성섭의 눈에는 제일 착한 사람은 농부들이었고 가장 순한 사람도 역시 농부였다. 즉 자신을 비롯한 착한 농부들은 남을 대접하기를 자기 몸보다 더 후하게 하는 한편, 지주들은 가을에 소작료를 갖다 줘도 대접 하지도 않고 쌀이 귀한 척 일부러 보리밥을 지어서 준다. 그런데 그런 농부들이 작년에는 홍수로, 올해는 가뭄으로 극심한 자연재해를 당해 강한 회의를 느끼기 시작한다. 여기에서 '물'은 없는 자에게 저항할 수 없는 존재이며, 더 냉엄한 현실을 겪게 하였다.

5. 반전 기제로서의 '물'

「홍수전후」에서 송서방의 무모하다고 할 만큼의 완고함도 무너지는 순간을 맞게 된다. 그것은 거대한 자연의 힘이 지금껏 이루어 놓은 자신의 모든 것을 송두리째 빼앗아 가는 비참한 광경을 목격했기 때문이다. 대를 이은 소작인으로 송서방의 아들 윤성에 대한 캐릭터 묘사이다.

아버지의 골격과 닮아 장대하고 큰 체격을 갖고 있는 윤성은 아직 스물이 되지 않는 청년이었으나 훤칠한 대장부의 풍채를 지니고 있었다. 큰 눈만이 항상 불평의 색을 띠우고 이상하게 빛나고 있었다. 마을 사람들은 그의 눈을 열의가 있는 눈이라든지, 혹은 밝은 쪽의 별과 같은 눈이라고 칭찬하고 있으나 지주 양반인 허부자만이 위험한 눈이라고 비난

けだつた。それでは吾は惡人と言ふ譯か？成燮はいつも考へて来た。彼の目には農民こそは最も善良で從順な人間のやうに見えるのだつた。神のお言葉に判くやうな何一つ罪を犯していない人間は農民達のやうな気がするのだつた。又聖書には、敵を愛せよともあつた。農民達はお互ひ敵を作つては生きられない。

했다.[32] (「홍수전후」, p.103)

　허부자만이 윤성이가 위험한 눈을 갖고 있다 한 것은, 그가 모순된 현실을 파악하고, 구조적 모순을 깨달은 인물이라 여겼기 때문이다. 박화성은 윤성을 지주 / 소작인의 대립적이면서 대칭적 갈등 때문에 구조적 모순을 깨달아, 이런 현실을 극복하고 일어날 수 있는 희망적 존재로 묘사하고 있다.

　　"이런데서 산다면야 으레 그런 일을 당할 줄 각오해야지. 그러니까 어서 여기서 떠나자고요. (중략) 그렇기 때문에 매년 이런 일을 당하면서 살고 있는 거예요. (중략) 언젠가 돌이킬 수 없는 큰일을 당할 거예요!"[33] (「홍수전후」, p.104)

　'언젠가 돌이킬 수 없는 큰일'이 일어날 것을 암시하면서, 무모하게 사는 아버지에게 주의하는 식으로 미래를 암시하고 있다. 그리고는 "하늘의 이치라고 앉은 채 모두 물에 빠져 죽을 작정이냐?"고 강하게 항변한다. 또한 윤성은 부당한 현실을 벗어날 것을 아버지에게 적극적으로 권유하며, 일제의 식민정책에 대한 강한 비판과 저항의지를 나타내고 있다.

---

32) 父親の骨格に似て壯健な大きい體格をしてゐる允成は、まだ甘にしかならぬ靑年だが隆たる偉丈夫の風を備へてゐた。大きい眼だけが、常に不平の色を帶びて異樣に光つてゐるので、村の人達は彼の眼を熱意ある眼だとか、或は明方の星のような眼だといつてほめそやしてゐるが、地主兩班の許富者だけが、あれは陰險な眼附だといつて非難した。

33) こんなことに住んでゐたら、どうせそんな目に遭ふことにきまつてゐる。だから早くこの家を引揚げようといつてるぢゃありませんか? (中略) だからです。毎年そんな目に遭ひながらもかうして住んで來たところについちや、(中略) 一度はきつと取返しのつかぬどえらい目に遭ひますよ。

윤성은 하늘의 이치를 풀어 자신의 운명에 결탁시키면서, 빈곤이 원수라고 강조하는 아버지의 교조적 사고가 답답하지만 머지않아 무지에서 벗어나리라 믿으며 "어떻게든 살아갈 길을 찾아야 하지 않겠어요?"라며 오히려 격려를 하게 된다.

송서방은 대홍수로 철저하게 모든 것을 잃게 되자, 마침내 현실적 모순을 깨닫게 되면서부터 인식의 급격한 변화를 겪는다. 갈 곳 없는 자기 식구들을 아무 조건 없이 보살펴 준 대홍과 그 부모들에게 더욱 친절함을 느꼈다. 허부자와는 다르게 자기와 같은 가난한 농민들을 진심으로 걱정하는 사람들인 것을 처음으로 마음속 깊이 느꼈다.

> "나도 전의 내가 아니다. 지금은 김선생의 말이나 너의 동무들의 말이 다 옳다. 그러니까 그 사람들 말이라면 어떤 말이든지 진심으로 받아들이련다. 막무가내로 울고만 있으면 어떨 것이냐? 무슨 수를 써서라도 살아 갈 도리를 찾아야지!"34) (「홍수전후」, p.114)

박화성은 여기에 지식인이면서 계급사상을 가진 김선생을 등장시켜 노동자나 농민을 의식화시켜 깨우침으로써 빈궁하고 억눌린 식민지의 현실을 인식하게 하고, 이를 극복 할 수 있다는 미래지향적인 사사를 하고 있다. 윤성이의 현실인식은 식민지 상황의 구조적 모순에 대한 냉철한 비판을 전제로 하고 있으며, 아버지를 함께 저항할 '동지'로 얻는 기쁨을 얻게 된다. 박화성은 윤성, 김선생, 윤성의 친구들을 통해 자신이

---

34) わしも前のわしではなくなつた。今ぢゅ金先生のお言葉や、お前の友人達の言葉も皆正しいつてことがわかつた。だから、その人達のいふことなら、どんなことでも眞に受けようとしてゐんだ。ほんとうに泣いてばかりもゐられねえ、石にかじりついてでも生きて行く方法を講じなけりや。

처한 현실에 직접 뛰어들어 자기 나름대로 시대의 고난을 헤쳐 나가려는
의지를 묘사하여 이의 극복을 암시하고 있다.

> 모든 것이 오로지 팔자로, 하늘의 뜻으로 받아들이며 단념했던 송서방
> 은 홍수로 딸과 집과 가축과 곡식을 잃은 대신에, 그것들보다 더 큰 존경
> 과 보이지 않은 무언가를 얻었다 확신한다. 아버지 뒤를 따라 가는 윤성
> 의 눈은 희망으로 빛나고 그의 뺨에는 희열의 미소를 띠운다. 정오를 알
> 리는 사이렌 소리가 푸른 하늘 높이 울리고 있다.35) (「홍수전후」, p.114)

여기서 박화성은 '정오를 알리는 사이렌 소리'를 현실극복이나 구원의
제시로 암시하고 있다.36) 송서방이 운명적이고 소극적인 삶의 자세에서
벗어나 적극적이고 개혁적인 윤성이의 동조자가 되었다는 점에서 갈등
이 끝나고 새로운 희망의 출발로 내딛고 있다. 윤성이를 비롯한 동네 젊
은이들이 지주를 찾아가 소작료를 감해 달라는 등 간접적인 묘사를 통해
착취자와 피착취자간의 대립관계를 묘사하고 있다. 작가는 전 재산보다
더 소중한 것은 올바른 현실인식과 이를 극복하려는 태도라고 결론내리
고 있는 것이다.

「한귀」의 성섭 아내는 자신이 처한 현실을 결단력 있게 극복하고자
하며 적극적으로 대처를 하는 강한 의지의 인물이다. 남편에게 반교리적
행동을 하더라도 빈궁에서 벗어날 것을 권고하면서 현실에 적극적으로

---

35) すべてのことを、ただ運勢だの天の理だのといつてあきらめようとしてゐた明七
　　は、洪水によつてや家や家畜や穀物を失つた代りにそれらのものよりもなほ大き
　　い、尊い、眼に見えない或るものを悟るとが出來た。父の後について行く允成の
　　眼は希望に輝き、彼の唇には喜悅の微笑がたゝへられてゐた。正午を知らすサイ
　　レンの音が、青空 高く鳴り響いてゐた。
36) 서정자(1987),「일제강점기 한국여류소설」, 숙명여자대학교, p.46

대응하도록 묘사하여 당시 현실에 대한 작가의 비판의식을 형상화하고
있다.

> 이번에도 또 동네 사람들이 모인답니다. 그래서 작년보다도 밭곡식까지
> 못 되어버린 더 큰 흉년이니까 소작료 못 주는 것은 물론이고 어떻게 세전
> 이라도 살아 갈 도리를 사정해 보려고 지줏댁에 몰려간다고들 합니다. 그
> 래도 당신은 쏙 빼놓은 것 보시오. 작년에도 그런 짓을 했으니까, 으레 그
> 런 사람이려니 하고… 그래서 내가 간다고 했소. 지줏댁이 아니라 상감님
> 앞에라도 당장 가겠소. 아니, 염라국에라도 필요하면 가겠소. 지금 어린 자
> 식들하고 무더기 죽음이 날판인데─ 무언들 못할까? 37) (「한귀」, p.390)

이렇게 저항적인 요소는 성섭 아내의 비판적 시선과 독기 넘치는 표정
에 생생하게 전달이 된다.

> 하는 대로 다른 사람처럼 다 해보다가 그까짓 거 나 하나 죽어 버리
> 면 그만 아니오? 자살하면 지옥밖에 더 가겠소? 아이고! 나는 지옥도
> 시들하오. 지옥도 이보다는 더 어렵지는 않으리다.38) (「한귀」, p.390)

---

37) 今度も村中が寄るさうですよ。そして、今年は昨年よりも酷い不作で畠の物も出
來ない位だから、小作料を納めないのは勿論のこと、何とかして年が越せるやう
にしてくれと、地主の所へ行つてかけ合ふんですて、そこまでもお前さんはちや
んと除け者にされてゐますからね。昨年あんなことをやらかしたんで、どうせそ
んな男だと皆は思つてゐるんですよ…それでわたしが代り行にくつて云つておい
たの。地主は愚か、王樣の前へだつて出れます。それどころか、閻羅樣の所へだ
つて行けるなら行きたい位です。この餓鬼を抱へて一緒くたにくたばりさうな今
日、何が出來んことがありますかい?

38) 一應は人樣のやる通りやつて見るもんですよ。どれもこれも駄目な時は、なあに、
このわたし一人で死んでしえばそれきりぢやないの? 自殺したつて地獄へ落ちれ
ばそれきりでせうが?ものこの生地獄にも飽きしましたよ。地獄だつてこれより善

성섭의 아내는 이제는 울지도 않았다. 눈물조차 말라붙었는지 눈에 눈물 대신 피가 몰려오는 것같이 눈에서 불이 확확 나는 것 같았다.39)
(「한귀」, p.391)

성섭은 충직하고 선량한 성섭과 그의 아내는 서로 상반된 세계관을 갖고 있는데 이는 「홍수전후」의 송서방과 아들 윤성의 세계관이 서로 상반되어 있는 것과 같은 구조를 보인다. 송서방의 의식이 전환된 계기가 홍수였듯이 성섭이는 가뭄으로 인한 현실의 참혹한 광경을 보게 되면서 세계관의 변화를 일으킨다. 생존을 위협하는 살인적인 가뭄은 양심에 비추어 부끄럼 없이 살아가는 성섭을 혼란스럽게 하지만, 그의 생각을 바꾸어 놓는 기제가 되기도 한다. 착하고 성실하게 살아온 농민들은 빈곤과 착취의 반복 속에 고통 받고 있는데, 지주들은 자연재해와 상관없이 호의호식하며 살고 있었기 때문이다.

"에끼, 나를 이렇게 지옥에 잡어 넣는 놈이 누구냐? 나는 아무 죄도 없는 사람이다. 왜 나를 이렇게 못살게 하느냐? 응? 하고 그는 두 눈을 부릅뜨고 주먹을 부르르 떨면서 이를 뿌드득 갈아붙이더니 번개처럼 부엌 문턱을 넘어 쏜살같이 마당을 지나서 사립문 밖으로 달려 나갔다.40)
(「한귀」, p.391)

くはないでせうよ。
39) 成燮の妻はもう泣かなくなつた。涙まで乾いてしまつたのか、悲しさがこみ上げると、目には涙の代りに血が殺到して、そこから火花が散りさうだつた。
40) おれを生身のまま地獄へぶち込むやつは誰だ？おれは何の罪も無い人間だぞ！何故おれをこんなにまで苦しめるんだ？彼は拳を揮り廻し、歯ぎしりしながら、稲妻の児徳のように矢のように庭を横切つて、戸の外へ姿を消した。

굶주린 개가 미쳐 아이와 아내를 물어뜯는 장면을 보게 되자 마침내 자기를 가난이란 지옥에 몰아넣은 지주에 대한 반항과 보복의 감정으로 처절하게 몸을 떨며 강한 저항의지를 나타낸다. 재난은 타자에 의한 인위적인 수탈 상징으로서 사용되며 주인공 의식 전환을 가져오는 계기가 된다. 기독교적인 선의 교리도 궁핍한 생활 속에서 인간을 구원하지 못한다는 사실을 깨닫게 해줌으로 자신의 의지에 의해 사회의 모순에 적극적으로 대응해 나갈 것을 요구하고 있다. 박화성은 이 작품에 임해서 다음과 같이 술회를 하고 있다.

> 홍수나 한발에서 크나큰 시련을 받음으로 하여, 절망의 절정에서 사람의 힘으로도 천리에 대항할 수 있고 인간이 최선을 다함으로써 인간 자체의 생명과 이익을 보전할 수 있다는 것을 깨닫게 되었다.[41]

「홍수전후」에서는 윤성이 지주에게 찾아가 농성하는 것으로 일제에 대해 적극적으로 저항해야 한다고 주장하고 있으며, 「한귀」에서는 성섭이 눈을 부릅뜨고 이를 가는 모습으로 절망적인 현실에 대한 강한 부정 의식으로 표출되고 있다. 성섭의 비판적인 시각은 현실에 대한 새로운 이해를 가능하게 함으로 정지된 현실을 바꾸어갈 의지를 부여한다. 가뭄으로 인한 농촌의 비극적 상황과 지주의 몰인정한 행실을 보고 뭔가 잘못 되어가고 있다는 사실을 깨닫게 되었다. 하지만 윤성이 만큼 자각하고 있는 인물은 나타나지 않음으로 해서 분노는 감정적으로 폭발하고 긍정적 전망은 전혀 보이지 않는다.

---

41) 박화성(1974), 「내 작품의 주인공들」, 『순간과 영원 사이』, 중앙출판공사, pp.265~266

6. 나오며

일본어로 쓰인 단편소설 「홍수전후」, 「한귀」는 박화성이 농촌 현장에서 생활하며 빈궁한 조선의 현실을 묘사한 리얼리즘 작품에 해당된다고 볼 수 있다. 두 작품은 소재의 채취와 현실묘사의 치밀함으로 조선농촌의 현실을 박진감 있게 고발하였으며 홍수나 가뭄의 긴박감 넘치는 묘사와 자연재해 앞에서 하늘의 섭리라 여기며 속수무책일 수밖에 없는 하층민의 참상을 세밀하게 그려냈다. 당시는 자연재해에서 자유롭지 못했으므로 이러한 소재의 채택이 결코 무리한 것은 아니다. 박화성은 '물'에 의한 재난을, 타자에 의한 인위적 수탈수단의 상징으로 보았다.

여기에서 '물'은 「홍수전후」에서는 물이 넘쳐나는 '홍수'로, 「한귀」에서는 물이 부족한 '가뭄'이라는 재해로 되어 궁핍의 원인의 하나로 작용하였다. 객관적인 묘사에 의해 사실성을 더해 간 '물'은 삶의 터전을 상실시켰지만, 오히려 주인공의 심리적인 의식전환의 계기가 되기도 한다. 그리고 「한귀」에서는 주인공의 세계변화가 「홍수전후」보다 뚜렷하게 보이지 않은 점은 있다.

두 작품에서는 궁핍의 주된 원인이 자연재해에 있음을 보여주기 때문에 '물'로 인한 가족 간의 뒤틀린 갈등도 곳곳에서도 볼 수 있었다. 주인공들이 홍수, 가뭄이라는 거대한 '물'의 역경에 직면하고는 주체적인 의식을 확보해 가는 과정이 나와 있으며 인간현실의 모순에 눈을 뜨게 되었다. 홍수와 가뭄이라는 천재지변의 요소가 너무나 강조되어 무지한 사람들이 현실에 대한 폭넓은 대응보다는 한탄과 분노에 무게를 더 많이 싣고 있었다. 또 일제에 대한 저항의식이 지주-소작인간의 직접적 갈등에 의해서 표현되지 못한 아쉬움이 있다.

물론 두 작품에는 착취자와 피착취자의 대립이 있었는데 소작료를 받아들이는 지주의 횡포가 형상화되지 못하여 식민지 조선의 파행적인 경제구조가 충분히 전달되지 못하였다. 따라서 식민지 현실이 미흡해 보이지만, 일제 식민지하의 빈궁한 수난상과 궁핍화된 농촌의 참상을 문학작품을 통하여 신랄하게 비판하였다는데 의의를 두고 있다.

02.

격동기 작가 정인택의
사상변화와 방향전환 *

박경수

1. '전환'의 시대적 요인

정인택은 1909년 태어난 이듬해 한일합방을 맞게 되어, 일제 통치하에서 학창시절, 작품활동기를 보낸 후 조국 광복을 맞아 좌충우돌하다가 한국전쟁을 끝으로 생을 마감한 작가이다.

정인택은 14세 어린 나이에, 언론가로 활약하면서 개화기 실세를 잡기 위해 동분서주하던 아버지 정운복(鄭雲復) 1)을 여읜 탓에, 15살 터울의 이복형 정민택(鄭民澤)의 집에서 자랐다. 형이 의사인 덕분에 비교적 유복한

---

* 이 글은 2009년 3월 30일 한국일본어문학회 「日本語文學」(ISSN : 1226 - 0576) 제40집, pp.169~190에 실렸던 논문을 수정 보완한 것임.

1) 정운복은 1870년 8월 황해도 평산에서 태어나 1906년 1월 통감부 통신관리국장을 맡았으며 1906년 4월에는 애국계몽단체인 <대한자강회>에 창립회원으로 들어가 평의원이 되었으며, 같은 해 이갑 등과 함께 <서우학회>를 조직하여 교육기관의 확장을 꾀하였다. 1907년 통감부 기관지인 <경성일보> 언문란의 주필을 맡았다가 동년 6월 <제국신문>의 초대주필로 자리를 옮겼는데, 제국신문사가 재정난으로 곤란을 겪게 되자 제2대 사장으로 취임한다. 1908년에는 <서북학회>를 결성하여, 안창호 등과 민중계몽운동을 전개하기도 하였으나, 통감부의 탄압으로 인해 이갑 · 안창호 등의 간부가 해외로 망명하자 <서북학회>의 회장으로 피선된다. 1913년에는 총독부 기관지인 <매일신보>의 주필을 맡는다.

환경에서 학창생활을 보낸 정인택은 수하동공립보통학교를 거쳐 1927년 3월 경성제일고등보통학교를 졸업(제23회)하였다. 이어 경성제국대학에 입학2)한 정인택은 1931년 유학차 일본으로 건너갔으며, 초기에는 「동경의 삽화」3)라는 제목의 수필을 <매일신보>에 기고하기도 하였다. 그러나 특정학교에 적을 두지 않은 채, 갖은 고생을 하며 방황하다 1934년 귀국 후 본격적인 작품활동을 시작한다.

정인택이 왕성하게 작품활동을 했던 때는 중일전쟁, 태평양전쟁으로 이어지는, 일제의 통치 기간 중에서도 사상적 탄압이 가장 극심했던 때였으며, 광복 이후 역시 정치적 소용돌이 속에서 자유로운 작품활동을 할 수 있는 여건은 되지 못했다. 그의 작품경향을 보면, 초기에는 사회주의를 꿈꾸다 전향하는 사상성을 지닌 작품으로 등단하지만, 사회주의에 대한 일제의 탄압이 가중되자 문학적 시비에 말려들지 않는 계몽성 짙은 소년소설로 이어간다. 그리고 4년여 간의 동경생활을 정리하고 귀국한 이후에는 이상과 박태원의 영향을 받아 고등유민(高等遊民)적 지식인의 심리를 묘사한 심리주의 소설과 세태소설로 작품세계를 펼쳐간다. 그러다가 일제말 이러한 문학 활동이 어려워지는 상황이 되자 적극적인 친일로 방향전환하여 아지프로(アジプロ) 성향의 작품활동을 한다. 8·15 해방을 맞아 다시 문학활동을 재개한 정인택은 좌익이 승할 때는 좌익으로, 우익이 승할 때는 우익으로, 시대 상황에 따라 그의 사상이나 문학세계도 거듭하여 변모해 가는 양상을 보인다.

흔히 한 번 세뇌되어진 사상은 쉽게 바뀌지 않는다고 하지만, 김강진(1993)이 그의 논문4)에서 '모험을 싫어하는 기질로 인하여 그때그때 상

---

2) 조용만(1987), 「李箱時代, 젊은 예술가들의 초상」, 「문학사상」, 문학사상사, p.108
3) 정인택(1931), 「동경의 삽화」, <매일신보> 1931.8.29~9.11, 5면
4) 김강진(1993), 「정인택 소설연구」, 대구대학교 석사논문

황의 변화에 순응해 버린 것'과 '전쟁의 막바지라는 시대적 요인'을 들어 상황에 따라 너무 쉽게 변모한 것을 지적하였듯이, 정인택은 태어나면서부터 사망할 때 까지 숨가빴던 사회변화에 민첩하게 적응하여, 변화하는 심리를 그대로 작품에 담아내었다.

본고에서는 정인택의 사상변화에 따른 방향전환 과정이 투영된 등단작 「준비(準備)」(1930.1) 5)를 비롯하여 「조락(凋落)」(1934.10) 6)과 지식인의 심리를 다룬 「준동(蠢動)」(1939.4) 7), 태평양전쟁 직후 일본어로 발표한 「껍질(殼)」(1942.1) 8)과 전쟁이 극에 치닫는 시점에서 발표한 「각서(覺書)」(1944.7) 9), 그리고 광복 이후 발표한 「황조가(黃鳥歌)」(1947.3) 10)등의 작품을 살펴봄으로써, 1920년대 후반부터 만주사변과 중일전쟁, 태평양전쟁, 그리고 광복 이후의 좌·우익 대립과 한국전쟁으로 이어지는 격동기 한국문단의 흐름과 함께, 작가 정인택의 사상변화 양상과 그에 따른 방향전환 과정을 고찰해 보고자 한다.

2. 정인택의 사상변화에 따른 방향전환

2.1 환상은 허무와 환멸로 - 「준비(準備)」, 「조락(凋落)」

3·1운동 이후 시작된 프로문학운동은 1920년대 중반에 이르러서는 이전의 막연한 무산계급에 대한 동정으로 일관했던 것에서 벗어나 마르

---

5) 정인택(1930), 「準備」, <중외일보>, 1930.1.11~16, 3면
6) 정태양(1934), 「凋落」, 「신동아」, 1934.10
7) 정인택(1939), 「蠢動」, 『문장』, 1939.4
8) 정인택(1942), 「殼」, 「綠旗」, 1942.1
9) 정인택(1944), 「覺書」, 「國民文學」, 1944.7
10) 정인택(1947), 「黃鳥歌」, 「백민」, 1947.3

크스주의적 세계인식에 대한 극히 초보적 이해를 갖추기 시작한다.

정인택의 학창시절인 1920년대 후반은 이러한 프로문학이 하나의 맥을 형성하고 있었던 시기였다. 프로문학이란 종래 자연발생적인 궁핍묘사나 살인, 방화 형에서 목적의식으로 나아감을 말하며, 그 목적의식을 계급사상으로 무장함을 말하는 것으로, 당시 우리 사회는 사회구성체에 대한 인식을 비롯하여 제반문제를 마르크스주의적 입장에서 이해하려고 하였으며 그것을 문학부분에서 관철시키고자 하였다.11)

정인택은 1930년 1월 사회주의 마르크시즘적인 사상을 지닌 「준비」가 <중외일보>의 현상공모에 이등으로 당선되어 문단에 등단한다. 「준비」에서 보면 동경으로 공부하러 간 주인공 '태호'가 건강을 핑계 삼아 고향집으로 돌아와, 그 곳에서의 실패를 경험삼아 다시 이상세계로의 신념을 불태운다. 사회주의 서적 특히 『유물사관(唯物史觀)』12)을 수없이 읽으면서 면사무소나 학교를 찾아다니며 이것저것 조사하기도 하고, 밤이면 마을 사람들의 의식을 전환시키려 힘쓰는 등 사회주의에 대한 환상을 꿈꾸며 모든 정력을 쏟아 헌신한다.

정인택이 일찍 아버지를 여읜 탓인지 그의 작품에는 홀어머니와 외아들을 설정하여 묘사한 작품이 상당 수 있다. 홀어머니에게 있어서 외아들은 '어머니의 존재' 그 자체로, 「준비」에서 '태호'의 어머니도 살아있는 이유가 바로 태호였다. 그러나 '태호'는 그러한 환상에 빠져 있는 동안 어머니마저 안중에 없었다. '태호'는 자신의 이념실현을 위해서 결혼

---

11) 김재용(1993), 「환상에서 환멸로 - 카프작가의 전향문제」, 「역사비평」, 역사문제연구소, p.48
12) 마르크스주의의 역사관. 역사적 발전을 유물 변증법의 관점에서 설명한 것으로, 물질적·경제적 생활 관계를 사회 발전의 궁극적인 원동력으로 보는 관점. 사적 유물론(史的唯物論).

하여 고향에 정착하기를 원하는 어머니에 대하여 불효자식의 길을 갈 것을 작정한다. 그러나 어머니가 몸져눕게 되자, 여성에게 빼앗길 정력이 아까워 결혼까지 않겠다고 결심했던 '태호'였지만, 단 한번 효도한 셈으로 병간호를 도맡았던 '순희'와 결혼한다. 의외로 사상이 같은 아내를 만난 기쁨에 '태호'는 더욱 신념을 불태우지만, 그것도 순간이었는지 긴급히 상경하라는 동지의 편지를 받고 상경하자마자 바로 검거된다. 이후 6년의 감옥생활을 하는 동안 어머니의 죽음을 당한 '태호'는 남은 가족의 비참함과 앞으로 태어날 자식에게 닥쳐올 불이익에 괴로워한다. 무엇보다도 같은 이념에 투신한 수많은 동지들이 자신과 같은 희생을 감수해야 한다는 생각에 '태호'는 그동안 꿈꾸어 왔던 이상과 현실과의 엄청난 괴리감을 깨달으며 몸서리친다.

> 희생 — 표면에 나타나지 안은 가장 비참한 희생이다. 이러한 희생자가 장차 몇천명이 날것이며 몇백명이 날것이냐. 다만 나의 어머니 하나쑨이 아닐것이다. 이후 우리들의 사업이 성취될 째까지 수십명 수백명이 — 오! 눈물도 나지 안엇다. 나는 다만 전신을 바르르 떨면서 차듸찬 벽에가 그머리갓치 달나붓혓다.[13]

전향이란 현실대응이 더 이상 불가능할 때 환경충격에 의한 극단적인 행위라 할 수 있을 것이다. 과거 자신이 최첨단에 섰고 한때는 그것에 모든 것을 걸 정도로 환상적인 믿음을 가졌던 태호였지만, 그것을 비판적으로 극복해야 할 시점이 되자 거의 환멸에 가까운 태도를 보이며, 그동안 자신이 꿈꾸어 왔던 모든 것을 부정하게 된다. 결국 태호는 현실에

---

13) 정인택(1930), 「準備」, <중외일보>, 1930.1.16 3면

서 겪어야 하는 패배적인 삶으로 인하여 전향하기를 결심한다.

> 이를 악물고 그 무엇에대한 저주(咀呪)의말을 중얼거리지 안을수 업
> 섯다. 그리고 더욱더욱 나의결심을 단단히 하엿다. "두고보아라! 내가
> 출옥(出獄)할 때에는…… 14)

1930년대에 접어들면서 일제의 사회주의에 대한 탄압이 심해지고, 당시 조선사회를 휩쓸던 사회주의 운동의 열기도 점차 수그러들어 적극적으로 사회주의 운동에 참여했던 인사들도 서서히 전향의 입장을 취하게 된다.

KAPF는 1931년 2월과 1934년 2월 두 번에 걸쳐 검거사건과 자체 내의 갈등으로 말미암아 1935년 5월 해체되기에 이른다.15) 일본의 NAPF 전향자에 비해, 전향을 취했을 때 현실적으로 돌아갈 만한 국가개념조차 없었던 당시 KAPF전향자들로서는 조직이 해체되자 사상적으로 무정부 상태가 된다. 이 시기 정인택의 처지나 심리상태는 4년여 동안의 동경생활을 접고 귀국하던 1934년 10월에 발표한 「조락」16)에 잘 나타나 있다.

훌훌 단신으로 자라나 오년 째 동경을 방황하고 있는 '나(긴상)'는 작가라는 직업을 가졌지만 행동과 사상의 무정부 상태에서 무기력한 삶을 산다. 하숙비를 제대로 내지 못해 주인아주머니와 실랑이를 하고 있는 참에 서울 프로 예술동맹의 '박군'으로부터 타락해 가는 나를 더이상 신뢰할 수 없다는 내용의 절교장을 받게 되자, '나' 역시 '박군'에게 절교장을

---

14) 정인택(1930), 「準備」, 위의 신문, 같은 면
15) 김윤식(1980), 『한국근대문학양식논고』, 아세아문화사, p.274
16) 정태양(1934), 「凋落」, 「신동아」, 1934. 10, pp.202∼208 ('태양(太陽)'은 정인택의
　　아명으로, 「조락」은 그의 아명 정태양으로 발표하였다.)

보내는 것으로 한 때나마 불태웠던 이념이나 사상에서 완전히 벗어난다.

> 오년동안의 동경에서의 내생활— 이속에서 나는 가속도적으로 언덕
> 을 굴러 내리는 내 자신을 확실이 볼 수 있었소 언덕위에 무엇이 있는
> 지— 이것은 변명같으나 그러면서도 나는 그 언덕을 넘으랴고 노력하
> 기를 이즌적은 없었소. 그리자 내 자신 의식할 수 있기 전에 나는 어느
> 듯 삼배 사배의 속도로 전락을 시작하고 있었소. 그때는 벌서 그것을 알
> 면서도 내 힘으로 이러설 수는 없었소. 오즉헤야 내가 신(神)을 믿고 기
> 적을 기다렸으리까. (중략)…그러나 이제부터 나는 움직이지를 않으려
> 오. 조선의 문제뿐 아니라 인류의 움직임에 대하여도 나는 같은 태도를
> 취하려오. 기억하소서. 나는 일세기가 하나밖에 못가질 천재요. 이만—
> 이제 우리들이 상봉할 기회는 없을 것이오. 다만 군과 군이 속한 조직의
> 건투(健鬪)를 빌고 있겠소.17)

현실에서 겪을 수밖에 없는 패배적인 삶과 천재를 알아주지 못하는 안
타까운 세상에 대한 분노는 극심해진 일제의 사상탄압에 의하여 2차례
에 걸친 KAPF 검거사건과 맞물려 정인택의 문학방향이 전환되는 계기
가 된다. 사회주의 국가를 세우겠다는 신념은 현실에 무너져 이제는 무
의미해진 것이다. 한 때 개인의 모든 안락을 접고 이념을 불태웠지만 처
절한 삶과 싸워야 했던 동경생활은 이념이나 사상 따위 보다 빵 한 조각
을 더 절실하게 하였다. 결국 시대의 흐름에 따라 「조락」의 '긴상'은 전
향함과 동시에 타락으로 귀착한다. 이 이면에는 유행과 시류에 따라 사
고하고 파악하는 작가의 표피적 삶의 태도가 깔려있음을 알 수 있다.

---

17) 정태양(1934), 위의 책, p.206

2.2 지식인의 내면심리 - 「조락(凋落)」, 「준동(蠢動)」

1929년에 시작되어 전 세계를 휩쓴 대공황은 일본 자본주의에도 커다란 위기를 불러 일으켰다. 이를 타개하고자 일제는 만주침략을 감행하였으며, 군수물자를 조달하기 위해 조선을 병참기지화 하였다. 이에 따라 조선은 외형적으로 광공업이 양적 팽창을 하게 되었고 노동자의 수효는 증가일로에 있었다.[18] 그러나 이에 반해 지식인 계층의 취업은 악화일로에 있었으며, 특히 고학력 지식인의 실업은 심각한 사회적 문제로 대두되었다. 이런 사회적 분위기는 문예창작에도 나타나 이 시기 지식인의 실업을 다룬 소설이 집중적으로 탄생한다.

특히 30년대 중반은 탈 이데올로기로 인해 이 시대 소설의 방향은 이상의 「날개」 같은 '성격파산형'과 박태원의 「천변풍경」 같은 '묘사론'으로 각각 분리된다. 사회주의 이념에서 벗어난 정인택은 중학 때부터 친구였던 구보 박태원을 통하여 이상과 교우하게 된다. 당시는 사회와 역사에 대한 관심이 봉쇄된 시기였던지라 이상을 비롯한 모더니즘 계열에 속한 작가들은 심리주의라는 새로운 창작방법에 매혹을 느꼈다. 정인택에 있어서 이상과의 만남은 그의 문학 방향을 전환시키는 결정적인 계기가 된다. 이상의 영향을 받아 애정세계의 심리를 섬세하게 그리는데 특이한 재능을 가진 정인택은 이상의 연애를 고독하고 불안했던 자신의 동경에서의 추억과 결부시켜 「조락」, 「미로」, 「준동」 등 지극히 감상적인 작품들로 창작해 낸다.

시대가 알아주지 못한 천재성을 지닌 주인공을 더욱 무기력하게 하는 데는 '유미에(그ミエ)'류의 여인들이 한몫을 한다. 이 시기 정인택 소설의

---

18) 송건호(1980), 『한국현대사론』, 한국신학연구소, p.181

여주인공의 이미지를 지배하는 유미에에 대한 작가의 피력을 「유미에론」
에서 찾아보기로 하자.

> 拙作 「迷路」, 「蠢動」, 「凋落」 등등…… (중략) 「유미에」란 一內地女
> 性은 上記한 諸作中에 登場하는 女主人公 이름이다. 舞臺는 동경이고
> 主人公은 「나」다. (중략) 때문에 「凋落」에 나오는 「유미에」는 中産階級
> 出身의 가장 貞淑한 「나」의 안해요, 「蠢動」에 있어서는 無智하고 나 어
> 린 下宿집 「조츄우」이다. 勿論 性格이나 行動에 있어 一脈相通하는 점
> 이 없지도 않고…… 결국 「유미에」는 내가 지닌 꿈속의 女子의 範圍를
> 벗어나지 못한다.[19]

정인택 소설의 강점은 지식인이 처한 비참한 생활고를 보다 솔직하고
구체적으로 형상화한 점이라 할 수 있다. 그러나 이러한 비참상은 지식
인을 비윤리적인 곳으로까지 이끌게 되어 「촉루(燭淚)」의 '나'는 知人들
을 찾아다니며 구걸행각을 벌이고, 「준동」의 '나'는 하숙집을 쫓겨나지
않기 위해 심한 병중임을 가식하고 우선의 곤궁을 모면하기 위해 아내(동
거녀)를 비윤리적으로 이용하기까지 한다. 17살 나이어린 하숙집 조추(女
中)인 「준동」의 '유미에'는 주인공 '긴상'에게 순수한 사랑으로 다가와
온갖 희생을 감내하지만, 와세다 대학을 나온 엘리트 '긴상'은 아내에게
기생하여 살아가면서도 '유미에'에 대한 사랑은커녕 동정심조차도 느끼
지 않는다.

---

19) 정인택(1939), 「유미에論」, 「박문」, 1939.12, pp.5~7

유미에가 태연하게 생활과 싸울 수 있는 것은 생각할 능력을 안 가진 때문이요, 내가 허둥허둥 자리잡지 못하고 있는 이유는 말하자면 영리한 때문이다. 그런고로 나는 유미에에게 대하여 동정을 느끼지 않았고 느낄 필요도 없었고, 따라서 진심으로 유미에를 사랑할 수 없었다. 사랑할 수 없는 남녀가 사랑하게 된것은 불쌍한 일이요, 슬픈 일이다.[20]

「준동」의 유미에가 '긴상'에게 정신적 물질적으로 이용당하는 반면, 「조락」의 '유미에'는 중산계급 출신으로 주인공 '긴상'의 정숙한 아내이다. 「조락」의 '유미에'는 혈혈단신으로 동경, 오사카를 방랑하다 자살하려는 '긴상'에게 어머니 같은 애정으로 다가온다.

그것이 오로지 유미에의 큰 사랑 때문이라는 것을 나는 부인할 수 없다. 내 자신조차 의아스럽게 생각하도록 그는 보잘데 없는 내 몸에서 미점(美點)을 발견하야 꾸짓고 격려하고 아지중지 자기 일신을 바처서 꺾어지랴는 나를 여기까지 익끌고 왔다. 부모도 없고 친척도 없고 혈혈단신으로 십여년 동경 대판 등지로 방랑하며 자라난 나를 유미에는 어머니와도 같은 애정으로 얼싸안고 북도다주었다. 자살까지 도모하였던 내가 희망을 잃지 않고 살어올수 있는것도 다만 유미에의 넓은 사랑 그것 때문임에 틀림없다.[21]

유미에의 넓은 사랑에 힘입어 「조락」의 '긴상'은 삶의 희망을 얻는다. 이념을 버린 후, 예술동맹으로부터 떨어져 나와 오갈 데 없는 처지가 되

---

20) 정인택(1939), 「蠢動」, 「문장」, 1939.4 (인용문의 「蠢動」은 『월북작가 대표문학』3, 서음출판사, pp.181~182에서 인용함.)
21) 정태양(1934), 「凋落」, 「신동아」, 1934. 10, pp.202~203

었을 때도 오직 '유미에'만이 헌신적인 사랑으로 주변에서 맴돌고 있음을 깨달은 '긴상'은 모든 신변을 정리하고 다시 유미에에게 돌아가려고 한다.

그런데 이러한 상황에서 주인공에게 다가온 금전의 유혹은 또 다시 나약한 주인공의 심리를 통째로 흔들어 놓는다.

> ―조선시사평론? 이 제목만으로 우리는 그 잡지가 어떤 단체의 기관지(機關誌)며 무엇을 목적으로 설립된 것인지를 짐작할 수 있다. 그러나 한달에 백원 가까운 수입이란 점이 지금의 나에게는 무엇보다도 귀를 솔깃하게 하였다. 한 달에 백원― 나는 유미에의 원조를 받지 않고라도 이것만 있으면 혼자서 떵떵거리고 살수있다. 유미에의 원조를 받지 안는다는 것은 유미에와의 완전한 절연을 의미하는 것이요. 따라서 내 과거의 무거운 짐을 버서놀수 있다는 것이다. 나 혼자서 ― 과거의 유물과 작별하고 신선같이. 그렇다. 신선같이. ― I STAND ALONE! "갑시다. 고길용씨 맞나러―" 나는 들었던 포-크를 내던지고 벌떡 일어서셔 윤재학의 손을 잡았다.[22]

결국 '긴상'은 돈을 앞세운 친일성향의 잡지사와 타협하여 손을 잡는다. 이러한 결말은 시대의 흐름에 민첩한 정인택에게 있어서 앞으로 전개될 문학 방향을 예시한다 하겠다.

---

22) 정인택(1934), 「凋落」, 앞의 책, p.208

2.3 시세에 부응하여 - 「껍질(殼)」, 「각서(覺書)」

1936년 미나미 지로(南次郎)가 조선총독으로 부임한 이후, 식민지 조선의 사회 및 교육 전반에 걸쳐 보다 적극적인 황민화 정책을 강행하게 된다. 1937년 7월 중일전쟁이 일어나자 조선은 전면적인 전쟁동원 체제에 편입되게 되었다. 일제는 조선을 대륙진출을 위한 병참기지로, 또 인적·물적 자원의 배후기지로써 그 가치를 재평가하고 내선일체를 통한 황민화로 피지배민족의 신체와 정신을 지배하여, 황도(皇道)정신에 의한 국가유용의 국민으로 양성시켜 나갔다.23)

앞서 살펴 본 바 중일전쟁 이후 KAPF전향파를 비롯한 많은 문인들이 친일로 방향전환 하게 된다. 그러나 실제로 돌아갈 만한 국가개념이 있었던 일본의 NAPF전향자에 비해, 당시 KAPF전향자는 전향을 취했을 때 현실적으로 돌아갈 만한 국가개념조차 없는 상태였다. 따라서 식민지 한국인으로서의 계급사상으로부터의 전향은 필연적으로 군국 일본 파시즘에 귀착24)될 수밖에 없었다. 전향파인 박영희와 백철이 1937년 중일전쟁 이후 비교적 논리적이고 급속한 친일파로 변신했다는 점이 이를 잘 보여주고 있으며, 이 시기 대다수의 문인들이 예측 불가능한 미래 속에서도 살아야한다는 본능에 사로잡혀 친일로 방향전환하게 된다. 그 대다수 문인들은 시대에 부응하여 일본어로 글을 쓰는 한편 국민문학의 확립을 주창하게 되어, 이는 친일어용문학의 양산으로 나타나기도 한다. 그러나 간간히 신변잡기를 쓰는 경우도 있어서 일본어로 글을 썼다고 해서 모두가 친일작품이라 할 수는 없다. 정인택에 있어서도 「우산(傘)」은 일

---

23) 西尾達雄(2003), 『日本植民地下における朝鮮學校體育政策』, 明石書店, p.589
24) 김윤식(1973), 『한국문학사논고』, 법문사, p.337

본어로 쓴 작품이지만 가난한 모녀의 생활상을 그린 작품으로, 일제의 체제에 순응한다거나 협력한 흔적은 찾아볼 수 없다. 한편, 「못다이룬 꿈 (見果てぬ夢)」[25]은 순수한 애정문제를 다룬 작품이지만, 제목에서 암시하듯 '성호'와 '유리에'의 이루지 못한 사랑을 그린 작품이다. 한국남자와 일본이름을 가진 여인의 이룰 수 없는 사랑을 그린 점에서 내선화합의 어려움을 암시한다 하겠다.

2.3.1 아픔, 단절 그리고 거듭남

1941년 12월 태평양전쟁이 발발하자, 이전부터 병력부족에 허덕이던 일제는, 그 부족한 인력을 식민지 조선에서 해결하기 위하여 병력충원을 위한 각종 제도와 동원령을 발포하는 등 '내선일체에 의한 황군만들기'에 주력하게 된다. 이에 따라 많은 문학자들이 국가시책에 따른 문학방향을 제시하였으며, 정인택 또한 "문학자의 입장을 고수하면서, 그것이 저절로 국책의 선으로 이어지는 방향을 찾아내야 한다."[26]는 것을 주장하며 국책문학으로의 방향전환을 시도한다. 동 시기에 발표한 일본어 소설 「껍질(殼)」은 구세대인 완고한 아버지와 신세대인 차남 '학주'와의 결혼에 대한 갈등을 묘사하는 것으로 조선인의 민족성과의 단절을 요구함과 동시에, 가문과 혈통을 목숨처럼 지켜온 완고한 아버지를 박차고 나와 새 시대의 제도권 안으로 편승하기를 독려한다. 또한 내선결혼을 완성시킴으로써 '내선일체'의 긍정적인 면을 부각시키려 애쓴 흔적이 역력하게 드러난 작품이라 할 수 있다.

---

25) 정인택(1941), 「見果てぬ夢」, 「朝鮮畵報」 1941.1
26) …文學者の立場を守りながら、それがひとりでに國策の線にも沿ふ方向を發見しなければなりますまい. 「今後如何に書くべきか?」, 「國民文學」 신년호, 1942. 1, p.163

‘학주’는 몰락한 집안의 차남으로 경성으로 올라와 고학으로 겨우 중학을 마치고 취직한다. 경성에서 일본 여인 ‘시즈에(靜江)’와 동거하여 낳은 아이와 함께 결혼을 허락받으러 갔지만, 가문을 중요시 하는 아버지는 양반가문을 더럽혔다는 이유로 일본 여성과의 결혼을 인정하지 않음은 물론, 문지방 넘는 것조차 거부한다. 이후 폐렴으로 아이를 잃는 등 연속되는 시련에 ‘학주’는 집안과 소식을 끊고 지내던 중 아버지가 위독하다는 연락을 받는다. 고향에 내려가 보니, 아버지는 이미 ‘시즈에’와 결혼한 자신을 도무지 인정하지 않고 다짜고짜 며느리감을 들이대며 무조건 받아들이기를 강요한다.

> “X마을의 황씨네 딸을 며느리 삼기로 했다.” 그것은 판결을 선고하는 것처럼 냉연했다. (중략) “이번에 널 불러들인 것은 내 병 때문만이 아니다. 혼담이 성립되었기 때문이야.” (중략) “네 기분을 전연 모르는 것은 아니다. 그러나 아무리 몰락했다고 해도 가문, 가문은 중요하다. “나를 닮아 너도 고집이 세니 너희들 사이를 억지로 헤어지게 하고 싶지는 않았다. 그것은 나도 포기했다. 그 대신 내 말대로 명목상 만으로라도 황씨 딸을 받아들여라. 받아들인 다음엔 너 좋을 대로 해도 좋다. 경성에서 살고 싶으면 경성에서 살아도 좋다. 황씨 딸은 내가, 네 형이 맡겠다. 됐냐! 왜 대답이 없어? 이만큼 말해도 모르겠냐?” 27) (정인택

---

27) “X村の黃さんの娘を、貰ひ受けることにしたぞ”それは判決の言ひ渡しのやうに冷然としてゐた。(略) 今度お前を呼び返したのはわしの病氣の所爲ばかりでない、今の綠談が纏まつたからぢや、(略) お前の気持が丸つきり判らぬでもない、しかし幾ら落ち目にならうとも、家柄、家門は大事ぢやぞ、(略) わしに似てお前も意志つ張りぢやからお前たちの仲を無理に引き裂かうとは思はぬ、それはわしも諦めた、その代わりわしの言う通りにして、名目だけでも黃さんの娘を貰つてくれい、貰つた上で、お前の好きなやうにどうともしてくれい、京城で暮したけれ

(1942), 「殻」, p.228 이하 작품명과 항수만 표기)

'학주'는 가문 때문에 아내 시즈에를 첩으로 둘 것을 강요하는 아버지의 태도에 심한 분노를 느낀다. 그것이 황씨 딸이나 아내 '시즈에'에게 못할 짓이라 생각한 학주는 아버지를 낡은 인습의 껍질에서 벗어나지 못하는, 즉 세상의 흐름을 전혀 받아들이지 않는 고집불통에 도덕적으로 단죄 받아야 할 존재로 여긴다. 그래서 '학주'는 황병으로 아버지의 생명이 훨씬 더 줄어들 것을 알면서도 아버지와 가문에 대한 인연을 끊기로 결심한다.

> 아버지를 죽일 것인가, 시즈에를 살릴 것인가? 결국 그만의(그것만으로도 중대한 문제였지만…) 문제에 지나지 않았지만, 결코 그 정도로 그치는 문제만은 아니었다. 그 깊은 곳에는 측량할 수 없을 만큼 잡다한 시사가, 제시가, 의문이 존재하고 있었다. (중략) 학주는 역을 향해 미친 듯이 달리면서, 자신의 발이 집에서 한발 한발 멀어짐에 따라 시시각각 아버지의 생명이 단축되어가는 것만 같아서 남몰래 눈물을 뚝뚝 떨어뜨리며 '나는 아버지를 죽인 대 죄인이다. 대 죄인이다.' 며 마음속으로 계속 외쳤다.28) (「殻」, p.229)

ば、京城で暮しでもよい、黄さんの娘はわしが、お前の兄があづかつて置いてやる、よいか……なぜ返事をせぬ、これだけ言つても判らぬか…(大村益夫・布帶敏博 編(2001),『近代朝鮮人日本語作品集』4, 綠陰書房)
28) 父を殺すか、静江を生かすか、つまりは、それだけの(それだけでも充分に重大ではあるが)問題にすぎないが、しかし、決してそれだけに止まる問題でなかった。その奥底には測り知れないほど雑多な示唆が、提示か、疑問が横はつてゐるのであつた。(略) 鶴主は駅の方へ向かつて気狂ひのやうに走り続けながら、自分の足が家から一歩々々遠くにつれ、刻刻と父の命が縮まつて行くうやうで、もう誰に見られたつていいと大粒の涙をぽたぽだ落し、僕は父を殺し大罪人だぞ、大罪人

아버지와는 영원히 합치될 수 없는 평행선이라 여긴 '학주'는 마침내 엄청난 불효를 감수하고 집(가문)을 박차고 나온다. 시대의 흐름에도 요동하지 않는 아버지라는 커다란 장벽은 그것이 결코 쉽지만은 않음을 보여주지만, 시세를 거스를 수 없는 정인택의 심리는 '학주'와 '시즈에'와의 동거를 결혼으로 완성시키는 쪽으로 내선일체를 추구하고 있다.

새로운 시대를 향하여 구시대적인 아버지와 형이라는 단단한 껍질에서 튕겨져 나온 '학주'는 동생 용주도 장차 그 껍질을 깨고 나올 때의 고통을 염려하면서도, 시대에 부응하여 지원병이 되고자 하는 용주에게 발판이 되어 주리라 결심한다. 이러한 결말은 가문과 인습에서 헤어 나오지 못하는 구세대(아버지와 형)와 신세대(신교육을 받은 '학주'와 '용주')의 사상적인 분리를 시도하려는 작가의 의도를 짐작케 한다.

2.3.2 적극적인 친일로

1941년 12월 태평양전쟁이 발발하고 전국(戰局)이 점차 심각해지자, 지원병제만으로는 감당할 수 없게 된 일제는 1942년 5월 각의에서 앞으로 있을 조선에서의 징병제 실시를 위한 준비를 발표한다.

전쟁이 가속화되면서 작품활동에 대한 일제의 압력도 한층 더 제재가 가해지자, 정인택은 본격적으로 일제의 식민정책에 부응하는 수많은 기획에 끊임없이 참여한다. 그리고 그 결과를 신문 잡지 등 각종 매체를 통하여 양국언어로 발표함은 물론, 이전의 무기력한 지식인형 인물소설에서 이제는 뚜렷한 신념을 가지고 소위 '성전(聖戰)'을 치러내는 의지형 인물들을 그대로 형상화하기에 이른다. 전쟁초기에는 만주이주정책이나

だぞ、と心の中で叫び続けた。

전쟁찬미, 전쟁독려, 후방에서의 지원 등을 주제로 한 작품에서, 전쟁이 점차 극에 치닫게 됨에 따라 전쟁에 참가하여 전사하는 것을 영웅시하는 작품으로 일관한다. 그 결과 조선총독부 통치의 기본방침이던 內鮮一體를 추진하는데 적극 기여하였다 하여 '제3회 국어문학총독상' 29)을 수상하기도 한다.

이 시기 정인택의 몇몇 작품을 보면, '국가(천황)를 위한 충성만이 영광된 길'이라는 사상이 주류를 이루고 있다. 천황을 위해 목숨을 바치는 것, 즉 천황의 방패막이로서 죽는 것이 이 땅에 태어난 남자의 본분임을 강조하면서, 그 영웅심리를 이용하여 조선청년들을 명분없는 전쟁터로 인도하고자 하는 것을 볼 수 있다. 태평양전쟁의 절정기인 1944년 7월에 발표한 「각서」30)에는 정인택의 그러한 정체성 불명의 심리가 잘 드러나 있다.

일찍이 아버지로부터 버림받고 홀어머니와 단둘이서 외롭게 자란 순일은 자신의 교육을 위해서 숱한 고생 마다하지 않은 어머니를 위해 성공하여 출세하는 것으로 보답하려 한다. 그러나 전쟁 중 나라의 부름을 받고 친구들이 하나 둘 입영하는 것을 보면서, '훌륭해져라'는 어머니의

---

29) 국어문학총독상'은 일제가 '반도문단의 국어학(일본어학 - 인용자)의 촉진을 적극적으로 지도 장려하여 이 방면의 문학지도상 커다란 효과를 거두기 위해' 제정한 것으로, 지난 한 해 동안 조선에 거주하는 자로서 일본어로 집필하여, 조선에서 발표한 소설·희곡·수필 등 문예작품 전반에 걸쳐 신중히 심사 전형하여 그 중에서 일본 정신에 입각하여 '민중계발 선전 효과에 있어서 또는 예술적 내용에 있어서 가장 우수한 작품' 1편을 선택한 후 총독상과 부상 1천원을 수여하기로 하였고 그 심사는 <국민총력조선연맹>에서 담당하기로 한 것이다. (제1회: 김용제의 『亞世亞詩集』, 제2회: 최재서의 『轉換期의 朝鮮文學』, 정인택은 『武山大尉』와 창작집 『淸凉里界隈』로 제3회 수상자가 된다.)

30) 「覺書」는 1944년 7월에 「國民文學」에 발표한 후, 같은 해 12월 창작집 『淸凉里界隈』에 수록하면서 결말부분에 9페이지 분량의 개작된 부분을 첨가하였다. 시기적으로 나중에 발표된 창작집 『淸凉里界隈』에 수록된 것을 텍스트로 한다.

말씀을 떠올리며 수없이 갈등한다. 결국 '순일'은 '훌륭해진다는 것'의 의미를 '국가(천황)를 위해 싸우다 기필코 전사하는 것'에서 찾아낸다.

> 나는 甲種으로 합격한 순간부터 반드시 전사하리라고 마음속으로 다짐하고 있었다. 조선학도병의 이름을 걸고 기필코 전과를 올려 사람들을 분발하게 하는 화려한 전사를 해야겠다고 마음속으로 다짐했다. 이 엄숙한 시대에 태어나서 조국의 융성을 양어깨에 짊어지고 흔연히 천황을 위해 죽는 것이야말로 남아의 본분이 아니고 무엇이겠는가.31) (「覺書」, pp.278~279)

그러나 위와 같은 다짐을 하고도 주인공 순일의 수많은 내적갈등은 정인택의 나약한 성격을 그대로 드러낸다. 때문에 정인택은 주인공의 나약한 의지를, 순종적이면서도 강인한 여성을 등장시켜 주인공의 불안정성과 결여를 채운다. 「각서」에서 어머니의 역할은 그러한 부분을 충족시켜 주기에 전혀 부족함이 없다.

> "무슨 말이야? 너는 나라를 지키는 방패야! 머잖아 너는 야스쿠니 신사에 모셔져 신이 될 사람. 이런 훌륭한 사람이 어디에 있을까. 너는 진정 위대한 사람이 되어서 올거야." 어머니는 말을 마치고 세차게 볼을 비볐다.32) (「覺書」, p.274)

---

31) 私は甲種で合格した瞬間から、俺はきつと戰死するだらう、と心に決めてゐた。半島學兵の名のかけて、かならず立派な働きをし、香薰を奮起させるやうな華々しい戰死をしてやらう、と心に決めてゐた。この嚴肅な時代に生れ合せて、祖國の融體を雙肩に擔ひ、欣然大君の御馬前に死ぬことこそ男兒の本懷でなくして何であらう。(정인택(1944),「覺書」,『淸凉里界隈』, 이하 동)
32) 「何をお言ひだえ。あなたはお國の干城ですよ。今にあなたは靖國のお社に祀ら

정인택에 있어서 작품속의 여인들은 항상 주변에서 주인공에게 플러스 요인으로 작용한다. 주인공 '순일'이 갈피를 잡지 못하고 흔들리고 있을 때 어머니는 강한 캐릭터의 인물로서 갈등하는 아들에게 분명한 해답을 제시해 준다. 이로써 전쟁터에 나가서 전사할 것을 결심하는 아들의 불효막심함을, 어머니로 하여금 나라에 충의를 다하는 훌륭한 아들로 인정하는 극적인 반전을 시도한다. 그리고 이를 부모에 대한 가장 큰 효도로 승화시키는 한편, 장차 군인이 될 아들을 둔 후방여성들이 지녀야 할 마음가짐까지 극명하게 보여줌으로써 아지프로문학의 묘미를 한층 더해 준다.

그런데 이렇게 황국신민의 일원이 될 것을 독려하고 선전해 온 정인택이 정작 본인은 끝내 창씨개명을 하지 않은 것은 아이러니하다. "일제의 폭압에서도 창씨를 하지 않을 수 있었던 친일파들의 조선이름 유지를 어떻게 해석해야 할 것인가?"에 대해서는 연구자들의 해석처럼 일제가 조선인에게 창씨를 강요하지 않았다는 변명거리로 남겨 두었다고 볼 수도 있고, 이미 공공연해진 친일파인데 구태여 제스처를 쓸 필요가 없어 창씨하지 않았다고도 해석[33]하기도 한다. 정인택의 경우는 생모가 일본인이었음[34]을 감안할 때 후자 쪽에 가깝지 않을까 여겨진다. 그러나 광복 이후 그가 창씨개명을 하지 않았던 사실로서 자신의 친일행적을 부인하는 하나의 근거를 삼은 것[35]을 보면 상황에 따라 너무 쉽게 변모하는 정인택의 특성을 새삼 엿볼 수 있다 하겠다.

れ、神様になる人。こんな偉い人がどこに有るものですか。あなたは本當に立派な、偉い人になつておくれだつた。」母は言葉を切つて、激しく私に頬擦りした。
33) 정운현(1994), 『창씨개명』, 학민사, p.209
34) 이경훈(2000), 「이상과 정인택 2」, 『철천의 수사학』, 소명출판사, p.350
35) 정인택(1947), 「잡기」, 「백제」, 1947.2, p.103

2.4　또 하나의 전환점에 서서 – 「황조가(黃鳥歌)」

8·15 광복은 문학자들에 있어서도 새로운 세계가 도래할 것 같은 특수한 상황이었다. 광복은 맞았으나 남과 북이 군정체제하에 놓였고 이념은 날카롭게 대립했다. 그 가운데서도 좌익세력이 문단을 주도하게 되자, 1947년 정인택은 「황조가」를 발표함으로 다시 그의 본류인 심리적 내면묘사에 천착하며, 사상은 좌익성향으로 경도된다.

정인택 작품속의 여인들이 항상 그랬듯이 「황조가」의 '혜옥'도 '학성'을 사랑으로 감싸며 '빠'의 여급으로 일하면서 서럽게 번 돈을 고스란히 내준다. 그러나 '혜옥'은 어쩌다 한번 찾아와서 돈만 가져가는 남편 학성에 대한 서운함이 없을 리 만무했다. 불만을 토로하는 '혜옥'에게 학성은 항일독립운동을 하고 있다는 사실을 토로하며, 도리어 거액의 자금을 변통해 줄 것을 요청한다.

> 인제는 이 지긋지긋한 전쟁이 끝날 날도 머지않았고 조선이 자유를 얻을 날도 머지않았는데, 하루라도 그것이 속히 오게 하고, 또 그것이 왔을 때의 준비를 하려면⋯⋯ 36)

비로소 남편이 삼천만 겨레의 해방을 위하여, 나라의 독립을 위하여 일본 관헌과 싸우고 있다는 것을 안 '혜옥'은 학성의 민족주의 정신에 감동한다. 그리고 자신의 어리석음을 한탄하며 어떻게든 그 돈을 마련할 결심을 한다. 마침내 '혜옥'은 졸부의 첩으로 들어가는 조건으로 몸값 5천원을 받아 학성에게 보내지만, 그 이튿날 '학성'은 동지들과 함께 체포된다.

---

36) 정인택(1947), 「黃鳥歌」, 「백민」, p.89

이 후 광복을 맞은 '혜옥'은 수소문 끝에 학성이 살아있다는 소식을 듣고, 돈 벌기에 급급해 민족성 따위는 찾아 볼 수 없는 현 남편(졸부)의 노리개신세에서 벗어나기로 결심한다.

> 아무리 돈만 아는 사람이기로서니, 지금 조국의 해방과 자주독립의 날을 맞이하야, 三천만 겨레가 감격의 눈물을 흘리고 있는 이 판에, 일본놈들이 감춰 두었던 물건을 사다가 장사하려는 궁리만 하고 있다니…… 이 이가 과연 조선사람일까? 이런 사람이 어떻게 새로 건국되는 새나라 국민이 될수 있을까? "에에, 더러운……" (중략) 惠玉은 지금 마음껏 남편을 욕하고, 미워하고— 멸시하고, 꾸짖을수 있었다.37)

8·15해방은 정인택에 있어서 또 하나의 전환점이 되었다. 급작스럽게 주어진 자유는 나약한 지식인 정인택에게 불안감을 가중시켰을 것이다. 정치적으로도 혼란했던 시기와 맞물려 1947년 발표한 「황조가」에서는 '과거에 친일했던 자'가 제도에서 해방된 여성으로부터 거의 철퇴에 가까운 비판의 대상이 된다. 일제말기 자신의 행적을 의식한 때문인지, 정인택은 작품 속에서 혜옥의 입을 빌려 과거에 친일했던 자, 또 그것을 이용하려 했던 자를 마음껏 비판하며 꾸짖는다.

그런가 하면 정치적으로 우익이 승했던 1949년 정인택은 과거의 과오를 청산하고 대한민국에 충성을 다 할 것을 맹세38)하였으며, 새로 수립한 남한정부가 문화인들의 단결과 선전을 위해 개최한 종합예술제 행사에서는 북한의 문인들에게 민족정신과 양심을 환기하여 대한민국의 품

---

37) 정인택(1947), 위의 책, p.93
38) 권영민(1986), 『해방직후의 민족문학운동연구』, 서울대출판부, p.29

으로 돌아올 것을 촉구[39]한 바 있다. 그리고 1950년에 정인택은 광복 후 좌익활동을 하다 전향한 사람들로 구성되었던 <보도연맹>에서 근무[40]한 기록이 남아있는 것을 보면 사상적으로 우익으로 전향한 듯하다. 그런데 한국동란 당시 박영희, 정지용, 김기림과 함께 서대문형무소에 수감[41]되었다가, 1953년 인민군이 후퇴할 때 부인 권영희와 세 딸을 데리고 자진 월북한 것을 보면 이때의 전향은 살아남기 위한 위장전향이었음을 짐작하게 한다. 정인택은 월북한 지 얼마 되지 않아 그 곳에서 사망한다.

한 때 절친하여 문학적 영향을 받기도 한 소설가 이상의 애인이었던 권영희(가명: 순영, 미정)를 얻기 위해 자살소동까지 벌였던 정인택은 임종 전에 유언으로 중학 때부터 친분을 이어온 친구 박태원(당시 박태원은 큰딸만 데리고 월북해 있었다.)에게 부인 권영희를 부탁했는데, 이를 따랐음인지 1956년 박태원은 정인택의 미망인 권영희와 재혼[42]하였으며, 8살 때부터 의붓아버지 박태원 슬하에서 자라 '재북문필가'로 활동하고 있는 정인택의 막내딸 정태은에 의하여 남은 가족들의 동정[43]이 알려진 바 있다.

3. 생존의 방정식

이상으로 정인택의 사상변화과정을 당시의 작품을 통하여 살펴봄으로서 만주사변과 중일전쟁, 태평양전쟁, 그리고 광복이후의 좌우익 대립,

---

39) 정인택(1949), 「북조선문학예술총동맹에게 경고」, <서울신문>, 1949.12.5. 3면
40) 문예사(1950), 「문인주소록」, 「문예」, 제2권 제2호, p.188
41) 김팔봉(1989), 「백조동인과 종군작가단」, 『김팔봉문학전집Ⅴ』, 문학과 지성사, p.44
42) 한국일보사(1990), 「박태원의 후처는 이상의 옛동거녀」, <한국일보>, 1990.9.11, 13면.
43) 「문학사상사(2004), 「월북작가 박태원의 『갑오농민전쟁』과 비참한 최후」 - 의붓딸 정태은의 <나의 아버지 박태원>」, 「문학사상」, 제33권 8호 참조.

한국전쟁으로 이어지는 격동기 한국 근대문학의 한 흐름을 간명하게나마 살펴볼 수 있었다.

정인택은 등단 이후 시대가 바뀔 때마다 숨가빴던 사회 변화에 보다 뛰어난 적응력을 보여 왔으며, 그때 그때 시류에 따라 민첩하게 방향전환 하여 변화되는 심리를 작품 속에 투영시켜 왔다.

태어난 이듬해 한일합방을 맞게 되어 일제의 통치하에서 자라고 한국전쟁을 끝으로 생을 마감한 정인택은 그 격변하는 역사의 소용돌이 속에서 막시즘적 사상을 가지고 사회주의 소설로 등단하였으나 그토록 좇았던 이념이 버겁기만 한 현실에 무너져 버리자, 시류에 따라 사회에 대항하기라도 하듯 무기력한 지식인의 심리를 다룬 작품들로 일관하였다. 그러다가 일제 말기 친일로 전환하여 수많은 아지프로성향의 작품들을 한국어 또는 일본어로 발표하는 것으로 보다 적극적으로 국책에 부응하는 면을 보여 왔다.

광복을 맞은 정인택은 한동안 잠잠하다가 좌익성향의 작품으로 활동을 재개하였지만 또 다시 우익으로 전향한다. 그러나 이때의 전향은 순간의 위기를 모면하기위한 위장전향이었는지, 정인택은 아내와 세 딸을 데리고 한국전쟁 중 마침내 월북하였고 그 곳에서 파란만장했던 생을 마감한다.

태어나서 사망할 때까지, 한 번도 주권다운 주권을 가져보지 못하고 생을 마감한 정인택의 사상과 행적은 한마디로 단정하기는 어려울 듯하다. 그 급변하는 시대에 절필하지 않은 문인들이 겪어야 하는 숙명적인 것이기도 한 시대의 아픔이 아니었을까 여겨진다.

시대가 바뀐 오늘 날, 우리들은 친일과 월북으로 이어지는 이러한 작가들을 이해하기보다는 문단에서조차 아예 외면하려 하였고, 비난해 왔던 것도 사실이다. 그러나 이제는 그 시대의 어두운 면, 그리고 아픔까지도 아우를 수 있는, 보다 폭넓은 연구가 이루어짐으로써 한국 근대문학의 여백이 채워져 갈 수 있을 것으로 사료된다.

03. 「土龍」과 「圓覺村」에 표상된 間島 조선인 *

제3장 식민지 생존과 문학

장미경·김순전

1. 조선의 연장 공간인 만주

조선인의 만주 이주는 오래전부터 있었지만, 1932년 만주국 성립을 계기로 조선총독부의 집단 개척 이주정책에 의하여 수많은 사람들이 북간도나, 만주로 가게 되었다. 만주행은 일종의 도피이면서 절실한 삶의 적극적인 동참이기도 하였다.

따라서 30년대 후반에서 40년대 전반기까지 '만주'는 조선의 연장 공간으로 문학의 주요한 소재가 되었으며, 만주를 배경으로 한 간도 개척 소설은 일제의 장려로 문학사에 중요한 위치를 차지하고 있었다.[1]

1941년부터 1945년을 '한국문학의 암흑기'라 부르며 이 시기에 한국문학은 존재하지 않는다 하였지만 일부의 작가들은 최재서가 창간한 「국민

---

* 이 글은 2009년 9월 30일 한국외국어대학교 일본연구소 「일본연구」((ISSN : 1225 - 6277)) 제41집 pp.291~311에 실렸던 논문 「「국민문학」에 실린 間島開拓 소설 고찰」을 수정 보완한 것임.

1) 만주의 상황을 직접 체험하면서 작품으로 형상화한 작품은, 최서해 「탈출기」, 강경애 「소금」, 이기영 「농군」, 한설야 「대륙」 등이 있다.

308　조선인 일본어소설 연구

문학」에 그들의 작품을 발표하였다. 한국 문학사에서 「국민문학」은 '일
본제국주의의 한글 말살정책에 적극적으로 동조한 잡지' 2)로 일컬어져,
친일문학행위의 주역으로 인식되어졌다.

이 시기에 한국 문학계의 중심적인 역할을 했던 「국민문학」에 수록된
이무영의 「土龍」(「국민문학」 43. 4 일본어)과 안수길의 「圓覺村」(「국민문학」
42, 2 조선어)에 나오는 인물들을 통하여, 간도 개척소설을 비교 분석하고
자 한다. 3)

일반적으로 만주 개척문학을 체험의 문학적 표상으로 '친일'과 '항일'
혹은 '수난'과 '저항'이라는 두 개의 커다란 카테고리를 형성해 왔지만
이무영과 안수길의 경우는 그 어느 쪽에도 해당되지 않는 독특한 만주
체험의 형상화를 시도했다. 두 작가는 「국민문학」에서 일제말기라는 특
수한 시간, 간도라는 공간에서 조선 이주민의 삶을 확인한다는 공통된
위치에 있다. 이무영은 농촌소설의 일환으로서, 안수길은 이민문학으로
만주 개척소설을 써 나갔다.

주인공 묘사에서 작가의 문학의식을 대부분 감득할 수 있다. 인물에
당대의 시대적인 관념, 사회에 대한 평가와 인식, 주제의식을 담고 있기
때문이다. 따라서 간도 개척소설에 등장하는 다양한 인물들의 삶에서 당
대의 작가들이 민족 현실을 어떻게 인식하고, 어떻게 고난을 극복하였으
며, 어떤 모습으로 작가들의 지향점이 형상화되었는가를 고찰할 수 있을
것이다.

---

2) 大村益夫監修(1998), 「國民文學」, 別冊　錄蔭書房, p.8
3) 최재서가 만든 「국민문학」은 처음에는 일본어판 연 4회, 조선어판 연 8회의 계획
　으로 시작되었다. 이후 42년 5·6 합병호에는 전면 일본어 사용으로 나아가지 않
　을 수 없었다. 「圓覺村」은 조선어로, 「土龍」은 일본어로 발표했다.

2. 이무영과 안수길,
그리고 「국민문학」

1941년 4월 「인문평론」과 「신세기」가 폐간된 후, 국민문학 이념을 실행하기 위하여 같은 해 11월에 창간된 「국민문학」은 원고가 모이지 않았기 때문에 출발부터 난관에 봉착하게 된다. 결국 1945년 5월까지 총 40권이 출간된 이 잡지에는 일본어 소설 61편과, 3편의 번역문이 실렸는데, 이것은 당시 다른 매체에 비해 그 수록양이 압도적으로 많은 편으로, 몇몇 작가들의 작품이 대부분을 차지하고 있었다.4)

이무영은 <경성일보>(1942.3.17)의 「문학의 진실성」이란 칼럼에서, "시국적인 것도 國民文學의 일부분인 것은 틀림이 없으나, 국민문학 즉 시국문학이라고 해석하는 경향은 곤란하다"며 「국민문학」을 중심으로 이루어졌던 '국민문학론'으로 모든 조선인을 일본 국민으로 흡수하였다는 비판에 자신의 견해를 비치기도 하였다.

안수길은 중앙문단에서의 활약을 기대하고 있던 터라 기꺼이 「인문평론」의 청탁을 받아들였는데, 「인문평론」이 폐간되자 한글과 일본어로 출판된 「국민문학」에 「圓覺村」을 싣게 되었다. 「인문평론」이 아닌 「국민문학」에 투고한 게 꺼림칙하였으나, 자기의 노력이 활자화된다는 그 사실에만 위안을 얻으려 하였다. 그러나 이 작품은 뜻밖의 반향을 이끌어 그의 작가적 역량을 대내외에 인정받게 되는 계기가 된다.

無影 이갑룡(李甲龍)(1908~1960)은 작가 자신이 농촌생활을 하면서, '흙

---

4) 「국민문학」에 실린 한국인 소설가의 작품은 김사량(9편), 최재서(8편), 이석훈(7편), 정인택(5권), 이광수(4편) 등이 있으며 이외에 김사영, 김남천, 이효석, 조용만 등의 작품이 있다.

의 문학'이라 불리는 농민문학의 새로운 지평을 열었다. 체험을 바탕으로 농민의 삶을 속속들이 이해하며 이를 문학적으로 재현하려고 노력하였다. "농민문학은 생산문학의 일부분으로 생활을 묘사하는 문학이므로 농민 자신에 의하여 자기들의 생활을 표현한 것이 가장 진실하고 이상적" 5)이라 한다면 이무영이야말로 진정한 농민작가라 할 수 있다. 직접 귀농하여 흙과 함께 하는 생활 속에서 농민의 삶을 부각시키려 했던 점이 높이 평가되고 있다. 이무영이 경성 보육학원에 교수가 되고는 일본 군국주의에 협력하는 '국책소설'을 쓰게 되는데, 일제가 추진한 만주 이주정책에 대한 보고담으로 「開拓村을 보고」(1943), 「村居斷想」(1945)을 썼지만 '흙에 대한 농민의 애착'을 밑바탕으로 두고 있었다.

南石 안수길(安壽吉)(1911~1977)은 함경남도 함흥에서 태어났으며, 1936년부터 용정 간도일보 기자로 근무하면서 계속 문학수업을 쌓게 되고 <간도일보>가 <만선일보>로 재발족하자 염상섭을 비롯하여 신영철, 송지영, 이석훈 등과 함께 활동하게 되었다. 이 무렵의 <만선일보>는 마치 망명문단의 거점처럼 되는데 안수길은 이를 통해 가장 활발하게 작품 발표를 하였으며, 만주의 농촌을 리얼리즘의 수법으로 묘사해 나갔다. 6)

당시 간도 지방 중심의 한글 문예운동이 허용되었다 하더라도 직간접적인 일제 당국의 검열과 탄압 회유로 여러모로 저항성이 약화되고 더러

---

5) 이동희(1987), 「이무영 연구」, 경희대학교 박사논문, pp.24~25
6) 안수길은 대체로 작품 활동을 세 시기로 구분하는데 초기(1935~1945)는 만주에서 활동하던 시기로 「새벽」「벼」 등에서 만주 이농민의 정착과정과 궁핍을 다루었고, 중기(1946~1959)에는 「여수」 「제3인간형」 등에서 지식인의 고뇌와 양심의 문제를, 후기(1959~1977)에는 『북간도』『통로』『성천강』 등의 장편에서 구한말에서 일제강점기로 이르는 역사적 격변기에 만주라는 공간에서 삶을 이어간 조선 이주민의 모습을 보여주고 있다.(서화범(2002), 「안수길 초기 소설 연구」, 홍익대학교 석사논문, p.4 참조)

는 친일 체제로 경도되어 순응적인 내용도 있었다. 간도에서 활동한 안수길의 이야기이다.

> "국내에서는 이미 발표 기관이 좁혀진데다가 검열이 심했으므로 그들은 가끔 <만선일보> 학예면을 통해 작품을 발표했다. (중략) 만주에도 검열제도가 있었다. 더구나 우리말을 아는 일본인이 이를 담당했다. 그러나 국내처럼 가혹하지 않았으므로 필자들이 숨을 돌릴 수가 있었으나 국내에서는 <동아> <조선> 양지가 폐간되고 어문 말살정책이 추진됨에 따라 우리말로 작품을 발표할 수가 없었다. 이는 작품을 쓰는 자유가 없은 탓일게다." 7)

위의 글에서 만주도 일제의 단속이 다소 느슨한 곳이었을 뿐, 식민지 통치의 테두리를 완전히 벗어나지 못하였음을 알 수 있다. 하지만 그는 기자라는 직업 때문에 만주 일대에 살고 있는 조선인 마을에 대한 사정을 직접 접해 볼 수 있었다.

1939년 발족한 <조선문인협회> 8)는 개편을 맞이할 때마다 새로운 사업으로 '만주개척촌 시찰'을 하였는데, 1942년에 간도지방을 조선에 소개하기 위해 간도지방 현지답사로 문인 5명(이석훈, 채만식, 이무영, 정비석, 정인택)이 만주 개척촌을 시찰하러 온다. 이무영의 「土龍」도 역시 간도에서 살고 있는 농민 이야기인데, 만주 시찰 후에 씌어졌다. 그때 안수길은 이무영을 처음 만났음에도 불구하고 십년지기와 같이 친근감을 느꼈다고

---

7) 김동인 외(1983), 『韓國文壇裏面史』, 깊은 샘, p.236
8) 이 문학기관의 취지는 문인이 군국주의적인 국책수행에 있어서 "문인전체가 대동단결하여 강력한 국체를 조성하자."는 것이었다.

했다. 다음은 안수길이 이무영 작고 후 회상하며 쓴 글이다.

> 이무영 선생은 퍽 느슨할 것 같으나, 그런 속에서 불같은 것이 항상 타고 있어 그것이 고민이었고, 때로는 폭발하는 경우가 없지 않았다. 이것은 문학적인 면에서 더욱 그랬던 것이다. 문단의 부조리를 항상 못마땅하게 여겨 분노를 터뜨렸고, 문학 조류가 퇴폐적인 방향으로 흐르는 것을 늘 걱정했다. (중략) 이무영 선생은 전통적 사실주의 수법의 작가였으며, 그런 수법의 농민문학을 탐구했으며 건실한 모랄의도의 서민과 서민층의 모습을 충실히 그린 작가라고 생각했다. 9)

이런 관계 속에서 이무영은 농민 문학가로, 안수길은 재만 조선인문학의 계보를 대변하고 그 주요한 주제의식으로 각각의 문학세계를 추구하였다.

3. '間島' 그 空間의 의미

3.1 고향을 선택하는 사람들

「土龍」은 개척농민인 인춘보(印春甫)가 간도가 고향이라는 느낌으로 필사적으로 그 땅을 지키려 하는 이야기이다. 도회지에 대한 동경으로 대부금을 갚고 어떻게 해서든지 개척촌을 떠나려는 자식과 아버지의 갈등이 주요 부분을 차지하고 있다.

---

9) 안수길(1975), 「無影 문학과 인간 무영의 단면」, 『이무영문학전집 5』, 국학자료원 p.7

땅은 절대 거짓말을 하지 않는다. 파종을 해놓으면 자연히 싹이 돋는다. 그것을 키우고, 열매를 맺는다.10) (「土龍」, p.84)

위의 인용처럼 춘보는 정형화 된 농민으로, 개척한 땅의 소유권이 없어도 흙을 밟고 만짐으로 모든 시름을 잊어 버렸다. 동네에서는 대부금을 갚지 않고 몰래 도망가는 집들도 속속들이 생겨났다. 처음에는 아들 삼용이가 대부금 갚는 것에 반대를 하였으나 그 돈을 다 갚으면 조선의 고향에 돌아갈 것이라 여겼기에 어느 날부터는 적극적으로 합심을 하였다. 간도라는 공간은 그에게 땅을 준 곳이며, 노예와 같은 맹목적인 감사와 충성을 바치는 공간이었다.

그가 경작하고 있는 토지는 황야를 팔 하나로 스스로 개척한 토지였다. 고향에서 경작했던 토지를 양자라 한다면 만주에서 개척한 토지는 소유권이 자기에게는 없어도 손을 아프게 한 내가 만들어낸 자식이다. 자기가 생산한 아이가 다른 사람의 양자로 간다고 해도 내 아이임에는 틀림이 없다. 내가 아이로서 사랑하는 것을 생각하는 것은 당연한 것이다.11) (「土龍」, p.77)

춘보에게 또 다른 삶의 애착과 용기를 부여할 수 있었던 점은 자기 손

---

10) 土は、絶對、噓は言はねえ。蒔いてさへおけば、自然と芽をふく。そして育ち、咲き、實を結ぶ。

11) こんにち彼が耕作してゐる土地なうものは、曠野を腕一本で彼自づから拓いた土地だつた。鄕里で耕作してゐた土地を、貰ひ子だとすれば、滿洲で拓いた土地は、所有權こそ自分にはなくとも、手を痛めた歷とした我が生みの子だつた。自分の生んだ子が、人手に養子として貰はれて行つたとしても、我が子には相違なかつたい、我が子としての愛を覚えるのは、當然過ぎることなのである。

을 필요로 하는 땅이 있기 때문이다.

> "고향산천이여, 우리들을 버리지는 않겠지? 나, 너에게 쫓겨나도 원
> 망하지 않겠어요. 내가 돈을 많이 벌어 돌아오겠어요. 이 대지에 고래
> 등 같은 기와집을 세우고, 옥토를 사겠어요. 나 어떻게 해서든지 돌아오
> 고 말겠어요."12) (「土龍」, p.80)

이렇게 말하고 떠나온 고향이기에 이주할 당시부터 만주에 뼈를 묻을
생각은 없었으며, 금의환향의 꿈을 버리지 못하였다. 그러나 "고향에 돌
아올 때 떠났던 신작로에 자동차로 달리자던" 꿈은 꿈으로 사라져 갔다.
그는 호미 한 자루로 만주의 황무지를, 그 중에서도 간도를 선택된 고향
이라 생각하며 경작했던 것이다. 대륙의 뙤약볕에서, 영하의 혹한과, 두
번이나 비적을 만나, 쫓겨서 지금의 개척민 부락에 정착된 게 7년 전이
었다. 한 가족의 힘으로는 저항할 수 없기에 마을 전체가 집단으로 저항
하는 것이다. 공동체 안에서 모두의 단결로 선택한 집단거주지를 지키는
사람들이었다.

삼용은 아버지가 그 부락에서 떠나고 싶지 않은 이유를 잘 알고 있었
다. 외부와의 연락도 없고 교통도 좋은 곳도 아닌 이 부락에 미련의 감
정이 남는 것은 땅에 대한 끝없는 집착에서임이 틀림없다. 물론, 그들은
조선의 몇 배에 해당하는 넓은 만주라고는 말하면서도, 손가락 중 한 손

---

12) 故郷山川や。でもおいらを見捨てるでねえだぞ。おらあ、お前えに追い出しを喰
    らつても、お前えを怨んでなんか居ねえからな。おいらも金さたんまり儲けて、
    帰えつてくるだ。あの垈地に、鯨のやうな瓦家建てて、クレツポの沃土貰ひしめ
    てよ、おらあ、どうして帰えつて来るだ。

가락인 땅이었다. 소유하고 있지는 않은 것이다. 오척의 단신도 죽으면 다른 사람의 땅을 빌리지 않으면 안 되는 것이다. 그러나 그렇다고 해서 춘보의 땅에 대한 집요한 집착의 정은 자기의 토지와 조금도 다르지 않은 것이다. 그것은 마침, 늙은 할아버지에 있어서의 첫 손주와 같은 애정을 일부러 깨워서 상기시키는 것이다.13) (「土龍」, p.76)

자기 소유도 아닌 땅에 애착을 갖는 것은 언젠가는 자신도 흙으로 돌아가는 것이라 여겼기 때문이다. 수많은 어려움에서도, 자신의 가족이 무사한 것도 끝없는 땅에 대한 애정이 신념으로 고착화 되어버렸기 때문이다.

나에게 있어 조선 농민정신에는 하나의 전통이 있다 생각한다. 혼이라고 해도 좋다. 농민은 인간 그것이다. 그 인간으로서의 농민의 혼을 그리려 한 것이 이번 나의 의도이다. 흙과 싸우는 혼, 씨앗을 둘러싼 혼, 그 혼을 통해 전시하의 농촌을 그리려 생각한다.14)

---

13) 三龍は、親爺がこの部落から去りたがらない理由を、よく知つてゐた。外部との連絡もなければ、交通だつていゝ方でもない今の部落に、未練がましい感情のおころのは、一に、土への限りない執着からののに違ひなかつた。勿論、彼等は、朝鮮の何倍とある廣い滿洲とはいひながらも、指の一本指せる土地だつた、所有してゐないのだつた。五尺の単身も、死すれば人の土所を借りなければならないのである。しかしとは言へ、春甫の耕地に對する執愛の情は、自分の土地と寸分も違はないのだつた。それは丁度、高齢の祖父にとつての初孫のやうな愛情を、いびさましてくれてゐるのであつた。

14) わたしは 朝鮮農民には一つの傳統があると思う。魂といってもよい。 農民は人間そのものである。この人間としての農民の魂をえがкぷというものが、こんどのわたしの意圖である。土と戦う魂、、種をまく魂、この魂を土を通じて 戰時下の 農村をえがこうと思う。

「土龍」에서 이무영은 주인공 춘보를 통하여 흙에 대한 강렬한 애착과 당대 만주로 간 조선인 농부들의 빈궁한 삶의 현실을 극명하게 보여주고 있다. 춘보의 흙에 대한 애착이 거의 종교적 신심에 가까운 것이라는 점에서 자연귀의의 전통적 동양사상과도 맥이 닿는다.15)

> 땅도 그렇다. 작물도 그렇다. 아니, 한발의 총성과 함께 연기로 화해지는 그런 삶 - 그것 자체가 큰 감사이고 위대한 감사였다. 춘보는 폭풍이 치는 밤에 꼭 가족과 함께 감사하게 살아가고 있음을 맹세했다. 그는 그 커다란 감사를 누구에게 빌어야하는가를 알지는 못했다. 그는 신의 존재를 갈구하면서도 알지 못했다. 감사하게 살고 감사하게 움직이는 것에 의해, 신과 통한다고 믿었던 것이다. 그리고 또, 그는 그대로 살아오는 것이다.16) (「土龍」, p.81)

춘보는 토지 경작의 대가로 발생된 부채에서 해방되려고 다른 개척민들이 뭔가 구실을 붙여 납부를 연기했던 대부금을 오 년간 혈안이 되어 갚아왔던 것이다. 춘보에게 있어 간도는 새로운 삶의 터전이요, 생명이요, 그가 믿을 수 있는 유일한 터전이기 때문에, 온가족이 오로지 땅을 위하여 열심히 힘을 모았던 것이다.

---

15) 김봉근 · 이용남(1997), 『한국현대작가론』, 민지사, p.649
16) 耕地だつた、さうだつた。作物だつて、さうだつた。いや、一發の銃聲と共に、煙と化すべき筈の生ーそのもの自體が、大きな感謝であり、大いなる感謝だつた。春甫は、嵐の夜にはきつと家族の者と共に、この感謝に生きるべきを誓つた。彼は、この大いなる感謝をば、誰にさゝげていゝげていゝかを知るものではなかつた。感謝に生き、感謝に働くことによつて、神へ痛ずるものは思つた。そしてまた、彼はその通りに生きて来てゐるのでもあつた。

춘보는 젊을 때부터 이러한 순박한 농민이었다. 그는 고국에서도 손바닥에 필적할 정도의 땅도 소유한 적은 없었다. 그 땅에 대한 애정은 변화하는 적이 없었다. 그렇다고 해서, 어떤 거친 땅도 그의 손에 들리면 밀가루 같은 옥토가 되지 않으면 떠나지 않았다. 애정이 든다는 것은, 실로 배타적이고 보수적으로 떨어지기 쉬운 것이나, 춘보의 땅에 대한 사랑은, 타협적이고, 그러나 개방적이었다. 금전이나 그 외의 물품에는 심한 결벽으로, 일종의 인색할 정도로 보이는 그도 땅에게는 항상 여유가 생겼던 것이다.17) (「土龍」, p.76)

고향이 아닌 간도를 이상향으로 인식하려 했던 상황 속에서 땅에 대한 미련과 애정은 변화되지 않았다. 원하면 흙으로 돌아가리라는 감사의 신념으로, 사투를 거쳐 이룩한 땅에 대한 믿음이 있었던 것이다. 이무영은 춘보를, 삶의 악조건 아래서도 좌절하지 않고 살아가려는 강인한 생명력을 소유한 인물로, 창조한 것으로 볼 수 있다.

3.2 이상촌을 개척하는 사람들

간도는 조선인이 가장 많이 사는 지역이기에 안수길에게 전시 생활기지로서 '어떻게 조선인이 만주에서 뿌리내리고 살 것인가?'가 작품의 중요한 화두로 되었다. 안수길은 망국과 실향의 체험을 바탕으로 작품 전

---

17) 春甫は、若い時から、さういう性質の百姓だつた。彼は故國でも、掌に匹敵するほどの地所も、所有したことはなかつたのだが、その耕地に對する愛情は、何等變るところがなかつた。だからこそ、如何なる荒地でも、一度、彼の手にかゝりさへしたら、メリケン粉のやうな沃土にしをへなければ、立退かなかつた。愛情なるものは、常に、耕地的で保守的に墮し易いものだが、春甫の耕地に對する愛は、妥協的で、しかも、開放的だつた。金錢とか共の他、物品には、ひどく潔癖で、一種の吝嗇にさへ見える彼でも、耕地となると、常に餘裕が出來て来るのだつた。

체에 강하게 투영되고 있음을 스스로 말하고 있다.

> 내가 쓰는 작품의 기조를 이루는 것은 다른 것을 제쳐놓고라도 한 사
> 람의 생애에서 가장 감수성이 예민한 사고나 안목에 결정적인 형향을
> 미치는 청소년 시대를 간도지방과 만주에서 살았다는 사실에서 얻어진
> 다.18)

「圓覺村」은 개척이민의 갈등이 어느 정도 극복되어지고 다시 내부의
문제들과 부딪치게 되는 시점인 1942년에 발표된 작품으로 이주민들의
생활상을 또 다른 면에서 보여주고 있다.

유명한 혜룡선사가 불교를 원각교라 개칭하고 이상촌을 만들고자 하
여 간도로 들어 온 것이 2년 전 겨울이었다.

> 땅값이 싼 만주, 그중에서도 반도인이 많이사는 간도에 토지를 사놓
> 고 농호를 몰아 농사식히는 일방포교도 하고 학교도 세워 그동리를 원
> 각교의 리상촌으로 만들자는 생각으로 그의 제자 사오인을 대동하고 들
> 어온것은 이년전 겨울이었다. (「圓覺村」, p.180)

이러한 꿈을 안고 들어왔기에 간도에 사는 조선인들에게는 원각촌이
라는 이상촌의 꿈에 부풀게 되었다.

> 다른 곳 만주인 지팡살이(농장소작인 ; 필자 주)에 가진 고초를 겪엇
> 던 주민들은 동포의 지주요 종교의 이상촌을 만들려는 좋은 생각을 갖

---

18) 송상일(1981), 「안수길의 제3인간형」, 『국어국문학총서 2집』, p.306 재인용

고 잇는 지주라 모든 것이 포근하다하여 이곳에 마음을 두엇다. 더욱이
학교가 잇고 교당이 잇는 것이 좋았다. (중략) 지금까지 만주들에서 갈
팡질팡 갈바를 몰랐던 마음의 귀의처를 찾은 것을 기뻐하였다. (「圓覺村」,
p.182)

만주인의 농장소작인 노릇으로 갖은 고초를 겪던 재만 조선 이주민들
에게 농사도 마음대로 짓고 학교와 법당이 생기는 간도야말로 이상향이
었던 곳이다. 안수길은 혜룡법사를 일제의 '북향건설'이라는 만주국 정
책을 실현시켜 줄 가장 적합하고, 재만 조선인들의 마음의 안식처를 만
들고자 노력하는 인물로 설정하였다.

삼면이 산으로 둘러쌔엿기에 겨울바람에바람악이가 좋았고 오십여
상산림에는 이깔나무의 고목이 자옥이들어앗어 큰집기둥감은 물논 겨
울화목에는 아무 부족됨이 없었다. 평지 오백여상토지에는 기땅은 얼마
되지 않았으나 조곰만힘드리면 높은곳은 밭 낮은 곳은 냇물을 이용하여
논도 백여상 풀수있었다. 농호는 백여호는 넉넉히 입식할 수 잇엇으며
그백여호가 법당과 학교를 중심으로 모다 남향의 집을 짓고 앉게되면
그골전체가 한가족 한덩어리가 되어 여기에 원각교이상의 촌낙를 건설
할 수 있으리라는 것이다. (「圓覺村」, p.81)

재만조선인에게 하나의 '꿈'인 이상촌이 어떻게 남의 땅에서 가능할
것인가 하는 의구심도 있다. 하지만 안수길에게는 일본이 내세웠던 '만
주 개척촌 건설'이 충분히 현실적인 이상촌 건설의 대안적 정책으로 받
아들여졌던 것이다. 배경이 된 원각촌은, 참으로 살기 좋은 이상촌으로

건설되고 있었지만 실재하는 마을인 듯하면서도 동시에 실재하지 않는
것은 안수길의 경험에서 창조된 허구적인 조화 때문인 듯하다.

> 희망을 잃지않았다. 집짓고 불을 질러 밭을 일구고 수도파서 논을 물
> 놓고 산에가서 목재를 베어오고 그것을 재목으로 다루고 법당에 열심히
> 이고 학교에 정성이었다. 한호두호 인근 지역에서 모아들었다. 식구는
> 나날이 부러갔다. 해춘하면 들어올 오십호식구들 기쁨으로 기대리었다.
> (「圓覺村」, p.186)

원각촌 사람들은 이미 다른 곳에서 중국인 지팡살이로 갖은 고초를 겪
다가 그곳으로 흘러온 사람이다. 몰려든 사람들로 인하여 그들은 땅이
더 필요하였다. 그런데 民國에 입적하지 않은 사람은 토지를 살 수 없었
기에 이곳 태생인 한익상을 내세울 수밖에 없었다. 한익상은 만주에서
태어난 이주민 2세로, 만주인 아내가 있으며 지팡주나 관리의 등을 업고
행세하며 이주민들의 돈을 뜯어내었다.

> 아늑한 생활이요. 평화한 동리였다. (중략) 다른 지팡과는 달리 부녀
> 자를 볼모로 빚을 쓰는 일도 없고 그 외 한번 얽매이면 영영 한 지팡에
> 서 종신 벗어 못지는 일도 없이 토지관계에 있어는 제 농사나 다름없었
> 으니 문제는 얼되놈 한익상뿐이었다. 그가 이 동리에서 없어지는 날 이
> 곳은 그대로 낙토할 수 있었다. 원각의 이상촌이랄 수 있었다. (「圓覺村」,
> p.184)

그 지방 사정에 밝은 얼되놈(통쓰=통역)에 따라 모든 세금이 정해지는지

라 그의 비위를 건드리면 엄청난 지세를 물게 되며, 정부에서는 입적을 하지 않는 자는 추방한다고 하였다. 당시 암흑의 표본인 한익상은 무슨 구실을 만들어서라도 돈푼을 긁어낼 궁리만 하는 인물로 관청을 등에 업고 주민들을 착취했다. 그는 원각사 주지인 화담법사에게 부정행위에 따른 욕을 먹었고 주민에게 해악을 끼쳤다.

> 만주말 덕에 조선서 드러온 지팡주, 또는 관청대 농민의 퉁쓰(통역)로 몸을 일으켜 지팡주나 관리에게 아편덩이나 뇌물을 먹이고 그 등을 대고 행세하는 사람인 것만은 빤하였다. (중략) 그들은 결국 아편이면 그만 동푼이면 그만인데다 그는 또 주눅이 좋았다. 한번 안되면 두번 세번 열번이라도 그리고 발바닥이라도 핥으면서 그들의 비위를 맞추어주고 그 대상으로 얻은 세도를 이주민들에게 쓰는 것이었다. (「圓覺村」, p.183)

원각촌 주민들은 "얼토당토 안한 무고로 잡아넣게 하고, 마적과도 연락이 있어 정수 틀리면 전촌을 결단 낼 수도 있는" 한익상에게 대항하거나 배척하지 못하고, 엄청난 지세를 물지 않으려면 한익상의 비위를 맞추어야 한다. 식민지 시대의 경제적 수탈과 정신적 압박의 연장선상으로 이해될 수 있는 그 당시 망국의 슬픔을 보여주는 것으로 생각된다.

안수길은 만주인의 앞잡이가 되어 동족을 괴롭히는 민족정신의 타락[19]으로 한익상을 상징 묘사하여 경제적 궁핍과 더불어 비인간적 상황에서 갈등을 겪고 있는 이주민의 현실을 고발하고 있다. 이주사회에 기생하는 한익상과 같은 무리에 의하여 착취 억압당해야 했던 당대의 현실

---

19) 김용성 · 우한용(1988), 『한국근대작가연구』, 삼지원, p.370

에 대한 증언일 것이다.[20)]

> 새벽 세시요 동리에서 한마장은 넉넉 떠러저 지은 외따룬 집이라 주
> 민들은 이 참극을 아지못하였고 원각촌은 평화한 꿈속에 명일의 평화를
> 꿈꾸며 곤히 곤히 잠이 들고 있었다. (「圓覺村」, p.193)

억쇠가 한익상을 죽이고 들어왔을 때와 같은 행색으로 빠져나갔을 때
원각촌은 다시 평화를 맞게 된다. 인간의 질서에서 어긋난 그를 제거함
으로 원각촌이 다시 이상촌으로 변화한 것이다.

「圓覺村」은 「국민문학」에 발표되었기에 모종의 시국적인 색채를 필
요로 하지 않을 수 없었다. 결말에서 "명일의 평화"란 곧 만주 건국을
지칭하는 것이다.[21)] 이와 같은 시국적 발언은 작가의 설명에도 나타나
있었다. 서두의 작가 설명과 결말의 내레이터의 발언에서 시국적인 발언
이 행해진 것이다. 작품 서문에 "만주주계 작가선으로 마련된 안수길의
「圓覺村」은 "건국전, 만주에잇서서의 반도인선구개척민 생활을 일년의
작품중 일편임을 말하여둔다."(「국민문학」 4권, p. 174)는 「국민문학」 편집자
의 설명이 붙어 있다. 「圓覺村」이 일제의 만주에 대한 정책적 이민인, 개
척민을 장려할 의도로 마련되었음은 부인하기 어렵지만 또한 앞서의 작
품들처럼 단순히 일제의 정책을 선전하는 소설로만 보기도 어렵다. 그것
은 현실에 철저히 저항하는 인물, 순응하거나, 야합하는 인물 등의 묘사
에서도 알 수 있었다.

---

20) 조구호(1989), 「안수길 초기소설 연구」, 경상대학교 석사논문, p.41
21) 신희교(1996), 『일제말기소설연구』, 국학자료원, p.291

4. 공동체 질서의 편입

4.1 질서 안의 인물

새로운 탈출구로 찾은 간도는 풍요로움을 간직한 것이 아닌 그들이 떠나온 조국만큼이나 열악한 땅이었다. 굶주림과 중국인 지주의 횡포에 시달려야 했던 이주민의 모습은 일제의 착취에 고향을 떠날 수밖에 없었던 상황과도 유사하다.

다음은 간도 이주민의 생활을 설명한 것이다.

> 새로 이주하여온 농민들은 경작지를 구매할 자력은 전혀 없고 휴대한 지참금도 없어 소작살이를 할 수밖에 없었다. 소작농들은 예외 없이 생계를 유지하기 위해 양식과 영농자금을 지주나 고리대금업자에게서 대부받아 겨우 생계를 유지하여 나갔다. 그들은 가을에 상환하게 되면 남는 것이란 거의 없거나 심지어 겨울을 나기 어려운 지경에 빠졌다. 소작농은 물론 자작농들의 생활도 온전하지 못하여 해마다 영락하여 갔다.[22]

생존을 위하여 목숨을 걸고 투쟁한 이민 농민에게 '땅 = 생존'이라는 문제가 가장 절실한 것이었다. 농민사회에서 땅은 지배계층과 피지배층을 대립시키는 가장 핵심적인 실체였으며, 반목과 갈등의 현장이기도 한다. 또한 그들은 땅을 장악해야 하기에 공동체적인 질서를 필요로 하였다.

「土龍」에서 고향으로 돌아간 친척이 향리에 경작지를 마련하였으니 들어오라는 편지를 읽고 순간 춘보의 마음이 움직였으나 거절의 답장을

---

22) 서광일 편저(1993), 『간도사신론』, 우리들의 편지사, p.277

보냈다. 자신이 만주로 쫓겨 왔던 것도, 경작지가 수해를 당해서 손을 쓸 수 없었기 때문이다. 게다가 지금 자기가 고향에 가면, 다른 농민이 자기를 대신하여 간도로 오거나 일본에 탄광이라도 가지 않으면 안 된다고 생각한 '조선인을 사랑하는 조선인'이었던 것이다.

춘보는 땅에 대한 뚜렷한 애착과 고국 농민의 한 명에게라도 괴로움을 줄 수 없다는 신념으로 돌아가기를 거부하는 것이다. 삼용은 그런 아버지의 마음이 이해가 되지 않았다. 춘보 가족이 간다고 고국의 땅이 줄어들 리도 없다고 아버지께 항의도 해보았다. 춘보는 고국으로 돌아갈 수만 있다면 돌아가고 싶다고 생각했다. 체념하고 있을 때에는 아무 일도 없다가, 돌아가지 않겠다고 결심하면 심한 향수와 함께 고향의 모습이 가슴에 사무치게 떠올랐다.

> "고국의 땅이야 줄어들지 않아. 물론 사람이 늘어나잖아. 이곳에 오는 개척민에게는 너와 같은 패기가 있었어. 이미, 너는 우리 가족이라고만 하지만 다른 사람에게는 우리 가족조차 돌아가길 원해. 잘 생각해서 결정해."23) (「土龍」, p.78)

귀국 농부 한 명이 고국 농민 한 명의 괴로움이라고 생각하는 춘보야말로 공동체에서 남에게 폐를 끼치고 싶지 않았던 질서 내의 인물이었다. 작년 가을, 고국에서 6戶 정도의 자유이민이 그들의 부락에 들어왔을 때, 당연히, 땅의 분배로 모두가 힘들어 했다. "넓은 만주에서도 이러하니,

---

23) 故國の耕地あ、減りはしねえだよ、勿論、人けんど、お前、人間がふんだんに增えてるちゃらうがよ。此處さ来をる開拓民が、お前えのやうな意氣地なしだと、もう、あかぬ。お前は、おいら一家だといふけど、人樣だつて、おいら一家え、帰えつて行つてもええ、なん考へるに決まつとらあ。

고국에 돌아가는 것은 죄야." 라고 하는 아버지를 삼용이는 이해할 것만 같았다. 삼용이가 고국의 일을 일체 입에 담지 않은 것은 그때부터였으며, 지금까지 선택한 고향을 버리고 새로운 땅인 汪淸이나 延吉, 龍井의 시내를 꿈꾸게 되었던 것이다. 수확한 콩의 공출금으로 받은 오백 원을 삼용이가 대출금으로 갚았다는 것을 알게 되자, 기어코 개척촌을 떠나려는 자식들과 같이 이곳을 떠나야 할 것인지, 아니면 자식처럼 경작한 흙에 남게 될 것인지 갈등을 하게 된다.

기존의 질서에 익숙해진 춘보와 익숙한 테두리에서 벗어나 새로운 삶을 선택하려는 삼용의 시점과 교차하면서 父子의 갈등이 시작된다. 춘보 쪽은 땅에 바짝 집착하는 것에 반해 삼용은 땅을 이용하기 위해서였다.

삼용이 마을에서 벗어날 계획을 세우는 것을 듣고 여동생 후분마저 신랑을 개척마을 밖에서 구하려고 하였다. 비적 덕택으로 나무울타리(木柵) 밖으로 한 번도 나가지 않았기에 학교에 나갈 수 있었으며, 목책에서 벗어나는 것만 생각하고 있었던 것이다. 개척촌은 철조망과 방벽으로 둘러싸여 있어서 자체적으로 경비대, 자위대를 운영하였으며 개척촌과 개척촌 사이의 통행에는 만주국이 발행한 통행증이 필요했다.24) 선분도 그중의 하나이다. 그녀는 아버지가 정해준 신랑감이 글을 모른다 하여 식을 3일 남겨놓고 자취를 감추어버린 후 도회지 연길에 있는 회사의 사무원이 되어 버렸던 것이다. 이번에는 삼용과 후분도 확실히 도회로 나가려고 날갯짓을 펼치고 있었다. 춘보가 마을의 누구에게나 딸을 주고 싶은 것은, 자기 딸이 적어도 마을 젊은이 한 명을 구제하고, 그것이 개척촌에서 고향의 기틀을 만드는데 도움이 될 것이라 여겼기 때문이다.

---

24) 윤희탁(1996), 『일제하 '만주국' 연구』, 일조각, p.308

춘보는 삼용이의 혼사가 번번이 틀어진 것도, 둘째딸 후분이가 동네 착실한 농사꾼 창식이 대신에 회사원인 박태현을 좋아하는 것도, 학교에 다녀서 공부를 했기 때문이라는 것을 알고 있다. 춘보는 회사에서 월급 받는 태현이는 언제 그만둘지 모른다 생각했고 땅에서 월급 받는 창식이가 훨씬 더 믿음직스러웠던 것이다. 그러면서도 그는 마을에 학교가 세워지려는 때, 자기에게는 학교에 갈 아이가 없어 일하러 가기 싫다는 사람에게는 싸움닭처럼 화를 냈다.

그런 생각을 갖는다면 이 마을에서 나가. 자네가 살아 있는 한 영화를 누리고 싶은 것은 생각하지 마소. 자식과 손자를 위해서야. 자식과 손자. 자네는 지금 학교에 갈 사람이 없다지만 자네 손을 끊을 것인가. 대를 끊을 거면 염치없이 고국에 돌아갈 것인가? 고국의 동포에게 폐를 끼칠, 그럴 예정이라면 지금 돌아가, 아, 돌아가 버려.25) (「土龍」, p.82)

이무영은 시련을 극복하면서 생존을 위한 투쟁의 한 공간으로 간도를 바라보았다. 정착의 과정에서 가난과 질병, 지주의 착취에서 벗어나지 못하지만 척박한 땅을 일구고 마을을 형성하고 학교까지 설립하려는 질서 속에서 결코 벗어날 수 없는 인물로 춘보를 형상화한 것이다.

---

25) そねえ考へさ持つとるんなら、この村からさつと出て行くがええだ。おいらだつて何も、おいらの生きてる間に、榮達榮華を見たいとは思はねえ。子や孫の爲めちやで、子や孫にな。お前えんとこは、今は學校へ出す者がねえだが、お前え、絶孫するつもりだが。ええ、絶孫する積もりなら、おめおめ故國さ帰えつてくつもりちややろがな、さうちやらうが？故國の同胞に、迷惑かけになあーおんなつもりなら、今んちや帰えつて貰ふだよ。なあ、帰えつて貰ふべ。

4.2　질서 밖의 인물

「圓覺村」에는, 개척 이주라는 고통스런 현실에서 동떨어진 질서 밖에 존재하는 주인공인 억쇠가 있다. 억쇠는 "입김이 얼어붙어 갓이 새하얗게 서리 낀 검정 털모자를 눈만 내놓고 눌러쓰고 무릎까지 내려오는 덧저고리를 고름으로 허리에 질끈 동여맨 사나이로서 대단한 힘을 가진 막노동자"이다. 출신지가 분명치 않은 그는 아내에 대한 끔직한 정 때문이기도 하지만 고정 종사보다는 공사판으로 전전하는 것을 더욱 좋아하였다. 그가 원각촌을 선택하여 내려온 것은 아내 금녀에게 호감을 붙인 청년과의 싸움이 있었기 때문이다.

> 그가 한산판에서 일년이상 붙어 있지 못한 것은 그의 안해때문이었다. 안해가 부정하여서가 아니라 사나히들이 나뿌다하였다. 항상 감시의 눈을 날카롭게 하고 잇으면서도 사나이들이 계집을 나꾸는 것처럼 느껴졌다. 유혈의 싸움도 간곳 마다했고 생명이 위험한 것도 한두차례 아니었다. (「圓覺村」, p.174)

금녀의 아버지는 간도에서 만주인의 지팡사리(농장소작인)를 하고 있었는데, 억쇠가 지팡주에게 진 빚 백 원을 갚아 주자 사위로 삼았다. 억쇠는 외톨이로 자처했고 과묵했으며 어디서건 아내에게 눈길을 주는 자가 있으면 패주고 정처 없이 떠났다. 안수길이 간도의 이주농민 대신 의처증에, 방랑벽에, 정착하는 것을 싫어하는 억쇠를 주인공으로 삼은 것은 허구적 서사를 위해 가공의 인물을 만들려 했기 때문이다. 억쇠에게 있어 이상촌은 관심 밖이었고, 오로지 가장 중요한 일은 아내를 잘 감시하는 것이다. 이러한 억쇠를 원각촌의 주민들은 한익상을 징벌할 어떤 절대적 힘으로 치부하며 기대하는데 억쇠와 한익상이 단짝이 된 것을 보고 의아해 한다. 한익상이 억쇠에게 "금녀가 법당에 드나드는 것은 스님과 눈이 맞은 것이라"는 그럴 듯한 헛소문을 만들어 내자 억쇠는 죄 없는 사람들에게만 행패를 부려 주민들을 공포에 넣고 만다. 억쇠는 아내를 탐내고 이용하려는 한익상의 농간에 말려 가깝게 지낸다.

한익상을 통하여 볼 수 있는 것은, 내부 이간질하는 자에 의해 조선 이주민들이 겪어야 하는 수난의 또 다른 모습과 그들의 수동적인 태도이다.

> "그놈 가만두어" 젊은이들은 모아 앉아서 수근거렸다. 응당 처치해야지." 그러나 아무도 나서는 사람이 없었다. 부녀들은 법당에 모여 부처님 앞에 기도를 올렸다. (「圓覺村」, p.188)

원각촌의 주민들은 나약하게 한익상에게 이용당한다. 그들은 오랫동안 핍박받아온 생활 속에서 자신의 의지를 표현할 용기도 없고 방법도 모르며, 그저 참고 견디는 순명과 인고에 길들여져 있다. 그들은 법당 세우기에 열심이고 학교에 정성을 들인 자신들의 공동체 안에서만 적응하는 사람들이었던 것이다.

한익상은 경험으로 세상살이에 더욱 잘 적응하는 가공의 인물이다. 여기서 한익상의 제거는 조선 동포들만으로 이루어진 원각촌의 안정과 징벌을 의미하는 것이었다. 그러나 작가가 원각촌의 안정을, 민족모순 같은 구조적인 차원에서 다루지 않고 단순히 한사람의 제거라는 차원에서만 다룬 것은 문제가 아닐 수 없다. 안수길은 「圓覺村」을 선구개척민 차원에서 다루기보다는 오히려 남녀 간의 갈등에 포커스를 맞춘 것은, 한익상이 원각촌의 정신적 지주인 화담법사와의 긴장된 대립보다는, 오히려 금녀를 중심으로 하여 억쇠의 연적으로 대립하는 몫이 더욱 크기 때문일 것이다. 한익상은 이 점에서 억쇠와 금녀의 애정을 가로막는 방해 인물인 것이다.

> 집에 드나드는 한익상이 억쇠와는 또다른 공포로 금녀를 지배하엿다. 억쇠는 익상이와 금녀의 사이를 항상 날카로운눈으로 감시하였으나 어쩐지 익상이에게는 산 판청년을 한테와 같은 행동이 내캐지 않었다. 이렇는 어제밤 그는 아무 이유도 없이 잽혀갔다. 단순한 그의뇌에는 그 사이의 무엇을 확실히 느꼈다. (「圓覺村」, p,191)

한익상은 원각촌을 자기 손안에 넣고 억쇠의 아내를 빼앗기 위해 마적들을 부추겨 화담법사와 억쇠를 잡아가게 된다. 억쇠는 화담법사를 구해 마적 소굴에서 빠져나오고, 온갖 우여곡절 끝에 드디어 한익상의 집으로 간다. 억쇠를 보자, "저걸 없애버리라구 했는데 어째 살려보냈냐?"는 한익상의 말로 모든 정황을 알게 되고, 아내를 겁탈하려는 한익상을 도끼로 때려눕힌다.

> 억쇠는 벌벌 떨고 섰는 금녀의 멱살을틀어쥐었다. 금녀는 억쇠의 팔에 매달려 애원의눈초리로 그를 쳐다보았다. "익상이가 너무 못견듸게 굴어서!" 그말 하는 금녀의입을 억쇠는 손으로 꽉막었다.그리고 불이펄펄 나는 눈으로 금녀를 내려보았다. (「圓覺村」, p.192)

주민들에게 박해무익의 존재였던 억쇠가 한익상을 처치함으로서, 억쇠의 평가가 반전되는 시점이기도 하다. 억쇠는 인간의 질서에서 본다면 오히려 질서에 편입되지 않은 '질서 밖의 인물'로 세상의 모든 것과 담을 쌓고 자신만의 세계를 지키려 했던 것이다.[26]

5. 절실한 삶의 현장

지금까지 「국민문학」에 실린 이무영의 「土龍」과 안수길의 「圓覺村」에 등장하는 인물을 살펴봄으로써 일제강점기의 간도 개척소설에 대해 알아보았다. 조선총독부의 개척 이주정책에 의하여 많은 사람들이 간도나 만주로 떠났으며, 문학자들은 그들의 작품에서 그들이 경험하거나 목격했던 간도 이향민의 삶과, 땅에 대한 애착, 조국에서 경험하지 못한 이상향의 개척에 초점을 두었다. 간도라는 공간은 개척민들에게는 땅을 제공해 주고, 이상향을 제공해 주는 곳이다. 이무영과 안수길은 탈 이데올로기로 독특한 만주 체험을 「土龍」과 「圓覺村」에서 형상화시켰다. 배경을 만주로 설정하는 시국적 명분으로 두 작품은 「국민문학」에 개재될 만한 요건을 갖추었다고 본다.

이무영의 「土龍」에서는 '춘보'를 통하여 근본적으로 인물의 변화나 환경의 요인들에 의해서도 변하지 않는 농민의 전통적 의식에 더 가치를 두며 개척민의 실상을 서사했다. 삶의 의미인 땅에 대한 복합적인 마음이 '흙에 대한 사랑'이라는 표상을 통해 나타나고 있음을 볼 수 있다. 땅

---

26) 김윤식은 "개척이민의 집단적 의의를 다룬 작품이 아니라 그 집단과 관련되기는 하나 오히려 집단에서 이탈하고자 하는 고독한 인물을 창조함으로써 만주 개척민의 영웅상을 보여준 것."이라 하였다. (김윤식(1989), 『안수길 연구』, 정음사, p.91)

을 생명처럼 여기는 춘보야말로 공동연대의 책임에서 남에게 피해를 안 주려고 밤낮없이 일을 하는 질서 속에 편입된 조선인이었다. 도회로 진출하려는 아들과의 갈등도 있지만 공동체 안에서 모두의 단결로 재창조된 고향을 다시는 떠나고 싶지 않은 인물인 것이다.

안수길의 「圓覺村」에서는 전통적인 농민의식은 무시하지 않으나 정착민의 생존유지와 보다 나은 미래에 더 관심을 갖고 개개인의 갈등을 포착하려 하였다. 여기에는 이상향을 건설하려는 화담법사와 마을주민들은 새로운 '유토피아'를 만들려는 공동체 질서에 편입되어 있었다. 간도는 억쇠와 한익상의 치정싸움의 현장의 장소이었지만 조선인에게는 새로운 삶의 절실한 공간이었다. 물론 한익상은 여기에서 민족의 암초 같은 존재이고 그를 제거하는 인물로 억쇠가 등장을 한다. 억쇠는 거칠고 외로우며 강인한 현실에 철저히 저항하는 인간의 질서 밖에 있는 인물이다. 여기에서 안수길은 다양한 인물로 '타향'을 '이상향'의 형상화로 재해석하였고, 간도에서 거주 기간이 길었기에 이무영보다는 더 사실적으로 삶의 양상을 다양하게 서사하였으리라 생각된다.

이처럼 두 작품은 조선이주민들이 간도에서 정착하기까지 겪어야 했던 고난을 작가의 현실의 눈으로 본 등장인물을 통해서 형상화하고 있다. 1940년대 간도에서의 이주 농민 삶의 양상의 한단면을 투영하였으며, 억압받던 시대의 증언으로도 가치가 있고 민족문학의 의의도 고려하게 한다.

04. 「名付親」로 본 임순득의 '여성해방'론*

박경수·김순전

1. '민족'과 '여성'에 대한 정체성 제고

임순득의 작가로서의 출발점인 1937년은 이전과는 다른 회오리가 일어나면서, 일제의 조선통치에 있어서 굵은 선을 그었던 시기이다. 1936년 조선총독으로 부임한 미나미 지로(南次郎)는 조선통치를 시작하자마자 여러 가지 굵직한 정책을 내세웠다. 그것은 앞으로 있을 전쟁에 대비하여 궁극적으로는 내선일체와 황민화로 완성시켜가기 위한 정책들이었다. 일제는 이러한 정책들을 가장 먼저 교육계나 문학계에 강제하여, 조선인 교육자나 문학자로 하여금 '자국민들의 의식을 일제가 의도한대로 변화시킬 것'을 도모하였다. 이에 따라 대부분의 조선인 작가들은 새로운 체제에 편승하여 점차 친일로 방향전환하게 되며, 교육과 문학은 군국파시

---

* 이 글은 2009년 6월 30일 한국일본어문학회 「日本語文學」(ISSN : 1226‑0576) 제41집, pp.309~329에 실렸던 논문 「임순득, '창씨개명'과 「名付親」」를 수정 보완한 것임.

즘의 길로 접어들게 된다.

이러한 시기에 임순득의 등장은 신선한 충격을 준다. 임순득은 극심한 체제하에서도 전혀 흔들림 없이 유효적절한 비유와 정론에 가까운 명쾌한 논증으로 민족성과 여성해방의 길을 논하였으며, 그가 지니고 있던 사상과 정체성을 거침없이 작품에 담아내었다.

임순득과 그의 작품1)에 대한 그간의 연구는 극소수에 불과하다. 이는 여타의 여성작가들에 비해 뒤늦게 등단한 까닭도 있겠지만, 해방 이후 그대로 북한에 체재하면서 작품활동을 하였기 때문일 것이다. 임순득에 관한 최초의 연구는 김재용(1997)에 의해서인데, 그는 「북한의 여성문학」2)에서 북한의 여성문학자로서 임순득의 작품을 다루었다. 이어 서정자(2001)는 「한국 여성문학과 페미니즘」3)에서 한국 최초의 여성평론가에 대한 일면적인 부분을 다루었으며, 이선옥(2002)은 「평등에의 유혹 ; 여성 지식인과 친일의 내적 논리」4)에서 어떠한 분석이나 평가도 없이 「달밤의 대화(月夜の語り)」가 일본어로 쓰여졌다는 이유만으로 친일소설로 분류하는데 그쳤다. 임순득에 관한 개괄적인 연구는 이상경에 의해서이다. 이상경은 그의 몇 편5)의 논문에서 카프 해체 이후 '30년대 후반 여성문학사의

---

1) 여기서는 해방전 발표한 작품만 열거한다. 등단작 「일요일(1937.2), 일본어소설 「대모(名付親)」(1942.10), 「가을의 선물(秋の贈り物)」(1942.12), 「달밤의 대화(月夜の語り)」(1943.2) 이상 소설 4편, 「여류작가의 지위 - 특히 작가 以前에 관하야」(1937.06), 「창작과 태도 - 세계관의 재건을 위하여」(1937.10). 「여류작가 재인식론 - 여류문학 선집중에서」(1938.1), 「불효기(拂曉期)에 처한 조선여류 작가론」(1940.9) 이상 평론 4편, 「타부의 변」(1939.5), 「작은 페스탈로치」(1939.11), 「澤のいらら草に寄せて」(1939.4), 「昊下의阿蒙」(1940.1) 이상 수필 4편이다.
2) 김재용(1997), 「북한의 여성문학」, 「한국문학연구」 제19집, pp.153~157
3) 서정자(2001), 「한국 여성문학과 페미니즘」, 『한국 여성소설과 비평』, 푸른세상, p.255
4) 이선옥(2002), 「평등에의 유혹; 여성 지식인과 친일의 내적 논리」, 「실천문학」, 2002년 가을호, 실천문학사, p.254
5) 이상경(2002), 「임순득, 혹은 여성문학사의 재구성」, 『한국근대여성문학사론』

재구성' 차원에서 임순득의 평론과 문학에 접근하였으며, 해방 후 북한에서 발표한 작품도 다수 발굴하여 연구함으로써 그 지경을 넓혀가고 있다.

임순득과 그의 작품에 대한 심도있는 연구는 상당한 가치가 있으리라고 본다. 그는 일제 말 극심한 식민체제의 참으로 암담했던 시기에도 체제나 제도에 전혀 치우침 없이, 폭넓은 세계관 속에서 독특한 자기만의 정체성을 지니고 작품세계를 펼쳐나갔으며, 해방 후의 활동에 이어 1950년대 북한 여성문학에서도 확연한 자취를 남김으로써, 남북한 문학의 연결선상에서 어느 문학사에서도 빠져서는 안 될 만큼 선 굵은 자취를 남기고 있기 때문이다. 또한 일제 말, 조선어 사용금지, 창씨개명 등 전쟁동원을 위한 온갖 정책이 난무하던 1942년 말과 1943년 초에 발표한 3편의 일본어소설에서도 친일의 흔적은 전혀 찾아볼 수 없다. 오히려 한국적인 것을 발견하려 하였으며, 여성의 주체적인 삶을 독려하였고, 민족성을 묘사하려 애썼다. 이는 임순득을 비평가로만 분류하거나, 일본어 글쓰기를 했다 해서 그의 작품을 친일소설로 분류했던 선행연구자에 대한 필자의 반론이기도 하다.

본고에서는 임순득의 일본어소설 중 일제의 민족말살정책의 완결편이라 할 수 있는 '창씨개명정책'이 실시되는 상황에서 '이름'을 소재로 쓴 「대모(名付親)」를 텍스트로 하여, 그의 사상과 문학관 세계관을 살펴볼 것이며, 또 아이이름을 짓는 과정에서 어떠한 구도로 '여성'이라는 이름을 찾아가는지, 그리고 미래의 '여성'에게 어떠한 '비젼(vision)'을 품고 있었는지에 중점을 두고 고찰하고자 한다.

────(2003), 「식민지에서의 여성과 민족의 문제」, 「실천문학」 봄호, 실천문학사.
────(2004), 「1930년대의 신여성과 여성작가의 계보연구」, 「여성문학연구」, 한국여성문학학회 등.

2. 사상의 성립과 그 발자취

앞서 언급하였듯이 임순득은 극심한 식민체제하에서도 한 인간으로서, 또 문학자로서 체제나 제도에 구애됨 없이 올곧은 사상으로 초지일관하였으며, 그것을 자신 있게 주장하였다. 그렇다면 임순득의 그 크나큰 배포와 일관된 사상의 출발점은 과연 어디서부터였을까? 안타깝게도 임순득 개인사에 대한 일반적인 기록은 거의 찾아볼 수 없다. 그나마 학생운동 경력과 경찰조서 등에 의한 기록은 등단 이전 임순득의 흔적을 파악하는 자료가 되었다.

일제가 작성한 신상기록카드에 의하면 임순득은 1916년 2월 12일 전라북도 순창에서 태어난 것으로 되어있다. 한약방을 경영하는 아버지와 4살 위인 오빠 임택재[6]가 있었으며, 고창과 전주지역에서 유년시절을 보냈다. 경제적인 어려움이 없었기에 유년기 때부터 많은 독서를 할 수 있었는데, 당시 선풍적인 인기를 끌었던 소파 방정환의 소년잡지 「어린이」[7]는 장차

---

6) 임택재(1912년~1939) : 고창고보를 졸업하고 1929년 4월 일본으로 건너가 야마구치 고등학교에 입학, 32년 3월 치안유지법 위반혐의로 검거되어 기소유예처분을 받았다. 이 일로 학교를 퇴학당한 후 귀국하여 이관술 중심의 '반제동맹'에 참가했고, 그 후 이재유 그룹의 '조선 공산당 재건운동'에 참여했다가 1934년 3월 '미야께교수 사건'에 연루, 체포되어 35년 12월 경성지법에서 징역 2년, 집행유예 4년을 선고받음. 1937년 3월에 '이재유사건'의 증인으로 다시 경기도 경찰부에 연행되어 심문을 받았고, 거듭된 취조와 감옥살이에서 얻은 병으로 1939년 3월 사망

7) 임순득의 일본어소설 「가을의 선물(秋の贈り物)」에서 "소년 시대에 싹터 오르는 정신을 고 방정환씨의 수많은 아름다운 이야기들로 보낸 그대―반드시 그런 그대들은, 처음으로 피가 끓어오름을 느끼면서…"라는 대목이 있어 유추해 본다. 소파 방정환에 의해 발행된 「어린이」는 어린이 해방의 기치를 내걸고 전개된 아동문학이니 만큼 사회성과 결코 분리될 수 없었다. 당연히 일제당국과의 마찰을 피할 수 없어 압수당하거나 전문 또는 부분 삭제된 글을 싣는 경우도 수없이 많았다. 어린이 잡지가 전무했던 당시 「어린이」(1923~1934)는 선풍적인 인기를 끌어 한창 때는 발행부수 3만부를 기록하였다. 이 때 「어린이」는 잡지차원을 넘어서 소년운동의 매체가 될 정도였으며, 임순득이 유년기를 보낸 고창읍에서도 이 잡

임순득이 세상을 바라보는 시각에 큰 영양을 끼쳤음을 짐작케 한다.

초등학교를 마친 임순득은 상경하여 1929년 4월 이화여고보에 입학한다. 이화여고보 시절 같은 반이었던 수필가 전숙희의 회상에 의하면, 임순득은 책 많이 읽고 언변이 뛰어났으며 매사에 적극적인 학생이었는데, 학교의 교육방식(특히 기독교 부분)과 사회문제에 불만이 많았다8)고 한다. 당시 학교 분위기는 반일감정과 사회주의적인 정서가 높았는데, 이러한 분위기는 1929년 말의 광주학생운동이 계기가 됨에 따라, 1930년 1월부터 이화여고보를 비롯한 서울시내 여학교의 연합시위로 이어졌다. 1학년 때부터 교내 데모 주동자로 이름을 날렸던 임순득은 3학년이 되던 해 1931년 6월 이화여고보의 동맹휴학9)을 주도한 혐의로 경찰에 체포된다.

> 어느 날 오후, Y는 자기집에서 의논할 일이 있으니 몇사람 모이자고 하여 무심코 그의 집을 방문했다…… 원래 말 잘하던 Y는 열변을 토해 가며 학교당국과 몇몇 교사들이 학생들에 대한 태도가 틀려먹었다고 비난하기 시작했다…… 오전수업을 마치고 정오가 되자 주모급의 한 학

지를 돌려 읽고 토론하는 모임인 '소년동맹'이란 것이 있어서 일종의 독자조직을 꾸렸다. 이 잡지의 고정독자가 상급학교에 진학하면서 그들 대상의 「학생」(1929～1930)지로 이어지기도 하였다. (원종찬(2001), 『아동문학과 비평정신』, 창작과 비평사, p.65 와 민윤식(2003), 『소파 방정환 평전 - 청년아, 너희가 시대를 아느냐』, 중앙M&B, p.225 참조)

8) 전숙희(1999), 「우정과 배신」, 『문학, 그 고뇌와 기쁨 - 전숙희 문학전집1』, 동서문학사, pp.138～139 참조

9) 1931년 6월 25일 오전, 이화여고보에서 3학년 모(某)양이 전교 학생을 대표하여 진정서를 제출하고 2～4학년 학생 약 300여 명이 수업을 거절하고 교내를 순회하는 집회를 가진 사건이다. 이들의 요구조건은 ①종교와 신앙의 자유, ②교원 4인 배척, ③교수시간(수업시간)을 6시간으로 결정할 것, ④현 교육제도 반대 등이었다. 교수시간(수업시간)을 6시간으로 해달라고 했던 것은 同校가 기독교 학교로 강제로 기독교를 신봉케 하고, 정과 외에 성경 과정이 있어 부담이 과대한 때문이었다.

생이 교정에 있는 종을 울렸다. 이것을 암호로 전교생이 일제히 교정에 모였다. 이 때 Y는 용감하게 단상으로 뛰어올라가 교장과 교사 배척문을 낭독하고 전교동맹휴학을 선포했다. 황급히 쫓아온 선생님들은 그저 묵묵히 지켜보고 있을 뿐이었다. 나는 온몸이 떨렸다. 교정은 다시 무거운 침묵이 흘렀다. 다음순간 전교생들은 교정 위 풀밭으로 가서 농성대열로 주저앉았다. 삼사일간의 휴학이 계속된 후 학교당국은 몇가지 조건을 들어주기로 하고 동맹휴학은 일단 수습되었다. 뒤이어 주모자급으로 손꼽힌 우리들은 경찰에 수감되었다.[10]

이 사건으로 이화여고보는 7월 2일까지 임시휴교를 하였으며, 임순득은 서대문서에서 취조를 받은 결과, 나이가 어리다는 이유로 기소유예처분을 받았다. 이후 동덕여고보에 편입한 임순득은 당시 이관술[11] 중심의 독서회에 가입하여 적극적으로 활동하게 되었는데, 이 학교 학생이 사상문제로 퇴학을 당하자 이에 항거하는 학생동맹휴학운동을 주도한 혐의로 또 다시 체포되었으며, 결국 퇴학당했다. 이러한 동맹휴학운동은 1931년까지 무려 100여건에 달했다가 1932년 이후 급속히 감소하였다. 이 후 학생운동은 소수정예의 사회주의적 비밀결사운동으로 이어졌고, 민족주의계 학생들은 주로 언론기관에서 실시한 각종 계몽운동에 참여하는 형태로 운동을 전개해 갔다.[12] 경찰조서에 의하면, 임순득은 더 이

---

10) 전숙희(1999), 「감방생활도 해보고」, 위의 책 pp,141~142
11) 이관술(1900~?) 경남 울산 태생, 공산주의 운동가. 박헌영과 더불어 공산주의 운동을 하였고, 8·15해방 후 조선공산당을 이끈 지도자 중 한사람으로, 부유한 집안 출신으로 중동고보, 동경고등사범을 졸업한 엘리트로 당시 동덕여고보에서 역사와 지리를 담당하고 있던 이관술은 좌익성향의 이야기로 학생들의 호기심과 존경을 받았다. 1930년대 사회주의 계열의 대표적 여성활동가 이순금(이관술의 이복동생), 박진홍, 이경선, 이종희 등이 동덕여고보의 이관술이 이끄는 독서회 회원 출신들이었다. (김경일(1993), 「이재유 연구」, 창작과 비평사, pp.161~162)

상 조선에서 학교를 다닐 수 없어 전주로 귀향하였다가, 유학차 일본으로 건너가 일본의 여고사(여자고등사범)에서 문학공부를 하였으며, 귀국한 이후 서울 견지동에 있는 '조선미술공예사'에서 잠시 기자노릇을 하였던 것 13)으로 기록되어 있다. 1940년 임순득은 프랑스 유학을 다녀온 시인 장하인과 결혼한다. 임순득의 결혼과정과 해방 전후의 행적을 노촌 이구영의 회고록에서 인용해 본다.

> 임순덕이라고 나보다 나이가 다섯 살 정도 위인 여자가 있었는데 그녀는 문학에 취미가 있어 일찍이 일본까지 가서 소설에 관한 공부를 하고 돌아왔다. 귀국한 후에는 다시 詩를 배우겠다고 해서 장하인이라는 시인과 자주 만났다. 장하인은 프랑스에 가서 문학공무를 하고 돌아와 문단에 시를 발표하면서 이름을 날린 시인이었다. (중략) 여자 집에서 결사코 반대해서 결혼을 못하게 되자 둘은 금강산 유점사로 도망을 갔다. (중략) 이들은 강원도 고성에서 신혼살림을 차렸다. (중략) 해방이 되었고, (중략) 임순덕은 강원도 인민위원회 문화기관에서 발행하는 문예지에 「들국화」라는 중편소설을 발표했다. (중략) 이 글이 발표되자 러시아어로 번역되었다. (중략) 그 다음으로 동독, 체코 등지에서도 임순덕의 글이 번역이 되어 임순덕은 일약 국제적 작가가 되었다. (중략) 그들 부부는 평양에 정착해서 글을 썼다. 그러나 임순덕의 것은 출판이 되었으나 장하인의 것은 허락되지를 않았다. (중략) 장하인의 글에는 예

---

12) 한국여성연구회 여성분과 편(1992), 『한국여성사』, 도서출판 풀빛, p.201
13) 조선총독부 소장 조선인 항일운동 조사기록인 「이재유 외 6명 치안유지법위반 신문조서」(1937) 중 「任澤宰證人訊問調書」 (이상경(2004), 「1930년대의 신여성과 여성작가의 계보연구」, 「여성문학연구」제12집, 한국여성문학학회, p.257에서 참고함.)

술지상주의적인 측면이 있었던 것이다. 그는 부지런히 시를 발표했지만 자본주의 냄새가 나서 안된다는 비판을 받았다.14)

남편 장하인은 소심하고 내성적인 성격이며, 3~4개 언어를 익힌 사람이다. 임순득도 영어와 독어, 간단한 불어를 구사하였으며, 러시아 문학과 예술에 심취하였고, 독일의 미학과 문학에도 많은 관심을 보였다. 임순득은 해방 후 원산에서 작문교사를 하면서 작품을 쓰기 시작하였는데, 이후 외국어 실력을 인정받은 남편이 외무성(소련 대사관)으로 자리를 옮기게 되자, 평양으로 이사하여 본격적인 활동을 하게 된다. 당시 인정받지 못한 남편에 비해 임순득은 각광을 받으며, 1957년까지 북한여성문학의 중추적인 역할을 하였다. 그러나 1959년 이후 북한의 소련파 작가 숙청 이후 더 이상 그에 대한 기록은 찾을 수 없다. 작가숙청과 관련되었을 것으로 추측할 뿐이다.

사회주의성향의 여성작가들이 사회주의 사상을 수용하게 된 계기를 살펴보면 오빠나 애인 혹은 남편의 영향이 대부분으로, 당시 사회주의 계열의 여성운동가들이 그들의 영향을 받아 이상에 눈뜨고 조직에 투신하게 된 것과 거의 일치한다.15) 소년잡지 「어린이」와 함께 자란 임순득 역시 오빠 임택재와 동덕여고보 교사 이관술의 영향으로 자연스럽게 사회주의 사상을 수용하였으며, 그 시기 1930년대 혁명적 노동운동에 투신

---

14) 심지연(1998), 『산정에 배를 매고 - 노촌 이구영 선생의 살아온 이야기』, 개마서원 (이름이 임순덕, 임순득으로 끝자는 다르지만, 행적이나 작품명, 활동 등 모든 정황으로 보아 임순득을 말하고 있음에 틀림없다. 이상경(2002), 『한국근대여성문학사론』, 「임순득, 혹은 여성문학사의 재구성」, p.227에서 일부 재인용)

15) 박화성은 오빠 박제민과 남편 김국진의 영향을, 백신애는 조선공산당활동을 했던 오빠 백기호의 영향을, 강경애는 남편 장하일의 영향을, 지하련은 남편 임화의 영향을, 최정희는 전남편 김유영과 허정숙의 남편 임원근의 영향을, 임순득은 오빠 임택재와 동덕여고보 교사 이관술의 영향을 받았다.

한 여성16)들과 인연을 맺는다. 그리고 일제의 사회주의 탄압에 의하여 그러한 여성들이 지하운동으로 내려갔을 때, 임순득은 일본으로 건너가서 지적영역을 넓힌 후, 공적인 공간에서 당당하고 거침없이 그의 정체성과 사상을 말하기 시작한다.

3. 〈창씨개명〉하에서 '이름짓기'란?

3.1 代母 '고려아(高呂娥)'의 의미

소설 「名付親」는 사촌동생이 곧 태어날 아이 이름을 '나'에게 지어달라고 부탁하는 편지에서 시작된다. 1년쯤 전에 동경에서 사촌동생 결혼식 소식을 접한 '나'는 K선생을 찾아가 동생부부에게 보낼 결혼축하 선물에 대해서 상담하던 중, K선생님으로부터 받은 탁본한 관음상 족자를 사촌동생의 결혼선물로 보내면서 아이의 이름을 지어주겠다고 약속했던 기억을 떠올린다.

작가가 작품을 구상할 때, 작중인물의 이름을 짓는 일은 소설의 방향을 예시하는 참으로 중요한 작업일 것이다. 「名付親」에서 작가가 의도하고 있는 모든 것을 내포하고 있는 인물은 작중화자인 '나'의 친구 '고려아'이다. '고려아'는 아이의 이름을 지어줄 '대모'로서 작가 임순득이 상정한 이름이다. 그렇다면 임순득은 아이 이름을 지어줄 친구의 이름을 왜 '고려아'라 지었을까에 필자의 포커스가 맞춰지지 않을 수 없다.

---

16) 이들은 이순금, 박진홍, 이경선, 이종희 등으로, 1930년대 초 경성고무공장을 비롯, 공장의 여공이 되어 노동조합을 조직하여 활동하다가 투옥되기를 반복한다.

이름이란 한 인간의 인생을 좌우할 정도로 중요하다는 것은 익히 알고 있는 사실이다. 때문에 한 생명의 이름을 지을 때는 그 이름 안에 온 우주와 아이에 대한 장래 희망을 담아 작명한다. 그럼에도 일이 잘 풀리지 않는 다거나, 또 새로운 일을 시작하려 할 때, 개명을 위해 작명소를 찾아가는 경우가 있어 이름 짓는 일이 그리 만만치 않다는 것을 말해준다. 개명의 좋은 예는 성서에서도 발견할 수 있다. 神이 '아브라함'의 믿음을 보고 그를 믿음의 조상으로 삼고자 하여 '아브람'을 '아브라함'으로, 그의 아내 '사래'를 '사라'로[17) 改名한 것과, 아브라함의 손자 '야곱'의 이름이 '이스라엘'로[18) 改名된 데서 연유하여 현재의 이스라엘에 이른 것을 보면, 이름에는 개인과 민족에 대한 희망 또는 약속이 포함되어 있기도 함을 알 수 있다.

이렇듯 이름이란 한 평생 삶과 동행함은 물론 사후까지도 그 이름으로 행적을 기리게 된다. 이를 보면 작가가 작중인물의 캐릭터를 담아 이름을 짓는 일은 무엇보다도 중요하다 할 것이다. 멀리 갈 것도 없이 일본 최초의 근대소설 『뜬구름(浮雲)』[19)을 보면, 주인공 우쓰미 분조(內海文三)를 둘러싸고 오세이(お勢), 오마사(お正), '혼다 노보루(本田昇)' 등이 등장하는데, 그 이름에 등장인물의 캐릭터가 담겨 있어[20) 소설의 흐름이 그 이

---

17) 聖書 「창세기」 17장 5절, 17장 15절 참조. '아브라함'은 '열국의 아버지'라는 뜻이며, '사라'는 '열국의 어머니'라는 뜻이다.
18) 聖書 「창세기」 35장 10절 참조. 여기에는 神이 야곱에게 '이스라엘'이라는 이름을 부여함으로써 이스라엘에 대한 모든 언약을 하였다는 기록을 볼 수 있다.
19) 二葉亭四迷(1978), 『浮雲』, 『日本近代小説大系』4, 角川書店
20) 『浮雲』를 보면, 주인공 우쓰미 분조(內海文三)는 숙부집에 기거하면서 숙부 소노다(園田孫兵衛)의 딸 오세이(お勢)와 좋아하는 사이이다. 숙모 오마사(お正)는 우쓰미가 관직에 있을때는 딸 오세이의 짝으로 생각하며 호의를 가지고 지켜보다가, 우쓰미가 해직되자 두 사람 사이를 가로막는다. 오세이 역시 처음에는 우쓰미에게 마음이 있어 그의 마음에 들기 위하여 노력하기도 했으나, 결국에는 눈치빠르고 출세욕이 강한 혼다 노보루(本田昇) 쪽으로 기울어 간다는 내용으로 이름과

름과 일치하고 있다. 그러고 보면 임순득이 「名付親」에서 아이 이름 지어줄 '나'의 친구(작중 소설가)의 이름을 '고려아' 라 명명 것은 상당한 의미를 내포하고 있음을 알 수 있다. 한자의미는 다르지만(식민체제임을 감안한 듯함), '고려아' 라는 이름에는 朝鮮 이전의 國名인 '高麗' 또는 '高句麗'와 함께, 大韓民國(Korea)의 뉘앙스를 내포하고 있음을 알 수 있다. 이는 머잖아 이 땅에 태어날 새 생명의 이름을 짓는 사람은 식민체제에 영합하지 않는, 반드시 민족성을 지니고 있는 사람이라야 한다는 작가의 의도가 작용하였으리라 생각된다. '고려아'의 등장 부분이다.

> 나는 종일 사전을 꺼내 여러 가지 한자를 음미하고 이를 두개로 조합해 보기도 하고, 발음해 보기도 하고, 이것저것 인명이 많이 나오는 중국책을 찾아보는 등 좋은이름 힌트를 얻으려고 했지만 허사였다. (중략) 이삼일이 지나도 좋은 이름이 떠오르지 않자 나는 이상하게 초조해졌다. 고심 끝에, 한 번도 만나본 적 없는 홍명희(洪命熹)선생님 같은 고전에 조예가 깊은 분을 찾아가 아기에게 좋은 이름을 지어달라고 부탁해보려고 나로서는 상당한 각오를 하면서도 차마 실행하지 못하고 있던 어느 날, 고려아(高呂娥)라는 소설 쓰는 친구가 놀러 왔다. 이런저런 이야기를 하다가 나는 아기 이름을 짓는 것을 제안했다. 고려아는 잠시 뭔가 숙고하더니, "발자크는 구두 가게 이름을 짓는 데에도 며칠동안 파리 시내의 간판을 보고 다녔다고 하잖아? 하물며 한 아이의 이름짓는 일이란 오죽 하겠어?" 21) (임순득(1942), 「名付親」, 「文化

<hr>

작중인물의 캐릭터가 일치하는 면을 보인다.
21) 終日私は、字典など引つぱり出していろいろな字を吟味し、二字づゝ組み合はせて見たり、その發音をくり返して見たり、人名の澤山出て來る支那の本をあちらこちらと拾ひ讀みしながら、いゝ名前のピントを得ようとつとめるのだつたが無駄だつた。(略) 二三日すぎても私は、赤ん坊の名前についていゝ考が浮ばず, 私は妙にいらいらして來た。思ひあまつた末、一度も逢ひじたこともない、洪命熹

朝鮮」 10월호, pp.76~77. 이하 작품명과 향수만 표기, 번역 필자 이하 동)

일제 말 창씨개명 정책으로 어수선하던 시기에 발표한 소설에서, 태어
날 아이에게 합당한 이름을 얻기 위하여 민족주의자 홍명희22)선생을 찾아
가려 했다는 것이나, 작가의 분신격으로 투영되었다고도 볼 수 있는 '고려
아' 에게 작명을 의뢰하는 작가의 서사 의도는 일제에 종속되는 내선일체
와 그로인한 창씨개명을 정면으로 거부한다는 의미로도 볼 수 있을 것이
다. 이런 점에서 임순득의 동 시기 여성작가들과는 사뭇 다른 큰 배포와
일제치하에서 민족해방을 향한 의지를 엿보게 한다. 또한 한 인간의 이름
짓는 것에 대한 중요성을 일깨워 줌과 동시에, 이 땅에 태어날 아이(한국인)
의 이름은 민족성과 주체성을 가진 진정한 한국인에 의하여 지어져야 하
며, 이름처럼 살아가야 한다는 강한 메시지를 담고 있음을 알 수 있다.

先生のやうな古い學問に造詣深い方をお訪ねして、赤ん坊にいゝ名前をつけて下
さる様にお願ひしようかと、私にしては、随分思い切つた考へをしながらも、そ
んなことも、とうたう出来ずに居る、ある日、高呂娥といふ小説を書く友人が遊
びに來た。四方山話のつひでに、私は何気なく赤ん坊の命名について相談を持ち
出した。高呂娥はしばらく何か考へ込んでゐたが、「バルザツクなど靴屋の屋號を
作るのにも、何日間パリーの市中の看板を見て歩いたとか云ふぢやありません
か。ましてひとの子の命名はむづかしいと思ふわ」

22) 홍명희(洪命熹 1888~1968) : 충청북도 괴산(槐山) 출생. 소설가·정치가. 호는 可
人·碧初. 어려서부터 한문을 배웠으며 1905년 중교의숙을 졸업 후, 1906년 東京
大成中學에 입학하여 이광수, 최남선 등과 함께 '朝鮮三才'로 일컬음. 한일합병
때 금산군수였던 아버지가 자결한 뒤 귀국하여 민족문제에 눈뜸. 충북 괴산에서
3·1운동을 주동하여 투옥됨. 오산, 휘문, 연희전문학교에서 교편생활. 1920년대
초반 동아일보 편집국장. 1927년 新幹会 창립. 해방 후 좌익운동에 가담하여 조선
문학가동맹 중앙집행위원장으로 추대되었고, 1947년 민주독립당 위원장에 오른
뒤 이듬해 민주독립당을 이끌고 월북

<h2>3.2 민족해방 지향</h2>

일제는 1937년 7월에 발발한 중일전쟁을 분수령으로 하여 '내선일체'라는 미명아래 본격적으로 조선민족말살정책에 돌입하였다. 이듬해인 1938년 1월 <육군특별지원병령>을 공포한 일제는 5월에 <국가총동원법>을 적용시킨 후, 6월에 <근로보국대>를 조직할 것을 지시하였으며, 7월에는 전국규모의 전시동원단체인 <국민정신총동원조선연맹>을 창립하는 등 전시동원체제 확립에 열을 올렸다. 앞서 3월의 '조선어사용금지'를 골자로 한 <제3차 조선교육령>을 근거로 4월에는 조선 내 각종 학교 명칭과 교육내용을 일본인 학교와 동일화 시켰다. 이 같은 작업의 최종 단계인 '민족말살정책의 완성편'으로 추진된 <창씨개명>은 '황민화' 라는 과정을 거쳐 '내지화' 한 다음, 종국적으로는 '징병제를 통한 황국군 대양성'에 그 근본 취지가 있었다.[23]

1940년 2월 시도된 <창씨개명>의 법적 근거가 된 것은 1939년 11월 10일 제령 제19호로 공포된 <조선민사령> 중 제3차 개정안으로, 그 주요 내용은 조선인에게도 '家'의 칭호인 '氏'를 붙여 호칭질서를 일본식으로 한다는 것이다. 창씨개명정책의 배경은 이처럼 전통과 혈연의식으로 유지되어 온 조선의 가족제도를 없애고 식민지 조선에 천황제 가족국가관을 이식함으로써, 태평양전쟁에 군대를 동원하기 위함이었다.

이러한 상황에서 쓰여진 소설 「名付親」는 일본어로 쓴 소설임에도 임순득의 다른 소설과 마찬가지로, 일본인이나 일본이름을 가진 사람은 전혀 등장하지 않는다. 또한 창씨개명정책에 혈안이 되었던 시기에 작명을

---

23) 정운현(1994), 「일제 잔재의 청산과 창씨개명 문제」, 『창씨개명』, 학민사. pp.302~303

소재로 한 작품임에도 작가는 창씨개명에 대한 단 한마디의 언급도 하지 않는다. 그렇지만 굳이 사촌동생에게 태어날 아이의 이름을 지어주겠다는 것은 거부하기 힘든 현실 체제 속에서도 일제의 창씨개명을 받아들이지 않겠다는 분명한 의지의 표현이라 하겠다.

주지하다시피 1930년대 초반 사회주의자들의 대다수는 식민지하의 민족적 차별에서 출발하였던 때문에 그 근저에는 기본적으로 민족주의 사상이 내재하고 있었다. 오빠 임택재의 활동을 지켜보면서 성장한 임순득이 이화여고보를 퇴학당한 후, 민족성이 강한 동덕여고보를 선택한 것이나, 거기서 이관술을 만났던 일은 차후 그의 문학방향을 결정짓는 요인이 된다. 같은 시기에 같은 출발을 하였지만 일제하에서 자의든 타의든 친일로 방향 전환한 다른 작가들과는 달리 임순득은 시종 억압받는 민족의 현실을 직시하는 한편, 민족해방의 길을 그의 작품 속에서 끊임없이 모색하고 있다. 이는 남자아이 이름짓는 과정에서 확연히 드러난다.

> "기왕에 남자아이 이름도 생각해 주지 않을래?" "남자 이름은 상당히 어려워." 려아는 고개를 갸웃거렸다. (중략) "적어도 신격화되지 않은 모세(毛世)와 거만하지 않은 굴원(屈原)을 반씩 합한 것 같은 성숙한 인격이 아니면 결코 사랑할 수 없는 사람이거든." "만약 그런 사람이 나타나지 않는다면?" "타협은 하지 않을거야." 려아는 태연하게 말했다. 나는 속으로 '정말 그런 여자가 실재할까?' 생각하며 종이 위에 毛世와 屈原이라 쓰고 (중략) "그럼 아래 자를 하나씩 빌려서 '세원(世原)'이라고 하자."24) (「名付親」, pp.78~79)

---

24) 「ねえ、男兒の名前も考へて下さらない？」「男兒の名前はよつぽどむづかしいわ」呂娥は首をかしげた。(略) 「……少なくとも神格化されてゐないモーゼに、尊大

먼저 여자아이 이름을 '혜원'이라 지었던 두 사람은 혜원이 사랑할 수 있는 인격을 가진 남자의 이름으로, 민족해방에 헌신한 '모세'와 끝까지 지조를 지키다 자살한 '굴원'의 뒤 글자를 따서 '세원(世原)'으로 정한다. 이 과정에서 두 사람은 '모세'와 '굴원'의 인품을 거론하는 것으로 친일로 방향전환하고 나선 이들을 비난하는 한편, 민족해방에 대한 신념을 고수하는 사람들을 전적으로 지지하고 있음을 알 수 있다. 당시 상황과 풍토에서 '모세'와 '굴원'처럼 곧은 민족성을 지니고, 게다가 리더쉽까지 겸비한 남성을 찾는다는 것이 쉽지 않을 줄 알지만, '모세'와 '굴원'의 애국심과 절개를 갖춘, '세원' 같은 지도자가 나와서 민족해방을 위해서 전력해 줄 것을 갈망하는 마음을 「名付親」에 담아낸 것이다.

3.3 완전한 여성해방 추구

3.3.1 부인문학, '부인작가' 論

임순득은 등단 이후 연이어 네 편의 평론을 통해 여류작가의 정체성 문제를 집중적으로 거론한다. 특히 임순득은 제2기에 속하는 작가들[25)]

ぶらない屈原を半分づゝ分け合つて出來たやうな或る老成せる人格でないと決して愛する氣にならぬのだから」「若しそういうひとが現はれないとすれば？」「妥協はしないでせうよ」「呂娥はこともなげにしう云つてのけた。私は心野中で、若しそのやうな女野ひとが實在してゐたら大変だらうと考え乍ら、紙の上に毛世 (モーゼ)、屈原と書き…… (略)「では、下の字を一字づゝ取つて「世原」となほしませう」

25) 김윤식 의하면 3·1운동을 전후한 시기에 활동을 시작한 김명순, 김일엽, 나혜석을 제1기로, 1930년대에 활동한 박화성, 강경애, 최정희, 노천명, 모윤숙을 제2기로 들고, 제3기는 제2기 여성들의 남성후원자가 친일로 가면서 따라서 친일로 갔다는 것으로 시기별로 범주화 하였다. (김윤식(1968), 「여성과 문학」, 「아세아여성연구」 제7집) 이어 김동리의 『여류작가의 회고와 전망』에 나타난 관점으로 보면 지하련, 임옥인 등과 같은 시기에 활동한 임순득은 제3기에 해당한다. (밑줄 필자 이하 동)

의 문학적 성과를 비판하면서 의식적으로 그들과는 다른 종류의 여성문학을 개척하려 한 점에서 주목을 끈다. 이는 '여류문학'에 대한 비판과 함께, 여성문학의 자기정체성을 묻기 시작했다는데 의의를 가진다. 일찍부터 러시아 문학과 예술에 심취했던 임순득은 1910년대에 콜론타이가 꿈꾸었던 신여성 중 '제 5타입의 히로인'을 자신의 문학방향으로 설정한 듯하다.

> 그러면 이 새로운 부인이란 어떠한 여성인가? 그것은 로맨스의 결말이 행복한 결혼으로 끝나는 순진가련한 소녀는 아니다. 그의 남편의 부정에 고민하거나 혹은 그 여자 자신의 죄로써 이혼에 조우하는 남편가진 여인도 아니다. 부질없이 청춘기의 불행한 연애를 한탄하는 노처녀도 아니다. 또 불행한 생활조건 혹은 여자자신의 방자한 성질의 희생이 되어버린 愛憎의 女僧도 아니다. 아니 그것은 전혀 새로운, <u>이때까지 알려지지 않은 제5타입의 히로인이다. 국가, 가정, 사회에 있어서 온갖 노예화에 항의하고 여성의 대표자로서 부인의 권리를 위하여 싸우는 히로인, 이러한 타입을 점차 현저하게 내걸고 있는 거의 전부는 실로 독신부인이다. 그렇다, '독신부인'이다.</u> 26)

이러한 콜론타이의 '독신부인론'은 학창시절 숱한 사회운동을 겪으면서 성장한 임순득에게 국가, 가정, 사회에 대한 온갖 노예화에 항의하고 여성의 권리를 위하여 싸우는 여성의 대표자가 될 것을 종용하기에 이르며, 이는 1937년 그의 첫 번째 평론에서 부인문학 또는 부인작가로 나타난다.

---

26) 콜론타이 저·신윤선 역(1947), 『연애와 신도덕』, 신학사, pp.11∼12

인제는 - 아직도 늦지 않다 - 우리는 그 여류작가를 작가로서 정당히 평가하기를 용의하지 않을 수 없다. 불행히도 현재의 부인작가들에게서 작가적 섬광의 대신에 생도 작문적 재능만을 발견할 뿐이라 하더라도, 또 '부인작가'들 자신이 '여류작가'라는 칭호속에 자신의 모욕과 비극성을 의식함 없이 의연히 '귀여운 재재거림'을 한다 하더라도, 우리의 일마저 종래의 나쁜 습관에 절어서 왜곡되어서는 아니 될 것이라고 생각한다. 27)

임순득은 첫 번째 평론에서 '여류작가'와 구별되는 '부인작가'라는 용어를 사용함으로써 '여류작가'라고 폄하하는 당대 문단의 분위기와 거기에 편승해 안주하려는 여성작가들을 비판하며, '부인작가'라는 이름으로 당당히 설 것과 앞으로 여성문학이 지향해야 할 방향까지 제시한다. 뒤이어 조선일보에 1938년 1월 28일부터 5회 연재한 「여류작가 재인식론」에서도 당시 문단의 주류인 강경애, 박화성, 이선희 등 걸출한 여류문인들을 거론하면서, 문단의 위계질서에 전혀 위축됨 없이 고평과 혹평을 서슴치 않았다. 그리고 2년이 훨씬 지난 1940년 9월 「拂曉期에 처한 여류작가론」에서는 앞서 친일로 방향전환한 여성작가들에게는 더 이상 기대할 것이 없음을 토로한다.

……가령 시인 모윤숙씨나 소설가 최정희씨들이 그 자유스러운 사상 산문정신을 춘향적인 정열을 찬양하고 '꽃당혜'나 '반지그릇의 실구리'를 매만질지언정 우리는 의젓한 전설이거나 고전에의 동경은커녕 여행협회에서 만들어 낸 왜유화한 향토색에서 느끼는 불유쾌한 인상만을 자

---

27) 임순득(1937), 「女流作家의 地位 - 特히 作家 以前에 対하야」. <조선일보>, 1937.6.30~
    7.4

아내게 하는 것이다. (중략) 우리는 최정희 모윤숙씨의 세계에 허전하여 발을 디딜 수 없는 것이다. [28]

여자 혼자서 살아가는 데에 따르는 정신과 물질 양면의 생활에서 생기는 마찰－불안, 동요, 오뇌를 추구하려는 성실이 보이는가 하면, 어느덧 씨는 교묘히 '모성'이라는 미명아래 은둔소를 만들었다. 그 은둔소에 숨는것은 氏의 자유라고 하지만 화를 입는 것은 아이－생명과 동일한 아이였다. 우리들의 理想할 수 있는 어머니들은 자신의 불행에 대하여 자녀앞에서 한번도 과장하거나 푸념한 일이 없던 것을 생각할 때 최씨의 추구하는 모성애에 길들인 아이의 장래가 우리는 우려되는 것이다. [29]

여기서 임순득은 당시 여류작가의 대표격인 최정희 식의 감상주의를 따르거나, 혹은 따르기를 강요받는 상황은 '부인문학'이 나아갈 길이 아니라는 것을 분명히 밝히며, '모성'이라는 이름으로 문제를 회피하는 것을 신랄하게 지적한다. 아울러 그러한 모성에 길들여진 아이들을 장차 명분없는 전쟁터로 인도하려는 그들의 친일로의 전환을 비판하며, 그 대안으로 낭만적인 사랑이나 최정희 식의 모성에 휘둘리지 않는 자율적인 여성 주체의 삶을 자신의 소설 「名付親」에서 강하게 역설한다.

"난 그저 괜찮은 여자들이 이미 유물이 되어버린 과거의 애정관계에 대해 언제까지나 소중하고 아련한 생각을 품는 바로 그 포즈가 여자 스스로 비참하게 하는 게 안타까울 뿐이야. 허세라도 좋으니 왜 어깨를 펴

---

28) 임순득(1940), 「拂曉期에 처한 조선 여류작가론」, 「여성」, 1940.9
29) 임순득(1940), 위의 평론, 같은 책

고 의연하게 여자의 생활을 고집하려고 하지 않는 거야? 흔히 말하는 여자의 프라이드라는 것이 바로 그거 아냐? 내가 말하고 싶은 건 바로 이거야." (중략) "내가 아니라 너 자신한테 어리광을 부리고 싶었던 거 아냐? 어쨌든 여자는 자신의 슬픔이라거나 그 비슷한 것에 어리광을 부리니까. 그게 여자가 가지고 있는 가장 추잡함이야." 30) (「名付親」, p.80)

　'나'와 '고려아'의 이러한 대화는 당시 일부 지식인 여성들의 자아의식 없이 여성이라는 범주에서 안주해버리는 것을 비판하는 한편 자신에 대한 채찍으로 표현되기도 한다. 때문에 임순득은 더욱 강경한 어조로 이성적 애정에서 헤어나지 못하는 감상적인 태도를 질타하며, 스스로 자립하는 '프라이드' 있는 여성의 주체적 삶을 주장하는 것이다. 이는 여성작가들 스스로가 기존의 '남성 : 여성' 또는 '작가 : 여류작가' 라는 이분법적 체계에서 벗어나 제3의 性으로써 '프라이드 있는 부인작가'가 되어주기를 얼마만큼 절실히 원했는지 알 수 있는 부분이라 하겠다.

3.3.2　진정한 여성해방

　「名付親」는 크게 두 축으로 나뉜다. 그 하나는 사촌조카의 이름 짓는 과정에서 드러난 민족해방 추구이고, 다른 하나는 '나'와 친구 '고려아'

---

30) 「……唯、私は、多くもいゝ女のひとたちが、もう既に形骸になつた過去の愛情關係に對していつまでもさも大事がつて切ない思いを寄せてゐるそのポオズが、何よりも女自身を惨めにさせるやうでたまらないのです。虛勢でもいゝ、どうしてもつと肩をそびやかして依然と女自身の生活を固執しようとしないの。よく云う女のプライドつてそこにあるのぢやないか知ら。私は、貴女にそれが云いたかつたのです。……」(略)「私にぢやなく、貴女自身に甘へたんぢやない?女はとかく自信の悲しみとかそれに類したものに甘へ勝ちたから。それ、女の持つ一番のいやらしさだわ。」

와의 대화 속에서 드러난 진정한 여성해방이다. 초창기 여성 해방론자들은 엘렌 케이 사상이나 입센의 사상으로 대표되는 '여성론'이 性의 해방에 역점을 두게 됨에 따라 '자유연애론'이 한 때 여성계를 풍미하기도 하였는데, 임순득의 여성해방에 대한 입장은 여러가지 여성해방론 중에서 특히 '여권론' 31)의 입장에서 글을 쓴 것으로 보인다.

임순득이 등단 이후 해방 전까지 발표한 4편의 소설을 보면 정치적 지향성은 물론, 독립된 여성의 주체를 추구하고 있다는 점에서 전대, 혹은 동시대 여성작가의 작품과는 상당히 다른 경향을 보이고 있다. 「일요일」의 혜영, 「名付親」의 '나'와 '고려아', 「가을의 선물(秋の贈り物)」의 '나', 「달밤의 대화(月夜の語り)」의 '순희'가 그렇듯이 식민체제하에서도 임순득 작품 속의 여성은 모두 독신이며 한국인이다. 이들은 남성에 전혀 의지하지 않고 당당하게 자기 영역을 구축해 간다. 이는 임순득이 급격히 재편되는 세계질서에서 무사안일하게 감상에 빠져 있는 여성들에게 자립적인 신여성들의 세계를 보여주려고 부단히 노력했음을 짐작케 한다.

아이 이름짓기에 골몰해 있는 중에 찾아온 고려아와 이런저런 대화 끝에 내가 이름지어줄 것을 부탁하자, 고려아는 난색을 표하지만, 숙고한 끝에 자기 소설속의 히로인을 제시하며 구체적인 설명을 겸한다.

> 려아는 여전히 웃으면서 종이에 '신혜원(愼蕙媛)'이라고 써서 내게 보여주었다. 나는 그 옆에 '임혜원(任蕙媛)'이라고 써 보았다. "혜원(蕙媛), 임혜원(任蕙媛)." 나는 속으로 읽어본 후 려아에게 말했다. "혜(蕙)라는 글자

---

31) "여권론은 루소의 천부인권설에 입각하여 인간이 인격을 가지고 있는 한 자유롭고 평등하여야 하며 여자도 남자와 동등하며 자유로워야 한다."는 여권, 즉 인권과 시민권을 인정하라는 주장이다.

는 획수가 많으니 초두(草冠)를 떼면 어떨까?” 그러자 려아는 초두를 뗀 ‘혜(惠)’는 통속적이라면서, ‘혜(蕙)’는 『초사(楚辞)』에 나오는 향기로운 풀로 굴원(屈原)이, 이 풀로써 자신의 절개를 상징화했다고 설명해 주었다. “혜원, 혜원, 임혜원.” 나는 속으로 두세 번 읽어 보았다. 꽤 좋은 이름이라 생각했다. 그윽하고 향기 있는 이름 같기도 했다.32) (「名付親」, p.77)

이렇게 지어진 ‘혜원(蕙媛)’이라는 이름에는 새로 태어날 아이가 여성으로서 갖추어야 할 품성과 민족의식에 대한 의미가 담겨있다. 그러나 ‘혜원’이라는 여성이 살아가야 할 조국의 암울한 현실과 당시 엄격한 가부장제도는 무거운 중압감으로 다가온다.

“…그럼 그 히로인이 살고 있는 시대는?” “현대.” 려아는 솔직하게 대답했다. “출생지는?” “네, 조선입니다. 검사님.” “무어라? 조선의 어디냐고 묻잖아!” “그녀가 자립하기에 가장 조건이 나쁜 환경입니다.” “흠, 그녀가 자립하기에 가장 조건이 나쁜 환경이라…33) (「名付親」, p.77)

식민체제, 게다가 가부장제도 안에서 남성에 종속된 여성의 삶은 ‘그

---

32) 呂娥は尙も笑ひつゞけながら、紙片に「愼蕙媛」と書いて私に示した。私はその傍に「任蕙媛」と並べて書いて見た。「蕙媛、任蕙媛」私は口の中でよんで見た後、呂娥に云ふた。「蕙の字は劃數が多いから草冠を取つたらば？」すると呂娥は、草冠を取つた「惠」は通俗的だと云ひ「蕙」は楚辞によく出る香草で、屈原は香草を以て己れの節操を象徵化したと說明してくれた。「蕙媛。蕙媛。任蕙媛。」私は口の中でもう二三度よんで見た。仲ゝいゝ名前だと思つた。ゆかしい、香氣の漂ふ名前だとも思つた。

33) 「…さて、貴女その女主人公野生きてゐる時代は?」,「現代」呂娥は素直に應じてくれた。「出生地は?」「ハイ、朝鮮でございます、檢事殿」「コラツ!朝鮮の何處だと云うのぢや？」「彼女が身を起すに最も條件の惡い環境でございます」「彼女が身を起すに最も條件の惡い環境と…」

녀가 자립하기에 가장 조건이 나쁜 환경'으로 치부된다. 때문에 현재 이러한 시대를 살고 있는 두 화자는 장차 '혜원'이 살아가야 할 조선의 환경과 여성지위를 걱정하지 않을 수 없다.

전술한 대로 임순득은 일관되게 독립된 여성의 삶을 자신의 작품에 담아왔다. 이는 당시 남성들이 인간차별 철폐를 부르짖으면서도 여성문제에 만큼은 성차별의 한계에서 벗어나지 못하고 있는 것을 간파한 임순득이 애정문제 때문에 여성의 주체성을 포기하게 될 것을 우려했기 때문이었을 것이다. 때문에 이성으로 다가오는 사촌동생이나, K선생님의 애정공세에 흔들리지 않으려고 침묵으로 대답한다.

> 나는 어떻게 해야 좋을지, 누나로서 아무리 생각해 보아도 어떻게 해야 할지 당황스러웠다. 그때 내 마음 가장 가까운 곳에서 어쩐지 K선생님께 죄송하다는 느낌이 들었다. K선생님의 아름다운 마음 씀씀이도 그 마음이 일단 현실화하자 이렇듯 순수함을 지속할 수 없게 되었다. (중략) 나는 사촌동생에게 침묵할 수밖에 없었다…34) (「名付親」, p.76)

이 시점에서 이렇듯 냉철한 이성이 작용할 수 있었던 것은, 사회의 완전한 개변을 통한 여성의 해방을 추구하면서, 일과 사랑을 나누어 보았던 사회주의 여성운동 쪽이 1930년대의 숱한 사건을 겪으면서 도달한 지점35)이었을 것이다. 때문에 진정한 여성해방을 위해서 K선생님의 사

---

34) 私はどうしていゝか、いくら物分りのいゝ姉にならうと努めれ見てもどうすることも出來ない氣持であつた。卑近な私の氣持は、何となくK先生に對して申譯が立たなかつたことである。K先生の美しい心づかひも、一旦現實化すると、このやうに純粹さを保てなくなる。<略>私は從弟に黙つてゐるより方法がなかつた……

35) 이상경(2004), 「1930년대 신여성과 여성작가의 계보연구」, 앞의 논문, pp.261~265

랑이나, 윤리를 넘어서서 다가오는 사촌동생의 애정문제는 충분히 딛고 일어 설 수 있었으며, 남성에 대한 심리적 종속에서 벗어나 제3의 성을 가진 하나의 주체로서 이들 남성과 참된 동반자 관계로 발전시켜 나가려 한 것이다.

식민지에서 여성해방은 민족해방이란 대의명분에 매몰되거나 부차적인 것일 수 없지만, 민족해방과 분리되어 얻어질 수도 없다[36]는 결론을 얻은 것일까? 민족해방 없는 진정한 여성해방은 생각할 수도 없었음인지, 여기서 임순득은 여성해방 없이는 진정한 민족해방도 있을 수 없다는, 완전한 여성해방론을 역설하고 있음을 알 수 있다.

3.4 '혜원'을 향한 비젼(vision)

임순득은 초지일관 여성해방과 민족해방의 길을 함께 꿈꾸었기에 그 속에서 새로운 여성성의 추구도 가능했다. 이는 동 시기 대부분의 여류문학이 자유연애와 연애결혼 문제로 한정하고 있는 것과는 달리, 여성의 정체성과 관련된 본질적인 문제에 도달하여 여성의 적극적인 사회진출 차원에서 여성문학에 대한 방향을 제시해 주고 있다는 점에서 현격한 차이를 보인다.

임순득의 의지는 항상 기성제도 아래서 억압받고 있는 여성입장에 있었던 것 같다. 이러한 심리는 작품 속에서 내내 남성을 여성의 주변인물로 두고 있는 것으로 나타난다. 이는 민족주의자 홍명희(男)를 찾아가려고만 했을 뿐 시도하지 않았던 점과, 애정으로 다가온 K선생님과 사촌동

---

36) 김연숙(2005), 「社會主義思想의 수용과 女性作家의 正體性」, 「어문연구」 제33권, 한국어문교육연구회, p.355

생에게 애정으로 화답하지 않고, 함께 나아갈 동반자로 포용하는 것에서
알 수 있다. 게다가 남녀평등에서 한걸음 더 나아가 여성의 우월적 지위
를 기대하는 심리는 代母로써 고려아(女)라는 여성을 설정한 것과, 여자
아이의 이름을 우선하여 짓고 난 후 나중에 남자아이 이름을 짓는 것,
그리고 새 시대를 함께 할 새 생명으로 여성인 '혜원'을 탄생시켰다는 점
에서 더욱 분명해 진다.

> 집에 돌아오니 뜻밖에도 사촌으로부터 <u>딸을 순산했다는 전보가 도착
> 해 있었다.</u> 전보를 손에 들고서 나는 눈물이 핑 돌았다. 어쨌든 나는 너
> 무 기뻤다. <u>'임혜원(任蕙媛)'이라는 이름을 보내야지.</u> 37) (「名付親」, p.81)

이렇게 해서 결국 새 생명은 '혜원'이라는 이름과 함께 세상의 빛을
보게 된다. 대부분의 1930년대 여성작가들이 여성해방을 여성의 억압과
불평등한 삶의 차원에서만 바라보고 접근하고 있을 때에도, '진정한 부
인작가'가 되기를 원했던 임순득은 '비록 내일 지구의 종말이 오더라도
오늘 한그루의 사과나무를 심겠다.'던, 스피노자의 말을 미래의 표상으
로 삼았고, 그 미래에 대한 희망을 새 생명 '혜원'에게 이입시켰다.

혜원을 향한 비젼은 '잿빛 여름하늘'과도 같은 암울한 현실 속에서
'실한 열매를 기다리는 사과나무' 또는 '파란 가을하늘'과 같은 스피노자
의 생애'처럼 계절의 변화와 色의 변화로 나타난다. 그리고 그 변화는 변
덕스러움에서 온화함으로, 서양적인 것에서 지극히 동양적인 것으로 귀

---

37) 家に歸つて見ると、意外にも從弟から女兒安産の電報が届いてゐた。電報を手に
　　してゐると私は泪が滲んで来るのだつた。何は兎のあれ、私はうれしいのであ
　　る。躊はずに、「任蕙媛」といふ名前を送つて上げよう。

결된다.

> '……혜원의 백일기념일에는 이런 선물을 가지고 진주의 사촌 집에
> 가야겠다. <u>바닥은 진홍색으로, 윗면은 녹색으로 순면 이불을 만들어 네
> 귀퉁이에는 혜초를 수놓아야지.</u>' (중략) 혜원은 그 이불을 덮고 참한아
> 이로 자라겠지. 38) (「名付親」, p.81)

진홍색과 녹색의 배색은 녹의홍상(綠衣紅裳)을 연상케 한다. 이처럼 임
순득의 혜안은 色 하나에도 한국적인 것을 담으려 했고, 그 한국적인 색
상의 이불 네 귀퉁이에 절개의 상징인 혜초를 수놓음으로써 '혜원'에게
민족성을 지켜갈 것을 염원하였으며, 아무리 척박한 환경일지라도 스스
로 자립할 수 있는 '프라이드' 있는 여성으로 자라줄 것을 희망한다.

또한 이 땅에서 살아가야 할 새 생명 '혜원'이 진정으로 사랑할 수 있
는 사람, 즉 ①신격화되지 않는 '모세'와 거만하지 않은 '굴원'이 이상적
으로 조화된, ②자민족의 해방을 위해 전심전력할 뿐만 아니라 타인(특히
여성)을 억압하지 않는, ③그리고 '동양/서양'이나, '남성/여성'의 문제를
떠나 가치관이 동일한 남성이 나타나기를 기다리며, 그러한 남성을 만나
면, 진정한 동반자로 하여 민족해방과 함께 완전한 여성해방도 이루어
갈 것을 꿈꾼다.

---

38) ……蕙媛の百日記念日には、こんな贈物をたづさへて、晉州の從弟の家へ訪れよ
    う。眞紅の裏地に、靑竹色の表紙で純綿のお蒲團を作り、そのお蒲團の四隅には、
    蕙草の刺繍を入れよう、(略) 蕙媛はこのお蒲團をかけていゝ兒に育つてあらう。

4. 완전한 해방을 위한 과제

한국 문학사에서 임순득의 등장은 여성문학비평의 출발점이라 할 수 있다. 그의 평론은 기존의 남성중심 문단에서 생물학적 성별구분의 편견을 지적하고, 주체성을 가진 여성의 입장에서 여성문학을 평가함으로써 여성문학의 새로운 구성을 시도한 점에서 상당한 가치를 부여할 수 있다.

유년시절부터 책을 가까이 하여 꿈꾸던 이상이 현실과의 괴리로 인하여 학생운동으로 표출되어, 한 때 경찰의 요주의 인물로 지목되기도 하였으나 그 풍부한 독서량에 의한 폭넓은 세계관은 암울한 현실 속에서도 해방된 민족과 해방된 여성을 꿈꾸게 하였으며, 그의 작품 곳곳에 적절하게 적용되어 때로는 날카로운 비평이 되고, 때로는 설득력 있는 주장이 되어 나타났다.

특히 「名付親」에서는 오히려 민족해방과 함께 여성문학이 지향해야할 목표를 분명하게 제시하였다. 본격적으로 아이의 작명에 들어가기 전에 태어날 아이에게 가장 이상적인 이름을 지어줄 代母의 이름을 민족적이고 한국(Korea)적인 이름으로 '고려아'라 명명했던 것은 임순득의 기지를 엿보게 한다. 그리고 그 '고려아'에 통하여 男兒의 이름을 민족해방에 헌신한 '모세'와 지조를 지키다 자살한 '굴원'의 애국심과 절개를 염원한 '세원'으로 짓는 것으로, 민족 정체성 문제를 제기함은 물론 일제의 '창씨개명' 정책을 강하게 비판한다. 뿐만 아니라 이 땅에서 태어난 아이(한국인)의 이름은 민족성과 주체성을 가진 한국인에 의해 지어져야한다는 강한 메시지를 담고 있다.

식민지하에서의 여성해방은 민족해방과 분리되어 얻어질 수 없다는 결론에 도달하였던 임순득은 여성해방 없이는 진정한 민족해방도 있을 수 없으며, 민족해방 없이는 완전한 여성해방도 없다는 상호간의 연관성을 주장하면서 민족해방과 여성해방을 통합된 하나의 과제로 삼았다. 그 중에서도 여자아이의 이름을 우선하여 짓는 것이나, 새 시대를 함께 할 새 생명으로 여성인 '혜원'을 탄생시켰다는 것을 감안한다면, 민족해방 또한 남성과 여성을 모두 포괄할 수 있는 여성에 의한 민족해방을 추구하지 않았을까 여겨진다.

제4장
한국인의 민족적 트라우마 극복

A Study for reviving Japanese Literature by Koreans

한국인의 민족적 트라우마 극복

01 金達壽의 「族譜」를 통해 본 민족의식의 경계

02 일제말 문학작품에 서사된 金玉均像

03 한설야의 「血」과 「影」에 나타난 이중적 장치

04 장혁주의 초기 프로문학 속에 숨겨진 아나키즘

01.

金達壽 「族譜」를 통해 본 민족의식의 경계*

서기재·김순전

1. 민족 작가에 대한 재고

김달수는 이소가이 지로(磯貝治良)의 말처럼 "식민지 시대라는 부(負)의 체험 속에서 배양된 에너지로 '해방 후' 민족의 운명을 개척해간"[1] 작가이다. '민족작가'의 사명은 분산되어 버린 민족성을, 문학을 통하여 재집결시키고, 자신들이 거주하는 지역에서 자기 정체성 확보하고 시사하는 데에 있다. 전후 재일 코리언 문학을 본격화시킨 인물로 여겨지는 김달수의 『후예의 거리(後裔の街)』, 『玄海灘』, 『박달의 재판(朴達の裁判)』, 『太白山脈』 등은 격동기의 민중의 모습, 그리고 지식인의 갈등과 고뇌의 양상을 보여주면서 조선인의 저항정신과 생명력을 담아냈다.[2]

---

* 이 글은 2009년 9월 30일 단국대학교 일본연구소 「일본학연구」(ISSN : 1598 - 737X) 28집 pp.231~250에 실렸던 논문 「金達壽의 「族譜」를 통해 본 근대 한국인의 민족의식의 경계」를 수정 보완한 것임.

1) 磯貝治良(2002), 「金達壽文学の位置と特質」(辛基秀編著 『金達寿ルネサンスー文学・歴史 民族』, 解放出版社, pp.8~9

2) 김환기(2006), 『재일디아스포라문학』, 새미, p.25

작가는 '자신' 때문에 글을 쓰고 그 안에서 정체성을 찾으려 한다. 현대의 재일 작가들은 구지 민족성이나 재일성을 문학의 바탕에 두려고 하지 않는 경향이 강하다. 이는 '국적이 어디냐' 보다는 '내가 누구인가'가 더 중요시되기 때문일 것이다. 그러나 이러한 현상은 지금이 아니라 과거에도 마찬가지였다. 단지 격동의 시대적 상황이 국가의식, 민족의식을 강조하고 어딘가로 소속시키고자 했기에 '민족'이나 '국가'가 거론되었던 것뿐이다. 단일하고 단결된 민족성이 과연 존재하는 것일까? 그저 있다고 믿고 환상하는 것은 아닐까?

민족 작가로서 김달수를 이야기 할 때 초기 작품인 「후예의 거리」[3]가 먼저 거론된다. 이 작품에서는 한 청년의 암담한 현실을 극복하고자하는 치열한 내면이 묘사되었기 때문일 것이다. 이 작품은 이후 김달수의 민족작가로서의 성격을 굳히는 기초로 여겨졌다.

그러나 이미 그 이전 김달수는 1941년 오사와 다츠오(大澤達雄)라는 펜네임으로 「新芸術」에 「族譜」를 싣는다.[4] 이는 민족작가라는 타이틀을 염두에 두지 않던 학창시절의 김달수가 조선 젊은이의 의식을 리얼하게 드러낸 작품이다. 그런 의미에서 본 장은 일제강점기 전후의 격동기에 보이는 해체된 민족성을 「族譜」를 통해 살펴보고자 한다.

---

3) 「後裔の街」는 1946年4月부터~1947년 5월까지 「民主朝鮮」에 실림.
4) 1941年 11月1日「族譜」「新芸術」大澤達雄라는 펜네임으로 1948年 1月~9月 「族譜」(第一~六回 「民主朝鮮」第十七~二十二号 1949年 2 ~ 7月 「族譜」(第七~最終回 「民主朝鮮」第二十五~二十七号 본 장에서는 해방 이전, 김달수의 창작의식을 「族譜」를 통해 보고자 한다. (崔孝先(1998), 「作品発表年譜」, 『海峡に立つ人 - 金達壽の文学と人生』, 批評社, p.176

2. 「族譜」의 가능성

　김달수라는 이름은 일본에서 활동한 민족작가로서 한국 사람에게 친숙하다. "김달수 문학에 면면히 흐르는 조국애는 돌진력, 불굴의 의지, 성격의 강인함"[5]으로 드러나 문학 속에 반영되고, 조선인에 대한 부당한 편견과 차별을 정정시켰다는 것을 부정할 사람은 없을 것이다. 그러나 그도 민족작가가 되기 이전 일본과 한국인의 경계에서 흔들리는 민족의식을 거치지 않을 수 없었다.

　김달수는 일본대학 법문학부 국문과에 들어가면서 본격적인 문학공부와 창작활동을 시작한다. 2학기를 맞을 무렵 일본대 예술과 전문부 창작과에 편입시험을 치러 합격했다. 예술과에서는 이토 세이(伊藤整)의 「창작실습」을 들으며 잡지 「芸術科」의 편집에 참가했다. 그리고 작가 김 사량의 일본 문학계 등장이 그의 창작을 고무시키는 역할을 했다.[6]

　1940년은 김달수에게 삶의 전환기라고 볼 수 있다. 여름방학을 이용해 가족과 함께 10여년 만에 방문한 고국의 체험을 통해 작가는 조국과 민족을 발견하게 되는 계기를 마련한다. 그는 일본대 예술과 졸업 후 가나가와(神奈川) 신문사의 기자가 되었다. 그리고 일본인 여성과의 연애에서 자신이 조선인임을 고백하지 않으면 안되는 굴욕을 견딜 수 없어 1943년에 다시 조국을 찾는다. 그 후 경성일보에 입사하여 경성에서 보

---

5) 최효선(2002), 『재일동포문학연구 - 1세 작가 김달수의 문학과 생애』, 문예림, p.62

6) 김사량과의 만남은 비록 짧은 시기에 불과했으나 김달수에게 적잖은 영향을 끼쳤다. 김 사량에게 조선인의 생활감정을 멋지게 써보라는 격려를 받고 김달수는 「塵」(『文芸首都』 1942. 3)를 발표했다. 이것은 최하층 빈민생활을 하는 조선인을 그려낸 것이다.(金達壽 「金達壽年譜」 『わが文学と生活』, 青丘文化社, 1998, p.283)

낸 1년 남짓한 생활이 김달수 문학의 골격을 이룬다.[7] 김달수는 조선인
과 일본인 간의 급료에 상당한 차이가 있다는 사실에 실망하고, 더욱이
경성일보가 다름 아닌 총독부의 기관지이자 어용신문에 불과하다는 것
을 뒤늦게 깨닫고는 도망치듯 다시 일본으로 돌아간다. 어느새 그는 '민
족주의자'로 변모되어 있었다. 이 이후 그는 '조선인'이라는 키워드를 가
지고 작가적 자기위치를 확보해 갔다. 이렇게 김달수가 민족작가로서 거
듭난 것이었다.

　김달수가 작가가 되기 이전 그가 주로 읽었던 책을 살펴보면, 유소년
기는 「少年俱樂部」, 「킹(キング)」, 「일출(日の出)」 등과 같은 흥미 위주의
그러나 일본적 교훈과 교양을 훈도하기 위한 소년잡지 같은 것들이었다.
그리고 대학시절을 전후로 하여 『現代日本文学全集』, 『世界文学全集』,
『世界大思想全集』, 김사량의 『빛속으로(光の中に)』 등을 읽었다.[8] 따라서
그의 문학적 감흥은 일본적인 풍토 속에서 자연스럽게 자랐다고 볼 수
있다. 그리고 김달수의 문학인생 출발의 단계에서 가장 영향을 미쳤던
작가는 시가 나오야(志賀直哉)이다. 좀 더 구체적으로는 인간의 내면을 진
실하게 드러내는 시가의 '사소설적' 문학에 동경하여 감흥을 불러일으켰
다. 따라서 문학 작가가 되기 이전의 김달수의 창작의 특징은 오히려 강
한 '민족의식'을 테마로 삼아야겠다고 결심한 시기의 문학과 색깔이 다
를 수밖에 없다.[9] 다르기 때문에 「族譜」에 대하여는 자주 거론되지 않

---

7) 金達壽(1996), 『後裔の街』, 「あとがき」, 東風社, p.312
8) 崔孝先(1998), 『海峡に立つ人 - 金達寿の文学と生涯』, 批評社, p.87
9) 김달수의 문학인생을 세 시기로 나누어 보면, 제 1기는, 처음 시가 나오야라는 일
　본의 유명작가의 사실적 문체에 감동하여 본받고자 했던 시기이다. 이때는 일본
　대학(日本大学) 재학 중 「芸術科」를 통한 문학 발표 , 재일작가 김 사량의 영향으
　로 「文芸首都」에서 작품 활동을 했다. 제 2기는 해방 이후 '민족작가'로서의 입지
　를 확고히 한 시기로, 「民主朝鮮」을 통한 문학 활동, 「후예의 거리」, 「玄海灘」,

는 것은 아닐까? 그리고 오사와 다쓰오라는 일본명 펜네임은 민족작가로서의 김달수의 문학 생애에 걸맞지 않은 것이 이유가 되기도 할 것이다.

김달수 문학의 선행 연구는 그가 조선인으로서 문학 활동을 한다는 주체의식이 뚜렷했던 시기인 제 2기에 대한 연구가 중심화 되어있다.[10)

「族譜」는 김달수가 시가의 작품을 탐독하고 그의 문학세계를 동경하며 같은 길을 추구하려 했던 시기에 발표된 작품이다. 개조사(改造社) 판의 『現代日本文学全集』 속의 『志賀直哉集』을 읽으며, 그는 작가로서의 아이덴티티를 굳혀 나갔다. 김달수가 일본 대정기(大正期)에 화려한 활동을 한 시가에게서 받은 가장 큰 영향은 '사소설적 접근'이었다. 김달수는 시가의 전 작품을 수차례 반복하여 읽었고 자기 자신의 이야기를 솔직하게 드러내며 문학을 통하여 자신의 인생을 밝히는 것에 대해여 크게 공

「박달의 재판」, 「太白山脈」 등의 왕성한 문학 활동을 했던 시기이다. 제 3기로는 문학자로서 보다는 고대사 연구가로서 『일본 속의 조선문화』 등을 저술한 시기라 볼 수 있다. (유숙자,『在日 한국인 문학연구』, 月印, 2002)

10) 김환기「김달수문학의 민족적 글쓰기」(전북대학교 재일동포연구소『재일동포 문학과 디아스포라 1』, 제이앤씨, 2008)에서는 '김달수 문학의 치열한 민족적 글쓰기가 갖는 문학적 의미'에 대하여 고찰하고 있다. 치열한 민족적 글쓰기에는 「族譜」는 없다.
추석민「金達壽의 文學과 生涯 - 창작활동을 중심으로」(『재일동포 문학과 디아스포라 1』, 전게서)에 있어서도 족보는 초기 검열을 의식한 작품으로 분류되었을 뿐이다. 추석민은 "해방 전 그의 창작은 일본제국주의에 저항하며 일본사회에서 힘겹게 살아가는 재일조선인의 생활을 배경"(p.102)으로 한 작품이라고 한다.
김학동 「김달수 문학의 사상적 배경 - 「반란군을 중심으로」」(전북대학교 재일동포연구소『재일동포 문학과 디아스포라 3』, 제이앤씨, 2008)에서는 「반란군」을 중심으로 한 김달수 문학의 '공산주의자로서 민족통일의 이념의 형상화'를 논했다.
이소가이 지로(磯貝治良)는 「변모와 계승 - <재일문학 60년>」(『재일동포 문학과 디아스포라 3』, 전게서)에서 조국과 민족이 짊어진 거대한 이야기를 통해 일그러진 자신들의 모습을 올바르게 복원하고자 했다고 하며 김달수의『현해탄』을 예로 들고 있다.
최효선『재일동포문학연구 - 1세 작가 김달수의 문학과 생애』(문예림, 2002)에서도 초기 작품으로 「族譜」에 대한 언급은 없다. p.96에서 초기 작품군의 분류에서 「族譜」만을 제외시켰다.

감했다.11)

본 장에서 「族譜」에 주목하는 이유 중 하나는, 다른 어떤 작품보다 김달수가 그려내는 등장인물에 대한 묘사가 '인간적 진실'에 가깝다고 여기기 때문이다. 그는 조선인이었으나 그에게는 벚꽃이 더 익숙했을 것이며, 김치보다는 매실장아찌가 그의 미각을 자극했을 것이다.12) 그리고 조선어 보다는 일본어가 자신의 감정을 표현하기에 적당했을 것이며, 조선여성 보다는 일본여성에게 맘이 끌렸다. 정체성 형성에는 무엇보다도 처해있는 습관과 환경에 영향을 받기 마련인데, 조선인 김달수는 일본 '문화'에 더 익숙해 있는 사람이었던 것이다. 이 점을 고려할 때에 김달수를 너무 '(조선)민족작가'라는 타이틀 아래에서만 그의 작품세계를 이해하려고 하는 것이 아닌지 라는 의문이 든다. 한 작가가 가지는 '대표성'이라는 것은 그 작가를 이해하는 데에 있어 큰 역할을 하는 것이 사실이지만, 자칫 잘못하면 문학이 지니는 가능성을 무참하게 제한한다는 폭력성을 지닐 수 있다는 점을 간과해서는 안 된다.

「族譜」는 조선인으로서도 일본인으로서 자신을 대표할 수 없는 월경

---

11) 내가 『志賀直哉集』에 수록된 전 작품을 정신없이 읽고 또한 권말에 실린 「창작여담」같은 것도 여러 번 읽고 나서 깨달은 것은, 시가 나오야는 거의 전부라고 해고 좋을 만큼 자기 자신의 이야기를 써서 소설작품으로 하고 있다는 사실이었다. (중략) 나는 그 작품을 읽고 감동했다. 그것은 어째서인가. 거기에는 공통의 인간적 진실이 씌어 있기 때문이다. 그 진실은 어떠한 생활을 하고 있더라도 조선인 일본인 구분 없이 어느 누구에게나 공통적으로 존재한다. 그렇다, 나는 우리 조선인의 그것을 쓰는 거다. 그리고 그것을 일본인의 인간적 진실을 향해 호소하는 것이다, 라고 생각했던 것이다. 그렇기 때문에 당연히 또한 조선인이 그러한 처지에 처해 있는 것은 왜인가 어째서인가를 묻지 않으면 안 되었다. 따라서 나의 이 생각은 후에 더욱 증폭되고 방법적으로는 수정되기는 했지만, 그러나 이때 생각한 그것이 지금도 여전히 나의 기본적인 중추제가 되어있음에는 변함이 없다(金達壽, 『わがアリランの歌』, 中央公論社, 1977, pp.167~170, 밑줄은 필자)
12) 김달수 『わがアリランの歌』, (前揭書)의 「처녀작 시절(処女作のころ)」 p.188에서도 「반일본인(半日本人)」이 되어버린 자신을 인식했다는 기술이 있다.

자(越境者)이며, 중간자(中間者)이며, 매개자(媒介者)이기도한 존재와 그 존재들이 가지는 의의를 제시한다. 그 안에는 타인의 이름을 빌린 김달수도 내재해 있다. 여기에 대한 의미도출을 위한 과정으로 조선어와 일본어라는 언어의 문제, 가족의 문제, 여성, 그리고 민족의식의 문제, 거기에다 문화적인 측면을 고려할 수 있다.

이 텍스트 13)는 종태와 경태라는 일본에서 온 형제와 양반을 자처하는 완고한 숙부, 그리고 마을사람들로 인물들이 구성된다. 그리고 후에 설명하겠지만 같은 부류의 인물들도 각자 독립적인 특성을 지니고 있다. 이 텍스트에서 중심화 되는 인물은 형제 중 아우인 경태라는 인물이다. 본 연구는 경태에 초점을 맞추어 기술하고자 한다. 경태를 상대화하며 분석하는 것은 김달수 초기 문학의 성격을 규명하는 데에 있어 중요한 매개가 될 것이며, 나아가 재일조선인의 그것을 밝혀내는 데에도 의의가

---

13) 텍스트내용에 대하여 간략하게 소개하면, 12년 전에 생계를 위하여 가족과 함께 일본에 건너가 어느 정도 성공한 두 형제(宗泰, 敬泰)가 조선의 고향을 방문하는 장면으로 시작된다. 둘은 오랫동안 그리워했던 고향땅을 밟고 옛 추억을 떠올리며, 지난 시절 살았던 집을 보거나 세월의 흔적을 느끼게 하는 지인의 얼굴을 보고난 후, 경성으로 올라가 약간의 관광을 하려는 '여행자'의 낭만적 의도를 가지고 조선에 오게 된다. 그러나 뜻밖에도 족보를 신성시하고 양반지상주의에 사로잡혀있는 숙부(귀엄)를 만나게 된다. 거기에는 당시의 시대상을 반영하는 것으로 '창씨개명'과 '일본밀항 금지'의 포스터 소개가 있고 이러한 시대조류는 경태의 고향에도 사람들의 주요 관심사가 되어있다. 그러나 경태의 숙부만큼은 이러한 시대상을 역행하듯이 김해 김가의 뼈대를 운운하며 족보를 신성시하고 자신도 갓과 두루마기를 벗지 않고 살아가는 대조적인 모습을 보이고 있다. 두 형제는 이러한 숙부와의 대면을 통해 잠시나마 조선의 양반이 되어 그 '문화'를 체험한다. 그러나 그것도 잠시뿐 숙부가 지켜온 '문화'의 붕괴되어 있는 내부를 발견하게 된다. 조선인으로서 개명하지 않고 선산을 지키기 위해 일본정부의 관리에게 많은 돈을 빌려야만 했고, 밤낮 천민이라고 무시하는 숙모의 행상으로 매일 매일을 살아가는 숙부의 현실이 거기에 있었다. 그 현실은 개명을 한 마을 사람들도 마찬가지로 하루를 살기 위해 살아가는 미래도 희망도 없는 생활이 이어지고 있었던 것이다. 두 형제는 경성여행을 포기하고 숙부의 빚을 갚으려 한다. 그리고 두 형제가 마을을 떠나기 전 마을사람들에 대한 부탁과 감사의 의미로 잔치를 벌이게 되는데, 이 때 취한 숙부가 나무에서 떨어져 죽게 된다. 그리고 족보는 종태에 의해 태워진다.

있으리라 생각된다.

3. 조선을 바라보는
   '타자'의 시선

이 텍스트는 1940년 전후의 일제치하의 조선의 시골마을 배경으로 내용이 전개된다. 텍스트의 서두는 고향에 대한 막연한 동경을 가진 두 형제가 12년 만에 고향의 문턱에 서서 예전과 다름없는 마을의 풍경을 바라보며 "저기 봐 저 감나무"라는 경태의 일본어로 시작된다.

여기에는 조선어, 일본어라는 언어에 대한 의식과 그 구별 양상이 현저하게 보인다. 그리고 이 언어의 문제는 경태를 스스로 '타인'이며, '이단자'라고 규명하는 근거를 마련한다. 그러나 형인 종태는 경태와 성격을 달리한다. 그는 스스로를 타자로 규정짓지 않는다.

> 넌 연락선을 탈 때 조선 땅을 밟는 것은 거부당하는 듯한 기분이 든다고 했는데, 누구도 거부하지는 않을 거다. 우리에게는 우리들의 운명이 있었고 우리들의 이유가 있는 거다. (大村益夫・布袋敏博編/解說 『近代朝鮮文学日本語作品集1939-1945 創作集4』, p.155 필자 역, 이하 동)

종태는 '운명'이라는 모호한 단어로 자신의 조선인으로서의 정체성을 합리화하고 있으며, '우리'라는 표현으로 경태를 그 안에 포함시킨다.

종태는 경태와 간단히 대화할 때 이외에는 항상 조선어를 사용하는 인물로 제시된다. 그리고 종태의 첫 대사는 "네 지금 막 왔습니다."라는 조선어로 시작되며, 경태와 종태가 무의식적으로 발화를 하는 상황에서도 종태는 조선어 경태는 일본어로 말하고 있다.14) 경태의 눈에는 종태가 "놀랄 정도로 유창한 조선어"(前揭書, p.145)를 구사하는 것으로 비치게 된다. 일본에 건너가 17년의 세월을 일본어 위주로 생활했던 종태의 조선어는 어딘가 어색했을 것인데, 이것이 경태에게 '유창한 조선어'로 들렸던 것은, 조선인이지만 조선어에 유창하지 못한 자신을 의식하고 스스로를 '조선'이라는 영역 외부로 밀어내고자 하는 심리의 발현일 것이다. 김귀엄의 발화도 경태를 타자로 위치 짓는 데에 한몫하고 있다.

「너희들이 틀림없는 김해 김씨 김종태와 <u>그 아우냐</u>」 (前揭書, p.144)

「게다가말이야, 잘들어. 종태는 아들을 두 명 낳았어. <u>그리고 저 아이(彼)도 대학까지 나왔어.</u>(후략)」 (前揭書, p.167)

「아, 저 <u>내지인</u>은 어쩔 줄 몰라 하네.」 (前揭書, p.172)

귀엄이 그토록 신성시하는 김해 김씨 일가를 부를 때 종태 이름 석 자는 불리나 경태는 '그 아우'라고 불려진다. 또한 중반 이후의 내용에서도 경태는 귀엄으로부터 '저 아이(彼)'로 불리며, 대학까지 나왔다는 학력에 더 치중하여 설명됨을 확인할 수 있다. 그리고 마침내 '내지인(일본인)'이라고까지 불리기도 한다.

경태는 늘 종태의 행동을 주시하면서 '흉내'를 낸다. 이것이 텍스트에 등

---

14) 「숙부가?」 형과 아우가 동시에 말했다. 형은 조선어로 아우는 일본어로. (前揭書, p.142)

장 하는 마을 사람들에게 있어서는 종태와 경태가 똑같이 행동하는 것처럼 보일 것이나 경태는 조선 문화 속으로 들어와 있지 않음을 알 수 있다.

> 경태는 시종 형의 흉내만 내면 무난할 것이라고 여겼다. 거의 내지에서 자랐다고 해도 좋을 경태에게는 엄숙한 조선 양반의 습관은 한 걸음 물러서면 우스꽝스러운 것이었다. 그는 우스꽝스러움과 엄숙의 사이에서 혼돈하고 있었다. (前揭書, p.144)

> 「족보다」
> 라고 종태는 경태에게 말을 건네고, 숙부를 따라 엎드렸다. 경태는 물어볼 틈도 없이 형을 흉내내어 엎드렸다. 귀엄은 불경을 읽는 것과 같은 경태가 거의 알 수 없는 조선어로 계속 중얼거렸다. (前揭書, p.144)

이처럼 형인 종태는 조선문화와 '일본화 되어있는 아우' 경태 사이의 매개적인 존재로 묘사된다. 일본화 되어있는 경태에게 조선 문화의 모범을 보이는 존재인 것이다. 그러나 텍스트의 마지막에는 종태가 족보를 태우는 장면이 설정되어 있다. 경태는 실제 조선인으로서의 의식과 실상(귀엄의 태도)을 진지하게 받아들이고 있지 않고, 둘은 '가장(假裝)된 모범' 적 행동에 따라서 움직이고 있었다. 결국 완전한 조선인인 귀엄과 경태 사이에 커뮤니케이션은 성립하지 못한 채 결말의 국면으로 이르게 되는 것이다.

이 텍스트는 실제 일본인이 한 명도 등장하지 않고, 배경도 조선의 시골이며 주인공도 조선인이다.15) 흔히 같은 민족이 그 나라 말을 지칭할 때는 '우리 말'이라는 표현을 사용한다. 그러나 이 텍스트에서는 경태라는 인물을 통해 '조선어'라는 객관화된 표현이 사용된다. 이는 가볍게 일본인 독자를 상정한 것이라고 여길 수 도 있겠지만, 한편으로는 '텍스트가 지니는 조선민족에 대한 타자성의 표출'이라고 볼 수 있다. 또한 '일본 말' 내지는 '일본 사람이 쓰는 말'이 아닌 '일본어'라는 표현도 당시의 시대적 상황을 감안할 때에 세계를 의식한 객관적인 언어로서의 의미를 가진다.16) 즉 제국주의 의식에 근거한 의미내용을 포함하고 있다. 이 텍스트의 '조선어', '일본어'라는 표현은, 조선의 민족의식의 내부에서 우러나온 전통에 의한 애착과 애정으로부터 한 바짝 물러난 시선으로 짜여 있음을 알 수 있다. 즉 경태라는 인물은 어디에서도 자신의 정체성을 발견 할 수 없는 중간자적인 존재로 묘사되어 있는 것이다.

　경태는 주로 일본어로 사고하고 행동하며, 조선어로 발화할 때는 "자신만 아는 조선어"(前揭書, p.146)로 말하기 일쑤고, 면사무소의 직원 앞에서는 "일본어도 조선어도 아닌 소리를 데굴데굴 굴려"(前揭書, p.147) 얼버

---

15) 텍스트에 유일하게 이름만 등장하는 일본인 도쿠다는 '도끼' '공기총' 등의 <흉기>로 대표되어 텍스트 내부로 발을 들여놓지 못한다. 김달수는 『わがアリランの歌』(전게서 pp.7～8) 도쿠다(德田)라는 인물에 대해 선명하게 기억하고 있음을 기술한다. 그는 엽총을 든 도쿠다에 대한 공포심 보다는 호기심어린 눈빛으로 바라보았다고 한다.

16) 동대(東京大) 출신으로, 1929년 경성제국대학 법학부 교수로 부임하여 패전까지 '언어학'의 교편을 잡았던 고바야시 히데오(小林英夫, 1903～1978)는 '국어'와 '일본어'의 구별을 감정적인 부분과, 학술적 객관적인 부분을 다음과 같이 강조하며 구별하고 있다. "대동아 전쟁 발발과 동시에, 국어는 일본어가 되었다. 아니, 국어는 둘도 없다. 하루아침에 변모하는 것이 아니다. 나는 제 2명제의 진리를 증명하기 위하여 양간 이야기 할 필요가 있을 것 같다. 통상의 용례에 의하면 「국어」라는 말은 우리들의 언어적 표현체계를 「안에서」 즉 사용자 자신으로부터 바라보고, 따라서 전통에 의한 애착과 애정을 담아 이름 붙인 명칭이고, 「일본어」라는 말은, 세계적인 입장에서 어떤 명확한 특성을 갖춘 하나의 일언어체계(一言語体系)에 부여하는 호칭이다. 국어에 있어서는 그 언어는 사용자의 모어(母語)이고, 일본어에 있어서는 반드시 그럴 필요는 없다"(小林英夫「言語政策と日本語ー対象言語学的方法を」<帝国大学新聞>1942年12月20日) 필자 역)

무리는 행동을 취한다. 경태가 스스로를 '제 3자(局外者)', '이단자(異端者)' '타자(他者)'(前揭書, p.154)라고 규정짓는 데에 '언어'의 장애는 큰 영향을 끼친다.

이처럼 언어와 언어의 사용자와의 관계는 자신의 정체성 형성에 막대한 영향관계에 놓여있다. 특히 재일작가 김달수와 그의 문학에 드러나는 언어와 정체성의 문제는 양국에 걸쳐 있으면서도 어느 한 곳에 아이덴티파이하지 못하는 중간자를 섬세하게 그려냈다고 하는 점에서 그 의의를 발견할 수 있다.

4. '1940년'과 족보의 의미

이 텍스트의 사회상을 알게 해주는 대목은 종태와 소학교를 함께 다녔던 친구이며 현재 애국반의 반장으로 있는 이갑득이 등장하는 중반 이후부터이다. '손(孫)'이라는 남자는 갑득에게 애원하듯 창씨의 부탁을 하고 갑득은 그 자리에서 가볍게 일본 이름을 지어준다. 그러면서 경태 형제에게 창씨에 대해 '뽐내듯' 설명하는 장면이 있다.[17] 창씨개명은 1940년부터 강제 시행되어 7개월 만에 80%가 창씨를 했다.[18] 당시 조선총독부는 창씨개명을 관헌을 동원해서 협박과 강요로 강행, 창씨를 하지 않는 자의 자녀에게는 학교 입학을 거부하고 창씨하지 않는 호주는 '비국민' '후테이센진(不逞鮮人)'의 낙인을 찍어 사찰미행을 철저히 하고 노무징용

---

17) 「너희들 어떻게 했어? 창씨는 했어? 이번 민사령 개정으로 8월 10일까지 창씨를 하도록 되었는데」(前揭書, p.166)
18) 국사편찬위원회(2001), 『한국사51 - 민족문화의 수호와 발전』, p.237

의 우선 대상으로 삼거나 식량 등의 배급 대상에서 제외하는 등 갖가지 사회적 제재를 가하였다. 다음의 대목은 아이러니컬한 시대적 특징을 드러내 준다.

> 종태 등은 내지에서는 몰랐으나, 부산에서 신기해하며 경태가 산 조선의 신문에 창씨의 성적이 실려 있었다. 어떤 마을은 90% 어떤 마을은 100%라는 등, 하나의 주요기사가 되어 있었다. 그리고 역이나 길가에 밀항방지 포스터와 함께 조선가나(朝鮮仮名)로 창씨 기한이 다가오고 있다는 포스터를 볼 수 있었다. (前揭書, p.166)

이상과 같은 묘사는 당시 일본의 국민 총동원 정책 하에 조선인을 일본인화 하기위하여 민족적 뿌리와 가장 연관이 되는 조선의 성을 없애는 창씨개명운동이 활발하게 확산되는 시대적 상황을 드러낸다. 또한 나란히 붙어 있는 포스터를 통해 조선인이 맘대로 일본에 건너갈 수 없으며 건너가게 되면 밀항자로 범죄자 취급을 받는다는 것도 알 수 있다.[19] 민족의식을 내던지고 창씨개명을 한 조선인은 이제 더 이상 조선인도 아니며 그렇다고 해서 일본인 취급을 받는 것도 아닌 부유(浮游)하는 자가 되는 것이다.

경태의 숙부를 제외한 마을의 모든 사람은 창씨를 한 상태이고, "마을의 남자나 여자들도 내지에 가기위해 주둔소를 다니지 않는 자가 없는 상황이다."(前揭書, p.163)라는 갑득의 설명은 마을 사람 대부분이 일본행

---

19) 김달수는 『わがアリランの歌』(전게서) p.31에서 자신의 아버지가 도일 하던 시기부터 조선인 노동자 수가 포화점에 이르러서 '도항증명서'의 발급이 까다로워 졌다고 기술한다.

을 희망하나 실현되고 있지 않는 현실을 드러내 준다.

이러한 마을의 상황을 역행하듯이 존재하는 것이 족보이고 그것을 김 귀엄이 소유하고 있다. 김씨 가문의 뿌리를 선명하게 드러내주는 족보는 '조선의 역사'라는 개념으로 대표된다. 그리고 "높은 망건과 갓을 쓰고 끈이 긴 두루마기를 입고 버선을 신은 정좌한 모습"(前揭書, p.143)으로 양 반과 상민을 엄격히 구분하려하는 김귀엄은 '조선의 정통적 민족'으로 대표된다. 그리고 족보는 유일하게 김귀엄에게만 신성시되고 있고, 양반 의 권위도 김귀엄 한 사람에 한해서 인정되고 있다. 김귀엄은 이러한 고 독한 자신의 위치에 종태와 경태, 그리고 종태의 두 아들 까지 편입시키 려 한다.

> 「게다가 너희들, 잘 들어. 종태는 아들을 두 명 낳았어. 그리고 저 아 이도 대학까지 나왔어. 우리 집은 남자가 <u>의 나를 넣지 않아도 4명이다.</u> <u>4명.</u> 와하하왓하하ー 더구나 또 발 뒷꿈치와 같은 너희들과는 다르다고 와하하왓하하ー」
>
> 귀엄은 사람들 하나하나의 어깨를 찔러대는 것에 질리자, 뒷짐을 지 고, 뱅글뱅글 돌며 걷기 시작했다. 잠시 멈춰섰는가 하면, 왓하하하하, 왓하핫하하ー. 하고 찢어져 흩어지는 듯한 소리로 웃고, 또 돌아다닌다.
>
> 「피다. 피야. 너희들은 날 비웃었지? 하지만 봐라! 너희들의 흐리멍 텅해진 눈으로도 알겠지? 애초부터 천민은 천민이야. 양반은 양반이고 왓하하, 왓하하하ー. 너희들 천민이 아니라고! 족보를 보여 봐, 족보! 왓 하하하왓하하ー」 (前揭書, p 167)

종태와 경태가 나타나기 전까지의 김귀엄이 마을사람에게 하고 싶었던 말이 형제들의 등장으로 한꺼번에 쏟아져 나온 듯하다. 족보를 가진 양반으로서 유일하게 마을사람과 대립해왔던 귀엄은 얼굴도 본 적이 없는 조카 손자까지 들먹이며 양반으로서의 권위를 드러내려 한다. 귀엄만 빼고는 1940년의 일제 치하의 착실한 '국민'이 되어있다는 점을 감안할 때, 귀엄의 외침은 일제에 대한 항거로도 여겨진다.

그러나 이러한 <피-족보-양반>으로 대표되는 권위와 위엄 속에 어쩐지 귀엄은 자신을 집어넣지 않는다. "나를 넣지 않아도 4명이다 4명"이라는 말을 통해 귀엄은 자기 스스로를 <피-족보-양반>의 반열에서 제외시키고 있다. 여기에는 '족보'와 '양반'을 지탱할 수 없도록 만드는 요소가 있으니 그것은 '경제적 곤란'으로 볼 수 있다.

종태는 숙부의 생활을 둘러보았다. 연기로 완전히 더럽혀진 천정은 뜯어진 거미의 집이 줄이 되어 늘어뜨려져 있다. 서면 연기를 뒤집어쓰고 거미집에 걸릴 것 같은 낮은 천정. 흙이 깨져 무너진 벽도 숙부가 홀로 앉아있는 것만으로도 사방이 꽉 차는 방, 그것도 두개 밖에 없다. 종태는 숙부의 생활에 책임을 추궁당하는 듯이 답답한 마음이 들었다. 숙부의 비참함에 비교하면 그들의 현재는 그야말로 조부의 시대보다도 화려한 것이다. (前揭書, p.145)

「숙부님 걱정하실 필요 없습니다. 선산은 어느 정도 빌리셨습니까」
종태는 모기장을 친 문 안에서 반듯이 고쳐 앉으며 말했다.
호롱 불빛이 얼굴 한 쪽에서 흔들리고 있다.
「돗호돗호-」 귀엄은 한 손으로 얼굴을 감싸며 「미안하다. 선조에 대해서는 물론, 너희들에게도 면목이 없다. 배가 고팠었다. 돗홋홋호호」

「아니요 작은 아버지 제가 못난 탓이지요. 몰랐다고는 하나 저야말로 죄송합니다.」

종태는 얼굴을 감쌌다.

경태는 무심결에 자세를 고쳐 앉았다. 체내의 혈액이 갑자기 오싹오싹 흘러 죄이는 듯한 느낌을 받았다. 새로운 오랜 애정이 숙부를 향해 솟아오르는 것이었다.

「50원씩 세 번, 180원을 한 번, 또 한 번 20원을 빌렸다. 면사무소의 전정선이라는 천민이다.」

귀엄은 말하고 나서 급히 옆방으로 피하였다. (前揭書, p.169)

귀엄은 350원이라는 감당 못할 빚더미에 앉았고, 거기에다가 '면사무소의 전정선이라는 천민'에게 빌렸다는 점에 심한 굴욕을 느꼈다. 이 사실을 안 종태와 경태는 경성여행을 포기하기로 하고 숙부의 빚을 갚으려고 결심한다. 이처럼 두 형제에게 있어서는 '며칠의 여행자금'이 귀엄에게 있어서는 감당 못할 가치의 돈이었다는 사실은 1940년대의 일본과 조선의 경제적 격차를 여실히 드러내준다. 결국 이러한 상황은 족보와 양반의 자존심을 지킬 수 없는 자신을 자각한 귀엄을 죽음으로 치닫게 한다.

마을 사람에게 있어서는 귀엄의 족보가 골칫덩어리였고 이것만 없으면 마을이 평화로워 질 것이라고 여겼다.

「저 족보! 너희들이 가져가 주겠지? 뭐든지 족보 족보!, 양반 양반하는데, 아무튼 저 족보가 사라지면 조금은 조용해질지도 몰라」(前揭書, p.168)

　두 형제가 나타나기 이전 족보는 이처럼 마을의 평화를 깨트리는 요소로 작용하였으나 해결사가 나타났던 것이다. 이 텍스트는 마을 사람들과 김귀엄의 사고가 상극의 위치에 있음을 제시하면서도 단 한 가지 공통적 입장이 있음을 밝히고 있다. 이는 귀엄도 마을 사람들도 족보의 다음 주인이 이 두 형제임을 분명히 해주고 있다는 점이다. 그러나 경태에게 있어 족보는 민족의 뿌리나 집안의 전통과는 거리가 먼, 조선의 오래된 문화라는 호기심의 범주에 머물고 있다.

　　티끌과 같은 목피가 여기저기 붙어있는 손으로 만든 종이에 테두리가 쳐진 곧은 한자였다. 표지에 김해 김씨 족보라고 쓰여, 잘 읽을 수 없는 문장 이었다. 경태는 판독한다고 해도 <u>일본어로 읽는 수밖에 방법의 없다.</u> (중략)조잡하고 소박한 목판의 그림이 몇 장 있다. 그리고 시조 이하 이름의 한 자 한 자 새겨져 있고, 그 아래에 한층 작은 글자의 유적이 있었다. 그것이 28권 수 천 년의 사람들을 감싸고 있었다. <u>경태는 고전의 정원에 인도되어 신앙을 얻은 것과 같은 넓은 애정이 촉촉이 솟아오르는 대로 눈을 감았다. 왕궁의 미끄러질 듯한 복도와 꽃이 만발한 정원이 그의 뇌리를 스쳤다.</u> (前揭書, pp.153~154)

　　경태는 내지에 돌아가서 안정되면 보고 싶다는 족보에 대한 애착을 느낀 채 말했다. 자기 <u>집안의 계보라기보다도 문화적인 것에 대한 흥미</u>가 그의 얼굴에 비쳤던 것이었다. (前揭書, p.171)

　책의 장정을 꼼꼼히 살피며 족보를 바라보는 그의 태도는 '문화적 시선'이 강하다. 그는 족보를 '일본어'로 읽고 있으며, 그리고 족보를 통하여 그가 연상하여 떠올리게 되는 '고전의 정원' 세계는 (일본)중고시대 정원에서 꽃놀이를 벌이던 일본의 귀족세계의 이미지인 것이다. 따라서 그가 족보를 보고 흘린 눈물은 뿌리를 찾은 감동에서라기보다는 인류가(물론 경제적, 정신적 여유가 뒷받침되어있는 인류) 고대의 문화에 접하여 생기는 감동에 불과하다. 즉 민족주의적 발상과는 거리가 멀다.

두 형제는 김귀엄과 마을 사람들이 바라는 것과 같은 족보의 새로운 주인 행세를 하지 않고 '타자'의 시선으로 족보를 바라보고 있다. 잘 알려져 있듯이 이 텍스트의 마지막 표현은 '족보는 재로 변했다'(前揭書, p.185)이다. 자신들이 조선 땅을 밟는 것이 누구도 거부할 수 없는 운명이며 의미있는 일이라 확신하고, 조선어를 명확하게 사용하며, 한복을 입고 양반 행세를 하던 종태에 의해 족보는 태워진다. 어눌한 조선어로 한복도 제대로 혼자서 입지 못하고, 일본인으로 사는 죄책감을 느끼며, 자신을 '이단자' '타자' '제 3자'로 내몰며 민족의식의 경계에 섰던 경태는 족보를 태우는 것을 '바라보는' 존재로 그려진다. 결국 족보는 주인을 잃은 채 재로 변했다. 이것은 '1940년'의 족보의 운명이었다고 볼 수 있다.

5. 떠도는 조선, 조선인
―「族譜」의 민족의식을 묻다

김달수는 시가 나오야의 문학에 감동했다. 비판적으로 접근하면 신변잡기적인 일들을 문학화 한 시가의 문학이 김달수에게 있어서는 읽고 또 읽고 싶은 문학으로 자리매김했던 것이다. 첫 절에서도 기술한 바 있지만 김달수와 시가를 연결하는 고리는 '인간적 진실'이었다. 그리고 김달수와 김경태를 연결하는 고리도 '인간적 진실'이라고 말하고 싶다. 멋지고 그럴듯한 해피엔딩을 기대하게하는 주인공이기보다는 타자의 위치에서 시대적 현실과 그 안의 인간을 공감하게 하는 중심인물로서의 김경태는 인간적 진실을 대표한다. 이러한 경태는 다시 한 번 '경태와 독자'라는 연결고리를 만들어 내게 된다. 「族譜」는 이러한 보이지 않는 단단한 연결고리를 제시하고 있다. 특수한 시대를 강조하지 않으면서도 강한 시대성을 반영하는 효과를 보여주고 있다.

이 텍스트의 거의 모든 등장인물들이 조선인이다. 여기에서 나타난 조선인들의 군상은 당시의 시대와 민족의 현실을 이해하고 공감하는 데에 큰 역할을 한다. 그리고 여기에는 수 없이 많은 지배와 피지배, 권력과 복종, 문명과 미개, 부와 빈 이라는 권력구조 형성의 매개체들이 존재한다.

먼저 경태는 '문화'의 소유자로 제시된다. 텍스트의 서두에서 보이는 대로 그는 양복차림을 하고 가방에는 캐러멜을 가득 담아 동네 아이들에게 나누어 준다. 그리고 두 형제를 처음 발견하는 것은 상도의 어머니이다. 이처럼 텍스트의 시작이 어린이와 여자(하인)와의 만남으로, <주(主)/종(從)>의 관계를 형성하고 있고, 양복을 입은 두 사람의 우월성이 강조되어 전개된다. 그래서 우월관계의 역전이 예상되는 '김귀업이라고 간판처럼 큰 문패의 집'(前揭書, p.143)에 들어가 조선 문화의 주인(主人)인 숙부와 처음 대면하는 자리에서는 '형의 뒤에서 숙부의 시선은 피했'(前揭書, p.143)으며, 앞에서 언급한 것처럼 조선 문화를 진지하게 받아들이고 있지 않다.

경태의 태도는 단순히 문명을 소유했기 때문에 가지는 우월감이라기보다는 그의 성장배경 속의 열등감의 내재로부터 비롯되었다고 볼 수 있다. 경태는 텍스트 나이 23세로 12년 전에 내지로 갔던 배경을 고려 해

볼 때 11세까지 조선에서 생활했다. 할머니와 함께 조선에서 지냈던 5년 간의 추억은 '문화'에 대한 동경이 내재해 있었음을 알 수 있게 한다. 경태의 기억은 ① 첫 번째로 멋진 양복 차림의 남자의 아내가 캐러멜을 나눠주었는데 그것을 할머니에게 맛보여 주지 못했던 것을 추억한다. ② 두 번째로 아름다운 두 여자아이 때문에 교회에 다녔다는 사실과 이 여자아이들과 일본어로 인사했던 추억, ③ 세 번째로 하인의 아들인 상도와 싸우고 늘 울음을 터뜨렸던 것을 추억한다.

이러한 경태의 세 가지 추억은 문명을 가진 자에 대한 동경이 그의 어린 시절의 내면에 자리 잡고 있었다는 것을 알 수 있으며, 세 번째의 상도와의 추억은 텍스트의 현재의 시점에서 <밀짚모자에 지게를 진 상도 / 양복 차림의 경태>의 역전을 준비한 회상이라고 보아도 좋을 것이다. 이처럼 경태는 문명의 주도권을 쥐고 있는 존재로 표상된다. 덧붙여 귀엄과는 다르게 집안을 꿋꿋이 지켰던 경태의 아버지 귀문도 과거 동경유학을 갈망했던 인물이었다. 그들의 일본행은 수동적인 차원이라기보다는 능동적인 것이었다고 봐도 좋을 것이다.

또한 이 텍스트는 일본적인 것에 대해 수치심을 느끼며 자책하는 심리와 문명을 소유하게 되어 우월감을 획득해 가는 주인공의 심리가 교차하고 있다. 그리고 여기에는 일본적인 것, 일본인에 대한 강렬한 배제가 그려져 있으나 그렇다고 조선적인 것에 대한 적극적인 수용도 그려져 있지 않다.(한복을 착용하는 것이 불편, 한국 음식을 영문을 알 수 없는 맛이라고 설명, 한국의 가옥에 대한 묘사도 부정적 등)

1937년의 중일전쟁이 전개됨과 동시에 보다 강력한 전쟁체제를 구축하기 위하여 조선지배의 최고 통치 목표를 「내선일체」라는 슬로건을 내걸었던 일본은, '완전한 일본인' 양성에 주력했다.[20] 미나미 총독은 이러

한 정책의 모순은 극복하기 위해 '내선의 무차별 평등'을 주장하기도 했다. 이러한 정책 아래에서 조선의 지식인이었던 현영섭(玄永燮)은 조선인이 조선인의 결점을 완전히 청산 할 때 일본정신의 지도적 지위에 이를 수 있다고 설명했다. 더 구체적으로는 조선어, 조선복식, 조선의 가옥, 형식적인 조선숭배, 조선사를 버리지 않고는 일본인이 될 수 없다고 외쳤다. 그의 외침을 담은 저서인 『조선인이 나아가야할 길(朝鮮人の進むべき道)』은 겨우 1년 동안에 11판을 거듭하여 당시의 1만 4천부에 가까운 판매고를 올렸다.21) 이처럼 이 시기는 조선인이 일본인이 되기 위하여 노력했던 시기였으며, 혹은 노력하지 않았더라도 깊은 관심을 보였던 시기였다고 할 수 있다. 이와 같이 외적으로 식민지화된 공적 공간(물질적 영역)과 내적인 식민지화 되지 않은 사적 공간(정신적 영역)의 가운데에서 「族譜」라는 텍스트 속의 인물들은 떠돌고 있다.

예를 들어 창씨개명을 하고도 완전히 일본인화 되어버린 경태 앞에서 다가가기를 주저하는 '상도', 일본 소학교 출신으로 어른이 되어서는 마을 사람들에게 지식인으로 군림하는 '이갑득', 경태에게 캐러멜을 받고, 경태를 의식하여 일본어로 '애마 행진곡'과 '애국 행진곡'을 불러대는 '소학교에 다니는 아이들', 자기 손자를 제발 일본에 데려가 달라고 경태에게 애원하는 '정 노인', 5년 전부터 일본에 가기를 갈망하며 주둔소에서 허가를 얻으려고 다니는 '용식', 창씨개명을 갑득에게 부탁하고 고마워하는 '손씨 성을 가진 남자', 과장된 억양에 틀린 발음의 일본어를 말하는 '면사무소 직원' 22) 등 이 텍스트에 등장하는 마을 사람들 모두는

---

20) 宮田節子(1992), 『朝鮮民衆と'皇民化'政策』, 未来社, p.150
21) 前揭書, p.159
22) 이 면사무소 직원은 제대로 된 일본어를 사용하라라며 조선인 등장인물들에게 군림한다. 그러나 후에 경태가 일본인처럼 일본어를 사용하는 것을 보고 기겁하여 할

김귀엄에게는 상놈들이라고 불리는 존재들이고, 평상시 조선옷을 입고 조선 가옥에 살며 조선어를 사용하나 그들은 그것을 부정하고 있다. 그러나 그들은 '완전한 일본인'이 되기 위해서보다는 '문화'와 '교육'과 '부'가 안겨다주는 권력구조의 전환을 꿈꾸는 사람들로, 마을에 살면서도 정착하지 못하는 떠도는 사람들인 것이다. 이들은 김귀엄과 과거 조선의 지배체제가 정해놓은 양반과 상민이라는 구도에는 전혀 수렴되지 않는다. 김귀엄의 "이 상놈들아"라는 외침을 통한 과거 권력체계에 대한 상기는 마을 사람들에게는 의미 없는 기호가 되어버리고 만다. 또 문명을 갈망하지만 '마을의 지식인'이라 불리는 이갑득을 청년들은 싫어한다는 비슷한 사람들끼리의 균열도 볼 수 있다. 그리고 여기에는 아무런 욕망도 감정도 묘사되지 않는 이 텍스트의 이름 없는 여성들(숙모로 보이는 아낙네, 상도의 어머니, 소녀들, 아가씨)이 있고, 그녀들은 이러한 욕망의 원리 속에 조차도 포함되지 못하는 '중층된 타자'로 그려진다.

6. 흔들리는 민족의식의 경계

텍스트가 최종의 국면으로 접어들어 온 마을에는 민요와 장구소리가 울려 퍼지는 가운데 경태 형제가 주최한 마을 잔치가 벌어진다. 그리고 여기에서 말할 수 있는 권리가 이 형제들에게 부여된다. 종태는 숙부를 마을 사람들에게 부탁한다는 말과 자신들이 여러 가지 사정으로 조선에서 살 수 없다는 내용을 설명하고 조선의 노래를 들려달라고 외친다. 그

말을 잃고 고개를 숙인다.

리고 마을 사람들은 싸늘한 시선으로 침묵한다. 이는 두 형제와 같은 삶을 원하는 이들에게 종태가 그것이 불가능하다고 인식시킨 것에 대한 반응일 것이다. 이러한 침묵을 동네사람들 중 권력자인 이갑득이 "여러분, 일본노래를 들읍시다."라는 말로 깬다. 그러나 경태의 입에서 나온 것은 15, 6년 전의 조선의 유행가였고, 그 노래에 김귀엄 단 한 사람이 박수를 치며 감격해 한다. 마을 사람들에게 있어서 조선의 옛 노래는 아무런 감수성도 일으키지 못하는 것이었다. 이처럼 조선에도 일본에도 정착되지 못하는 존재가 「族譜」에 나온 인물들의 군상이라 할 수 있다. 그리고 이러한 마을 사람들의 실상을 긍정해버리는 경태와, 족보를 불태워 버리는 형제의 묘사를 통해 마을사람들의 태도가 어쩔 수 없는 현실임을 텍스트는 긍정해 버린다.

「族譜」가 발표된 1940년 전후의 일본은, 국민국가 형성의 논리로서 일본은 단일민족이며 단일국가이고 만세일계의 천황이 통치하는 국가라는 '신화'가 맹목적으로 받아들여졌다. 그들이 말하는 '제국일본' 속에는 '조선인' '타이완인' '아이누족' '오키나와족' '변방민족'이 포함되어 있었다. 이들도 '완전한 일본인'이 되지 않으면 안 되었던 것이다. 자신들이 나고 자란 환경에 무의식적으로 순응하여 생성된 민족성을 철저히 배제하고 새로운 '민족'으로 자신을 받아들여야만 했던 것이다. 독립투사와 같은 철저한 사상도 교육도 의지도 갖지 못한 그야말로 '평범한' 사람들은 '황국 신민화'를 맹신하는 제국일본의 정책의 한 가운데 놓여 있었던 것이며, 그러한 개인의 심리가, 의도했던 하지 않았던 간에 인간적 진실을 그리려고 했던 김달수의 「族譜」를 통하여 드러나고 있다.

02. 일제말 문학작품에 서사된 金玉均像 *

박제홍·김순전

1. 머리말

일반적으로 역사소설은 역사적인 사실을 바탕으로 작가의 허구적인 상상력이 더해져 역사를 재구성하는 특징을 가지고 있다. 즉 역사는 과거의 사실을 서술하고, 소설은 현재의 삶을 형상화한다고 할 때, 역사소설은 과거의 사실을 통해 현재의 삶을 재조명한다고 할 수 있다. 특히 일제강점기 일부 조선작가들은 그들의 현실세계를 과거의 역사 속에서 모티브를 찾아 시공간을 초월한 소설이라는 형식을 빌려 암울한 시대상을 표현하는 경우가 많았다.

임화는 역사소설을 정의하면서 "우리가 소설의 세계를 현대로부터 과거로 옮긴다는 데는 무시할 수 없는 이유가 있다. (중략) 역사적인 현실이 우리들의 문학의식과 어떤 유기적인 관계를 가지고 있을 때 작가는

---

* 이 글은 2009년 6월 30일 한국일본어교육학회 「일본어교육」(ISSN : 2005 - 7016), 48집, pp.175~189에 실렸던 논문을 수정·보완한 것임.

제 소설을 역사의 현실을 빌어서 구성한다." 1)고 하였다. 이는 현재와 가장 유사한 과거 한 시대의 인물과 사건을 통해서 현재의 난국을 돌파하고자 한다는 의미이다.

특히 일제가 만주사변(1931), 중일전쟁(1937) 그리고 태평양전쟁(1941)으로 치닫는 15년 전쟁의 소용돌이 속에서 조선작가들에게는 소설의 소재에 많은 제약이 따랐다. 일제가 내선일체를 강조한 국책문학이 정점에 달할 때, 몇몇의 작가들은 역사소설이라는 형식을 빌려 우회적인 글쓰기를 시도하였다. 김옥균은 이미 일제에 의해서 동양의 선각자로 부각시켜져 있기 때문에 감시의 시선을 피하는데 가장 적합한 인물의 하나였다.

본고는 일제강점기말, 일제가 개화사상의 선구자로 칭송한 김옥균을 소재로 한 문학작품 즉, 김기진의『청년 김옥균』(1936), 조용만의「배안에서」(1942), 미나미가와 히로시(南川博 : 이하 미나미가와)의「김옥균의 死」(1944), 박영호의 희곡「김옥균의 死」2)를 통해 조선작가들이 김옥균을 어떻게 형상화했는지 고찰해 보고자한다.

2. 김옥균 소재 작품의 변화

김옥균을 소재로 한 문학작품의 출발은 일본에서 시작되었다. 제일먼저 관심을 갖은 이는 나카라이 도스이(半井桃水)였다. 그는「東京朝日新聞」

---

1) 임화(1940),『문학의 논리』, 학예사, pp.354~355.
2) 김기진의『청년 김옥균』은 1954년 한성도서주식회사 발행 복각본, 조용만의「배안에서」는 1942년 7월「국민문학」제2권 제6호, 미나미가와 히로시(南川博)의「김옥균의 死」는 1944년 3월「국민문학」제4권 제3호, 박영호의「김옥균의 死」는「조광」1944년 3~4월호로 2004년 이재명 등이 엮은『근대희곡·시나리오선집①』에서 발췌하여 저본으로 하였다.

에 1891년 10월 1일부터 1892년 4월 8일까지 연재소설로 「胡砂吹く風」[3]을 게재했고, 김옥균이 죽자 속편으로 「續胡砂吹く風」을 다시 「東京朝日新聞」에 1895년 1월 7일부터 1896년 4월 25일까지 연재하였다. 나카라이는 비록 김옥균이 조선 개혁운동의 임무를 완수하지 못하고 죽었지만 그 토대를 만든 인물로 평가했다. 그래서 그는 소설의 결말을 주인공 林正元(아버지는 일본무사, 어머니는 조선 귀족의 딸)이 조선의 왕을 보좌하는 최고 고문으로 설정하여 개화를 완성하는 내용으로 구성했다. 특히 이 시기는 일본에서 김옥균의 피살에 대한 동정여론이 확산되어 김옥균 소재 문학작품이 많이 출판 된 때이기도 하다. 이와 같은 분위기에 1894년 3월 17일 핫도리 도루(服部徹)는 정치소설 『小說東學黨』[4]을 발표하였다. 또한 도카이 산시(東海散士)는 1885～1897까지 전8편 16권으로 간행된 『佳人之奇遇』의 권10과 권16에서 조선의 상황을 언급하였다. 본문 중에 '京城의 變亂'이라는 <갑신정변>의 서사에서, 김옥균은 아주 뛰어난 선비이지만 그 행동은 그 누구도 만류할 수 없을 정도여서 때로는 사람들에게 폐를 끼치기도 하지만 종횡 무진한 재주를 발휘하여 여러 가지 방책을 계획하는 才人이다. 반면 박영효는 인품이 중후하며, 학교나 육영사업을 통한 점진적인 합리주의자로 왕족출신으로 온순한 성품의 소유자[5]로 인물평을 하고 있다.

---

3) 주인공인 일본인 林正元이 갑신정변의 실패로 일본으로 망명간 조선의 개화파인 金松均(金玉均), 朴貞孝(朴泳孝), 李同仁(李東仁)을 國夫君(大院君)에 건의하여 金松均(金玉均)을 정계에 복귀시킨다. 林正元이 조선개화파를 도와 마침내 조선을 독립시킨다는 내용이다. 권경미(2000), 「金玉均と政治小說」, p.2

4) 소설의 줄거리는 渡辺鐵臣(韓國名 : 柳南陽)이라는 일본 청년이 金浩權(金玉均), 朴英高(朴泳孝) 등의 조선 개화파, 동학당과 협력하여 조선에서 새로운 친일정권을 수립하는 내용. 권경미(2000), 위의 책 p.2.

5) 박종명(1990), 「金玉均과 明治政治小說」, 비교문학, p.142 참조.

김옥균 소재의 소설 이외 다른 장르로는 조루리(淨瑠璃)와 戱曲이 있다. 조루리는 다자와 이나부네(田澤稻舟)의 「消殘形見姿會」(1895년 2월)[6]가 있다. 희곡으로는 아키타 우쟈쿠(秋田雨雀)의 「金玉均氏の死」(1920)와 오사나이 가오루(小山內薫)의 「金玉均」(1926)이 있다. 내용은 김옥균이 갑신정변의 계획에서 실패 할 때까지 사건의 경과위주로 서술되어 있다. 「金玉均氏の死」는 같은 해 김환의 번역으로 「창조」 7호(일본에서 발간)에 실렸다. 김옥균의 최후를 단막극으로 묘사하고 있다.

한편, 우리나라에서 김옥균 소재(素材) 최초 문학작품은 이인직의 『은세계』이다. 여기에서는 김옥균을 직접적으로 묘사하지는 않지만, 문명개화주의자이며 김옥균의 추종자인 최병도를 통해 간접적으로 일반대중의 부정적인 이미지를 희석시키고 있다. 김옥균은 일제강점 직전 일제에 의해서 문명개화의 선각자로 공식 복권되었고, 합방 후 충달공(忠達公)이라는 호를 받게 된 이유와 맥을 같이한다. 그러나 일제가 김옥균을 선각자로 만들려는 계획은 조선민중들의 비판에 묻히어 지하로 잠복하게 된다. 그러나 3.1운동 이후 일제의 통치정책이 무단정치에서 문화정치로 바뀌자 출판물의 대량출판과 일제에 대항한 민족운동이 사회주의와 민족주의로 양분되면서 민족주의 우파를 중심으로 김옥균 추앙론이다. 첫 째는 김옥균을 '충달공 김옥균선생'이라 칭하면서 특집으로 다루「개벽」 3호(1920)이고 두 번째는 <개벽사>의 단행본『조선의 위인』(1922)이다. 이 책에서 김옥균을 유길준 등과 함께 조선의 10대 위인으로 선정하여 공식적으로 위인의 반열에 올라서게 했다. 1925년 11월 <동아일보>에서는 독

---

6) 여주인공인 게이샤 하마코(浜子)는 岩田周作(金玉均)을 사랑했다. 그러나 岩田周作가 타국인 상해에서 무참히 살해당하자 하마코는 깊은 슬픔에 빠진다. 비정한 養母와 오빠는 다른 사람의 첩으로 들어갈 것을 강요하자 하마코는 죽음을 결심한다는 내용이다.

자에게 답한다는 형식으로 6회에 걸쳐 「김옥균특집」을 실었다. 또 김옥균 사망 33주기를 맞아 민태원은 <조선일보>에 25회에 걸쳐 「嗚呼古筠 (김옥균의 아호)居士一不遇의 先覺者 金玉均의 追憶」을 연재하였고, 1926년 10월 『김옥균전기』[7]를 출판하였다. 김진구는 「學生」(1929)에 김옥균의 최후를 그린 「大舞臺의 崩壞」를 연재하였다. 1930년대에 들어와서 급격히 상업화된 각 신문사들은 신문구독률을 높이기 위한 수단으로 연재소설을 집중적으로 게재하기 시작했다. 그 중에 역사소설은 독자들로부터 많은 인기를 독차지 하였는데 제일 먼저 김옥균 소재 문학작품을 대중들에게 소개한 것은 <동아일보>에 연재한 김기진의 「심야의 태양」 (1934)[8]이다.

아래처럼 소설가 민태원이 최초로 김옥균전기를 쓰게 된 동기에서 확인 할 수 있듯이 당시 조선에서는 김옥균에 대한 공론화가 가시화되지 않았다.

> 때마침 도쿄에 있는 동포 중에는 同氏의 전집을 간행할 취지로 김옥균 자료를 모집하기 위하기 위해서 김진구, 김철호 두 분이 귀국 활동 중이었는데, 그들이 모집한 자료 중에는 이미 세간에 천명되지 아니한 부분이 적지 않았으므로, 이 기회에 그 재료를 토대로 하여 선각자가 겪은 파란을 한번 회고하는 것이 또한 헛된 일이 아님을 생각하였으니, 이것이 곧 이 책을 쓰게 된 동기였다. [9]

---

7) 민태원의 『김옥균전기』는 총126쪽으로 서언, 세이케이마루(西京丸)의 진객(珍客)을 시작으로 선생의 시문(詩文)으로 되어있다. 또한 부록으로 1. 한국유신의 선각자 김옥균, 2. 홍종우와 김홍집내각 3. 홍종우에 관한 자료가 첨부되어있다.

8) 「심야의 태양」은 1934년 5월부터 9월까지 갑신정변 50주년, 그리고 김옥균 사후 40주년을 맞이하여 송진우의 지원 아래 <동아일보>가 특집으로 기획한 연재소설이다. 1936년 漢城圖書에서 단행본으로 『청년 김옥균』으로 제목이 바뀌 출판되었다.

이상과 같은 민태원의 말에 의하면 「김옥균전기」는 일본에 체재중인 김진구, 김철호의 도움에 힘입어 출판하게 됐음을 밝히고 있다. 그 중에서 김진구는 1935년 일본의 <玄洋社>[10]가 중심이 된 고균회를 만들고 기관지 「고균」을 발간하여 김옥균의 '삼화주의'를 적극 홍보하는 역할을 하였다. 일제는 태평양전쟁이 발발하자 '삼화주의'를 대동아공영권의 중심사상으로 적극 홍보 활용하였다. 또 임화가 중심이 된 「고려영화사」에서는 1939년 김옥균을 소재로 한 영화 「김옥균」을 제작하려 하였으나 여러 가지 사정으로 완성하지 못했다. 그러나 연극에서는 김옥균소재 연극이 만들어져 무대에서 상연되었다. 1940년 극단 「아랑」은 송영과 임선규가 합작한 「김옥균」을 공연하여 일반 관객과 평론가들로부터 많은 눈길을 얻었다.[11] 김옥균에 대한 일제의 관심은 태평양전쟁으로 확대 되는 시기에 절정을 이루게 된다. 일제는 미국의 해상봉쇄로 말미암아 군수품 공급이 원활하지 않게 되자, 후방에 있는 국민들에게 국산품애용과 폐품 수집 운동을 적극적으로 추진하였다. 이와 같은 물자부족 상황에서도 '고균기념회'가 『김옥균전』을 편찬하게 된 아래의 사실에서 일제 말 김옥균의 위상을 알 수 있다.

> "본서를 출판할 때 전 조선총독 우가키 가즈시게(宇垣一成)각하, 도야마 미쓰루(頭山滿)옹, 윤치호옹의 제자 도쿠토미 소호(德富蘇峰)선생님의 서문으로 권두를 장식할 수 있게 된 것은 본회에 매우 축하는 바이다. (중략) 본서의 출판은 조선총독부 당국의 호의와 지원 및 내지와 조선

---

9) 민태원(1971), 『김옥균 전기』, 을묘문화사, pp.3~4.
10) 1881년 일본의 후쿠오카(福岡)를 기반으로 창립되고, 도야마 미쓰루(頭山滿)를 중심으로 한 국가주의적인 우익단체. 1946년 해산 됨.
11) 김태웅(2000), 「일제강점기 김옥균 추앙과 위인교육」, 역사교육, p.59 재인용.

에 있는 유력한 독지가들의 후원의 힘에 의한 것이다." 12)

　당시는 태평양전쟁의 절정기로 물자부족이 심하여 도서를 출판하기가
쉽지 않았다. 더구나『김옥균전』처럼 500쪽의 방대한 분량은 당국의 지
원 없이는 출판하기가 더욱 불가능하였다. 결국 일제의 김옥균에 대한
호의는 그가 생전에 주장한 삼화주의를 일제가 영토 확장의 정당성으로
치환시키기 위한 대동아공영권 즉, 아시아가 대동단결하여 서구의 대표
미국과 영국 등을 물리치자는 군국주의 논리로 이용하기 위한 위장으로
볼 수 있다.

3. 다양한 金玉均像

3.1 혁명가 김옥균 (김기진「청년 김옥균」)

　김기진의『청년 김옥균』은 전술한 바와 같이 1934년 <동아일보>에
연재한「심야의 태양」을 1936년 단행본으로 출판하면서 서명이 바뀌졌
다. 신문연재의 원제목인「심야의 태양」은 갑신정변에 실패한 김옥균 일
행의 전도가 칠흑같이 어둡지만, 자신들이 조국의 태양이 되어서 빛을
발해야하는 의무와 바람을 함축한 표현이다.

　"지금 배를 타고 일본으로 가면 조선의 개혁 등은 어떻게 되겠냐?"는
박영효(금릉위)의 걱정스런 물음에 김옥균은 다음과 같이 대답한다.

---

12)　林毅陸(1944),『金玉均傳 上卷』, 慶應出版社, p.2.

"글쎄올시다. 어찌 될 것을 지금 암흑 한 가운데서 내다볼 수는 없을 것 같습니다. 태양이! 태양이! 광휘를 발휘할 때라야 전도가 보이지 않을 까요?"

김옥균 아까부터 침울하던 표정을 고치지 않고 이같이 대답했다.

"지금이 심야라면 태양은 없을 것이 당연하지 아니하오? 태양이 광휘를 발할 때! 그때가 언제란 말이오?"

김옥균은 그 말을 듣고 한참이나 먼 하늘 끝을 바라보다가 문득 머리를 돌리면서 힘 있는 어조로 말했다.

"우리들이 태양이 되는 것이지요! 우리들이 광휘를 발해야, 이천만이 다 잠들어 있을찌라도 혁혁한 장래를 개척할 수 있지 아니 합니까"

"그러면 다시 제거를 한다는 말이지요? 물론 그래야지요! 그러나 이번엔 십년을 두고 준비하는 한이 있을찌라도 우리의 실력을 가지고, 무기를 들고서 당당하게 한번 해 보십시다?"

금능위는 다시금 비분의 주먹을 단단히 쥔다. (김기진『청년 김옥균』, p.304)

김기진이 김옥균 일행의 매우 어두운 상황을 어둠(절망)을 밝혀 줄 불빛(희망: 소극적)보다 어둠과 대비되는 강력한 태양(광명: 적극적)으로 형상화한데는 태양과 같은 젊음과 불타는 의지를 나타내고자 하는데 있었다. 그러나 일제강점기 태양이 상징하는 의미가 일본 황실의 조상신이며 태양의 여신인 아마테라스오미카미(天照大神)나 히노마루(日の丸)로 해석될 가능성이 있기에, 2년 후 단행본으로 출판 할 때에는, 태양에서 청년으로 바꾸지 않았을까 사료된다. 즉 태양의 의미로 말미암아 독자들에게 불필요한 오해를 제거하려는 숨은 의도로 생각된다.

식민지 조선의 독립과 현실의 개혁, 민족국가의 건설은 그가 현실의 모순에서 깨달은 민족의 과제이기도 하였다. 따라서 작가는 현실의 인식을 과거의 역사적인 공간으로 이동시켜 우회적인 방법으로 표출하고 있다.

"독립…개혁…일신한 민중과 국가의 건설…"
김옥균은 선생의 말을 받아서 입속으로 혼잣말하듯 중얼거렸다.
"그렇소. 이것이 혁명이요, 영감네들이 계획하던 국가적 대사업이요, 또 생존해 있는 영감이 장차 죽는 날까지 획책해야할 민족적 의무요!"
"선생님"
김옥균은 별안간 무한한 감개가 목구멍을 치받치는 것처럼, 두 손으로 유대치선생의 손을 붙들고 이같이 부른 다음에, 잠간동안 말이 막혔다.
(김기진『청년 김옥균』, p.291)

김옥균이 장차 조선을 개혁하고, 민중국가를 건설하는 길은 혁명가로서 죽을 때까지 해야 할 소임임을 나타내고 있다. 갑신정변의 실패로 일본으로 망명을 떠나는 김옥균 일행의 자조 섞인 반성에서 그의 혁명가로서 침착함을 엿볼 수 있다.

금능위가 목이 막혀서 더 말을 계속하지 못한다.
"호! 기막힙니다.……웨 우리가 지금 일본으로 간답니까? 일본으로 가지 않고는 우리의 갈 곳이 웨, 없답니까?…나는 될 수 있으면 일본으로 망명하고 싶지 않습니다. 그러나 우리가 동양에서 떠나지 아니할 생각이라면 갈 데가 일본 외에는 없습니다 그려! 이것이 슬픕니다.…우리를 일본으로 내쫓는 사람이 누굽니까?"
김옥균도, 주먹으로 난간을 치면서 울음 섞인 목소리였다.

> 그들을 내쫓는 사람이 상감인가? 수구당인가? 이천만 백성인가? 혹은 그렇지 않으면 독립혁명 하려던 그 들 자신인가? (우리를 일본으로 내쫓는 사람이 누구냐?)
>
> 김옥균은 자기가 해놓은 말을 다시금 입속으로 외우면서 자기에게 물어보았다. (김기진『청년 김옥균』, p.312)

위의 장면은 김옥균일행이 일본으로 망명길을 떠날 수밖에 없는 비통함의 표현이다. 이상과 같이「청년 김옥균」의 김옥균은 혁명실패의 원인을 찾아내어 보완하여 다시 조선의 독립혁명을 완수하려는 혁명가적인 인물상으로 묘사하고 있다.

▨ 3.2 국정개혁가 김옥균 (조용만「배안에서」)

조용만의「배안에서」는 책의 제목에서 김옥균 또는 갑신정변과 같은 특정한 인물과 사건에 주목하지 않았다는 것이다. 배가 상징하는 불안정성을 작자는 일제강점기 한치 앞도 예측할 수 없는 현실인식을 상징적이며 우회적으로 표현하고 있다. 배는 땅과 달리 상당한 치외법권이 존재하는 공간이다. 즉 배라는 공간에서 현실의 조선과 일본의 공간이 아닌 제 3의 공간을 이용하려는 작자의 숨은 의도가 숨어들어 있다고 하겠다.「배안에서」는 배의 우두머리인 선장의 합리적이고 웅변적인 인물묘사와 다케조에(竹添) 일본공사의 우유분단한 행동의 대비를 통해 일본을 신뢰할 수 없는 국가임을 간접적으로 암시하고 있다. 특히 작자는 중일전쟁에서 태평양전쟁으로 확대되는 시점에서 일제의 내선일체, 징집에 관한 홍보를 위한 글쓰기 강조 등 을 김옥균소재의 우회적인 글쓰기로 피해보려는 의도가 숨어있다.

『청년 김옥균』이 갑신정변이라는 사건에 맞추어진 전개방법이라면, 조용만의 「배안에서」는 김옥균, 박영효, 서재필 등의 개화파들과 일본공사인 다케조에, 묄렌도르프, 쓰지선장 등 다양한 등장인물을 통해 일본이 취한 행동을 간접적으로 질타하고 있다.

다케조에의 하선 명령으로 김옥균 일행은 여러 가지로 대책을 논의 하고 있을 때, 김옥균 일행에 대한 쓰지선장의 우호적인 시선과 다케조에 공사의 무책임함을 아래와 같이 대비시키고 있다.

선장의 커다란 얼굴이 새빨갛게 변하고 세게 머리를 흔들었다. 테이블을 두드릴 정도로 주먹을 불끈 쥐었다.

"나, 지세마루(千歲丸)선장의 명예를 걸고 그런 일은 결코 허락하지 않습니다. 그래서 여러분의 말씀은 나에게 여러분을 이 배에서 내려주지 않게 해주라는 것이군요. 잘 알았습니다. 일본 남아의 명예를 걸고 떠맡겠습니다."

선장의 목소리는 감격에 차 있었다. (조용만 「배안에서」, p.133 번역 : 필자 이하 동)

"아무래도 곤란하게 되었습니다. 묄렌도르프 녀석이 군사를 이끌고 경성에서 뒤쫓아 왔습니다. 오늘 아침 밝을 무렵 그 놈이 저를 찾아와 칙명에 따라 역적들을 잡으러 왔으니 대감들을 배에서 내려달라는 것입니다. 임금님께서 내리신 역적 체포영장을 보이며, 태도가 여간 강경한 게 아닙니다."

"그래서 그대는 어찌 말씀하셨습니까?"

김옥균은 이런 일을 미리 예측은 하고 있었으나 너무나도 흥분해서

> 목소리가 커졌다. 흥분한 나머지 얼굴이 새파래진 김옥균의 얼굴은 살기를 띠어 좀 창백하다. 다케조에 공사는 김옥균의 얼굴을 외면하면서 갑자기 목소리를 낮췄다. (조용만 「배안에서」, p.127)

생사의 기로에선 김옥균이 다케조에 공사에게 살기를 띠면서 흥분된 목소리로 크게 외치자 다케조에 공사는 자신의 태도에 자신이 없어서인지 얼굴을 돌린다. 다케조에의 비굴하고 자신 없어하는 태도와 김옥균의 당당한 태도는 조선과 일본을 대리하는 두 인물의 성격비교를 통해서 조선인의 당당함을 서사하고 있다. 이처럼 조용만은 소설구성에서 김옥균의 큰소리, 흥분, 살기라는 표현과 다케조에의 외면, 목소리 낮춤이라는 설정으로 등장인물의 캐릭터에 에스컬레이트 한 작자의 의도를 암시하고 있다. 즉 「배안에서」는 김옥균 일행이 일본을 믿고 갑신정변을 일으켰음에도 불구하고 실패에 대한 일본의 무책임을 우회적으로 힐난한 작품으로 평가할 수 있다.

또한 「배안에서」는 김옥균을 개혁운동의 선구자로 아래와 같이 부각시키고 있다.

> 백성은 도탄에 빠져 고통으로 신음하고, 들판에는 굶어 죽은 송장이 가득하다. 지금 국정을 개혁하여 진취적인 개화정책을 취하지 않으면 국가는 자멸할 것이다. (조용만 「배안에서」, p.121)

김옥균이 바라본 당시 조선의 가장 당면한 과제는 국정을 개혁하지 않고서는 국가가 자멸한다는 위기감이었다. 김옥균의 국정개혁 의지는 갑신정변 실패 후 그의 향후 목표와 후쿠자와의 언급을 통해서도 아래와 같이 확인할 수 있다.

　　우리들이 동지가 살해되는 것을 내버려 둔 채 경성을 탈출했던 것도
결코 일신의 안전을 도모하기 위한 것이 아니다. 일본에서 잠시 난을 피
하고 힘을 쌓은 후, 다시 개혁운동을 일으키고자 결심했기 때문이다. (조
용만 「배안에서」, p.121)

　　그대들같이 신분도 높고, 젊은 패기에 넘쳐있는 사람들이야말로 국
정을 개혁할 수 있을 것이다. 만약 그대들이 귀국해서 국정개혁에 분연
히 앞장선다면, 나는 미흡하나마 그대들의 운동을 원조할 것이다. (조용
만 「배안에서」, p.123)

　　후쿠자와는 갑신정변의 실패가 급격한 혁명 때문으로 인식했는지, 혁
명보다는 시종일관 조선의 개혁을 주장하고 앞으로도 김옥균 일행을 꾸
준히 도와줄 것을 다짐하고 있다. 혁명이 급진적이라면 개혁은 점진적으
로 고쳐나간 다는 뜻으로, 내부적인 시스템의 구축을 통해 조선을 개혁
하려는 의지의 표명이라 볼 수 있다. 따라서 「배안에서」에 등장하는 김
옥균은 조선의 점진적인 개혁가상으로 묘사하고 있다.

3.3　유배인 김옥균 (미나미가와 히로시 「김옥균의 死」)

　　미나미가와의 「김옥균의 死」는 작자가 누구인지 아직 명확하지 않다.
미나미가와는 일본에서 존재한 氏名이지만 다음과 그의 말에서 작자가
조선임을 알 수 있다.

　　그러나 뭐라고 해도 지금까지의 풍속과 전통의 차이는 숨기기 어렵
고, 국어표현에 따른 당황함이 많았다는 것은 어쩔 수 없었다. 우리들
조선작가의 공통적인 고민은 이것이다. 13)

　　위와 같이 '우리들 조선작가'가 풍속과 전통이 다른 국어(일본어) 표현
에 많은 어려움인 있다는 위 문장으로 짐작컨대 그가 조선인임에는 틀림
없다. 그러나 구체적으로 어떤 인물인지는 아직까지 알 수 없다. 이에 대
해 호테이 도시히로(布袋敏博)는 「조선문학 관계 일본어목록」에서 미나미
가와 히로시는 필명 아니면 창씨명으로, 본명이나 작자명은 미상으로 파
악하고 있다. 특히 『국민문학』의 「김옥균의 死」가 '신인추천'이라는 부
재가 붙어 있는 것으로 볼 때 젊은 작가로 추론 할 수 있다.

　　미나미가와의 「김옥균의 死」는 일본으로 망명간 후 김옥균의 첫 유배
지인 오가사와라(小笠原)의 유배생활 모습부터 소설은 시작된다. 소설의
전개범위는 김옥균의 망명 생활에서 그의 죽음까지로 「배안에서」의 후
속 편 같은 느낌을 준다. 그러나 상이점은 내용면에서 다양한 등장인물
의 등장과 김옥균의 사생활 등이 세밀하게 묘사되어 있다는 것이다. 특
히 유배지와 일본에서의 생활상이 화폭처럼 서사되어 있다.

　　시종 이윤과(李允果)는 애처로울 정도로 초췌해진 김옥균의 머리맡에
앉아 있었다.
　　"고균선생님, (김옥균의 아호) 여기에 바나나와 파인애플 즙이 있습니
다. 목을 좀 축이십시오. ……."

---

13) 南川博(1944), '國語文學と私', 「國民文學」 第4卷　第4號, 人文社, p.45.

그는 김옥균의 창백한 얼굴을 계속 살피며 말했지만 김옥균의 눈은 불상처럼 끝까지 차분하게 눈을 감고 있었다.

　"오늘 아침은 아무것도 드시지 않았습니다. ……그러시면 몸이 점점 나빠지시는데……."

라고, 매우 걱정스런 표정으로 중얼거린 이윤과의 눈은, 스승을 생각하는 이상한 빛에 예리하게 빛나고 있었다. 그러나 김옥균은 죽은 사람처럼 잠자코 있었다. 오가사와라섬인 도쿄부 출장소 구내 별동의 6조 방, 여기까지 유배 온 김옥균의 가슴에는 그저 적막한 감정이 무겁게 감돌았다. (미나미가와 히로시 「김옥균의 死」, pp.96~97)

　일본에서의 유배생활은 김옥균에게 정신적인 고통뿐 아니라 육체적으로도 매우 힘들게 했다. 특히 그는 조선에서는 전혀 경험하지 못한 열대지방이어서 더위에 식욕이 나지 않을 정도였다. 김옥균이 유배지에서 잠시 돌아와 시바우라(芝浦) 해수욕장에서 망중한을 보내고 있을 때. 처자식을 떠올리면서 조국을 그리워하는 모습은 인간 김옥균의 면을 잘 서사하고 있다.

　김옥균의 눈에는 지금까지 생각하지 않았던 조선에 남겨놓은 처자가 처음으로 눈앞에 슬프게 아른거렸다.

불행한 아내와 불쌍한 딸이다. 태어나서 잠깐 봤을 뿐인 딸, 얼굴조차도 기억 못하는 딸…… 몇 살이 되었을까?

처자와 헤어져 10년 가까운 세월이 지났다.

내 딸은 어떤 얼굴을 하고 있을까! 부질없는 상념은 또 날개를 펴자, 어느 새 오유키의 얼굴이 눈앞에 나타났다. 오유키 저 갸름한 얼굴, 마누라의 포동포동한 얼굴, 전혀 알 수없는 딸의 얼굴, 뒤섞이어 옥균의 피

곤한 눈에 교착이 계속되었다. (미나미가와 히로시 「김옥균의 死」, p.117)

특히 이 장면은 조선에 남아있는 부인과 연인 오유키의 모습을 오버랩 시켜 자신이 처해있는 현제의 처지를 잘 표현하고 있다. 또한 김옥균이 유배생활 10년의 망중한을 통해 비참한 일본 생활모습과 일본 정부가 자신에게 무심하게 대우한 것에 대한 서운함이 우회적으로 표출하고 있다.

3.4 정치가 김옥균 (박영호 「김옥균의 死」)

김옥균의 일대기를 희곡으로 형상화한 작품이 박영호의 「김옥균의 死」이다. 「조광」(1943) 10권 3～5에 한글과 일본어 혼용으로 5막 9장으로 연재되었다. 특히 이 작품은 갑신정변부터 김옥균이 살해당할 때까지 10년을 그림의 삽화처럼 전개하고 있다. 1945년 2월 8일 박영호의 「김옥균의 死」가 <조선연극문화협회> 주최 제3회 연극경연대회 참가작품으로 상연되었으나, 2월 10일 각본검열 각하로 상연이 중지되어 다른 작품으로 대체되기도 하였다.

김옥균의 죽음 때문에 청일전쟁이 일어난 것처럼 기술하고 있는 부분은 일본의 시각에 맞춰져 있는 것처럼 보인다. 그러나 진정 작자의 메시지는 자신의 희생을 바탕으로 동양의 평화가 유지 된다면 기꺼이 한 목숨을 바치겠다는 김옥균의 결연한 의지를 나타내기 위한 것으로 볼 수 있다. 이를 통해 일본의 야욕을 우회적인 방법으로 질타하고 있다.

金玉均　だが、頭山君。私が殺されて、日本と支那との戦争の口火になつ
　　　　たら君達の多年の望みは達せられる訳ぢやないか？　私一人犠牲に

なつてそれが日本の為の、朝鮮の為め、いや、東洋全體の為め
にもなるものなら、立派に死んで見せやう。頭山君。こんな事
をいふと怒るか? [하지만 도야마군. 내가 살해당하고 일본과 지나
전쟁의 불씨가 되면 자네들의 수년 동안 바라던 게 달성되는 것이
아니가? 나 한사람 희생되어 그 것이 일본을 위한, 조선을 위한,
아니 동양전체를 위한 것이 된다면 보기 좋게 죽어주지. 도야마
군. 이런 말을 하면 화를 낼 텐가?] (박영호 「김옥균의 死」, p.335)

김옥균은 오랜 친구인 도야마 미쓰루(頭山滿)에게 일본에 대한 원망을
다음과 같이 표현하고 있다.

頭　山　(마조 앉으며) 話つて何だらう? [이야기라니 뭔가?]

金玉均　一體日本は私をどうする積りだ? [도대체 일본은 나를 어떻게
　　　　할 생각이지?]

頭　山　それで? [그래서?]

金玉均　だより切らうと、すがりつくと、つすぼかせる。後足で砂をか
　　　　けて逃げ出さうとすると後髮を引かれる。火のやうに熱いかと
　　　　思ふと水より冷い。冷いかと思ふと又熱い。……。實際、始
　　　　末に困るんだ。[전적으로 의지하려고 달라붙으면 내팽개치고,
　　　　뒤발로 모래를 뿌리고 도망치려고 하면 목덜미를 잡는다. 불같
　　　　이 뜨겁다고 생각하면 얼음처럼 차갑다. 차갑다고 생각하면 다
　　　　시 뜨겁다. …… 사실 상대하기가 곤란하다]

頭　山　は……。惡女の深情か? [하……. 악녀의 깊은 정 인가?] (박영호
　　　　「김옥균의 死」, p.334)

  김옥균이 일본은 신뢰할 수 없는 나라라고 강력하게 성토하는 대목에서 그가 10년간의 유배생활 속에서 터득한 일본정부에 대한 부정적인 시각을 감지할 수 있다. 이 때문에 그는 결국 상해로 건너가 이홍장과 정치적으로 담판하려는 행동으로 연결 된다. 전반적인 내용에서는 내선관계로 볼 수 있는 부분이 곳곳에 산재하나 결정적인 곳에서는 조선인으로서 일본에 대한 불만이 표출되어 있다.

  겉으로는 동양평화를 내세우지만 일본이 바라는 것은 청나라의 정복 즉 청일전쟁이었고 이와 같은 구실을 김옥균은 일찍이 간파하였다. 즉 자신의 희생이 따를 수밖에 없는 현실적인 문제인식이 깔려있다. 김옥균의 정치가상은 위험을 무릅쓰고 청나라의 대정치가인 이홍장을 만나 정치적으로 해결하려는 적극적인 모습에서 절정을 이룬다.

金玉均   대감 전 상해로 떠나기로 결심했습니다.

朴泳孝   상해?

金玉均   북양대신 이홍장(北洋大臣 李鴻章)일 만나겠습니다. 청국이라면
        무조건하고 배격할 것이 아니라 이홍장을 설득시키는 방법도
        있지 않겠느냐고 이홍장의 아들 이경방의 편지를 보셨지요.

朴泳孝   그건 나도 보았소.

金玉均   아무리 지금은 적이라고 하지만 원세개(袁世凱)와 같은 어린애와
        는 닮지 않았습니다. 이홍장인 적어도 동양의 대정치가입니다.
        그자만 설득된다면 우리들의 거사가 수월할 수도 있습니다. (박
        영호「김옥균의 死」, pp.328~329)

작자는 김옥균을 동양의 대정치가 이홍장과 정치적인 담판을 성사시켜 일본만 믿고 의지할 필요 없이 청나라의 도움도 얻어 지지부진한 조선의 국정개혁을 완성시키려고 의도하고 있다.

그러나 이것은 아쉽게도 마지막 장면에서 다시 청일전쟁이라는 당위성으로 후퇴하고 있다.

金玉均　和田、 和田君、 朝鮮は、 どうなる? 朝鮮は、 どうなる? [와다, 와다 군. 조선은 어떻게 되지?]

和　田　先生. 先生. [선생님. 선생님]

金玉均　頭山君、 頼む、 日本よ、 頼む。 朝鮮を助けて……。 日清戦争だ。 일청전쟁이다…… [도야마군, 부탁하네. 일본을 부탁해. 조선을 도와……. 일청전쟁이다. 일청전쟁이다…….] (絶命)

和　田　先生。 金玉均先生。 先生の、 この悲しむべき、 最後を、 僕が……。 僕が、 きっと、 日本へ傳へます。 先生。 [선생님. 김옥균 선생님. 선생님의 이 슬픈 최후를 제가……. 제가 반드시 일본에 전하겠습니다. 선생님.]

和田、 屍體 우에 업드려 慟哭
幕. (박영호 「김옥균의 死」, pp.355~356)

이상과 같은 한계점에도 불구하고 작자는 조선인의 아이덴티티를 의도적으로 표출하려고 조선인과의 대화에는 한글로, 일본인과의 대화에는 일본어로 병용하여 표기하고 있다. 또 김옥균이 총을 맞고 죽기 직전 그의 마지막 말은 "일청전쟁이다"고 한글로 마무리 한 것을 들 수 있다.

4. 갑신정변 실패원인

신용하(愼鏞廈)는 갑신정변의 가장 큰 오류는 김옥균을 대표로하는 개화당이 주한 일본공사관 병력 150명(또는 200명)을 채용하여 무력으로 정변을 일으켰다는 점과 개화당 자신들이 준비한 조선군 병력에 대해서는 전혀 모르고 일본의 병력에만 의지하였을 뿐 스스로 군사적인 힘을 양성하지 못했다는 점이다. 그렇다면 김옥균 일행의 갑신정변 실패에 대해 문학작품 속에는 어떻게 기술하고 있는지 살펴봄으로서 작자의 갑신정변에 대한 다양한 시각을 파악해보기로 한다.

> 우리들은 다케조에 일본공사의 원조아래 이번에 궐기했지만, 때가 불리했는가, 잘못된 운명인가, 우리들의 혁신운동은 3일로 끝나고, 오히려 사대당에 쫓기어 이와 같은 비참한 상태가 되어 있다. (조용만 「배안에서」, p.121)

조용만의 「배안에서」는 시운과 외부적 조건의 불리함을 실패요인으로 보고 있다. 즉, 김옥균은 순수한 마음에서 개혁을 시도했으나 당시 청일관계와 일본의 우유부단한 태도에 원인을 찾고 있다. 이에 반해 김기진의 「청년 김옥균」에서는 실패요인으로 일본의 탓보다 먼저 우리들의 자주독립 사상이 민중까지 스며들지 못했다는 것과 주변의 정세변화를 읽지 못했다는 점을 박영효(금릉위)와의 대화에서 아래와 같이 묘사하고 있다.

> 금능위는 다시금 비분의 주먹을 단단히 쥔다.
> "물론이지요, 우리가 이번에 실패한 것이 세 가지 원인이 있지 않습

니까? 첫째 청불전쟁에 관해서 시세를 밝히 알지 못하고 시기에 너무 일찍이 착수한 것! 둘째 다수한 민중에게 독립, 개화의 사상을 오랫동안 두고 교육하지 못하고 우매한 백성을 그대로 놓아두고서 착수한 것, 셋째 우리의 주먹 안에 튼튼한 무력을 쥐지 못하고서 어리석게도 남의 힘을 의지하고 착수한 것, 이 세 가지가 삼일천하 된 원인인 줄로 저는 생각합니다.”

김옥균은 자신 있는 듯이 이렇게 말했다. (김기진『청년 김옥균』p.314)

김기진의『청년 김옥균』은 일본의 태도보다는 내외적인 개화당의 판단 미숙에 중점을 두는데 반해 미나미가와의「김옥균의 死」는 갑신정변 실패의 구체적인 언급이 없이 김옥균이 청나라와도 사이좋게 지낼 것을 아래와 같이 주문하고 있다.

그 때 김옥균의 가슴속에는 한 나라의 평화를 바라기위해서는 이웃 나라끼리 정을 잃어버려서는 안 된다고 견지하고 있었다. 어차피 조선 평화는 일본만의 조력으로는 건설할 수 없다. 광대한 지역을 차지하고 있는 청국, 유럽 문물의 수입도 말할 것도 없이 육지로 연결되어 있는 조선이 청국을 발길질해서는 평화는 확립 될 수가 없다. 일본과 조선과 청국 3개국이 완전히 일체가 되었을 때야 말로 동양평화가 영원히 확립 될 수 있다고 믿고 있었다. (미나미가와 히로시「김옥균의 死」, p.117)

동양의 평화를 위해서 지정학적으로 일본과 청나라를 연결하는 위치에 있는 조선이 주체적으로 나서고 유럽의 문물도 적극 수용할 것을 주문하고 있다. 한편, 박용호의「김옥균의 死」는, 표면적 외부 요건 보다는 내부적으로 정신적인 구심점이 부족했다고 아래와 같이 서사하고 있다.

朴泳孝 영감 이번 실패한 원인은 우리가 지나치게 일본만을 믿은 까닭이 아닐까요, 차라리 다른 나라 힘도 빌릴 껄 그랬소.

金玉均 난 그렇게 생각지 않소, 우리들은 사실 일본을 의심하여 왔소, 모두들 제 가슴을 향하여 물어보시오. 우리는, 쉴 새 업이 일본을 의심하면서도 한 번도 일본을 믿지 않는 것도 아니었소. 이번 우리내각이 수포가 된 것은 이것이요. 우리들 마음이 중점을 잃은 것이오.

徐光範 또 한 가지는 병력이 부족했지요. 이천 명과 이백 명이 될 노릇이오.

金玉均 병력도 문제가 아니지요. 불란서혁명을 일으켜 불란서를 통일하고 독일을 치고 이태리를 정벌하고 노서아를 원정한 나파륜의 雄圖를 병력만으로 볼 수 있소. (중략)

金玉均 대승(大乘)합시다. 이조 사백년(李朝 四百年)의 헌집을 버리고 한 번 호령하여 압록강을 건너고 두 번 호령하여 만주를 찾고 세 번 호령하여 동양천지를 협화(協和)하자면 먼저 대승한 담뽀를 가져야지오. (박영호 「김옥균의 死」, pp.285~286)

김옥균은 나폴레옹의 웅대한 계획을 칭찬하면서, 자신들은 이들에 비해 계획이 그다지 치밀하지 못함을 한탄하고 있다. 특히 실패의 원인을 남의 탓으로 돌리기보다는 자신들에 있다고 자탄하고 있다. 작자 박용호는 조선이 주체가 되어 조선의 기상을 발휘할 것을 요구하고 자신들 스스로 대승적인 자세를 갖출 필요가 있음을 강조하고 있다. 이상 일제 말 조선인 작가의 네 개의 김옥균 소재 작품특징을 표로 정리하면 아래와 같다.

<표> 갑신정변의 실패원인과 김옥균상

작품명	작자	초판 발표연대와 발표지	갑신정변의 실패원인	김옥균상	쪽수
청년 김옥균	김기진	1934(한글), 동아일보	청불전쟁 미파악, 국민개화 실패, 자력의 부족	혁명가	318
배안에서	조용만	1942(일본어), 국민문학	일본의 무조건적인 신뢰	개혁가	16
김옥균의 死	미나미가와 히로시	1944(일본어), 국민문학	너무 일본에만 의존, 청나라 와의 관계 중시	유배자	30
김옥균의 死	박영호	1944(한글, 일본어), 조광 10권 3-5	계획의 불철저, 우리내부의 흔들림	정치가	85

　<표>에서 알 수 있듯이 일제 말 김옥균 소재 작품은 1934년부터 시작하여 태평양전쟁 때 그 절정기를 이룬다. 이는 작가들이 전쟁문학을 피해가려는 의도로 검열에 비교적 자유로운 김옥균을 선택한 것으로 사료된다. 김기진의 『청년 김옥균』을 제외하고 대부분은 일본어, 일본어와 한글로 쓰여 졌다. 각각의 작가들이 앞선 작품을 참고하여 출판했음에도 불구하고 작가 자신만의 특유한 金玉均像을 그리고 있다는 점이 특징이라 할 수 있다. 4명의 조선작가는 겉으로는 일제의 정책에 순응하는 것처럼 보이기 위해 내선일체의 국책소설로 위장하지만 구체적인 내용에서는 조선작가만이 가지는 피식민자의 불만 등을 숨겨 묘사하고 있다. 즉 동일한 소재이지만 작가와 시대 상황에 따라 서사를 달리하고 있다는 것이다. 그러나 식민자와 피식민자의 입장 중에서 가능한 피식민자의 입장에서 서술하려 했다는 것이 조선작가들의 공통점이라 할 수 있다.

5. 맺음말

김옥균이 문학작품의 주인공으로 등장하게 된 계기는 3.1운동 이후 소위 문화정치로 바뀌면서 신문사의 역사 연재소설이 독자들로부터 인기를 얻으면서이다. 그 선구적인 작품이 김기진의『청년 김옥균』이라 할 수 있다.

『청년 김옥균』은 민족의 자주독립과 민중의 역할을 강조하면서 김옥균을 革命家像으로 묘사하고 있다.「배안에서」는 김옥균을 점진적인 改革家像으로 창출하고 있다. 미나미가와의「김옥균의 死」는 내선일체의 본보기로 김옥균과 오유키의 교제 관계와 내선간의 화합을 강조하면서도 流配者로서의 金玉均像에 중점을 두고 있다. 박용호의「김옥균의 死」는 연극상영 작품이라는 한계 때문에 등장인물의 대화에서 훨씬 자극적으로 일제를 찬양하나, 자세한 기술에서는 김옥균의 내면을 섬세히 표현함으로서 간접적으로 일제의 책임소재를 비판하고 있다. 특히 청나라와도 좋은 관계를 유지하기위해 이홍장을 설득시키려는 모습에서 정치가적인 면을 엿볼 수 있다. 이상 똑같은 소재이지만 작가와 시대 상황에 따라 서사를 달리하고 있음을 알 수 있다. 그럼에도 공통점은 조선작가로서 피식민자의 동질성을 내재하고 있다는 점이다. 태평양전쟁으로 일제가 조선인까지 전쟁터로 내몰기 위해 선전·선동문학이 기승하던 시기임에도 김옥균 소재로 현재의 난국을 비켜가려는 조선작가의 고심이 곳곳에서 숨어 있었다.

03.

한설야의 「血」과 「影」에 나타난 이중적 장치 *

정주미 · 김순전

1. 들어가며

대부분의 한설야의 연구자들은 '한설야는 어느 누구보다 고집이 세고 자존심이 강한 사람이다.'[1]라고 한다. 이는 1935년 카프(KAPF)의 해산과 관련지어 하는 말로, 일제의 카프 제 1차, 2차 검거에 의해 카프계열의 작가들이 전향을 하였음에도 불구하고, 한설야에게는 한 치의 영향력도 미치지 못했기 때문이다. 한설야는 카프가 해산 된 후, 잠시 신변소설 위주의 글쓰기를 할 뿐, 여전히 사회에 대한 비판적인 시선을 늦추지 않았으며, 이러한 점에서 한설야의 연구자들은 그의 고집스러움과 '오기'[2]에

---

* 이 글은 2008년 8월 30일 고려대학교 일본연구센터 「일본연구」(ISSN : 1598 - 4990) 10집 pp.269~294에 실렸던 논문 「한설야의 일본어 소설에 나타난 이중적 장치」를 수정 보완한 것임.

1) 이는 그를 연구한 연구자들 조수웅(1999), 『한설야 소설의 변모양상』, 국학자료원, 서경석(1996), 『한설야 - 정치적 죽음과 문학적 삶』, 건국대 출판부, 장석홍(1997), 『한설야 소설 연구』, 박이정 등을 살펴보면 알 수 있다.

2) 김윤식은 근소한 차이의 전향이라고 하여 한설야의 고집스러움을 오기라고 표현한다. 김윤식(1989), 『임화연구』, p.454

손을 들어 주는 것이다. 이처럼 문학에 관한한 자신만의 고집스러움을
가진 한설야가 1942년 잡지 「國民文學」 3)에 일본어소설 「血」과 「影」을
발표한다. 이 시기 일본어 글쓰기란 작가에게 있어서 일제에 동조하는
것과 마찬가지 의미로, 일본어 글쓰기를 하든지 아니면 작품 활동을 그
만두던지 양단간의 결단해야 하는 기로에 놓여 있었다. 그러나 작가에게
있어 집필 활동을 중단한다는 것은 곧 생명을 잃는 것과 같다고 여긴 몇
몇 작가들은 일본어 글쓰기라는 명목 자체가 일제에 협력을 한다는 의미
도 포함되어 있음에도 불구하고 일본어 글쓰기를 감행한다. 이러한 의식
을 가진 작가들의 일본어 글쓰기는 대부분 내용면에서 친일과 반일이라
는 이중적 잣대로 가늠할 수 없는 작품 또한 존재했다.

　이처럼 일본어 글쓰기에 관한한 친일이 아닌, 단지 수단으로서 일본어
를 이용한 작가들이 있었음을 감안한다면, 문학연구자들이 일제강점기
조선작가들의 일본어 창작이라는 것만으로 친일작품으로 단언하는 것은

---

3) 1940년대 조선 문단에서 잡지 「國民文學」이 갖는 의의란 무엇일까. 여기에 관해
　서는 여러 연구자들에 의해 발표된 바 있으며 간략하게 요약하자면 잡지 「國民文
　學」은 1941년 11월 1일 창간, 1945년 2월 1일 통권 38호를 끝으로 폐간됐다.
　1940년 8월에 동아일보와 조선일보를 폐간한 후에 일제 총독부는 용지 공급 문제
　를 공식적인 이유를 들어 모든 문학잡지를 폐간시켰다. 즉, 1941년 4월에 그 동안
　문학작품의 발표지로서 조선 문단에 큰 역할을 차지했던 「문장」과 「인문평론」을
　폐간시킴으로써 더 이상 문학지는 존재하지 않는 상황이 온 것이었다. 일제는 그
　후 최재서와 상의하여 '국민문학'을 주도할 수 있는 잡지를 내기로 결정하고 그
　것의 주간을 최재서가 맡아 보기로 결정하였다. 이러한 협의 끝에 나온 것이 친일
　문학지 「國民文學」이다. 집필진으로 일본인 9명과 조선인 12명이 참가했다. 처음
　에는 연 4회 일어판, 연 8회 국문판을 펴내려고 했으나, 일제의 국어말살정책으로
　1942년 5·6월 합병호부터 일어판을 펴냈다. 창간 취지를 살펴보면 ① 국체관념
　의 명징, ② 국민정신의 고양, ③ 국민사기의 진흥, ④ 국책에의 협력, ⑤ 지도적
　문화이론의 수립, ⑥ 내선문화의 종합, ⑦ 국민문화 건설을 달성하려는 것이었다.
　다시 말해 1940년대 식민지 조선에 유일무이한 잡지 「國民文學」은 일제의 의도
　에 의해, 그리고 일본어로 쓰인 작품과 내용이 대부분이며, 일제의 국가적 이데올
　로기를 반영하였던 잡지라 할 수 있다. (임종국의 『친일문학론』과 윤대석의 『식
　민지 국민문학론』, pp.159~175 등 다수 연구

지나친 민족적인 편협성에 치우친 결과라 할 수 있으며, 일제강점기를 통과한 한국 근대문학자들의 내면적 발언마저도 쉽게 간과해 버리는 위험도 상존할 것이다.

일제강점기 대부분의 작가들의 문학 작품은 식민자들에 의해 민중의 심리를 좌지우지하기 위한 수단으로, 순수한 창작을 위한 구조물이 아닌 식민 지배를 위해 도구화 되는 일이 비일비재하였다. 이는 한설야에게도 피할 수 없는 하나의 장애물로 다가왔으며 이로 인해 일본어 글쓰기는 간과할 수 없는 힘든 과제4) 중 하나였으리라 본다. 자신의 일본어 글쓰기에 관해 한설야는 '일본어로 쓴 소설의 내용에 있어서는 아무런 양심의 가책이 안 될지라도 일본어로 붓을 들었다는 사실에 관해서는 자기반성을 하지 않으면 안되리라'는 반성적 태도를 취하였다. 이러한 관점에서 보자면 한설야의 일본어 작품들을 그 내용면에서 면밀히 검토해야할 필요성을 느낀다.

사실 한설야에 대한 논의를 할 때, 대부분이 카프계열 작가로서 그의 입지에 관해, 토착적 성격을 지니고 일관적으로 자신의 논지를 굽히지 않았음만을 지적할 뿐, 일본어 글쓰기를 하였다는 점은 대부분 생략이 되어 있다. 그러나 최근 들어 일제강점기 문학작품에 대한 연구자들이 많아지면서 한설야의 일본어 작품, 「血」과 「影」에 관한 연구도 활발히 이루어지고 있다.

김윤식(1989)은 『임화연구』에서 한설야의 일본어 소설 「血」이, 「血」보다 먼저 발표된 「탑」보다 월등히 높은 수준이라고 극찬하였으며, 작가 한설야의 꿈과 낭만과 사랑을 그린 것으로 읽힐 수 있다고 논하고 있다.

---

4) 김윤식(1989), 『임화연구』, 앞의 책, p.457

그러면서 「血」과 「影」은 일본어소설로 「國民文學」에 발표되었을지라도 친일적이지 않다고 논하고 있다.

또한, 이상경(2003)은 『친일문학의 내적논리』에서 한설야의 「血」에 대해 다음과 같이 논한 바 있다. 그의 연구에 따르면 1936년 일제의 총독 미나미 지로(南次郎)는 '내선일체'라는 구호와 정책에 의해 '내선결혼' 즉, 조선인과 일본인의 결혼을 적극 장려했다. 이는 '같은 조상, 같은 뿌리인 두 민족이 혼연일체'가 됨을 의미하는 것으로 '겉모습도 마음도 피도 살도 모두가 일체가 되지 않으면 안 됨'을 강조한 것이다. 이런 과정에서 '내선결혼'이 적극 장려되고 이와 동시에 작가들에 의해 강제적으로 내선결혼의 작품들을 통해 남녀의 연애나 결혼에 대한 묘사하게 하는데, 이는 '내선일체'를 위한 '내선결혼'을 넘어서 민족을 둘러싼 이데올로기 투쟁의 성격을 띠게 되었다고 말한다. 그러한 의미에서 한설야의 「血」과 「影」 또한 '내선일체'라는 정책 실현을 위한 '내선결혼'의 장려 작품처럼 보이지만, 두 남녀가 결혼에 이르지 못하는 결말이 '내선일체'의 완성이랄 수 있는 '내선결혼' 정책에 반기를 든 작품이라고 분석할 수도 있을 것이다.

김재용(2004)은 『일제 말 사회와 문화 - 협력과 저항』에서 한설야의 「血」과 「影」은 일본어 글쓰기를 하였음에도 불구하고 연애소설이라는 우회적 글쓰기를 통해 일제의 시국정책인 '내선일체', 즉 '내선결혼'을 줄곧 반대하는 글을 썼다고 논하고 있다.

한마디로, 일본어로 글쓰기를 하였다면 대부분 부여되는 친일이라는 페르소나(persona)를 한설야의 「血」과 「影」은 갖고 있지 않다는 것이다. 또한 두 작품은 일본 제국주의자들에 동조하지 않으려 나름대로의 저항의식을 우회적으로 표출한 작품이라는 것이다.

이러한 점에 입각하여 본 연구는 앞선 선행 연구자들과 동일한 시선(우회적 글쓰기를 하였다는 점)을 가지고 있으나, 두 작품 안에는 협력과 저항이 공존한다는 것에 중점을 두고자 한다. 단지, 당시 일제의 식민정책인 '내선일체', '내선동조'의 완성이랄 수 있는 조선인과 일본인 남녀의 결합이 아닌, 두 남녀가 맺어지지 않음으로써 일제의 식민지 정책인 '내선일체', '내선동조'에 저항하는 우회적 글쓰기를 하였다는 점과 더불어, 작품에 묘사된 주인공들의 역학적 관계에 의한 협력적인 장치를 살펴보려는 것이다. 이 협력적인 장치가 일제의 시선을 피하기 위한 하나의 수단이었는지, 아니면 한설야가 일제에 협력하였다고 결론을 내릴 수 있을지에 관해서는 좀 더 깊이 있는 연구가 필요하겠지만, 본 연구는 두 작품 안에서 일제의 정책에 협력적으로 보이기 위해 설정한 장치들과 우회적으로 저항하는 장치들에 대해 살펴보려는 것이다. 이를 통하여 문학자로써 일제 식민지기를 살아간 협력과 저항사이에서 많은 갈등을 한 한설야의 내면을 들여다 볼 수 있는 계기가 될 수도 있을 것이다.

2. 작품 「血」과 「影」 속에
   내재된 한설야

한설야의 작품 「血」은 1942년 1월에, 「影」은 1942년 12월 「國民文學」에 실렸다. 두 작품은 모두 조선인 남자와 일본인 여자의 연애담으로, 사랑하지만 이루어지지 못한 사랑에 대한 안타까움을 '나'라는 주인공 화자에 의해 서사된다.

이 두 작품은 「國民文學」이라는 잡지에 실렸다는 점과 일본어로 썼다는 점에서 다분히 친일문학이라 논해질 수 있는 위험성을 지니고 있다. 대부분 한설야의 일본어 작품에 관해서는 1943년 「젖」(『야담』)이라는 단편까지만 일본어 글쓰기를 한 것으로 알려져 있으나, 그 외 <滿洲日日新聞>에 두, 세편의 소설을 일본어로 실은 적이 있으며, 김윤식(『일제말기 한국 작가의 일본어 글쓰기론』, p.251)에 의하면 <國民新報>에 「대륙」(1939. 6.4~9. 24)이라는 만주 개척을 다룬 소설이 일본어로 연재되었음을 알 수 있다. 이처럼 한설야에 관해 잘 알려지지 않은 일본어 소설들이 있음은, 그동안 한설야에 관해 다른 시선으로 생각해 볼 문제라고 본다.

우선 한설야가 두 작품에 자신을 어느 정도 투영시키는지 살펴볼 필요가 있다. 이는 두 작품이 '나'라는 1인칭 주인공 시점에, 한설야 자신의 내적 정서를, 주인공을 통해 서사하였으리라는 가정과, 일본어 글쓰기에도 불구하고 어떻게 자신의 입장을 피력하였는지를 볼 수 있기 때문이다.

그렇다면 1942년 「國民文學」 신년호에 실린 「血」은 어떤 작품일까? 5)

---

5) 주인공 '나'는 미술을 배우고자 하는 의욕만은 남 못지않은 가난한 미술가로써 부양해야할 가족이 있는 유부남이다. 그러나 경제적인 면에서는 조금도 보탬이 되지 않아 항상 처가댁에 신세를 지고 살아가는 몸이지만 미술에 대한 열정만은 아직도 남아있어 동경에 가서 공부하기를 원한다. 그러던 찰나에 자신이 배우고 싶었던 화풍의 대가인 스이후 선생 밑에서 공부 할 수 있는 기회를 갖게 되지만, 갑자기 고향에 계시는 어머니의 병환이 위독하다는 말을 듣고 고향으로 동경에 가는 것을 잠시 보류한 채 고향으로 돌아간다. 어머니는 별일도 아닌 일로 왔다고 나무라면서 아직은 죽을 때가 아니라고 하지만 그날 밤 어머니는 갑자기 세상을 떠나게 되고 주인공 '나'는 어머니의 죽음으로 인해 마음속에 고향을 묻고 동경으로 향하게 된다. 스이후 선생의 문하생으로 들어간 주인공 '나'는 선배인 이소가이와 선생의 다른 제자들과도 약간의 마찰을 일으키기도 하지만 전혀 아랑곳하지 않고 미술에 정진한다. 그러던 중 선생의 눈에 띄어 성덕태자 대전에 작품을 출품할 수 있는 기회를 얻게 되고 그러는 중 같은 문하생인 일본인 여성 마사코가 자신을 좋아한다는 것을 알게 된다. 지적이고 상냥하고 아름다운 여성 마사코에게 끌리고 있던 '나'는 마사코가 왜 결혼을 하지 않느냐는 말에 자신이 유부남임을 힘겹게 밝힌다. 그 후로 마사코는 '나'를 멀리하다가 떠나게 되고 그 후로 '나'는 조선으로 돌아오지만, 부인은 아이를 데리고 떠나버리고 '나'는 혼자 떠돌이 생활을 하며 그림을 그린다. 그러던 중 우연히 온천장에서 마사코와 그녀의 남

「血」의 전체적인 스토리는 조선인 남성과 일본인 여성의 이루어지지 못한 사랑에 대한 이야기로, 1인칭 주인공 시점으로 쓰여 지고 있다. 대부분 문학작품에서 1인칭 주인공 시점은 읽는 독자에게 더욱 친근하게 다가올 뿐 만 아니라, 작가의 주관적인 사상이나 감정 등이 그대로 전달되기도 한다.6) 그러나 「血」은 1인칭 시점에서 주인공 '화자'가 이야기를 이끌어나갈지라도, 그 '화자'가 '작가 자신(한설야)'임을 극명하게 드러내진 않지만, 다소 미약하나마 다음과 같은 부분에서 주인공과 작가 한설야가 일치됨을 감지할 수 있다.

> 내가 그림공부를 위해 동경의 스이후(翠風)선생의 문을 두드렸을 때쯤의 일이니까 아마 십몇 년 전의 일이다. (중략) <u>K군의 설명에 의하면 K군과 우리들이 지금까지 조선에서 배워 온 동양화 시대는 이미 지나가 버렸기 때문에 이제부터는 새로운 시대의 흐름에 따라 새로운 방면을 개척하지 않으면 안 된다는 것이다. 나도 물론 K군의 이야기에 동감했다.</u> (한설야(1942), 「血」, 「國民文學」, 1942. 신년호, p.168 이하 작품명과 항수만 기재함, 번역 및 밑줄 필자, 이하 동)

위의 인용문은 「血」의 첫 부분이다. 이 부분을 읽고 있노라면 마치 한설야가 처음 문학에 입문하게 되었던 1920년대로 플래시백 시켰을 때와 1940년 당시로 오버랩 시켰을 때, 각기 다른 느낌을 받는다. 전자의 경우

편을 만나게 되고 '나'는 마사코를 만나게 되자 예전의 그 애틋했던 사랑의 감정을 느끼지만 마사코는 '나'와의 생각과는 다르게 주인공 '내'가 마사코를 위해 그려준 그림에 대해 사례비를 지불하고 말없이 떠나버린다. 이에 대해 뭔지 모를 모멸감을 느끼면서 자신에게 고통을 안겨주고 간 마사코를 원망해 보지만 그 모든 것이 결국 자신의 '피' 속에 내재되어 있음을 깨닫게 된다.

6) 구수경(1996), 『한국소설과 시점』, 아세아문화사, p.2

는 한설야가 문학의 길에 첫 발을 들여놓은 후, 기존(1920년대)의 장르와는 다른 카프라는 새로운 계열에 뛰어 들었을 당시를 의미하는 듯하다. 한설야는 일본유학 후 엘리트 계열의 한사람으로 작가의 길에 입문한다. 그는 이광수의 영향을 받아 초기에는 삼각관계라든가 남녀의 사랑이야기를 모티브로 한 연애담이 주류였다. 그러던 중 경제적 궁핍으로 인해 가족 모두가 만주로 가게 되고 만주에서 혹독한 노동자로서의 삶은 그를 점차 프롤레타리아 문학에 관심을 갖게 한다. 이 시기에 한설야의 카프(KAPF) 가입은, 한설야의 인생에 커다란 전환점이 되었으며, 한설야는 이 때부터 문학 노선을 달리한다. 즉, 위 인용문의 밑줄 친 부분에서 암시하듯, 기존 조선 문단의 흐름에서 벗어나 새로운 것을 추구하고 싶어 했던 한설야 자신의 이야기가 탈바꿈되어 재구성된 듯한 느낌을 받는다. 반대로 오버랩 시켜 본다면, 1940년 당시, '국민문학'이라는 새로운 취지하에 조선의 문단이 변화되어 감을 의미하며, 시대의 요청에 따라 한설야 자신도 새로운 주제로 새로운 방면을 개척하지 않으면 안 된다는 마음가짐을 주인공 '나'를 통해 대변하는 것처럼 보인다.

> 어쨌든 적빈의 집에서 태어난 나는 학비 관계로 자유롭게 활동하진 못했으나 당시 예술의 열정은 그것과는 별개로 걱정 할 것이 없었다. 메주콩 장사든지, 신문 배달이든지해서 고학을 할 작정이었다. (「血」, p.168)

위의 인용문에서처럼 「血」의 주인공 '나'는 잘나가는 미술가도 아니고 그저 먹고 살기 힘든 상황 속에서도 예술에 대한 열정만은 뜨거운 사람으로 묘사되는데, 이는 마치 한설야가 옥고(전주사건)를 치루고 나와 생활고로 힘들었음에도 문학에 대한 열정은 뜨거웠던 자신의 모습을 주인공 '나'로 투영시킨 것으로 보인다.

> 나는 전마선을 타는 것도 잊고 트렁크 속에서 스케치북을 꺼내서 <u>고</u>
> <u>향의 풍경을</u>, 오늘로써 영원히 이별할지도 모르는 고향의 모습을 그렸
> 다. 어떤 그림 일까 그런 것은 달리 염려되지도 않았다. 단지 지금은 나
> 의 마음에 감돌고 있는 자연과 어머니가 녹아있는 모습을 지면에 감돌
> 게만 하면 좋을 것 같았다. (「血」, p.170)

또한 이 작품에서 주인공 '나'에게 정신적 버팀목이 되어 준 '고향'이
자주 언급되는데, 이는 한설야가 동경 유학시절, 그리고 경제난으로 인
해 만주로 이주 하였을 때에도 항상 마음속으로 그려온 그리움의 대상이
기도 하다.

사실, 한설야가 문학 작품에 자신의 이야기를 투영하기 시작한 것은
1939년 「이녕」이라는 작품으로, 이 이후 자신의 주변이야기, 신변에 이
야기를 모티브로 하여 이야기를 주로 썼다.7) 작품 「血」 역시 작가의 일
상생활이나 가족에 대한 언급이 내재적으로 깔려 있는 것을 보면 1930
년대 후반 이후(전주사건으로 출옥 후), 한설야는 자신의 일상과 고향에 대한
향수를 담아내는 것을 즐겨했던 것 같다. 이처럼 「血」의 주인공 '나'를
통해 전해지는 한설야의 자신의 이야기는, 동시대(1942), 동일한 언어(일본
어), 동일한 잡지에 실린 그의 또 다른 작품 「影」에서도 나타난다.

「影」은 「血」과 마찬가지로 주인공 '내'가 10년 전, 한 여성을 사랑했
으나 사랑한다는 감정만을 간직한 채 이별하게 된 그 당시를 추억하며

---

7) 조수웅(1999), 『한설야 소설의 변모양상』, 국학자료원, p.101

그녀에게 보내는 편지글이다. 「影」 역시 「血」과 같이 연애담을 다루고 있지만, 이 작품만의 특징은 서간체 소설이라는 점에 있다. 서간체 소설은 말하는 화자, 즉 주인공이 '나'가 되며 그렇기 때문에 자기 고백적인 성향이 강하고 자신의 내면세계를 세밀히 밝힐 수 있다는데 그 특징이 있다. 또한 독자로 하여금 자신의 내면을 보여주기 때문에 친밀감을 느끼게 하며, 독자와의 심리적 거리 또한 가깝게 좁혀준다.

이러한 서간체 소설의 특성을 고려하여 내용면에서는 허구적인 성격을 띠고 있을지라도 한설야 자신의 내면을 주인공 '나'에 투영시키고 있다는 인상을 받는다. 그것은 작품에 등장하는 '나'의 설정을 보면 추측 가능해진다.

> 내가 지에코 상을 알게 된 것은 동경에서 돌아와 <u>B읍의 사립학교 교원</u>이 되었던 때의 일입니다. (한설야(1942), 「影」, 「國民文學」, 1942 송년호, p.101, 이하 작품명과 항수만 기재함)

작품 「影」에 사립학교의 교원으로 등장하는 주인공 '나'와 동일하게 한설야도 1921년 동경으로 가 일본 사회대를 다니다 관동대지진으로 인해 휴학, 귀국하여 1923년 북청고보 학습강습소(후에 대성학교)에서 교사로 재직한 적이 있다. 또한 동경에서 공부하고 돌아왔다는 '나'의 학력에 관한 부분 역시도 한설야와 일치 되는 부분이다.

> 나는 당시 <u>헤겔</u>에 열중해 있었는데…… (중략) 그 때 나에게 있어서 가장 즐거운 일과였습니다. (「影」, p.102)

　　주인공 '내'가 헤겔에 심취해 있었다는 것은 마치 한설야 자신이 프롤레타리아문학 계열의 작가임을 감안하여 주인공에게도 자신과 같은 공통적 문학 취향을 부여한다.

　　주인공 '나'와 한설야의 학력과 직종이 일치한다는 점과 그리고 자기고백적인 서간체 소설로 쓰였다는 점에 있어서는 작품 「影」 또한 한설야의 신변소설류 중 하나로 볼 수도 있을 것이다. 그러나 주인공 화자와 작가가 일치하는 부분이 있다고 해서 그 둘이 한 사람이라고 가정하기엔 어느 정도 한계가 있다는 것을 명심해야 할 것이다. 그런 의미에서 본다면 이 두 작품에서는 작가 한설야와 주인공 '나'가 일치되는 부분이 있지만, 확연히 작가와 화자가 동일인이라고 가정하기엔 비약이 없지 않다. 그러나 두 작품에서 한설야는 주인공 '나'를 통해 자신만의 색깔을 내기 위해 부단히 노력한다.

　　작품의 외형은 읽는 동안 단지 연애소설에 지나지 않는다고 보이지만, 그 내면의 장치들을 고려하면 단순한 연애소설로 결론짓기는 무리가 있는 부분이 있다. 그것은 소설에 설치된 '장치'들에 의해 더욱 극명하게 드러난다.

3. 협력과 저항사이에서

　　앞서 살펴본 바와 같이 두 작품 「血」과 「影」에는 주인공과 작가가 다른 인물인 듯하면서, 다양한 상관관계를 가지고 있다. 이는 소설이라는 장르 자체가 작가의 삶이 부여되지 않을 수 없다는 하나의 특성이기도 하겠지만, 1인칭 주인공 시점에서 스토리를 전개해 간 것은 한설야가 그 주인공을 통해 자신을 드러내기 위한 작가의 의도적인 장치 중 하나라고 본다.

그렇다면 작가 한설야는 이 두 작품에 또 어떠한 장치들을 삽입하여, 일본어 글쓰기를 통해 자신만의 목소리를 피력해 나갔는지, 그리고 그를 연구하는 연구자들이 이 두 소설을 친일문학으로 규정하지 않는 이유는 무엇인지에 대해, 작품 속 내용을 통해 면밀히 살펴보도록 하겠다.

3.1 협력적 장치

식민지기 문학 연구자들은, '한설야는 우회적 글쓰기의 대표적인 문학인이다.8)'고 자주 언급한다. 이는 일본어 글쓰기를 하였음에도 불구하고 그 내용면에서는 당시 일제의 식민지 정책에 비협력적이었다는 점에서 그러한 견해를 갖는 것이다. 바꿔 말하자면 일본어 글쓰기는 일제에 협력하는 것처럼 보이기 위한 하나의 수단으로 이용한 것에 불과하였다는 의미가 된다.

그렇다면 한설야는 「血」과 「影」에서 일제의 감시의 시선을 피하기 위해 일본어 외에 시국에 협력하는 것처럼 '보이게' 하기 위해 어떠한 장치를 가지고 서술해 나갔을까? 우선 앞에서 언급했듯이 일본어로 글쓰기를 하였다는 점, 시국적 헤게모니를 가장 잘 드러내고 있는 잡지 「國民文學」에 두 작품이 실렸다는 점에서, 작품의 내용을 들여다보지 않는 한, 표면만 논하자면 이는 분명 친일문학에 속하는 작품임에 틀림없다.

그 이유인 즉, 일제가 일본어 사용을 국어화하기 위해 전면적인 일본어 사용을 요구하자 당시 문학자들 사이에서는 글쓰기를 접느냐, 일본어

---

8) 김윤식(『임화연구』, 『일제말기 한국작가의 일본어 글쓰기론』), 김재용(『일제말 사회와 문학 – 협력과 저항』 – 「한설야 – 『대륙』과 우회적 글쓰기」) 등은 한설야의 일본어 글쓰기에 대해 이렇게 말한다.

글쓰기를 통해 조선의 실정을 이야기하느냐, 아니면 시국에 동참하느냐 하는 딜레마에 빠져 있었다. 이런 상황에 한설야의 두 작품이 「國民文學」에, 일본어로 쓰여 졌다는 것은 한설야를 잘 모르는 사람이라면 일제에 동조한 친일작가로 오인받기 쉬울 것이다.

그러나 이러한 친일이라는 시선을 극복하기 위해 한설야는 두 작품을 '러브스토리'라는 모티브로 이야기를 엮어간다. 이는 어떠한 민족적 이데올로기나, 시대적 이데올로기에서 벗어나 남녀 간의 사랑을 다룬 연애소설로 보이게 하기위한 하나의 '장치'라 할 수 있다. 사실 연애라는 모티브는 한설야의 초기 소설 방식 중 하나였다. 특히, 주인공 '나'에 의한 고백체 형식이라는 점, 일본인과 조선인의 결혼문제라는 점 등은 그의 작품 「그릇된 동경」(1927)과 유사하게 그려지고 있다. 9)

이러한 조선인 남성과 일본인 여성의 연애라는 모티브는 당시 일제가 내건 '내선일체'의 완성을 위한 '내선결혼' 정책에 협력하는 듯한 인상을 준다. 그러나 고집스런 한설야가 자신의 초기 작풍이었던 연애담을 굳이 1940년대에 와서 재구성하였다고 단순하게 생각해서는 안 될 것이다. 원래 연애소설은 대중들에게 널리 읽히고 폭넓은 사랑을 받는 소설 유형 중 하나이다. 일반적으로 남녀 간의 사랑을 중심축으로 하여 사건이 시작되고 종결되는 소설 일반을 가리킨다. 그 사랑에는 정신적인 것, 그리고 육체적인 것이 있을 수 있는데, 사람들은 남의 연애담에 관심을 기울이며 사랑에 관한 이야기를 듣고 싶어 한다. 또한 이러한 연애 이야기 속에는 단순한 남녀 간의 사랑도 있지만, 거기에 수반된 갈등, 그리고 그 사랑에 대한 장애요소들, 그리고 그에 따르는 모험 등 흥미진진한 이야기 거리가

---

9) 장석홍(1997), 『한설야 소설 연구』, 박이정, pp.26~27, 김재용(2004), 『일제 말 사회와 문학 - 협력과 저항』, 소명출판, p.196

다양하게 수반되기에 독자들은 더욱 연애 소설에 열광하게 된다. [10]

　이러한 이유로 인해 연애소설은 일반인에게 읽혀지기 쉬워 다른 유형의 소설류보다 그 영향력이 크다고 할 수 있으며, 그러한 사랑이라는 매개체 안에 어떠한 사상 따위를 연결하여 논하게 되면 거기에 대한 설득력은 더 배가 될 수 있을 것이다. 그렇기에 작가가 연애소설을 문학적 장치로 이용하여 독자에게 자신의 내면을 전한다면 그 영향력이란 남다르리라 본다.

　이러한 연애소설이 가지고 있는 장르로서의 특징과 한설야의 독특한 고집이 서로 어우러져 일본어 소설 「血」과 「影」을 만들어 내었다면, 작품에 내재되어 있는 하나하나의 의미들을 살펴봐야 할 필요성을 느낀다.

　　경성에 있으면서 아직 자립하지 못하고, 처갓집에 주눅 들어 기숙하며 겨우 생계를 잇고 있는 터라 (중략) 경성에서는 자질구레한 일이라도 자활의 길을 얻을 수 있을 것 같지 않았다. 곧바로 동경하던 도쿄로 날아가고 싶었으나…… (「血」, p.168)

　　마사코는 마음가짐이 어여쁘고 게다가 기량도 좋은 여자라고 생각하고 있었는데 얼굴도 마음도 예쁘다는 것이 오히려 나와 그녀의 거리를 멀게 하는 조건 …… (「血」, p.175)

　　마사코의 잘 정돈된 얼굴, 나긋나긋하고 투명하게 보이는 몸매, 형태는 있으나 향기 이외에는 아무 것도 가지고 있지 않을 것만 같은 깨끗한 육체는 나같이 미천한 존재에게는 오히려 신기루에 불과했다. (「血」, p.176)

---

10) 대중문학연구회(1998), 『연애소설이란 무엇인가』, 국학자료원, p.9

위의 인용문을 살펴보면 경성이라는 곳은 더 이상 희망이 남아있지 않는 場으로, 일본의 도쿄는 앞으로 장래성이 보이는 희망적인 場으로 표현되고 있다. 이는 조선의 경성과 일본의 도쿄에 대해 주인공이 느끼는 이미지를 정반대로 대치시킴으로서 일본에 대한 동경심을 독자로 하여금 갖게 하기에 충분하며 이는 일제의 입장에서 본 다면 내지의 우월함을 강조했다는 점에서 환영할만한 스토리 구조라고 여겨진다. 그리고 조선인 남성보다 일본인 여성의 정신적으로나 육체적으로 우수함을 내세움으로서 조선인 보다 일본인이 우월함을 강조하는 장치로서 작용한다고 할 수 있다.

> 내가 성덕태자展에 입선했을 때 <u>누구보다도 기뻐해 준 사람은 이소가이와 마사코였다.</u> 이소가이는 마사코의 말처럼 근본은 선량한 사람으로 내 입선이 문하생 전체의 명예라고 말하며 진심으로 축하해 주었다. 그는 나의 사람됨과 그림을 보고 새로운 우정을 느낀 듯했다. 나 자신도 <u>그의 예술가적인 감수성과 선량함에 동감을 느꼈다.</u> (「血」, p.180)

한설야는 작중에 등장하는 일본인(선배 이소가이)에 대해 무척 단순한 성격(담배 선물에 금세 주인공에게 대하는 태도가 달라지는)으로, 비록 예술의 가치에 대한 질투와 시기는 있을 지라도 무척 따뜻한 사람으로 그림으로서 일본인과 조선인 사이의 반감을 살만한 대목은 우회적으로 넘어가고 있다. 이는 일제의 통제 하에 쓰인 이 작품을 일본인을 조선인과 친근한 관계로 묘사하면서 어떻게든 직접적인 일본인에 대한 반감은 나타나지 않게 하려는 의도로 보인다.

이처럼 「血」에서 보이는 마치 일제에 협력하는 듯 어필하는 서사적 구조들은 또 다른 한설야의 일본어 작품 「影」에서도 유사하게 보인다.

> 당신이 **B읍에서 미인**이라는 것은 소문으로 듣지 않아도 내 눈으로
> 봐서 잘 알고 있습니다. (중략) 당신은 언제나 <u>미인 특유의 사귀기 어려</u>
> <u>운 냉정함을 보이며 손가락 하나라도 닿고 싶지 않다고 하는 야무진 얼</u>
> <u>굴의 표정이었습니다.</u> 당신은 <u>역시 기품이 있고 약간 새침하였습니다.</u>
> (「影」, p.104)

위의 인용문에서 알 수 있듯이 「血」에서 '마사코'가 주인공 '나'와는
다르게 우수한 여성으로 묘사된 것처럼, 「影」에서도 '지에코'에 대한 찬
사는 마사코와 마찬가지로, 지적인데다 마을에서 제일가는 미인으로 그
려진다.

> 당신의 어머니는 상당히 정숙하고 <u>마음씀씀이가 부드러우신</u> 분이었
> 습니다. (「影」, p.106)
> 당신이 말한 것처럼 <u>관대하고 말이 없는 아버지</u> (「影」, p.114)

또한 「血」에서처럼 이소가이를 처음 대면했을 때의 편견이 사라지고
우호적으로 바라본 것과 같이, 지에코의 어머니와 아버지에 대해서도 특
히 아버지에 대해서, 처음과는 다르게 자신에게 매우 호의적인 인물로
묘사하고 있다. 한설야의 일본어 소설 「血」과 「影」에서 협력으로 보이는
부분들을 표로 제시하면 다음과 같다.

<표 1> 「血」과 「影」의 협력적 장치

작품	협력적 장치
「血」	① 일본어 글쓰기 ② 「國民文學」에 발표 ③ 조선인 남성과 일본인 여성의 사랑이야기 ④ 일본인에 대한 우호적인 시선처리 ⑤ 경제적으로 무능력한 주인공, 조선인 남성 ⑥ 일본인 여성의 우수성-지성, 미모겸비 ⑦ 東京이라는 내지에 대한 희망
「影」	① 일본어 글쓰기 ② 「國民文學」에 발표 ③ 조선인 남성과 일본인 여성의 사랑이야기 ④ 일본인에 대한 우호적인 시선처리 ⑤ 일본인 여성의 우수성-지성, 미모 겸비

이처럼 두 작품 「血」과 「影」은 일본어로 쓰여, 「國民文學」에 실렸다는 이유만으로도 한설야가 일제에 동조하기 위한 협력의 의미를 가진 작품이 아닌가 하는 의구심을 조장하기에 충분하며, 작품에 묘사된 일본인을 바라보는 시선 또한 조선인 보다 우수한 입장에서 논해지는 것으로 보아 일제에 협력하는 작품으로 '보이기' 쉽다.

그러나 그동안 카프계열의 노선을 걸어오면서 두 번의 옥고를 치루고 난 후에도, 전향을 하지 않았던 한설야가 단지 일본어 글쓰기를 하였다는 것만으로 그가 일제에 협력하였다고 단정하기도 어려울 것이다.

3.2 저항적 장치

그렇다면 한설야 연구자들이 「血」과 「影」을 '우회적 글쓰기'를 하였다고 단언하는 이유는 어디에 있을까? 협력으로 '보이는' 커다란 메커니즘 안에 숨겨진 저항적 의미를 지닌 소설 속 장치들에 관해 살펴보고자 한다.

「血」과 「影」에는, 협력적으로 보이는 장치보다 저항적으로 보이는 장치들이 좀 더 세밀함을 알 수 있다. 이는 읽는 독자로 하여금 저항처럼 '보일' 수도 있고 그렇지 않을 수도 있음을 감안할 때 독자에게 그렇게 '보이는' 또한 '보여지기'를 바라는 한설야의 의도가 숨겨져 있다고 본다. 특히 한설야는 작품 「影」보다는 「血」에서 자신의 내면을 주인공 '나'에 좀 더 강하게 이입시켜 서술한다.

> <u>운명의 좌절감에 기가 꺾이지만 않도록</u> 넓혀진 예술에 대한 열정을 단단히 가슴에 품고 5년 만에 다시 고향에 돌아 왔다. (「血」, p.168)
>
> <u>나의 바보스러운 열중함</u> (「血」, p.171)
>
> <u>나의 고집스러움</u> (중략) 나는 원래 임기응변하여 사람 마음에 들도록 할 수 있는 인간이 아니었기 때문에 그 말로 인해 자신의 태도를 바꾸는 일은 할 수 없었다. (「血」, p.171)
>
> 나와 같은 <u>內地의 예의범절에 머리가 둔하여 통명스런 사람은</u> 감히 이소가이에게 아첨하여 받아내고 싶지도 않았고 엄숙 그 자체인 집에 들어가는 것도 오히려 겁이 났다. (「血」, p.172)

위의 인용문에서 고집스러움, 예술에 대한 열정, 임기응변에 대처하지 못하는 태도 등을 주인공 '나'를 통해 자주 반복하여 서술함으로서 자신의 고집, 오기(김윤식과 서경석은 한설야의 고집을 '오기'라고 언급한다) 등 자신의 성격을 주인공을 통해 표출한다. 이러한 한설야의 고집스러움은 카프 해체이후 많은 카프계 작가들이 전향하였을 때에도 잠시 신변 소설류의 소설을 썼을 뿐 전향을 하지 않은 작가로 남게 해준 그의 끈질긴 문학에 대한 집념과도 일치된다.

덕이냐! 일부러 안와도 되는데. <u>나는 아직 죽을 것 같진 않다야. 살 것이야. 꼭 살 것이다.</u> 내 앞에는 아직 <u>고생이 산더미같이 남아있어. 이 고생을 모두 하지 않고서는 신이라 해도 데리고 갈 수 없을 것이다.</u> (「血」, p.168)

「血」에서의 강인한 어머니, 끈질긴 생명력을 가진 어머니는 주인공에게 있어서 마지막까지 자신이 살아가는 것에 커다란 버팀목이 되어준다. 위의 인용문에서와 같이 병환 중에도 자식 앞에서는 끝까지 강한 모습을 잃지 않으려는 어머니의 모습은 그 당시 식민지 하에서도 일제의 굴욕에 끝까지 저항하기를 바라며, 식민지인으로서 겪어야하는 나약함을, 병든 어머니가 어떻게든 살아보려고 하는 강인함을 통해, 이겨내길 바라는 작가의 욕망이 암묵적으로 내재되어 있는 듯 보인다. 이는 어머니가 아직도 산더미처럼 남은 '고생'과 주인공인 '나'가 한평생 싸우지 않으면 안 되는 '고통'이 일맥상통함을 의미한다. 다시 말해 언제 끝날지 모르는 식민지라는 현실의 '고통'을 의미하는 것이며 이는 식민지하에서 겪어야만 하는 경제적인 궁핍에 의해 타협과 저항 중 어느 한쪽을 선택하지 않으면 안 되는 당시 지식인의 고뇌마저 느끼게 한다. 이는 아래의 인용문에서 더욱 극명하게 와 닿는다.

<u>어머니의 죽음은 나로부터 어머니와 고향을 동시에 빼앗아가 버렸다.</u> 그것은 <u>이미 육체의 고향이 아닌 영혼만이 왕래할 수 있는 몽환경과도</u> 같았다. (「血」, p.169)

어머니의 죽음이 곧 고향을 잃은 슬픔과 그대로 일치되면서 자신을 지

탱케 해준 버팀목이 사라졌다는 의미를 지니며, 고향(=조국)을 잃은 당시의 슬픔과도 견줄만한 아픔으로 자리 잡았음을 의미한다. 그 이후 작품 안에서 고향은 이미 형체를 잃어버린 채 마음속에서만 존재할 뿐이다. 이는 식민지인으로서 감당해야할 고통의 자기암시를 대변한다고 할수 있을 것이다.

> 완전히 초보자인 듯한 이소가이의 설명을 점잔빼고 듣고는 있었지만 이미 5년이나 그림 수행을 해온 나에게는, <u>달리 귀 기울이게 할 정도의 것은 아니었다.</u> 단지 밑그림 상에 얇은 종이를 놓고 그대로 묘사한다는 것 그것 자체부터가 모처럼의 창작적 행동을 일으킬 수 없게끔 하는 것이었으나 그것도 일단 성실하게 <u>학원의 방침</u>에 따라야 했다. (「血」, p.171)

> "그림 입문도 되지 않은 주제에 어설픈 자기 방식이 생겨 끝내버리면 자네, 그거야말로 호랑이를 그려놓고 개가 된 꼴이지. 좀 더 생각을 집어넣어서 선생님 그림을 그대로 생생하게 모사해야 할 것이야. 선생님의 그림은 한 점 한 획이라도 소홀한 부분이 있어선 안 돼. 거기에 선생님의 선생님다운 부분이 있으며 그러한 선생님의 그림의 정신을 배우는 것이야 말로 가장 좋은 것이야"라고 <u>엉뚱하게 열을 내뿜고 있었다.</u>
> (「血」, p.172)

또한 주인공의 그림 선배인 이소가이에 대한 서술은 주인공 '나'보다 실력이 못함을 드러내고 있으며 이는 더 나아가 자신의 미술 선생인 스이후 선생에 대해서도 그다지 실력이 뛰어나지 않음을 넌지시 이야기한다.

그러나 이러한 허세와 권위만 내세우는 일본인에 대한 묘사는 마사코

로 인해 급반전이 되고 앞 장에서 살펴본 것처럼 실력 없는 선배 이소가
이는 마음씨 좋은 선배로 둔갑하고 만다. 이는 식민자와 피식민자의 거
리를 인간 대 인간으로 보려함이며, 되도록 검열에 걸리지 않도록 우회
적으로 피식민자를 그리려한 의도가 엿 보인다. 그리고 주인공 '내'가 일
본이 아닌 고향(조선)의 자연을 그려 성덕태자展에서 입선을 한 것은 조
선적인 것이 일본의 자연보다 더 우수함을 우회적으로 표현한 것이라 본
다. 이는 조선의 우수성을 강조함과 동시에 일본에 조선의 아름다운 풍
광을 알리는 또 다른 숨은 장치라 여겨진다. 그러나 이 작품에서 한설야
가 강하게 드러내고 있는 저항적 메타포는 바로 두 남녀의 이별에 있을
것이다.

> 나는 이미 아내가 있고 아이도 있는 몸이라는 것을 처음으로 마사코
> 에게 고백하였다. (중략) 마사코는 그 후 내 하숙집에도 학원에도 얼굴
> 을 비치지 않았다. (「血」, p.183)

비록 주인공 '나'가 유부남임을 밝혔기에 마사코가 자신을 떠난 것이
라고 서술하고 있지만 마지막 결말 부분에서 그 이유를 드러낸다.

> 마사코는 이러한 호의가 나에게는 하나의 고통이 된다는 것을 그녀
> 도 생각이 미치지 못 했을 것이지만 결국 이번에도 그녀는 나에게 고통
> 이외에는 아무것도 남기지 않았다. 그것으로 괜찮다. 한 평생 고통과 싸
> 우지 않으면 안 될 운명을 타고났으니 피할 수 없는 것이다. 그러나 <u>나
> 의 고통이라는 것은 반드시 외부에서 전해져 오는 것이 아니라 내 피
> 속에 있는 것이 아닐까?</u> (「血」, p.190)

이러한 두 남녀의 이별은 이 작품의 가장 클라이맥스이며 한설야의 의도를 극명하게 드러낸다고 할 수 있다. 즉, 당시 일제의 캐치프레이즈와도 같았던 '내선일체'의 완성인 '내선결혼' 정책에 대해 강하게 저항하는 것인 셈이다. 마지막 결말 부분 단 한 줄에서 그만이 가지고 있는, 당대 일제에 협력했던 작가들과는 다른, 그만의 자존심을 드러내고 있었던 것이다. 이는 마지막 부분에서 제재와 동일한 '혈'의 상이성에 대해 언급하면서, 주인공 나와 마사코가 '나'가 유부남이라는 이유로 결합할 수 없음이 아닌, 조선인이라는 타고난 혈통에 의해 일본인과 하나가 될 수 없음을 단적으로 표출하고 있는 것이다. 이 마지막 한 줄은 또 다른 의미에서 일본인과는 다른 조선인의 '피'가 흐르는 한설야 역시, 그 '피'로 인해 계속해서 일제에 저항하지 않으면 안 되는 피식민지 지식인의 내면의식을 드러내고 있다고 해도 과언이 아닐 것이다. 작품 「影」에서 지에코는 「血」의 마사코와 마찬가지로 주인공과는 어울리지 않는 절세미인에 세련된 미를 갖춘 여성이다.

> <u>B읍에서 미인</u>이라는 것은 소문으로 듣지 않아도 내 눈으로 봐서 잘 알고 있습니다. (중략) 그러나 당신은 언제나 미인 특유의 사귀기 어려운 냉정함을 보이며 손가락 하나라도 닿고 싶지 않다고 하는 야무진 얼굴의 표정이었습니다. 당신은 역시 <u>기품이 있고</u> (중략) <u>그 나긋나긋한 동작과 나의 촌스런 무표정</u>이 어떻게 어울릴 수 있었는지 생각하겠죠. (「影」, p.102)

이는 처음부터 둘이 이루어질 수 없음을 암시하는 대목인지도 모른다. 그렇기 때문에 안 되는 이유, 그 이유를 그녀가 미인임을 강조하면서 육체에 의한 다시 말해 몸에서 풍기는 형체의 상이점에서부터 하나되기 어렵다는 것을 제시하고 있다. 그런데 작품 「影」은 「血」과는 다르게 주인공 '나'는 우수한 엘리트 청년으로 묘사된다.

> 내가 동경에서 돌아와 B읍의 사립학교의 교원이 되었던 때의 일입니다. (「影」, p.102)

동경유학에 사립학교 교원에 사촌 형은 대학병원 의사로 그리고 헤겔과 괴테에 심취해 있는 지식인으로 묘사되는 주인공 '나'는 육체적으로는 지에코와 어울리지 않는다고 서술하고 있으나 지적인면에서는 지에코보다 그리고 지에코의 동생이나 지에코를 연모하는 사토보다도 월등한 인물로 그려진다. 이는 조선인 남성과 일본인 여성의 지위를 동일하게 하여, 단지 두 사람의 차이가 민족적인 면에 있음을 더욱 부각시키기 위한 하나의 장치라 여겨진다.

이 작품에서 특이한 점은 지에코의 아버지에 관한 묘사이다. 그녀의 아버지에 대한 주인공 '나'의 표현은 전쟁에 참전 한 적이 있음을 알기 때문인지 매우 무서운 사람으로 그리고 있다. 아니 암흑이라고 까지 표현하고 있다.

> 당신의 아버지를 보았는데 작은 몸집에 상당히 까다로운 얼굴을 하고 있는 분이었습니다. 당신에게 너무 많은 호의를 가지고 있는 탓인지 사실을 말하면 당신과 같은 미인의 아버지라고는 생각되지 않았습니다. (중략) 그러나 보면 볼수록 험상궂고 무뚝뚝한 분이었습니다. 나는 어쨌든 무서운 기분이 들었으며 그것만으로 나의 세계의 긴 구름 낀 하늘을 나의 장래로 상상하기도 하였습니다. (「影」, p.105)

이는 한설야의 내적인 심리가 표출되어 있는 부분이라고 여겨진다. 아버지와 전쟁, 그렇기 때문에 좋은 모습으로 다가오지 않는 이유, 즉 일본의 제국주의에 대한 비판이 그 아버지로 인해 투영된 것이며 그를 직접 접하진 않았지만 그를 험상궂은 인물로 묘사했다는 면에서 그 당시 일제의 군국주의와 제국주의를 가부장적인 아버지의 형상으로 대변한 작가의 의도적 장치라고 할 수 있겠다.

> <u>다른 사람은 어떻게 말할지 모르겠지만 나는 제가 걸어온 길이 틀렸다고도 빈약하다고도 생각지 않습니다. 또 그 전 이것외의 다른 길을 들어서려고도 하지 않습니다.</u> 요즈음 제 마음에 염원하는 것은 내가 마침내 사라져야만 하는 하나의 형해로 남은 그 순간까지 <u>지금과 같은 발걸음을 계속하고 싶다는 것입니다.</u> 그렇게 할 때만, 나의 마음 속 생명의 소리가 나에게 들릴 수 있기 때문이다. (「影」, p.123)

현실의 나로 돌아온 주인공의 독백과 같은 위의 인용문은 한설야 자신을 그대로 주입시키고 있다는 인상을 준다. 마치 자신이 걸어온 길에 대해 단한점도 부끄러움이 없으며, 자신이 걸어온 길 자신의 작품 안에서의 작가관은 예전이나 지금이 변함이 없음을 주인공을 통해 대변하는 것처럼 보인다.

그리고 역시 「血」과 동일하게 두 남녀가 결합 못하고 각자의 길을 걷고 있음에 후회하지 않는다는 결말을 지으며 조선인과 일본인이 하나 될 수 없음을 이야기한다. 이는 결말로 이끌어가기 전 주인공 내가 헤겔과 괴테를 즐겨 읽는 반면, 지에코는 하이네를 즐겨 읽는다는 문학적 취향이 다름에서부터 둘의 이질성이 조금은 암시된다. 「血」에서는 두 남녀의 이별의 조건이 유부남이었다는 이유가 있었기 때문이라면, 「影」에서는 두 남녀가 굳이 이별해야하는 이유를 드러내지 않음으로써, 일본인과 조선인이라는 민족적 차이 하나만으로 이별하게 되었음을 암시한다. 마지막에서 피식민자의 열등적 자격지심을 우회적으로 드러냈다고도 할 수 있을 것이다.

> 만약 내가 당신과 결혼을 했다고 한다면 결국 어떻게 되었을까요. 말할 것도 없이 지금 당신과 나의 아이와는 다른 얼굴의 아이가 태어났겠지요. 그리고 <u>그 얼굴이 다른 것처럼 각각 다른 심리를 가지고 다른 길을 걷고 있겠지요. 물론 인간으로서의 모양은 약간은 같겠지만 그러나 그 혼에 각각 어느 정도 차이가 있을까하고 나는 가끔 심각하게 생각하곤 합니다.</u> (「影」, p.123)

「血」과 「影」에서 저항적으로 '보이는' 장치들을 <표 2>와 같다.

<표 2> 「血」과 「影」의 저항적 장치

작품	저항적 장치
「血」	① 생명력을 가진 어머니 ② 고향에 대한 그리움 ③ 일본인(남성)의 무능력함, 단순함-선배 이소가이를 통해 ④ 주인공의 우수함-조선인 남성의 미술의 우수성 ⑤ 남녀의 이별-마사코와 '나'의 이루어지지 못함 ⑥ 주인공의 고집스러운 성격 ⑦ 고향을 그린 그림의 당선-내지(일본)에서 조선의 풍광을 그림 ⑧ <血>이라는 제재-조선인과 일본인이라는 '피'의 상이성
「影」	① 엘리트 조선인-동경유학, 선생이라는 직업 ② 아버지에 대한 묘사-지에코 아버지에 대한 주인공의 심경

<table>
<tr><td></td><td>③ 일본인 남성의 무능력함-지에코의 남동생, 사토에 관한 묘사
④ 남녀의 이별-지에코와 '나'와의 자연스런 이별
⑤ <影>이라는 제재-절대 벗을 수 없는 또 다른 그 무엇</td></tr>
</table>

이처럼 한설야는 「血」과 「影」을 일본어로 집필 하였음에도 불구하고 연애 모티브를 이용하여 조선인과 일본인의 본질적으로 맺어질 수 없음을 강하게 어필하였다. 그리고 그 안에 이중의 숨은 장치, 시국에 협력하는 것처럼 '보이는' 소설을 써 내려가면서, 그 안에 시국에 저항하는 은유적인 장치들을 작품 곳곳에 배치해 둠으로써 자신만의 색깔을 드러내었다고 할 수 있다. 이 이중적 장치들은 간혹 애매함마저 띠고 있어 당시 조선 문단(유진오, 최재서)마저도 한설야가 협력과 저항 중 어느 노선을 선택하여 작품을 써내려 갔는지에 대해 의구심을 갖게 만드는 결과를 낳는다.

4. 유진오, 최재서의
「血」과 「影」에 관한 一言

1942년 「國民文學」 11월 특대호에 「國民文學」이라는 것-창작의 1년」이라는 제재로 유진오가 잡지 「國民文學」에 글을 기재한 작가들에 대한 평론이 있다. 그 중에는 한설야의 「血」에 관해서도 논한 바 있는데 그 내용을 살펴보면 다음과 같다.

한설야씨의 「血」(「國民文學」 1월호)은 조선인 청년, 그림 그리는 학생과 같은 문하의 마사코라는 일본인소녀와의 덧없는 사랑이야기이지만, 조선인 청년이라든가, 일본인 소녀라는 것보다도, 이 작가의 변함없는 신선한 정열이 기뻤다. 주인공의 젊은 기분도, 향토애도, 외고집도, 스이후 선생의 예술가다운 풍모도, 이소가이와의 갈등도, 마사코의 순정도, 모두 생동하는 듯 활기차게 그려져 있다. 그러나 이 작품은 주인공과 마사코가 이별하기까지의 윗부분이 좋았다고 생각한다. 작자는 무엇 때문에 후일담을 덧붙였는지 모르겠지만 또는, 이 후일담마저도 작품의 생명이 있다고 생각하고 있는지 모르겠지만, 어쨌든 후일담 때문에 이 작품의 감명이 조금 시시해져 버리는 것은 부정할 수 없다. (중략) 기껏 이러한 제재를 다루었기 때문에, 좀 더 깊이 파고들어 풍속, 습관, 풍토, 정치적 사회적 지위 등의 차이로 야기되는 여러 가지 마찰이나 갈등, 그리고 이러한 것들의 극복도 다루었다면 하고 생각되는데 어떠한가. (유진오(1942), 「國民文學」 - 國民文學이란 것 - 창작의 1년」, p.8)

유진오는 한설야의 두 작품에서, 두 남녀가 이루어 지지 못함에 애석해 하는 듯한 뉘앙스를 풍기며 민족적인 면을 초월하여 둘의 관계가 원만히 내선일체로 일치되기를 바라는 글을 남긴다.

이는 한설야가 「國民文學」의 취지에 맞도록 글을 쓰기를 원하였음을 암시하며 또한 시국에 동조하는 한설야를 원했음을 단적으로 보여주는 것이 아닌가 하는 생각이 든다. 그리고 그는 「血」의 후일담에 대해 무척 불쾌함을 드러낸다. 유진오는 주인공 '나'와 마사코가 조선에서 우연히 재회하여 일어나는 사건에 대해 불필요하다고 느끼는 것일까. 주인공을 대하는 마사코의 행동 때문일까? 그러한 사건(주인공이 마사코에게 호의로 그려준 그림을 마사코가 돈으로서 지불하고 떠나는) 후 주인공 '나'의 결의에 찬 마지막 단 한 줄 때문일까? 이에 대해서 필자는, '피'의 상이점에 의해 이별하였고, 그런 '피'의 상이점으로 인해 식민지기를 살아가는 '나'는 고

통스러울 수밖에 없다는 것을, 소설로 서사한 것을 유진호는 못마땅해
한 것이다.

　또한, 잡지 「國民文學」(1942) 송년호 즉, 한설야의 「影」이 실린 권에 보
면 작가 石田耕人(최재서의 일본식 창씨개명, 때로는 石田耕造)이 쓴 「문예시평 —
한설야의 신선함」(pp.52~53)에, 「國民文學」에 실린 한설야의 「血」과 「影」
에 대한 평을 썼다.

　　　　한설야의 「血」은 작품 평이 좋지 않다. 문단과 그 외부 — 여기서 외부
　　　란 주로 문단을 감시하는 지도자의 무리를 말한다 — 고개를 모두 다 그
　　　리 좋은 반응은 아니다. 「血」의 최초의 몇 줄을 읽으면 '이것은 틀림없
　　　이 내선일체를 그린 소설이다'라고 생각함에 틀림없다. 그러나 작자는
　　　당연 기대하는 듯한 원만한 내선일체의 결혼까지 작품을 이끌지 않았
　　　다. 작품의 표제는 당연한 결말을 숙명적으로 막는 피의 상이점을 암시
　　　하는 듯하며 이로 인해 격노조차 산 듯하다. (중략) 이 작품은 단지 <u>일
　　　본인 여성에 대한 불타는 짝사랑의 추억이다.</u> 단지 그 뿐인 작품이다.
　　　이를 이상하게 <u>시국의 문제와 연결시켜 읽기 때문에 불만과 격분이 일
　　　어나는 것이다.</u> (p.52)
　　　　어쨌든 <u>이 작품은 단순한 연애소설이다.</u> (중략) 단지 이 작품에서 신
　　　선하다고 할 점은 일본인을 끌어 들였다는 것이며 이는 조선 문단에 있
　　　어서 특별한 경험이 아닐 수 없다. 아직까지는 이러한 작품이 전무하기
　　　때문이다. (중략) 꼭 여성이 아닌 후지산이나 존경하는 친구나 스승 어
　　　딘가 한부분에 <u>일본의 우수한 점을 지적한다면 그 문학은 國民文學으로
　　　서 충분히 장래가 기대되는 것이다.</u> (p.52)

한설야의 「血」을 시국의 문제와 연결하여 본다면 최재서의 말대로 조선 문단에서는 한설야도 일제에 동조하는 것처럼 보이나 실제는 '내선결혼'을 부정하는 듯한 서사로, 외부(지도자 무리)의 시선으로도, 스토리의 조선인과 일본인 두 연인이 맺어지지 않았다는 점에서 내선일체에 동의할 수 없다는 작가의 저항의식을 인지하였을 것이며, 따라서 곱지않은 시선이었을 것이다. 그러한 이유에서인지 최재서는 한설야의 작품이 단지 연애소설임을 다시 한 번 강조하고 있으며, 마치 그가 말하는 외부인들에게 한설야를 대신해 「國民文學」의 지향점인 국민적 정신, 즉 일본 국민적 정신(한정된 범위 안에서 문학을 하지 않는 점과 우수성을 내포시킴으로써 문학을 통한 국민의 성격 형성)을 내포하고 있음을 대변하는 것처럼 보인다.

또 한 가지 유진오는 「血」에 대한 제목을 애석해하면서도 그 신선함에는 도취되었다고 고백했는데 말 그대로 신선하다고 할 수 있는 작품이다. 일본에 사랑을 부활시켰다는 것과 함께 오랜만에 리얼리즘의 자존심을 내 걸은 문학의 청춘이 되돌아 왔다고 한다면 이 이상 기쁜 이야기는 없다. 두 번째 작 「影」은 이상의 것을 더 확증하는 듯 한 작품으로 이 이상 말할 것도 없다. (p.53)

그리고 「血」과 「影」이, 조선인 남성과 일본인 여성의 사랑이야기라는, 당시로서는 상당히 신선한 소재적 아이디어와 내용을 높이 봤다고 할 수 있을 것이다. 그러면서 「血」보다는 「影」에 좀 더 좋은 점수를 주는 까닭은 무엇일까. 이는 「血」에서 보이는 한설야의 독특한 고집스러움이 「影」에서는 좀 더 순화되어 표현되고 있음을 감안한 처사가 아닌가 한다. 최재서는 한설야가 느닷없이 연애담을 쓸 작가가 아니라고 평하고 있다.

새삼스럽게 로맨스를 썼을까하고 이 작가를 아는 사람 정도의 사람
이라면 일단 소근 댈 것이다. (p.52)

이처럼 「國民文學」의 편집자 최재서마저도, 한설야의 「血」과 「影」을
단순한 연애소설로만 판단하지 않는 듯한 미묘한 뉘앙스를 쓰고 있는데,
이는 한설야라는 작가에 관한 인지의 불확실성과 작품 내용면에서 협력인
지 저항인지 확실히 판단불능의 평이 아닐까 하는 추측도 가능할 것이다.

5. 나오며

한설야라는 작가는 일제강점기, 어려운 사회 정세 속에서도 자신의 신
념을 굽히지 않은 비전향 작가 중 대표적인 인물이다. 이러한 한설야에
게 있어서 일본어 소설 「血」과 「影」은 어쩌면 그의 작품세계에 커다란
오점으로 남을 수도 있을 것이다. 그러나 일본어로, 「國民文學」에 실렸
다는 이유만으로 일제에 협력하였다는 오해를 불러일으키기 쉬운 두 작
품을, 한설야는 단순한 남녀 사랑이야기로 포장시킴으로써 일제의 감시
의 시선을 피하려 하였다. 조선인 남성과 일본인 여성의 러브스토리로,
작품의 결말을 이별로 끝맺음으로서, 당시의 사상적 구호였던 '내선일체'
의 완성이랄 수 있는 '내선결혼'으로 연결시키지 않는 것으로, 자신의
'내선결혼', '일선동조론', '내선일체'라는 일제의 식민지정책에 내면적
으로 저항하였다 해도 과언이 아닐 것이다. 이는 두 작품이 주인공 1인
칭 시점에서 서술되어 있으며 작가 한설야의 인생이 어느 정도 주인공과
일치되는 면이 있다는 것과 관련지을 수 있을 것이다. 또한 <血>과 <影>

이라는 제재는 그가 앞서 걸어왔던 카프계열의 작품과 더불어 사회비판적인 의식을 결코 버리지 않았음을 의미하며 이를 좀 더 우회적으로 표현하기 위해 연애소설, 통념소설이라는 하나의 포장 안에 자기 자신의 내면을 집어넣으려 했다고 할 수 있을 것이다. 그 내면에는 여러 가지 장치들, 「血」에서는 주인공 '나'의 미술에 대한 열정과 한설야의 문학에 대한 열정이 하나로 일치되면서 주인공을 통한 한설야의 고집스러움이 묻어 나옴을 알 수 있으며, 또한 전부터 한설야가 가지고 있던 작품 안에서의 그만의 색깔이 「影」보다는 유독 「血」에서 강하게 느껴짐을 통해 한설야가 발언하고 싶었던 이야기가 좀 더 과감하게 드러났다. 「影」에서는 서간체 소설을 통해 글을 서술해 나감으로써 헤어진 연인에 대한 안타까움을 이야기 하는 듯하면서, 두 사람이 결혼으로까지 이어지지 않은 것에 대해 결코 후회는 없다는 자신의 의지를 애매하게 연인에 대한 그리움으로 서술함으로써 자신만의 색채를 여실히 드러내고 있다.

이 두 작품 이외에 신문에 실은 몇 개의 작품들과 김윤식이 밝힌 바 있는 「대륙」과 같은 일본어 소설들이 존재하는 것을 보면 그도 식민지라는 시대의 헤게모니 안에서는 굽힐 수밖에 없는 나약한 문학자가 아니었을까.

한설야의 「血」과 「影」은 「國民文學」에 일본어로 쓰인 작품이긴 하나, 자신이 걸어온 문단의 부재(카프의 부재)와 가난함 그리고 나라 잃은 설움이라는 고통 속에서도 일제에 동조하고 싶지 않았던 한설야의 마지막 자존심이며, 일제에 타협인지 저항인지 알 수 없는 애매모호한 입장을 '연애'라는 장치를 이용했음을 보여주었다.

때로는 일제에 협력하는 듯, 때로는 거세게 저항하는 듯 보이는 서술구조를 날실과 씨실처럼 교차시켜 가면서 우회적 글쓰기를 완성해 내었다고 할 수 있을 것이다. 그리고 결론에 이르러서 조선인 남성과 일본인 여성, 두 남녀의 사랑을 맺어지지 않게 함으로써 시국에 협력하지 않겠다는 작가의 내면의식이 강하게 어필된 작품이라 본다.

04. 장혁주의 초기 프로문학 속에 숨겨진 아나키즘*

사희영

1. 들어가며

일본에서 펼쳐진 재일 조선인 문학은 이인직을 시작으로 한 조선유학생들의 활동으로 문을 열었다. 이후 장혁주[1]와 김사량[2]이 일본어 작품 창작과 더불어 일본문단에서 활동함으로써 조선인 문학 활동의 지평을 넓히게 되었다.

그러나 같은 조선작가로서 일본문단에 등단하여 일본어 창작활동을 펴나간 장혁주와 김사량은 연구자들에 의해 각각 '굴종'과 '저항'이라는 이미지로 고착화되어버렸다.[3] 그중 양왕용의『일제 강점기 재일한국인

---

* 이 글은 2009년 10월 15일 동아시아일본학회「일본문화연구」(ISSN : 1229 - 4918) 제32집 pp.225~247에 실렸던 논문을 수정 보완한 것임.
1) 1930~45년 동안 소설 61편(장편 16편, 중·단편 45편), 희곡·방송극 4편 발표하고, 단행본 30권 이상을 출판함.
2) 김사량은 1932~45년 동안 소설 25편, 수필 6편, 기행문 1편, 평론 3편을 발표.
3) 임종국(1966),『친일문학론』, 민족문제연구소, 白川豊(1989),「장혁주연구」, 동국대학교 박사논문, 노상래(2002)「장혁주의 창작어관 연구」한국어문학회 76호, 양왕용외 3인(1998)『일제강점기 재일 한국인의 문학 활동과 문학의식연구』, 부산

의 문학 활동과 문학의식』을 살펴보면 "식민지 조선의 실상을 알리는 장
혁주의 초기 일본어 창작활동이 후에 상업주의로 덧입혀진 친일적 체제
지향의 문학으로 흐르게 된 것"이라고 평하고 있기도 하다.4) 그러나 그
동안의 연구는 '친일'의 초점에 맞추어져 초기 작품에 대한 구체적인 연
구와 언급이 이루어지지 못해 왔다.

따라서 본 연구에서는 프롤레타리아 작품 군으로 분류되는 장혁주의
초기 작품 중 지주와 소작인을 소재(素材)로 한 다섯 작품을 선정하여, '지
주'와 '소작인'의 역학적 관계 속에 서사된 장혁주의 현실인식은 어떠했
는지, 작품에는 어떻게 투영되었는지 살펴보고자 한다. 또한 등장인물들
의 성격묘사와 캐릭터를 살펴, 작가의 창작의도와 실체를 명확히 하고자
한다. 그리하여 '변절자', '친일작가'로 낙인찍히기 전인 '프롤레타리아
작가' 시기에 나타난 장혁주의 정체성을 구명(究明)하고자한다.

연구 텍스트로는『近代朝鮮文學日本語作品集』小說(1901~1938) 2권에
수록된「포프라(白揚木)」(1930년 10월, 「大地に立つ」발표),「아귀도(餓鬼道)」(1932
년 4월, 「改造」발표), 3권에 수록된「쫓기는 사람들(追はれる人々)」(1932년 10월
「改造」) 5) 그리고「사코다 농장(迫田農場)」(1932년 6월「文学クオタリイ」),「산
신령(山靈)」(1933년 12월『權といふ男』단행본에 수록) 등 6) 초기 다섯 프롤레타

대학교출판부 등에서는 장혁주를 체제와 협력한 친일작가로 연구하고 있다.
 4) 장혁주의 일본어 소설의 특징을 ①동반자문학적 작품 ②허구성이 짙은 작품 ③체
    험, 견문내적작품 ④자서전적요소가 많은 작품 ⑤무인, 전쟁관계 작품 ⑥시국 국
    책적 작품 등으로 시대에 따라 변모해 가는 것으로 작가의 작품을 나누고 있다.
    (양왕용외3인(1998),『일제강점기 재일 한국인의 문학 활동과 문학의식 연구』),
    부산대학교 출판부. 또한 김학동의 연구에서도 장혁주의 초기 작품들은 민족주의
    적이고 프롤레타리아적 경향을 풍기고 있다고 서술하고 있다. (김학동(2008),『張
    赫宙의 일본어 작품과 민족』, 국학자료원, pp.42~47)
 5) 그의 작품 중 동반자 문학적 작품에 해당되는 작품은「白揚木」,「餓鬼道」,「追は
    れる人々」,「迫田農場」,「少年」,「山靈」,「奮い起つ者」등으로 분류하고 있다.
 6) 南富鎭・白川豊編(2003),『張赫宙 日本語作品選』, 勉誠出版

리아 작품으로 하였다.

2. 초기 작품 속에 나타난 프로문학의 외양

　장혁주는 검열로 인해 조선어 작품은 삭제된 반면, 통제가 덜한 일본어 작품은 게재가 가능한 점에 착안하여[7], 일본의 식민지가 된 한국 상황을 외부에 알리고자 일본어창작을 시도하였다[8]. 특히 초기의 일본어 작품은 프로문학 이론을 빌려 식민지 현실을 고발한 형태로 일본에서 일본어로 피식민지 조선인의 실상을 그렸다고 다음과 같이 밝히고 있다.

　　나는 아나키스트였는데 잔재주를 부려 蔵原惟人의 문학론이나　小林多喜二나　前田河廣一郎등 이른바 프로문학의 옷을 슬며시 빌어 입은 것입니다. (중략) 조선의 빈궁한 상황을 널리 알리고 싶다고 바란 것은 거짓은 없습니다만[9]

　위에서 밝히고 있듯 장혁주는 대구고보(大邱高普)시절에 아나키즘에 심취하여 활동하기도 하였는데[10], 당시 프롤레타리아 문학의 부흥에 편승

---

7) 나는 민중들의 비참한 생활을 널리 세계에 알리고 싶다. 호소하고 싶다. 나의 문학은 그로인해 존재하고 가치가 매겨지기를 바라고 있다. (白川豊・南富鎭編(2003),「僕の文学」,『張赫宙日本語作品選』, 勉誠出版, p.290)

8) 그는 한국의 현 상황을 온 세계에 호소하고 싶은데 그러기 위해서는 외국어로 번역될 기회가 많은 일본어로 써야겠다고 열정적으로 말했다. (保高德蔵(1946),「日本で活躍した二人の作家」, 民主朝鮮 p.69)

9) 張赫宙(1939),「私の小説勉強」, 文芸 p.143

하여 프로문학 작품을 빌려 '지주'와 '소작인'을 소재(素材)로 일본제국주
의의 지배정책과 피식민지 조선의 현실을 고발하였던 것으로 여겨진다.
이는 당시 장혁주의 작품을 평하였던 한국과 일본 문단의 반응들로도 잘
알 수 있다.11)

2.1 '지주'와 '소작인'을 통한 현실 고발

　프로문학의 특징이었던 대중화를 지향한 현실 고발 속에서 '지주'와
'소작인'의 제재를 찾은 장혁주는 자신의 고향인 경상도를 배경으로 하
여 당시 식민지하 조선 농민의 현실을 작품에 묘사하였다. 당시 조선의
현실은 자작농이 줄고 소작농이 점점 증가하였으며12), 생활고에 견디지
못한 농민들은 소작쟁의를 일으켜 사회문제가 되고 있었지만 총독부는
지주와 소작농간의 문제로 축소하였다. 소작쟁의 발생은 소작권이동에
의한 퇴출과 소작료징수 그리고 기타경비를 농민에게 부담시키는 착취
로 인해 발생되었는데, 소작쟁의가 발생하면 총독부는 권력기구를 동원
하여 소작농을 탄압하였다.13) 이러한 소작농 수탈 양상을 장혁주는 초기
프롤레타리아 작품을 통해 서사하고 있다.

　「포프라」는 장혁주의 처녀작으로 1930년 10월 「大地に立つ」에 발표
한 작품이다. 탐욕적이던 지주 영감의 소작료 착취와 지주영감의 사후
아들이 지주가 되면서 더욱 악랄해진 소작료 착취 및 불합리한 소작권

---

10) 사회주의 의식에 동조하여, 1930년 『프롤레타리아』의 사회비판을 독자중 한사람
　　으로서 격렬한 檄文을 보낸 적이 있다. (白川豊(1989), 「張赫宙研究」, 동국대학교
　　박사학위논문, p.91)
11) 白川豊(1989), 「張赫宙研究」, 동국대학교 박사학위논문, pp.107~115
12) 樋口雄一(1998), 『戦時下朝鮮の農民生活誌』, 社会評論社 p.15
13) 文国柱編(1981), 『朝鮮社会運動史事典』, 社会評論社 p.337

이동을 금출 할아범을 중심으로 묘사한 작품이다. 이 작품에서는 소작료를 수납할 때 지주가 고의로 크게 제작한 되(升)로 수확량을 강탈하거나, 가뭄으로 수확이 감소하여도 소작료를 정량이상 강탈해가는 농촌현실을 고발하고 있다.

> 그해는 운 나쁘게 가뭄이었다. 열두락에 쌀 8석을 납부하라고 말했다. 할아범은 5석(그것이 전부였다)을 가지고 가서 울면서 부탁했다. (중략) 할아범이 뺏긴 논은 도련님의 최근 세 번째 첩이된 여자의 친정집에 준 것이다.14) (「포프라」, p.461)

심한 가뭄으로 소작료를 내지 못했다고 생계의 근간이 되는 소작지를 빼앗기고, 게다가 자신이 애지중지 키워온 포프라 나무까지 빼앗겨 절망하는 금출 할아범을 통해 지주의 착취에 대항하지 못하고 체념할 수밖에 없는 무력한 소작인의 현실을 고발한 작품이다.

두 번째 작품 「아귀도」는 1932년 4월 「改造」에 발표된 작품으로 「改造」 현상응모에서 2등으로 당선된 작품이다. 「아귀도」는 심한 가뭄으로 인해 수확물을 모두 지주에게 빼앗기고 계절적 실업에 처한 소작인들이 농한기에 살아남기 위해 저수지 공사에 모여드는 것을 배경으로 하고 있다. 그리고 그곳에서 임금을 착취하는 공사감독, 신체적 학대를 가하는 십장과 조선 농민 노동자를 둘러싼 갈등을 묘사한 작품이다. 제목에서 이야기 하고 있듯 이 작품은 늘 굶주리고 매를 맞고 살아야하는 소작인을 그려, 상상의 세계에나 있을법한 처절한 모습이 조선 공간에 나타나

---

14) 텍스트는 앞에 언급하였으므로 서지사항을 생략하고, 서명과 페이지만을 기록하였으며 일본어 작품을 필자가 번역한 것임.

고 있음을 그리고 있다.

「아귀도」에 관한 평을 살펴보면 일본에서는 "프로문학에 따르는 글이 아니라, 필자 자신이 대변하는 민족적 고뇌를 鮮血과 같이 紙面에 퍼부어 주었으면"한다고 평하였고, 한국에서는 「삼천리」 4권의 「문사좌담회」를 통해 현진건은 "사실적"으로 묘사하였다고 했고, 최서해는 "역작으로 묘사가 억세고 거칠면서도 사람의 가슴을 울리는 점"이 있다고 평하였다.[15] 이러한 평은 프로문학의 틀을 빌린 것과 작품에 표현된 조선의 현실이 객관적 시선으로 리얼하게 묘사되었기 때문이다.

점심도 굶은 채 하루 종일 공사장에서 일하고 돌아온 주인공 마산이가 불도 켜있지 않은 집에 들어가 먹을 수 있는 음식이라고는 좁쌀알이 몇 알 섞인 풀죽이 전부인 궁핍한 생활을 작품에서는 다음과 같이 그리고 있다.

> 무 뿌리와 배추의 마른 잎, 이름도 없는 풀뿌리를 섞은 죽이었다. 좁쌀알이 새벽별처럼 풀 사이에 섞여있었다. 풀내가 났지만 지금까지 얼어붙어 있던 배속으로 온기가 있는 것이 들어가자 그래도 기분이 좋았다. (「아귀도」, p.35)

> 남아있던 사람들은 풀 즙으로 연명을 하거나 아니면 굶어 죽었다. 짚을 쪄서 먹다가 항문이 막혀 죽은 사람도 있었다. (「아귀도」, p.38)

이것은 농가부채로 인해 식량을 살 돈이 없어 잡곡류를 심지만 가을이 되어 수확한 좁쌀과 콩마저 지주들에게 몰수당해, 소작인들은 무나 배추

---

15) 양왕용외 3인(1998), 『일제강점기 재일 한국인의 문학 활동과 문학의식 연구』, 부산대학교 출판부, p.153. 천정환(2003), 『독자의 탄생과 한국근대문학』, 도서출판 푸른역사, p.245

등을 식량으로 해야 했고 그것도 부족하여 들이나 구릉을 찾아 헤매며 풀뿌리를 캐어 먹거나 굶어 죽어야 하는 소작인들의 비참한 현실을 묘사하고 있다.

「사코다 농장」은 「文学クオタリイ」에 1932년 6월에 실린 작품이다. 1906년 흉작과 봉건제도에서 벗어나기 위해 유랑하던 농민들은 일본인 지주 아라이 한베(新井半兵衛)의 소바우동네(牛岩洞)에 정착해 황무지를 개간해 비옥한 밀집농장으로 만들었는데, 다른 일본인 지주로 바뀐 후 과다한 소작료 착취로 생계가 어려워지자 소작쟁의를 일으킨다는 내용이다. 이 작품은 실제 경남 김해에서 일어난 소작쟁의를 모델로 하고 있다.16)

「사코다 농장」에서는 자본주의 유입과 함께 전답과 소작지를 뺏기고 고향을 떠나 유랑해야 하는 조선농민들의 모습을 서두에 묘사하며, 일본인들이 피식민지 인들의 땅을 헐값에 사들여 부를 축척하는 것을 냉철한 시선으로 포착하여 작품에서 그려내고 있다.

> 이 황무지 주인들은 일 정보(一町步)에 엽전 한 냥에 판 것이다. 습지나 잡초지는 경작지에 거저 딸려왔다. (중략) 땅주인 중에는 좀처럼 팔지 않으려는 자도 있었다. 그런 자들에게는 위협할 수밖에 없었다. (중략) 그의 어깨에는 항상 ××를 메고 있었다. 마을 사람들은 부들부들 떨며 말하는 데로 하였다. 1905년 이후는 누마다는 더욱 서슬이 파랗게 되었다. 반도의 ×××가 그의 모국에 속하게 되었기 때문이다. (「사코다 농장」, p.55)

---

16) 1932년 1월 경상남도 김해에서 발생한 迫間農場의 小作争議. <東亜日報> http://www.gayasa.net/gaya/Japan/Gimhae/documents/illife.php(검색일: 2009.08.10)

이것은 일본인 아라이가 황무지를 비롯한 농지를 일본인 전과자 누마다(沼田)를 시켜 조선인에게 수단과 방법을 가리지 않고 싼값에 땅을 사들여 지주가 되는 부분으로, 이처럼 일본인이 소자본으로 조선인에게 땅을 빼앗고, 습지와 잡초뿐인 황무지를 비옥한 땅으로 만들기 위해 조선농민까지 이용하고 기만하던 실상을 고발하고 있다. 인용문에서의 복자 '××'와 '×××'는 '엽총'과 '조선인'으로[17], 일본인 전과자 누마다를 등장시켜 일본인 전과자가 조선에서 조선인을 위협하는 인물로 게다가 식민지가 되면서 그 기세가 더욱 등등해지는 것을 통해, 1900년 당시의 정세와 제국주의에 대한 날카로운 비판을 가하고 있다.

한편 습지와 잡초뿐인 황무지를 170만 엔에 해당하는 비옥한 농장으로 바꾸는데 기여한 조선 소작인들은, 농장매매가 이루어질 때 어떠한 권리도 찾지 못하고 농장 소작인으로 농장과 함께 사코다(迫田)에게 넘어가게 된다. 지주가 바뀌면서 추가되어진 경작비용 부담 및 소작료 인상 때문에 점점 궁핍해져가는 소작인의 실상과[18] 17년간 자비(自費)를 들여 조선농민들이 만든 비옥한 농장에서 제일 비옥하고 좋은 땅은 일본인 이민자가 차지하게 되는 등 식민지 조선이 일본인에 의해 점유되어가는 실상을 고발하고 있다.

「쫓기는 사람들」은 1932년 10월 「改造」에 투고한 소설로 하야시 후사오

---

17) "항상 ××를 메고"에서 그가 메고 다니던 '××'는 이후 땅을 팔지 않으려던 조선인 이 노인과 실랑이 끝에 이 노인을 살해하는 흉기로 자세하게 묘사되기 때문이다. 그리고 "반도의 ×××"는 1905년 을사조약으로 인해 조선이 일본의 식민지가 된 부분을 의미하는 것으로 반도의 조선인이 일본에 속해지게 되었음을 적고 있는 부분이다.

18) 작가는 ①가마니대금 납부 ②트럭사용금지 ③되를 흔들어 한가마니에 한 되 정도 더 납부하도록 함 ④조정지의 비료대 절반 부담 ⑤정조지와 그 외 비료대 부담 ⑥급수기를 이용 급수하는 정조지 이자는 년 5부 지급 ⑦종자대부를 할시 년1할 납부 등 소작인들에게 부담되는 비용을 자세하게 서술하고 있다.(「迫田農場」, pp.64~69)

(林房雄)로부터 "소박한 작가적 소질과 튼튼한 구성력"이 바탕에 깔려있다는 호평19)을 받기도 하였다. 주인공인 재동과 재동의 집을 중심으로 일제 자본주의 침탈로 인해 몰락해가는 조선 농민들의 삶을 서사한 작품이다.

지세를 줄여달라는 청을 하기위해 재동이 찾아간 지주 박대선의 집은 유화동(柳花洞)마을 대부분을 점하고 있는데다 '왕궁처럼 떠있'는 풍요로운 곳이다. 작가는 지주 박대선 아버지를 통해 소작인을 착취하여 풍족한 삶을 영위하는 부르주아의 생활을 형상화하고 있다.

반면 재동의 아버지는 인암동에서 대농이라 불릴 만큼 자작농이었지만 자본주의 유입과 함께 금융조합에 빌린 돈의 이자를 감당하지 못해 결국 가진 땅을 팔아 돈을 갚고 난 후, 자작농에서 소작농으로 몰락하고, 재동이 또한 배움도 포기한 채 소작농으로 전락할 수밖에 없는 현실을 작품에서 다음과 같이 묘사하고 있다.

> 재동아버지가 자작농이었을 때 재동은 박대선과 보통학교를 3학년까지 다녔지만, 아버지가 전답을 그대로 박대선의 아버지에게 팔아넘긴 후에는 학교를 그만두고 농부가 되었던 것이다. 박대선에게 머리를 숙이고 애원하고 싶지 않았다. (「쫓기는 사람들」, p.116)

자본주의 유입이 초래한 사회문제로 조선농민이 자작농에서 소작농으로 몰락하게 된 신분변화와 소작지를 잃은 농민들은 일자리를 찾아 '마을 처녀들은 도회의 공장'으로 '남자는 일본으로 돈 벌러' 가야하는 출향(出鄕) 코드로 변모해가는 농촌 현실을 고발하고 있다. '왕궁'과 같은 집에

---

19) 林房雄, 「夜明け前」その他ー反動の見方か進歩の友か - 白川豊(1989), 「張赫宙研究」, 동국대학교 박사논문, p.50 재인용.

서 태평한 생활을 하고 있는 지주의 생활에 비해 조선 농민들은 일본의 식민지하에 편입되면서 자작농에서 소작농으로 그리고 소작지마저 일본 농민에게 빼앗기고 사랑하는 이웃들과 이별하고 남부여대로 만주를 향해야 하는 소작인들의 고통을 형상화하고 있다.

1933년 12월 『權といふ男』 단행본에 수록된 「산신령」은 길선(吉仙)의 집을 중심으로 길선 아버지 박춘호(朴春浩)가 오천(烏川)읍내에서 생활하다 세상이 바뀌어 논과 소작권을 빼앗기고 화전촌인 분류계(奔流溪)로, 분류계에서 생계를 위해 다시 새로운 화전을 찾아 산속 깊이 들어갔다가 부황증으로 아내와 어린 딸을 잃고, 딸 길선마저 김병수(金丙守)의 첩으로 가게 된 후 겨울동안 굶어 죽게 되는 조선농민의 생활을 길선의 시선을 통해 그린 작품이다.

오천읍내에서 생활하던 길선 아버지는 차입금 때문에 논은 물론 소작권마저 빼앗긴 후 큰 도읍에 가 일자리를 찾아보기도 하지만, 생계를 꾸려나가기가 힘들어 결국 화전촌인 분류계에 들어가 생활하게 된다. 그곳에서도 화전을 일구기 위해 빌린 돈을 갚지 못하는 상황을 묘사하여, 지주의 착취로 자작농에서 소작농으로 전락하고 화전민이 되지만 여전히 착취와 수탈이 횡행하고 있는 사회구조를 고발하고 있다.

작가는 길선을 주인공으로 하여 작품 속에 어린 동생들과 어머니 그리고 아버지의 죽음을 그리는 것을 통해 현실의 고통을 더욱 리얼하게 묘사하고 있기도 하다. 작가는 굶주림에 의한 죽음이 길선의 집뿐만이 아닌 그곳에서 생활하고 있는 모든 조선 소작인들의 현실임을 다음과 같이 서술하고 있다.

화전 사람들은 아이들도 어른들도 모두 위확장이나 부황병에 걸려있었다. 변변치 않은 음식 때문에 배가 빨리 고파졌기 때문에, 또한 과다한 양을 먹었다. 어느 아이나 모두 팔다리가 고목나무처럼 빼빼 말라있었지만, 배만은 작은 산처럼 부풀어 있었던 것이다. (「산신령」, p.207)

어른 아이 할 것 없이 굶주림으로 인해 위확장이나 부황병에 걸려 사망하던 궁핍한 현실을 묘사하고 있는 것이다. 또한 더운 여름날 빈대와 벼룩 때문에 마당에 돗자리를 깔고 자다가 늑대에게 물려 죽은 막내 남동생의 죽음, 이후 부황증이 심해져 발작을 일으켜 죽은 길선 어머니의 죽음, 뒤를 이어 태어나면서부터 약했던 어린 막내 소선이의 영양실조로 인한 죽음 , 겨우내 혼자 생활하다가 미쳐서 굶어죽은 아버지의 죽음 등을 서사하여 조선인의 궁핍한 삶이 죽음으로까지 확장되고 있음을 고발하고 있다.

지금까지 살펴본 장혁주의 초기 작품들은 현실모순에 대한 고민과 절망감을 극명하게 고발하는 작가의 모습이 숨어있다. 때문에 식민지 현실의 구체적인 묘사와 선동성 그리고 일본 혹은 일본인과 관련된 노골적 내용으로 인해 복자부분도 많았으며, 특히 「쫓기는 사람들」이 게재된 「改造」 10월호는 조선에서 발매가 금지되기도 하였다.

2.2 프로문학의 틀 - 지배ㆍ피지배의 이중구조

각 작품에 등장하는 인물들을 지배와 피지배로 나누어 도표화 해보면 다음과 같다.

<표 1> 장혁주의 초기 프로 작품의 이중구조

분류	지배계급(유산자)	피지배계급(무산자)
白揚木	지주영감, 지주 아들(도련님)	소작인 금출 할아범, 금출
餓鬼道	지주, 일본인감독, 십장	마산이, 소작농민들
追田農場	아라이 한베(新井半兵衛), 누마다(沼田), 사코다(迫田), 김시권(金時權)	이 노인, 송세민(宋世民), 조인현(趙仁賢), 전정옥(全正玉), 조선농민
追はれる人々	지주, 지주아들 대선, △△회사, 출장소 소장, 사무원	재동아버지, 옥련아버지 소작인, 재동, 소작인
山靈	김병수(金丙守)	박춘호(朴春浩)

「포프라」를 비롯한 장혁주의 초기 작품 「아귀도」, 「사코타 농장」, 「쫓기는 사람들」, 「산신령」에서는 프로문학의 계급모순을 고발하는 이중구조를 설정하여 작품전체에 대립양상을 그리고 있다. 지배와 피지배, 경제적 강자와 약자, 악과 선으로 형상화 하고 있다.

「포프라」는 지배계급으로 돼지처럼 탐욕적인 조선인 지주영감을 등장시켜 강자로 군림하게 하고, 약자 소작인 금출 할아범의 소작지를 줄여 생계를 위협하는 인물이다. 지주 영감의 뒤를 이어 너무나 착하고 "병아리 같이 귀여운 도련님"이 지배계급을 세습하면서 물질과 권력에 의해 타락해 가는 모습과 그로인해 더해가는 욕망을 표현하고 있다.

가을이 되어 도련님은 마을 사람들에게는 귀신처럼 보이는 제비 같은 첩을 데리고 왔었을 때에는 할아범은 정말 실망하였던 것이다. (중략) 영감이 죽은 다음 해 할아범은 스물 두락의 논을 소작하고 있었는데, 절반으로 줄어들고 말았다. (중략) "할아범은 내년부터 소작을 그만두게. 다른 사람의 절반도 일을 안했잖아" (중략) 할아범이 뺏긴 논은 최근 세 번째 첩이 된 여자 집에 준 것이다. (중략) "고랑이긴 하지만 산에 연결

된 부분이지 않은가! 도련님은 이 나무가 마음에 드신 것 같아. 돼지우리
가 쓰러지려한다고 바로 잘라오라고 했구먼!" (「포프라」, pp.460~461)

경제적 강자의 입장에서 정액 이상의 소작료 인상이나 소작인이 소중
히 길러온 포플러 나무를 베어 가는 등 그 착취가 날이 갈수록 심해지고
있는 지배계급의 탐욕과 행패를 묘사하고 있다.

반면, 이십 두락의 소작지가 반으로 줄자 금출 할아범은 비참한 심정
이 되지만 그나마 남은 소작지를 모두 뺏길까 전전긍긍하여 병이 들 정
도로 열심히 일을 한다. 게다가 소작지를 도련님의 세 번째 첩의 친정집
에 빼앗기고도, 금출 할아범은 논에 쓸 비료를 위해 포플러 나무를 보살
피며 운명처럼 모든 것을 체념하는 모습으로 그리고 있다. 약자인 피지
배자가 가지고 있는 모든 것을 다 뺏겨도 저항하지 못하는 현실이 약자
인 금출 할아범의 심리묘사에 잘 나타나 있다.

또한 금출 할아범의 의붓아들 금출이를 도회지를 동경해 오사카에 노
동자로 갔다가 기계에 끼어죽는 것으로 서술함으로써, 피식민지 조선인
의 노동력 이주 문제와 죽음으로 마감 짓는 이주민의 암울한 삶까지 조명
하고 있다.

「아귀도」에서는 소작인의 삶과 고통은 안중에도 없는 매정한 지배자
로 지주를 서사하고 있으며, 농한기 저수지 공사에 모여든 농민노동자의
임금을 착취하는 계급으로 일본인 감독을, 이에 빌붙어 소작노동자들에
게 신체적 학대를 가해 경제적 이득을 얻는 인물로 조선인 십장을 설정
하였다.

지배계급에게 착취와 학대를 받으면서도 목숨을 이어나가기 위해 체
념하며 살아가는 농민노동자를 묘사한 점은 「포프라」와 같지만, 지배계

급에 투쟁하는 계급혁명의 영웅적 인물로 한고리와 마산이를 내세워 저항하는 모습을 묘사한 것이 상이점이라 할 수 있을 것이다.

> "오늘 여러분과 의논하고 싶은 것은 다름이 아니라 우리들이 매일매일 이렇게 십장들에게 ××××× 하면서 일하는 것은 도대체 누구를 위해서인지를 생각해보고 싶어서이오. (중략) 그러나 생각해보쇼. 우리들은 소나 말보다도 더 심한 대우를 받으면서 일을 하고 있는데 ××인가 하는 감독이 우리들의 품삯을 가로채고 있잖소. 그런데도 매일매일 우리들은 ××××× 라니 정말 말도 안 되는 거요. 자 여러분 어떻소?" (「아귀도」, p.64)

한고리는 소작료 납부를 거부하며 강제징수하려는 머슴을 몸으로 막는 모습을 보여준다. 그로인해 신체적 고통을 당해도, 농민들 앞에 서서 투쟁하는 당당한 인물로 설정하고 있다. 마산이라는 인물 또한 건장한 몸집의 소유자로 그리고 십장과 감독들에게 구타를 당하여도 굴하지 않고 저항하며, 노동자들을 리드하는 영웅적 인물로 서술하고 있다.

「사코다 농장」에서는 아라이 한베(新井半兵衛), 누마다(沼田), 사코다(迫田), 김시권(金時權)을 지배계급으로 제시하고 있다. 아라이는 전과자인 누마다를 배후 조종하여 식민지 땅을 소자본에 사서 조선농민을 이용해 농장을 만든 후 되팔아 넘겨 거액의 차액을 챙기는 일본인 지주이다.

> "될 수 있는 한 소작인들의 이익이 되도록 해라. 아직 개척된 것이 아니니까." 도쿄의 지주에게서 가끔 이런 의미의 지령이 누마다에게 내려졌다. (「사코다 농장」, p.57)

아라이 한베는 얼마 안되는 자본으로 대부분 농민들의 희생적 노력

으로 만들어진 농장에서 약 20여 년간 년 2만석 수입을 얻어온 것으로
도 만족했다. 매각해 얻은 170만 엔은 정말 거저 주은 것 같은 느낌이었
다. (「사코다 농장」, p.63)

위의 인용문에서 알 수 있듯이 아라이는 조선농민들을 속이고 기만하
는데 소작인들이 자비를 들여 제방을 세우거나 배수시설을 완비시켜 일
등지 농장이 될 때까지 그들을 이용하는 인물이다. 이러한 지주의 속내
를 알지 못하는 순진한 농민들은 그의 공적 비를 농장 중앙에 세우기도
한다.

한편 아라이가 내세운 지배인 누마다는 전과 3범으로 조선에 건너와
아라이의 명령대로 조선 농민들을 협박하여 헐값에 땅을 사들이는 인물
이다. 그는 일본인에게 땅을 팔지 않겠다는 이 노인을 실랑이 끝에 살해
하기까지 한다. 그러나 일말의 죄책감도 느끼지 않는 누마다를 작품에서
다음과 같이 그리고 있다.

> "그것이 나는 마음에 들지 않아. 우리 토지는 결코 ××인에게 팔지 않
> 아!" "뭐라고?" 누마다는 모욕당한 것처럼 화가 났다. "이 망할 놈의 영
> 감. 좋아 이렇게 해주지!" 누마다는 ××를 노인의 ×에 ×했다. 지금까지
> 종종 있는 일이었다. "뭐라고? ××할 테면 ××해라 ××정도에 협박당할
> 내가 아니다." (중략) 그는 정신없이 ×를 잡아당겼다. 그 순간 ××와 ××
> 에서 ×가 나와 노인은 ××에 ××××당했다. (중략) "흥− 내 탓이 아니야.
> 어이 − 빨리 이것을 처리해" (「사코다 농장」, pp.56~57)

누마다는 자주 '×'를 들고 다니며 땅을 팔지 않는 조선인들을 협박하

였는데, 복자 처리된 '×'는 엽총을 의미한다. 이 노인과 실랑이 하기 전 장면에 오리를 사냥하는 장면연출과 방아쇠를 잡아당기는 서술로 미루어 짐작할 수 있다. '××인' 즉 '일본인'에게는 땅을 팔지 않겠다는 이 노인을 살해 하지만 아무런 죄의식도 느끼지 않은 채 하수인에게 시체 정리를 하도록 명하는 인물이다. 이런 방법으로 3천 정보의 땅을 수백 엔에 지주에게 사주고 소작수입 2만석 중 1만석을 차지하는 졸부가 된다.

또한 사코다의 하수인인 김시권은 동신(東新)군수였지만 그만두게 되자 사코다의 집사로 일한다. 사코다가 농장을 매입한 후 지배인으로 농장을 관리하게 되는데, 소작료 인상과 관련해 일본 농민들에게는 소작료를 인상하지 않는 반면, 조선농민들에게는 무식한 술주정뱅이 이정선(李正善)을 이용해 내용이 없는 빈 계약서에 농민들을 속여 승인도장을 받아오게 한 후 각종 명목으로 소작료를 과다하게 강제 징수하여 조선 농민들을 기만하는 양상을 보인다.

대립하는 피지배 인물로 이 노인을 비롯한 조선농민들을 묘사하고 있다. 작가는 이 노인을 일본인에게는 땅을 팔지 않겠다고 민족적 자존심을 지키며 저항하다 목숨을 잃는 인물로, 송세민을 비롯한 3명의 농민지도자들은 농민들의 권익을 대변하기 위해 지주의 집으로 찾아가 소작료 인상 및 부당한 소작계약에 항의하다 경찰에 연행되어 가는 인물로 그리고 있다.

「쫓기는 사람들」에서는 지주를 지배계급으로 설정하여 1만석 이상의 부자가 된다는 풍수지리설을 믿고 토지소유권을 주장하기위해 재판을 벌인다는 서술을 삽입하여 가진 자의 부에대한 욕망을 묘사하고 있다. 또한 지주아들 대선을, 노동자의 삶과는 무관하게, 기생을 끼고 노는 것만을 생각하는 무식하고 천박한 지배계급으로 묘사하고 있다. 지배계급은 조선인 지주에서 △△(일본)회사로 옮겨지면서, 회사에 유리한 소작계약서를 만든 후 무식한 조선농민들에게 무조건 계약서에 서명하는 도장을 날인토록 한 후 소작료를 제대로 쳐주지 않고, 소작지를 뺏어 일본농민에게 주는 등 조선 농민들을 착취하며 권력을 휘두르던 일본인 지주를 섬세하게 묘사하고 있다.

그런가하면 불공평하고 부조리한 상황에도 아무런 저항도 하지 못하는 피지배계급으로 조선 농민들을 그려내고 있다. 농민들을 선동하고 앞장서는 인물로는 옥순아버지를 내세워 출장소 소장에게 저항하는 모습을 그려 지배계급과 피지배계급의 갈등을 이분법으로 형상화하고 있다.

「산신령」에서는 지배계급으로 "김모씨를 비롯해 다른 사람"을 사회상황과 더불어 서술하고 있는데 그중 구체적인 인물로는 김병수를 제시하고 있다. 그는 화전촌에 생활하는 농민들에게 종자나 비료 등을 빌려주고 '감자 1되'에 '감자 2되'나 되는 높은 이자를 받으며 농민들을 착취하여 자신의 부를 쌓아가고, 이자 대신 박춘호의 딸 길선 마저 첩으로 데려와 노동력과 성 착취는 물론 길선의 일생을 파괴하고 박춘호를 사망에 이르게 하는 탐욕적인 인물로 묘사하고 있다.

이에 대립하는 인물로 「산신령」에서는 박춘호를 들 수 있다. 화전민을 대표하는 박춘호는 모든 것을 숙명처럼 체념하는 인물이다. 오천에서 논과 소작지를 뺏기거나, 분류계에서 일군 화전 밭의 수확물을 김병수에게 모두 뺏겨 새로운 화전을 일궈야 하는 장면을 인용해보면 다음과 같다.

> 아버지는 오천에 있었을 때, 막걸리에 취하면 "우리 전답을 가로챘으니 너희들 일가도 좋은 일은 절대 없을 거야." (「산신령」, p.203)
> "아무리 이야기해도 마찬가지야! 모두가 팔자니까. 팔자를 속일 수

없잖아. 어쨌든 분류계에 있는 것보다는 수확이 많을 테니 됐잖아!"
(「산신령」, p.201)

당시 식민지 지배 권력과 손잡고 있는 지주에게 저항하지도 못하고 그저 운명처럼 포기하고 살아가는 소작인의 생활양상이라 할 수 있을 것이다.

작가는 이상의 작품들을 통해 지주가 중심이 된 모순된 사회현실의 어두움과 인간의 탐욕성을 강조하고 있다. 또한 노동자 계급이 스스로 창출한 세계의 주인이 되지 못하고 피식민지 소작인 혹은 저수지 공사장의 농민으로 지배계급(지주)에 소속되어 소외받아 좌절하는 모습을 자세하게 그려내었다.

3. 프로문학 속의 아나키즘

앞에 언급했던 것과 같이 장혁주는 스스로를 아나키스트로 칭하고, <진우연맹>[20]에서 활동하기도 하였는데, 근대 사상의 한 형태로 서구에서 형성된 아나키즘은 당시 민족주의, 프롤레타리아주의와 함께 3대 사상 중 하나였다. 아나키즘과 민족주의는 둘 다 수단과 목적으로써 양면성을 띠고 있고, 그 실현에 있어서 장기적 차원과 단기적 차원으로 구분될 뿐이었다. 그리고 이러한 사회적으로 억압된 식민지 공간에서 자유와 해방 그리고 독립을 갈구하는 의식과 맞물려 나타나곤 했다. 일제강

---

20) 1925년 9월 대구에서 조직된 아나키즘 조직으로 도쿄의 한인이 주도한 불령사 사건에서 면소된 서동성과 방한상등이 주도하였다. (구승회 외 9인(2004), 『한국 아나키즘 100년』, (주)이학사, p.189)

점기의 아나키즘 문학이 계급모순과 민족모순을 같은 차원에서 인식하고 있었고 민족적 억압을 결코 개인의 억압과 다른 것으로 보지 않았다.[21] 아나키스트로 활동한 이들은 인류가 진정한 평화세계와 복지사회를 동경하고 구하기를 원한다면 정복민족과 피정복 민족이 없는 세계, 특권계급과 노예계급이 없는 사회로 보았다. 즉, 약소민족은 강대 민족으로부터 천한 자는 귀한 자로부터 빈자는 부자로부터 각각 해방되지 않으면 안 된다[22]고 보았다.

그럼 스스로를 아나키스트로 칭한 장혁주는 '프롤레타리아 옷'을 입어가며 창작한 작품에서 무엇을 외치고자 했을까?

3.1 자본주의와 봉건제도 부정

당시 한국의 아나키스트들은 민중을 마음대로 착취, 압박하였던 과거 조선의 봉건적 양반중심 사회를 거부하였고, 생산의 주체가 되는 농민과 노동자를 착취하여 소수의 계급에게 주는 자본주의의 부정하였다.

이러한 이념은 장혁주의 첫 번째 작품 「포프라」에 잘 나타나있다. 지주와 소작인의 관계를 제시하면서 물질에 의해 성립된 종속관계 및 같은 지배계급으로 지주영감과 도련님을 비교하여 물질문명에 노출된 도련님이 더욱 극악무도해진 것을 묘사하며 물질주의의 문제점을 제시하고 있다. 귀엽기만 하고 순수하던 도련님이 주인이 되면 민중 편에 서줄 거라는 금출 할아범의 생각과는 달리 부와 함께 권력이 세습된 도련님은 지주영감보다 더욱 악랄하게 소작인들을 착취하였던 것이다.

---

21) 위의 책, p.350
22) 위의 책, pp.81~86

"할아범! 걱정 말아. 아버지에게 잘 말해 줄 테니." (중략) "도련님! 도련님이 크면 저희들 농민들을 편하게 해주겠죠?" "그럼, 해주고말고!" (중략) 도회에서 할아범이 생각지도 못한 근대 문화 속에 젖은 도련님은 흙냄새 풍기는 할아범에게 말거는 것도 창피하였다. (중략) 할아범은 20두락의 논을 소작하고 있었지만, 절반으로 줄어들고 말았다. (「포프라」, p.460)

첫 일본어 작품인 「포프라」에서는 조선인 지주영감(令監) 또는 도련님과 할아범(하인)으로 대치되는 계급제도속의 주종관계를 묘사하는 것을 통해 봉건제도를 비판하고 있다. 작가는 권력세습을 통해 굴절되어 가는 인간의 본성을 리얼하게 그리고 있다.

「포프라」에서 새로운 근대문화 도입과 물질문명의 폐해를 제시하고 있다면, 작품 「아귀도」에서는 이러한 그의 인식이 더욱 심화되어 나타나게 된다. 이중착취 속에 몰린 소작노동자들의 문제제기를 통해 잔존하는 봉건제도와 더불어 권력의 병폐를 묘사하고 있다. 농민들에게 겁을 주거나 위협해서 소작료를 강제 징수하는 지주의 하수인인 마름에게 저항하는 자는 잡혀가서 고문을 당하며 폭행당하는 장면을 연출하여 봉건제도의 틀 속에서 고통 받는 농민들을 묘사하고 있다. 더불어 지배계급이 중심이 되어 움직이는 부조리한 자본주의 사회의 병폐를 그리고 있다. 그 예로 수문공사를 맡아 감독하는 감독에게 기생하기 위해 그 하수인 십장들은 자신의 의지와 상관없이 감독의 비위를 건드리지 않으려고 조선농민에게 가죽채찍을 휘두르며 질타하는 등 권력 앞에 무력한 인간의 모습을 형상화하고 있다.

심한 가뭄이 남조선을 덮쳐 논과 밭에 대신할 작물로 좁쌀을 심었지만 그것도 잘 익지 않았다. 가을에 수확한 좁쌀과 콩은 지주들에게 몰수당하여 농민들은 할 수 없이 무나 배추, 고추와 콩의 잎 등을 말린 것을 식량으로 했다. 그것도 부족할 때가 많아 들이나 구릉을 찾아다니며 풀뿌리를 캐왔다. (「아귀도」, p.35)

총공사비용은 15만엔으로 지방비에서 반액을 부담하고, 몽리 지주들이 잔액을 부담하는 것으로 했다. ××감독이 청부를 맡고 있었다. (중략) 이 공사는 지보면의 한해 이재민을 구제한다는 목적으로 시작되었다. (중략) 군수가 예고한대로 한 사람당 1엔씩 주고 하루에 7백명이나 되는 농민을 쓰게 되면 감독의 소득이 계속 줄어들게 됨으로 임금을 25전으로 정하고 일은 격일 교대제로 했다. (「아귀도」, pp.31~32)

위의 인용문에서 알 수 있듯이 지주들의 횡포로 소작물을 모두 몰수당할 뿐 아니라 부채로 인해 가재도구마저 모두 팔아 아무것도 남아있지 않은 농민들의 생활을 엿볼 수 있다. 그리고 그런 농민들을 구제하기 위한 명목으로 시작된 수문공사는 하루 1엔이던 임금이 감독의 소득을 위해 75% 삭감된 25전에 노동력을 제공해야 하는 부조리한 자본주의 초기 사회를 잘 보여주고 있다.

「사코타 농장」에서는 1905년 을사조약과 함께 통감부 원조 아래 들어온 일본 자본이 조선농민을 더욱 착취하여 생계를 궁핍하게 하고 생활터전을 잃게 하는 부분을 자세하게 기술하고 있다.

아라이는 동경의 재산가로 재계의 선각자들이 대개 그렇듯이 해외 투자에 눈을 돌렸다. (중략) 통감부의 원조아래 일본 재계진출이 진행되

고 있었다. 아라이도 그중 한 사람으로 이 커다란 황무지를 발견하고 소
자본으로 장래 유망한 대 농장으로 경영할 수 있을 것이 확실했으므로
누마다에게 토지매입을 의뢰했던 것이다. (「사코타 농장」, p.55)

농민들은 다음해 봄. 지금까지 예가 없던 부 작물의 소작료를 납부케
해도 어떻게 할 수가 없었다. (중략) 전년부터 곡물가가 폭락했기 때문
에 농민들은 차입금이 더해져 집안형편이 막막해져 왔다. (「사코타 농장」,
pp.74~75)

일본 자본이 유입되어 들어오면서 행해지는 일본 지주들의 착취, 그리
고 시간의 흐름과 더불어 그 착취가 심해짐에 따라 조선농민들의 생활이
더욱 피폐해져 가는 것을 고발하고 있다.

또한 지주의 재력에 빌붙어 새로운 지배인 김시권에게 권력이 이양되
면서 행해지는 불합리한 처사를 고발하고 있다.

"지배인님, 우리들은 이런 청원서를 낸 적이 없어요." 전정옥이 애원
하듯이 말했다. "나는 몰라. 너희들이 확실히 그렇게 날인을 해왔기 때
문에 그대로 해준 것뿐이야." 조인현과 사람들은 소작료가 늘어난 이유
도, 비료대가 늘어난 이유도 알게 되었다. 조정지를 정조지로 바꾸기 위
한 것이었다. (「사코타 농장」, p.72)

이처럼 소작료 조정이 가능한 조정지를 정조지로 하여 부당한 소작료
를 착취하기 위해 소작인들을 기만하지만 소작인의 권리를 보호하고 옹
호해줄 국법이나 국가기관은 어디에도 없는 것이다.

작품 「쫓기는 사람들」에서는 소작권 문제제기와 함께 자본주의의 유

입경로를 자세하게 서술하고 있으며, 지주제의 봉건적 모순과 함께 '소작쟁의'라는 소재를 통해 식민지 종속형 자본주의로 인한 이중적 사회모순을 그리고 있다. 즉, 봉건주의와 자본주의가 합쳐져 조선농민을 이중적으로 착취함에 따라 조선농민은 '노예'에 가깝게 혹사당했던 사실을 고발하고 있는 것이다.23)

"세상이 열리고 새로운 제도가 발포"되었다는 것은 한일 합병과 더불어 일본의 식민지로 종속된 조선을 의미하는 것으로, 새로운 세상이 열려 문화가 개방되어지고 문명이 들어오지만, 편리하게 여겨졌던 문명의 혜택이 점점 '집의 돈'을 없애고 생활을 어렵게 하여 결국은 '전답'을 잃고 자작농에서 소작농으로 몰락하는 자본주의 병폐를 구체적으로 형상화하고 있다.

「쫓기는 사람들」은 기생을 끼고 노는 것만을 생각하는 지주아들 대선이지만 아버지의 부를 물려받아 농민들과는 무관한 태평한 삶을 영위하는 모습을 통해 혈연에 의한 권력과 부의 상속에 대해 문제점을 제기하고 있으며, 일본의 식민지가 됨에 따라 일본 자본의 유입과 더불어 등장한 일본지주의 착취 그리고 일본인 농민에게 조선인 소작권 권리마저 빼앗기는 권력의 실체를 고발하고 있다.

「산신령」에서는 일제병합으로 사회가 변화하면서 자본주의 사회로 나아가지만 결국은 생활고에 허덕이다 죽음을 맞게 되는 자본주의의 모순과 화전촌의 대농 김병수를 통해 본처 외에도 첩을 거느리고 있으면서도 길선을 또다시 첩으로 삼는 전 근대적인 가족제도에 대해 비판을 가하고 있다. 또한 화전촌의 권력자인 김병수 위에 "오천의 ×××와 ××"를 그리

---

23) 김윤식, 정호웅編(1987), 『한국리얼리즘 소설연구』, 문학과비평사, pp.210~211, 文國柱編(1981), 『朝鮮社會運動史事典』, 社會評論社, pp.23~24

고 있다. 마을 인구를 조사하러온 그들에게 김병수는 돼지를 잡고, 닭을 굽고, 쌀과 밤이 든 밥을 지어 대접한다. 여기서 "오천의 ×××와 ××"는 총독부 경찰과 산림주사를 의미한다고 여겨진다. 그들은 국유림인 국가 소유지에 계속해서 화전을 할 경우 "삼백원 이상의 벌금과 10년 이하 징역에 처한다."고 말을 한다. 당시 헌병경찰은 징세(徵稅), 산림·위생 감독 등 민중생활을 제어할 수 있는 여러 권리를 가지고 식민지인을 재판 없이 벌금·태형·구류 등의 처벌을 가했기 때문에 대농이나 지주들이 권력층과 손을 잡고 조선농민을 착취하였던 것을 알 수 있는 부분이다.

아버지의 부채와 생활고를 덜어주기 위해 길선은 아버지를 떠나 김병수의 첩으로 들어가게 되는데, 그곳에는 본처와 첩을 거느리고 있으면서도 길선을 두 번째 첩으로 맞이하는 장면을 통해 장혁주는 봉건적 가족제도 아래에 괴로워하는 인간과 해체되어 가는 가족의 모습을 그려내고 있다.

▮ 3.2 자발적 공동체 구성 및 저항

억압된 식민지 공간에서 자유와 해방을 추구하던 장혁주의 아나키즘은, 일본에서 일본농민의 한국으로의 농업이민이 추진되고 한국농민의 해외농업이민이 강제 추진되는 한국농촌사회의 몰락에 대해 비판을 가하고, 화해와 타협의 가능성이 보이지 않는 이러한 문제들을 해결하기 위해 작품 속에 자발적 공동체를 구성하고 저항하는 모습으로 나타난다.

「포프라」에서는 약자인 소작인이기 때문에 아무런 결정권한도 갖지 못하고 자신이 애지중지 길러온 포플러 나무까지 베어주며 망연자실할 수밖에 없는 조선농민을 그리는 것을 통해 자주권 박탈에 대한 어떠한 저항도 하지 못하는 조선민중의 삶을 표현하고 있다.

그러나 「아귀도」에서는 당시 자발적 공동체인 노동조합이 결성된 일면과 조합의 활동들 그리고 구조적 모순에 대한 노동자 저항의 일면도 그리고 있다.

> 마을 청년은 읍내 보통학교를 졸업한 자와 도시의 중등학교를 졸업한 인텔리 계층인 자가 이 지방에는 꽤 많은 편으로 급진주의 사상자가 많았다. 작년 봄에 ×××××××××× ××××××××××××××××, 지금은 거의 청년이 남아있지 않았다. ××××는 해산되고 금방 만들어진 농민조합도 흐지부지되어버렸다. (「아귀도」, p.55)
>
> "어떻소. 감독들이랑 싸울 생각이 있소? 어떻소?" 윤씨는 군중을 둘러보았다.
>
> "그러면 담판 지어봅시다. 감독에게 담판을 지어봅시다."
>
> "지금 당장 놈이 있는 곳에 가 봅시다." 젊은 농민들은 흥분하여 말했다.
>
> "나는 이런 것을 적어왔소. 이대로 괜찮은지 들어보시오." 윤씨는 화선지에 5줄 정도 굵은 글씨로 적은 것을 큰 소리로 읽었다. - 요구 - 1.품삯을 3배로 해줄 것 2.아침 8시부터 저녁 4시까지 일을 시킬 것 3.××하지 않을 것. - 우 농민 일동 - (「아귀도」, p.65)

인텔리 계층이 중심이 되어 만들어진 노동조합이 탄압을 받고 사라진 후, 윤씨를 중심으로 농민들이 자신들의 권익을 찾기 위해 공동체를 구성하고 저항하는 모습을 그려 작가의 숨겨진 아나키즘을 표출하고 있다.

「쫓기는 사람들」에서는 옥련아버지가 불합리한 통지서를 받고 집집마다 방문하며 의견을 묻고 모두들 수긍하며 일본인 출장소에 달려가 박탈당한 자주권을 찾고자 자발적 공동체를 형성하는 모습을 묘사하고 있다.

> "출장소에 가서 한번 담판을 해보능기라." "그래보세. 마을사람들 많이 모아서 가보입시대이." 마을 사람들은 잠자코 있었다. (중략) "자 - 지금 바로 가입시대이." 옥련의 아버지는 울분을 참지 못하는 것 같았다. 재동과 같은 젊은 사람들도 마을 사람들에 섞여서 갔다. 이십 명 정도였다. (「쫓기는 사람들」, p.130)

또한 「사코다 농장」에서는 전정옥과 조인현이 중심이 되어 농민들이 자신들의 소작권 문제를 해결하려고 자발적인 공동체를 구성한다. 지주가 아라이 한베로부터 사코다로 바뀌면서 소작료가 인상하자 지배인과 지주의 집으로 찾아가 항의하지만 오히려 송세민(宋世民)을 비롯한 농민들의 대표가 경찰에 의해 연행되고 농민들은 대표들이 돌아올 때까지 벼를 베지 말기로 소작쟁의를 결의하는 내용이다. 그리고 지배인 김시권과 지주의 집으로 찾아가 항의한다.

> "그래, 모두 탄원하러 가볼까?" (중략) "그러면 오늘밤에라도 마을 사람들을 모아보지!" "근데, 여기 소바우만 가지고는 안 된다고 생각해. 이 농장 소작인 2천호가 일치단결하지 않으면 안 되는 일이야. (중략) 그날 밤 50명의 마을 사람들이 송세민의 사랑방에 모였다. (중략) 4년 동안 사무소의 부당한 대우에 참아온 농민들은 더 이상 참을 수 없다고 생각하고 있었던 것이다. (「사코다 농장」, pp.75~76)

마을 농민 모두가 자신들의 문제를 인식하고 자발적으로 참여하여 자신의 권리를 찾기 위해 공동체를 형성하는 것이다.

그러나 「산신령」에서는 김병수의 착취에 대해 길선 어머니의 저항만이 서사되어 있다. 돈을 받으러온 김병수 앞에 길선 어머니는 지금까지 마을 사람들에게도 2, 3배 많은 곡물을 빼앗지 않았냐며, 드러누워 필사적으로 반항하는 모습만이 그려져 있을 뿐 박탈된 자주권을 찾기 위한 공동체 형성의 전개는 보이지 않는다. 또한 「산신령」은 앞의 네 작품에 작가의 시점이 3인칭 전지적 작가시점인 것과는 달리 1인칭 주인공 시점으로 서술되어있다. 이는 작가가 프로문학에서 순수문학으로 전환하는 시기에 쓴 전환기적 작품의 특징에 해당되는 것이 아닌가 생각된다.

장혁주가 초기 작품들을 농촌을 중심으로 그린 것은 근대 조선작가들이 근대문학의 제재로써 농촌 현실을 다룬 당시 문단의 흐름과도 연관성이 있겠지만[24], 조선의 현실이기 때문에 어쩔 수 없이 작품의 소재가 될 수밖에 없었던 것이다. 농업이 국가 경제의 중심이었고, 농민은 수탈되는 대상으로 그 중심에 있었기 때문에 장혁주가 조선의 현실에서 제재를 찾을 때 조선농촌을 중심으로 한 '지주'와 '소작인'이 될 수밖에 없었을 것이다.

장혁주가 스스로를 아나키스트로 자칭한 것처럼 봉건제도와 권력의 철폐를 통해 자유와 평등을 실현하고자 하는 작가의 아나키즘이 작품에 점진적으로 확대되어 나타나고 있음을 볼 수 있었다. 또 다섯 작품의 배경을 식민지하 작가 자신의 고향으로 설정함으로써 문학을 통한 토포필리아(topophilia)를 나타내고 있기도 하다. 장혁주가 꿈꾸었던 세상은 차별 없이 민족이 부흥하여 함께 행복하게 사는 세상이었을 것이다.

---

24) 金時泰編(1937), 『植民地時代의 批評文學』, 二友出版社, p.455

4. 나오며

본고에서는 장혁주의 초기 다섯 작품을 집중적으로 분석하여 봄으로 써 1930년대의 장혁주의 정체성에 조명을 맞추었다.

장혁주의 일본어 글쓰기는 검열로 인한 작품게재의 협소성 타개에서 시작되어, 조선 문화와 예술을 세계에 알리고 식민지 하의 열악한 당시 조선 상황을 전 세계에 호소한다는 의도아래 진행되었다. 이러한 목적아 래 자신의 아나키스트적 사고를 프롤레타리아 문학의 틀을 빌려 묘사하 였다.

장혁주의 고향인 경상도를 배경으로 하여 '지배자와 피지배자', '경제 적 강자와 약자', '악과 선'이라는 이분법적 구조에 이중적 공간을 설정하 여 당시의 봉건제도의 구조적 모순과 자본주의로 인해 붕괴되어가는 식 민지 농촌현실을 넓은 시야에 넣고 날카로운 비판정신으로 고발하였다.

또한 선량한 인간이 모순된 사회구조 속에서 어떻게 변모되어 가는지 를 작품을 통해 구체적으로 형상화 했으며, 인간의 부에 대한 욕망과 가 진 자의 탐욕 등을 적확한 상황묘사와 구성에 의해 섬세하게 묘사하였다.

세 작품의 분석을 통해 계급구조 이원화의 양상, 일본자본주의의 병폐 비판, 한국 농촌사회 붕괴문제, 공동체적 삶의 지향 등을 통해 장혁주의 사회관을 잘 파악할 수 있었다. 또한 프로문학을 빌려 인간의 근본적인 존재 양상의 불안을 묘사한 작가의 심저에는 민족주의와 맞물린 아나키 즘이 존재하고 있었음을 감지할 수 있었다. 궁핍과 모순으로 얼룩진 어 두운 식민지 현실을 응시하고 있는 작가의 심경도 엿볼 수 있었다.

장혁주의 문학 활동은 식민지 현실의 여러 가지 풍경을 포착하여 독자 적인 사회고발 세계를 구축하고 추악한 현실 폭로를, 창작을 통해 문제를 제기하는 활동을 펼쳐 일본문단의 입지를 확고히 다지고 확장시켰다는데 그 의의가 있다고 할 것이다.

이후 장혁주의 여러 문학작품이 설령 친일적 색채를 지닌다 할지라도, 친일문학이라 간단히 치부할 수 없는 복합적인 요소가 많이 있음을 인지해야 할 것이며, 오늘의 문학이 있기까지 문학사의 명맥을 이어준 중간 과도기였음도 고려하여야 할 것이다.

참고문헌

◇ 텍스트

김기진 (1954), 『청년 김옥균』, 한성도서주식회사
정인택 (1940), 「그리운 꿈」, 「여성」
______ (1940), 「아버지의 눈」, 「조광」 제6권 7호, 조선일보사 출판부
______ (1942), 「검은흙과 흰 얼굴」, 「朝光」, 학연사
______ (1943), 「淸凉里界隈」, 『朝鮮國民文學集』, 東都書籍株式会社
______ (1944), 『淸凉里界隈』, 東京, 朝鮮図書出版株式会社
______ (1944), 「覺書」, 「國民文學」
______ (1943), 「不肖の子ら」, 「조광」
______ (1941), 「淸凉里界隈」, 「國民文學」
조용만 (1942), 「國民文学」
최서해 (1991), 「葛藤」, 『최서해단편소설집』, 문예출판사(평양)
______ (1991), 「故國」, 『최서해단편소설집』, 문예출판사(평양)
______ (1991), 「飢餓와殺戮」, 『최서해단편소설집』, 문예출판사(평양)
______ (1991), 「탈출기」, 『최서해단편소설집』, 문예출판사(평양)
______ (1991), 「紅艶」, 『최서해단편소설집』, 문예출판사(평양)
______ (1996), 「해돋이」, 『한국현대대표소설선2』, 창작과비평사
최정희 (1942), 「君國의 어머니」, 「三千里」
______ (1942), 「야국초」, 「國民文學」
______ (1942), 「二月十五日の夜」, 「新時代」
崔鶴松 (1925), 「?! ?! ?!」, 「朝鮮文壇」
한설야 (1942), 「血」, 「國民文學」 신년호
______ (1942), 「影」, 「國民文學」 송년호

大村益夫・布袋敏博編 (1997), 『朝鮮文学関係日本語文献目録』, 綠陰書房
大村益夫・布袋敏博編/解説 (2001), 『近代朝鮮文学日本語作品集(1939～1945)
　　　　　創作集4小説』, 綠陰書房
大村益夫・布袋敏博 (2001), 『近代朝鮮文學日本語作品集』創作篇, 綠蔭書房
大村益夫・布袋敏博 (2004), 『近代朝鮮文學日本語作品集』(1901～1938) 創作
　　　　　篇, 綠陰書房
大村益夫監修 (1998), 「國民文學」別冊 錄蔭書房
大村益夫監修 (1998), 『國民文學』 제3권 제10호 10월 창작 특집호
梶山季之 (1963), 『李朝殘影』「族譜」,文藝春秋新社
重光兌鉉 (1942), 「戰時下의 女性啓蒙問題」,「春秋」
人文社 編 (1997), 「國民文學」, 제1권－12권, 綠蔭書房
二葉亭四迷 (1978), 『浮雲』,『日本近代小說大系』4, 角川書店

◆ 한국논문 (가나다순)

권경미 (2000), 「金玉均と政治小說」
김강진 (1993), 「鄭人澤 小說研究」, 대구대학교 석사논문
김병호 (1987), 「한국농민소설연구」 고려대학교 석사논문
金三守 (1978), 「1930년대 초기문학작품 '쫓기는 사람들'에 반영된 농촌경제의
　　　　　궁핍화와 그의 에스페란토 번역분학 '「La Forpelataj, Homoj'에
　　　　　의한 세계에의 고발」, 淑大論文集 18집
김신영 (2000), 「鄭人澤 研究」, 상명대학교 석사논문
김연숙 (2005), 「社會主義思想의 수용과 女性作家의 正體性」,「어문연구」 제33
　　　　　권, 한국어문교육연구회
김진석 (1989), 「1930年代 韓国 心理小說 研究」, 고려대학교 박사논문
김 철 (2002), 「몰락하는 新生」,「상허학보」 제9집, 상허학회
노상래 (2004), 「「국민문학」 소재 한국작가의 일본어 소설연구」, 한민족어문학회
　　　　 (2005), 「『조선국민문학집』 소재 이중어 소설연구」,「어문학」 제90호,
　　　　　한국어문학회
박광현 (2005), 「「국민문학」의 기획과 전망」,「배달말」 제37집, 배달말학회

박경수 (2007),　「정인택의 일본어 소설 연구」, 전남대학교 석사논문
朴正伊 (2004),　「金達壽三つの『族譜』をめぐって―その異同を中心に」, 日語教育27輯
박종명 (1990),　「金玉均과 明治政治小說」, 비교문학
서화범 (2002)　「안수길 초기 소설 연구」 홍익대학교 석사논문
사희영 (2006),　「김사량 문학 연구――작가의 현실인식과 작품 수용양상을 중
　　　　　　심으로」, 전남대대학원 석사학위논문
이동희 (1987)　「이무영연구」, 경희대학교 박사논문,
李　琨 (2002),　「일제강점기 간도소설연구」, 경남대학교 박사논문
이상경 (2004),　「1930년대의 신여성과 여성작가의 계보연구」, 「여성문학연구」,
　　　　　　한국여성문학학회
이성주 (1986)　「한국농민소설연구」 세종대학교 석사논문
이원희 (2007),　「가지야마 도시유키(梶山季之)와 조선」, 일본어문학회 제38 집
이종화 (1993),　「정인택 심리소설 연구」, 「現代文學理論硏究」, 제3집
정대성 (2000),　「8·15 前後 在日朝鮮人의 生活相과 民族意識 - 김달수 초기단
　　　　　　편들의 유형화와 梗槪 - 」 재인용
정창석 (1999),　「‘戰爭文學’에서 ‘받들어 모시는 文學’까지」, 『일어일문학연구』
　　　　　　제35집, 한국일어일문학회
조구호 (1989),　「안수길 초기소설 연구」 경상대학교 석사논문
조진기 (2000),　「일제의 만주정책과 간도문학」, 「배달말」 제27집
＿＿＿ (2002),　「만주이민의 현실왜곡과 체제순응」, 「현대소설연구」 제17호,
　　　　　　한국현대소설학회
하정일 (2005),　「민족과 계급의 변증법」, 「한국 근대문학연구」 제11호, 한국근
　　　　　　대문학회
布帶敏博 (1996),　「일제말기 일본어 소설 연구」, 서울대학교 석사논문

◇ **일본논문** (アイウ순)

白川豊 (1989),　「張赫宙硏究」, 東國大學校大學院博士論文

◇ 한국참고서 (가나다순)

강만길·성대경 엮음 (1996), 『한국사회주의운동 인명사전』, 창작과 비평사

곽건홍 (2001), 『일제의 노동정책과 조선노동자』, 도서출판 신서원

곽 근 (1987), 「서해문학의 이해를 위하여」, 『최서해전집(下)』, 문학과 지성사

권영민 외 3인 編 (1988), 『한국근대장편소설대계』, 태학사

구수경 (1996), 『한국소설과 시점』, 아세아문화사

구승회 외 9인 (2004), 「한국 아나키즘 100년」, 이학사

김경일 (1993), 「이재유 연구」, 창작과 비평사

김동인 외 (1983), 『韓國文壇裏面史』, 깊은샘

김문수 (1997), 「최정희의 문학과 인간」, 『한국예술총집』, 대한민국예술원

김사량 (1989), 『越北作家代表文學5』, 瑞音出版社

______ (1989), 『金史良全集Ⅳ』, 河出書房新社

김사량·리명호 編 (1992), 『김사량 작품집』, 태학사

김사량·오근영 譯 (2001), 『빛속으로』, 소담출판사

金時泰編 (1937), 『植民地時代의 批評文學』, 二友出版社

김순전 (1998), 『한일근대소설의 비교문학적 연구』, 태학사

김순전 외 (2008), 『제국의 식민지 수신』, 제이엔씨

김양선 (2002), 『1930년대 소설과 근대성의 지형학』, 소명출판

김은희 (2004), 『신여성을 만나다』, 새미

김윤식 (1968), 「여성과 문학」, 「아세아여성연구」, 제7집

______ (2003), 『일제말기 한국 작가의 일본어 글쓰기론』

______ (1989), 『임화연구』, 문학사상사

______ (1989), 『안수길 연구』, 정음사

김윤식, 정호웅 編 (1987), 『한국리얼리즘 소설연구』, 문학과비평사

김용성, 우한용 (1988), 『한국근대작가연구』, 삼지원

金容稷 (1997), 『韓國現代文學의 史的 探索』, 서울대학교 출판부

김준 (1990), 『한국농민소설연구』, 태학사.

김재용 (1997), 「북한의 여성문학」, 「한국문학연구」 제19집

김재용 외 (2003), 『친일문학의 내적 논리』, 역락

________ (2004), 『일제 말 사회와 문학 – 협력과 저항』, 소명출판

김태웅(2000), 「일제강점기 김옥균 추앙과 위인교육」, 역사교육
김팔봉(1989), 「백조동인과 종군작가단」,『김팔봉문학전집Ⅴ』, 문학과 지성사
김학동(2008), 「張赫宙의 일본어 작품과 민족」, 국학자료원
김환기 편(2006), 『재일 디아스포라 문학』, 새미
남부진(2006), 「文學の植民地主義」, 世界思想社
다카하시 데쓰야 저·이목 옮김(2008), 『국가와 희생』, 책과 함께
동국대학교 한국문학연구소(200), 『한국문학과 여성』, 아세아문화사
宮田節子 著·이영랑 역(1997), 『朝鮮民衆과 皇民化政策』, 일조각
대중문학연구회(1998), 『연애소설이란 무엇인가』, 국학자료원
민태원(1971), 『김옥균 전기』, 을묘문화사
文國柱編(1981), 『朝鮮社會運動史事典』, 社會評論
水野直樹·정선태 옮김(2008), 『창씨개명』, 산처럼
박걸순(2004), 『植民地시기의 歷史學과 歷史認識』, 경인문화사
朴英熙(1960), 「初創期의 文壇側面史(五)」, 「現代文學」
백철(1949), 『朝鮮文学思潮史』, 백양당
서광일 편저(1993), 『간도사신론』, 우리들의 편지사
서경석(1996), 『한설야 - 정치적 죽음과 문학적 삶』, 건국대학교 출판부
서정자(2001), 「한국 여성문학과 페미니즘」,『한국 여성소설과 비평』, 푸른세상
송민호(1991), 『일제말 암흑기 문학연구』, 새문사
宋百憲(1975), 『農村小說의 展開』, 현대문학
송상일(1981), 『안수길의 제3인간형』 「국어국문학총서」 2집
신주백(1999), 『만주지역 한인의 민족운동사』, 아세아문화사
신희교(1996), 『일제말기소설연구』, 국학자료원
안수길(1975), 「無影 문학과 인간 무영의 단면『이무영문학전집 5』, 국학자료원
안우식·심원섭 譯(1997), 『김사량 평전』, 문학과 지성사
안우식·최정림 譯(1987), 『아리랑의 비가』, 열음사
이경훈(2000), 「이상과 정인택 2」,『철천의 수사학』, 소명출판사
李求弘(1979), 『韓國移民史』, 中央日報·東洋放送
이상경(2002), 「임순득, 혹은 여성문학사의 재구성」,『한국근대여성문학사론』
______ (2003), 「식민지에서의 여성과 민족의 문제」, 「실천문학」 봄호, 실천문학사
이선옥(2002), 「평등에의 유혹 : 여성 지식인과 친일의 내적 논리」, 「실천문학」

가을호, 실천문학사
이승원 외 공저 (2004), 『국민국가의 정치적 상상력』, 소명출판
이원재 (1966), 「韓國에 있어서의 勞動運動」, 「창작과 비평」 가을호, 交友出版社
이월영 (2001), 『여성문학의 어제와 오늘』, 태학사
이재명 편저 (2004), 『근대희곡・시나리오선집①』, 평민사
이재선 (1997), 『현대한국소설사』, 민음사
이종호 (2003), 『이무소설의 서술시학』, 국학자료원
임종국 (1974), 『韓國文學의 社會史』, 정음사
임종국 (1966), 『친일문학론』, 민족문제연구소
임　화 (1940), 『문학의 논리』, 학예사
우에노 치즈코 저・이선이 역 (1998), 『내셔널리즘과 젠더』, 박종철출판사
오양호 (1988), 「한국소설에 나타난 떠남의 모티브와 間島」,『한국문학과 間島』,
　　　　　문예출판사
양왕용 외 3인 (1998), 『일제강점기 재일 한국인의 문학활동과 문학의식 연구』,
　　　　　부산대학교 출판부
유숙자 (2000), 「創作方法をめぐって」金達壽,『在日한국인 문화연구』, 月印
윤대석 (2006), 『식민지 국민문학론』, 도서출판 역락
尹泰栄・宋敏鎬 (1968), 『絶望은 技巧를 낳고』, 教学社
윤희탁 (1996), 『일제하 ‘만주국’ 연구』, 일조각
연구공간 수유+너머 근대매체연구소 (2005), 『신여성』, 한겨레 신문사
연세대학교 국학연구원편 (2004), 「일제의 식민지배와 일상생활」, 도서출판 혜안
원종찬 (2001), 『아동문학과 비평정신』, 창작과 비평사
장석주 (2002), 『20세기 한국 문학의 탐험』, 시공사
장석홍 (1997), 『한설야 소설 연구』, 박이정
전북대학교 재일동포연구소 『재일동포 문학과 디아스포라 1~3』
전숙희 (1999), 「우정과 배신」,『문학, 그 고뇌와 기쁨 – 전숙희문학전집1』, 동
　　　　　서문학사
정백수 (2000), 『植民地體驗과 二重言語文學』, 아세아문화사
정영진 (1989), 『통한의 실종 문인』, 문이당
정운현 (1994), 「일제 잔재의 청산과 창씨개명 문제」,『창씨개명』, 학민사
정태은 (2004), 「나의아버지 朴泰遠」,『문학사상』, 33卷 8号

조수웅 (1999), 『한설야 소설의 변모양상』, 국학자료원
장석홍 (1997), 『한설야 소설 연구』, 박이정
조용만 (1987), 「李箱時代, 젊은芸術家들의 肖像」, 「문학사상」
추석민 (2001), 『金史良文學の硏究』, 제이앤씨
천정환 (2003), 『독자의 탄생과 한국근대문학』, 도서출판푸른역사
______ (2006), 『근대의 책읽기 – 독자의 탄생과 한국 근대문학』, 푸른역사
최재서 (1942), 「文學者と世界觀の問題」, 「國民文學」
최효선 (2002), 『재일동포문학연구 – 1세 작가 김달수의 문학과 생애』, 문예림
콜론타이 저·신윤선 역 (1947), 『연애와 신도덕』, 신학사
河 かおる 著·김미란 訳 (2002), 「실천문학」, 2002년 가을호, 실천문학사
한국교육개발원 (1997), 『한국근대학교교육 100년사 연구』,
한국여성연구회 여성분과 편 (1992), 『한국여성사』, 도서출판 풀빛
호사카 유지(保坂祐二) (2002), 『일본제국주의의 민족동화정책 분석』, 제이앤씨
홍기삼편 (2001), 『재일 한국인 문학』, 솔출판사

◇ **일본참고서 (アイウ순)**

任展慧 (1965), 『文學』- 張赫宙論, 岩波書店
任展慧 (1994), 『日本における朝鮮人の文學の歷史』, 法政大学出版局
任展慧·南富鎭 (2003), 『日本語作品選』, 勉誠出版
梶山美奈江 編 (1998), 『積亂雲』, 季節社
金田一春彦·安西愛子 (1982), 『日本の唱歌(上)(下)』, 講談社文庫
金達寿 (1998), 『わが文学と生活』, 青丘文化社
金達寿 (1976), 「創作方法をめぐって」『金達寿評論集　上（わが文学』, 筑摩書房
金達寿 (1966), 「あとがき」『後裔の街』, 東風社
金達寿 (1963), 『朝鮮 - 民族·歷史·文化 - 』, 岩波書店
白川豊·南富鎭 編 (2003), 「張赫宙日本語作品選」, 勉誠出版
白川豊 (1995), 『植民地期　朝鮮の作家と日本』, 大学教育出版(岡山)
辛基秀編 著 (2002), 『金達寿ルネサンスー文学·歷史·民族』, 解放出版社
崔孝先 (1998), 『海峡に立つ人 - 金達寿の文学と人生』, 批評社

宮田節子 (1992)，『朝鮮民衆と‘皇民化’政策』，未来社
松村高夫 (1972)，「在滿朝鮮人移民政策の形成」，「日本帝國主義下の滿洲」，滿洲
　　　　　　史研究會
長谷川泉 編 (1993)，　<現代文学研究情報と資料>，至文堂
林毅陸 (1944)，『金玉均傳 上卷』，慶應出版社
樋口雄一 (1998)，『戰時下朝鮮の農民生活誌』，社會評論社
保高德蔵 (1946)，「日本で活躍した二人の作家」，民主朝鮮
香川幹一 (1938)，『滿洲國』，東京古今書店

◇ 한국 잡지 및 신문(가나다순)

김기림 (1932)，「독서실」，「동광」
金基鎭 (1927)，「文藝詩評」，「조선지광」
小林英夫 (1942)，「言語政策と日本語ーー対象言語学的方法をーー」<帝国大学新聞>
栗原幸夫 (1993)，「湯浅克衛の『カンナニ』について」，『季刊aala』(8月, 92号)
＿＿＿＿ (1995)，『湯浅克衛植民地小説集』，「カンナニ」，年譜，
＿＿＿＿ (1997)，『日本植民地文化運動資料11人文社編，「國民文學」別冊 解題，
　　　　　　總目次，索引』，綠陰書房
松山實 (1943)，「한등」，「춘추」
南川博 (1944)，「國語文學と私」，「國民文學」第4卷 第4號，人文社
매일신보사 (1943)，「교육열 왕성에 감복」，<매일신보>
모윤숙 (1942)，「女性도 戰士다」，「三千里」
박영석 (1972)，「日帝下의 在滿韓人 迫害問題」，「아세아연구」，고려대 아세아
　　　　　　문제연구소
삼천리사 (1942)，「문인근황」，「삼천리」
宋永奉 (1994)，『원색세계대백과사전』17권，한국교육문화사
이광수 (1941)，「新體制下의藝術의方向」，「三千里」
＿＿＿ (1940)，「心的 新體制와 朝鮮文化의 進路」，<매일신보>
石田耕人 (1942)，「문예시평 - 한설야의 신선함」，「國民文學」송년호，
이　인 (1933)，「법률상으로 본 제2부인의 사회적 지위」，「신여성」7권 2호

임순득 (1937), 「女流作家의 地位 - 特히 作家以前에 对하야」, <조선일보>
______ (1937), 「창작과 태도 - 세계관의 재건을 위해서 - 」, <조선일보>
______ (1937), 「일요일」, 「조선문학」
______ (1938), 「여류작가재인식론 - 여류문학선집중에서」, <조선일보>
______ (1940), 「拂曉期에 處한 朝鮮 女流作家論」, 「여성」
______ (1942), 「名村親」, 「文化朝鮮」 1942.10
______ (1942), 「秋の贈り物」, 「每新寫眞旬報」
______ (1943), 「月夜の語り」, 「春秋」
임학수 (1939), 「북지견문록」, 「문장」
湯浅克衛 (1946), 『カンナニ』のあとがき, 大日本雄弁会講談社
유진오 (1942), 「'국민문학'이라는 것」, 「國民文學」 특대호,
朝鮮總督府 (1940), 「敎科書編纂彙報 第6輯」의 「敎科書의 假作人物의 氏名에
　　　　　　　　대해서 - 創氏改名으로 인한 수정 - 」
張赫宙 (1939), 「私の小説勉強」, 文芸
정인택 (1942), 「개척민부락장 현지좌담회 - 좌담회전기」, 「조광」
______ (1942), 「滿洲行前記」, 「삼천리」
尾高朝雄 (1941), 「世界文化と日本文化」, 「國民文學」 창간호
津田剛 (1941), 「革新の論理と方向ー世界, 日本, 半島について」, 「國民文學」 창
　　　　　　간호
芳村香道 (1941), 「臨時体制下の文学と文学の臨時体制」, 「國民文學」, 창간호
________ (1941), 座談会「朝鮮文壇の再出発を語る」, 「國民文學」, 창간호

◇ 일본 잡지 및 신문(アイウ순)

『志賀直哉全集 第八巻』(1983), 岩波書店
磯貝治良 (1979), 「在日朝鮮人文學の世界ー負性を越える文学ー」, 三千里 겨울
　　　　　호
日本近代文學館 (1977), 『日本近代文學大事典第一卷』, 講談社

◆ 기타

<京城日報> 42.3
<동아일보> 2006년 2월 14일
<여성신문> 1986년 6월 6일
<중외일보> 「放逐되는 민중의 비참상」, 1926.3.24일자
迎日鄭氏世譜所 (1981), 『迎日鄭氏世譜』,上·中·下, 回想社

◆ 그 외 신문자료

 <매일신보> <서울신문> <중외일보> <자유신문>

찾아보기

(ㄱ)

가문과 혈통 ·············· 295

가지야마 도시유키 ············· 148

간도 ···················· 307

간도 지방 ················ 310

갑신정변 ················· 406

改造 ···················· 453

개척이민 ················· 33

검열 ···················· 74

경성제국대학 ·············· 95

경제전의 전사 ············· 43

계급문제와 민족문제 ········· 219

계급적, 민족적 갈등 ········· 201

계몽 ···················· 105

고바야시 다키지(小林多喜二) ····· 74

국가적 목표 ·············· 146

국가주의 윤리 ············· 61

國民文學 ············· 5, 119, 245

국민적 감정 ·············· 108

국민정신총동원운동 ········· 107

국민정신총동원조선연맹 ········ 345

국민총력 ················· 49

국민화 ··················· 46

국수주의자 ··············· 14

국어문학총독상 ············· 96

국책문학 ················· 20

군국의 어머니 ··········· 55, 246

군국주의적 모성 ············ 247

군수산업 ················· 50

근대국민국가 ·············· 46

근로보국대 ··············· 345

기아와 살륙 ·············· 202

김기진 ··················· 393

김달수 ··················· 149

김옥균 ··················· 388

金玉均像 ················· 387

(ㄴ)

내선일체 ············· 294, 414

농민문학 ················· 310

(ㄷ)

단절된 일상 ·············· 104

대립관계 ················· 277

代母 ···················· 341

독신부인론 ··············· 348

동덕여고보 ··············· 346

동맹휴학 ················· 337

등록 없는 ……………………… 238

(ㄹ)

러시아혁명 …………………… 200

(ㅁ)

막시즘적 사상 ………………… 305
만주 ……………………………… 307
만주정책 ………………………… 20
매개자(媒介者) ………………… 369
매일신보사 ……………………… 95
名付親 …………………………… 341
明暗을 대비 ……………………… 42
메이지유신 ……………………… 58
모성애의 나아갈 방향 ………… 110
모성체험 ………………………… 263
모순된 사회구조 ……………… 226
목적문학 ………………… 42, 115
무단정치가 ……………………… 199
미나미가와 히로시 …………… 388
민족문화 ………………………… 7
민족성 ………………… 131, 364
민족의 정체성 ………………… 108
민족적 착취 …………………… 223
민족주의 ………………………… 190
민족해방 ………………………… 345
민태원 …………………………… 391

(ㅂ)

박영호 …………………………… 388
박화성 …………………………… 255

반동인물 ………………………… 228
병참기지 ………………………… 294
복자(伏字) ……………………… 75
부인문학 ………………………… 347
부인작가 ………………………… 347
북향건설 ………………………… 319
분리형 젠더 전략 ……………… 43
불안의식 ………………………… 101
비옥한 토지 …………………… 37
비적과 토벌대 …………………… 30
비전향 작가 …………………… 440
빈궁 ……………………………… 255
빈궁한 현실 …………………… 266
貧富 ……………………………… 76

(ㅅ)

상대적 빈곤 …………………… 178
새로운 국민 …………………… 107
생명력 …………………………… 242
성전(聖戰) ……………………… 298
소년소설 ………………………… 98
소외의식 ………………………… 101
소작인 ………………… 217, 444
소작쟁의 ………………………… 449
시대적 요인 …………………… 285
식민지문학 ……………………… 6
식민지발전론 …………………… 14
신체의 역사 …………………… 42
신체제 문학예술 ………………… 43
심리적 거리 …………………… 420

(ㅇ)

아나키스트 …………………… 460
아지 · 프로 …………………… 105
아쿠타가와상(芥川賞) ………… 173
아포리아 ……………………… 5
애국반 ………………………… 107
애국행진곡 …………………… 162
애마행진곡 …………………… 162
야스쿠니의 어머니 …………… 58
야스타카 도쿠조(保高德蔵) …… 71
엘리트 여성 …………………… 229
여성 지식인 …………………… 230
여성작가 ……………………… 229
연애소설 ……………………… 424
예술지상주의 ………………… 200
왕도낙토 ……………………… 29
외지문학 ……………………… 6
우회적 글쓰기 ………………… 177
월경자(越境者) ………………… 368
유물변증법 …………………… 195
유토피아 ……………………… 331
유토피아로 …………………… 26
육군특별지원병령 …………… 345
의도적 장치 …………………… 434
의식 전환 ……………………… 280
이름짓기 ……………………… 341
이상촌 ………………………… 322
이중 …………………………… 202
이중어 공간 …………………… 65
이중적 장치 …………………… 411
이항대립구도 ………………… 222

이화여고보 …………………… 337
인간적 진실 …………………… 381
인과관계 ……………………… 222
인문평론 ……………………… 309
일본문단 ………………… 143, 201
일본어 …………………… 129, 370
일본어 글쓰기 …………… 66, 412
일본정신 ……………………… 58

(ㅈ)

자본주의의 침투 ……………… 80
재일 코리언 문학 …………… 363
재일성 ………………………… 364
저항 …………………………… 421
전력보강 ……………………… 50
전시 총동원체제 ……………… 53
전일본적인 문학 ……………… 133
정체성 ……………… 5, 183, 368
제3차 조선교육령 …………… 345
조선문인보국회 ……………… 97
조선문인협회 ………………… 311
조선민사령(朝鮮民事令) … 166, 345
조선사상범 보호관찰령 ……… 185
조선어 ………………………… 370
조선하층민 …………………… 179
조용만 ………………………… 396
族譜 …………………………… 364
주체 …………………………… 129
주체의 전복 …………………… 138
중간자(中間者) ………………… 369
중국식 계약 …………………… 217

지방색(로컬칼라) ················· 67
지식인의 내면심리 ··············· 290
지원병제도 ······················ 59
지주 ··························· 444
징병제 ·························· 59

(ㅊ)
창씨개명 ········ 148, 184, 301, 341
창조적 행위 ····················· 199
천황의 군대 ····················· 58
초등국어독본 ···················· 170
최정희 ·························· 229
출향의 고향 ····················· 87
忠孝의 등치 ····················· 111
친밀감 ·························· 420
친일 ··························· 444
친일문학 ························· 7

(ㅌ)
타자 ··························· 380
태평양전쟁 ······················ 299
토포필리아(topophilia) ··········· 469
퇴폐주의 ························ 200
트라우마 ························· 7

(ㅍ)
포스트콜로니얼 ·············· 11, 65
프롤레타리아 ···················· 444
피해의식 ························ 116

(ㅎ)
하야시 후사오 ··················· 450
하층민 여성 ····················· 263
한귀 ··························· 257
한설야 ·························· 411
향락주의 ························ 200
현실 ··························· 181
혈육의 정 ······················ 37
협력 ··························· 421
홍수전후 ························ 257
홍염 ··························· 202
환경충격 ························ 287
황국군대양성 ···················· 345
황국신민서사 ···················· 164
황도문학 ························ 100
후방소설 ···················· 52, 62
희생 ··························· 61

필자소개

● 김 순 전 金順槇

소　　속　전남대 일문과 교수, 한일비교문학·일본근현대문학 전공

대표업적　① 저서 :『韓日 近代小說의 比較文學的 研究』, 태학사, 1998년 10월

　　　　　② 저서 :『제국의 식민지수신』- 조선총독부 편찬 <修身書>연구 - , 제이앤씨, 2008년 3월

　　　　　③ 저서 :『일본의 사회와 문화』, 제이앤씨, 2006년 9월

● 박 제 홍 朴濟洪

소　　속　전남대 일문과 강사, 일본근현대문학 전공

대표업적　① 저서 :『제국의 식민지수신』- 조선총독부 편찬 <修身書>연구 - , 제이앤씨, 2008년 3월

　　　　　② 논문 :「『보통학교수신서』의 등장인물을 통해 본 일제의 식민지교육」,『日本語文學』, 제39집, 한국일본어문학회, 2008년 12월

　　　　　③ 논문 :「일제의 조선인 차별교육정책 비판」- 이북만의「제국주의치하 조선의 교육상태」를 중심으로 -『日本語文學』, 제41집, 한국일본어문학회, 2009년 6월

● 서 기 재 徐己才

소　　속　건국대 아시아디아스포라연구소 연구원, 일본근대문학 및 문화 전공

대표업적　① 논문 :「<지도> 소유의 관점에서 본 한국 근대 '관광'의 의의」,『일본어문학』제38집, 한국일본어문학회, 2008년 9월

　　　　　② 저서 :『제국의 식민지수신』- 조선총독부 편찬 <修身書>연구 - , 제이앤씨, 2008년 3월

　　　　　③ 역서 :『매매춘과 일본문학』- 지만지, 2008년 3월

● **장 미 경** 張味京

소　　속　전남대 일문과 강사, 일본근현대문학 전공
대표업적　① 논문 :「근대한일여성 사회소설 연구」- 박화성의「秋夕前夜」와 佐多稻子
　　　　　　　　　의「キャラメル工場から」을 중심으로 -『日本語文學』, 제39집, 韓
　　　　　　　　　國日本語文學會, 2008년 12월
　　　　　　② 논문 :「<修身書>로 본 조선총독부의 '식민지 여성' 교육」,『日本語文學』,
　　　　　　　　　제41집, 韓國日本語文學會, 2009년 6월
　　　　　　③ 저서 :『수신하는 제국』, 제이앤씨, 2004년 11월

● **박 경 수** 朴京洙

소　　속　전남대 대학원 박사과정수료 일문근현대문학 전공
대표업적　① 논문 :「『普通學校國語讀本』의 神話에 應用된 <日鮮同祖論> 導入樣相」,
　　　　　　　　　『일본어문학』제42집, 일본어문학회, 2008년 8월
　　　　　　② 논문 :「동물예화에 도입된 천황제가족국가관」-『普通學敎國語讀本』에 등
　　　　　　　　　장하는 군용동물을 중심으로 -,『일본어문학』제47집, 일본어문학
　　　　　　　　　회, 2009년 11월
　　　　　　③ 저서 :『제국의 식민지수신』- 조선총독부 편찬 <修身書>연구 -, 제이앤
　　　　　　　　　씨, 2008년 3월

● **사 희 영** 史希英

소　　속　전남대 대학원 박사과정수료 일문근현대문학 전공
대표업적　① 논문 :「식민지하 敎師養成과『師範學校修身書』硏究」,『日本語文學』제36
　　　　　　　　　집, 日本語文學會, 2007년 2월
　　　　　　② 논문 :「「國民文學」을 통해 본 田中英光의 전쟁문학」,『日本語文學』제45
　　　　　　　　　집, 韓國日語日文學會, 2010년 2월
　　　　　　③ 저서 :『제국의 식민지수신』- 조선총독부 편찬 <修身書>연구 -, 제이앤
　　　　　　　　　씨, 2008년 3월

● **정 주 미** 鄭주미

소　　속　전남대 대학원 박사과정수료 일문근현대문학 전공
대표업적　① 논문 :「전후의 한 단면」-宮本輝의『泥の河』과 小栗康平의「泥の河」을 중심으
　　　　　　　　　로 -,『일본어문학』제24집, 한국일본어문학회, 2005년 3월
　　　　　　② 논문 :「조선총독부편찬『보통학교 수신서』에 나타난 신체적 규율」,『일본
　　　　　　　　　어문학』제33집, 한국일본어문학회, 2007년 6월

조선인 일본어소설 연구
－일제강점기 한국문학의 거세된 정체성 재건을 위하여－

초판 인쇄 2010년 6월 4일
초판 발행 2010년 6월 18일

저 자 김순전 박제홍 서기재 장미경 박경수 사희영 정주미 공저
발행처 제이앤씨
등록 제7-220호

주소 132-702 서울시 도봉구 창동 624-1 현대홈시티 102-1206
전화 (02) 992-3253(대)
팩스 (02) 991-1285
전자우편 jncbook@hanmail.net
홈페이지 http://www.jncbms.co.kr
책임편집 박채린

ISBN 978-89-5668-787-2 93830   **정가** 28,000원